SABER PERDER

David Trueba

SABER PERDER

Tradução de
Carlos Nougué

Rocco

Título original
SABER PERDER

Copyright © David Trueba, 2008

Direitos para a língua portuguesa reservados
com exclusividade para o Brasil à
EDITORA ROCCO LTDA.
Av. Presidente Wilson, 231 – 8º andar
20030-021– Rio de Janeiro – RJ
Tel.: (21) 3525-2000 – Fax: (21) 3525-2001
rocco@rocco.com.br
www.rocco.com.br

Printed in Brazil/Impresso no Brasil

CIP-Brasil. Catalogação na fonte.
Sindicato Nacional dos Editores de Livros, RJ.

T781s	Trueba, David, 1969-
	   Saber perder / David Trueba; tradução de
	Carlos Nougué. – Rio de Janeiro: Rocco, 2011.
	   14x21cm
	   Tradução de: Saber perder
	   ISBN 978-85-325-2666-3
	   1. Ficção espanhola. I. Nougué, Carlos II. Título.

11-2689	CDD-863 CDU-821.134.2-3

Para Cristina Huete,
produtora de filmes

Canto a noite até ser dia

*But in my arms till break of day
Let the living creature lie,
Mortal, guilty, but to me
The entirely beautiful.**

W. H. AUDEN, *Lullaby*

---

* Deixai que em meus braços até a aurora / Repouse a criatura viva, / Mortal, culpada, mas para mim / Absolutamente bela.

SUMÁRIO

PRIMEIRA PARTE
"Isto é desejo?" / 11

SEGUNDA PARTE
"Isto é amor?" / 139

TERCEIRA PARTE
"Este sou eu?" / 267

QUARTA PARTE
"Isto é o final?" / 419

PRIMEIRA PARTE
"Isto é desejo?"

1

O desejo trabalha como o vento. Sem esforço aparente. Se encontrar as velas abertas, nos impelirá a uma velocidade de vertigem. Se as portas e os basculantes estiverem fechados, baterá durante um tempo em busca das frestas ou gretas que lhe permitam penetrar. O desejo associado a um objeto de desejo nos condena a ele. Mas há outra forma de desejo, abstrata, desconcertante, que nos envolve como um estado de espírito. Anuncia que estamos prontos para o desejo e só nos resta esperar, abertas as velas, que sopre seu vento. É o desejo de desejar.

Sylvia está sentada no final da sala de aula, na fileira da janela, penúltimo lugar. Atrás dela só Colorines, um colombiano vestido com o conjunto esportivo da seleção espanhola que cochila ao longo das aulas do dia. Sylvia faz dezesseis anos no domingo. Parece mais velha, sua atitude algo distanciada a eleva acima dos colegas. Esses mesmos colegas que ela agora examina.

Não é nenhum deles. Nenhuma destas bocas é a boca que quero que toque a minha boca. Nenhuma dessas línguas quero enrolada na minha língua. Ninguém tem os dentes que morderão o meu lábio inferior, o lóbulo da minha orelha, um canto do pescoço, a dobra do meu ventre. Nenhum deles.

Nenhum.

Sylvia está rodeada na sala de aula por corpos ainda não feitos totalmente, rostos desconexos, braços e pernas de proporções erradas, como se todos crescessem por impulsos desordenados. Carlos Valencia tem antebraços atraentes e bronzeados que se mostram poderosos debaixo da camiseta, mas é um presunçoso sem graça. O Soso Sepúlveda tem mãos delicadas de desenhista, mas é um tolo, lhe falta vigor. Raúl Zapata é balofo, definitivamente não é o corpo que Sylvia gostaria de receber sobre o seu como uma onda de carne desejada. Nando Solares tem o rosto tomado de espinhas e às vezes se confunde com uma parede de *gouttelettes*. Manu Recio, Óscar Panero e Nico Verón são simpáticos, mas meninos; o primeiro tem bigode de pelúcia, o segundo fala com dificuldade e o terceiro agora está enfiando dois lápis nas cavidades nasais e se vira para provocar riso entre cúmplices.

O Tanque Palazón namora a Sonia e lhe cinge a cintura com o braço e lhe dá palmadinhas na bunda com uma mão de dedos como salsichas num gesto possessivo que Sylvia detesta. Huesitos Ocaña está desnutrido, cresceu desmedidamente e ceceia; Samuel Torán só pensa em futebol, e seria preciso transformar-se em bola para atrair seu tolo olhar castanho. Curro Santiso já é, aos quinze, um vocacionado tabelião de imóveis, um contador cinza ou um assessor de finanças prematuro sem nenhum interesse. O Tolai Sanz está fora de competição por sua, mais que tendência, derrama homossexual; já está mais que ocupado tendo de enfrentar a mofa cruel dos machinhos que exageram na mão, o acossam ou o empurram com o ombro cada vez que cruzam com ele. Quelo Zuazo habita um planeta ainda inexplorado e o Chulo Ochoa frequenta o instituto com a mesma paixão com que um engenheiro nuclear aceitaria estudar numa escola primária. Pedro Suanzes e Edu Velázquez são dois góticos, solitários, cabelo comprido, roupa preta, respeitados em sua automarginalização pela suspeita de que planejam assassinar o restante da turma mediante algum método doloroso. O Erizo Sousa é um equatoriano de cabelo espetado e riso de lagartixa. E depois vem Colorines, apelidado assim por causa da variedade de cores com que se veste, quase um arco-íris.

O reflexo de sol que entra pelo vidro e pousa nas carteiras às vezes oferece mais interesse que a aula. Sylvia desejaria saltar com vara sobre sua idade. Ter mais dez anos. Agora mesmo. Levantar-se sem licença, avançar entre as fileiras de carteiras, chegar à porta e deixar para trás o que agora vive. Apesar de tudo, Sylvia ainda não incorreu na ausência total de Colorines, que às vezes brinca com a tampa da caneta no meio da espessa selva de cachos de Sylvia, como se sonhasse com encontrar um tucano ou alguma outra ave exótica debaixo do mato de cabelo preto. Sylvia não gosta de seu cabelo. Preferiria a cabeleira loura de Nadia, a bielo-russa adotada, ou o cabelo liso de Alba, duas de suas melhores amigas da sala. O bom do cabelo é que pelo menos você não tem de vê-lo a toda hora. Não acontece o mesmo com os peitos. Dois anos atrás Sylvia suplicava em segredo que lhe crescessem; agora suspeita que seus desejos se tornaram realidade, demasiada realidade. Como se as preces pela chuva trouxessem inundações. Não se atreve a dar um passo sem seu imenso sutiã, essa peça que sempre lhe pareceu ortopédica. Na rua convive com os olhares lascivos que se cravam neles, na ginástica ouve Santiso e Ochoa brincar com o bamboleio incontrolável, em qualquer conversa há um instante em que suas tetas se apropriam da atenção, do espaço e do tempo. Quando escolhe uma camiseta ou um pulôver, ela o faz em concorrência com suas tetas, porque, se elas se destacam, o restante de sua pessoa é ignorado. Às vezes ela mesma brinca, não é agradável chegar a todos os lugares um minuto depois dos peitos. Sua amiga Mai lhe joga na cara que em lugar de camisas compre camisolas, preferiria ser uma tábua como eu, porque dá no mesmo eu me olhar de costas ou de frente?, mas Sylvia suspeita que ela finge inveja para diminuir-lhe o complexo.

Nessa mesma carteira terão se sentado outros antes dela, envoltos também por esse sabor agridoce, por esse desejo de desejar. O Instituto Félix Paravicino foi fundado em 1932, foi ampliado em 1967 com um impessoal prédio de cimento que insulta sua original beleza de tijolo, e em 1985 passou de feminino a misto. No prédio antigo as escadas são amplas com piso de desenhos trançados bem elaborados e corrimão de madeira que milhares de mãos jovens acariciam cada dia. No prédio novo as escadas são estreitas e de lajota de privada, com corrimãos de pinho barato envernizado. No prédio velho as janelas são amplas, com duas folhas de madeira e um fecho de ferro que gira com um roçar agradável. No prédio novo as janelas são de alumínio, com uma maçaneta que range ao ser usada. Os corredores do velho prédio são largos, luminosos, de azulejo modernista. No novo são corredores estreitos, escuros, balizados por portas miúdas de madeira oca. Quando alguém passa de um prédio a outro sofre uma bofetada estética; se servisse de julgamento concludente, o progresso seria considerado detestável.

Na sexta-feira lhe é mais insuportável a sucessão de matérias. Dona Pilar, de história, na primeira hora. Apelidada "Eu estive ali", porque por mais distante que seja o episódio que explique aparenta idade suficiente para tê-lo vivido. Dizem que conseguiu falsificar o atestado de óbito para fingir que continua viva. No panteão familiar lhe deram um ultimato: guardam-lhe o lugar somente por mais dois meses. Os olhos de Dionisio, de inglês, brilham mais que os dos alunos quando chega o final da aula, embora não pareça esperá-lo nada mais excitante que a imprensa esportiva ou talvez alguma dessas páginas da internet onde aparecem mulheres transando com um cavalo. Carmen, de língua espanhola, tem um problema nervoso na mandíbula e tem como limite falar dez minutos: o restante ela dedica a exercícios sintáticos. Durante a aula põe a mão na mandíbula como se fosse soltar-se, e, embora transmita um sofrimento perpétuo, os alunos asseguram que tudo se deve a suas selvagens práticas de sexo oral. Seu Emilio, de física, percorre incansavelmente os corredores entre as carteiras, como se aspirasse a superar uma marca olímpica. Seus estudantes o imaginam chegando em casa orgulhoso, meu bem, hoje sete quilômetros em quatro aulas. Octavio, de matemática, usa um basto bigode e tem paralisia no pescoço, pende para a direita teso e instável, como se soprasse um vento intenso do lado oposto. É o único que às vezes lhes dá a alegria de interromper a aula para falar da realidade, lhes comenta um programa de televisão, uma notícia curiosa ou os ajuda a calcular o que significa uma subida de preços aplicada a seus interesses juvenis. Qualquer possibilidade de livrar-se da aula durante um instante é recebida como uma festa. No ano passado deixavam para o Bombillo o jornal sobre a mesa para fazer com que o comentasse e deixar assim passar a hora. Para Sylvia os professores têm uma aparência de ter interrompido sua existência real para ser apenas professores. Se os encontra na rua, lhe são irreconhecíveis, como um médico fora da consulta. Algo parecido com o que lhe contou sua mãe numa ocasião em que foi ao teatro e da fila de frente alguém a cumprimentou com familiaridade. Só ao chegar ao terceiro ato se deu conta de que era seu dentista.

Mas Sylvia não tem melhor opinião de seus colegas. A classe é um coro de bocejos. Nos intervalos correm para agrupar-se, como se temessem ficar um segundo a sós. Na cafeteria ou no pátio se juntam diante de uma revista ou da tela do celular e trocam entre risadas indiscretas mensagens breves. Depois vêm os esportistas, para os quais a aula é um tempo intolerável de banco antes de continuar a partida eterna. No pátio são disputadas seis partidas simultâneas de futebol, uma delas com uma bolinha de tênis numa versão reduzida do jogo imprópria para míopes. Sylvia e suas amigas não podem descuidar-se, porque sempre há alguém que pratica a pontaria com boladas em suas bundas ou em seus ventres e elas têm de disfarçar a dor enquanto os outros comemoram a brincadeira. Os ausentes são aqueles que não conseguiram entrar em nenhum grupo majoritário e vagam pelas instalações como camaleões que ocultam a solidão. E vêm enfim os que levam a sério os estudos, que trocam material na biblioteca, e amiúde durante os recreios não saem da sala.

Às vezes, quando algum professor termina a explicação e pergunta se têm alguma dúvida, Sylvia tem vontade de levantar a mão e dizer sim, poderia recomeçar do princípio?, mas do princípio do princípio, a partir do momento em que nascemos, porque ainda não compreendi nada nesses quase dezesseis anos de vida.

O verão terminou. Duas semanas atrás, no primeiro sábado de aula, Sylvia saiu com a amiga Mai. Conheceu um garoto e se embebedaram de cerveja. Só fazia três meses que tinha começado a beber álcool. Dançaram juntos suando no calor do local abarrotado, e Sylvia acabou com as costas contra a parede do banheiro, o olhar fixo num quebrado azulejo cor de canela, a saliva perto dele, de sua respiração, e de sua mão nervosa que depois de fracassar com o fecho do sutiã lutava para conseguir meter os dedos por baixo da calcinha. O banheiro estava sujo, o garoto se chamava Pablo e era impossível entender o que ele dizia entre sussurros úmidos ao ouvido por culpa da música atroadora. Custou-lhe separar-se e sair correndo entre as poças de urina do banheiro para procurar ar na rua. Quando levantou os olhos, ele a olhava imóvel da calçada oposta.

Tampouco ia ser ele. Tampouco ele.

Por sorte Mai a levou para casa e conseguiu apagar o rastro de fumaça, cerveja e desejo confuso. Não fique obcecada. A virgindade é perdida com o pensamento, dizia Mai. Com o pensamento e com as masturbações, linda. Você não é virgem, Sy, acontece apenas que você ainda não esteve com nenhum homem.

Mai morava a seis ruas de Sylvia, embora só tivessem começado a se relacionar no instituto. Ela era um ano mais velha, mas compartilhavam um canto na cafeteria, uma espécie de fortim onde Mai exercia o direito de admissão com chicotadas de sua língua viperina. Só alguns poucos podiam compartilhar o mundo de seus gostos. Sylvia tinha modelado os seus próprios gostos com o critério firme de Mai. Graças a ela tinha usado a primeira saia curta, as primeiras meias pretas, as botas de sola grossa e, embora ainda não tivesse se atrevido a usar as camisetas sem ombreiras por medo do escândalo de seu busto, foi Mai que colocou no polegar de Sylvia o anel de prata que compraram juntas num mercadinho de artesanato. Começou a escrever seu nome com "y" como ela lhe sugeriu e a escutar música decente. Para Mai a música se dividia em decente e o restante. Mai se tinha perfurado o nariz com uma argola prateada, urinava de pé e fumava desde os treze anos.

No verão passado Mai tinha se envolvido com um garoto que conheceu na Irlanda, quando estudava inglês. Passou todo o mês de julho trepando, como anunciava a Sylvia em lacônicos e-mails. "Sy, sou outra. Sim, sou outra!", lhe escreveu um dia. Quando as amigas se reencontraram no aeroporto, Sylvia sentiu que Mai era outra. As espinhas do queixo tinham desaparecido, tinha intercalado o cabelo preto com mechas vermelhas e o corte deixava a franja tapar-lhe um olho, meu olho feio. Tinha tatuado uma trepadeira com folhas em forma de lâminas de barbear ao redor do tornozelo esquerdo e agora tomava banho quase diariamente. Parecia a Sylvia que a boca de Mai estava mais carnosa, os lábios mais voluptuosos. Mas era no riso de Mai que tinha se dado a mutação absoluta. Ela já não ria com o costumeiro desprezo algo torcido. Não. Agora lhe brotavam gargalhadas livres que nasciam bem dentro dela, um autêntico riso franco que a Sylvia cheirava a sexo e satisfação.

É como se a boceta tivesse começado a fazer parte de meu corpo com todos os seus direitos e não como antes, que parecia o sublocatário de um apartamento no térreo. Depois lhe falava de Mateo. É de León, de modo que inglês não pratiquei muito.

Sylvia escutava Mai falar de sua relação e sentia algo estranho. Ainda não o identificava como o desejo que assobia junto a seu ouvido.

Em sua pocilga, como Mai chamava o quarto de sua casa repleto de CDs e roupa de feira, não entrava o romantismo. Mas agora cada sexta-feira pegava um ônibus para passar o fim de semana com seu garoto num velho casarão do Bierzo. Você vai se transformar numa aldeã de faces rosadas, lhe dizia Sylvia, e a brincadeira encobria o medo da perda de cumplicidade.

Na mesa da cafeteria juntava-se a elas Dani. Ia para a aula com Mai, e sua amizade tinha nascido de maneira espontânea. Um dia em que Mai cantarolava incansavelmente uma música, apoiada num inglês de algibeira, Dani lhe tocou o ombro e lhe estendeu uma folha usada de papel. Nas margens tinha escrito a letra da música. Até então não tinha falado mais de dois monossílabos com esse garoto de óculos de aro fino e prateado e olhar fugidio. A música era de uma banda de Denver liderada por um sujeito escuro que dava concertos rodeado de seus músicos, mas sentado num poltronão de orelhas. Chamava-se "Let's Pretend the World Is Made for Us Only", e precisamente a esse mundo delimitado por ela mesma em que Mai dizia viver se juntou Dani.

Nessa sexta-feira Mai falta às duas últimas aulas para chegar ao ônibus da Alsa com destino a León que sai às três e meia. Sylvia a vê afastar-se do instituto com os fones de ouvido debaixo do cabelo, o andar de homem e as botonas pretas combinando com a exagerada sombra dos olhos.

Na hora da saída, Sylvia esbarra com Dani. Na verdade, esperou-o para topar com ele, após dar voltas inquieta diante do quadro de avisos da recepção. Satur, o bedel, lê um jornal de futebol e se despede com uma inclinação de cabeça de cada professor que sai; aos alunos só dedica um mastigado desprezo. Ao fundo do corredor há um quadro enorme do frade que dá nome ao instituto, uma reprodução do retrato pintado por El Greco, com um lema gravado em letras estilizadas: "Nem tão soberbo que presuma agradar a todos, nem tão humilde que ceda ao descontentamento de alguns." Mil vezes os olhos dos estudantes releem a frase sem conseguir entendê-la nem prestar muita atenção a ela.

Sylvia finge encontrar Dani por acaso e ele levanta os olhos da revista gratuita que está lendo, uma dessas bíblias do gosto juvenil.

Escute, Dani, no domingo vou comemorar meu aniversário lá em casa. Ah, sim? Muitas felicidades. Vou fazer uma festinha... Mai vai. E outros. Quer ir também? Dani leva um instante para responder. No domingo? É, de tarde. Lá pelas quatro e meia, cinco. Ah, não sei o que tenho para fazer nessa hora.

Caminham pela rua. Carros em fila dupla e barulho de buzinas. Às sextas-feiras a saída norte fica engarrafada. O cruzamento de avenidas é dominado por um Corte Inglés triunfante como uma catedral moderna. Uma atriz americana e loura com nariz suspeito de tão perfeito convida a consumir o outono. A calça jeans de Dani cai da cintura, com as bocas desfiadas na altura dos calcanhares. Sylvia está convencida de que seus lábios são demasiado finos e os potencia com uma expressão ensaiada duas mil vezes diante do espelho, a boca entreaberta.

Vai ter batata frita, Coca-Cola, sanduíches?, pergunta ele.

É claro, e um palhaço para encher balõezinhos em forma de pau, Sylvia põe de novo a mochila no ombro. Conto com você? Dani diz que sim. Dezesseis anos, não?, diz depois. Pois é, dezesseis. Uma velha.

Ao caminhar, o cabelo de Sylvia flutua sobre os ombros. Ela o usa solto e, ao descer, as pontas se elevam, leves, e voltam a pousar. Dani vai para o metrô. Ao se despedirem, ela está prestes a dizer-lhe a verdade. Não há nenhuma festa. É tudo uma estúpida tentativa de forçar um encontro a sós. Mas se limita a responder ao seu tchau com um idêntico.

Sylvia caminha até a casa. Há uma leve brisa que vem de trás e que empurra um cacho para a face. Como faz sempre que está nervosa, Sylvia morde a mecha de cabelo e caminha com ela na boca.

2

Aurora quebrou o quadril de forma nada aparatosa. Ao sair da banheira, levantou a perna para saltar pela borda e de repente notou um leve rangido. Sentiu um leve estremecimento e suas pernas perderam a solidez. Caiu devagar, com tempo de tocar com a ponta dos dedos os azulejos da parede e ajeitar-se para o impacto. O cotovelo bateu nas torneiras provocando-lhe uma dor fria, e um instante depois ela estava parada, nua e vencida, sobre o ainda úmido fundo da banheira. Papai, quis gritar, mas a voz lhe saía fraca. Tentou levantar a voz, mas o máximo que conseguiu fazer foi espaçar um lamento repetitivo.

Papai... papai... papai.

O rumor chega até a salinha dos fundos, onde Leandro lê o jornal. Sua primeira reação é pensar que sua mulher o chama para qualquer bobagem, que lhe pegue uma vasilha de temperos lá no alto, perguntar-lhe alguma coisa corriqueira. De modo que responde de má vontade, o que é que está acontecendo?, e não encontra resposta. Sem pressa, fecha o jornal e se levanta. Depois se envergonhará da irritação que lhe provoca ter de parar a leitura. É sempre a mesma coisa, é sentar-se para ler e ela lhe falar por cima do som do rádio ou do telefone tocando e da campainha, e a pergunta dela, você abre?, quando já está com o telefone na mão. Percorre o corredor até identificar o lugar de onde provém o monótono chamado. Não há urgência na voz de Aurora. Talvez fatalismo. Ao abrir a porta do banheiro e encontrar sua mulher parada, pensa que ela está doente, enjoada e tonta, procura sangue, um vômito, mas só vê o branco da banheira e sua pele nua como uma tinta transparente.

Sem se falarem, num silêncio estranho, Leandro se prepara para levantá-la. Segura seu corpo esbranquiçado, velho. A carne flácida, os seios murchos, os braços e as coxas inertes, as veias deixando-se descobrir em linhas violeta.

Não me mova, não. Acho que quebrei algo. Você escorregou? Não, de repente... Onde é que dói? Não sei. Calma. Num gesto que não consegue explicar, Leandro, que está casado com Aurora há quarenta e sete anos, pega uma toalha próxima e cobre o corpo de sua mulher com pudor.

Leandro repara no fundo da banheira. Velha, lixada pelo roçar da água, repintada em alguns pedaços com um esmalte branco que não combina com o restante. Leandro tem setenta e três anos. Sua mulher, Aurora, menos dois. A banheira logo fará quarenta e um anos de serviço, e Leandro lembra agora que há dois ou três anos

Aurora lhe falou de substituí-la por uma nova. Procure algo de que você goste e se não for muita confusão, lhe disse ele sem muito ânimo. Mas por que parava nesse instante para pensar na banheira?
Que faço?, pergunta ele, perdido, incapaz de reagir. Chame uma ambulância. Leandro é invadido por uma vergonha irreprimível. Pensa na confusão da vizinhança, nas explicações. É sério? É, vamos, chame-a. E vista-me, dê-me o roupão.
Leandro liga para o telefone de emergências, lhe passam um médico que recomenda não movê-la e que lhe pede informação sobre a queda, sobre os sintomas de dor, sobre a idade, sobre o estado de saúde. Por um momento ele pensa que a única atenção que vão receber é telefônica, como outros serviços ao cliente, e então insiste, aterrorizado, mandem alguém, por favor. Não se preocupe, uma ambulância está a caminho. A espera se estende por mais de vinte minutos. Aurora tenta vestir-se, pôs os braços nas mangas do roupão, mas cada movimento lhe causa dor. Ponha-me uma camisola na bolsa e uma muda, lhe pede Aurora.
Os homens que chegam trazem barulho, atividade, de alguma maneira um consolo para a quietude tensa do tempo anterior. Transportam Aurora numa maca escadas abaixo até a ambulância. Leandro, desnorteado e deslocado, é convidado a subir. Procura com o olhar na roda de vizinhos um rosto conhecido. Ali está a viúva com que tiveram problemas por sua negativa a pagar junto com todos a instalação de um elevador no velho prédio. Ela o olha com curiosidade com seus pequenos olhos miseráveis. À senhora Carmen, de seu mesmo andar, ele pede que suba para fechar a porta de casa, que deixou aberta. No trajeto, sob as rajadas agudas da sirene, Aurora segura a mão de Leandro. Fique tranquilo, lhe diz. O enfermeiro, com seu ridículo jaleco fosforescente, os olha com um sorriso, vocês já vão ver que não é nada.
E ligue do hospital para Lorenzo, insiste, é estranho que não esteja com o celular. Sylvia deve estar na aula, mas não os assuste, hem?, não os assuste, lhe diz Aurora. Lorenzo é seu único filho e Sylvia é sua neta. Leandro concorda, segura a mão de Aurora, incômodo. Eu a amo, pensa. Sempre a amei. Não diz nada porque nesse instante tem medo. Um medo paralisante e ameaçador. No interior

apertado e sem janelas da ambulância, percebe a velocidade com que se deslocam pela cidade. Para que hospital vamos?, pergunta Aurora. E Leandro pensa mas, é claro, como não pensei em perguntá-lo, eu teria que me ocupar destas coisas, mas sua cabeça é uma interferência confusa de mil sensações cruzadas.

3

Lorenzo ouviu chegar a manhã, como se a manhã chegasse na ponta dos pés. O ritmo dos carros aumentou. O caminhão do lixo. Os primeiros zumbidos do elevador. A porta metálica de uma loja que abre na rua. O despertador da filha, com esses três minutos de pausa que concede antes de voltar a tocar. Ele a ouviu tomar banho depressa. Tomar o café da manhã em pé e sair de casa. O helicóptero da polícia que atravessa a cidade a essa hora. Algumas buzinas, um motor de carro que demora a pegar. Suas mãos estavam aferradas ao rebuço dos lençóis num gesto crispado. Ao soltar-se, nota os dedos intumescidos, estão há horas tensos, agarrados à colcha como os de um alpinista às cordas. O sol de outono começou a bater na persiana e a esquentar o quarto.

Passa a mão na cabeça. Tinha perdido tanto cabelo nos últimos meses... Quando jovem tinha entradas, mas agora era algo demolidor. Tomava Propécia e comprava um xampu antiqueda, depois de fracassar com conselhos menos autorizados. No princípio Pilar se ria ao vê-lo contar os fios que ficavam no pente ou colocar uma mecha com tira-linhas. Depois se deu conta do drama que aquilo representava para ele e evitava o assunto. Porra, estou ficando careca, dizia Lorenzo às vezes, e ela tentava tranquilizá-lo, não seja exagerado. Mas ele não exagerava.

O cabelo foi a primeira de uma longa série de coisas perdidas, pensava agora Lorenzo. Suas mãos se agarravam também aos lençóis num gesto de proteção, de conservação. Como se perder tudo não fosse um medo abstrato, mas algo que lhe sucedia aqui e agora.

Mas o que é que você fez, Lorenzo? O que é que você fez?

São cerca de dez da manhã quando o telefone toca com insistência. Tinha tomado a precaução de desligar o celular e guardá-lo na gaveta da mesinha de cabeceira. Mas o telefone de casa não parava de tocar. Na sala e na cozinha. Cada um com seu timbre. O sem fio da sala, mais agudo, mais elétrico. Não ia pegá-lo, não ia atender. Não estava em casa. Ouvia-o tocar por um tempo e depois parar de tocar. Uma breve pausa e tocava de novo. Era evidente que se tratava da mesma pessoa ligando de maneira tenaz e repetitiva. Não ia cansar-se nunca? Lorenzo estava com medo.

O que é que você fez, Lorenzo? Que merda você fez?

Na noite anterior Lorenzo tinha matado um homem. Um homem que ele conhecia. Um homem que tinha sido, por alguns anos, seu melhor amigo. Ao vê-lo de novo, apesar das circunstâncias incomuns em que se deu o reencontro, apesar da violência que se desencadeou, Lorenzo não conseguiu evitar lembrar-se da última vez em que se tinham visto, fazia quase um ano. Paco estava mudado, um pouco mais gordo. Conservava o cabelo intacto, com a mesma mecha clara de sempre, mas parecia mais lento, mais pesado de movimentos. Nós dois mudamos, pensou Lorenzo entocado na escuridão. Paco estava com um rosto plácido. Era feliz? Isso se perguntou Lorenzo, e a mera suspeita de que o fosse poderia servir de atenuante ao que depois aconteceu. Não, não podia ser feliz, seria demasiado injusto.

Lorenzo tinha fugido dali com os olhos cinza de Paco cravados em seus olhos. Não é fácil matar um homem que você conhece, lutar com ele. É sujo. Tem algo de suicídio, você mata algo de você mesmo, todo o compartilhado. Algo de morte própria. Também não é fácil permanecer imóvel diante de um corpo que morre e tentar adivinhar se já não respira ou está apenas sem sentidos. Depois repassar cada erro cometido, cada movimento, pensar o que fará quem chegar depois ao lugar para averiguar o sucedido. Aguçar o ouvido para assegurar-se de que ninguém está escutando, para preparar a covarde fuga. Há fugas corajosas?

Lorenzo saiu por onde tinha entrado, pela cerca dos fundos, depois de passar a mão pelo lombo do cachorro, que lhe lambeu as botas. Tinha deixado aberta a torneira da mangueira guardada na garagem para inundar o lugar. Transformá-la num aquário ajudaria a eliminar os vestígios, a complicar o trabalho de reconstituição. Elevou-se sobre o pilar de tijolo, olhou para ambos os lados e saltou a cerca. Podia ter sido visto por algum vizinho, gravado por alguma câmara de segurança. Caminhou até seu carro sem pressa. Alguém podia observá-lo, anotar a placa, recordar seu rosto. Não era um bairro de luxo, mas nessa área de Mirasierra com casas e prédios de poucos apartamentos os estranhos chamam a atenção. Tampouco era madrugada. Eram onze e quinze da noite de uma quinta-feira. Uma hora cotidiana, normal, de modo algum uma hora criminosa. Tinha matado um homem na garagem, um homem que ele conhecia. Tudo não passara de um acidente, de um erro alimentado pelo rancor que Lorenzo guardava contra Paco. O rancor é mau conselheiro para um homem.

Lorenzo não considerava seu crime algo frio, premeditado. Não era o final planejado. Mas quando foi surpreendido pelos faróis do carro, quando levantou a porta da garagem e ele se escondeu atrás da churrasqueira envolta em sua capa verde, já sabia o que ia acontecer. Não hesitou.

Lorenzo levava um facão. Quando o comprou, prevendo algum incidente, pensava mais no cachorro que em Paco. Embora soubesse que era um cachorro manso, que latia mas depois festejava as visitas, podia acontecer que tivesse morrido e tivessem agora um cachorro diferente, violento de verdade. Sim, o cachorro justificava o facão. Mas, quando Lorenzo estendeu a mão e pegou no cabo no fundo da bolsa esportiva, soube que o facão sempre fora destinado a Paco. Recordou-se de si mesmo na barraca de alpinismo enquanto segurava a lâmina afiada. Em que pensava então?

Lorenzo tinha seguido depois o plano estabelecido. Após mudar de roupa dentro de seu carro, tinha borrifado com gasolina a roupa e as botas dois números maiores que seu pé. Deixou-os queimar na caçamba de uma obra solitária, mas qualquer um poderia ter visto o clarão das chamas e, embora fosse no outro extremo da cidade, relacionaria aquele homem com o assassinato. Descreveria Lorenzo como um homem corpulento, de mais de quarenta, calvo, sim, diria calvo, que dirige um carro vermelho gasto e se conhecesse marcas até precisaria, um Opel Astra. O tempo que levaria para ordenar as evidências seria o tempo que Lorenzo deixava passar, entrincheirado entre os lençóis, com o braço dolorido por algum movimento brusco na noite anterior. Ainda não viu o roxo intenso que os dedos do amigo Paco lhe deixaram como marca do forcejar nos braços. Verá as manchas-rochas ovais, do tamanho de uma moeda, e conhecerá o vestígio físico que um homem deixa ao tentar agarrar-se à vida que lhe escapa. O telefone voltou a tocar. Como uma ameaça suspensa no ar.

4

Ariel é dessas pessoas que nunca se imaginaram chorando num aeroporto. Por mais ternura que lhe causasse espiar as lágrimas dos outros nesses lugares de despedidas e reencontros, estava convencido de que ele sempre conservaria o pudor para evitá-las. Agora se alegra por ter levado os óculos escuros, pois está com os olhos cheios de lágrimas.

O chefe de segurança do clube, Ormazábal, lhe disse que perguntasse por Ángel Louro, é o comissário do aeroporto. O guarda do controle de passaportes ouviu pronunciar o nome de seu superior e levantou os olhos. Reconheceu Ariel atrás dos óculos escuros e o deixou passar com um sorriso cúmplice. Assim Ariel conseguiu acompanhar o irmão até o portão de embarque. Àquela hora da noite, num sábado, o aeroporto estava tranquilo. Tinha-o impressionado, no check-in, ver ir a mala do irmão, metálica, enorme, coberta de adesivos, levada pela esteira transportadora. A mala, a mesma mala que tinha chegado com eles um mês e meio antes. Ia-se. E Ariel ficava sozinho nesta cidade ainda não domesticada, numa casa enorme onde ao regressar só encontraria o eco de Charlie, seu irmão mais velho.

Charlie era o barulho e a euforia, a agitação, as decisões, o temperamento, a voz. Em Buenos Aires, quando o zum-zum sobre o interesse de algum time espanhol por ele passou de rumor a realidade firme, Ariel não hesitou um só instante. Você vai comigo, Charlie. Seu irmão era esquivo, minha vida é aqui. A mulher, os dois meninos, eu não sirvo de guardião, de babá, de dama de companhia. Nunca disse sim, mas durante a negociação se falou de passagens de avião para ambos, três viagens duplas por temporada, a casa onde vamos morar, o dia em que chegamos, nossos interesses.

Em Ezeiza, quando os dois filhos de Charlie se abraçaram com o pai, Ariel se sentiu egoísta. Necessitava do irmão, chegar com ele, tê-lo por perto, alguém que resolvesse os problemas diários. Mas também sabia que fazia um favor a Charlie. Ele se asfixiava em Buenos Aires, a vida familiar e o trabalho o esmagavam, como dizia ele. Embora o ouvisse tranquilizar os rapazes, não se preocupem, quem vai é o tio Ariel, eu regresso logo, sabia que Charlie se ia com gosto, que ansiava Madri. Levava o irmão mais velho porque sabia que ele desfrutava da aventura. A carreira de Ariel, desde o início, era uma experiência que Charlie vivia de modo vicário, mais ainda desde que seu irmão se tornou profissional do futebol.

Deixavam para trás os pais. Ele com seu trabalho de engenheiro municipal e ela fingindo-se de dura, embora se rasgasse no dia da partida e avisasse, ao aeroporto não vou, tenho que proteger este coração. O pai, sim, foi, ficou do outro lado do controle, segurando os dois netos pelo peito e com a esposa de Charlie atrás. Ela chorava. Perdia um marido, talvez, pensou então Ariel. Mas o velho não chorava. Assistia com uma mescla de orgulho e tensão ao salto de seu filho Ariel para a vida adulta.

De outros jogadores que deixavam a Argentina para tentar a sorte na Europa sabia-se que viajavam com seu séquito. Familiares, babás e os amigos que se transformam em profissionais do negócio de fazer parte de seu círculo íntimo. Os amigos do tempo bom, como diria o Dragón Colosio, os que desaparecem quando chega a tempestade. Amigos de bar e cabaré que conseguiam tornar menos abismal a hora do fechamento. Tinha que proteger-se do vazio, do desconhecido. Mas seu pai tinha respondido a Ariel, quando se propôs a acompanhá-lo a Madri, não seja como esses doentes que deixam que os de seu círculo levem a pique seu dinheiro e sua vida, aproveite para conhecer outro país e banque a você como lhe cabe, mas a você só. Quando soube que Charlie acompanharia a Ariel se limitou a dar de ombros.

Com Charlie a seu lado Ariel podia fechar os olhos no avião a caminho da Espanha e dormir a maior parte do voo com a proximidade inquieta do irmão, que via todos os filmes ao mesmo tempo nos canais de sua tela, pedia outra cerveja quando ainda lhe restava metade da anterior, falava em voz alta e divertida, paquerava a aeromoça, e na Espanha todas as garotas são tão bonitas como você? Irradiava a segurança do irmão maior, a mesma com que levou Ariel pela mão à Escuela Maternal Almirante Curiel em seu primeiro dia de aula, com quatro anos, e ao pisar o piso gasto do pátio lhe disse se alguém tocar em você ou o tratar mal, guarde seu nome e me diga depois. Você não brigue com ninguém, está bem?

Ariel tinha se sentido o mesmo menino do primeiro dia de escola ao aterrissar no verão escaldante do mês de julho em Barajas e ver-se encurralado por uma tropa de fotógrafos e câmeras de televisão que lhe disparavam perguntas sobre suas expectativas e sobre seu conhecimento do gosto espanhol ou sobre a suposta polêmica em torno de seu número, Dani Vilar não queria ceder-lhe o número sete. A seu lado, Charlie, sorrindo de lado, o guiava para a saída e repetia, já haverá oportunidade para as perguntas, senhores, já haverá oportunidade, e se encontrava com o enviado do clube, era a primeira vez que via Ormazábal, e lhe dizia com autoridade, onde está o carro, cacete? Era o mesmo irmão que com dez anos quando Ariel comemorava seu quinto aniversário o convenceu de que ele sempre teria o dobro de sua idade, como ocorria nesse momento. Quando você tiver dez, eu terei vinte, e quando você tiver cinquenta eu terei cem. E, embora então a matemática já negasse esse forçado raciocínio, Ariel nunca tinha duvidado de que seu irmão era o dobro dele em tudo.

Mas agora ele se ia. Por isso não tinha tirado os óculos nem na sala Vip onde esperaram o embarque. Não queria que ninguém o importunasse pedindo-lhe um autógrafo, mas tampouco estava seguro de dominar as lágrimas, por mais que o irmão tirasse dramaticidade da separação, eu tinha que regressar. É um pouco antes do que pensava, é verdade, mas isso ia passar.

Charlie disse a Ariel tudo o que ficava em ordem, organizado. A casa alugada pelo clube, uma residência nas redondezas, numa urbanização de luxo onde havia políticos aposentados, empresários de sucesso, algumas estrelas da televisão, um lugar onde a ninguém chamasse a atenção a presença de um jogador de futebol. Emilia e Luciano eram o casal que cuidava da casa. Ele se ocupava do jardim e do conserto de qualquer avaria, ela fazia a faxina e cozinhava. Ambos desapareciam às três da tarde. Quando Ariel se desculpou uma manhã antes de ir para o treino porque a mesa da sala tinha amanhecido cheia de garrafas de cerveja vazias, cinza e guimbas deixadas por Charlie, Emilia o tranquilizou, nesses dois anos tivemos um executivo inglês e de verdade nunca conheci alguém tão porco. Se lhe digo que Luciano teve que repintar as paredes e até trocar as tampas dos vasos está tudo dito. E isso porque era diretor de uma multinacional de produtos de limpeza, pois em casa do ferreiro, espeto de pau.

Emilia, lhe dizia Charlie, tratará você como uma mãe. Você já viu como cozinha. O problema do carro eles resolveram doze horas depois de chegar a Madri. No clube eles tinham ofertas de todas as marcas e Charlie escolheu um Porsche Carrera cor platinada metalizada depois de visitar a concessionária com o ajudante do chefe de imprensa. Diante das dúvidas de Ariel quanto à escolha, Charlie foi taxativo, é um carro desafiador, para ir deixando claro que você vem para se fazer ver. Neste time você tem que conquistar o lugar até no estacionamento do estádio. E se se cansar dele troque, as marcas se matam para se promoverem com jogador de futebol. No aeroporto Charlie o adverte, agora não vá trocar o carro por um 4x4, que eu conheço você. Aqui só as mulheres levam esses carros, para sentir-se mais protegidas em seus pequenos tanques.

No clube já não restam mistérios por revelar. Ele conhece o pessoal que lhe pode ser útil. O presidente era um homem experiente no ramo da construção, mas agora presidia um autêntico império de proteção privada, com mais de cem mil empregados, fabricante de carros blindados, furgões de transporte de dinheiro, alarmes, portas eucouraçadas. Só se interessava pelo futebol se ele lhe custasse insultos da arquibancada, então era irascível, imprevisível e de reações infantis. Sem atrativo, um pouco corcunda, cabelo grisalho, os jogadores o apelidaram de "a mãe de Psicose". Nos primeiros treinos foi ao gramado para cumprimentar os jogadores de futebol e quando apertou a mão do capitão, Amílcar, um veterano jogador brasileiro nacionalizado espanhol, lhe disse mas o senhor continua por aqui?, pensei que já tivesse se aposentado. Embora falasse sério, todos o viram como brincadeira. Relacionava seu sucesso empresarial com a filosofia de jogo, quero que meu time tenha a melhor defesa da liga, que ninguém nos roube a bola. Na apresentação de Ariel, antes da ridícula ação de mostrá-lo às televisões brincando com a bola e com a camisa do time a sós no gramado, o presidente falou aos jornalistas, eu continuo com meu empenho de contratar defensores, de ter um time seguro como uma fortaleza, e me disseram que os argentinos dão bons pontapés e deixam a alma no campo. Ariel foi obrigado a rir e brincar com os jornalistas, sempre me disseram que a melhor defesa é um bom ataque, sem saber com certeza se o proprietário do clube tinha consciência de que acabava de contratar um ponta-esquerda.

Quem mandava de verdade era o diretor esportivo, um ex-jogador da casa, beque central, de quem contavam que podia exibir com orgulho sobre a lareira de sua sala várias tíbias, não poucas fíbulas e até o fêmur de algum adversário caçado no campo. Sua carreira nos escritórios se assentava sobre o oposto, sinuoso e sibilino negociador. Continuavam a chamá-lo por seu nome de jogador, Pujalte, e, quando Ariel lhe perguntou por seu nome de batismo, ele lhe respondeu deixe para lá, todos me chamam de Pujalte, é mais fácil.

O treinador, em contrapartida, não parava de triunfar como jogador, tinha feito um nome num time modesto a que tinha ascendido da Segunda. Baixava a cabeça de modo quase imperceptível quando estava diante de Pujalte, que lhe falava com autoridade quase física, o desafiava com seu passado de jogador experiente. Chamava-se José Luis Requero e praticava um futebol de laboratório, preferia o quadro-negro ao gramado, seu laptop transbordava de estatísticas e tinha sempre por perto um jovem delicado e tímido, diziam que era da família do presidente, que se dedicava a gravar e passar imagens de partidas para corrigir erros próprios ou preparar confrontos com adversários. Requero dizia fazer psicologia de grupo, dava largas palestras táticas apoiadas em anotações de seu inseparável caderno e se algum jornalista sugeria que ele já começava a ser conhecido como "o professor" sorria com nítido agrado. Era sua segunda temporada no clube, após um ano discreto e sem títulos. No primeiro dia de treino lhes apresentou seus colaboradores que incluíam um preparador físico e dois ajudantes, quase clones dele, os massagistas e o roupeiro com sua pequena tropa, e o treinador de arqueiros, um ex-goleiro nascido em Eibar e com feições pré-neandertais. Depois presenteou cada membro do plantel com um exemplar do livro *O triunfo compartilhado,* escrito por dois jovens empresários norte-americanos e que era aberto com uma máxima: "Quando comemorar seu triunfo, não se esqueça de recordar que nada teria conseguido sem a ajuda dos que o cercam." Poucos dias depois na pré-temporada, o livro já era objeto de zombaria generalizada no vestiário, sobretudo por uma frase extraída da página vinte e seis à que atribuíam uma oculta carga homossexual, "um homem com outro homem ao lado são muito mais que dois homens". Sim, é claro, duas boas bichas, resumia com sucesso em seu auditório o lateral Luis Lastra.

Ariel tinha tido diversos treinadores desde a sua contratação, aos dezessete anos, pelo San Lorenzo. Até então, tinha sido jogador de um só mestre, o velho Simbad Colosio, que dirigia uma escola de futebol perto do velho Gasômetro onde se tinham formado centenas de jogadores para um time pequeno que jogava na Quinta. Tinha convidado Ariel a juntar-se a eles aos doze anos, após vê-lo jogar num campeonato da cidade. A Charlie sempre dizia, a única maneira de conseguir algo da perna esquerda de seu irmão é mantê-lo afastado por um tempo dos times profissionais. Poupar-lhe a doentia obsessão nacional por encontrar um novo Maradona. Ariel o teve como diretor técnico durante cinco anos, e com ele se tornou jogador de futebol. Em Buenos Aires é preciso chegar ao futebol grande como um submarino, porque aqui as expectativas matam como punhais, ouviu-o dizer numa ocasião.

Simbad Colosio tinha sido um segundo pai para Ariel. O desinteresse de seu pai pelo futebol, algo que ele qualificava de "ópio autóctone" ou "desgraça nacional" de acordo com o grau de irritação que lhe provocava sua presença em todos os âmbitos, tinha entregado o jovem Ariel nas mãos do velho preparador. Colosio era um homem de aspecto triste, roupa esportiva gasta, cabelo grisalho e que falava devagar segurando pelo ombro o interlocutor. O pai de Ariel não quis repetir com o filho mais novo os erros que acreditava ter cometido com Charlie. Seu empenho por afastá-lo do esporte e da rua não tinha evitado que o filho mais velho se transformasse num empregado sem qualificação da empresa de uns amigos que lhe deviam favores. Casou cedo e aos vinte e dois anos já tinha dois filhos. Durante a adolescência de Charlie, pai e filho se tinham relacionado como cães raivosos, de modo que quando chegou a vez de Ariel seu pai optou pela calma, pela tranquilidade, o que permitia a Ariel dedicar ao futebol suas melhores horas enquanto as notas escolares não fossem demasiado preocupantes.

Chamavam Colosio de Dragón. Tinha-lhe ficado o apelido de sua época de jogador. Agora às vezes o chamavam de Dragón Dormido, porque seu temperamento parecia apaziguado até que explodia no que parecia uma rabanada feroz do dragão irascível que devia ter sido dele quando contavam que fazia os atacantes perder a bola apenas fazendo-os ouvir sua respiração. Ele ia pegar Ariel na esquina de sua rua em Floresta três vezes por semana em seu Torino branco 1980. Então já tinha pegado na parada do ônibus Macero e Alameda, que moravam em Quilmes e Villa Esmeralda. Os três se sentavam na parte de trás do carro, Ariel lhes dava de presente suas figurinhas repetidas da coleção do campeonato e esperavam que o Dragón se cansasse do próprio silêncio e os presenteasse com algum caso de futebol. Do futebol dos anos 1950 e 1960, de quando os jogadores jovens tinham que engraxar as botas dos veteranos, de quando as bolas eram costuradas, de quando a única droga nos vestiários era uma garrafa térmica de café bem preto e as primeiras anfetaminas, de quando se pedia a bola ao goleiro tratando-o de senhor, de quando não havia televisão e você tinha de guardar na memória as jogadas magistrais e sabê-las contar como Fioravanti, de quando viver do futebol era um luxo ao alcance apenas dos maiores. Falava sem nostalgia, sem mitificar o passado, sempre resmungava para terminar, que merda de anos, meus filhos, que merda de anos.

Dragón Colosio o tinha ensinado a jogar zangado, a não ir para o campo para ganhar amigos, a dizer palavrões aos beques, a exercitar-se durante quinze minutos ao terminar as partidas porque quem não pensa na partida seguinte não é jogador de futebol, a pisar a cal da linha lateral quando esquecer que joga de ponta, a não chorar as derrotas porque chorar é para os tangos. Já quando aos quinze anos um clube profissional quis comprar Ariel e Charlie insistia em que aceitasse, Colosio lhe disse algo que talvez hoje, no aeroporto de Madri, ainda tivesse validade: Ariel, seu irmão é seu irmão e você é você. Então Ariel ficou, por mais que Charlie o tentasse convencer, o Dragón é um perdedor e você não pode deixar que lhe dirija a carreira um perdedor. Agora também fica sozinho e pensa Charlie é Charlie e eu sou eu. Mas quem sou eu?

A rotina o manterá ocupado, lhe dizia Charlie, não vai ter tempo para sentir-se sozinho. Charlie é o último a embarcar, quase desafiador diante dos empregados da companhia aérea que o urgem a fazê-lo. Ele abraça Ariel e ao ouvido, em voz muito baixa, se refere por fim à razão de sua precipitada partida, fiz uma merda, Ariel, e por isso não me mereço ficar a seu lado. Não quero manchá-lo. Agora você tem que voar sozinho, espero que nos faça sentir orgulhosos. Combinado?

Combinado.

Aperta bem forte as costas de Ariel para atraí-lo para si. Não chore, seu bobo, alguém que ganha dois milhões e meio de dólares por ano não pode chorar. E ande que senão vai perder o avião.

Ariel volta pelo mesmo caminho até chegar ao carro estacionado diante do terminal. Regressa ao hotel onde o time passa a noite antes da partida do dia seguinte. Pujalte lhe tinha dado licença para deixar a concentração e acompanhar o irmão ao aeroporto, é claro, a família em primeiro lugar.

Ao entrar no hotel, vê alguns de seus colegas conversar em grupinhos antes de subir para os quartos. Amílcar lhe faz um gesto de cumprimento. É o veterano de maior autoridade. A seu lado está Poggio, o goleiro reserva que fica no banco há cinco anos de maneira ininterrupta, o que me converte na bunda mais bem paga do mundo junto à de Jennifer Lopez, assegura de si mesmo. Também Luis Lastra, um santanderiense que chegou ao time na temporada anterior e que tem um riso contagiante com que comemora às gargalhadas as próprias piadas. De pé, apoiado o tênis imaculado numa cadeira, está o jovem Jorge Blai, que retoca a franjinha lisa diversas vezes. No balcão do bar, o ganense Matuoko, um maciço armário humano, que bebe com dissimulação um gim-tônica afastando-o após cada gole como se quisesse fazer pensar que a taça não é sua. Perto, dois ou três outros jogadores, o grupo de brasileiros, e o treinador de goleiros que come azeitonas de seis em seis e atira os ossos como uma metralhadora na lixeira distante.

Ariel lhes devolve o cumprimento, mas não se junta ao grupo. Caminha para os elevadores e alguém fala com ele junto à recepção. Seu irmão já foi? Teria gostado de me despedir dele. Ariel se vira. Reconhece o rosto suado sob os cachos ruivos e os óculos de grosso aro preto. É um jornalista. Chama-se Raúl, mas todos lhe chamam Ronco porque em lugar de cordas vocais parece ter sarças. *Habitué* dos treinos e das coletivas de imprensa, em seus comentários escritos num jornal sempre se mostrou positivo para com Ariel. Tiveram contato em diferentes ocasiões, mas Ariel evita que se forje uma intimidade falsa, receia os jornalistas. Escrevem sobre pesca, costumava dizer deles o Dragón, quando o único peixe que viram na vida é o que lhes dão de comer nos restaurantes. Ronco lhe anotou seu número de telefone num cartão do hotel e o passa a ele com dois dedos, telefone-me se precisar de qualquer coisa.

Ariel lhe devolve uma expressão de apreço. No espelho do elevador verificará se seus olhos ainda estão avermelhados, se delatam que acaba de chorar. Antes de afastar-se, escuta o jornalista dizer-lhe, com sua voz raspada e afônica, sorte amanhã.

5

Sylvia ouve o pai sair; ele combinou com amigos ir ao futebol. Viu-o envolver um pedaço de lombo em papel-alumínio e pegar o cachecol do time do cabide da entrada. Como uma criança, pensou. Antes almoçaram na cafeteria do hospital, com o avô. Leandro parecia esgotado depois de duas noites sem dormir. Conseguiram convencê-lo a deixar a tia Esther ficar essa noite para dormir no quarto da avó. Não pode haver duas mulheres mais diferentes segundo Sylvia. A avó Aurora é leve, os olhos claros, suave nas formas, amiúde repete o gesto de pousar a mão sobre os lábios, como se risse em segredo ou bocejasse ou calasse algo. Sua tia Esther é convencional, expansiva. Fala aos gritos e ao rir mostra as gengivas rosadas, maiores que os enormes dentes de sua boca de escavadeira. Casou-se e tem cinco filhos e sete netos, cujas fotos ela mostra orgulhosa quando tem oportunidade e também quando não a tem. Sylvia mal vê os primos, e a tia Esther volta a lhe mostrar os retratos em cada ocasião como se mostrasse um mostruário de produtos à venda. De um deles, Miguel, da sua idade, ela se lembra bem. Quebrou um dente de leite de Sylvia anos atrás com uma raquetada. Ao que parece, foi por amor.

O relógio da cozinha marca quatro e meia. Seu pai deixou o rádio ligado, e ele inunda a tarde de domingo com notícias sobre as partidas, com publicidade de cigarro e de bebida. Sylvia treme de nervoso. Em seu quarto põe música e aumenta o volume. O pé direito balança como se tivesse um motor próprio. Sylvia canta por cima da música e tenta não pensar. O frio esfria o desejo; acendamos o fogo. Preferiria não ouvir o timbre do porteiro eletrônico que toca com uma pulsação curta, mas o ouve. Sem pressa, vai até a porta para abrir para Dani.

Ao longo do fim de semana Sylvia esteve tentada a cancelar o encontro várias vezes. Nessa mesma manhã escreveu do corredor do hospital uma mensagem no celular: "Afinal não haverá festa de aniversário, depois nos falamos", mas não chegou a mandá-la a Dani. Desde que o convidara para sua falsa festa, tinha se sentido ridícula. O mesmo nervosismo infantil, quase histérico, dos dias na praia durante o verão passado quando rondava o balcão do quiosque ou jogava na máquina para tirar a dúvida quanto a se um dos que atendiam a olhava com interesse ou, pelo contrário, os vinte e tantos anos dele implicavam uma defasagem insuperável. A defasagem entre o que se deseja e o que se pode conseguir, entre o que se é e o que se quer ser. Da mesma maneira tinha convidado Dani à sua festa de aniversário ainda que não houvesse festa de aniversário.

Na mesma sexta-feira caminhou até casa enquanto desfiava o canto de papelão de sua pasta. Chegou convencida de que o melhor era telefonar para ele e desfazer o convite de alguns minutos antes. Mas encontrou um bilhete do pai junto às migalhas de uma torrada. A avó Aurora fora internada. Ela foi para o hospital e evitou assim a tentação de arrepender-se.

Não se assuste, foi a primeira coisa que lhe disse a avó quando a viu entrar. Em duas horas iriam instalar-lhe uma prótese corretiva, uma solução de plástico contra o envelhecimento dos ossos, mas ela parecia calma e de bom humor. Algumas põem peitos ou lábios de plástico, enquanto eu ponho o quadril.

É um procedimento, a operação é um procedimento, repetia o avô. Verdade, Lorenzo? O que disse o médico? Mas o pai de Sylvia não respondia, dava voltas ao redor do quarto, como se estivesse enjaulado. Lorenzo suava e se queixava do calor. Eu só soube na última hora da manhã, porque estive em entrevistas de trabalho e não tinha ligado o celular, justificava-se.

O médico era alto e com o rosto sulcado de veias vermelhas. Falava para si mesmo, como se mais que informar a família relembrasse uma série de coisas por fazer. Sylvia reparou numa mancha avermelhada em seu jaleco, mas não era de sangue, antes parecia de linguiça. Quando depois da operação tornaram a levá-la para o quarto, a avó estava fraca como um pássaro ferido. O avô insistiu com eles em que se fossem, voltem para casa. Agora está sob efeito da anestesia, aqui vocês não podem fazer nada, lhes disse.

Sylvia e o pai voltaram para casa. Ela preparou algo para jantar, Lorenzo buscava notícias canal após canal. Ligue para sua mãe e conte-lhe, disse a Sylvia. Ela telefonou mais tarde, para o celular. Ao fundo se ouvia um barulho de conversas, estava num restaurante. Pilar lhe pediu o número de quarto do hospital e depois falaram de passarem juntas um fim de semana próximo. Despediram-se calorosamente. Você está bem?, lhe perguntou a mãe. Sylvia disse que sim, sem pensar na resposta.

Sua mãe tinha abandonado o marido cinco meses atrás. Sylvia nunca imaginou que aquilo aconteceria. Seus pais eram para ela um bloco, duas peças encaixadas para sempre. Quando tudo se quebrou, ela entendeu que eles compartilhavam os restos, só os restos, de uma vida em casal, que falavam de nadas cotidianos, que quase nem tinham intimidade apesar da convivência. A mãe de Sylvia, Pilar, tomou a decisão num dia de março, chovia a cântaros e, antes que ao marido, confidenciou à filha o que estava planejando. Vou deixar seu pai, Sylvia. Elas se abraçaram e falaram por longo tempo. O amor se extingue sem que você se dê conta, lhe dizia Pilar. Ela lhe explicou que tinha sido capaz de suportar a lenta demolição, de acostumar-se a sobreviver entre os escombros do que antes fora amor, mas isso se transforma numa laje insuportável no dia em que volta a descobrir a paixão por uma pessoa. A vida se torna invivível e a mentira começa a ferir você. Tenho quarenta e dois anos, você não acha que mereço outra oportunidade?

Sylvia não teve que se esforçar para compreender a mãe, apesar do inesperado da situação. Mas, em lugar de transmitir-lhe essa compreensão, sem saber muito bem por quê, a primeira coisa que disse foi pobre papai. Sua mãe desandou a chorar, muito devagar, com os lábios apertados. Tinha se apaixonado pelo diretor de seu escritório em Madri, Santiago. Pronunciou o nome da maneira como só se pronuncia o nome de alguém a quem se ama. Sua mãe trabalhava numa empresa dedicada à organização de feiras e atos sociais e culturais. Nos últimos dois meses tinham aumentado, agora entendia por quê, as viagens de Pilar, as obrigações de trabalho fora de hora. Pilar e Santiago tinham tido uma aventura prudente até apostarem na nova relação. Depois tinham oferecido a ele a direção da sucursal em sua cidade, Saragoça. Muito antes de isto ocorrer, entre seu pai e mim só restava o cômodo costume de vivermos juntos, de educarmos uma filha juntos, de nos reunirmos com amigos e pouco mais; deixar passar o tempo, explicou a Sylvia. As mães não abandonam os pais e muito menos as filhas, pensou Sylvia. Nesta ocasião, traumática mas esclarecedora, Sylvia olhou para a mãe como para uma mulher, não só como para uma mãe, essa espécie de eletrodoméstico sentimental, e lhe disse você tem que ser feliz.

O pai de Sylvia se tinha agarrado à televisão, à música, ao futebol dos domingos, a tentar recompor sua vida profissional, a equilibrar suas contas, a recuperar um que outro amigo meio esquecido, a sair mais amiúde. Tentava tocar a casa, mostrar-se à disposição da filha, não deixar transparecer a derrota. Sylvia o observava. Tentou ficar mais tempo em casa, cozinhar para ele quando o via sem vontade de nada, acompanhá-lo aos domingos ao meio-dia à casa dos avós. Ele agora dizia "sua mãe" e nunca "Pilar". Pouco a pouco desapareceram as fotos e as lembranças, os detalhes acumulados em vinte anos de vida de casal. Em duas rápidas visitas ela tinha terminado de levar a roupa e seu material de trabalho, que ocupava as prateleiras mais vivas do pequeno escritório. Suas coisas de banho e outros diversos detalhes se foram apagando como a luz da tarde. Diante de Sylvia seus pais não tinham discutido nem se mostraram violentos para além de um silêncio espesso em que tinham lugar essas cenas de separação. Mai sempre contava a Sylvia que a pior época de sua vida fora o divórcio de seus pais, quando uma verdadeira psicóloga lhes disse que pelo meu bem, pelo bem da menina, e eu tinha então sete anos, em vez de se separarem subitamente, o fizessem pouco a pouco; passaram oito meses batendo e insultando um ao outro, de modo que para me evitarem o trauma da separação tive de engolir o horror de sua convivência forçada.

Ela conheceu o novo amor de sua mãe numa cena gélida num restaurante de Madri, e depois Sylvia se envergonharia de seu comportamento mesquinho e nada esforçado. Ela o tinha tornado a ver nas ocasiões em que tinha viajado a Saragoça para verificar como sua mãe tinha se instalado em outra cidade, em outro apartamento, em outra vida. Mas Sylvia mantinha uma inquebrantável fidelidade ao pai. Ele precisa mais de mim, dizia.

Um dia, de repente, os objetos da cozinha já tinham outra organização e os dispersos elementos da casa pareciam postos em outra disposição. O controle da televisão dormia sobre o sofá e já ninguém o punha ordenadamente sobre a mesinha. O telefone sem fio nunca amanhecia no carregador, a lavadora não soava com o mesmo barulho ao girar o tambor nem a fruteira estava sempre cheio na bancada. A sombra de sua mãe não desapareceu de todo, mas sua mão em cada detalhe da casa deixou de ser notada.

Sylvia falou no sábado de tarde com Mai. Estava com seu garoto, longe. A conversa foi curta. Não lhe disse nada do convite feito a Dani para sua falsa festa de aniversário. Sylvia se trancou para escutar música e seu pai lhe perguntou se não ia sair essa noite. Eu vou dar uma volta, anunciou. Sylvia o imaginou como esses homens de meia-idade que às vezes vê numa discoteca ou num bar, que parecem voar baixo, com ar de triste depredador, nus ao sair pela noite sem companhia. Na cama Sylvia se acariciou com mãos que não imaginava próprias. Mai lhe aconselhava ficar sentada por um bom tempo em cima da mão. Até ficar dormente, então parecem os dedos de outro e dá mais gosto tocar-se. Tinha dormido com a decidida intenção de cancelar seus planos do dia seguinte, culpada e ridícula.

Dani traz dois embrulhos que entrega a Sylvia enquanto trocam um beijo no rosto. Sou o primeiro?

Eu não o avisei?, finge Sylvia. Afinal cancelei a festa porque Mai ia para León e os outros perderam a vontade. Não sacaneie, vou embora?, pergunta ele, sentindo-se um pouco incomodado. Não, não, que falha a minha. Dani hesita antes de entrar, que coisa, eu aqui sozinho. Bem, comemoramos você e eu. Também não é preciso que venha muita gente para armar uma festa, não?

Sylvia o leva até seu quarto, onde a música não deixou de tocar. Fecha a porta atrás de si, meu pai foi ao futebol. Sylvia abre o embrulho menor. É um disco de Pulp, na capa uma loura quase de plástico, nua e de bruços sobre um veludo vermelho como seus lábios pintados. Um adesivo de preço com desconto. Não consegue rasgar o invólucro de plástico, envolvida na tentativa enquanto sente subir-lhe o rubor até o rosto. Alguém calculou que cada pessoa perde em média duas semanas de sua vida só tentando tirar a porra do selo dos CDs, diz Dani. Enquanto fala, desembrulha o segundo presente, uma garrafa de tequila Cuervo. Pensei que seríamos muitos, mas vamos ter que beber só nós, diz.

Sylvia traz dois copos pequenos e se senta na cama. Dani examina as paredes do quarto enquanto eles ouvem o novo CD e balançam a cabeça ao ritmo dele. Sylvia revisa os enfeites do quarto em busca de erros imperdoáveis, algo de que se envergonhasse. Há fotos com Mai, um que outro cartaz e muita bagunça. Bebem golinhos e com o segundo brindam. Sylvia abre uma bolsa de batatas fritas e põe pistaches numa vasilha. Dedicam-se a descascá-los e de vez em quando um dos dois faz um comentário sobre a música: "Por que temos que nos matar para demonstrar que estamos vivos?" Bem, não?

Sim. Os tragos ardem na garganta de Sylvia e depois se alojam em seu estômago como uma borbulha de fogo.

Pode ser misturada com Coca-Cola ou é um pecado? Ao contrário, boa ideia, diz Dani. E depois fita os olhos na foto de um cantor na parede. Você acha bonito esse sujeito? Depende de com quem você o compara. Ah, claro, se o compara com o Lelo, diz Dani referindo-se a seu Emilio, o professor de física. Para você ele também deu aula? Dar aula é dizer muito. Passou o ano dando caminhadas entre as carteiras enquanto deixávamos a ponta das canetas na beira para que seu jaleco se enchesse de riscos. O sujeito ia embora como um cristo.

Mais tarde ele traduz para Sylvia enquanto o cantor se arrasta sílaba a sílaba: "Este é o olho da tormenta. É por isso que dão dinheiro homens com capas desbotadas, mas aqui é puro." Cacete, é estranha, não?, diz Sylvia. E depois se sente ridícula pelo comentário. Ela dá um passo e Dani põe a mão em sua nuca, sob os cachos. Sylvia sente que ele leva uma eternidade para aproximar a boca e beijá-la com delicadeza. A primeira coisa que sente é o aro fino dos óculos de Dani roçar sua face. A boca tem sabor de tequila e quando separam os lábios ambos voltam a beber.

Perdem a noção do tempo, mas empregam quarenta e cinco minutos em se beijarem, em acariciarem as costas um do outro, em se atraírem um para o outro. Quando Dani põe a mão na bunda dela, sobre a calça, e depois escarva na cintura para submergir na pele, Sylvia encolhe a barriga porque se sente gorda e depois se apoia na parede. Desabotoa a camisa quadriculada dele devagar e lhe acaricia com a ponta do dedo a linha das costelas. Estou muito bêbada, anuncia ela, e ele enche de novo os copos como única resposta. Beijam-se com a boca inundada de tequila. Escorre-lhes pelo queixo e eles riem. Ele lhe solta o botão da cintura, ela apalpa a excitação de Dani colocando a mão sobre a calça. Impede que lhe solte o elástico do sutiã. Teme que seus peitos se esparramem, se assenhoreiem de tudo. Não vai me deixar despir você?, pergunta Dani. Não, é meu aniversário, diz Sylvia.

Ela tem consciência de que seu medo arruinará o momento. Não vai dar em nada e treme. Ela vai pôr tudo a perder. Retoma a iniciativa como única saída. Abre a cintura da calça de Dani. Estão de pé, juntos. Afasta-lhe as mãos quando ele as põe em seus peitos. Apalpa seu sexo sob a cueca e se evade um instante ao pensar que é a primeira vez em toda a sua vida que toca um pau. Baixa-lhe o elástico até desnudá-lo, mas não olha para baixo. Continuam num beijo que parece preencher tudo, e nele se concentram para não reparar em nada mais. Sylvia passeia a ponta dos dedos sobre o contorno nu dele. Na mesa alcança o papel de presente que escondia a garrafa e, divertida, envolve com ele o sexo de Dani. Este é outro presente, não? Dani ri. Ela começa a masturbá-lo com a mão sobre o papel. Isso o divertirá ou ele saberá que é apenas uma fuga, uma mostra de pânico?

Dani goza com um espasmo e o papel de presente se umedece e duas gotas deslizam até o chão. Sylvia para e o instante se enche de uma fria imobilidade. Eles se separam por prevenção depois de um beijo em que ela se entrega mais que ele. As salivas, de repente, começam a ter um gosto diferente. Sylvia deixa cair o invólucro na lixeira metálica. Dani sobe as calças.

Bebem dois golinhos sem saber que dizer. A essência sexual do momento parece extinta. Sylvia se sente pequena, embora sorria. Não quer que Dani se aproxime nem que a toque, entenderia se se mandasse nesse instante. Embrulhou-lhe o pau em papel de presente e lhe tocou uma punheta, diz a si mesma como se necessitasse enunciar sua ação para dar-se conta do tolo espetáculo que pôs em cena. Se o chão afundasse sobre o andar de baixo, lhe faria um favor.

Adormece a conversa, embora ela mude a música e vá se sentar na cama. Ele se acomoda de pernas abertas na cadeira giratória de Sylvia. Evitam olhar um para o outro. Talvez eu já deva ir embora, não?, diz Dani passado o tempo que considera prudente. Sylvia consulta o despertador e para fazê-lo o aproxima dos olhos como se fosse míope, acho que meu pai não demora a voltar. Despedem-se na porta da casa com dois beijos nas faces que ignoram seus lábios irritados pelo tempo de roçadura. Sylvia o vê descer a escada sem esperar o elevador. Deita-se na cama agarrada a uma almofada, as costas contra a parede. Tem vontade de chorar ou de gritar, mas se limita a escrever no celular uma mensagem para Mai em que lhe pergunta a hora em que seu ônibus chega à rodoviária sul. "23:45", ela lhe responde.

Sylvia necessita falar com ela, contar-lhe tudo, verificar se o que fez pode ser considerado a mais baixa expressão da infantilidade estúpida ou se tem redenção possível. Necessita dizer-lhe como de repente soube que não queria fazer amor com Dani, que se sentiu incapaz de se despir para ele. Suspeita que se ele tivesse insistido ou se tivesse tido o domínio da situação ela não teria podido negar-se a nada. O pavor do ridículo teria vencido o pudor. Quer rir com Mai, que ela lhe diga foi um momento patético-sexy como diz às vezes, que lhe repita sua frase segundo a qual o penoso e o glorioso estão a um dedo de distância. Quer ouvi-la desdramatizar o acontecimento com a mesma desinibição que tem quando lhe grita você nunca vai tirar as teias de aranha da tua boceta! ou deixe de medos, você pensa o quê?, que as pirocas são as máquinas de abrir túneis para o metrô? Quer compartilhar com Mai o pânico de que Dani conte no instituto ou que a partir de agora sejam considerados um casal ou pelo contrário não voltem a se falar nunca mais. Está perdida e necessita do conselho da amiga.

Mas Mai desce do ônibus com expressão cansada. As merdas dos filmes de tiros não me deixaram pregar o olho, lhe diz. Também não dormiu nas noites anteriores. Conta-lhe que passou as mais de quatro horas do trajeto mandando mensagens de celular para seu garoto porque ficou com saudade dele desde o momento em que entrou no ônibus. Sylvia decide não tomar o metrô com ela e a vê descer a escada. Mai se vira antes de desaparecer. Feliz aniversário, figura, eu lhe devo um presente, lhe diz.

Sylvia, sozinha na rua, caminha depressa para descarregar a raiva. A felicidade de Mai é uma traição; seu cansaço, uma ofensa. Desce para o meio da rua porque assim evita os encontros desagradáveis da calçada, que algum ladrãozinho ou tarado a empurre contra um portão. É noite de domingo e a cidade se esvazia enquanto ela caminha. As pessoas se recolhem em suas casas para proteger-se do final do fim de semana. O chão está seco e a luz dos postes mal se reflete no asfalto. Desamarrou-se o cadarço de um pé de suas botas de sola de borracha preta, mas Sylvia não quer parar para amarrá-lo. Dá passadas agressivas, como se desse pontapés no ar. Ignora que ao atravessar a rua que agora percorre a espera a investida de um carro. E, se neste instante sente a dor de seus dezesseis anos recém-feitos, logo sentirá uma dor diferente, de certa maneira mais acessível, o de sua perna direita ao fraturar-se em três lugares.

6

Leandro caminha a essa hora difusa entre o dia e a noite, no domingo, quando algumas pessoas voltam da missa ou do teatro, quando os casais voltam do passeio, quando as luminárias começam a esquentar e ganham pouco a pouco intensidade, quando alguns jovens dão entre si os últimos beijos do fim de semana com sabor de despedida, fastio ou paixão. Quando os familiares desertam dos hospitais ou dos asilos de velhos e nos distantes rádios dos carros ou de algum apartamento com as janelas abertas se escutam os monótonos sinais definitivos de uma loteria que não trouxe sorte para quase ninguém. Leandro avança por uma rua residencial, entre árvores que amarelam, uma rua quase sem tráfico, sem ninguém que atravesse salvo algum vizinho que é passeado por seu cachorro. Em poucas horas será segunda-feira e se estende uma prévia neblina cinza.

Leandro procura o número quarenta, mas o faz da calçada dos ímpares, para manter certa distância. As casas são baixas, com pequenos jardins atrás e uma entrada estreita. Há prédios de quatro ou cinco andares de apartamentos que desafiam as velhas construções com seus tijolos novos, suas varandas de alumínio e sua uniforme feiura. O número quarenta é uma casa de dois andares, a cerca elevada não deixa ver mais que a copa das árvores e as paredes do piso superior de uma cor creme tão gasta que parece cinza. O telhado é de lâminas de ardósia e a fachada é vítima de uma reforma que roubou o pouco encanto da casa. Todas as persianas estão fechadas. Junto à placa com o número há uma luz que assinala a campainha.

Leandro passa ao largo, sem parar.

Afasta-se alguns passos e espia da calçada oposta. Não se atreve o olhar de maneira continuada para a casa, como se esta fosse humana e não gostasse que seus olhares se cruzassem. Baixa os olhos. Levanta-os outra vez. Não há nada ameaçador. Por que tanta prudência se ninguém suspeita de um velho de setenta e três anos? Todo o mundo sabe que seus passos já não podem levar a parte alguma.

Prefere não prolongar a espreita. Decide atravessar a rua e caminha para a porta. Sente um frio que o transtorna, que o convida a ir embora. Certifica-se de que ninguém o olha da calçada ou de alguma janela próxima, espera que um carro percorra velozmente a rua e esconde o rosto para não ser reconhecido. Toca a campainha e por única resposta escuta uma prolongada cigarra elétrica que o insta a empurrar a porta. Há um caminho marcado na grama com pedras planas que termina numa pequena cobertura e numa porta branca sob uma luminária de metacrilato amarelo. São apenas quinze passos, mas a Leandro o esgotam.

Nas duas noites anteriores dormiu de modo intermitente. A cama provisória que se arma no quarto do hospital com as almofadas da poltrona é dura, curta e desconfortável. Provoca-lhe uma pontada nos rins. À meia-noite entrou uma enfermeira para trocar a sonda de Aurora e antes das sete começou a agitação da limpeza. Leandro está esgotado pelos dias anteriores. Na sexta-feira a internação de emergência, a operação de Aurora, a angústia de recuperá-la da sala de operação adormecida e frágil. No dia seguinte às visitas, a fatigante irmã de Aurora com sua euforia sem motivo, dois casais de amigos que souberam do acidente. Manolo Almendros e sua mulher que passaram a tarde do sábado no hospital. Com ele Leandro conversou animadamente, mas a energia do amigo o superava. Caminhava pelo corredor com tal intensidade que podia deixar sulcos nas lajotas. Almendros pensa em voz alta, é engenhoso, inesgotável. Desde que se aposentou do trabalho de representante farmacêutico, lê calhamaços de teoria filosófica que depois se sente na obrigação de compartilhar com Leandro e com o mundo, escreve cartas para os jornais e de vez em quando busca e busca até encontrar velhos colegas de universidade.

Mas, Manolo, você veio para ver a minha mulher ou para me dar uma conferência?, tentou calá-lo Leandro.

No entanto, notou que Aurora se animava com as visitas. Recobrou um pouco da cor do rosto e embora não tenha participado das conversas olhava ao redor com expressão agradecida. Leandro passou por casa para mudar de roupa e avisar a Luis, seu aluno de piano dos sábados de manhã. Teriam que adiar a aula. Minha mulher sofreu um acidente. O passeio pelo andar do hospital, os retalhos de conversa de outros familiares e pacientes, a curiosidade diante da dor alheia, o vaivém dos enfermeiros, nessas coisas passou o dia.

No domingo almoçou com o filho, Lorenzo, e com a neta, Sylvia. Leandro invejou a carícia das mãos da garota ao pousar no rosto de Aurora e percorrer-lhe a testa e as faces. Essas mãos sem marcas, ainda sem erosões, com tudo por suceder-lhes. Era o aniversário de Sylvia e no almoço ela brindou com a lata de Coca-Cola. Leandro recordou-se de seu nascimento, da alegria pela chegada de um bebê, da disposição de Aurora para cuidar dias e dias da menina. A vertigem com que o tempo tinha passado, dezesseis anos já. As infrutíferas lições de piano que numa época lhe deu e que foram suspensas com um acordo silencioso. Tinha herdado o ouvido ruim do pai, pouco dotado para a música, dizia-se Leandro. Em contrapartida, mostrava a sensibilidade da mãe para tudo o mais. Em todos esses anos tinham visto murchar o casal Lorenzo e Pilar, tão cheio de vida e cumplicidade em outros tempos. Leandro tinha visto o filho perder o lugar, o cabelo, o trabalho, a mulher e até a filha tal como os pais sempre perdem os filhos na adolescência. Também como pai tinha sentido essa distância insuperável, o desgosto de vê-lo abandonar os estudos, entregar-se a um trabalho que durante muito tempo lhe deu uma estabilidade agora perdida. Ele o tinha visto tornar-se adulto, marido, pai, construir uma vida normal. Não podia negar que essa normalidade estava alguns degraus abaixo da expectativa de Aurora e Leandro. Mas todos os pais esperam demasiado de seus filhos. Com o tempo chegaram a confiar em que essa normalidade talvez fosse a receita para a felicidade. Mas não foi assim. Ou o foi durante um tempo, até que tudo começou a romper-se. Seu filho não gosta de falar de seus problemas, de modo que mantêm uma relação não tensa, sem buscarem as respectivas falhas. Almoçavam aos domingos e na mesa se falava de tudo o que não doesse.

Esther, a irmã de Aurora, se apresentou com uma bolsinha com roupa às sete da noite disposta a passar a noite no hospital. Vá para casa já, não espere a última hora, disse Aurora a Leandro. Ela se sentia incomodada por mantê-lo ocupado, afastado de casa, distraído com as visitas, sabia da alergia do marido ao imprevisto, ao não organizado, sua adoração às rotinas. O marido de Esther se ofereceu para levá-lo em sua Mercedes. Não havia cumplicidade entre eles. Seu cunhado trabalhava de lobista nos meios oficiais e ganhava um dinheirão para agilizar licenças, acelerar ou vencer a burocracia à base de influências e subornos. Era treinado na arte da falsa cordialidade. Prefiro caminhar, escusou-se Leandro.

Algo acontecido na primeira hora da manhã tinha despertado nele um instinto amortecido.

Tinha-o desvelado a agitação do corredor, os carros com chiados metálicos, algumas vozes, mas continuava deitado na cama quando a enfermeira do turno da manhã entrou como um vendaval. Tinha trinta e muitos anos, cabelo castanho preso num rabicho. Seu rosto era alegre, bem distribuído, hidratado e amável. Colocou-se entre a cama de Aurora e a de Leandro e se inclinou para trocar a sonda de Aurora e examinar-lhe as ataduras. Ao inclinar-se para a frente, os olhos de Leandro treparam pelas pernas nuas debaixo do jaleco e conseguiram ver as coxas roçando-se no movimento. Bronzeadas durante as recentes férias, nasciam poderosas da dobra traseira dos joelhos. Debaixo do jaleco estava uma dessas calcinhas mínimas que lembravam a Leandro as antigas garotas da revista e que as moças de agora mostravam acima da cintura da calça. Nesse instante furtivo Leandro sentiu a excitação que lhe proporcionava a carne próxima, desejável e espiada de uma posição privilegiada.

Nessa manhã, quando Aurora reclamou de uma pequena dor no lado, Leandro se precipitou para avisar a enfermeira pelo simples prazer de voltar a vê-la. O inesperado despertar erótico tinha guiado Leandro pela abarrotada seção do jornal dedicada ao comércio sexual. Tinha encontrado uma série de anúncios, alguns acompanhados do desenho de mulheres de seios nus, em posturas sugestivas. Deles, um lhe tinha chamado a atenção: "Casa de alta categoria na zona norte seleciona mulheres jovens e elegantes. 24 horas até domingo. Absoluta discrição". Leandro memorizou o número de telefone. Era-lhe fácil fazê-lo, era uma espécie de ginástica mental que praticava desde jovem. Até Aurora brincava e o chamava de minha agenda viva antes de pedir-lhe o número de algum conhecido.

Telefonou do corredor.

Estamos aqui a qualquer hora, lhe disse uma voz de mulher, por que não vem nos ver? Eu irei, eu irei, despediu-se Leandro após decorar o endereço exato. O mesmo onde agora se abria para ele a porta branca maciça com molduras.

A mulher que o recebe tem o cabelo pintado de louro e para encontrar-lhe os traços seria preciso afastar-lhe a maquiagem com uma espátula. Ela o leva para uma salinha com sofá diante de uma mesa baixa. Leandro aceita beber uma cerveja que ela lhe traz em lata junto com um copo baixo e um prato de amêndoas. Odeia os pedaços de amêndoa que se instalam entre seus dentes e sorri ao ver-se ali sentado como em qualquer visita amável de domingo a um parente.

A mulher lhe explica as condições de uso do lugar. A bebida é cortesia da casa e num instante passarão as moças uma a uma para que ele escolha qualquer uma delas. O pagamento é adiantado, em dinheiro ou com cartão, e a tarifa é idêntica para todas: duzentos e cinquenta euros por uma hora completa. Se precisar de nota fiscal, dá-se o nome de uma sociedade que, naturalmente, não especifica a atividade, ela termina de informá-lo.

Quando fica a sós, Leandro relembra a última vez que pagou em troca de sexo. Foi num bar sujo e sórdido de interior, acompanhado de um amigo durante a viagem para uns concertos escolares. Aconteceu quase vinte anos atrás e a mulher com que ficou depois de alguns copos não conseguiu excitá-lo. Era uma jovem galega que, esgotada, lhe disse eu não posso fazer mais, vou ter cãibras de tanto tentar, você vai ver, é melhor pararmos, porque como dizem na minha terra: vaca sem leite não é ordenhada. Nesse dia confirmou que com prostitutas não encontrava satisfação. Manolo Almendros, seu amigo, costumava dizer-lhe apontando para a seção dedicada a esse comércio nos jornais, veja como cresce o mercado do sexo, é uma potência incrível, o negócio funciona. Ele o rememorava um dia, com esse costume seu de subir a calça até quase a altura da gravata, assegurando, com dados confiáveis, que na Espanha havia mais de quatrocentas mil putas em atividade. Um por cento da população. Oferta e demanda. Nisso as pessoas gastam seu dinheiro. Mas não Leandro, que deixou aquele bar com cheiro de desinfetante das redondezas de Pamplona para jurar a si mesmo não voltar nunca mais a um local assim.

Não sabia muito bem o que o tinha levado de novo, agora, a este lugar tão bem cuidado e convencional como a casa de um parente. Com Aurora ainda encontrava satisfação oportuna quando precisava. As garotas começam a aparecer, afáveis e próximas, param um segundo diante dele, depois lhe dão dois beijos no rosto e se retiram deixando a porta entreaberta para que entre a seguinte. Uma dúzia de garotas limpas, pouco vestidas, que mais parecem universitárias em dia de festa na residência feminina do que empregadas de um bordel. Perguntam-lhe seu nome ou se é a primeira vez que visita a casa. Passam uma francesa, duas russas, três hispano-americanas e duas espanholas com grandes peitos postiços e maior autoridade talvez por se sentir em casa. Passa uma ucraniana alta e depois entra uma jovem negra com uma compleição óssea espetacular. Que idade tem? Vinte e dois anos. É da Nigéria. Como você se chama? Valentina. A garota usa um decote acentuado e uma calça elástica bem curta e toca a mão de Leandro com dedos úmidos. Ele se sente como o personagem de ficção que não tem outra possibilidade além de avançar para o capítulo seguinte. Subimos juntos?, pergunta Leandro. Espere um pouquinho aqui, diz ela.

Sai e a encarregada retorna imediatamente. Acho que já decidiu, não? Leandro se levanta e pega na carteira as cédulas. Não é fácil encontrar uma africana nesses lugares, mas fique tranquilo porque se está aqui é porque está limpa de tudo, enquanto fala encosta a porta. Leandro fica a sós, nervoso come outra amêndoa, depois outra. Valentina reaparece para levar Leandro escada acima. Ela o antecede, segurando o corrimão trançado. Leandro começa a tossir. Um pedacinho de amêndoa lhe dificulta a respiração.

Resfriado?, pergunta ela. Fala com sotaque, sem dominar totalmente o idioma.

Leandro não pode senão tossir, incapaz de responder. Ela o conduz até um quarto no final do corredor. Um quarto que parece de adolescente, com uma cama e uma prateleira embutida, uma televisão e uma colcha parda. A persiana arriada e uma cortina verde-clara fechada. Leandro tosse outra vez e não consegue expelir o pedaço de amêndoa. Sente-se ridículo quando a garota lhe dá duas palmadinhas nas costas para ajudá-lo. Senta-se na cama e bate no peito.

Sinto muito, diz ele, mas não consegue parar de tossir. A garota lhe traz do quarto contíguo um copo d'água. Passa-o a ele com um sorriso. A borda está manchada de batom. Leandro bebe, mas não consegue alívio.

Não morra, hem?, diz ela. Leandro, com um fiapo de voz, pergunta se há um banheiro. A garota lhe aponta a porta. Leandro, sem tempo de reparar no lugar, bebe água da torneira, tenta fazer gargarejos e por fim consegue superar o problema. Que absurdo. Que grande estupidez, ficar aqui tossindo, engasgado com uma amêndoa. Quer ir embora. Volta ao quarto e encontra a garota sentada na cama, olhando um pé levantado. Pronto? Sim, perdão, me engasguei, devem ser os nervos, não estou acostumado. Leandro para, de repente lhe parece ridículo fingir em sua idade inexperiente em algo.

A moça lhe passa uma toalha grande e gasta e lhe indica que tem que tomar banho. Ele se despe depressa deixando a roupa sobre a cadeira e ela coloca um cobertor no colchão. Leva-o ao banheiro contíguo e o ajuda a entrar na banheira rosada. Controla a temperatura da água como se fosse uma mãe dando banho no filho e molha Leandro da cintura para baixo. Põe um pouco de gel na palma da mão e lhe ensaboa a entreperna. Você não vai tomar banho?, pergunta ele. Você quer? Leandro diz que sim e ela lhe entrega o chuveirinho. Usa o cabelo preso em finas tranças trabalhosas que quando ela se mexe se agitam como cortinas de canutilho. Quando Leandro levanta o chuveirinho, ela diz não, molhar cabelo não.

Ela se lava sem se lavar, mais em exibição que por outra coisa. Ensaboe-me você. É agora Leandro quem aperta o frasco de gel e o passa no corpo dela. A seus pés se acumula a espuma branca. Dura um tempo a ação. Depois ela fecha a água e sai para se enxugar. Leandro pega a sua toalha.

No quarto ela o deita na cama. Voltou a pôr o sutiã. Abre com os dedos, apesar das longas unhas postiças, a embalagem de uma camisinha. Tenta excitá-lo antes de colocá-la nele. Leandro observa que o faz com o profissionalismo de uma caixa de supermercado ao envolver o alimento numa bolsinha de compra.

A rotunda juventude de Valentina cai sobre a velha pele de Leandro. Ela coloca os seios, a boca, a abertura de suas pernas e as mãos sobre diferentes partes do corpo dele. Leandro prossegue numa exploração da irrealidade enquanto se deixa excitar. É estranho o contato. As peles tão diferentes se roçam, e se tornam mais evidentes as diferentes texturas. Leandro, com pudor de escravista, se sente um missionário em pecado. O mundo deu muitas voltas enquanto ele lia o jornal em casa ou dava aulas de piano, enquanto terminava de fazer um ovo *poché* para jantar ou escutava as notícias no rádio. Ele aprecia o corpo jovem e estrangeiro que finge gemidos de prazer junto a seu ouvido para satisfazê-lo. Se se esquece de si mesmo e da situação, é capaz de colaborar com a garota para sua ereção.

Falam depois, deitados. Ele lhe pergunta seu nome real. Ela demora a dizê-lo. Eu me chamo Osembe, mas Valentina mais bonito em espanhol. Gosto mais de Osembe, diz Leandro. O que significa? Nada, em ioruba nada. Minha mãe dizia que no dialeto de seus pais era Algo Encontrado. E Leandro? Significa? Leandro sorri por um momento. Não, me deram esse nome no dia em que nasci. O santoral. Osembe lhe pergunta sua idade e Leandro responde setenta e três. Não parece tão velho, diz ela. Quanto me dava, só setenta?, mas ela não capta a ironia e não ri. Leandro toca com a ponta dos dedos o mamilo oculto sob o sutiã de Osembe que é como um grão-de-bico escuro.

Você é muito bonita.

Peitos não bonitos. E ela os aperta sobre o sutiã e os põe mais altos. Operar e pôr aqui.

É bonita a Nigéria? Osembe dá de ombros. Ouve-se uma voz no corredor. Voz a que Osembe parece obedecer. Ela se levanta na cama e começa a se vestir. Está na hora, tome banho, diz e pega com a ponta dos dedos o preservativo e as toalhinhas úmidas que ela joga numa lixeira forrada com uma bolsa de plástico.

Beijam-se no rosto na porta da quarto. Ela sorri mostrando os dentes. Leandro desce as escadas. A encarregada o leva até a porta de saída. A noite é desagradável, um pouco cruel. Leandro toma um táxi. Entra em casa e evita a sala. Refugia-se em seu estúdio. Senta-se na poltrona de onde costuma escutar seu aluno tocar no piano de parede, um velho Pleyel com corpo de madeira um pouco rachada. Respira pesadamente e sente frio. Pega um vinil de sua prateleira e o coloca no toca-discos. Bach me cairá bem. Após um tempo, soa a música e Leandro sobe o volume. Sente-se um pouco mais velho e um pouco mais só. Soa o *Prelúdio coral em fá menor*. É essa firmeza o que Leandro aprecia, essa robusta harmonia com que se constrói uma arquitetura emocional que produz um calafrio de sensações.

Pensa em sua vida, nos dias em que soube com certeza que nunca seria um grande pianista, que permaneceria sempre deste lado da beleza, do qual se contempla, se admira, se desfruta a música, mas jamais a criam, jamais a possuem, jamais a dominam. Embora sinta raiva, a música impõe sua pureza, o distancia de si mesmo. Pode ser que esteja viajando longe de si mesmo, nem feliz nem miserável. Estranho.

7

Lorenzo está sentado entre seus amigos Lalo e Óscar. Acompanham com o olhar a corrida do lateral de seu time até a linha de fundo. O centro esportivo não é bom, e o estádio corresponde à oportunidade perdida com um suspiro geral. Lalo assobia pondo os dedos debaixo da língua. Não assobie para Lastra, esse ao menos sua a camisa, diz Óscar. Lorenzo concorda vagamente. Os últimos momentos da partida são mais abertos, escapam do combate nulo que foi o restante do confronto, a bola mandada a chutões de uma área para a outra. Lorenzo se senta há anos na tribuna do gol norte, perto da meta contra a qual seu time ataca nos primeiros tempos. De modo que está acostumado a viver os finais de partida ao longe, com seus jogadores como formigas que tentam vencer a meta adversária. O público está impaciente, as partidas sem gols provocam uma frustração compartilhada, aumentam o vazio posterior. Ele acompanha as jogadas finais com uma concentração maior, como se isso ajudasse seu time. Mas Lorenzo não.

Lorenzo permaneceu imutável, foi incapaz de envolver-se com o jogo. Quando seus olhos deparam com o olhar de alguém, ele afasta os olhos. Tenta reconhecer seus vizinhos de assento habituais. Depois se arrepende de seus arrebatamentos, das suspeitas que o impedem de relaxar e desfrutar. Como quando na sexta-feira ouviu por fim as mensagens telefônicas de seu pai para contar do acidente de sua mãe e se sentiu ridículo por ter-se escondido durante toda a manhã. Também quando sair do futebol lamentará não ter utilizado a partida para o que serve: descontrair-se.

No sábado o jornal trazia a notícia. Também os telejornais a deram, relacionada com dois outros crimes. Um empresário, diziam, tinha sido assassinado a facadas na garagem de sua própria casa, ao que parece com o celular único do roubo. Uma imagem da entrada da casa, da cerca, do número, da placa da rua. Recursos para dar recheio a uma notícia que talvez terminasse no limbo dos casos sem solução. Lorenzo poderia ter completado os detalhes. Poderia escrever que o assassino e a vítima tinham se conhecido sete anos atrás, quando trabalhavam como empregados de nível médio numa grande multinacional dedicada à telefonia celular. Ambos se tinham beneficiado das oportunidades que oferecia um mercado em expansão. A empresa em que Lorenzo trabalhava tinha sido comprada e Paco era um executivo decidido e hábil, daqueles que são necessários para extrair o maior rendimento de um negócio florescente.

Foi uma amizade rápida. Que cresceu depressa. Almoçavam juntos ao lado do trabalho. Um dia compraram o mesmo carro graças à oferta de um conhecido de Paco que trabalhava na Opel. Os dois vermelhos, os dois com motor turbo. Paco era casado com uma mulher calada, muito magra. Não tinham filhos. Teresa era filha de um construtor que tinha erguido uma grande empresa do nada. A opacidade de sua fortuna fazia anos que era bendita por um monte de gravatas caras. Quando meu sogro morrer, brincava Paco, chorarei com um olho e com o outro começarei a procurar um iate. Paco ensinou Lorenzo a saber viver. A carne nunca deve ser comida bem passada, lhe disse; o presunto suado; despreze o pão; o charuto cubano deve ser apertado com a ponta dos dedos para sentir a textura da erva, e ao bater a cinza a ponta do charuto deve conservar a forma de um cone; a gravata não tem de combinar com o seu terno, mas com a sua ambição; é melhor ter só um par de sapatos caríssimos do que ter seis pares baratos. Com Paco tornou-se subscritor de um clube de vinhos e cada mês lhe enviavam uma caixa de garrafas e um fascículo para iniciar-se na degustação de gourmets. Se alguma vez, já sócios, prolongavam a jornada, Paco abria um bom vinho e enquanto resolviam coisas em meio à papelada discutiam o gosto de um Borgonha ou de um Rioja e pediam comida japonesa por telefone. E ao saírem insistia em mostrar-lhe um apartamento onde faziam massagens eróticas umas mulheres asiáticas que eram o máximo da submissão, mas a única vez que Lorenzo concordou em acompanhá-lo lhe coube uma chinesinha retardada mental que ria desmedidamente, de modo que pagou logo e se mandou para casa sem esperar o amigo.

Toda quinta-feira de noite, desde que se casou com Teresa, e isso se deu nos Jerónimos, na celebração oficial de meu arriar as calças definitivo, Paco ia à casa do sogro e jogava pôquer com ele e dois velhos amigos. Quando blefamos, quando aumentamos a aposta para enganar o outro, explicava Paco a Lorenzo, quando fingimos ter uma mão que não temos, acho que é o único momento desde que nos conhecemos em que nos dizemos a verdade.

Pilar nunca gostou de Paco. Não apreciou sua ascendência sobre Lorenzo. Era quase um novo-rico, vulgar, prepotente. Você não o entende, lhe corrigia Lorenzo, toda essa atitude é uma brincadeira, faz tudo com muito senso de humor. Pilar tampouco conseguiu ficar íntima de Teresa. Ela não fala, e nunca sei se é porque não tem nada para dizer ou porque se falasse diria coisas demasiadas, concluiu Pilar depois de seis ou sete cenas incômodas entre os dois casais. Pilar nunca confessou a Lorenzo que uma das coisas que a distanciavam de Paco era sua forma de olhá-la. Era desafiador. Não só aspirava à sedução, natural nele, mas também rivalizava com Pilar. Lorenzo era a presa, o objeto da disputa.

Quando o negócio terminou de crescer, chegou a hora dos cortes de empregados, das demissões, das modernizações. Essas empresas são como uma laranja, uma vez espremido o suco, para que você quer a casca? Paco convenceu Lorenzo a acordar com a empresa uma demissão razoável, com uma indenização que lhes serviria para tornar-se independente. Não há nada mais triste que uma reivindicação trabalhista, lhe dizia Paco, é como chorar pela mulher que acaba de deixá-lo. Paco tinha suas próprias ideias, o bolo acabou, é melhor morder agora o pedacinho que nos dão do que ficar com a bandeja vazia. Nessa época os trabalhadores se manifestavam dia sim, o outro também, diante do prédio imponente da multinacional e tinham obtido o reconhecimento da sociedade civil. A solidariedade é só o primeiro passo para a indiferença sem culpa, advertiu Paco. Apontava para algum colega vociferante, reconheça que é patético gritar para um prédio, para uma sigla, atirar ovos ou tinta, prefiro pôr toda a minha energia em ser eu a enriquecer da próxima vez.

Lorenzo se deixou conquistar. Sabia que não era feito da mesma matéria que Paco. Lorenzo vinha de uma família em que o dinheiro nunca não tinha sido um valor. Notava que seus pais se entediavam se alguma vez contasse detalhes sobre a empresa que ele tinha fundado com Paco. Depois de ter a filha Sylvia, Pilar tinha tardado a encontrar trabalho, mas quando encontrou sempre dispunham da avó Aurora para ficar com a menina. Os pais de Pilar tinham morrido anos antes num acidente de carro e a mãe de Lorenzo se desdobrava para cumprir o papel de única avó. Embora nunca tenha ouvido uma recriminação, Lorenzo odiava necessitar de seus pais. Se conseguisse progredir, se as coisas lhe fossem bem, Lorenzo por fim seria capaz de mostrar-lhes seu sucesso.

Lorenzo e Paco compraram dois locais e montaram uma loja de acessórios de telefonia. Paco possuía esse impulso mágico que só deixa ver a rentabilidade. Podia não pagar aos fornecedores na data, mas jamais lhe negavam umas cervejas, umas brincadeiras ou um novo mando a conta. Nunca examinava as cifras, lhe bastava um diagrama desenhado num papel para justificar um novo investimento.

Era decidido, valente, apostava alto e caía de pé. Amanhã faremos contas, hoje só diga-me que posso pedir um Ribera para jantar e um Partagás com o café, era uma de suas frases. Lorenzo se deixava levar. Não acudia a todos os seus jantares nem aceitava todos os seus convites, refugiava-se em Pilar, em casa com Sylvia, mantinha os amigos de sempre, Lalo, Óscar, mas então tinha que ouvir Paco dizer-lhe os amigos só servem para preencher o tempo que a pessoa não sabe preencher por si mesma. Paco recitava um catecismo individualista e triunfante. E, se algo soava mal aos ouvidos de Lorenzo, estava sempre tingido da ironia suficiente para ser entendido como uma brincadeira. A seu lado não se podia perder. Mas Lorenzo perdeu tudo.

Uma coisa de Pilar que o incomodou foi a recriminação silenciosa. O "eu já o adverti". Essa parte da derrota tinha um gosto pior que a própria derrota. Era tão fácil ficar com a superficial ideia de que Paco era uma miragem, um farsante, um jogador que arrasava os que estavam à sua volta, que Lorenzo a negou durante meses. De fato, no insucesso, nas perdas, na ruinosa debacle do negócio, pareciam mais unidos que nunca. Paco falava de planos. Também o *gruyère* tem buracos, mas não é gostoso?, dizia. O buraco, porém, cresceu até acabar com o queijo. Os credores eram intermináveis e Lorenzo não tinha a capacidade de Paco para evitá-los, para enganá-los, para retardar sua indignação mais quatro dias. Os imóveis foram mal vendidos, a divisão do negócio não deu para nada e os dois anos de trabalho e o dinheiro da indenização se tinham evaporado. Lorenzo passou pela amarga experiência de pedir dinheiro a seus pais para quitar as contas, quando Pilar o fez ver que aquela sociedade tinha que terminar.

Paco empreendeu outra aventura e Lorenzo não quis participar. Então se forjou a distância. Mal se viam. Lorenzo se refugiou em sua toca. Elaborou uma teoria. Paco era uma ave de rapina, uma espécie de ascáride. Alguém que parasita a energia dos outros. Recordou que no meio da manhã Paco chegava com o café servido com a exata quantidade de açúcar com que Lorenzo o tomava. Que tinha uma frase espirituosa a cada momento, que ridicularizava os colegas da empresa ou semeava tentações como a música do flautista de

Hamelin. Ele me roubou a sorte, dizia-se Lorenzo. Chegou à minha vida e me roubou a sorte. Porque Lorenzo sem Paco era um homem obrigado a começar do zero, mas agora sem sorte, as portas não se abriam como antes. Todas as cartas favoráveis já pareciam distribuídas. Pilar tinha se firmado no trabalho, gostava dele, se sentia útil e progredia depressa. Por aí, é claro, entrou Santiago, dizia-se Lorenzo. Chegou entre as frestas de sua estabilidade, cheirando a poder. Lorenzo durou apenas meses em três empregos novos. Às vezes a grande ilusão do dia consistia em pegar Sylvia na saída do colégio, ajudá-la com os deveres. Estava claro que Paco lhe tinha mostrado uma forma de viver muito mais atraente, divertida e apaixonada que a que agora lhe parecia estar destinada.

De seu escritório voltou Pilar um dia com uma informação que feriu Lorenzo. Foi uma forma de humilhação final e desoladora. Quem dera lhe tivesse poupado disso. Para Pilar era familiar o nome de uma empresa credora do negócio de Lorenzo. Era um nome que tinha ouvido Lorenzo repetir em seus pesadelos diários. À Sonor devemos mais de três milhões. A venda do último local se destinou toda a pagar essa dívida. Esta tarde investiguei a Sonor, lhe disse Pilar de repente uma noite, após pôr a menina para dormir. Lorenzo não entendeu muito bem, mas levantou os olhos com atenção. Os únicos sócios dessa empresa são Paco e Teresa. Ela lhe mostrou as fotocópias, as assinaturas de fundação da empresa. Se Paco tivesse enganado Lorenzo, as coisas mudavam de figura. Se tivesse sido capaz de armar uma engenharia difusa para afundar uma empresa e beneficiar a outra de sua propriedade, então Lorenzo era uma vítima, não era um inocente útil. Ele há de ter uma explicação, disse a Pilar, e fingiu diante dela que essa novidade, tantos meses depois, não lhe afetava demais. Pilar não insistiu, deixou a coisa assim, recobrou o silêncio, esse silêncio que às vezes Lorenzo considerava insultante. Ainda não sabia o que era o civilizado acionamento do plano de demolição do casal. Os cupins também trabalham em silêncio.

Lorenzo deixou passar os dias, mas aquela informação foi a causa de que visse Paco pela última vez. Pela última vez antes da vez em que o matou. Foi vê-lo em sua casa. A casa da minha mulher, acha que não me humilha saber que só não estou na ruína porque estou casado com ela?, tinha gritado Paco algumas vezes quando Lorenzo lhe falava de seu infortúnio. Lorenzo ouviu o cachorro latir, mas quando a porta se abriu o animal o procurou para ganhar um carinho. Foi adestrado ao contrário de como deveria ser, late e depois é terno, em vez de ser terno e morder de surpresa, lhe dizia Paco.

Lorenzo conhecia bem a casa. Tinha estado ali muitas vezes. Quando tudo ia bem e também quando procuravam linhas de fuga, maneiras de frear a sangria final. Tinha-o visto tirar de uma caixa de ferramentas fechada com cadeado e escondida atrás da estante de pincéis, panos e latas de tinta da garagem, um bolo de dinheiro para emergências, quando o dinheiro ilegal do meu sogro transborda, guardo um pouco aqui.

Naquela última vez não ficaram do jardim. Paco foi ao encontro dele, sorridente, estendendo-lhe a mão para abraçá-lo, mas Lorenzo o deteve. Você me burlou, me enganou. Paco não mudou a expressão, esperou que Lorenzo continuasse. A Sonor era sua, devíamos dinheiro a você. Era tudo uma armadilha. Paco tentou conter suas suspeitas, lhe disse que era uma empresa diferente, que ele fundou com Teresa com dinheiro do sogro e que a dívida era real. Escondi de você que era minha, mas a dívida existia, posso demonstrar. Você controlava as contas, acrescentou depois, você sabe que é verdade, eu nunca controlei isso, eu perdi tanto quanto você. Lorenzo teve vontade de rir, mas só respondeu tanto não.

Tanto não.

Foi algo doloroso de dizer. Então talvez intuísse tudo o que tinha perdido. Mais que o dinheiro de uma indenização, as economias ou o trabalho de dois anos. Muito mais. Tinha perdido o respeito de sua família, o lugar. Tinha perdido a sorte. Lorenzo olhou a casa de dois andares, o gramado cortado, o terno de Paco, seu aspecto tranquilo. Tudo alimentado pela traição. Sentia raiva e uma vontade irrefreável de bater no ex-amigo. Paco tentou acalmá-lo, o convidou a entrar, se ofereceu para refazer as contas. Fizemos uma cagada, Lorenzo, fizemos uma cagada juntos, não se culpe, mas tampouco culpe a mim, lhe dizia Paco. Nisto somos iguais. Soava falso. Lorenzo nunca seria como Paco. Paco não perdia nunca.

Talvez nesse instante, parados no meio do jardim, na manhã de um dia frio de novembro, meses antes de Pilar abandonar Lorenzo, nesse silêncio das esgotadas explicações, se tenha forjado o crime. Paco abraçou Lorenzo pelos ombros, paternal, apaziguador. Se necessitar de dinheiro, posso emprestar-lhe algum... Mas Lorenzo não o deixou terminar, lhe afastou o braço com violência e levantou o punho para socá-lo no rosto. Não o fez. Congelou a raiva no ar. E se sentiu vencedor por um segundo. Levantou os olhos para a casa e viu Teresa na janela de um dos quartos, entre as cortininhas. Abrandou sua ameaça e se virou muito devagar. Não se disseram nada mais. Lorenzo caminhou para a porta. Era preciso tempo para o rancor crescer, para que a obsessiva certeza de que Paco lhe tinha roubado a sorte o levasse de novo até essa área residencial e o convidasse a cometer um crime.

Convertido num assassino, assiste ao jogo de futebol. Há pessoas que deixam o estádio antes de terminar a partida para evitar o engarrafamento, a aglomeração de dentro de alguns minutos. Alguns terão a sorte de não ver seu time receber um gol já quase no final e definitivo. O goleiro tcheco pega a bola da rede e a entrega depressa a um companheiro. O treinador faz uma troca rápida, substituindo o ponta-esquerda. Um argentino recém-comprado que recebe uma vaia da torcida. Lorenzo também se levanta para apupá-lo. Volte para casa, seu índio, volte para casa, lhe canta um grupo de rapazes. O jogador não corre para a linha de fundo, e isso irrita ainda mais a arquibancada. Corre, sul-americano de merda, grita alguém. E Lalo e Óscar riem. Mas será manco?, por que não corre? Estamos perdendo. As queixas relaxam Lorenzo, o reconciliam consigo mesmo. Participar da indignação geral é uma forma de distração. E esses cinco minutos em que o estádio empurra ao time local para alcançar o empate que não chega são os únicos cinco minutos que ele desfruta nos últimos dias.

8

Nunca dois porres são iguais. O último, antes de deixar Buenos Aires, não teve nada a ver com este de agora. Não foi solitário. Acaba de sair do Asador Tomás, onde jantou com dois colegas do time. São jovens como ele, mas parecem menos afetados pela derrota. Ganharemos outro dia, lhe disse Osorio. Mas Ariel não estava amuado por causa da derrota, ou não apenas por isso. Sentiu o apupo, a substituição, embora seja a terceira vez consecutiva que o treinador o tira antes do final. Durante a partida não deixou de repetir para si mesmo eu tenho, não é tão difícil, eu tenho que jogar com toques rápidos. Quando recebia de costas, não encontrava um companheiro para passar a bola. Um atacante tem que inventar o espaço e depois correr para ocupá-lo, lhe dizia o Dragón. Durante toda a partida, Ariel não conseguiu escapar da marcação cerrada do beque e de suas joelhadas no cóccix. De vez em quando Ariel lhe cravava as travas da chuteira e foda-se. A bola lhe chegava imprecisa, queimava nos pés. Outra vez os apupos, tornar a inventar uma jogada que nunca termina bem.

Cansado de esperar uma bola, Ariel se deslocou para o centro do campo e aconteceu o engarrafamento. Se ninguém está onde tem que estar, dizia o Dragón, então não há futebol. Pernas, corpos colados uns nos outros e a bola maltratada. O que não sei é como a bola não os denunciou, gritava irritado o Dragón quando jogavam assim. Ariel escutava a arquibancada, sentia a pressão como se fosse uma presença física. Pedia a bola, embora não soubesse o que fazer com ela quando chegava. Não eram passes, eram companheiros que se livravam da bola. Que a perca outro. E a perdia Ariel.

No restaurante não lhes cobram, a parede está cheia de retratos de clientes famosos, a maioria jogadores de futebol, alguns políticos e o Rei com um grupo de caçadores. Também o dono do lugar de joelhos diante do papa numa audiência vaticana. De uma mesa próxima chegam sinais persistentes de duas garotas vestidas com pulôveres justos e peitos altos. São putas, disse Poggio. Está louco, cara, lhe responde Osorio. Pedem ao dono que as apresente a eles. Conversam animadas com eles. Chamamos uma amiga?, pergunta uma ao ver a expressão séria de Ariel, que não faz outra coisa senão beber vinho. Ariel nega com a cabeça. Levantou-se. Vou para casa.

Deixa uma gorjeta generosa para o chef da casa. Gostou do *orujo*?, lhe pergunta e lhe estende uma garrafa de vidro grosso com uma rolha. É feito pelo dono. É seco. Não deixa sequelas. Ariel pega a garrafa e recupera seu carro à porta do local. Está com vontade de dirigir. Põe música e foge para qualquer estrada. O último porre, definitivamente, não teve nada a ver com este.

Foi em Buenos Aires. No restaurante da irmã de Walter, um companheiro de time para quem deixou alugado seu apartamentinho de Belgrano. Na noite antes de sua partida. Encontraram-se para jantar alguns amigos do bairro, jogadores de seu time, o preparador físico, professor Matías Manna, que afirmava que as grandes cantoras de ópera sempre tomam um gim-tônica antes de entrar em cena, para assim justificar o quarto que ele bebia essa noite. Também Macero, que é ainda um íntimo, embora agora jogue pelo Newell's e tem o recorde de cartões vermelhos do campeonato. Charlie não foi, saia você com sua gente, é a sua noite, mas sim Agustina, sua namorada até alguns meses atrás. Brincaram com ele, lhe disseram que quando fosse milionário se lembrasse deles. Vários lhe levaram um presente, que Ariel teve de desembrulhar. Uma bandeira argentina, para pôr no vestiário. Alberto Alegre, um neto de aragoneses exilados após a guerra civil espanhola que estudou com ele nos últimos anos de instituto, se levantou para cantar-lhe o xote "Madri" enquanto os outros coreavam os acordes de trombone. Então já estavam em sua maioria bêbados e alguns propunham que fossem tomar uns tragos no Open Bay enquanto outros queriam ir dançar no Ink. Agustina se afastou dos primeiros, aproveitou a confusão na porta do restaurante. Suponho que a sua viagem me ajudará a me esquecer de você, lhe disse, e depois o beijou nos lábios. A ruptura tinha sucedido sem demasiadas explicações. Eu não soube fazê-lo, recriminava-se Ariel. Ela continuava apaixonada e ele, em contrapartida, não sentia nada mais que um carinho difuso, apegado ao fato de tê-la desejado muito um dia, à sua relação serena, bonita, mas nunca plena. Dos outros se despediu com mais barulho, mas com ela fechava uma cortina para o amor, estranha, cruel. Com todos o adeus era amargo, como se se encerrasse um capítulo. Mas o álcool ajudava. Não fez o discurso que lhe pediam aos gritos, fale, fale, e foi o amanhecer o que os mandou definitivamente para a cama.

Agora no carro, quilômetros adiante, na estrada quase vazia, Ariel recordava que meses antes jogava no Cenicero, com um terço da capacidade deste estádio madrilense bojudo que crescia no alto, luxuoso com camarotes envidraçados para convidados seletos. No entanto, no campo o espaço parecia inverter-se. Lá ele se divertia jogando, não sentia a responsabilidade e lhe era fácil encontrar espaço. Era possível evitar a rudeza dos beques. Quando jogava em casa, a torcida cantava seu nome ou estimulava o time como uma música de fundo familiar, ponha ovos, ponha ovos, ovos sem parar. Aquela torcida os insultava quando baixavam a guarda ou não rendiam como se exigia, era o preço de um amor apaixonado, às vezes brutal, mas nunca frio e expectante como o das arquibancadas madrilenses. As pernas ali não pesavam como agora. Então ainda era apenas o rapaz a quem certa manhã, ao terminar o treino, alguém do clube disse há um galego ali que quer falar com você.

O representante se chamava Solórzano e queria exclusividade para negociar em seu nome. Não percamos a cabeça, lhe disse Charlie, mas era ele quem mais estava querendo perder a cabeça. Os espanhóis vinham carregados de dinheiro, o futebol de lá pode pagar o que for, o que for, repetia Charlie. Nessa mesma noite os levou para jantar massa no Piégari. Se você não jogar a próxima temporada num time espanhol, eu penduro as chuteiras, lhes disse Solórzano, e Charlie caiu na gargalhada, não temos nada a perder. Eu não trabalho sozinho, lhes explicou Solórzano. O time de Ariel preferia dinheiro rápido e queria vender os direitos do jogador a uma empresa de dois intermediários bem conhecidos que movimentavam capital iraniano, e que tinham comprado um clube no Brasil e estava em negociações com outro em Londres. Tinha que agir rápido. Ao que parece, o Boca oferecia um milhão e meio de dólares por cinquenta por cento da propriedade do jogador. Eu não quero acabar onde eles disserem, quero escolher o time, insistia Ariel com Charlie.

Depois de assinarem a exclusividade para Solórzano, compreenderam o que ele queria dizer com aquilo de que não trabalhava sozinho. Na imprensa futebolística espanhola saiu um artigo sobre ele. "Todos querem contratar o jogador da moda, o ponta do San Lorenzo, Ariel Burano Costa." No jogo seguinte, contra o Rosario Central, ele marcou o segundo gol, e a mulher do Puma Sosa, o meio-campista uruguaio, lhe disse que ele tinha aparecido nas notícias do canal espanhol internacional. Solórzano ligou de Madri, você vai de vento em popa, na semana que vem eu lhe passo as ofertas.

Dias depois lhe conseguiu uma entrevista telefônica com um locutor da rádio espanhola que lhe perguntou ao vivo coisas como é verdade isso que dizem de que você é capaz de dar tantos dribles num pedaço de gramado que os beques param para olhar e o aplaudem? Ariel começou a entender o dominó de Solórzano. Como dispunha as peças para que todas trabalhassem na mesma direção: Madri.

Por fax lhes enviou outro recorte de um jornal espanhol, o *Clarín* de lá. Traçavam um perfil de Ariel como outro jogador surgido da marginalização, um competidor nato, rápido, intuitivo, artista. "Nas ruas de um subúrbio de Buenos Aires, o Pluma Ariel Burano aprendeu a dominar a bola com o pé esquerdo. É chamado Pluma porque se movimenta com uma leveza de dançarino." Ariel sorriu diante do lugar-comum. Não devia vender tanto dizer que era filho de uma família de classe média em Floresta e que tinha aprendido a dominar a bola nas intermináveis aulas no colégio Lincoln, onde jogava a bola da esquerda para a direita, debaixo da carteira, para distrair-se das tediosas explicações. Na verdade, o chamavam de Pluma porque diziam que caía no chão com um sopro. Em estádios adversários, cada vez que caía no gramado lhe cantavam: cai, cai.

Ariel depois saberia que um olheiro tinha escrito ao clube espanhol recomendando sua contratação: "Em dois anos estará jogando no Boca ou River e custará o dobro." A Solórzano alguém da diretoria dava o nome dos jogadores que se tentaria contratar, e então ele punha as mãos na massa. Solórzano elevava o preço, não tema, quanto mais caro um jogador mais interessa, porque há muita gente que vive do dinheiro que fica pelo caminho. Compartilhava comissão com a garganta profunda de dentro da diretoria e depois ligava um ventilador midiático bem azeitado com informação privilegiada e algum dinheiro; tratava-se de multiplicar o preço, interessar a outros compradores e forçar a coisa com uma ilusão fabricada na mídia. Se o público apertar, você põe o presidente contra a parede e ele paga o que for, sempre que você os deixe ganhar um pouquinho, desviar um tanto de dinheiro para a conta deles nas Ilhas Caimã e todos ficam felizes. O importante é que todos sejam felizes, não é mesmo? Por acaso o futebol não tem como única finalidade fazer as pessoas felizes?, lhes leciona Solórzano.

Para Ariel o futebol espanhol era algo familiar. Conhecia jogadores que tinham ido para lá e via satélite transmitiam partidas ao vivo aos domingos. Por mais que muitos regressassem do estrangeiro sem glória, nesse ano o próprio Martín Palermo ou o Burrito Ortega ou para o seu próprio time Loeschbor e Matías Urbano, ir para lá era um sonho. Mas na viagem seguinte de Solórzano as coisas pareciam ir mais longe. A questão se complicou, mas vamos ver como arranjamos tudo. O clube já tinha preenchido todos os lugares para estrangeiros não europeus. Eles nos deixam com as calças na mão. Não querem trazer um argentino e isso apesar de que a situação estava fechada e a imprensa já disse que você é o novo Maradona. Mostrou-lhe a primeira página de um jornal esportivo com sua foto e uma manchete enorme: "Tragam este garoto."

Burano é sobrenome italiano, não é verdade?, lhes perguntou um dia Solórzano. Charlie anuiu sem convicção, dizem que o avô de meu pai veio de lá. Duas semanas depois Solórzano lhes mostrou a certidão de nascimento de um bisavô Burano expedida por uma paróquia italiana. Por um preço módico, eu lhe faço uma árvore genealógica em que sua mãe é a Gioconda. Carlo Burano era o nome do avô, esse avô inventado. Com sua origem italiana, Ariel teria lugar de comunitário, não teria que brigar pelo lugar com brasileiros, com africanos, com mexicanos. Com essa cara de rufião e esse cabelo vulgar você só pode ser italiano, disse Solórzano a Ariel. Não estamos fazendo nada de errado, somente encontrando os papéis perdidos de sua família. Isto é uma engrenagem que não pode ser parada.

Solórzano não lhes inspirava confiança. Nem a Ariel nem a Charlie. Bebia vinho tinto e fumava charutos baratos. Tinha a dentadura como um chão sem esfregar que terminavam em dois dentes de ouro. Embora assegurasse que a única bandeira diante da qual se inclinava era uma cédula ondeante, várias vezes, estimulado pelo álcool, lhes confessava que do que a Espanha necessitava era outro Franco e a Argentina outro Perón. Era um nostálgico sarcástico, e um catedrático em canalhice. Viajou com um advogado jovem, representante do clube, para fechar os contratos e se reuniram todos nos escritórios da assessoria de Ariel. Charlie cumpria o papel de vigilante, mas entre risos de corvo Solórzano relaxava o ambiente com seu inesgotável rol de casos. Contou de onde nascia o gosto pelo futebol do presidente do time, "a mãe de Psicose". Comprou um time no Norte, que compartilhava a propriedade do estádio com a prefeitura da cidade; conseguiu rebaixá-lo para a Segunda e para mais baixo que a Segunda, e depois levá-lo à ruína. Era absurdo, em lugar de tentar que o time ganhasse, fazia todo o possível para que perdesse. Parecia o mundo ao contrário. Mas o negócio completo chegou com a demolição do estádio, que ficava pertinho da praia, e no lugar se construíram mil e quatrocentos apartamentos de luxo, meio a meio com a autoridade, sim, para que não restasse dúvida legal. Os sócios o queriam matar e, num gesto apresentado como carregado de dignidade, vendeu o time. Então o patrimônio do clube era o nome e o escudo, nada mais. Passados alguns anos, era um homem tão solvente que quase o foram buscar para presidir o time madrilense. Agora lhe dá prestígio social, um camarote em Madri é como antes a corte dos reis. Com esse tipo de gente se podem fazer negócios, concluiu Solórzano, porque são como eu: só respeitam uma coisa mais que ao dinheiro... muito dinheiro. Aquele sujeito desagradável e falador, com mau hálito, cabelo cor de ferrugem, prendedor de gravata dourado e sapatos de palhinha, o levou para a Espanha e a julgar por seu encanto turvo devia ter suspeitado que nada seria tão fácil.

No começo do mês de julho, Ariel foi visitar o Dragón. Acompanha junto à lateral do campo o treino dos rapazes com seus olhos tristes de homem de óculos e seu velho apito de grão-de-bico. Vou para a Espanha, lhe disse Ariel. Os óculos do Dragón tinham ficado antigos vinte anos atrás. Vim para despedir-me. O treinador anuiu com a cabeça sem deixar de olhar para os rapazes. Ariel ficou longo tempo a seu lado, esperando que lhe dissesse algo. Uma vez, depois de assistir a uma partida do Mundial da Coreia na casa dele, enquanto sua mulher se ria dele porque cada cinco minutos ele se levantava para urinar, o Dragón lhe tinha dito o futebol é para humildes, porque é o único ofício em que você pode fazer tudo errado numa partida e ganhá-lo e pode fazer todo certo e perdê-lo. Ariel não tinha esquecido essa frase e temia que seu velho treinador pensasse agora que com sua contratação milionária e sua ida para a Espanha ele tivesse perdido a humildade de que falava. Queria dizer-lhe sou o mesmo rapaz que o senhor pegava de tarde para levar para treinar, junto com Macero e Alameda. Permaneceram em silêncio mais um tempo, até que o Dragón apontou para um rapaz que estava jogando, esse se chama como você. Mande-lhe uma rameira dedicada, você vai matá-lo. É claro, disse Ariel. É raro saírem bons jogadores daqui, os únicos rapazes que prometem vêm do interior. O Dragón se virou para ele e o segurou pelo ombro com força. Resmungou. Nisso o pior que pode lhe acontecer é você se achar um pouco melhor do que na verdade é. Foi sua forma de despedir-se, atravessou o campo para corrigir algum movimento. Ariel o olhou de longe e se foi.

Ele julgou durante algum tempo que as despedidas eram mais difíceis que as chegadas, mas estava enganado. Agora se via a si mesmo, sozinho, acompanhado pela faixa da estrada, sem se preocupar com a direção, a garrafa de *orujo* entre as coxas e a mesma música vezes seguidas, "por diante quatro caminhos, os quatro levam a nada". Tinha medo de fracassar neste país às vezes acolhedor, às vezes hostil. Sua primeira partida, num torneio amistoso, o devolveu ao vestiário com uma sensação de ludíbrio. Agora entrarão e me dirão foi tudo uma brincadeira, sabemos que o senhor é um medíocre absoluto, já pode voltar para Buenos Aires. Talvez tudo não passasse de um terrível mal-entendido. Mas então Charlie ainda estava perto, lhe mostrava os detalhes que funcionavam, as boas vibrações, o tranquilizava. Telefonavam para sua casa e Charlie contava a partida para seus filhos como se tivesse presenciado outra, na qual Ariel conseguia driblar, e dizia é o ponta que todos estavam esperando.

Tomou uma saída da estrada e segue as direções de volta para a cidade. De lá poderá orientar-se. Na verdade, só conhece o caminho para casa partindo do estádio e se vê obrigado a retornar a ele. É seu ponto zero na cidade. Seu centro do mundo. O estádio se esconde até que de repente aparece rotundo. Entra numa avenida grande e deserta, mas os semáforos parecem fechar para ele. Quando passa por um, o seguinte muda para vermelho de novo. Como se enjaulassem o carro. Por fim abre e ele acelera muito para alcançar o seguinte antes que feche, mas da escuridão próxima surge uma sombra, e embora vire o volante ela não consegue esquivar-se dela, a garrafa cai dentre suas pernas e ele pisa fundo no freio. Ouve uma batida forte no capô e o carro para. Ariel permanece imóvel num instante de pânico. Atropelou alguém. A música continua a tocar, mas agora inadequada para o momento. Ele fica com medo de sair, de abrir a porta, de enfrentar a realidade. Sente que o porre se foi, fica o terror. A meia ficou ensopada de *orujo*. Reúne força. Tudo isso não dura mais de três segundos.

9

Volta para Sylvia uma recordação da avó Aurora. Quando era menina passava muito tempo na casa dela, brincavam juntas na cama de casal. Inventavam férias para a boneca preferida de Sylvia. Primeiro escalavam com ela os travesseiros como se fossem montanhas nevadas. Depois desciam para a colcha e fingiam que estava no mar. As dobras eram as ondas em que nadava a boneca manejada por Sylvia. As ondas cresciam na brincadeira, o mar se agitava, e no final, animadas, elas sempre criavam uma grande onda que cobria a avó, a boneca e Sylvia, que caía na gargalhada. Algumas vezes, quando saíam de baixo para recuperar a respiração, o avô Leandro as olhava da porta, espantado com a algazarra. Sorria, mas não dizia nada. Então a avó Aurora sempre se virava para Sylvia e lhe dizia agora você vai ter que me ajudar a fazer a cama outra vez.

Seu pai acaba de sair do quarto e, ao reparar nas venezianas, na televisão pendurada no canto do quarto, nos novos apliques das paredes, relacionou esses detalhes com o hospital de sua avó, onde tudo é velho, usado, as paredes gastas, e não se transmite a sensação, como nesta clínica, de que é o primeiro doente a ocupar o quarto. Grande diferença, aqui você está como uma rainha, disse Lorenzo a Sylvia, a avó tem que dividir o quarto com outra doente que ronca como uma louca.

Esta manhã despertou com a boca seca. Seu pai lia um jornal esportivo sentado no sofá. Sylvia estava com a perna engessada depois da operação, para o alto. Mai escreveu nela sua assinatura com uma caneta hidrográfica. Sua amiga não tinha ficado muito tempo, o suficiente para que Lorenzo saísse para almoçar. Dói? Um pouco. Mai lhe falou de seu fim de semana. Sylvia não lhe disse nada do encontro com Dani. De sua absurda festa de aniversário. Quando o nome dele apareceu na conversa, Sylvia se inquietou. Ele me perguntou por você esta manhã, lhe disse Mai. Eu lhe contei o que tinha acontecido com você, mas pensei que era melhor ele não vir, não?

Sim, é melhor.

Estava sentada aos pés da cama quando a porta se abriu e entrou Pilar. A mãe de Sylvia e Mai se cumprimentaram e depois Pilar abraçou a filha. Como foi? Mai se despediu, estou me mandando, amanhã volto para ver você, o.k.?

Sylvia sentiu no rosto as lágrimas da mãe. Estou bem, não é nada grave. Pilar se ergueu e pousou a mão no gesso. Fui operada pelo médico da seleção, lhe explicou Sylvia. Ele diz que em dois meses posso estar competindo, mas é claro que antes o treinador tem que me convocar. Pilar sorria, você vai para a minha casa, até que possa mover-se. Vamos ver, respondeu Sylvia. E seu pai? Saiu para almoçar. Agora ele não pode cuidar de você, disse Pilar, tem suas coisas. Mamãe, eu me viro sozinha, vou usar muletas, não sou uma inválida. Sylvia tirou o braço de baixo do lençol e Pilar viu as contusões. O filho da puta me deu uma boa porrada. Sylvia, não fale assim. Bem, aquele senhor tão simpático investiu contra mim de modo brusco.

Sylvia não quer ferir a mãe, mas lhe falta paciência para falar com ela. Na ironia encontra muitas vezes uma forma de diminuir a distância entre o que sua mãe quer escutar e o que ela tem vontade de contar. Quando moravam juntas, Sylvia ignorava a solidão que isso gerava em sua mãe, a frustração pelo negado acesso às preocupações da filha. O que é que você quer jantar? Tanto faz. Vai sair agora? Vou. Aonde? Por aí. Com quem? Com Mai. Sozinhas? Não, com um par da Guarda Civil. Pilar sofria diante da demora das explicações de Sylvia. É o nascimento de sua vida privada, dizia-se.

Se vai ver a vovó, não lhe diga nada, ela já tem problemas bastantes... lhe disse Sylvia. A porta se abriu e entrou Lorenzo. Pilar e ele se olharam e depois de um instante de dúvida ela se aproximou e eles se beijaram no rosto. Mais que um beijo foi um gesto mecânico, as faces se roçaram com estranheza depois de vinte anos de beijos nos lábios.

Digo a ela que fique comigo esses dias, até poder andar bem. Não sei, o que ela quiser. Um tempo depois voltaram a discutir sem discutir, ambos se ofereciam para ficar durante a noite. Sylvia insistiu em que fossem embora. Não gostava de presenciar essas competições entre pais, os cem metros rasos em busca do amor filial. Graças à separação ela tinha conquistado a independência, talvez por deserção das partes, mas se sentia à vontade, menos protegida, menos vigiada. Viver com o pai era o que mais próximo havia de viver sozinha. Com a ausência da mãe Sylvia tinha amadurecido a uma velocidade espetacular. Ela se deu conta do que significava não ter alguém para resolver todas as necessidades cotidianas.

O doutor Carretero a visitou no fim da tarde. Cumprimentou Pilar e lhe explicou, com a mesma paciência que tinha empregado com Lorenzo essa manhã, o processo de recuperação de Sylvia. Ela ficaria cinco semanas com o gesso e depois teria uma reabilitação muito leve. Era um homem na casa dos cinquenta, de cabelo grisalho penteado com risca e de mãos finas. Em dois meses estará outra vez pulando corda. Sylvia franziu a expressão. Preferi que hoje passasse à noite aqui e amanhã lhe daremos alta, está bem assim? Tem várias contusões e prefiro que não corra nenhum risco. Saiu do quarto e Lorenzo aproveitou para explicar a Pilar que o motorista do carro se encarregava de todos os gastos. Ele mesmo a trouxe para cá e me pediu que o mantivesse informado. Tivemos sorte de ela ter sido atropelada por um sujeito encantador, agora a maioria foge.

Sorte é o cacete.

Não fale assim, disse Pilar à filha. Depois Sylvia disse eu não fiquei sabendo de nada. Essa manhã entrou o senhor para falar com papai e eu nem me lembrava de seu rosto. Acho que estavam dois no carro e eu vi o outro. Você desmaiou?, perguntou Pilar. Não sei, pode ser... Foi tudo muito estranho. Depois da batida tentei levantar-me e senti como se a perna fosse de borracha, e então me assustei. Foi quando ele me pôs na parte de trás do carro.

Muita sorte teve. Atravessou sem olhar, em plena noite, num lugar proibido, interveio Lorenzo.

Paz. Foi o que ela sentiu quando a deixaram sozinha. Primeiro foi embora sua mãe. Depois telefono, disse. Quer que eu traga um pouco de roupa? Mas a pergunta se extinguiu por si só. Bastou o olhar orgulhoso de Lorenzo para ela recordar que a roupa estava em sua casa e não ao alcance de Pilar. Lorenzo deixou passar um tempo, como se não quisesse sair com ela. Com o controle, Sylvia explora os canais da televisão. A esta hora há notícias. Encontra uma transmissão de vídeos musicais. Deixa de fundo, sem prestar muita atenção. Um cantor se debate no meio de uma dezena de mulheres que o acariciam, suplicam, desejam. Lorenzo deixou os jornais amontoados no sofá, mas ela não tem vontade de lê-los. Uma enfermeira lhe traz o jantar. Sylvia come com apetite. Pelo celular recebe uma mensagem de Dani. "Cuide dessa perna." Sylvia lhe devolve a sucinta frieza. "Vou tentar."

Um tempo depois lhe retiram a bandeja do jantar. A enfermeira lhe deseja boa-noite, e aponta para a campainha. Na televisão uma mulher canta de maiô, se esfrega no chão ao redor de uma piscina como uma serpente no cio. Ao ouvir o breve bater de uns nós dos dedos na porta, Sylvia põe o controle longe, na mesinha de cabeceira. Mamãe? A porta se abre muito devagar e aparece um rosto acobreado, rodeado por uma meia cabeleira revolta. Um corpo pequeno mas robusto. Traz uma caixa de bombons na mão.

Você não é minha mãe, acho.

Não, acho que não, responde o garoto. Você é Sylvia, não é mesmo?

É o sotaque, a doce cadência ao falar, o que chama a atenção de Sylvia. Observa-o enquanto se vira para fechar a porta a suas costas. Entrega-lhe os bombons. Trouxe isto, é o mínimo que posso fazer. Obrigada. Sylvia pega a caixa, e sobe o lençol para cobrir os seios. Não está usando sutiã debaixo da camiseta. Não quer que o olhar dele, os olhos cor de mel guardados por pestanas longuíssimas, se distraia. Tem sobrancelhas finas, a direita interrompida por uma leve cicatriz. O septo nasal algo desviado lhe acaba de dar um aspecto duro que desmente um delicado sinal a meio caminho entre a comissura do lábio e o olho esquerdo. Duro e doce.

Foi você quem me atropelou, não é mesmo?, pergunta Sylvia.

10

Na terça-feira ele volta.

Leandro é recebido pela mesma encarregada. Ela o conduz a uma sala diferente, menor, estreita. Tudo é feito para que os clientes nunca se encontrem, compreende Leandro. Chame-me Mari Luz, por favor, pode me tratar por você, lhe diz a mulher. Leandro prefere o tratamento frio, profissional, do primeiro dia, o perturba tanta proximidade, o faz sentir-se pior. Quando um momento antes estava na rua, à hora da saída dos colégios, pensara em dar meia-volta. A agitação da rua era ameaçadora. Passou um ônibus escolar, mais carros. Era impossível que os vizinhos de uma rua aletargada como aquela não soubessem do que acontecia na casa de número quarenta sempre com as persianas abaixadas. Os clientes, como ele, seriam perscrutados com indignação. Ali vai outro.

Leandro prefere não beber nada. Eu gostaria da mesma garota, diz. Valentina, não é?, pergunta Mari Luz sem esperar resposta. Deixe-me ver, vai ter que esperar um pouco, nadinha, dez minutos, se preferir, pode ver as outras. Não, não, corta-a Leandro, prefiro esperar.

Leandro se senta. Diante dele há uma janela pela qual vê cair folhas de um plátano com a rajada de ar. Algum barulho de passos. Uma voz feminina. Mas nada que delate a ocupação dos quartos. Ele supõe que Osembe está com outro cliente. Deixou no hospital Aurora, adormecida. Esther foi para passar um tempo de tarde. Vou esticar as pernas, lhes disse Leandro.

Ele passou a segunda-feira angustiado pela culpa. Mais que pelo sucedido na tarde anterior, pelo desejo incontrolável de voltar a fazê-lo. Chegou cedo ao hospital para permitir a Esther voltar para casa. Não demorou a saber do acidente de Sylvia. No início se assustou. Atropelada ontem à noite, ouviu da boca do filho, e relacionou o acontecimento com seu encontro com Osembe. Era o castigo. Sua neta atropelada na mesma hora em que ele... Ela está bem, não há nada que temer, lhe disse Lorenzo. Concordaram quanto a não contar nada a Aurora.

    Dormiu pessimamente no sofá-cama. Excitação e vergonha. Ouvia a respiração de Aurora, muito perto, como em tantas noites. Pensou nas poucas ocasiões em que tinha buscado sexo longe dela. Em seu quarto guardava um livro de fotografia com nus femininos. Eram nus artísticos, a maioria em preto e branco. Masturbar-se o devolvia com ironia cruel à adolescência. Nunca se imaginou sentado sozinho na salinha de uma casa como aquela.

    Algumas noites Aurora e ele ainda mantinham algo parecido com um encontro erótico. Acontecia em noites estranhas em que ela notava que custava a ele dormir. Apalpava-o entre as pernas e o encontrava excitado. Ela o acalmava com a mão. Às vezes Leandro se punha sobre ela e eles faziam amor sem penetração, a ela causava dor, de modo que se limitavam a roçar os sexos, a acariciar-se um ao outro. Nunca falam disso, quando terminam se viram para dormir. Ninguém nos ensina a ser velhos, não é mesmo?, lhe disse ela uma noite. Supunha-se que o desejo devia ter morrido muito antes e jazia enterrado sem cerimônia sob as molas da cama de casal.

    Na manhã da terça-feira o doutor passou pelo quarto um pouco mais tranquilamente, embora com a mesma mancha de linguiça no jaleco. Levou Leandro a um quarto perto e lhe mostrou umas radiografias. As faxineiras acabavam de deixar o quarto e este cheirava a desinfetante. O doutor abriu as janelas de par em par. Falava enquanto movia a caneta entre dois dedos. Vejamos, a fratura do quadril não tem maior importância, como eu já lhe disse. É uma coisa habitual, nós a consideramos uma epidemia da velhice. Pense que cada ano na Espanha atendemos a quarenta mil fraturas de quadril em idosos, em especial mulheres. De modo que isso já é corriqueiro.

    Leandro sentiu medo. Sentiu medo do momento em que começasse a falar-lhe do que não era corriqueiro. O problema é que este tipo de fraturas às vezes é a primeira pista de um enfraquecimento geral. Vamos mandar sua mulher para casa, mas vamos fazer exames sérios, para além do fato dela sofrer de uma osteoporose grave de que já se tratava... Leandro pôs as mãos nos bolsos do casaco. Estava com frio. Não sabia de nada, disse. O médico sorriu, abriu a pasta com os dados de Aurora. Já sabe como são as mulheres, elas calam os seus problemas.

Sim, respondeu Leandro. O doutor lhe falou de densitometria e graus de mobilidade, lhe referiu outros exames que iam ser feitos, mas não chegava a nenhuma parte. Leandro perguntou pela reabilitação após deixar o hospital. O importante é não deixar-se tomar pela frustração, limitou-se a dizer o doutor. A idade tem dessas coisas.

A conversa murchou na gelada salinha. Leandro caminha confuso pelo corredor de volta ao quarto. Sua inabilidade para as tarefas domésticas o desesperava. Até esse momento, Aurora é quem segurava a casa. Para Leandro a máquina de lavar era como uma geladeira que limpava a roupa. Ele se ocupa das contas, dos extratos do banco, de pagar as dívidas, de comprar o vinho, comparece às miseráveis reuniões de moradores, mas não conhece a ordem interna da casa. Sabe que aos domingos seu filho Lorenzo e Sylvia vêm para almoçar e quase sempre há sopa de arroz e merluza empanada. Ou que nas quintas-feiras em que Manolo Almendros aparece ao meiodia Aurora sempre o convida para ficar e lhe oferece seus chocolates favoritos de sobremesa, mas desconhece como se consegue essa precisão. Angustiou-o pensar em sua mulher entrevada numa casa que não estava preparada para alguém assim.

Em três dias estamos em casa, anunciou Leandro a Aurora, que lia na cama. Depois se sentou perto e abriu o jornal. Os dois em silêncio, liam quase em paralelo. Talvez se fizessem perguntas similares, mas não se disseram nada. Fotos de terroristas fundamentalistas islâmicos. A morte de Yasser Arafat. As eleições próximas nos EUA.

Osembe desceu para buscá-lo, Leandro a vê chegar através do vidro. Embora sorria e se beijem no rosto, ela transmite o mesmo ar ausente do encontro anterior. Leva-o escada acima até outro quarto, um pouco mais amplo. A janela dá para o jardim de trás e a persiana não está totalmente arriada. Entra a luz da tarde. Outro quarto, diz ele. É melhor, diz ela. O banheiro é maior, de azulejos de um amarelo pálido. Em cima do lavabo há um móvel com espelho de três óvalos. Leandro observa que é quase idêntico ao de sua casa, o que o perturba. Ela ensaboa a entreperna e Leandro sente uma pontada de asco ao intuir que há um minuto estava debaixo de outro cliente. Ele ajeita o cabelo com os dedos e olha as manchas da pele na testa e nas faces. O rosto de um velho. Há jacuzzi, quer usar?, pergunta Osembe. Depois talvez, responde Leandro.

Quando se senta para despir-se, olha o jardim de trás. Vê a piscina meio cheia e um assento de balanço com os eixos oxidados. Tire a roupa, pede Leandro a Osembe. Ela se coloca diante dele e tira as peças sem dar nenhuma intenção ao ato mecânico. Demora a livrar-se da roupa íntima, como se quisesse mostrar-se pudente. Olha-se e tensiona os músculos das coxas e das nádegas. Por um momento parece esquecer-se de que Leandro está diante dela. Mastiga chiclete. Leandro se levanta para beijá-la e se aproxima do forte hálito de morango. Ela não lhe afasta a boca, mas o beija sem paixão, enquanto esconde o chiclete entre os dentes.

Leandro a abraça e termina de despi-la, ela ri, sem excitação, distante. Eu o faço, deite-se. Leandro obedece e vai para a cama. Ela domina a situação. Leandro tenta rebelar-se porque não encontra prazer na sucessão de carícias. Quer trepar?, pergunta ela. Leandro se sente ridículo. Pretende dar ao encontro um valor íntimo, mas se dá conta de que ela não tolera sair da rotina. Prefere que tudo seja previsível, monótono, profissional. Leandro intui que pode existir um prazer mais distante, escondido, mas o acesso a esse lugar mais íntimo parece vedado a ele. Ela mastiga chiclete com o pensamento longe dali. É evidente que Leandro não consegue excitar-se com a manipulação dela em seu sexo, mais parecida com um trabalho de manipulação industrial do que algo erótico. Vamos, vovô, diz ela. Como se assim o animasse. Leandro é invadido pelo mau humor. Deixe, deixe, diz e se senta na cama.

Está com vontade de ir embora. Que faço aqui?, pergunta-se. Os olhos dela olham vazios, como se nada lhe importasse muito.

A situação é então incômoda para ambos. Eu chupo, diz ela. Não, diz Leandro. Ele se senta atrás dela e a abraça apertando-lhe as costas. Acaricia-lhe os braços e o ventre. Ela quer se mexer, mudar de posição e recuperar o ritual, mas Leandro o impede. Ela só quer que o cliente goze. É sua única forma de entender o trabalho. Como um trabalho manual. Não aspira a entrar na cabeça dele. Até a incomodaria saber que Leandro persegue outro fim além do de atingir o orgasmo.

Leandro banha o rosto entre as fitas do cabelo de Osembe. Ela ri como se lhe fizesse cócegas. Não entende o prazer que ele pode sentir em estudar suas costas, seus ombros, em percorrer-lhe com a ponta dos dedos o corpo inteiro e resistir em contrapartida a penetrá-la. Ele, por seu lado, sabe que essa é a razão que o levou a voltar.

Na última hora da manhã acompanhou Luis, seu aluno, à loja de uns conhecidos que vendem pianos usados. Era algo combinado há muito tempo. O dono foi amabilíssimo e o rapaz não se atreveu a experimentar os pianos. Leandro o fazia por ele. Tinham que acertar um preço. Meus pais não me deixam passar disso. Calma, lhe disse Leandro, por esse preço vamos encontrar algo bom. Foram para outra loja e ali Leandro reparou num piano de parede, preto, perfeitamente restaurado e que não passava de mil e trezentos euros. Tocou por um instante. Soa maravilhosamente, disse. Mas foi ao passar o dedo pela madeira preta e lisa que Leandro soube que, por mais que lutasse contra o desejo de voltar a encontrar-se com Osembe na casa, essa mesma tarde iria de novo. E então o invadiu um entusiasmo que seu aluno e o vendedor da loja interpretaram mal. Ah, seu Leandro continua a ter a mesma paixão pela música de quando nos conhecemos e isso já vai para trinta anos, não é verdade?

Leandro perdeu parte do entusiasmo matinal. Embora agora percorra essa pele de que sentia saudade. Repara numa longa cicatriz junto ao cotovelo de Osembe. O ferimento o intriga. Talvez um acidente na aldeia, um animal selvagem. A infância perigosa na África.

O elevador me acertou quando eu era menina, explica ela. Num armazém.

E ele se entretém na pele rugosa do cotovelo por um longo tempo. Depois pousa os dedos sobre o sexo raspado dela. Sente a lixa do pelo pubiano e fechar-se as coxas duras para impedir-lhe o acesso. Quer trepar? O tempo está se acabando, diz Osembe. Leandro nota que a incomoda ser tocada. E ele não quer fazer outra coisa senão tocá-la. Descobre seus pés feios, com dedos retorcidos e unhas deformadas mal pintadas com esmalte branco. Acaricia suas pernas e seus braços, toca o nariz, que se dilata quando respira. Só quero conhecer você, lhe explica, mas ela não consegue entender. Osembe se levanta e mexe a bunda engraçada junto ao rosto de Leandro. Desloca as nádegas para cima e para baixo com uma simples mudança de tensão muscular, feliz como uma menina que se envaidecesse de saber mexer as orelhas. Você gosta da minha bunda? Leandro a estuda diante de seu rosto, erguida, solta, musculosa.

Não. Eu gosto de você. E depois a beija e ela ri e se afasta.

Quer pagar mais?, pergunta Osembe quando se acaba o tempo. Pode pagar outra hora. Osembe acaricia os peitos introduzindo as mãos sob o sutiã, que ela não tirou. Aparecem estrias esbranquiçadas.

Bem, diz Leandro.

11

Lorenzo pintou a cozinha quando Sylvia tinha sete anos. Lembra-se agora, sentado diante do telefone sem fio. A parede está azulejada até a metade e coroada por desenho azul em forma de trança. O restante foi pintado por ele. Salmão, lhe disse Pilar. Mas, quando Lorenzo deu as primeiras pinceladas, ela lhe disse isso não é salmão, é laranja. Discutiram sobre as tonalidades e sobre a verdadeira cor de umas fatias de salmão que comeram dias atrás. Eram assim, disse Lorenzo apontando para a parede. No máximo o que acontece é que o salmão é laranja. Não, o salmão é salmão, disse ela. Depois Pilar foi buscar Sylvia na saída do colégio e a pequena entrou na cozinha e viu o pai em cima de uma escada, retocando com o pincel um canto. Como fica bonita a cozinha pintada de laranja, lhe disse Sylvia. Pilar sorriu. Eu juro que não lhe disse nada. Nunca soube se Pilar lhe tinha comentado algo no caminho. Lembra que riram. Eram outros tempos.

A cor laranja tinha se desvanecido um pouco, a cozinha também. O azulejo estava quebrado desde o dia em que ele tinha tentado cravar um gancho para suster o pendurador de panelas. No chão uma lajota estava quebrada desde que Sylvia deixou cair o pote de farinha quando ajudava a mãe a preparar uma massa de bolo. A porta de um dos móveis pendurados na parede tinha sido substituída por uma que não tinha a mesma tonalidade de branco das demais.

Cicatrizes.

Na agenda de telefones habituais se acumulavam números que tinham deixado fazia muito de ser habituais. O pediatra da menina, vários escritórios, o telefone da casa de uma secretária, a baby-sitter que chamavam quando saíam de noite, três ou quatro parentes já falecidos que permaneciam no limbo da agenda, alguém esquecido completamente, uma que outra amiga de Pilar que não frequentavam, o número do antigo colégio de Sylvia e na letra P, ei-los, os números de Paco. Casa, celular, sogros e o apartamento de verão em Altea. Lorenzo tomou ar antes de apertar os números no telefone.

Os dias anteriores tinham sido intensos. Sua mãe na clínica, a angústia de seu pai por temer que ela não voltasse a andar, o acidente de Sylvia, a chegada de Pilar. Encontrou-a dois dias seguidos na clínica. Ofereceu-lhe sua casa. Não, tenho onde ficar, numa amiga, lhe disse. Pilar perguntou como ia tudo com ele, se ainda estava procurando trabalho, se necessitava de dinheiro. Não, não, estou bem, mentiu ele. E depois lhe perguntou, você sabe o que aconteceu com Paco? Foi morto em casa, saiu nos jornais. Pilar ficou calada. Parecia afetada pela notícia. Lorenzo tinha decidido que podia falar disso, que devia fazê-lo. Comentou-o com o pai, com o amigo Lalo, contou-o a Sylvia.

Na terça-feira ao meio-dia tinha encontrado um recado na secretária eletrônica. Um inspetor chamado Baldasano se identificava como membro do Grupo de Homicídios e lhe deixava um número de telefone. Quando Lorenzo ligou, o homem foi muito sucinto. Só queria fazer-lhe algumas perguntas, lhe disse. Consta-nos que o senhor foi sócio do senhor Garrido. Fui, é claro, eu fiquei sabendo pelos jornais, lhe disse Lorenzo. O senhor entenderá que queiramos fazer-lhe algumas consultas. A palavra soou ambígua, preocupante. Lorenzo lhe explicou que esta tarde tinha que pegar a filha na clínica, lhe falou do atropelamento, não sei se será possível adiar para amanhã. A vida cotidiana, a normalidade, era a melhor prova em sua defesa.

Um policial com o tosco pano de seu uniforme o guiou até um escritório e ali o recebeu o inspetor Baldasano. Estava tomando café num copo de plástico baixo e marrom. Ofereceu-lhe outro enquanto abria uma pasta, mas Lorenzo o recusou, acabo de tomar o café da manhã, obrigado. Lorenzo estava nervoso e pensou que o melhor era reconhecê-lo. Estou um pouco nervoso, para dizer a verdade. Não tem por quê, o tranquilizou o policial. Olhe, é muito simples. Tudo aponta para um roubo cometido pelos bandos habituais que operam na cidade, dos violentos, colombianos, albaneses, búlgaros. Mas há coisas no ar. Pedimos à mulher do senhor Garrido que nos pusesse a par dos negócios do marido, que nos falasse das pessoas com quem podia ter conflitos pendentes e vou lhe ser sincero... surgiu o seu nome.

Lorenzo anui, sem se deixar surpreender. Paco e eu tivemos uma relação, bem, fomos amigos e sócios e a coisa acabou mal, essa é a verdade, disse Lorenzo. Nós sabemos, o tranquilizou o inspetor, mas seu tom absolutamente não era tranquilizador. Aconteceu há tempos e estávamos fazia muito sem nos vermos. Deixamos de ser amigos, mas isso não quer dizer que fôssemos inimigos. Não lhe guardo... Bem, não sei, Paco era um enrolador, a Lorenzo lhe escapou aquela palavra, casual, pouco grave. Alegrou-se de tê-la dito. Surtiu efeito. O inspetor mastigou um sim.

Paco me enganou. Montamos um pequeno negócio juntos, eu perdi meu dinheiro e, bem, ele não perdeu tanto como eu, e, não sei, isso me fez sentir zangado. Estamos falando de dois ou três milhões das antigas pesetas, não estamos falando de quantidades que... Lorenzo parou, não queria falar do assassinato. Ele tinha dinheiro da família de sua mulher e, bem, para ele não foi tão grave a quebra da empresa. Eu tentei refazer minha vida por outro lado e jamais exigi nada dele. O inspetor não falou, esperava que Lorenzo acrescentasse algo mais. Ele o fez. Quando li a notícia, senti pena, absolutamente não me alegrei. Senti pena dela, de Teresa, sobretudo.

Lorenzo pensou que não devia falar demasiado, mas manter a fluência das palavras o acalmava. Mentir com naturalidade o surpreendia tanto quanto o serenava. Dava-lhe força para enfrentar os silêncios do inspetor. Ele tinha muitos inimigos?, perguntou Baldasano.

Ao levantar o rosto, Lorenzo viu que tinha um ferimento no pescoço, tapado pela camisa, uma cicatriz rosada, não muito comprida. Aparentava ser mais uma queimadura que um corte. Inimigos é uma palavra forte, disse Lorenzo. Não ficava bem com a gente, isso é certo. O inspetor lhe perguntou pela noite da quinta-feira. Há alguém que possa testemunhar que estava com o senhor? Lorenzo pensou um instante. Minha filha. Moro com minha filha. Estou separado.

O inspetor anuiu com a cabeça, como se já soubesse desses detalhes. Levantou os olhos para Lorenzo, vou lhe fazer uma pergunta que o senhor tem todo o direito de não responder. É só uma consulta.

Ei-la, voltava essa palavra. Lá fora soava tal variedade de timbres de telefone, que se podiam confundir com a música de um carrossel. Sobre a cabeça do inspetor, no teto, havia uma goteira cinza e mofada, ainda úmida.

O senhor conhece alguém, de sua relação profissional, que tivesse motivos suficientes para assassinar o senhor Garrido? Lorenzo fingiu pensar. Repassar a lista de conhecidos de Paco. Por um instante tentou encontrar alguém e o exercício o acalmou, o deslocou para uma ideia alheia, o transformou em inocente da maneira mais simples do mundo. Não, disse. E, sem saber muito bem por quê, viu-se na necessidade de acrescentar Paco era uma pessoa que você não conseguia odiar.

Lorenzo não disse nada mais. Voltou o olhar para a goteira do teto. O inspetor também dirigiu o olhar para a mancha. O senhor consegue acreditar? Está assim há seis dias. É o banheiro de cima, de seção de passaportes. Eu lhe asseguro que é bastante desagradável sentar-se aqui toda a manhã sabendo que há uma poça de urina sobre a cabeça. Bem, não vou retê-lo por mais tempo. Mas lhe peço que me anote todos os seus telefones de contato, eu gostaria de tê-lo sempre ao alcance, para o caso de precisar fazer qualquer consulta.

Tinha adoração por essa palavra. Pergunta lhe devia soar demasiado ameaçadora. Coisas do ofício. Passou um papel a Lorenzo para que anotasse seus telefones. O último é o da casa de meus pais, por via das dúvidas. E depois pensou se isso não era mostrar-se demasiado solícito. Saiu do escritório e agradeceu que um dos policiais subisse nesse momento a escada gritando porque um detido lhe tinha vomitado nos sapatos. Puta que o pariu, sinto as meias encharcadas, porra. No meio da diversão dos presentes, Lorenzo buscou a porta.

Deixou para trás a delegacia mais calmo. Mentir lhe tinha produzido a mesma libertação que dizer a verdade. Uma confissão falsa também é uma confissão. Falar do assunto, situar-se num lugar que não lhe correspondia o ajudava a distanciar-se. A mentira às vezes tem o número exato para vestir uma verdade. Quando disse que Paco era alguém a quem você não conseguia odiar, disse-o porque era verdade. Pensou que seu erro nascia daí, de ter transgredido esse limite. Chegar a odiá-lo. Paco era o culpado de sua situação profissional, da incapacidade de dar a Pilar tudo aquilo de que necessitava, do olhar de comiseração de seus pais quando lhe emprestam dinheiro, de sua ruína. Paco era o culpado de sua filha já não adormecer no sofá da sala e ele já não poder carregá-la até sua cama; culpado de que em uma que outra entrevista de trabalho ficasse mudo, parado diante de algum jovem executivo com gomalina que acabava de lhe perguntar por que acha que um profissional como o senhor não conseguiu estabilidade em todos esses anos?; culpado de que no meio da manhã compartilhasse a rua com as donas de casa e os velhos; culpado de tirá-lo com um empurrão do caminho, caminho que agora tem que voltar a encontrar sem a ajuda de ninguém.

Lorenzo, na cozinha, disca agora o telefone da casa de Paco. É o mesmo número para o qual tantas vezes ligou para escutar a voz do amigo, essa voz que marcava um encontro com ele num restaurante ou se despedia dele até o dia seguinte no escritório. Essa mesma voz que um dia lhe disse Loren, me parece que perdemos tudo, e mentia porque só um deles tinha perdido tudo. O telefone toca uma, duas, três vezes, até que o sussurro de Teresa responde. Essa presença apagada e silenciosa, essa mulher que compensava com sua reserva o caráter expansivo do marido. A mesma mulher que tinha apontado Lorenzo como suspeito. A polícia trabalha assim amiúde, não tem pistas, não tem provas, não tem indícios, mas pressiona um suspeito, o pressiona até ele desabar e então começa a investigação pelo final, resolve o crime graças ao próprio delinquente. Mas não ia ser tão fácil vencer a ele.

Olá, Teresa, sou Lorenzo. Olá, a voz dela soa distante, como se surgisse das profundezas. Eu soube do Paco e hesitei em ligar, sei lá, queria lhe dizer que sinto muito, que se precisar... Lorenzo se interrompe. Não quer ser cruel consigo mesmo, com o último grão de sinceridade que se rebela em seu íntimo. Obrigada por chamar, diz ela. Não, eu... Sei que não é fácil, mas queria... Está bem, obrigada, corta ela. Um instante depois desliga.

Lorenzo se levanta da cadeira e bebe água diretamente da torneira da pia, como as crianças nas fontes. Incomodava a Pilar que o fizesse. Para que sujar um copo?, dizia ele. Apoia-se na bancada e o mundo parece parar. Ela suspeita de mim, pensa Lorenzo. Está em seu direito. Não vai ser fácil. Não vai ser fácil.

12

Ariel entra em casa pela garagem, com o carro. A sala está fria. Quando se vai o sol, muda o clima. Há jornais amontoados debaixo da mesa, os CDs no chão em torres, a tela plana de televisão colada à parede. A mão de Emilia que arruma tudo, que impõe o ar impessoal que reina na casa. Charlie já não está com ele e a única coisa que se escuta é o motor do frigorífico ou a água que salta para regar o jardim.

Quando atropelou a garota e superou o bloqueio, foi capaz de sair do carro e pegá-la no chão. Ajudou-a a pôr-se de pé, mas então ela se desmoronou. Acomodou-a no assento traseiro, era quase uma menina, o cabelo revolto, encaracolado, lhe tapava a rosto. Não dizia nada, não se queixava de dor. Pelo retrovisor Ariel viu a calça rasgada da moça, seu peito agitado pela respiração. Não conseguia orientar-se, não conhecia um hospital perto, temia não ter agido corretamente ao levantá-la, ao movê-la do lugar. Discou no telefone celular o número de Pujalte, pensou que era o mais sensato. Acabo de atropelar uma garota na rua, lhe disse, não sei o que fazer. Pujalte o tranquilizou, não lhe pediu mais explicações. Onde você está?

Ariel se referiu aos lugares que ele conhecia. Está muito perto do estádio, saberia chegar? É claro, disse ele. Espere-me no portão catorze.

Não tardou demasiado em dirigir até ali. Parou em frente ao portão indicado depois de circundar o estádio. Desceu do carro. Pela janela viu a garota deitada. Respirava, parecia tranquila, desvanecida. O tempo se tornou eterno. Os arredores do estádio ainda estavam banhados no lixo que uma partida gera. Papéis, latas espalhadas pela calçada. Por fim chegou um carro depressa, ignorou o sinal vermelho. Parou junto a ele. Não era dirigido por Pujalte, como ele esperava, mas por Ormazábal, o chefe de segurança. Ela o reconheceu? Você falou com ela?, lhe perguntou. Não, quase nada, disse Ariel, só tinha lhe sussurrado tranquilamente, já vamos para o hospital.

Do banco do carona desceu um homem de uns quarenta anos, de cabelo preto curto. Tirou as chaves da mão de Ariel e se pôs ao volante do Porsche. Ele cuidará de tudo. Venha, suba, eu o levo para casa, calma. Ariel viu seu carro afastar-se dali dirigido pelo outro homem. Demorou um pouco a entrar no carro de Ormazábal. Mal se falaram. Parecia conhecer sem necessidade de indicações o caminho para a casa de Ariel. Tocou o seu celular. Ormazábal assentiu, duas, três vezes. Isso mesmo, disse. Depois se virou para Ariel. Tudo sob controle, a garota está bem. Ariel não conseguiu perguntar-lhe nada. Um tempo depois voltou a tocar o celular. Ormazábal o passou para Ariel. Era Pujalte. Bem, está na clínica, gente de confiança. O garoto de Ormazábal se encarregou de tudo, disse que ele dirigia. Não se preocupe com nada. É grave?, perguntou Ariel. Foi um acidente, nada especial, tem uma fratura, mas está nas melhores mãos. Ariel fez silêncio. Você tinha bebido, ao que parece. Um pouco. Bem, amanhã vejo você no treino, o.k.? Vá para casa e durma tranquilo. Está tudo bem. Muito obrigado, disse Ariel. É o meu trabalho.

A resposta de Pujalte se cravou nele como um punhal. Foi a despedida. Depois desligou. Ariel tinha se sentido o menor homem do mundo, paralisado ali, junto ao estádio. O lugar aonde se supunha que tinha chegado para triunfar, o alto-falante para que seu nome fosse conhecido no mundo inteiro, agora era apenas testemunha de sua covardia. Até então sua carreira era a de um jogador exemplar, nada conflituoso, e em seu novo destino tudo eram problemas, imprevistos. Ormazábal o deixou junto à cerca de entrada de sua casa. Essas coisas acontecem, lhe disse ao modo de despedida. Era um homem sinistro e frio que se empenhava, sem sucesso, em mostrar-se amável.

Custou dormir a Ariel. Não ligou para a família, embora tivesse prometido fazê-lo depois da partida. Não queria dar más notícias. Charlie lhe tinha deixado uma mensagem. Já estava em Buenos Aires.

De manhã, no treino, esperou a chegada de Pujalte à beira do campo. Deitou-se no gramado para os alongamentos iniciais e lhe agradou sentir a umidade, o cheiro da grama recém-cortada. Isso era igual em todos os campos. Acariciar o verde, sentir as travas afundar como um mordiscar carinhoso.

Não havia imprensa demais, a habitual. Os câmaras chegariam na última hora da manhã. O grupo de rapazes que tinha matado aula para ir caçar autógrafos e os aposentados conversando no meio das arquibancadas. Pujalte apareceu e parou por um tempo para falar com o preparador físico. Depois lhe dirigiu um gesto para que se aproximasse. Ariel correu para ele. Isso era o poder. Isso e os sapatos de rua no gramado úmido, algo que sempre perturba os jogadores de futebol.

Pujalte lhe abraçou os ombros e caminhou com ele pela lateral. Explicou-lhe que o doutor Carretero se tinha ocupado da garota, que a discrição era total. Falaram com o pai, está tudo acertado. Seu carro está no estacionamento. Para todos os efeitos, quem estava dirigindo era o outro, está bem? Ariel assentiu. A garota tem dezesseis anos, se recuperará bem rápido.

Ariel ficou calado. Tanto que o diretor esportivo lhe deu uma bofetada para animá-lo. Vamos, agora você tem que se preocupar é com o jogo. Ariel agradeceu com um gesto suas palavras. No ano passado morreu o nosso vice-presidente num hotel de Bilbao, transando com uma recepcionista de congressos. Aí, sim, é que tivemos que ser rápidos, cacete. Aquilo com seu irmão também, acrescentou, são coisas que acontecem. Melhor que não aconteçam, né?, mas estamos aqui para limpar a barra. A isso me dediquei toda a vida. Pujalte sorriu com seus dentes branqueados. Eu nunca fui um jogador elegante, mas era efetivo.

    Ariel voltou para o treino. Juntou-se ao círculo onde os jogadores passavam a bola com um só toque, um bobo. Quando ficou no centro, ele demorou a recuperar a bola. Dezesseis anos?, pensava, pobre garota. Teria mentido para ele Pujalte? Ela estaria mais grave do que lhe tinha dito? Tentou recordar o impacto, se ela sentia dor em outro lugar além da perna. Ficou desmaiada um bom tempo. O treinador distribuiu as camisetas de duas cores para a partidinha final. Ariel não conseguiu concentrar-se, deixou passar o tempo.

    No estacionamento procurou seu carro. Estava com as chaves postas. Não havia vestígio de sangue da garota nem da garrafa. Alguém tinha se dado ao trabalho de limpar tudo. Uma mão bateu com os nós dos dedos na janela e Ariel se sobressaltou. Era uma jornalista, jovem, com uma franjinha loura. Ariel baixou o vidro e ela aproximou dele um gravador. Apresentou-se e lhe fez algumas perguntas, a última: quando acha que as pessoas na Espanha poderão ver você rendendo plenamente? Ariel hesitou. A garota se esforçava para que todos os seus gestos e a postura corporal fossem de um homem, o olhar direto.

    Logo, espero.

    Quando chegou em casa, Emilia terminava de preparar um cozido. Já comeu disso alguma vez? Sim, bem, algo parecido com isso. É como o *puchero*, disse Ariel olhando a mistura um tanto arbitrária de grão-de-bico, legumes, linguiça, toucinho e chouriço. Deixo para você uma panela de sopa. Tentou dormir a sesta, mas acabou no jardim fazendo embaixada. Aos treze anos passou uma tarde inteira sem deixar a bola tocar o chão. Conseguiu chegar aos cinco mil toques. Era um exercício inútil, esgotamento, mas naquele instante o ajudava a esvaziar a cabeça, a voltar ao acolhedor nada. De repente, decidiu dar por terminado o exercício. Pisou na bola com força contra o gramado.

    Tinha tomado uma decisão.

    Ser conhecido era a parte mais absurda de seu trabalho. Agradava-lhe que um menino lhe pedisse um autógrafo, que olhassem para ele na rua, que o reconhecessem nos restaurantes, mas era um incômodo na hora de levar uma vida normal. O atropelamento teria sido totalmente diferente se ele não fosse uma pessoa conhecida. Ia bebendo, dirigia depressa, era fácil que a imprensa caísse na pele dele, que aquilo lhe trouxesse problemas. Entendia o trabalho de ocultação do clube, o favor que lhe faziam apagando seu rastro. Mas ele não era assim. Chegou à clínica já de noite, preferia essa hora. Certamente as visitas já teriam terminado.

Conhecia o lugar. Ali fez os exames médicos um dia depois de aterrissar em Madri. E ao sair posou para os repórteres. Sabe quanto nos pagam por fotografar você aqui?, lhe sussurrou Pujalte, vinte mil euros. Era sua forma de explicar-lhe como funcionava o negócio publicitário em torno do futebol.

A recepcionista o reconheceu. Venho ver uma amiga, foi atropelada por um carro ontem, uma mocinha. Trezentos e doze, lhe disse ela. Sylvia Roque. Depois lhe apontou o elevador com um sorriso enorme.

Ariel demorou a aproximar-se da porta. Chamou com cautela. Surpreendeu-o a maneira como a garota o recebeu. Foi você quem me atropelou, não é mesmo? O cabelo encaracolado preto e bonito espalhava-se pelo travesseiro. A colcha lhe tapava os peitos. Sorria com uma perna engessada presa no alto. E esse sotaque? De onde você é?

De Buenos Aires.

Buenos Aires, não conheço. É bonito? A garota parecia sentir-se à vontade na situação. Ariel tinha suspeitado que tudo seria mais tenso. Mas ela mostrava um sorriso de lado, dominante. Abriu a caixa de bombons. Ariel olhou o quarto. Quer um? Ariel negou com a mão, ele a viu comer um bombom. Tinha uma boca bonita. A televisão vomitava música em inglês.

Na verdade, vim para pedir desculpa, por não trazê-la eu mesmo ao hospital, lhe disse Ariel. Eu teria me metido numa confusão e, bem, um amigo me acompanhava. Outra vez começava a mentir. Decidiu frear subitamente. Não fazê-lo mais.

É jogador de futebol, não? Ariel anuiu com a cabeça. Qual é o seu nome? Ariel se aproximou do colchão, na altura do começo do gesso. Ariel. Ariel Burano. Ariel, é bonito. Aqui é nome de detergente, disse ela. Eu sei. Ariel pegou um dos jornais esportivos e lhe mostrou sua foto numa página, com a manchete: "Por enquanto um sumido". Como pode ver, estou triunfando, acrescentou ele.

Sylvia lhe olhou nos olhos. E por que veio aqui agora? Eu me senti obrigado moralmente a vir. Sei lá, me pareceu péssimo não dizer a verdade. Queria saber se estava sendo bem atendida, essas coisas. Meu pai torce pelo seu time, adora futebol, lhe disse Sylvia. E você não?, lhe pergunta Ariel. Aqui as pessoas ficam embasbacadas com o futebol. Na Argentina é igual, não? Igual ou pior.

Sylvia pensou por um instante e voltou a sorrir. Ou seja, posso ir à imprensa com a história e ganhar um troco. Pode. Fique tranquilo, não vou fazer isso. Seu amigo se portou muito bem. É o que diz meu pai. Trabalha no clube. De bode expiatório? Não conheço a cidade, não sabia para onde levar você nem como chegar a um hospital, justificou-se Ariel.

Sylvia negou com a cabeça. Foi um acidente. Eu fico contente de você ter vindo e de conhecer você. Vai me convidar a uma partida quando eu sair? Ariel apreciou a oportunidade de mostrar-se amável. Se quiser. Sylvia não desfazia a sorriso. O médico diz que estarei boa bem rápido e que poderia roubar o seu lugar. Não me estranharia.

Ariel pega o telefone celular do bolso do casaco. Você tem celular? Sylvia lhe dá seu número. Ariel lhe dá o seu e ao trocarem os números parecem entrelaçar as mãos sem se tocarem. Ligue-me por qualquer coisa de que precise.

Deixe de sentir-se culpado. Quem lhe diz que não me joguei contra o carro porque queria suicidar-me? Ariel sorriu. Por que uma garota como você iria querer suicidar-se?

Quer que eu faça uma lista?

Quando se despediram, Ariel disse foi um prazer conhecê-la. Bem, da próxima vez que quiser conhecer uma garota, não é preciso atropelá-la.

Ariel não encontrou maneira de ligar a calefação. Pôs um suéter esportivo. Janta as sobras do almoço. Liga para Charlie. Não lhe conta nada do acidente. Joguei mal pra cacete. Não diga isso, lhe corrige o irmão, tinha que ver os velhos, engordaram, se acham os pais de Maradona. Ariel lhe conta que nos jornais aparecem os primeiros comentários críticos. Vamos ver se acham que vai ser o primeiro argentino ruim que contrataram na vida, nem nisso você é original, o provoca Charlie. Por que não convida alguém a ficar uma semanazinha aí com você? Ariel pensa na proposta do irmão. Não é uma má ideia. Talvez ele pense em Agustina. Despedem-se e Ariel não demora a dormir. Descansa pela primeira vez em dias. Ajuda-o o olhar limpo de Sylvia de sua cama de hospital. Essa contagiosa paz com que sorriem seus olhos.

13

O quarto está rodeado de prateleiras de madeira de pinho que se inclinaram com o peso dos livros. Há livros com a lombada virada para fora, no canto, deitados sobre outros livros, livros em segunda e terceira fileiras, livros no chão, debaixo da última prateleira. Alguns têm papéis entre as páginas que se mostram amassados, parecem bilhetes, fotocópias. Sylvia os olha como se formassem um todo, quase uma escultura. Afora a luminária, sua cama e uma mesinha redonda e pequena, o quarto não contém nada mais. Foi para a nova casa da mãe poucos dias depois de sair do hospital. Deveria dizer para a casa de Santiago. Pela persiana entra luz. Não está com sono.

No princípio o trabalho de sua mãe era uma incômoda escravidão. Que necessidade tem de ficar sofrendo?, costumava dizer Lorenzo. Dedicava-se à organização de atos culturais, mas a ela cabiam as tarefas mais burocráticas, menos criativas: licenças, organização de viagens, estadias de hotel, arquivo de notas. Acontece que agora ela descobriu que ser secretária era o sonho da sua vida, ouviu Sylvia dizer a seu pai um dia. Lorenzo não gostava do emprego de sua mulher, que às vezes a obrigava a ficar depois do horário, invadia como lava os fins de semana, as suas horas em casa. Pilar esteve a ponto de deixá-lo. Foi então que Santiago chegou para encarregar-se do escritório de Madri.

Sylvia assistiu à mudança. De repente o trabalho de sua mãe era o interessante, o que os mantinha, era uma atividade que dava para falar nos jantares em casa. Ela parecia feliz, ocupada, na mão sempre uma agenda transbordante de anotações. Nesse mesmo tempo o trabalho de seu pai começou a ser fonte de problemas, de desavenças, de incerteza, de maus momentos. Paco, o sócio de seu pai, o tipo divertido que sempre lhe trazia presentes, deixou de aparecer, se transformou em alguém de quem não se podia falar, que já não telefonava. Um fantasma.

Você se juntou com seu chefe?, pensou Sylvia quando sua mãe lhe disse quem era seu novo companheiro. Santiago planejava voltar para Saragoça, a cidade onde tinha nascido. E você vai fazer o que ali?, perguntou Sylvia à mãe quando ela lhe explicou que ela se instalaria ali com ele. A mesma coisa que agora, o trabalho é o mesmo.

Sua mãe lhe falava amiúde da nova cidade. É menor, mais acessível, mais amável que Madri. Você não passa a vida em engarrafamentos ou deslocando-se de uma ponta à outra. Afastar-me de Madri me faz bem. Para mim esta cidade está unida para sempre a Lorenzo.

A casa de Santiago em Saragoça é grande. É repleta de papéis, de livros. Há dois quadros abstratos, um na sala e outro em seu estúdio. Também um pôster de uma exposição de Picasso em 1948 e na cozinha um desenho enorme de uma mesa cheia de frutas, copos, flores. Pelas janelas da sala se vê a ponte de ferro pintada de verde sobre o rio. É uma vista bonita, relaxante, que Sylvia contemplou durante as horas em que ficava sozinha em casa. A água tem cor de barro, desce com força.

Seu pai a levou da clínica para casa. Deixou-a no portão enquanto procurava onde estacionar. Entre os dedos Sylvia segurava o envelope bege com as radiografias. Ainda não dominava as muletas. Esperou. A essa hora encontrar uma vaga onde deixar o carro podia levar um tempo. Seu pai se queixava desde que tinham saído do hospital. E agora estacionar, você vai ver... dizia. A equatoriana que cuida do menino do quinto entrou pelo portão. O pequeno tinha dormido no carrinho com as pernas pendentes como uma marionete em repouso. A garota tinha um rosto bonito, era gorda e ao se virar mostrou umas coxas roliças. Cumprimentaram-se com um gesto. Chamou o elevador e reparou na perna engessada de Sylvia. O que aconteceu? Um carro me pegou, lhe disse Sylvia. Malditos carros.

Sylvia anuiu e a viu fazer entrar com habilidade o carrinho no elevador. As perninhas do menino balançavam com as manobras.

Lorenzo voltou logo. É foda. Supõe-se que temos que guardar o carro no bolso. A Sylvia divertia o permanente protesto do pai. Nessa noite se sentaram juntos na sala para ver a partida de futebol. Ariel jogava, e Sylvia o seguia com o olhar, enquanto seu pai o criticava com aspereza. Esse garoto não serve, não tem sangue nas veias. Por que o chamam de Pluma? É gay?, perguntou Sylvia. O pai a olhou com desprezo. Não há jogadores de futebol gays, está louca? É chamado assim porque é diminuto. Pois tampouco é tão pequeno.

A severidade com que Lorenzo criticava Ariel chegou a irritar Sylvia. Eu acho que não joga tão mal. Os outros também não fazem muita coisa. E você entende de futebol? As câmeras mostraram o gesto de aborrecimento de Ariel quando foi substituído. Seu time estava ganhando por um a zero de um time polonês do qual os locutores afirmavam que carecia de capacidade competitiva. Sylvia viu o cabelo de Ariel colado em seu rosto com o suor, a televisão escurecia seu rosto e o fazia parecer mais fornido. Quando o substituíram, foi sentar-se no banco e desamarrou o cadarço das chuteiras, baixou as meias e jogou no chão as tornozeleiras azuis. Colocou o casaco esportivo e apoiou os pés no alto para colar os joelhos ao corpo. Nos últimos quinze minutos Sylvia não acompanhou a partida com interesse. Seu pai lhe tinha colocado um travesseiro debaixo do gesso para que o apoiasse sobre a mesa, lhe ofereceu uma bebida e cozinhou ovos fritos com batatas para o jantar.

Mamãe me pede que fique com ela até a segunda-feira, lhe disse Sylvia. Lorenzo deu de ombros. Como você quiser.

Pilar entra no quarto de Sylvia depois de bater com delicadeza à porta. Ajuda-a a se sentar. Quer tomar banho? Depois, diz Sylvia. Está com o cabelo emaranhado e os olhos inchados de dormir quase doze horas. Parece a Pilar que está linda e o diz. Santiago foi a Paris e só voltará de noite. Sylvia veste um pulôver sobre a camiseta, e sua mãe lhe põe uma meia de inverno no pé sem gesso. Vão até a cozinha, Sylvia aos saltinhos. Pilar lhe prepara o café da manhã. Tome o suco primeiro, porque se não ele perde as vitaminas. Está com frio? Quer que lhe traga a calça?

Sua mãe costumava se vestir desleixadamente em casa. Às vezes compartilhava um puído roupão com Lorenzo. Por isso surpreendiam a Sylvia a saia e os sapatos. Eram novos. Ficavam bem nela. O tecido grosso do pulôver disfarçava sua extrema magreza. O cabelo estava mais cuidado, cortado com gosto e pintado de um acaju que lhe ressaltava os olhos.

Na noite anterior Sylvia ligou para Mai. Também nesse fim de semana tinha ido a León. Mateo está me tratando muito mal, vou lhe contar, lhe disse a amiga. É que estou muito chata. É difícil falar com Mai de outra coisa que não seja sua recente vida de casal. Também falou com Alba e Nadia. Não há novidades na escola. Perdeu uma semana, mas, segundo elas, nada que não se possa imaginar. Com Dani não voltou a falar desde a fria troca de mensagens. Consulta o celular de quando em quando, o leva na mão quando se desloca com as muletas. É estranho, mas amiúde pensa que Ariel vai ligar e quando toca ou entra uma mensagem se surpreende agitada ao imaginar que possa ser ele.

Mas nunca é ele.

Pilar se senta diante dela e lhe afasta uma mecha de cabelo do rosto. Quer que o prenda para você? Sylvia diz que não com a cabeça e os cachos se agitam. O que você acha de Lorenzo?, lhe pergunta Pilar. Toda a vida foi papai e agora escutar a mãe chamá-lo de Lorenzo a surpreende, lhe parece estranho, como se falasse de outra pessoa. Talvez seja assim. Vê muito os amigos? Sylvia dá de ombros. Não sei, o normal, vão ao futebol. Falam da avó Aurora, do mau momento dos hospitais. Pilar fica séria. Vou dar dinheiro a você, não quero que nesta temporada tenha que pedir a papai. Sylvia sorri e segura o copo de leite quente com as duas mãos. Eu lhe digo que vou gastá-lo com drogas e com homens. Não duvido, responde Pilar. Melhor com homens e pelo menos que sejam de qualidade. Sylvia levanta os olhos. Meu problema não é de qualidade, mas de quantidade. Pilar recolhe os copos e os leva para a pia. Está com namorado agora? Sylvia se surpreende. *Agora?* Como se tivesse tido namorado *antes*. Sylvia diz que não com a cabeça, dá uma mordida na torrada. Não há pressa, diz sua mãe. Bom, espero que não me aconteça quando já seja uma velha. Pilar se vira, divertindo-se, noto certo tom de desespero. Certo tom? *Estou* totalmente desesperada.

Um instante depois Sylvia quer saber. Mamãe, com que idade você se deitou com alguém pela primeira vez? Com um homem? Não, com seu ursinho de pelúcia, responde Sylvia. Pilar faz uma pausa, vinte anos. Sylvia solta um assobio, espero que não seja hereditário. Depois faz um cálculo mental enquanto observa o sorriso tímido da mãe. Mas, então, foi com papai, não? Pilar anui. Papai foi o primeiro? O olhar de Sylvia vaga até pousar na mesa. Com a ponta do dedo faz dançar o prato. Não olha para a mãe quando pergunta, e Santiago foi o segundo? Pilar anui com um som gutural.

Por um instante só se ouve o barulho de um ônibus abrindo as portas no ponto. Sylvia pensa na mãe. Repassa numa síntese acelerada sua vida. Sem saber muito bem por quê, diz que droga de vida, não? Um pouco... Pilar se vira para falar com ela. Ao fazê-lo, seus olhos se umedecem. Com seu pai fui muito feliz. Talvez não volte a ser tão feliz com ninguém. Não tive saudade... mas se detém, não termina a frase. Sylvia brinca com a mecha do cabelo e a leva à boca. Pilar se senta diante dela e com a mão lhe tira a mecha da boca. Não dizem nada. Sylvia alcança o rádio, colocado num canto da mesa. Procura uma emissora de música que não seja brega demais. Soam umas guitarras potentes. Você gosta de verdade deste barulho?, pergunta Pilar. Como você pode ver...

14

Na quinta-feira a coisa se repete.

Leandro está dentro da jacuzzi. Está com as costas apoiadas no peito de Osembe e as mãos pousadas em suas coxas. Ela o acaricia com uma esponja, e por um momento ele pensa que vai dormir nos braços dela. O banheiro não é muito amplo. Tem um boxe perto com o plástico escuro salpicado de gotas. A jacuzzi é azul, oval. De quando em quando disparam jatos d'água, e Osembe ri com as massagens submersas. Formou-se uma leve camada de espuma. O cabelo grisalho de Leandro está úmido e liso. Li coisas sobre o seu país, diz Leandro. É muito grande. Tem mais de cento e cinquenta milhões de habitantes, e dizem que logo será o terceiro país mais povoado do planeta. Sou do Delta, diz ela. Isekiri. E pronuncia a palavra com outro tom, bem diferente do que utiliza em castelhano, mais desembaraçado. Hoje você está alegre. Mais contente, lhe diz Leandro. Osembe o aperta contra si. Você vem, eu contente.

Leandro tinha se sentado entre os estudantes nas grandes mesas da biblioteca pública de Cuatro Caminos, com a enciclopédia aberta para saber algo mais do país de Osembe, como se ele também se preparasse para uma prova próxima. Leu sobre sua história, sobre a fundação mítica, sobre as divisões religiosas, sobre a pobreza, sobre a independência, sobre a corrupção. Você sabe mais que eu, lhe diz agora Osembe quando o ouve falar. Meu país é muito rico, as pessoas muito pobres. Alguém bateu à porta com os nós dos dedos. É Pina, uma garota italiana de cabelo pintado de louro, muito curto. Está enrolada numa toalha, como se acabasse de terminar um serviço. Que boa vida, hem?, diz com acento alegre. Leandro a lembra da parada do dia primeiro. Posso? Leandro se sente observado pelas duas, que aguardam uma resposta. Bem, diz.

Pina tira a toalha verde. Seu corpo é magro quase sem seios, com as costelas aparecendo. Entra na banheira e se senta diante deles. Estira os braços ao longo da curva da jacuzzi. Aproxima-se, e os três corpos se tocam. Que avô sortudo, duas garotas para ele, diz, e Leandro, embora sorria, se arrepende de tê-la deixado entrar. Parece alegre demais, talvez drogada. Beija na boca Leandro, mas um instante depois acaricia os peitos de Osembe e lhe beija os ombros. Gosta de olhar para nós? Pina acaricia Osembe, e elas escarnecem dele com uma brincadeira lésbica bastante evidente, tosca.

Ao meio-dia Leandro lia o jornal junto à cama de Aurora. Ela parecia invejar a concentração dele. Leia-me as notícias. Leandro levantou o olhar. Nesse mesmo instante estava submerso nas páginas de notícias internacionais. Na Nigéria, a terra de Osembe, donde sua atenção, havia greve de trabalhadores das usinas petrolíferas. Mais de cinquenta mortos durante as manifestações. Era um território arrasado, poluído, onde as grandes indústrias de petróleo controlavam todos os recursos. No entanto, a violência tinha se desencadeado por causa de combates religiosos entre muçulmanos e cristãos. O que quer que eu leia?, quis saber Leandro. Qualquer coisa. Deixou de lado as páginas de notícias internacionais. De política nacional melhor não ler nada. Campanha eleitoral perpétua. Leu as notícias corriqueiras. Um homem tinha assassinado sua companheira atirando-a da sacada de casa, a jovem estava grávida de quatro meses. Dois homens tinham se esfaqueado por causa de uma discussão sobre futebol. Ao que parece eram irmãos e tinham assistido à partida juntos. Como está o mundo, meu Deus, disse Aurora, e Leandro entendeu que devia saltar essa seção.

Leu para ela uma entrevista com um escritor britânico que tinha romanceado a vida de Isabel, a Católica. Nos dias de hoje, opinava, teria sido internada num hospital psiquiátrico, como uma paranoica irrecuperável com delírios histéricos. Leandro levantou os olhos. Aurora parecia interessada. Prosseguiu. A decisão de expulsar os judeus foi tomada por seus medíocres assessores por medo do poder econômico e social de que começavam a gozar. Seu terror de perder posições de influência os levou a preferir prejudicar o país. Certa feita tinha ouvido seu amigo Manolo Almendros falar com autoridade do tema. Com a expulsão dos judeus, a Espanha faz sua primeira declaração formal de mediocridade, celebra converter-se num país complexado e vil. E com o 2 de Maio, acrescentava, se impôs o triunfo da terrinha, cada região suprindo a impotência como país. Leandro continuou com a leitura, mas um anúncio num boxe na parte de baixo da página oposta chamou sua atenção. Num ciclo de música clássica, organizado por uma caixa econômica, se anunciava o concerto de piano de Joaquín Satrústegui Bausán. No dia 22 de fevereiro. Comentou-o com Aurora. Olhe, Joaquín vai tocar no Auditório. Vai comprar ingressos? Quanto tempo faz que não o vemos tocar?, pergunta ela. Quase oito anos. Será bom vê-lo tocar outra vez. Leandro hesita. Não sei, se quiser.

Leandro e Joaquín Satrústegui se conheciam desde meninos. Moravam na mesma rua de Madri. Brincavam juntos entre as ruínas dos bombardeios da guerra. Recolhiam balas, restos das bombas lançadas pela aviação franquista. Com Joaquín tinha encontrado um cadáver entre os escombros de um terraplano do que agora é a paralela rua de la Castellana. Sobre a barriga inchada do homem se acumulava um enxame de moscas, e Leandro tinha atirado uma pedra grande sobre ele para espantá-las. A pedra, ao afundar-se no peito, provocou um barulho surdo, como o de um bumbo ao romper-se. Os dois meninos se afastaram correndo, mas aquela cena produziu pesadelos recorrentes durante toda a infância de Leandro. Ainda hoje ele é incapaz de comer carne um pouco crua. Naquela manhã Leandro contou à mãe o que tinham visto. Animais, se limitou a dizer ela. Nada mais. Mas ele nunca esqueceu o tom desolado que utilizou na resposta.

Da guerra guardava lembranças difusas, tempos livres em que as crianças viviam na rua. A vitória significou a volta dos homens adultos, o regresso da autoridade ausente, o fim da liberdade. O pai de Lorenzo pagou com dois anos de serviço militar sua filiação republicana, mas foi ajudado em seu destino pelo pai de Joaquín. Durante a guerra, este homem, militar de carreira, tinha sido dado por desaparecido perto de Santander, e a Joaquín, no bairro, todos tratavam como a um órfão, ajudavam sua mãe a sobreviver, a cuidar dele e de sua irmã, um pouco mais velha. Mas o pai regressou com um cargo militar importante e uma boa situação ao terminar a guerra. Diziam que era um herói, que tinha estado em Burgos, perto do comando. Era um homem grandalhão, de andar pesado, com o rosto atravessado por veiazinhas avermelhadas e uma papada enorme que se espalhava pelo peito como um babador de carne. Em sua casa tinham lugar as aulas de piano que Joaquín recebia e nas quais permitiam juntar-se a Leandro, a quem então todos conheciam como o filho da costureira, em especial a partir da morte de seu pai em razão de uma gangrena. O senhor Joaquín pagou para ambos os estudos no conservatório. Dizia-lhes estudem, porque a arte é o que distingue os homens dos animais. Qualquer animal sabe morder, procriar, sobreviver, mas sabe por acaso tocar piano? Joaquín e Leandro zombavam dele às escondidas, e seguravam nos braços Betún, o bassê feio e mal-humorado da mãe de Joaquín, e o obrigavam a tocar com as patas o teclado do piano. Você vai ver o susto que vai levar meu pai quando vir você tocar os *Noturnos* de Chopin.

Na adolescência, a relação de Joaquín com o pai se tornou mais esquiva. Aos dezessete anos ele se mudou para Paris para prosseguir os estudos de piano. Leandro e ele mantiveram contato, primeiro se escreviam, depois mandavam mútuas lembranças por intermediários, e ao final só se encontravam quando Joaquín regressava à Espanha para algum concerto, já transformado num pianista respeitado e celebrado. Perder amigos é um processo lento, onde duas pessoas íntimas caminham em direções separadas até distanciar-se de maneira irremediável. Leandro viu morrer o senhor Joaquín, velho, triste, ansiando notícias de um filho que ele admirava, mas com quem mal falava. Entendia Leandro a amargura daquele homem, ele também tinha se transformado em alguém remoto para Joaquín, uma recordação de outros tempos. Pode ser que ele se lembre de nós, disse a Aurora. Ai, respondeu ela, não diga bobagens.

Aurora lhe instou que reservasse entradas para o concerto, Leandro se resignou. Comovia-o que Aurora fosse mais entusiasta que ele. É seu amigo, se alegrará de nos ver. Pouco depois, deixaram a leitura diante da incômoda presença de Benita, a senhora da limpeza, que àquela hora da manhã deixava de lado o trabalho físico para concentrar-se na conversa.

Ao deixar o hospital, o médico recomendou a Leandro que se usasse uma cadeira de rodas para os primeiros dias, para os primeiros deslocamentos. Leandro foi aquela tarde a uma loja especializada da Rua Cea Bermúdez. A cadeira era mais pesada do que pensava. Duvidava de sua capacidade de manejá-la. Preferiu alugá-la. Com sorte Aurora voltaria a andar sem problemas, ao menos o médico estava otimista. O alívio por deixar o hospital se ensombrava com o pânico diante da nova situação. Compre uns bombons para as enfermeiras, elas se portaram muito bem, lhe pediu Aurora.

Agora Pina ri às gargalhadas, com dois grandes incisivos trepados um no outro, uma boca feia, de lábios finos, um olhar que faz Leandro se sentir incômodo. Era a primeira vez que entrava numa dessas banheiras enormes, cheia de orifícios. Osembe tinha empurrado Pina para longe duas vezes, em duas ocasiões em que lhe pareceu que a aproximação da italiana era atrevida demais. Leandro deixou que ela o masturbasse por um tempo com suas mãos de dedos ossudos, de unhas pintadas de roxo, mas se aproximou de Osembe para deixar clara sua preferência. A tarde termina sem êxtase nem cumplicidades.

A encarregada, Mari Luz, aceita o cartão de crédito de Leandro. Ele explica que não está com suficiente dinheiro vivo, quando o informam de que tem de pagar pelas duas garotas. Leandro não quer discutir, mas enquanto emerge o recibo do cartão soma os valores. Hoje paga quinhentos euros, mais a gorjeta de uma nota de dez euros que põe todos os dias na mão de Osembe ao despedir-se. Em duas visitas gastou a totalidade de sua aposentadoria. Não quero que a italiana volte a se juntar a nós, está bem? Mari Luz anui com a cabeça, aqui o senhor é quem manda, e Leandro crê recuperar o domínio da situação graças a essa demonstração de autoridade.

Leandro sai à rua. O cabelo úmido recebe a brisa fria da tarde. Ele se penteou diante do espelho do banheiro. O armariozinho estava vazio e sujo. Continha um pente e uma escova de dentes gasta, um tubo de pasta sem tampa, ressecado e com o orifício de saída obstruído. A sujeira do lugar parecia colocada num canto, mais oculta que inexistente, era preciso procurar para encontrá-la. Na rua, ele se vira para olhar a casa com as persianas abaixadas. Sou um irresponsável, um louco. Acalma-se ao pensar que talvez aquela fosse a última vez que veria aquele lugar. Isto tem que acabar. Não tem sentido.

Não tem sentido.

15

Lorenzo aguarda na porta da casa de seus pais. Percorre dez metros calçada acima, depois abaixo. A entrada se conserva idêntica à como era em sua infância, só a porta maciça foi mudada por outra, mais leve, feia e frágil quando instalaram o portão automático. Nessa entrada ele esperava a mãe ao voltar do colégio se ela ainda não tivesse chegado das compras ou de qualquer outra coisa. Sentado no degrau passou muitas horas de sua vida. A rua da infância já não é tão parecida com a que conheceu. Havia casas baixas de paredes caiadas e telhados vermelhos. Agora se multiplicaram os edifícios de apartamentos com janelas de alumínio. Os antigos casais que fundaram o bairro nos anos 1940 e 1950 morreram todos ou quase todos. Quando algum sai para passear, parece mais um náufrago que um vizinho.

Lorenzo atendeu ao telefonema de seu pai. Sua mãe quer passear e eu sozinho não consigo fazê-la descer. Depois de dois dias de quase contínua chuva, um sol limpo iluminava a rua. Lorenzo ajudou o pai a fazer descer a cadeira de rodas os dois andares sem elevador. No primeiro patamar Leandro esfregou as mãos doloridas no casaco. Em casa, as mãos de seu pai sempre tinham estado protegidas. Nunca cozinhava nem usava facas, não abria latas nem potes de conserva nem carregava coisas perigosas. Jamais trabalhou de pedreiro em casa, como outros pais. Veja se você pode fazê-lo, já sabe que papai não deve tocar nisso, dizia sua mãe a Lorenzo quando tentava pendurar um quadro ou analisar uma tomada. As mãos de seu pai lhes davam de comer, e, numa ocasião em que machucou um dedo numa cadeira desconjuntada, usou durante dias uma dedeira de couro como proteção. Esta manhã o viu levar a cadeira até a rua e pensou que já não tinha idade nem forças para cuidar de uma mulher doente. Moram numa casa sem elevador, com escadas longas e velhas. Acreditam que Aurora vai recuperar a mobilidade, mas, se não for assim, terão que se amoldar a uma nova maneira de viver.

Daremos um passeio pelo bairro, voltamos rápido. Lorenzo lhes mentiu quando disse que tinha uma entrevista de trabalho. Não foi difícil encontrar um bar, isso, sim, se mantém como antes. Em quase cada dois portais há um bar. Sobrevivem ao tempo, sem luxos. São pequenos, sujos, nada sofisticados, mas as pessoas os utilizam como escritório, lugar de encontros, sala de jantar, confessionário, sala de casa. Havia uma mulher ao fundo pondo moedas numa máquina caça-níqueis com o carrinho de compras vazio parado ao lado. O balcão de alumínio parecia branco de tão riscado que estava. No jornal encontrou uma matéria sobre a insegurança de Madri onde falavam do assassinato de Paco. Estava escrito com tintas alarmistas: "A paz perturbada de um homem que volta para casa de noite." Definiam-no como "brutal assassinato". Lorenzo continuou até os anúncios de emprego. Marcou dois. Talvez ligasse mais tarde.

Tinha saudade de Sylvia. Os dias de chuva sem ela em casa tinham se tornado espessos e tristes. Lorenzo se reconfortava escutando a música constante que chegava do quarto de Sylvia. Ele gostava de vê-la chegar e sair com pressa, escutar o murmúrio quando ela falava por telefone com as amigas. Sem ela a casa ficava triste. Dava no mesmo ligar a televisão ou o rádio, sentar-se para fazer contas na cozinha, assobiar na sala. Se ela não estava, o eco convertia a casa no covil de um lobo ferido.

No dia de sua partida, Pilar veio buscá-la, e Lorenzo se ofereceu para levá-las à estação de Atocha. Aproximou o carro do portão, e quando estava ajudando Sylvia a acomodar-se no assento apareceu outro carro e buzinou para poder passar. Lorenzo se virou com violência, e topou com o motorista. Era uma mulher. O que é que está acontecendo? Não tem olhos? A mulher lhe fez um gesto de desprezo, e Lorenzo esteve a ponto de ir falar com ela. Papai, deixe para lá. A filha da puta viu você com o gesso e ainda assim buzina, uma palhaça. Lorenzo se conteve, viu o gesto nervoso de Pilar instalada no banco de trás. Sem pressa, sentou-se ao volante. Retardou o momento de dar a partida. A cidade às vezes fazia acontecer esses duelos entre carros. A mulher de trás voltou a buzinar. Lorenzo levantou o dedo médio e o mostrou pelo retrovisor. Filha da puta, imbecil.

Lorenzo vê aparecer os pais na esquina da rua, a um ritmo lento, a cadeira avança com dificuldade. Cruza com eles uma família filipina e há um carro estacionado em cima da calçada que obriga seu pai a descer do meio-fio e manobrar penosamente com a cadeira. Está esperando há muito tempo? Não, não. Sobem para casa. Aurora parece esgotada. Que dia bom, não?, e o diz com uma melancolia que quer referir-se a algo mais que ao bom tempo. Também a casa de seus pais parece agora a Lorenzo menor, o corredor mais estreito, a sala insuficiente, até o piano de parede no gabinete de seu pai lhe parece diminuto. A empregada está trabalhando por ali. Ainda estão com essa senhora?, pergunta Lorenzo. Seu pai dá de ombros. Meses atrás Lorenzo os ouviu discutir sobre Benita. Pobre mulher, dizia Aurora. Ao que parece os problemas de obesidade a faziam limitar-se a um trabalho bastante superficial. Dada sua pouca altura, necessitaria de pernas de pau para tirar a poeira de cima dos móveis.

Sua mãe a mantém por piedade, lhe explicou Leandro. Ninguém tem uma empregada por piedade, lhes disse Lorenzo, mas para que faça o trabalho. Ela precisa do dinheiro, não posso dar-lhe o desgosto de dizer que não venha mais, concluiu Aurora.

Lorenzo volta para seu bairro de ônibus. Não está longe. Tomou o 43 e depois percorre a pé o trecho desde o ponto até sua casa. No mercado compra filés de peito de frango. Caminha para casa com a pequena sacola. Essa noite seu amigo Óscar o chamou para saírem e comerem algo em algum lugar. Sairá com ele e sua mulher, talvez também vá Lalo. Falarão de política, de futebol, alguém comentará sobre um programa de televisão ou algum caso do trabalho. Sempre será melhor que ficar sozinho em casa, vendo televisão. Na noite anterior Lorenzo foi logo para a cama, mas perdeu o sono ao contato com os lençóis. Do fundo do armário onde acumula a roupa, agora murcha sem o contato com a roupa de Pilar, pegou uma boneca Barbie que esconde há muito tempo. Foi um brinquedo da infância de Sylvia, já esquecido, abandonado também. Era loura, embora tivesse perdido o brilho do cabelo. Usava uma roupa com velcro. Lorenzo se enfiou com ela na cama, lhe abriu a roupa e se masturbou enquanto acariciava seus peitos salientes, dinâmicos, bem perfilados, e alisou o contorno, as coxas longas, perfeitas, e roçou o pé inclinado, quase na ponta dos pés. Fantasiou com a bunda da boneca, a imaginou real. Às vezes fazia amor com ela na cama, outras na banheira. Encontrara-a no fundo de uma caixa de brinquedos deixados de lado. Com a ida de Pilar removeram-se armários, reordenou-se a casa. Foi uma espécie de mudança parcial. A boneca o surpreendeu, como se regressasse do passado. Esteve prestes a jogá-la no lixo. Mas algo o deteve. A boneca lhe falava, o excitava com seu tato de plástico, com seu volume calculado, com o perverso desenho de suas formas, com a expressão do corpo, com o nariz altivo, algo desdenhoso, frio, elitista. Passou a ser uma companheira absurda de seus jogos eróticos, um consolo solitário. Depois de gozar, Lorenzo voltava a vesti-la e a escondia de novo no fundo do armário, debaixo das meias grossas e das camisetas que já não usava.

Lorenzo chega ao portão de sua casa e chama o elevador, até que repara no aviso que anuncia outro defeito. Suspira com desgosto.

Acontece amiúde. É lento, pequeno e seu motor se esgota cada duas ou três semanas. Quando Lorenzo começa a subir as escadas, escuta abrir-se o portão. Entra a garota equatoriana que trabalha para o jovem casal do quinto andar. Empurra o carrinho do menino e traz penduradas duas sacolas repletas de compras com o emblema do supermercado. Ele a vê parar diante do elevador e depois tomar a escada. Está a ponto de ignorá-la, mas pensa melhor. Deixe-me ajudar você. Ela lhe agradece sem saber se lhe passa as sacolas ou o carrinho.

Lorenzo põe sua pequena sacola branca no colo do menino adormecido e pega o carrinho pelas rodas dianteiras. Ergue-o. Ela faz o mesmo no outro lado, e eles sobem. O esforço tem algo de repetição, uma hora antes subia a mãe de modo semelhante. O menino dorme, ignora o sacolejo. Você pensava em subir sozinha os cinco andares?, lhe pergunta Lorenzo. Ela dá de ombros. Nunca tinham trocado mais que um olá, às vezes Lorenzo mostra a língua para o menino ou lhe pisca o olho, mas com ela nada mais que um sorriso e um cumprimento silencioso. Agora a observa. Não é muito alta, tem cabelo castanho, liso, que cai, penteado, sobre os ombros. Seu corpo parece alargar-se à medida que desce, mas o rosto é de traços indígenas bonitos. O olhar afilado, rasgado, a boca fina mas bonita, o nariz com personalidade, redondo mas agradável. De onde é? Do Equador, diz ela. E sua filha?, Lorenzo não consegue entender a pergunta. Que tal a perna? Ah, bem, bem. Foi passar esses dias com a mãe. O cansaço começa a dar sinal, embora ele prefira não parar se ela não o faz. Está separado? Sim, mas minha filha mora comigo. Lorenzo não pode evitar uma ponta de orgulho. Agora sou o pai e a mãe. Sua filha é maravilhosa, muito simpática, diz ela. Sylvia? Sim ... e Lorenzo sente que talvez essa seja uma forma de dizer-lhe que ele não é naturalmente amável. Como você se chama? Daniela, e o senhor? Lorenzo, mas, por favor, trate-me de você.

Uma mecha lisa do cabelo cruzou sobre seu rosto, e Lorenzo tem vontade de afastá-la, ela sopra para colocá-la de novo no lugar. Em Loja tínhamos um sacerdote espanhol que se chamava Lorenzo. Ele nos explicava o martírio de São Lourenço, nos dava muito medo. Lorenzo levanta as sobrancelhas. Sim, bom, é claro. Na grelha e tudo isso. Atravessam o patamar do terceiro andar. Eu me chamo Lorenzo por causa de San Lorenzo de El Escorial. Parece que meus pais me geraram ali, durante um trabalho de meu pai, e sei lá, devem ter gostado do nome, porque em minha família não há outros Lorenzos. Sempre me contaram isso. Daniela sorri com timidez. É bonito o Escorial? Não o conheço. Lorenzo pensa um instante. Bonito? Bem, é... interessante. Se quiser, levo você um dia, faz séculos que não vou. Não, não se preocupe, escusa-se Daniela, como se temesse um mal-entendido. Lorenzo se incomoda. Ela põe o carrinho no chão. Chegaram ao quarto andar. É teu andar, não? Lorenzo se opõe. Não, não, eu a acompanho até o seu, por favor. Daniela resiste, mas sobem ao último andar num bom ritmo, quase sem falar. A respiração de ambos soa mais agitada. Despedem-se depois de Daniela abrir a porta. Ficamos assim: no dia que você quiser, eu a acompanho ao Escorial. Gosto da ideia, de verdade. Daniela ri e lhe agradece outras duas vezes.

Lorenzo joga o casaco no sofá. Desandou a suar depois do esforço. Entra na cozinha e bebe diretamente da torneira. Pilar não gostava que fizesse isso. Agora já não importa. Ela também não gostava que se barbeasse na cozinha, como fazia às vezes. Há mais luz. E ria quando o ouvia urinar e puxar a descarga antes de acabar. Por que tanta pressa? Já ninguém corrigirá seus pequenos vícios.

Toca a campainha da porta. Lorenzo se vira. Deixa que toque outra vez. Quando abre, surpreende-se ao ver a Daniela no umbral. Ela levanta a sacola de Lorenzo com a compra do mercado, sorri. É sua, não? Lorenzo pega a pequena sacola. Obrigado, é meu almoço de hoje. Almoça só isso? Lorenzo dá de ombros. Hoje estou sozinho. De repente entende que Daniela sente piedade, quase pena, por um homem de mais de quarenta anos que volta sozinho para casa com um ridículo pacote de almoço. Não se dizem nada, mas Daniela aponta para o andar de cima e o lembra de que deixou o menino sozinho. Lorenzo a vê subir pelas escadas. Está usando uma calça apertadíssima, uns jeans pretos. Pensa em Pilar, jamais se teria atrevido a usar roupa tão apertada, por mais magra que estivesse. Essas garotas, em contrapartida, têm esse atrevimento. Marcam os peitos, a bunda, as coxas, as formas, utilizam cores extremas, às vezes usam decote, mostram a barriga na rua, se exibem sem complexo apesar de suas formas. Sylvia herdou esse pudor com o próprio corpo. Veste cor preta, roupa larga, estica as mangas dos pulôveres até deformá-los para cobrir as mãos. Se vai sair com os amigos, amarra o casaco na cintura para esconder o traseiro.

Lorenzo deixou as notícias na televisão da sala para fritar os filés de frango na frigideira. Chegará a tempo para sentar-se e ver os quinze minutos dedicados ao futebol. Na fruteira só resta uma pera machucada, que mostra um lado roxo, mole.

16

Ariel viaja de noite, esgotado, no *charter* que traz o time e a imprensa de volta de Oslo. Essa tarde jogaram contra um time robusto e rude, num campo congelado, sob uma manta de frio. Perderam por dois a zero, e ele jogou uma das piores partidas de sua carreira profissional. Poderia alegar que a bola não circulava nunca, que os jogadores de meio de campo de seu time se limitaram na partida a devolver os chutões noruegueses e que em cada choque e rebate se impunha a envergadura dos adversários. Poderia alegar que as faixas laterais pareciam estar dois graus abaixo do resto do campo, que se equivocou ao escolher chuteiras de muitas travas ou que o lateral que coubera como defensor era um louro rapidíssimo que usava os braços como pás de moinho. Também poderia esgrimir as catorze faltas que sofreu, mas sabe muito bem que, quando se perde, não há desculpa.

Os colegas cochilam no avião. O treinador examina as anotações de seu caderno. Matuoko ronca de boca aberta. Jorge Blai cola melecas, certo de que ninguém o vê, debaixo da mesinha do avião. Em posições impossíveis em seus lugares, quatro ou cinco jogadores jogam cartas sem os gritos de outras vezes. Perderam, e eram obrigados a manter a compostura. Osorio, sentado ao lado de Ariel, joga videogame. Ariel pôs os fones de ouvido e escuta música argentina. Parece-lhe algo absurdo escutar, de volta da Noruega, os versos de uma velha música de Marcelo Polti: "faz calor, tanto calor, que tuas pernas escondem o centro da terra." Conheceu dois anos atrás Marcelo, fanático torcedor do San Lorenzo. Músico respeitado que no dia em que foi nomeado sócio honorário do clube se ajoelhou no círculo central do campo e comeu um punhado de grama sob o aplauso eufórico da arquibancada. Depois convidou o time todo a um de seus concertos no Obrero. Acho que tenho todos os seus discos, lhe disse Ariel quando se cumprimentaram no camarim. Amanhã você vai poder dizer isso, lhe sussurrou o músico, e na manhã seguinte lhe chegaram dois CDs com oitenta canções inéditas, nunca gravadas. Ficaram bons amigos, ele vinha ao Nuevo Gasómetro a cada partida e em duas ocasiões Ariel tinha estado na casa de Marcelo em Colegiales, com o porão transformado em estúdio de gravação, do qual só saio para roubar um instante e enfiá-lo em outra música, como um vampiro. Pedante, excessivo, genialzão, caótico, empedernido fumante e tomador de chimarrão, alérgico às drogas depois de prová-las todas, Ariel se apaixonou pela primeira vez com uma música sua, de uma garota que só existiu numa letra de 1995, chamada Milena. "Milena, esses beijos no ar, meus abraços em nada, te estão reservados, menina..." Toda semana recebe dele um e-mail onde o anima se o encontra abatido, lembre-se de que eu comi da grama que você pisa. Conta-lhe novidades e o felicita por estar longe, um oceano no meio me parece a distância ideal para conviver com esse país. Agora cismou com o senhor Blumberg, quase um líder nacional, cujo filho adolescente Axel foi assassinado por seus sequestradores com um tiro na têmpora num monturo de La Reja. Ariel esteve na massiva marcha de primeiro de abril diante do Congresso. Ali o pai do rapaz encabeçou a revolta cidadã contra a insegurança e a violência. Marcelo ironizava o peso político que começava a ter, esse país é uma loucura, mudaram o que a vida toda significou ser uma vítima, agora se usa a dor para golpear os marginalizados, serve de álibi para castigar o pobre, e assim lhe escrevia em parágrafos e mais parágrafos de desabafo sobre qualquer assunto da atualidade argentina, o único país do mundo onde acontecem duas coisas e suas contrárias a cada quinze minutos, como o definia Marcelo.

    Dos assentos de trás chegam as risadas da imprensa. A vodca comprada nas lojas do aeroporto os ajuda a combater o esgotamento. Ouve-se Velasco, um locutor radiofônico de voz inconfundível, contar piadas pesadas e imitar vozes de famosos que Ariel não conhece. Vindo daquela parte, chega Ronco e se inclina sobre seu assento. Ao ver Osorio envolvido em seus jogos, lhe diz, com um sorriso, cuide de seus neurônios. Ariel tira os fones de ouvido. Amanhã vão incomodar você. Joguei mal, responde Ariel. Mal? Jogou com a canela. Estão certos de que os noruegueses não trouxeram para o campo uma bola quadrada? Ariel sorri. Ronco continua. Convido você a jantar amanhã. Encarregaram-me de fazer uma entrevista com você. Assim você sai um pouco, não? Ariel concede, Ronco volta para seu lugar depois de dizer vou me mandar daqui, isto mais parece um velório. Aperta a mão do representante do time, um homem que nunca tira sua gabardina e seu estilo antigo ao tratar dos assuntos menores do time.

Ronco ele conheceu na pré-temporada. Era um jornalista que chamava a atenção na sala de imprensa por seu cabelo ruivo como o de um irlandês e por sua voz de violão tocado a marteladas. O clube pôs o time em concentração num hotel de Santander durante o mês de agosto. Treino físico, pôr-se à altura das estatísticas do treinador. As primeiras palestras táticas. Ariel dividia o quarto com Osorio, um jovem de sua idade, cria da casa, que não tinha muitas possibilidades de ser titular durante a temporada. Passava as horas livres jogando playstation na televisão. Ariel às vezes entrava depois de jantar numa partida de bilhar com algum dos veteranos: Amílcar ou o goleiro reserva Poggio, que sofria de insônia. No terceiro dia a monotonia era insuportável: a convivência como de colégio, o horário estrito, o cansaço dos almoços repetitivos, massa e frango ou frango e massa. Ao meio-dia tinham de ir para os quartos, ali às vezes se reuniam para conversar ou ver televisão e escutar os elogios, você viu que peitos?, com que eram celebradas as presenças femininas na programação. Charlie veio para Santander de carro. Esta noite levo você para a gandaia. Charlie falava assim desde os primeiros dias, com palavras escutadas dos espanhóis. Ariel desceu às escondidas para encontrar-se com ele no estacionamento. Deitou-se na parte de trás do Porsche, cobriu-se com duas toalhas para sair do recinto sem ser visto. Osorio se despediu dele quando se foi do quarto, dá uma trepada por mim.

A zona dos bares estava abarrotada de gente, veraneando em sua maioria. Entraram num local de música atroadora e procuraram um canto. No fundo do bar, Ariel reconheceu Ronco. Fizemos uma cagada, um jornalista, disse a Charlie. Os jornalistas sempre acabam utilizando qualquer indiscrição sobre algum jogador, às vezes nem sequer para fazerem mal, só para se vangloriarem de ser bem informados. Mas Ronco se aproximou para cumprimentá-los. Eu não vi nada. Querem que peça ao dono que nos levem para um lugar reservado? É melhor vocês não serem vistos por muita gente. Assim foi feito.

Instalaram-nos numa sala aonde a música chegava atenuada. Apesar de ser reservada, transbordava de gente, mas o dono lhes preparou uma mesa afastada. Ronco, acompanhado de um fotógrafo que não fazia mais que ficar mudo e consumir uísque com Coca-Cola, lhes contou histórias do treinador, do time, de alguns jogadores. Suava, tirava os óculos para enxugar o rosto com guardanapos de papel que depois atirava longe como bolinhas. Perguntou a Ariel com quem ele dividia o quarto. Osorio? Seu último neurônio se suicidou de tédio. Falaram de Solórzano, e Ronco lhes disse que no clube o chamavam de Papá Comisión. Se você lhe dá bom-dia, ele fica com o bom... Ronco bebia cerveja a um ritmo febril, era espigado como um jogador de basquete. Solórzano é protegido de alguns diretores, pensem que isto é um circo, alpinistas, empresários com vontade de aparecer, de ficar famosos, e o camarote é seu trampolim para ganhar a qualificação ilegal de terreno, o suborno com os vereadores responsáveis pelo urbanismo, o prestígio social, certa notoriedade e, no melhor dos casos, ligar-se a alguma miss que lhes engula a pica em troca de um tempo de luxo. Pode ser que a Argentina seja um país corrupto pra cacete, mas aqui conseguiram que certa corrupção, a mais fotogênica, seja legal, e ponto.

De Requero, o treinador, explicou que o chamavam de "mãos limpas", nunca se engana. Se se ganha, é graças ao seu quadro-negro; se se perde, algum outro se equivocou. Ronco inspirava confiança, fumava tabaco negro e segurava o cigarro dentro da palma, protegido. Falou de alguns jogadores, de Dani Vilar, que tinha sido o mais crítico da contratação de Ariel, é gente boa, mas perdeu a forma física que é necessária na sua posição, dá certa pena ver um sujeito que é milionário arrastar-se nos campos de futebol. Mas, é claro, deixar o futebol é um trauma, e ainda mais se você tem cinco filhos e uma mulher como a dele, que dizem que é legionária de Cristo. Da escapada noturna assegurou que não diria uma palavra, ontem à noite Matuoko levou três putas para o quarto.

No terceiro local que visitaram, Charlie e Ariel encontraram duas argentinas inscritas num curso de verão sobre "emotividade" no Palacio da la Magdalena. Dentro do carro, estacionados perto do hotel da concentração, puderam pôr em prática alguns dos conhecimentos adquiridos. Uma delas falava pelos cotovelos, até o disparate, mas a Charlie isso parecia uma virtude, como se tivesse incorporado o fio musical. Fazendo pátria, irmão, fazendo pátria, gritava enquanto os quatro fodiam, desconfortavelmente, no carro. Então nada parecia que pudesse dar errado. No dia seguinte sua escapada não teve nenhuma repercussão, e ajudou a que passasse despercebida o fato de nessa mesma madrugada o polonês Wlasavsky ter acabado com seu carro ao se chocar com uma cerca, segundo sua versão, para se desviar de uma vaca que atravessou uma estrada perto de Torrelavega, e, segundo os outros, quando voltava de um bar de putas chamado Borgia IV. Dois dias depois seis componentes da equipe, incluído o treinador de goleiros, sofreram uma gastroenterite, ao que parece causada por algum marisco em mau estado. Ariel se livrou, nunca suportou mariscos.

As coisas tinham sido assim desde o início. Charlie contribuía para a loucura, mas também para a diversão. Em sua primeira viagem, hospedaram-se em quartos contíguos de um hotel de luxo perto do estádio. Por aqueles dias o clube andava revolto, acabavam de anular a contratação de um centroavante brasileiro porque em seu sangue tinha vestígios de tetraidrogestrinona, um anabolizante proibido. Para a imprensa vazou que o sujeito tinha um joelho em mau estado, mas, como Solórzano tinha metido a colher na contratação de ambos, se retesaram as cordas negociadoras no último momento. Alguém ousou sugerir que ou os dois eram contratados ou nenhum. Charlie ficou sério. Meu irmão está limpo, quem tomou tetraidrogestrinona foi o outro. Mas por dois dias a coisa esteve paralisada. Para terminar, o brasileiro foi internado num centro de hemodiálise, seu sangue foi limpo e ele foi contratado por um time francês. Ariel conseguiu assinar o contrato, passou pelo exame médico, e esperaram alguns dias para procurar casa na cidade.

O clube e Charlie se encarregaram de encontrá-la. Você tem que viver como um rico, disse-lhe o irmão. No terceiro dia no hotel, lhe passaram o telefonema de uma jornalista. Charlie se negava a conceder entrevistas exclusivas, por mais que insistissem. Ariel o ouvia discutir com autoridade. De repente Charlie começou a gargalhar e passou o telefone para Ariel. Escute isto. Alô?, disse Ariel. E uma voz feminina, nervosa mas alegre, lhe falou. É Ariel?, bem, na verdade não sou jornalista, estou aqui na recepção, e, bem, é que venho para dar uma trepada com você de boas-vindas. Ariel não teve tempo de surpreender-se, seu irmão lhe tirou o fone e convidou a garota a subir.

Dois minutos depois entrou uma mulher de uns trinta anos, com peitos enormes, cabelo louro pintado com cachos trabalhosos. Risonha, divertida, desinibida. Tomaram três cervejas, e Charlie foi o primeiro a abraçá-la. Despiram-se e embolaram-se na cama. Diante da passividade de Ariel, ela insistiu, escute, o que eu queria era me deitar com o seu irmão. Ariel, entre divertido e espantado, se despiu. A garota, enquanto era penetrada por Charlie de quatro na cama, pôs o sexo de Ariel na boca. A garota tinha um piercing vermelho brilhante na ponta da língua. Era de Alcázar de San Juan, embora residisse em Madri, bem, em Alcorcón, e antes de ir embora lhes contou que da Primeira Divisão tinha fodido com sete jogadores. Falta um do Betis que é lindíssimo, mas todos dizem que é gay.

Uma recepção assim não deixava de surpreender Charlie e Ariel, por mais que estivessem habituados às *botineras* argentinas, as garotas que cercavam os jogadores de futebol, assim como as *groupies* faziam com os roqueiros. A Ariel custou muito conter a gargalhada quando na manhã seguinte um jornalista da televisão pública lhe perguntou se se sentia bem recebido pelos espanhóis. Bom, me sinto querido, só espero dar-lhes prazer, no campo, respondeu Ariel. No fundo da sala de imprensa, na porta de acesso, Charlie ria desmedidamente, atraindo o olhar dos jornalistas, que então já estavam conscientes de que Ariel viajava acompanhado do irmão mais velho.

A situação atual não era tão relaxada. O time não funcionava. Estavam em sexto na classificação quando só importava ganhar. O torneio europeu acabara de começar com um mau resultado. Ariel voltava do treino certa manhã e no rádio do carro ouviu dois comentaristas falar dele: não é um craque, isso está claro, é um jogador como outro qualquer, desses que na Argentina pululam em cada esquina. Por mais que a pessoa se acostumasse ao tom duro da imprensa esportiva, sempre doíam as críticas. No dia seguinte ao de sua partida de apresentação, um jornalista de prestígio de um jornal futebolístico escreveu: "Ariel Burano declarou que não se sente um novo Maradona. Bem, isso não era preciso que ele o declarasse: é óbvio. Basta vê-lo jogar. Dribla até a bandeirinha de corner, mas gostará de suas firulas a exigentíssima torcida madrilense?"

Charlie tirava a importância desses comentários, é um babaca, pergunte no clube e parece que é um interesseiro que fazia meses tentava que trouxessem o mexicano Cáceres para o seu lugar, seu cunhado é empresário de jogadores. Que culpa você tem? Muitas vezes se ouviu o Dragón dizer que é preciso manter distância da imprensa e que o melhor mesmo é não tratar com ela de modo algum.

Na matéria sobre a sua primeira partida oficial, um sujeito que escrevia muito bonito só lhe dedicava um adjetivo: autista. "Ariel Burano parecia um autista. Jogaram três times. O local, o visitante e ele. Veremos se se trata apenas de um problema de adaptação ou se é sintoma de uma doença incurável." Paciência, pedia Charlie. E se você parar para ler o que escrevem todo dia não lhe sobra tempo nem para mijar.

Ariel esperava conseguir convencer pouco a pouco as pessoas de sua categoria de jogador de futebol, mas não contava com a apressada saída de seu irmão. Charlie era seu ponto de referência, seu primeiro escudo em face da realidade. Tão longe de casa, qualquer canto compartilhado com ele cheirava a lar. O problema de Charlie aconteceu na segunda partida da liga, em Santiago de Compostela. O time jogou na noite de sábado, em partida transmitida pela televisão para todo o país. Ficaram para passar a noite na cidade. Ariel e Charlie saíram para jantar com dois jogadores argentinos do time adversário. Nos times da Primeira Divisão espanhola jogavam trinta e dois argentinos. Sartor e Bassi ele não conhecia. Conheceu-os essa noite, no campo. Em especial Dogue Sartor, assim chamado porque parecia um desses dogues argentinos que quando mordem não há maneira de soltar a presa. Ele marcava Ariel em cada lance, punha seu rosto de nariz chato sob o crânio raspado a um palmo do rosto do adversário. Gritava-lhe sul-americano de merda, veado, puto, faça as malas e volte para o seu país de merda, seu babaca. Dizia que ia trepar com a mãe dele, que sua irmã era lésbica, que sua namorada em Buenos Aires estava sendo comida pelo centroavante do River, todos os tipos de provocações. Numa jogada em que Ariel se jogou ao chão para fingir que o tinham derrubado, o agarrou pelo braço para levantá-lo do gramado e lhe gritou levanta, dondoca, todo o mundo sabe que você só joga porque chupa o pau do treinador. Ariel desandou a rir. O sujeito era tão excessivo que teria provocado riso não fosse por seu gesto criminoso e a ameaça de suas travas de alumínio.

Acabada a partida, foram dar-se a mão. Sartor era de Córdoba e o cumprimentou com um abraço caloroso. Como um dogue amansado. Ficaram de se encontrar depois do vestiário para jantar juntos numa churrascaria argentina de propriedade de um amigo. Bassi estava de mau humor porque só tinha jogado os últimos cinco minutos, entro para fazer o tempo passar. Sartor estava havia cinco anos na Espanha. Bassi tinha jogado na Itália três anos antes de chegar. Aqui é mais tranquilo. Em algumas partidas você até se diverte. Sartor tinha cara de assassino de filme B. Bassi, cabelo encaracolado, corpo enorme, era chamado de Rengo porque caminhava evidentemente mancando.

Beberam muito. Falaram com paixão do futebol argentino, Sartor era dos Leprosos, foi seu primeiro time, Bassi de Independiente. Acompanharam-nos de volta ao hotel. Uns torcedores bêbados que tinham parado para mijar nos pórticos atrás da catedral. Reconheceram Ariel. Usavam cachecóis de seu time. Ao longe um vomitava bílis sobre os sapatos. Outros dois jovens, de cabelo desalinhado e olhos velados, pararam em frente a Ariel, este cara é uma figura. Você é o melhor, o melhor. Olê, olê, começou a cantar aos gritos e a chamar os outros. Ariel e seus colegas apertaram o passo a caminho do hotel.

    O pior veio depois. Ariel acordou sobressaltado ao ouvir gritos no corredor. Era a voz de Charlie. Vestiu-se apressado com um casaco esportivo e saiu do quarto. De algumas portas perto também apareciam cabeças de curiosos. O que ele viu foi Charlie, de pé, nu à exceção da sunga preta, batendo com pontapés e socos numa mulher que se arrastava pelo chão, só meio vestida. Ariel correu até lá e tentou segurar o irmão, que estava bêbado e fora de si. Era evidente que tinha cheirado cocaína em excesso. Durante o jantar foi três vezes ao banheiro, apesar de ninguém ter comentado nada. Dois colegas de Ariel ajudaram a segurá-lo. A mulher, ruiva, sangrava pelo nariz e gritava com indignação. Vou denunciá-lo, liguem para a polícia. Ariel segurava o irmão como se fosse um cavalo selvagem. Pensam que sou veado, seus filhos da puta?, repetia Charlie.

    Ariel demorou a entender. Bassi e Sartor tinham feito uma brincadeira com Charlie. Tinham mandado aquela prostituta para seu quarto de hotel, como um presente. O drama aconteceu quando Charlie descobriu que era um travesti e, em lugar de deixá-lo ir, o tomou como algo pessoal e começou a bater nele. Ariel trancou o irmão no quarto e ajudou a mulher seminua a recompor-se. Alguém lhe emprestou uma toalha úmida, ela secou o nariz e limpou o rosto. Ariel se desculpou, estava bêbado. É melhor você ir embora. Ela se tranquilizou. Agradeceu os cuidados de Ariel e não aceitou o dinheiro que lhe oferecia. Não, não, aquele filho da puta já me pagou.

    Tudo teria caído no esquecimento não fosse porque a agredida se apresentou horas depois ao gerente do hotel ameaçando denunciar a empresa se não lhe dessem o nome do ocupante do quarto. Temeroso de que se tratasse de um jogador, o representante da equipe foi acordado e desceu para cuidar do problema. Não foi fácil. Ela queria chamar a imprensa, a polícia. De madrugada, no balcão de recepção, acertaram uma quantia em troca do esquecimento do incidente.

    No avião de volta a Madri, Pujalte trocou algumas palavras com Charlie, em assentos do fundo. Longe de todos. Ariel os viu, mas não foi convidado a juntar-se à conversa. Um tempo depois Charlie desabou. A garota tinha apresentado uma denúncia contra o clube. Ignorava o nome do jogador, mas a polícia tinha aberto um inquérito por lesões corporais. O hotel admitia que aquele quarto era pago pelo time, mas assegurava desconhecer que jogador concreto o ocupava. Pujalte deu uma semana a Charlie para deixar o país. Podemos enrolar por alguns dias, mas depois será preciso dar um nome, é preciso proteger o clube. Você não quer que aconteça conosco o mesmo que aconteceu com o time inglês em Málaga, não é mesmo? Naqueles dias, quatro jogadores de um time britânico hospedados num hotel tinham sido detidos por estupro, o assunto foi um escândalo nacional até que poucos dias depois se fechou um desonroso acordo com as mulheres em troca de dinheiro. Essas idiotices nas mãos dos jornalistas são como bolas de neve que acabam por nos engolir a todos, explicou Pujalte.

Ariel soube imediatamente que aquilo significava separar-se de Charlie. Sua expressão séria, seu silêncio irritado, a zanga com o estúpido comportamento de seu irmão foi se transformando em pânico, em sobrevinda solidão. Depois o atropelamento e de novo a mão protetora do time, sua dependência de Pujalte. Agora a má partida.

Dos assentos da frente, Ariel vê Pujalte caminhar. Vem em sua direção, embora pare para cumprimentar diretores e jogadores. Quando chega à sua altura, acocora-se no corredor, espera que Ariel tire os fones de ouvido. Disseram-me que você foi à clínica para ver a garota atropelada. Isso foi uma estupidez de sua parte. Se o que quer é meter-se em mais confusões, continue assim, fazendo as coisas a seu bel-prazer.

Sei lá, por via das dúvidas, me pareceu justo interessar-me por ela, replica Ariel. Um calafrio lhe percorre as costas. Justo? É melhor você se dedicar a jogar e o restante deixar com a gente. Não sei como funcionam as coisas em seu país, mas aqui é diferente. Isto não é uma república das bananas, aqui há juízes. E com uma mudança de tom na voz fica de pé e brinca divertidamente com Osorio, no campo você não joga nada, mas nessa maquininha, sim, como joga bem. Depois volta para seu lugar na parte da frente.

Ariel se vê como um menino outra vez pego em falta. Repugna-lhe a autoridade de Pujalte, mas sobretudo o ofende a própria submissão. Com raiva contida, volta a pôr os fones de ouvido. O Dragón repetia amiúde um provérbio chinês: "Quando as coisas te vão mal, teu bastão se converterá em serpente e te picará." Ariel esperava que não fosse assim. Que ao menos seu bastão continuasse a ser bastão. De retorno de uma derrota, a sós com sua música, tinha medo de viver uma lenta mas ininterrupta queda em desgraça.

17

As duas inválidas, diz Sylvia, e chega aos saltinhos até a cama de sua avó Aurora. Elas se abraçam, Sylvia se abaixa apesar das dificuldades para fazê-lo com o gesso na perna. A avó se emociona. O que aconteceu, menina? Como pode ver, vovó, atropelei um carro. Lorenzo foi buscá-la na estação, mas não o deixaram entrar na plataforma para ajudá-la. As recepcionistas o farão. Depois dos atentados de março as medidas de segurança aumentaram. A estação de Atocha continua reservando um canto para mensagens emotivas, velas acesas e fotos de alguns dos mortos nas plataformas. Sylvia apareceu caminhando na plataforma apoiada nas muletas e com uma recepcionista que a ajudava com a bolsa de viagem. Vamos ver a vovó? Já está em casa, não é mesmo?, perguntou. Lorenzo anuiu, dê-me um beijo, não? Pilar ficou muito chata?

Você está perdendo muitas aulas, diz a avó Aurora. Sylvia lhe explica que só haverá provas em dezembro. Faz frio. A avó estende um cobertor por cima da cama. Venho pegá-la dentro de um tempo, está bem?, diz Lorenzo, e depois pergunta à avó, e papai? Saiu para dar um passeio. Ouvem os passos de Lorenzo indo embora. Teu avô está bem zangado... Acontece que a caldeira estragou e não há ninguém para consertá-la. Estamos sem calefação, sem água quente. A avó levanta o cobertor. Fique aqui ao meu lado. Com cuidado Sylvia se deita, e bem juntas elas se cobrem.

Falam de Pilar. Está contente? Está correndo bem para ela? Sylvia pensou nela durante boa parte da viagem de volta. Sua mãe está bem. Sua mãe está feliz. Santiago chegou de Paris e lhe trouxe um xale finíssimo de caxemira. Depois jantaram os três juntos. Na manhã seguinte, Pilar levou a filha à estação de Delicias. Só desça no último minuto. Nas plataformas há uma corrente de ar terrível. O final de outubro estava mais destemperado e frio que o habitual. O inverno está com pressa, Sylvia ouviu um homem dizer, um homem mais velho que subia no trem carregado de sacolas de verdura. As pessoas mais velhas falam amiúde do tempo, a ela nunca conseguiu interessar a temperatura que fará no dia seguinte. Pela janela do trem Sylvia observou a cerca contínua, metálica, que protegia o acesso em toda a extensão do trajeto das vias. Era como se tivessem imposto limites ao campo. Essa grade quilômetro após quilômetro transmite algo desmoralizante, como se o planeta estivesse condenado a ficar cercado em cada centímetro.

    Seu pai está muito magro?, está comendo?, lhe pergunta Aurora. E como, precisa ver o tamanho da barriga dele. Sylvia se preocupa com as dores da avó, com o fato de poder se entediar por ficar o dia todo na cama. Tenho visitas a toda hora, tenho mais vida social do que quando estava saudável, seu avô se desespera, você sabe que ele não gosta das pessoas. Isso lhe lembra algo. Pede a Sylvia que lhe compre umas entradas para o Auditório. Você sabe fazê-lo por telefone? É claro que sim. Eu é que me enrolo com essas coisas, e teu avô não o fará, eu o conheço.

    A avó Aurora lhe pergunta como ela está se virando com o gesso. Bem, o pior é para tomar banho. Conta-lhe como se senta na banheira e molha uma esponja e a passa por todo o corpo para não molhar o gesso. Não lhe conta que na manhã passada a excitou fazê-lo, a ponto de se envergonhar. Sentia que a esponja era uma mão alheia e áspera que arrepiava sua pele com um prazer desassossegante. O que deixou Sylvia mais nervosa foi identificar essa mão como a de Ariel. Minha filha, eu me lavei assim durante anos. Numa bacia. E seu avô ia para a casa de banhos que havia em Bravo Murillo. Até que fizemos o banheiro em casa. Quer que leia para você o jornal?, pergunta Sylvia. Não, não, seu avô lê para mim todas as manhãs. Sei que o aborrece ler em voz alta, mas gosto de ver a cara que faz diante dos acontecimentos. Você já viu as coisas que estão acontecendo? Não há mais que maridos matando suas mulheres. E hoje veja só que desgraça, morreram num acidente de ônibus uns peregrinos que voltavam do santuário de Fátima.

Sylvia se oferece para ler-lhe um livro. Começou a lê-lo no trem. Nessa manhã, antes de ir para a estação, Santiago lhe deu o livro. Agora vai ter muito tempo para ler. Vamos ver se você gosta, lhe disse ele. Qual o título?, pergunta a avó. Sylvia lhe mostra a capa do livro que acaba de tirar da mochila. Não é novo. Alguém o leu antes. Sylvia gosta de livros usados. Os livros novos têm um cheiro agradável, mas dão medo. É como avançar por uma estrada pela qual ninguém nunca passou.

Sylvia conta à avó o que sabe da trama até o momento. Cinco irmãs em idade de casar-se. Um rico herdeiro que chega ao povoado onde moram. Sua mãe desejando dá-las em matrimônio. Há uma, a mais inteligente, que se sente desprezada pelo melhor amigo do nobre rico, ouve-o fazer um comentário depreciativo sobre ela. E você sabe que vão se apaixonar, precisamente esses dois. Ou seja, você está gostando, diz a avó. Por ora, sim. Sylvia não reconhece que várias vezes no trem voltou às páginas já lidas para começar de novo. Custa-lhe ler, não está acostumada.

Em menina não gostava que a avó lesse contos para ela, preferia que os inventasse. A avó sabia o que ela queria ouvir. Princesas, monstros, malvados, valentes. Sempre havia uma menina com cachos pretos a quem aconteciam mil e uma desgraças antes de ela encontrar o amor, a felicidade. Sylvia lê em voz alta para a avó: "Essa é exatamente a pergunta que esperava que me fizesse, disse ele. A imaginação de uma jovem é bastante rápida; salta da admiração ao amor e do amor ao matrimônio num instante."

Quando a avó adormece, Sylvia permanece um tempo deitada junto a ela, relaxada ao compasso de sua respiração. Depois se levanta e sai do quarto. A casa era uma geladeira. O quarto da avó ao menos estava temperado por um pequeno aquecedor. A porta do gabinete do avô estava entreaberta. Aproxima-se do piano de parede. Toca alguma tecla sem se sentar. Lembra as aulas que lhe dava o avô, sempre tão rigorosas. Era muito estrito com a posição das mãos, das costas, da cabeça. Uma vez lhe tapou os olhos para que tocasse sem olhar as teclas. É um piano, não uma máquina de escrever, lhe dizia. Não é datilografia de algum ditado, é escutar a imaginação de outro. Mas nem o avô tinha paciência nem, talvez, ela talento. Um dia pediu à mãe por favor, mamãe, não quero ter mais aulas com vovô. Vamos ver se ficamos em dia com as lições, propunha o avô algum domingo depois de almoçar, mas ambos sabiam que fazia tempo que as aulas tinham sido interrompidas para sempre.

O avô chega pelas oito da noite. Vem impoluto como de costume, a expressão séria, mal-humorado. Os da calefação telefonaram? Ninguém ligou, lhe diz Sylvia. Lorenzo avisa do portão automático, estou estacionado na calçada, pede a Sylvia que desça. Entra para despedir-se da avó, está acordada. Soou um apito na mochila. Sylvia examina o interior. Ah, era uma mensagem, mas, embora sua pulsação se acelere, não diz nada. Já vou. O avô a ajuda com o braço a descer os dois lances de escadas. Isso de não termos elevador, não sei o que vamos fazer.

"Como vai essa perna?" A mensagem não é muito expressiva, mas é algo. E vem de Ariel. Passaram-se muitos dias. Estava certa de que após sua visita ao hospital já a teria apagado de sua vida. E que mais podia esperar? Está com o celular no colo, seu pai dirige a seu lado, mas não sabe o que responder. Eu me apaixonei por ele?, pensa. Posso ser tão idiota? Não contei a ninguém a visita, seu encontro com ele. Não pôde falar em voz alta do que sente, do que pensa, tirar-lhe o valor. Como todo o não expresso, cresce, cresce como uma infecção não tratada. É bonito, com rosto de menino, parece uma boa pessoa. Tenho dezesseis anos. Ele é famoso, é um astro do futebol. Não lhe perguntei. Talvez seja casado e tenha três filhos. Os jogadores de futebol são assim. Aos trinta anos parecem velhos. Terá que perguntar a seu pai.

Poderia falar com Mai, ela pensaria em algo engenhoso. Mas está obcecada com Mateo e seria incapaz de pôr-se em seu lugar. Teria que explicar-lhe muitas coisas. O último fim de semana, além disso, sua viagem a León foi regular. Saímos com seus amigos e ele não me dá a menor bola, é como se lhe incomodasse minha presença, queixava-se Mai com Sylvia. Não penso em voltar, que venha ele a Madri se quiser me ver.

Por fim escreve a mensagem: "O mais chato é ter de carregá-la todo o dia." Envia-a, morde um lábio. Arrepende-se. Deveria ter escrito algo mais brilhante. Mais atrevido. Algo que o force a responder, a comprometer-se, algo que provoque uma cadeia de mensagens que ao final os reúna. Quando soa o celular anunciando a mensagem recebida, Lorenzo vira a cabeça. Você passa o dia com isso, que saco, você vai se esquecer de falar. É mais barato, lhe explica Sylvia. Um instante depois a decepção ao ler a resposta de Ariel. "Força." Sylvia tem vontade de rir. De rir de si mesma. Olha-se no retrovisor externo buscando o fundo de seus olhos. Está quebrado. O espelho. Está quebrado, diz ao pai. Sim, já sei, faz dias, algum filho da puta.

A resposta de Ariel devolveu Sylvia com uma bofetada à realidade. Lembra-lhe quem é ele, quem é ela. Pés no chão. Terá que evitar que Ariel se infiltre por todas as fendas de sua fantasia, de sua imaginação. Terá que vigiar para que não assalte seus sonhos, os momentos em que seu pensamento se evade. Que não se introduza em suas leituras, na música que escuta. Que não alimente os momentos mortos com o anelo de uma ligação dele, de um contato que não chega. Sabe que o único prazer de que pode desfrutar é o provocado por essa pontada de dor, essa espécie de desolado conformismo. Está triste, mas ao menos a tristeza é sua, a fabricou com suas expectativas, ninguém a provocou, não é vítima de ninguém. Sente-se bem nesse sofrer, não a incomoda. Deita-se. Vamos esperar. Não sabe o quê.

18

Leandro se sentou na cozinha. Assiste ao trabalho do técnico da caldeira. Não tem vontade de falar. Está zangado. O homem ignora seu estado e fala incansavelmente. Tirou a tampa metálica do aquecedor e deixou à vista o escangalhado ventre desnutrido que é o motor, à mostra os queimadores que resistem a acender a chama. Leandro admira suas mãos duras, úmidas, cheias de graxa, que se movimentam com habilidade entre as roscas. Ele nunca soube valer-se de suas mãos para outra coisa que não fosse extrair música dos pianos, corrigir um gesto de seus alunos, às vezes marcar com o lápis uma partitura.

Foi para sua peça para dormir. Limpou a camada de vinis, de papéis, de partituras e de algum livro. Empurrou para debaixo da cama os jornais antigos onde deixou algo por ler. Prefere que Aurora durma sozinha. Teme virar-se de noite e golpeá-la. Quer que ela esteja confortável. Também lhe dá vergonha, isso ele não diz, roçar seu corpo limpo quando vem de passar uma hora ou duas horas em contato com o suor e o cheiro acre da pele de Osembe. O corpo de Aurora sempre lhe impôs respeito. Ele o viu envelhecer, perder solidez, vitalidade, mas nunca deixou de possuir o mistério quase sagrado do corpo amado. Por isso agora, quando o roça, se sente sujo, malvado.

Desde dias atrás o mau humor se apoderou dele. Na sexta-feira de noite a casa estava fria, e ele quis acender o aquecedor. Foi impossível. Ligou para o serviço técnico. Só voltam a trabalhar na segunda-feira. Isso significava passar o fim de semana sem água quente nem calefação. Recomendaram-lhe que ligasse para um técnico de emergência. Assim o fez. Veio um sujeito fornido, com um casaco de couro preto. Eram quase onze da noite. Tirou de sua maleta uma chave de fenda de estrela e examinou com batidinhas os diferentes tubos. Preciso de alguma peça de reposição, o melhor é telefonar para a empresa. Leandro lhe explicou que isso é o que tinha feito, mas só voltariam a atender na segunda-feira. O homem deu de ombros e lhe passou uma fatura, enquanto consultava o relógio. Tinha o celular preso no cinto, como um pistoleiro. Quando Leandro viu que lhe pedia cento e sessenta euros, escandalizou-se. O sujeito descriminou os valores. Deslocamento, emergência, serviço noturno e em feriado, além da meia hora mínima de mão de obra. Leandro foi tomado de indignação. Deu-lhe o dinheiro, mas enquanto o conduzia até a porta murmurava prefiro que me assaltem, sabe?, prefiro que me ponham uma navalha no pescoço, ao menos essa gente precisa. Vocês são piores. Não diga isso, quis defender-se o técnico, mas Leandro se negou a escutá-lo. Despediu-o com uma batida de porta. A voz de Aurora o chamava, teve que explicar-lhe. Vamos, não se zangue, há um aquecedor no sótão, veja se o consegue pegar, lhe disse ela.

Na manhã seguinte tentou tomar banho com água fria. Esperou um tempo, dentro da banheira, a mão no jato gélido, aguardando que o corpo se adaptasse à temperatura. Depois cedeu. Sentou-se com certa desolação na borda da banheira e estudou seu corpo nu. A velhice era uma derrota difícil de tolerar. Um asco. A pele esbranquiçada trêmula de frio. Os peitos flácidos, perdidos os pelos. As manchas na pele, as mãos artríticas. As pernas ossudas como de enfermo, as panturrilhas, os antebraços distensos, como se se tivessem soltado os fios que sustentam a pele tirante. Lembrou-se desses quadros que desprezou a vida toda, onde Dalí pinta o passar do tempo como uma viscosa matéria que se derrete. Assim também via sua pele escorrer até o chão como roupa velha e deixar à vista o esqueleto de um cadáver.

Pensou na carne tenra, exuberante e jovem de Osembe, na repugnância que ela sentiria ao lamber sua esbranquiçada decadência. Susteve por um instante os testículos, o pênis rosado, caído, como o imprestável pelame lânguido e galináceo que era. Não conseguia explicar o poder de comando que ainda exercia. A escrava e eterna submissão a seus caprichos. Quem disse que aquilo era a torneira da alma? Não era a ereção, agora intermitente, inesperada, ocasional, o que o levava até Osembe todas aquelas tardes; era outra coisa. O contraste dos corpos, talvez a fuga por contato, a sensação de abandonar o próprio corpo para possuir o corpo que se toca, que se acaricia.

Do arrependimento desolado com que deixava aquela casa, tomado de culpa, ao recordatório prazeroso que o invadia um pouco depois; em seguida, a ansiedade que tornava a vencê-lo, por maior que fosse sua resistência. Leandro sentia como que uma derrota o momento em que punha o dedo na campainha do número quarenta. Mas era um gesto tão curto, tão rápido, que não dava tempo para pensar, para fugir. Sentia-se empurrado, ele, um homem treinado na solidão, acostumado ao fastio. Era capaz de vencer a urgência um dia, dois, de dizer-se não, um não rotundo, de levar a cabeça a pensar em outra coisa. Mas acabava sempre rendido à negra nudez de

Osembe, ao reflexo de seus dentes brancos, a seu olhar ausente que agora, ao estudar seu próprio corpo, entendia como uma barreira de sobrevivência diante do asco.

Ao sair da casa se desprezava. Considerava vulgar o corpo feminino, pensava em Osembe e se dizia é só um mamífero com peitos, musculoso e jovem, uma massa de carne que não deveria me causar atração. Negava-lhe qualquer mistério, qualquer segredo. As dobras lhe pareciam sujas, os orifícios desprezíveis, as formas carentes de sugestão, os fluidos desagradáveis, visualizava o desejo tal como um açougueiro à peça que esfola ou um médico ao tecido onde traça a incisão. Mas esse mecanismo de rejeição vinha abaixo diante de outra ordem, superior. E assim voltou no sábado, no domingo e na segunda-feira a visitar a casa.

A contemplação de seu próprio corpo acarretou para Leandro uma manhã triste. Voltou-se imediatamente para comprazer Aurora, para atender a ela. Leu-lhe o suplemento de domingo com seus absurdos saltos da penosa sobrevivência em Gaza e uma reportagem sobre os benefícios da chocolaterapia ilustrada com fotos de modelos besuntadas por todo o corpo. Preparou-lhe um chá, sentou-se com ela para escutar a Radio Clásica. Evitava as notícias para que não deixassem à sua passagem uma pegada violenta e sinistra. Como lhe dizia seu amigo Almendros, que ficava muitos momentos com sua mulher em casa, nós, os velhos, tendemos a ver o mundo precipitar-se para o abismo, sem nos darmos conta de que somos nós que nos vamos para o abismo, o mundo continua, mal, mas continua. Muitas vezes Leandro se alegra de saber que morrerá antes de ver desencadear-se o ódio absoluto, a violência devoradora. Todos os sintomas apontam para uma destruição implacável, mas, quando expressa seu pessimismo em voz alta, seu amigo sorri, somos nós que nos vamos, não o mundo, Leandro, não seja como esses velhos que estupidamente se consolam crendo que com eles, de mãos dadas, desaparecerá tudo o mais.

Almendros sempre recordava essa tira que lhes fazia rir. Dois homens primitivos vestidos com peles junto à sua caverna, e um diz ao outro: aqui estamos sem poluição, sem estresse, sem engarrafamentos nem barulhos e, veja, nossa esperança de vida não passa dos trinta anos. Almendros soltava sua risada a espasmos. Não era Maurice Chevalier quem dizia que a velhice é terrível, mas a única alternativa conhecida é pior?

Na última tarde com Osembe, enquanto lutava para manter a ereção, Leandro lhe falou das notícias do encerro de duzentas mulheres na Nigéria que protestavam contra a Chevron Texaco. Osembe não parecia impressionada. Onde lê isso? No jornal, respondia ele. De meu país só falam coisas más no jornal. E parecia zangada, como se ninguém acreditasse na beleza de sua terra. Meu país muito rico, insistia. Mas também lhe contou que tinha perdido um irmão numa explosão quando roubava gasolina de uma refinaria com outros rapazes. Do ventre daquele país se extraía meio milhão de barris de petróleo por dia. Os políticos roubam tudo, dizia ela.

Leandro passou a manhã repetindo para si mesmo não vou, não vou, não vou. Mas foi. Às quinze para as seis já estava na calçada do outro lado. Costumava tocar a campainha às seis em ponto e considerava que essa hora já lhe estava reservada. Naquele dia viu Osembe chegar num táxi. Um homem negro viajava com ela. Ele não desceu, ela tocou a campainha, e lhe abriram a porta.

Você tem namorado?, lhe perguntou essa tarde Leandro. Meu namorado está em Benim, disse ela. Ele sabe a que você se dedica? Osembe anuiu. Lá também trabalhei às vezes nisto, os turistas têm dinheiro. A Leandro surpreendia que ele o permitisse. Saiba que com ele é diferente. Se você não é de Benim, por que seu namorado vive ali?, lhe perguntou Leandro. Osembe lhe falou dos problemas de violência, de uma matança em Kokotown e de que tinha ido viver em Benim antes de cruzar para a Europa, e Leandro imaginou que ela tinha chegado de balsa, mas Osembe desandou a rir, como se ele tivesse dito algo ridículo, e seus dentes apareceram na gargalhada. Vim de avião. Para Amsterdã. Trabalhei na Itália, primeiro. Uma amiga minha trabalhava em Milão. Ganhava muito dinheiro.

Osembe tinha chegado à Espanha quatro meses atrás no carro de um amigo, alguém que se ocupava dela. Leandro pensou no homem do táxi, lhe disse essa tarde a vira chegar, vinha um homem com você. Não gosto de tomar táxis sozinha, uma amiga minha foi violada por um taxista. Mas Leandro insistia em perguntar-lhe pelo homem que a acompanhava, e ela foi taxativa, eu não quero namorados negros, os negros são uns vadios, eu quero um que trabalhe. Os negros são bons para trepar, têm pau grande, mas não são bons maridos.

Leandro ria ao escutar as opiniões rotundas e afiadas. Está rindo de mim? Eu não sou inteligente, não é mesmo? Ela respondia vaguezas às perguntas pessoais. Costumavam falar deitados no colchão, deixavam passar o tempo, e quando ela considerava que as perguntas dele passavam dos limites erguia uma barreira, punha a mão no pênis de Leandro e começava de novo a atividade sexual, como forma de cortar a conversa.

Leandro soube que o primeiro lugar onde ela trabalhou na Espanha foi uma estrada da costa catalã. E dali veio para Madri de carro. Chegar a esta casa, disse ela, foi um acidente. Necessitavam de uma garota africana para um bom cliente, um empresário espanhol que estava entrando no negócio dos diamantes na África tinha que fechar um acordo com uma companhia exportadora. Depois do jantar levou seu novo sócio a casa. Nos negócios espanhóis fechar acordos com um convite a regalar-se com putas parecia tradicional. A churrascaria, a bebida, um charuto e as putas. Um dia Almendros lhe tinha contado que sua filha trabalhou por um tempo numa grande empresa de intermediação agrícola e que depois dos almoços levava seus clientes das províncias a um prostíbulo de confiança. A ela aquilo dava nojo, mas era algo imposto, que tinha herdado de seu antecessor no cargo, e os homens não pareciam sentir-se incomodados com o fato de ser uma mulher quem os deixasse na porta do local e se ocupasse do recibo.

Fizeram-me vir por causa desse homem que queria uma mulher africana. Estava muito bêbado, mas pagou bem e voltou mais dois dias, mas lhe custava manter o pau duro, porque o tinham operado mal de uma hérnia, explicava Osembe. Era carinhoso, mas estava sempre muito bêbado. Propuseram-me que ficasse. Aqui se trabalha com gente bem, não é como na rua. Fazer em carros, chupando em bancos ou nos parques, sabe? Aqui há até um médico que nos visita, eu não tenho AIDS nem nenhuma doença, lhe disse com um tom quase ameaçador.

Você gosta deste trabalho? Leandro se deu conta de que tinha feito uma pergunta estúpida. Eu sei que não é bom, disse ela. Eu sei, mas é só por um tempo. Leandro tinha visto numa reportagem de televisão bastante pobre que essas mulheres eram extorquidas por redes que lhes pagavam a viagem e depois exigiam delas um ou dois anos de trabalho em prostituição. Exploradas sob ameaças aos familiares que ficaram em seu país, postas para trabalhar até pagar a dívida contraída com a passagem, com o passaporte sequestrado por algum compatriota que as vigiava até que juntassem os dez mil euros que custava a libertação. Também havia histórias de sequestro, de estupros selvagens, de chantagem à base de superstições ou de vodu, em que se faz uma bola com sangue de menstruação, pelos pubianos, restos de unhas, e as ameaçam com um domínio sobrenatural que as escraviza. Osembe ria com as histórias que ele contava, leu isso num romance?

Eles conhecem as garotas de lá e sabem onde vivem as famílias, e isso lhes basta. Deixe de bruxarias. Além do mais, eu não acredito nisso, eu sou cristã. Você não é cristão? Leandro disse que não com a cabeça. Ela se mostrou muito surpresa. Não acredita em Deus? Leandro achou divertida a pergunta, o tom quase escandalizado dela. Não. Não muito, respondeu. Eu, sim, acho que Deus me vê e eu lhe pedirei perdão e ele sabe que um dia deixarei tudo isto. Nas frases longas, a língua de Osembe se chocava com o lábio superior, tinha dificuldade para fazer alguns sons, mas sua música era muito agradável. E não a incomoda ter que estar com um velho como eu?, perguntou Leandro. Você não é velho. É claro que sou velho. Fez-se um silêncio, ela o beijou no peito, como se quisesse demonstrar-lhe uma falsa fidelidade. Suponho que meu dinheiro seja igual ao dos outros, sussurrou Leandro. Você gosta de dinheiro, não?, em que gasta? Não sei, roupa, coisas para mim, mando para casa. Eu tenho irmãos, cinco. E meu namorado e eu vamos abrir uma loja no New Benin Market ou em Victoria Island se tudo correr bem.

Quero vê-la fora daqui, lhe disse Leandro quando terminou de vestir-se. Dê-me um telefone. Ela se recusou. Era proibido. Todo o dinheiro seria para você. Osembe negou com a cabeça, mas com menos convicção. Pense bem. Ela disse não, não pode ser. Leandro teve a convicção de que as conversas eram escutadas, que Osembe se sabia vigiada. Alguém bateu à porta, era a forma de anunciar o final de seu tempo. Osembe se assustou com o barulho, depois reagiu com um sorriso franco, enorme, relaxado.

Na rua Leandro se sentiu estúpido por sua conversa, suas pretensões de conhecê-la, de vê-la fora dali. O que queria?, que ficassem íntimos? Que ela lhe contasse sua vida, seu drama particular? Compartilhar algo, aproximar-se? Podia pagar para que saciassem seu desejo, mas nada mais. Depois tinha que voltar para casa, telefonar de novo para o serviço técnico da caldeira, chorar de impotência quando passa outro dia sem que apareçam, por mais que explicasse que sua mulher estava de cama, com uma doença óssea; organizar contas, ler o jornal, receber a visita de algum parente, comer, beber, lavar-se, ir para a rua, para a vida dos outros, tentar chegar à noite com calma suficiente para poder dormir, talvez sonhar com algo agradável ou desagradável. E um dia desaparecer. Leandro sabia muito bem que tinha setenta e três anos e que pagava obscenas quantias para abraçar o corpo de uma nigeriana de vinte. Era um elemento caótico em sua rotina, uma bomba-relógio em sua vida cotidiana.

O técnico lhe fala, esta caldeira tem anos, mas, trocada a válvula, ficará como nova, o senhor vai ver. Leandro dá de ombros, enguiça todos os invernos. Mostrou-se seco com o técnico desde que chegou. É sua minúscula vingança pela humilhante espera dos dias passados, com a casa convertida numa geladeira inóspita, como uma pensão barata. O homem, com seus dedos como chouriços, sorri, as coisas têm que enguiçar, senão de que viveríamos? E, além disso, cada vez mais as coisas se tornam sofisticadas para não poderem ser consertadas por qualquer um. Já reparou nos carros, por exemplo? Antes, qualquer um podia meter a mão no motor e consertar uma avaria, mas agora você abre o capô e quase tem que ter feito duas universidades para encontrar a tampa do distribuidor. E, nas oficinas, não sai por menos de cinquenta mil pesetas qualquer reparo, porque, além do mais, com a entrada do euro, diga-me o senhor, porque sessenta euros parece que não é nada, mas são dez mil pesetas, que antes era uma fortuna. Agora nada, parece trocado. Não acontece com o senhor? Com certeza que sim. Hem? Com o senhor não acontece? Não, comigo não acontece.

19

Lorenzo prefere esperar na rua. Desce as escadas da delegacia e percorre a calçada com o olhar. Uns dez minutos, lhe disseram. Lorenzo seguia um impulso. Para ele era lógico passar pela delegacia e apresentar-se ao inspetor, perguntar se se tinha avançado algo. Tinha ido a uma entrevista de trabalho perto dali, uma oferta de entregador de pão, mas o horário era demolidor. Começar a jornada às cinco da manhã. Tenho que pensar, tinha dito. E, com certa superioridade, o homem lhe tinha sorrido, não pense demais, tenho uma fila de gente esperando. Na tarde anterior, sobre a mesa da cozinha, tinha examinado o estado de suas contas. Tinha elaborado um orçamento de gastos fixos mensais, tinha somado a ele uma média de gastos imprevistos. O subsídio ele deixou de receber dois meses atrás, e a administração ia ser fundamental nos próximos meses. Não recordava nenhum outro momento de sua vida com menos dinheiro na conta.

A primeira vez que abriu uma caderneta ainda era menor. Tinha trabalhado na montagem de uma feira de amostras, durante o verão. Seu pai o acompanhou para abrir uma caderneta compartilhada. Então depositou trinta mil pesetas, mas Leandro o surpreendeu ali mesmo. Tome, lhe disse, assim tem algo mais para começar. E lhe entregou um cheque de duzentas e cinquenta mil pesetas, era uma espécie de presente secreto. Não diga nada à sua mãe, o que menos lhe agrada é que você trabalhe e deixe os estudos, não quer que eu o estimule. Mas, pouco a pouco, na vida de Lorenzo se impôs a necessidade de ganhar o dinheiro por si mesmo, de ser independente. Reconheceu logo sua incapacidade para os estudos, sua falta de concentração. Óscar lhe disse que seu pai necessitava de um empregado, e ele se empregou na empresa de fotocomposição. Tratava com editoras, com lojas, com gráficas. O rosto de seus pais quando lhes deu a notícia foi de incompreensão. Por que tanta pressa. Lorenzo lhes assegurou que continuaria estudando. E assim fez, quase dois anos. Mais para deixá-los tranquilos do que por interesse nos estudos. Com dezessete anos tinha conhecido Pilar. Ela, sim, continuava na universidade, mas Lorenzo, um dia, se viu com um namoro de três anos, sério, pacífico, entregue, e um trabalho que lhe garantia uma entrada fixa, estável. Então deu o passo, subiu o degrau que faltava, disse adeus à casa dos pais, à juventude. Tornou-se autossuficiente.

Ao descobrir que em sua conta havia uma quantia tão reduzida, sentiu um calafrio. Marcou quatro ofertas de trabalho e começou a ligar. Numa delas procuravam pessoas mais jovens, que tivessem menos de trinta. Outra era um emprego em Arganda, demasiado longe de casa. A outra era de agente imobiliário, trabalho que Lorenzo desprezava, nada mais triste que mostrar casas em troca de comissão. A quarta era a de distribuidor de pão de cuja entrevista de seleção acabava de regressar.

O crime tinha tido o efeito de paralisá-lo. Era como se aguardasse ser detido, como se esperasse cada manhã que um pontapé derrubasse a porta e os policiais lhe pedissem que os acompanhasse. Despedir-se-ia então com um olhar culpado, triste e desolador de sua filha, Sylvia. Por isso, deixar-se ver diante do inspetor não lhe pareceu tão má ideia. Sempre posso acusar-me, confessar tudo, gritar minha culpa. Ao menos abandonar essa área indefinida, onde ignora se é de fato um suspeito ou um meio da investigação.

Mas agora se arrepende. Está na rua, não deixou seu nome com ninguém, o inspetor não o viu, e pensa que é melhor não subir de novo. Que vai fazer?, perguntar entre inépcias? Não é por acaso o interesse desmedido uma prova de culpa? É melhor manter-se à margem. Tampouco voltou à cena do crime como mandam os lugares-comuns. Isto sim, a cena do crime voltou a ele centenas de vezes.

Lorenzo sabia que todas as quintas-feiras, desde muitos anos atrás, Paco e Teresa jantavam em casa de seus sogros. Iam a esse jantar os tios de Teresa e um casal de velhos amigos. Paco era convidado a entrar no jogo de cartas. Desciam para o porão, onde havia um balcão de bar e uma mesa de jogo, onde a tubulação da calefação estava à mostra e nas paredes havia algum quadro promocional da empresa. Fumavam charutos, bebiam uísque seleto, ironizavam um ao outro, às vezes se exasperavam, mas quase nunca falavam de outra coisa que não fossem causos. O pai de Teresa, a quem Lorenzo só tinha visto numa fugaz ocasião, era um pessoa muito desconfiada, com um afiado senso do humor. Paco lhe tinha em parte admiração, em parte desprezo, mas se tivesse podido juntar ambas as coisas o resultado teria sido um evidente complexo. Era um homem seguro de si, capaz de repetir diante de quem quisesse ouvi-lo, eu teria gostado mesmo é de me casar com minha filha e ter a mim mesmo por sogro.

O dinheiro tinha sido a razão inicial para planejar o assalto à casa de Paco. Lorenzo sabia que na garagem poderia encontrar a caixa de ferramentas, talvez Paco nem sequer recordasse que um dia o viu tirar dali um maço de notas. Paco dizia que suas declarações de renda sempre eram negativas. O dinheiro sujo não lhe dava medo, que seja sujo não significa que manche. E, se Lorenzo mostrava alguma prevenção, ele o reafirmava. Todo o mundo é igual, advogados, tabeliães, encanadores, não me venha com escrúpulos, aqui só quem recebe com contracheque mensal faz como exige a Fazenda. Lorenzo sabia que o alarme não incluía a garagem, que o trabalho poderia ser rápido. Que a saída de todas as quintas-feiras lhe deixava mais de três horas para encontrar a caixa.

Viu sair o carro da casa de Paco. Um carro novo, tinindo, de marca sueca. No interior a silhueta de ambos. Teresa se olhava no retrovisor, terminando de se pentear. Quando se aproximou da cerca, o cachorro começou a latir, de modo que era melhor não evitar o rondar. Saltou sem problemas, em dois tempos. O cachorro correu para que lhe esfregasse o lombo. Para entrar na garagem, rompeu a fechadura da portinha auxiliar. Na bolsa esportiva levava uma furadeira. Armou-a e em seis investidas desfez a fechadura. O cachorro latia com o barulho, mas depois voltou a acalmar-se.

Dentro da garagem acendeu uma luz. Tinha luvas de borracha e pôs a bolsa esportiva no chão. Tirou do lugar a estante que continha latas de tinta, ferramentas. Mas atrás não estava a caixa que ele procurava. Paco a teria mudado de lugar. Tinha que estar por ali, com certeza. Lorenzo começou a procurar desesperadamente, a remover tudo. Suava debaixo do macacão.

Enquanto limpava os olhos da umidade do suor que lhe nublava a vista, ouviu o carro de Paco aproximar-se, e a porta da garagem começou a subir.

Deixou tudo de lado e se escondeu atrás da churrasqueira. Ela estava envolta em sua capa verde, e de cócoras, atrás dela, ele não seria visto. A porta mecânica da garagem subia. Arrastou a bolsa esportiva para onde ele estava, mas viu a furadeira abandonada no chão. Naquele momento os faróis cegaram a garagem, e o carro parou dentro dela. Não entendia por que Paco regressava, devia ter esquecido algo. A casa de seus sogros não ficava longe, tinha deixado Teresa e tinha voltado. Não conseguiu perguntar-lhe por quê. Agora sabia que para morrer.

Paco deixou a porta do carro aberta, o que provocava um alarme permanente. Deu quatro passos e se colocou diante da parede desordenada, tocou com os dedos a estante tirada de lugar. Virou a cabeça. Lorenzo não podia vê-lo, mas tirou o facão do fundo da bolsa esportiva. Os pés de Paco se aproximaram e sua mão tocou a capa de lona que cobria a churrasqueira com rodas. Lorenzo se levantou de um salto agressivo, se lançou sobre ele e lhe acertou duas facadas no ventre. Profundas, raivosas, ferozes. A seguinte foi mais complicada. Voltar a introduzir a lâmina não foi tão fácil. Os dois primeiros golpes tiveram algo de fuga, de autodefesa. Depois forcejaram. Os olhos de Paco descobriram Lorenzo. Ele não gritou. Mas se aferrou com as mãos aos braços de Lorenzo. Só mais uma vez Lorenzo cravou o facão e o fez sem convicção, de modo covarde. Saía muito sangue, que caía no chão, encharcava a roupa e cobriu a mão de Lorenzo até o antebraço. Ser descoberto assim desorientou Lorenzo, o paralisou por um instante. Suficiente para que Paco conseguisse fazê-lo soltar o facão, que caiu no chão. Paco se lançou para pegá-lo. Antes que pudesse levantar-se, Lorenzo recuperou a furadeira e cortou sem olhar as costas de Paco; primeiro se rasgou o terno, depois brotou o sangue.

Paco demorou a morrer. Para certificar-se de que não respirava, Lorenzo virou o corpo com o pé. Alcançou a mangueira e limpou as mãos e depois as botas e deixou que a água manasse livre junto a seu amigo.

Demorou quase cinco minutos para mover-se. O carro emitia o monótono aviso de que a porta estava aberta. Era insultante a persistência. Lorenzo a fechou com um pontapé. Não tinha certeza de se Paco estava morto, mas não podia ajoelhar-se a seu lado, tomar-lhe o pulso, examinar-lhe os olhos. Confiou em que assim fosse. Guardou seu material na bolsa e desistiu de procurar o dinheiro. Não conseguia pensar. Nada tinha sentido. Por um bom tempo foi um sonâmbulo, um homem sem determinação nem ideias claras, sem plano de fuga. A mangueira se movia como uma serpente enlouquecida no chão encharcado.

Lorenzo arrastou o corpo de Paco até o interior do carro. Deitou-o no assento traseiro. Pensou em sair dali com o carro, mas lhe pareceu estúpido viajar com o cadáver de seu amigo. Por fim pegou a mangueira e a encaixou numa mínima abertura da janela. O carro começou a encher-se de água pouco a pouco. Lorenzo o olhava de fora, no meio da garagem. O interior se transformou num aquário inundado, o corpo de Paco submergiu, a água alcançou o volante, cobriu o painel, começou a elevar-se pelas janelas. Quando começou a transbordar pela janela pouco aberta, Lorenzo considerou que era chegada a hora de se ir. Quanto tempo tinha passado? Estaria alguém a caminho em busca de Paco, alertado pela demora?

Lorenzo baixou a porta da garagem e confiou em que o lugar se transformasse numa piscina, em que o água apagasse qualquer rastro da luta. Tirou o macacão e as luvas manchados de sangue, enquanto o cachorro se esfregava nele convidando-o a brincar. Pôs tudo na bolsa esportiva. Atravessou o jardim e saiu com toda a naturalidade que lhe foi possível.

No interior de seu carro, Lorenzo tirou as botas e mudou de roupa. Estava estacionado três ruas adiante da casa de Paco, em frente a outras casas. No caminho parou para jogar numa lixeira a verruma da furadeira. Em outra, alguns quilômetros adiante, jogou o corpo da furadeira. Custara-lhe mais de setecentos euros, mas era perigoso guardá-la. Depois chegou a um descampado e banhou de gasolina a bolsa esportiva e lhe ateou fogo dentro de uma caçamba de lixo, convencido de que alguém o estava vendo, de que nada do que estava fazendo tinha muito sentido.

Diante da delegacia buscava retroceder no tempo, saltar para trás, ao dia anterior ao do assassinato de Paco. Era incapaz de pôr-se em movimento, de olhar para frente, enquanto a suspeita persistisse sobre ele. De que adiantava procurar um trabalho se era culpado de um crime? Não era melhor começar a pagar já? E, no entanto, poderia esquecer-se de tudo? Deixar tudo para trás sem ser castigado por isso. A culpa era incômoda, mas o era muito mais a incerteza. Ele pensa no assunto de todos os ângulos e resolve não voltar à delegacia.

Caminha pela rua, um homem discute violentamente com uma mulher, parecem drogados. As pessoas olham de longe, mas ninguém intervém. No ponto de ônibus há um cartaz com uma modelo que anuncia lingerie. Alguém escreveu com um marca-texto azul, em cima de sua barriga: "Mamadas por 10 euros." Três estudantes caminham barulhentos pela calçada. Um homem para um táxi. No sinal, uma menina romena limpa vidros de carros enquanto os motoristas tentam evitá-la. Em sua barraca, um vendedor de loteria cego escuta rádio. Duas mulheres avançam pela calçada, caminham juntas, mas cada uma mantém uma conversa por seu celular. Lorenzo se sente protegido, reconfortado.

Aproxima-se dando um passeio até a casa de seus pais. Hesita em pedir dinheiro emprestado ao pai; mas lhe parece uma estupidez. Preocuparia ainda mais o velho. Muda a televisão da sala para o quarto de sua mãe, e no tempo em que está ativo, organizando a vida dos outros, se sente melhor. Dá-se conta de que o estado de espírito é uma questão de energia. Se você para, desaba. O equilíbrio é uma questão de movimento, como esses pratos que giram na ponta de uma vareta.

Usa o telefone dos pais para fazer uma ligação. Precisa de duas tentativas para localizar a pessoa a quem procura. Olá, sou Lorenzo, o pai de Sylvia, a garota atropelada. O homem do outro lado da linha muda o tom imediatamente. Mostra-se cordial, como quando se conheceram na clínica. Quando Lorenzo lhe conta a razão de sua ligação, o homem não parece demorar a compreendê-lo. Para receber a indenização do seguro, terá que esperar um tempo, e Lorenzo não está muito certo da generosidade do sistema com uma garota que atravessa de noite, num lugar não sinalizado. Está disposto a acordar uma quantia para esquecer toda a burocracia. Não quer parecer ansioso nem intrigante. Pensou em algum valor? Lorenzo preferiria não dizer nada, não quer pecar por interesseiro nem cometer um erro de cálculo. Seis mil euros?, diz. Bem, podemos conversar.

Volta para casa caminhando. O passeio lhe serve para cansar-se e sentir-se anônimo, livre. A calçada está repleta de folhas amarelas e secas. As mimosas e os plátanos estão quase nus. Chega de elevador até seu andar, mas antes de entrar sobe pela escada até o quinto e bate à porta de Daniela. Ela abre, surpresa. O menino brinca na sala. Este domingo posso levá-la ao Escorial. Daniela o olha entre divertida e desconfiada. Não, não posso, lhe diz. Lorenzo fica calado. Este domingo não posso. Chega o primo de minha amiga do Equador e vamos buscá-lo no aeroporto, vamos recebê-lo. Lorenzo anui com a cabeça. Vocês têm carro? Eu posso levá-los em meu carro. Daniela procura algo ameaçador em Lorenzo. Sério? Mas é claro, adoraria ajudar vocês. Não sei, é muito amável, hesita ela. No patamar marcam encontro para o domingo. Lorenzo se oferece para pegá-las na saída de metrô que há a duas ruas de distância, às dez da manhã. Bom, está bem... Daniela fecha a porta porque o menino a chama de dentro de casa. Mal se despede de Lorenzo. Evita todo e qualquer flerte.

20

A sessão é humilhante. O escritório do diretor esportivo fica na ala de escritórios do estádio. Ariel sobe no elevador privado com um velho empregado do clube que quase não fala, cabisbaixo e meditabundo. O elevador passa o andar que leva aos camarotes. Contam que algumas vezes, quando as partidas terminam em briga ou com revolta do público e a arquibancada exige responsabilidades, os diretores tomam o elevador e se trancam na sala de reuniões. Ali, enquanto ressoa a decepção dos torcedores, buscam na demissão de um treinador a sobrevivência de seu comando. Assim é o futebol, pensa Ariel. O poder consiste em que antes de sua própria cabeça sempre haja outras para cortar. Na sala o esperam Pujalte, o treinador e dois diretores que ele mal conhece. Uma secretária lhes trouxe uma jarra de água e três copos.

Fala primeiro o treinador, que faz uma exposição desapaixonada, dominada pelos tópicos habituais: o que é melhor para o time, o interesse geral antes do particular, entendemos o que significa, mas você há de entender o torcedor. Tudo começou dois dias antes, quando Ariel recebeu uma ligação de Hugo Tocalli, o treinador sub-20 argentino, convocando-o para as partidas da fase classificatória do Mundial de seleções jovens. Ariel jogou com seus colegas uma partida anterior e foi duas vezes internacional com a sub-17. Sabe que jogar no Mundial da Holanda em junho seria uma oportunidade única. A albiceleste acaba de ganhar o ouro olímpico em Atenas, e no Mundial sub-20 anterior, nos Emirados Árabes, perderam nas semifinais com o Brasil numa partida que o fez chorar diante da televisão. Você está me falando de um campeonato juvenil, para rapazes, de um passatempo, começa Pujalte. Agora não podemos perder você em quatro partidas fundamentais para nós. E mandar você para uma eliminatória na Colômbia para que se destaque entre as promessas. Para Ariel se trata de um compromisso que ele não quer perder, um campeonato internacional, uma confirmação de seu projeto como jogador, é um degrau indispensável em seu progresso. A maior parte dos dias que sacrificarei são minhas férias de Natal. Mas Pujalte diz que não com a cabeça, aqui é preciso decidir entre profissionalismo e prazer, repete Pujalte. Você tem que se esquecer já de seu país, você já não é o Pluma Burano, não? É hora de crescer, você veio para a Espanha para crescer, cacete, para se tornar maior, não para jogar com os juvenis. Pense nas contusões, é a única coisa que acrescenta Requero, o treinador, com o olhar baixo enquanto brinca com uma caneta entre os dedos. Uma lesão agora seria uma catástrofe.

Ariel sente saudade de Charlie. Alguém que fale com autoridade, que dê um soco na mesa. Que defenda seus interesses pessoais sem medo, ao menos o que estava acordado por contrato, a permissão para atender às convocações da seleção, incluídas suas categorias inferiores. Ele insiste na importância, em sua motivação. Mas o clube não vai lhe dar autorização. A Federação nacional vai exigir e tem todo o direito, a Federação obriga os clubes a ceder seus jogadores, tenta explicar Ariel. Pujalte o interrompe, mas é claro que obriga, é disso que estamos falando, a sua desistência tem que ser voluntária. A arquibancada apreciará o seu gesto, o seu sacrifício. Pode ser a forma de você conquistar os torcedores, de vencer as reticências. A palavra escolhida, reticências, mortifica Ariel. Ele não responde, sabe que tudo está perdido, mas o surpreende que Pujalte encontre neste momento uma oportunidade de recordar-lhe as críticas do público, os apupos quando é substituído, a falta de entusiasmo geral em torno de sua contratação. Ainda escuta uma enfiada de justificativas superficiais. Sabe que não se trata mais que de poder, se se encontrasse no cimo do triunfo, reconhecido por todos, poderia exigir. Agora não, é outro o seu lugar. É preciso aceitá-lo.

    Na última partida tinha jogado melhor. Fizeram um pênalti nele que redundou na vitória, mas sobretudo ele tinha estado atuante, incisivo. Até o momento, seu melhor futebol. Falava com Buenos Aires todos os dias, e a proximidade do Natal parecia animá-lo. Logo nos veremos, lhe dizia Charlie. No time tinha feito amizade com dois jogadores. Osorio e um meio-campista chamado Jorge Blai, que era casado com uma modelo. Ele o pôs em contato com um empresário de pessoas famosas, um sujeito divertido e linguarudo que se chamava Arturo Caspe, que o convidava a festas e lhe tinha conseguido algumas ofertas divertidas. Pagaram-lhe seis mil euros por jogar uma partida de playstation contra um beque do time adversário para apresentar aos meios de comunicação um novo jogo de computador, e outros três mil para ir a uma festa patrocinada por uma marca de relógios italianos. Ronco o acompanhou em um desses atos e lhe assinalava o que ele definia como a fajuta aristocracia da noite madrilense. Gente que aparece na televisão, compartilha com o espectador suas relações sentimentais, suas rupturas, suas mudanças de humor, suas trocas de penteado, até suas mudanças de tamanho de peitos ou lábios, e recebe em contrapartida um oscilante salário, sempre em função do grau de despropósito social a que se submeta. Embora fosse Ronco quem mais parecia desfrutar nessas saídas glamourosas, ele se empanzinava de cerveja e canapés e de vez em quando salvava Ariel do interesse de alguma vampira de famosos. Sim, em lugar de chupar seu sangue, chupam seu pau, lhe explicava, mas o preço costuma ser mais elevado do que o de cair na gandaia.

No dia em que foram à inauguração de uma discoteca, foi inaugurada quatro vezes este ano, mas com diversos nomes, de Ariel se aproximou uma mulher chamativa, parecia reconstruída por um erotômano enlouquecido. Peitos impossíveis, lábios inchados, pômulos muito acentuados, cintura diminuta. Ronco o afastou de seu simpático abraço. Esta vem com seu fotógrafo, primeiro diz que vocês são apenas amigos, depois que estão juntos, depois que você a deixou, depois que você deu seis trepadas numa noite, depois que ela o enganou com outros e depois conta como é o seu rabo num programa da tarde. Cada capítulo por um módico preço. Se tem vontade de trepar com ela, antes peça-me autorização. De modo que Ronco, a distância, assentia com a cabeça ou negava cada vez que Ariel começava uma conversa com alguma mulher.

Ariel passou três noites divertidas com a filha de uma modelo veterana, uma linda lourinha multiorgasmática que parecia um clone de vinte anos de sua mãe e que gritava tanto ao gozar que em vez de pontadas nos rins na manhã seguinte lhe doíam os tímpanos; depois se deitou com a garçonete de um local de moda no escritório do gerente, e ocupou outras duas ou três noites com mulheres acidentais que Ronco catalogava como porcas ou desesperadas, como sua peculiar maneira de falar. A noite é muito traiçoeira, tenho um amigo que dizia nunca me deitei com uma mulher horrível, mas acordei ao lado de centenas.

A Ariel não agradava muito a fumaça, a noite, o álcool e as garotas que só se sentiam atraídas por famosos. Nesses locais tinha uma espécie de cruzamento de interesses, uma falta de autenticidade bastante exasperante e a ameaça da fofoca, de que seu nome ocupe os milhares de horas de rádio e televisão dedicadas a falar de quem sai com quem, de quem vai para a cama com quem. Não era muito diferente da Argentina, ele também tinha sido alvo das matérias de *Paparazzi*, *Premium* ou *Latinlov*, onde alguma garota que posava nua citava seu nome como uma de suas múltiplas conquistas. Em torno dele sentia a presença de gente que se desdobrava por apresentar-lhe alguém, que queria convidá-lo a uma estreia, a uma festa particular, a um desfile de moda. Chegavam-lhe ofertas para usar uma academia de ginástica no centro, uma colônia de férias, uns óculos escuros. Jorge Blai lhe dizia temos de aproveitar o nosso momento, depois ninguém se lembrará de nós.

A casa vazia não o ajudava a sentir-se bem. De noite via filmes no aparelho de DVD, escutava música ou se conectava à internet, onde lia a imprensa argentina ou trocava cumprimentos com amigos de lá. Em algum arrebatamento de nostalgia trocava e-mails com Agustina. Num momento de fraqueza esteve tentado a convidá-la a passar uma semana em Madri. Começava a conhecer os lugares onde se encontrava comida argentina, com CDs argentinos, com revistas argentinas, onde tomar um chimarrão e conversar um tempo com um professor de universidade ou um publicitário de lá que o reconheciam.

Tinha feito amizade com Amílcar, um meio-campista brasileiro que estava na decadência da carreira, mas que parecia entender o circo do futebol perfeitamente. Morava numa casa numa área exclusiva. Tinha conhecido sua mulher, uma beleza do Rio de Janeiro que foi Miss Pão de Açúcar em 1993, ano em que ele jogava no Fluminense. Tinham três filhos. Fernanda levantava a voz e ficava mal-humorada de uma maneira engraçada, mais italiana que brasileira.

Almoçaram no alpendre envidraçado de sua casa, num dia em que o sol batia. Fernanda estava tostada, o cabelo louro. Adoro o clima de Madri, dizia a Ariel. Quando chegamos há seis anos, esta era uma cidade suja, agressiva, feia, mas com muito encanto. Aqui todo o mundo fala com você, é amável, divertido. Mas agora está pior, é o mesmo caos, mas as pessoas já não têm tempo de ser encantadoras. Tudo se acelerou. Amílcar negava com a cabeça. Não tem jeito, você sabe como são as mulheres, as tratam bem no cabeleireiro e Madri é maravilhosa; não lhes dão passagem num cruzamento e Madri é horrível. Ele pronunciou *horríbel*.

Fernanda tratou com familiaridade Ariel, como se fosse um irmão mais novo. Acabara de fazer trinta e três anos e lhe confessou que estava deprimida por algo que aconteceu duas semanas atrás. Estava aqui a mulher peruana que cuida das crianças, e chegaram uns sujeitos num caminhão do supermercado. Em cinco minutos roubaram a casa inteira. Os aparelhos, as joias de minha família, até a televisão das crianças, foi terrível. E o pior é que bateram na pobre mulher. Pode imaginar? Ela tem cinquenta anos e a chutaram no chão. Queriam saber onde estava o dinheiro, o cofre, sei lá... A coitada passou um mau momento. Ao que parece eram colombianos, me disse a polícia, porque no quarto de Gladys havia uma imagem de Cristo e eles a viraram, parece que fazem isso para que Deus não os veja, sei lá. Que bestialidade!

Amílcar e ela discutiam com encanto, quase como uma pose para Ariel. O que acontece é que quando chegamos a Madri as pessoas lhe diziam galanteios, e agora ela se sente velha porque não lhe dizem mais nada. Ela o negava, pois sim, os latino-americanos são muito desbocados. Assobiam para você lá dos andaimes, dizem coisas fortíssimas, os espanhóis antes diziam coisas mais rebuscadas, me lembro de um sujeito baixinho, cabeçudo, careca e de bigode, cruzo com ele na rua e ele me sussurra: senhorita, eu com sua menstruação faria chás para mim, mas disse isto muito respeitosamente, como quem deseja feliz Natal. Amílcar contava que dentro de dois anos deixaria o futebol para tentar ficar na comissão técnica do time, mas Fernanda queria voltar a viver no Brasil. Estou farta de futebol, não há outra coisa no mundo? Tenho saudade do Rio, tenho saudade de estar cercada de mar e praia.

Ariel acompanhou Amílcar no 4X4 quando foi buscar os filhos no colégio britânico onde estudavam. O acesso estava fechado, carros estacionados em fila dupla. Os meninos atravessaram a porta de uniforme verde e um escudo no casaco com relevo dourado. Por um momento Ariel se sentiu à vontade, como se fizesse parte da família.

Ariel jogou bola no jardim com o garoto mais velho e foi embora antes de terminar a tarde. Numa das ruas do lugar havia uma praça cheia de lojas. Parou em frente a uma floricultura e mandou uma mensagem a Sylvia para pedir-lhe seu endereço. Pediu ao empregado dominicano que atendia ali um ramo de flores. Tinham-se passado semanas desde o acidente, e ele só a tinha contatado pelo celular para perguntar por seu estado em uma ocasião. Ele lhe mandava "força", "ânimo", mas ela não continuou a troca de mensagens, lhe respondeu com algo conciso e antes com a finalidade de cortar. Ariel entendeu que ela não devia ter uma imagem muito boa dele, alguém que a atropela e deixa que sejam outros a levar a culpa, a levá-la para o hospital. Tinha todo o direito de desprezá-lo. Sylvia respondeu à mensagem imediatamente. Seu endereço e no final um irônico: "Vai vir para assinar no gesso?"

Deu o endereço ao empregado da floricultura e lhe pediu um envelope para mandar um bilhete. Que tipo de envelope?, perguntou o homem. Amor ou amizade? Ariel arqueou as sobrancelhas surpreso. O dominicano lhe mostrou os diferentes tipos, decorados com lacinhos, ilustrados com flores e outros adornos. É para uma amiga, lhe explicou Ariel. Ele lhe passou um papel e uma caneta. Ariel não conseguia escrever nada, com o olhar de rã do empregado cravado em sua nuca. O quê?, não consegue pensar em nada bonito? Temos cartões grandes com mensagens já escritas. Quer vê-los? Ariel deu de ombros, e foi então que teve uma ideia.

Ao sair da floricultura, correu para o carro. Uma policial estava colocando uma multa no para-brisa. Perdão, sinto muito, é que entrei para comprar flores para uma amiga que sofreu um acidente. A policial, sem levantar os olhos para ele, lhe respondeu: melhoras para ela. E avançou para multar um carro alguns metros adiante. A senhora não é muito amável, lhe disse, desafiador, Ariel. Não me pagam para ser amável. Eu acho que sim, que também lhe pagam para ser amável. A mulher levantou a cabeça para ele. O que você é, argentino? Eu não sei se na Argentina pagam à polícia para ser amável, mas aqui lhe asseguro que não, e a mulher cortou a conversa. Ariel entrou no carro depois de rasgar o papel da multa, mas antes de sair do lugar outro policial bateu a sua janela. O senhor é o jogador de futebol? Ariel anuiu, sem entusiasmo. O policial virou seu talão de multas e lhe pediu um autógrafo para seu filho. Para Joserra. Eu também me chamo Joserra, José Ramón. Ariel assinou depressa, um garrancho e um "sorte". Sua colega não é muito simpática. O policial não pareceu surpreso do comentário. Ela o multou? Perdoe-lhe, é que encontraram em seu marido um tumor no cólon há três dias e está passando por um péssimo momento. Em dois dias usou três talões de multas. Ariel viu que a policial preenchia outra multa na mesma fileira de carros. O policial voltou a falar com ele. Em resumo, com a grana que você ganha não acho que uma multa o preocupe muito, não? Ariel respondeu com um meio sorriso e se afastou dali.

Ao terminar a reunião com Pujalte e Requero, Ariel percorre os escritórios. A essa hora há muita atividade. Escritórios com o ambiente carregado, o distante barulho de um fax, secretárias digitando em computadores, chamadas de celulares. Só se distingue a dedicação do lugar ao futebol pelas fotos de jogadores míticos que adornam o corredor e alguns troféus espalhados em urnas, detalhes que recordam que não é uma empresa comercial qualquer. Preparamos um comunicado de imprensa onde se anuncia que você abre mão voluntariamente para não prejudicar o clube, lhe propôs Pujalte, que agora sua obsessão é render com o time. Para o torcedor soará muito bem, você vai ver. Quer acrescentar algo especial? Ariel disse que não. E, sim, está bem assim.

Liga para o celular de Charlie em Buenos Aires, mas a essa hora está ainda desligado. Calcula que ali devem de ser sete da manhã. Só conhece uma pessoa que madrugue tanto, que a essa hora já esteja acordada faz tempo. Quando se senta em seu carro, liga para a casa de Simbad Colosio. A voz do Dragón responde do outro lado da linha. Aqui quem fala é Ariel, o Pluma. Como está, galego? Que horas são aí? Ariel consulta seu relógio novo, enorme, presente da marca italiana. Uma hora. Aconteceu algo no treino? Você está bem, meu caro? Ariel faz silêncio, escuta a respiração do Dragón do outro lado da linha. Tudo bem, queria falar com alguém em minha casa, mas a única pessoa que conheço que madruga tanto é você. Explica-lhe que o clube não lhe permite viajar com a sub-20. Ele o diz devagar, não quer mostrar-se frágil diante dele. Poderia forçar a barra, mas aqui as coisas não vão tão bem e não posso fazer o que me der na telha.

Bem, ouve-o dizer. Ainda não viram brilhar sua perna esquerda, não é mesmo? Às vezes, responde Ariel. É preciso aguentar as pessoas. Senão... Você vem no Natal? Espero que sim. Vamos ver se nos encontramos então. Há uma pausa longa, Ariel intui que não lhe dirá nada mais, mas o acalma ouvir a cadência da respiração do Dragón.

Você se lembra daquele exercício que obrigavam os atacantes a repetir? O do pneu? Ariel se lembrava, sim. Tinha de chutar com precisão para que a bola entrasse pelo buraco de um pneu de carro pendurado por uma corda à trave horizontal do gol. Cada vez de mais longe e cada vez mais rápido. Você lembra que no princípio sempre lhes parecia impossível, mas depois sempre se acertava o buraco, ou ao menos você sempre acertava?

O Dragón parece ter terminado de falar, mas de repente acrescenta é sempre igual, no princípio parece impossível, mas depois... Sim. Ariel quer dizer algo, mas o incomodaria que o Dragón o achasse afetado. Alguém lhe disse que isto era fácil? Não espera uma resposta. Você sabe, não é fácil.

Não é fácil.

SEGUNDA PARTE
"Isto é amor?"

1

Para evitar a escada do instituto, Sylvia usa o elevador dos professores. Nesta manhã, ao chegar, subiu correndo o senhor Octavio, o de matemática, sempre esticado, a falta de mobilidade no pescoço o obriga a virar-se de corpo inteiro para olhar para os lados. Ao ver o gesso, lhe perguntou quanto tempo tem de usar isso? Um saco, acho que vão tirá-lo daqui a uma semana. Ah, o meu é pior, é para sempre. E apontou para o pescoço teso. Foi um acidente?, lhe perguntou Sylvia. Não, é uma coisa chamada doença de Bertchew. Suponho que quando o senhor Bertchew foi ao médico e lhe disseram que sofria da doença de Bertchew ele ficou bastante chateado, não? Riu sozinho, Sylvia o acompanhou com um sorriso tardio. Desceu no andar anterior ao dela. Tenha um bom dia. O senhor também.

Durante o intervalo Sylvia permanece na sala de aula. Mai se senta sobre sua mesa e apoia as botas na borda da cadeira de Sylvia. O calcanhar do gesso repousa num carteira próxima. Sylvia conseguiu uma desenvoltura notável com as muletas. Apoia-se nelas quando está em pé, parada, com a dobra do joelho no apoio da mão, as junta ao sentar-se como se fossem leves, pega a mochila no chão com a extremidade inferior da muleta, e na rua afasta um papel ou lata abandonada na calçada como se jogasse hóquei. A inatividade lhe deu tempo para ficar sozinha. Seus dias, antes do acidente, dependiam quase exclusivamente dos horários de aula, dos planos de Mai. Voltavam juntas do instituto, ficavam juntas de tarde, iam para sua casa, se encerravam na pocilga para escutar música ou se sentavam no parreiral para conversar.

As últimas semanas, em contrapartida, tinham tido algo de retiro. Deitava-se na cama com os fones de ouvido e os olhos fitos nas estrelas adesivas fosforescentes que tinha colocado anos atrás, quando o teto de seu quarto aspirava a não ter limites. Tinha lido pela primeira vez na vida pelo gosto de acompanhar uma história, de envolver-se no alheio. Tinha vencido essa ansiedade que em outras tentativas de ler sempre a arrastava para suas próprias preocupações. Terminou o romance que Santiago lhe tinha dado em seis dias de leitura prolongada, às vezes até que um olho queria fechar e a fazia sentir um roçar de areia ao pestanejar. Depois procurou nas estantes do escritório de casa, leu as primeiras linhas de outros romances e num erro fatal perguntou a seu pai o que posso ler? Vinte minutos esteve Lorenzo tropeçando entre os livros, de proposta em proposta, com entusiasmo confuso, até que lhe passou um grosso romance escrito por uma mulher, eu não li, mas sua mãe adorou. Pilar sempre levava um livro no bolso para ler a caminho do trabalho.

Quando Sylvia falou por telefone com a mãe, lhe disse que tinha terminado o romance que Santiago lhe tinha dado. Nesse fim de semana, quando foi visitá-la, Pilar lhe levou outro livro, da parte de Santiago. Ele o dedicou a você, ele estava com vergonha, mas eu insisti. Sylvia o abriu na primeira página. "Às vezes um livro é a melhor companhia." Tem uma letra estranha, mas bonita, disse à sua mãe.

No primeiro dia da volta às aulas a rodearam os colegas. Uma até lhe deu dois beijos. Assinaram no gesso, uns, como Nico Verón, com obscenidades: "Que tal trepar com gesso?"; outras, como Sara Sánchez, com breguice: "De uma amiga que sentiu muita saudade de você"; e alguns com surrealismo imprevisto, como Colorines, que escreveu: "Para cima, Espanha." Nessa primeira manhã o gesso terminou como um mural de grafites, cheio de assinaturas de adolescentes de quinze anos. Dani também se aproximou da sala de aula e falaram por um tempo diante de Mai, até que ele se atreveu a propor se quiser vou uma tarde fazer companhia a você. Quando quiser, respondeu Sylvia. Dani se foi, e Mai soltou seu diagnóstico. Esse está doido por você.

Dois dias depois, Dani a visitou em casa. Sylvia demorou a abrir, seu pai acabara de sair. Dani se sentou no chão, com as costas apoiadas no móvel. Sylvia se deitou na cama, reclinada. Falaram das aulas, de algum concerto perto, de algum filme recente, da surra que dois skins tinham dado no Erizo Sousa na sexta-feira passada. Dani trouxe duas cervejas da geladeira, e Sylvia lhe perguntou, gosta de futebol?

Dani se surpreendeu com a pergunta. Só das finais, disse depois. Quando alguém perde e choram no chão e já não parecem todos tão metidos e tão seguros de si mesmos. Sylvia tinha visto na televisão que essa tarde o time de Ariel jogava na Turquia. Ficaram em silêncio, e Dani disse de repente, não parei de pensar no que aconteceu no dia do seu aniversário. Desculpe, fui uma imbecil. Não, eu me senti ridículo, disse ele. Por quê? Não sei.

Após uma pausa, Sylvia bateu no colchão a seu lado. Venha, suba. Dani demorou a acomodar-se e ao sentar-se junto a ela roçou seu corpo. Sylvia o dirigiu para que se deitasse sobre ela. Beijaram-se por um bom tempo, ele submergiu debaixo do cabelo dela, ao respirar lhe umedecia o pescoço. Sylvia pousava as mãos nas costas dele. Seus corpos se moveram compassadamente, ele com cuidado para não deslocar o gesso nem pôr todo o seu peso sobre ela. Suas entrepernas começaram a ganhar intimidade. Sylvia notou a excitação dele através da roupa. Dani lhe subiu a camiseta até o pescoço e lhe beijou os seios, que tirou do sutiã. Sylvia se sentia incômoda com a camiseta enrolada no pescoço e o elástico do sutiã debaixo das axilas, mas a excitava a fricção e as mordidelas úmidas dele. Sylvia submergiu a mão dentro da calça de Dani e lhe percorria a bunda com as unhas. Faziam amor vestidos, sem parar. A roupa os protegia. Sylvia, com uma pressão intensa das coxas, aferrava Dani quando ele se derramou com um estertor.

Riram-se da mancha úmida dele em torno de seu bolso. Com o casaco não se notará. Quer lavar-se?, lhe perguntou Sylvia. Não, é melhor eu ir embora. Não demorou a ir-se. Sylvia se deu conta da mudança que experimentava Dani depois de gozar. Passava de um ardor irrefreável a uma fria incomodidade. Era como se aterrissasse na realidade com uma sacudidela brusca. Passava de flutuar inerte a ter consciência de onde estava, do que tinha sucedido, de quem eram, de que a Terra girava sobre seu eixo e de que nas Canárias era uma hora menos. Ela não. Sylvia teria querido ficar um tempo entrelaçada, que ele enrolasse um dedo em seu cacho favorito, que a beijasse ainda que a saliva tivesse um gosto menos quente após o orgasmo. Mas tinha ficado a sós quase sem se dar conta.

Seu pai regressou tarde e a encontrou lendo. Reparou em que era um livro diferente do de sua laboriosa recomendação. Não está com sono? Cheirava a fumaça e a futebol com amigos. Quem ganhou? Nós, disse Lorenzo. E esse argentino de que você não gosta, como jogou? Bah, não esteve mal. Sylvia terminou um capítulo antes de adormecer.

No dia seguinte Dani não era capaz de corresponder a seu olhar. Sentou-se com Mai e com ela por um tempo na aula e desapareceu antes de terminar o intervalo. Sylvia teve então vontade de dizer-lhe fique tranquilo, não estou apaixonada por você, mas talvez ele já o soubesse. Sylvia se sentia de novo estúpida por causa da cena, mas calma, sem vontade de aprofundar a relação.

Agora, Sylvia escutava Mai contar-lhe os últimos percalços da relação com seu rapaz. Mateo queria participar de uma marcha anti-globalização em Viena e lhe tinha pedido que o acompanhasse. Pode ser romântico, não? Uma viagenzinha juntos. Sylvia não diz nada. Está pensando em Ariel.

Na tarde anterior, depois de semanas, tinha recebido uma mensagem dele. Pedia-lhe seu endereço. Sylvia o mandou e depois correu para trocar de roupa. Pensou que ele apareceria em sua casa. Ficou tensa por mais de duas horas, trocou seis vezes de camiseta para decidir-se afinal por um grosso pulôver sobre o sutiã. Decidiu que estava com o cabelo sujo e fez e desfez o rabo de cavalo tantas vezes que os pulsos ficaram doendo. Quando tocou a campainha, esteve a ponto de gritar.

Atrás da porta apareceu um peruano que segurava um ramo de flores. Sylvia assinou o recibo de entrega com um garrancho decepcionado e ficou a sós com o ramo. Deixou-o sobre a mesa. Havia um envelopinho com seu nome e dentro um cartão escrito: "Aceite-o, por favor, com um milhão de desculpas e um beijo. Ariel." A seu lado, dobrado ao meio, um cheque ao portador de doze mil euros. Sylvia se deixou cair no sofá. O ramo era enorme, excessivo, impessoal. O roçar do pulôver na pele a excitava. Rasgou o cheque em pedaços tão diminutos como confete e o deixou cair no cinzeiro com espírito de fim de festa.

Pouco depois ela lhe mandou uma mensagem: "As flores são lindas, o cheque eu rasguei. Não era preciso." Apenas um segundo depois tocava seu telefone. Está louca? Você tem que aceitá-lo, é o mínimo que posso oferecer-lhe. Sylvia o interrompeu. Pare de se sentir culpado por minha causa. Foi um acidente e já passou. Ariel falou algo do seguro, mas Sylvia não o deixou continuar. Seu amigo se ocupou de tudo, me disse meu pai. Eles fizeram um acordo. Aquele "seu amigo" soou feio, duro. Houve uma pausa, que Sylvia rompeu. Você nem sequer me convidou a ver você numa partida. Ariel lhe perguntou se ela queria. Ela disse que sim. É melhor que um cheque. É que eu achei... Já sei o que você achou. Que talvez eu pensasse em me aproveitar do fato de você ser famoso para tirar seu dinheiro. Mas não, já pode ficar tranquilo.

Do outro lado da linha só se ouviu a respiração de Ariel. Neste domingo jogamos aqui, lhe disse. Deixo duas entradas para você? Duas está bem? Está, anuiu Sylvia. E se marcar um gol vai dedicá-lo a mim? Ariel riu. Não acho que vá marcar. Mas se marcar como saberei que o dedica a mim? Não sei, mas digo que não acho que vá marcar. Podia levantar os cinco dedos, pelas cinco semanas que vou passar com a merda deste gesso. Combinado. As flores são bonitas, você as escolheu ou no clube também há um empregado que se dedica a escolher as flores?, perguntou ela.

Ao desligar, Sylvia sentiu um estranho poder. Sempre tinha sido a mais nova do grupo, habituada a deixar-se mandar, organizar, com amigos mais velhos que impunham sua autoridade. Com Ariel tinha a iniciativa. Permitia-se desprezar seu cheque, brincar, olhar com ironia o ramo de flores. Um ramo de flores.

De tarde, levou o ramo de flores para a avó Aurora. São lindas, seu avô antes costumava trazer-me flores todo domingo, de uma cigana que ficava junto à banca. Mas a cigana se foi e se acabaram as flores, como pode ver.

Sylvia voltou com o pai para casa. Enquanto ele dirigia, lhe disse me entregaram duas entradas para o jogo deste domingo, quer ir? Com você?, perguntou ele, estranhando. Sim, comigo. E quem as deu a você? Quer ir ou não? Sylvia sorriu sem mover um músculo do rosto.

Quando o recreio acaba e a sala de aula se enche de novo, Mai se arrasta preguiçosamente longe de sua amiga, rumo à sala, que fica no andar superior. Depois a acompanho até em casa. Sylvia reacomoda seu gesso para deixar passagem entre as carteiras. Nadia lhe oferece o último pedaço de um sonho. Colorines, mais que sentar-se, se joga em seu assento com um bufo de torpor antecipado. O professor de ciências entra e fecha a porta atrás de si, embora ainda faltem por chegar dois ou três atrasados. Como estão?, pergunta de sua mesa. Mas ninguém responde.

2

Algumas vezes seguia uma mulher bonita com que cruzava pela rua. A quinze passos de distância degustava seu andar, seu requebrar, suas formas, sua pressa. Especulava sobre sua idade, seu tipo de vida, suas relações familiares, seu emprego, fita os olhos no cabelo ondulado no pescoço ou fica à espreita de um perfil. Bastava-lhe compartilhar com elas uma mesma direção para conhecê-las, acompanhá-las por várias ruas para fazer amor com elas. Às vezes se perdiam num portal, num carro, desciam a entrada do metrô ou entravam numa loja, e Leandro aguardava na calçada do outro lado como um namorado paciente. Às vezes tinha seguido uma mulher pelos corredores de El Corte Inglés, incapaz de determinar o que buscava, e a estudava através das estantes, piso após piso, e saboreava seu rosto desenhado com esse ar ausente de alguém que compra sem saber-se olhado. Conformava-se com apreciar a harmonia de uns lábios, o roçar de um pulôver na forma do seio ou o aparecimento e desaparecimento de um joelho em jogo com a saia. Terminava às vezes num bairro estranho onde a mulher se beijava com um homem ou se juntava a um grupo de mulheres, depois do trajeto num ônibus atrás da esteira sensual que desaparecia de repente ao socializar-se ela, ao terminar seu estado de solidão.

Olhar era admirar. Olhar era amar. Mas nunca o sexo obsessivo tinha tomado Leandro como agora. Ele nunca se tinha sentido dominado pelo instinto, incapaz de controlar o desejo. Nunca tinha sentido sua pulsão sexual manhã, tarde e noite. O sexo a toda hora. Bastava o lampejo de um objeto para devolver-lhe o brilho da pele de Osembe ou um volume para trazer-lhe suas coxas musculosas ou o leve balanço da matéria viva para recordar-lhe seus seios ou o rosado intenso pintado em qualquer lugar para sugerir as palmas de suas mãos. Qualquer acidente era sexo. Qualquer gesto era sexo. Qualquer oscilação era sexo. A redondeza de uma fria caçarola, a forma de uma garrafa pousada na mesa, o reverso de uma colher. Sexo. Sexo ao despertar excitado, a sós em sua cama, no banho de chuveiro da manhã que lhe recordava o banho rápido da casa em que trabalhava Osembe antes e depois de fazer amor. Sexo ao meio-dia quando se aproximava a hora habitual de ir a seu encontro. Sexo à noite quando voltava para sua cama arrependido de tudo, mas quando o toque dos lençóis o excitava de novo.

O medo era sexo também. A falta de domínio. A obsessão. A vergonha era sexo. A queda o excitava. O precipício que intuía após sua perseguição incompreensível de um prazer que não lhe correspondia e de que, no entanto, desfrutava cada tarde. Cada tarde porque depois das duas primeiras semanas, em que a cada encontro se seguiam ao menos quarenta e oito horas de angústia, arrependimento e tentativa de esquecimento, as defesas tinham vindo abaixo. Na última semana só faltou um dia. No sábado e no domingo também foi. Apesar da chuva persistente da última semana de novembro que arrastou a poluição e a sujeira da rua até deixá-las faiscantes à luz dos faróis. Às seis da tarde, pontual como um empregado, tocava a campainha da porta metálica que se abria para ele com um grunhido.

Osembe o recebia em roupa íntima um dia, vestida com roupa de rua no outro. Mudava a cerimônia de despir-se, mas o processo era o mesmo. O velho corpo de Leandro assediando a fortaleza dela. Em Benim trabalhava numa barraca do mercado e nos fins de semana costumava divertir-se na praia. Ali tinha começado a ganhar um dinheiro extra por subir aos quartos de turistas ou por acompanhá-los às discotecas. Ela explicou a Leandro que o primeiro espanhol que conheceu foi um engenheiro que trabalhava para uma ONG. Andoni, sempre muito bêbado, mas me tratava com amor. Ele lhe falou pela primeira vez da Espanha. Trabalhava no Delta, num projeto de renovação ecológica e descontaminação, mas toda vez que estava em Benim se encontravam. Sua irmã tinha um negócio de artesanato africano em Vitoria, e Osembe a ajudava a conseguir um bom preço por peças que carregava num enorme recipiente uma vez por mês. Ao chegar a Madri, liguei para ele. Encontrei-o um dia, explicou Osembe. Ele me deu um pouco de dinheiro e depois me pediu que não ligasse mais. Tem namorada aqui. Também conheceu outro espanhol do consulado em Lagos, um guarda-civil que a presenteou com uma camiseta do Real Madri para seu irmão menor e uns brincos para ela. Transávamos dois dias por semana no Sofitel Ikoyi. Os espanhóis são muito carinhosos.

 Às vezes Osembe pronuncia um nome: Festus. Leandro lhe pergunta, mas ela nunca precisa. É quem a trouxe a Madri. Mas nada mais. Se Leandro pergunta, você tem cafetão?, ela ri, como se fosse uma pergunta ridícula. Aqui fica metade para a casa. É seu namorado? Vai casar com ele? Mais riso. Não, com ele, que horror. Não, já lhe disse, os africanos não são bons maridos. Leandro a interroga com respeito às pulseiras douradas, aos anéis, ao colar que se fecha em torno de seu pescoço e que às vezes ela tira com delicadeza e coloca na mesinha. Gosto de joias, diz, mas nunca reconhece que sejam presente de alguém. Eu ganho meu dinheiro. Também muda de penteado com frequência, conta que levou catorze horas de seu dia livre para que uma amiga lhe fizesse as tranças. A roupa íntima é escolhida, de cores chamativas, às vezes combina com as unhas postiças que terminam quebradas e sem brilho.

 Ele entra no quarto de Aurora com um chá de camomila que fumega na xícara. Põe açúcar nele e geleia na torrada que ela comerá em minúsculos pedaços. Leandro acaricia a mecha branca com lampejos cinza que cai para um lado do rosto de sua mulher. Ontem veio sua neta e lavou o cabelo de Aurora numa bacia de água fumegante na cama, com uma massagem relaxante de suas mãos delicadas, e hoje o cabelo brilha ao contato da luz. Tenho que ir ao banco, lhe diz. Depois subo e leio para você. Deixa o quarto depois de deixá-lo envolto na sarabanda alegre de um capricho de Mozart transmitido nesse instante pela Radio Clásica.

 Na rua é recebido por um sol intenso que não aplaca o frio. Um varredor de rua fuma um cigarro junto ao recipiente de lixo, à pá e à vassoura. Lê um jornal esportivo amassado que perdeu a cor e cospe um escarro verde no meio da rua. Na avenida já colocaram os enfeites luminosos de Natal. Cada vez com mais anterioridade, comenta alguém todos os anos. Percorre as fachadas das sucursais bancárias. Consegue ver os empregados atarefados em seus cubículos entre painéis com anúncios de ofertas econômicas apresentados com imagens amáveis e clientes que esperam como peixes em aquários sem água.

Dias atrás se enfeixou com Osembe e duas outras garotas, uma recém-chegada de Guatemala com um traseiro enorme e uns lindos olhos tristes, e uma valenciana, que já tinha conhecido no primeiro dia, e que lhe explicou que era a mais antiga da casa. Acabara de aumentar os peitos e os exibia firmes, plásticos, e derramava champanhe por eles durante a festa que organizaram. Leandro reparou no crucifixo dela, dourado, tão fora de lugar que ficava cômico nessa nada solene cerimônia que se estendeu por quase três horas. Nu no meio daquela carne em plenitude, acariciado por mãos diferentes, vozes sussurrantes de três continentes, sorrisos limpos, julgou-se por um instante rei do mundo. Esvaziava a taça sobre a pele das garotas e depois lambia seus corpos. Bêbado e algo febril, Leandro saiu ao frio da rua, convencido de que a espiral que o tragava era uma reação à vida moderada e formal que tinha levado. Nessa tarde pagou o excesso com cartão de crédito. Três dias depois recebeu uma ligação de seu banco. Uma voz feminina de congelante afabilidade lhe disse que os gastos tinham sido cobertos pela entidade, embora superassem seu saldo, razão por que era urgente que passasse pela agência para depositar tais valores. Estava quase na hora de fechar, e em voz muito baixa Leandro respondeu, amanhã mesmo, amanhã mesmo vou fazer o que diz.

Leandro aguarda na fila em frente à caixa enquanto uma anciã tenta saber seu extrato, quase sem ver, com confiança cega na amável senhorita que lhe diz o saldo. O gerente da agência toca o ombro de Leandro e o cumprimenta com cordialidade forçada. Convida-o a seu escritório e ao oferecer-lhe uma cadeira faz um sinal para outra funcionária. Falam da proximidade do Natal, do clima, da serra ao que parece já coberta de neve, enquanto Leandro pensa que, se fosse um animal, o gerente seria um mosquito, desconfiado e nervoso. Quando este pergunta a Leandro por sua mulher, a conversa se torna grave. Mal, para dizer a verdade, não sei se sabe que se quebrou o quadril há um mês... Meu Deus, não sabia de nada, como se encontra? Bastante debilitada, diz Leandro, e deixa que a pausa se alongue, a recuperação está sendo muito longa e problemática.

Leandro lhe explica que Aurora tem que voltar a aprender a andar, como se fosse uma criança, mas que não tem forças para isso. Outro dia se esforçou para levantar-se, mas foi incapaz. Não consegue sustentar-se. O médico que a visitou naquela manhã quis ser tranquilizador. É um processo normal, necessita de repouso. Mas Aurora veio abaixo, nessa mesma tarde sussurrou a Leandro, seria melhor que eu morresse agora. Leandro segurou-lhe a mão e acariciou-lhe o rosto. Falou com ela por longo tempo, e isso pareceu animá-la.

A funcionária põe diante dos olhos do gerente um extrato dos últimos movimentos da conta de Leandro. O alarme que se desenha nos olhos do gerente é desativado por Leandro. Minha mulher está morrendo, minha obrigação é gastar até a última peseta de minhas economias em tudo aquilo que lhe prolongue a vida ou que pelo menos a ajude a não sofrer. O gerente faz notar a saída quase constante de dinheiro de caixas automáticos, os gastos excessivos com cartão de crédito. Leandro não diz muito, apenas cita enfermeiras, medicamentos caros, segundas opiniões em clínicas particulares. Não diz putas, massagens, banhos de espuma, carícias pagas. Pega a carteira e se propõe a cobrir o que está descoberto, mas o gerente o detém, nem pensar, não há pressa. As pessoas estão antes que os números, ao menos neste banco, Leandro mente com naturalidade, para ele é simples deixar-se levar. O gerente pega uma calculadora e digita várias quantias. Propõe a Leandro um crédito extra que possa ajudá-lo nos meses seguintes. Poderíamos tomar sua casa como garantia, uma parte, talvez só cinquenta por cento, e garantir-lhe a liquidez que possa permitir-lhe ficar tranquilo com relação à doença de sua mulher. E, se não for assim, não sei se conhece nossa oferta de hipotecas reversíveis.

Leandro hesita. Não estou certo, teria que consultar alguém, diz. Aqui, naturalmente, vamos lhe oferecer as melhores condições do mercado, lhe assegura o diretor. Sim, mas minha pensão é tão ridícula... Tenho medo de entrar em algo a esta altura... Não, senhor Leandro, por favor. Deixe-me explicar como funciona nosso sistema creditício.

Sai da agência com a operação bancária simulada escrita num papel. Pensa que toda uma biografia se resume no cruzamento de quatro ou cinco números. Entregaram-lhe o extrato de seus últimos movimentos, e Leandro sente uma pontada humilhante ao reconhecer o nome falso do prostíbulo. Cada tarde com Osembe, cada excesso, tudo aparece anotado. Uma quantia insignificante corresponde aos ingressos para o concerto de Joaquín Satrústegui comprados por Aurora por telefone uns dias atrás, ao final ela mesma se esforçou para comprá-las. Depois os gastos da casa, as contas. Mas entre todas se destacam, acusadoras, as disposições de dinheiro para o vício. Envilece-o ainda mais o olhar do gerente ao vê-lo sair da agência, essa espécie de condescendência, de respeito, de piedade.

Se soubessem.

Se soubessem, pensa, os que ao olhá-lo apreciam o velho honrado que assiste com amargura à doença de sua esposa, à honesta decadência da velhice, se soubessem que esconde a vertigem da degradação moral. Se o soubessem como ele o sabe. Como sabe que essa tarde voltará à casa de Osembe pelas cinco e meia e se dará meia hora de hesitações, se atormentará com a culpa antecipada, mas tocará a campainha da porta metálica e esquadrinhará pelo vidro esmerilado da salinha a chegada de Osembe, sua passada larga, seu último saltinho no degrau final, seu sorriso de dentes alinhados à mostra, mais uma tarde, pontual e vencido.

Talvez por tudo isso, e também porque ao voltar da rua encontra Aurora mais frágil e mais sombria que nunca, ao deitar-se junto dela na cama, em lugar de consolá-la, desata a chorar. É um choro lento, surdo, de velho rasgado por dentro. No rádio soa o adágio do *Imperador* de Beethoven, um pouco *moto,* e Aurora lhe lembra que às vezes, há muito tempo, ele se atrevia a tocá-lo para ela. Lembra? Quando foi a última vez que o tocou? Não, eu só sabia o começo, se desculpa ele. Sim, eu me lembro, quando Lorenzo decidiu deixar os estudos e eu estava abatida e a você pouco importava e você me disse que não se tinha de culpar as pessoas por escolherem uma vida diferente de que você escolheria para elas. E eu estava triste e você tocou para mim. Aurora enxuga as lágrimas do rosto de Leandro com seus dedos suaves e finos, e o faz sem poder virar-se para ele. Depois se dão as mãos, deitados no colchão, e ela lhe diz não tenha medo, tudo vai se arranjar, você vai ver que vou me recuperar. Por que vocês, os homens, são sempre tão covardes? Por que têm medo de tudo?

3

Seu lugar na tribuna do estádio fica quase ao rés do campo, com o gramado diante de seus olhos como um tapete úmido e fofo. O futebol não parecia tão simples dali. A bola mais incontrolável. Os espaços mínimos. Os jogadores humanos. Via-se o suor, escutava-se seu gemido num choque ou o assobio para pedir a bola. Ao lado de Lorenzo está sentada Sylvia, a perna engessada. A cada respiração sai vapor de sua boca. Agasalhe-se, lhe tinha dito antes de sair de casa. Lorenzo pôs um gorro de lã, mas Sylvia está protegida pela cascata de cachos. Compartilhavam a fileira de cadeiras forradas, confortáveis como as poltronas de um cinema, com algum jogador não convocado e as esposas de outros, belezas fabricadas em série, que em lugar de acompanhar a partida cravavam os olhos em seus parceiros com um leve estremecimento cada vez que sofriam uma entrada brusca. Olhe, essa é a mulher do polonês que usa o número cinco, dizem que gastou cem mil euros num cachorro de raça, assinala Lorenzo, mas Sylvia não presta atenção à fofoca. E o argentino? Qual é sua namorada?, pergunta ela. Não tenho nem ideia.

Quando Sylvia tinha quinze meses e acabava de começar a andar sozinha, Lorenzo a viu olhar-se no espelho que então tinha em seu quarto. Tinha nas mãos um pote de creme de sua mãe e o oferecia a seu próprio reflexo, convencida de que era outra pessoa. Lorenzo se vestia sem perder de vista a menina. Em dado momento, Sylvia foi para trás do espelho, para tentar descobrir onde diacho se escondia a outra menina, essa menina que a olhava e também lhe oferecia um potezinho de creme. Repetiu o gesto de buscá-la várias vezes.

Lorenzo não lhe disse nada, não lhe explicou nada. Limitou-se a olhar, a sorrir enquanto desfrutava da calma concentrada da menina diante de seu próprio reflexo ainda desconhecido para ela. Às vezes recordava esse instante sem saber com certeza se nisso, em algo tão singelo como isso, consistia a felicidade.

Em outra ocasião Lorenzo tinha ido a um jogo de futebol com a filha. Sylvia tinha oito anos. Meia hora depois a menina tinha perdido todo o interesse e brincava em seu assento, falava sozinha, olhava ao redor. Tornar a estar ali sentado com ela, compartilhar a bolsa de sementes de girassol, localizar com o olhar uma velha que gritava desaforadamente insultos ao árbitro e seus familiares ou a procedência da fumaça de um charuto lhe pareciam um resgate daquele dia. Na entrada de convidados Sylvia tinha pegado um envelope com seu nome com duas entradas. Eu as ganhei num concurso de rádio, lhe disse. Lorenzo a ajudou a passar pelas roletas de acesso ao estádio. Em suas cadeiras preferenciais, Lorenzo brincou, cantou o hino em voz alta e lhe disse as duas escalações com tempo para comentar as características de alguns jogadores. Desfrutava do luxo de voltar a compartilhar um momento com sua filha, um raro presente nos tempos em que ela desfrutava de uma enorme autonomia.

Pilar tinha sofrido antes dele com a adolescência de Sylvia. Mãe e filha discutiam e se zangavam por insignificâncias. A forma de vestir, os prolongados silêncios, as maneiras à mesa, suas amizades. Os quinze anos de Sylvia tinham sido definitivos para que Pilar ousasse se separar. Ainda temos muita vida pela frente, e ela já não necessita tanto de nós, lhe tinha dito ao propor o rompimento. Lorenzo não consegue explicar-se quando a casa deixou de ser um refúgio, a família uma garantia de felicidade, como morreram a cumplicidade, o amor. Quando quis dar-se conta, as três pessoas que compartilhavam o mesmo teto eram estranhas entre si. Cada um com seus interesses, suas preocupações, suas prioridades. No caso de Sylvia era normal, fruto de seu amadurecimento. Mas no deles, como casal, era sintoma de algo mais turvo, mais triste. A paixão se extingue em pequenos acontecimentos sem importância e um dia não sobra nada. Lorenzo intui que em sua vida pessoal houve um momento em que Pilar se soltou de sua mão e decidiu não deixar-se levar.

Saltou de paraquedas de um avião que ia se espatifar. Ele estava demasiado ocupado em evitar sua própria catástrofe para ser capaz retê-la. Não a culpa por não querer compartilhar o desabamento.

No passado, quando Lorenzo refletia sobre sua relação com Pilar, concluía que ela fazia dele uma pessoa melhor. Contagiavam-no sua tranquilidade, sua confiança, sua generosidade. Permitiu-lhe escolher, firmar-se, crescer. Ela comemorava cada avanço dele. Então o casal funcionava como um suporte, como um motor. Casarem-se, viverem juntos, terem uma filha foram os degraus naturais de sua sintonia. Quando Sylvia nasceu, Pilar renunciou ao trabalho, mas, passado um tempo, necessitou escapar da casa que a sufocava. Sinto que minha vida parou, dizia. Vagou por trabalhos nada satisfatórios até encontrar seu lugar, mas Lorenzo está convencido de que naquele momento tiveram início caminhos divergentes. Caminhos que se cruzavam em casa à noite, em detalhes compartilhados da menina, no sexo rápido dos domingos de manhã. Terminou a aliança, terminou a convivência e, podia acontecer, alguém novo entrou em sua vida.

Quando Pilar anunciou sua fuga, Lorenzo não conseguiu retê-la. Conhecia bem sua mulher. Se tivesse tomado a decisão, nada ia forçá-la a mudar. Nem uma lágrima, nem o propósito de emenda, nem a chantagem emocional. As decisões de Pilar podiam ser lentas, mas eram bem estruturadas. Era indulgente, mas suas sentenças eram definitivas. Assim aconteceu. Em dois dias já não morava ali, em quatro já quase não restava uma peça de roupa sua, em duas semanas acordaram a separação e fizeram contas, falaram de números, dividiram gastos, economias. Foi fácil. Ela deixou quase tudo. Prefiro ficar em minha casa, lhes disse Sylvia. Lorenzo o entendeu como uma vitória, uma opção, mas sabia também que era a opção mais cômoda para ela e a mais respeitosa para com a nova vida de sua mãe. Na verdade, pensou, ela escolhe seu bairro, seus amigos, seu instituto, seu quarto, não escolhe a mim em detrimento de Pilar.

Desde a separação Lorenzo não tinha estado com outra mulher. O sexo era algo prescindível, adormecido, posto num canto. Problemas demais. Não tinha dinheiro suficiente para aguardar com taças de noite a chegada de alguém atendendo o chamado de sua alma solitária ou de seu estado de desespero. Orgulhoso demais para admitir a derrota. No amor tampouco ia mendigar. Tudo se resolveria quando recuperasse o lugar que lhe cabia.

Procurar trabalho numa área trabalhista em baixa não foi fácil. Trabalhou de vendedor por comissão durante três meses para uma empresa de informática, mas o contrato expirou e Lorenzo se viu no olho da rua de novo, sem a energia dos jovens para aceitar seis ou sete propostas ruins durante um ano. Graças à intervenção de um amigo, conseguiu um emprego numa distribuidora de material de telefonia, mas as jornadas eram eternas e a química com os colegas se deteriorou por um acidente estúpido. Durante uma das partidinhas de futebol de salão que jogavam às quintas-feiras depois do trabalho num ginásio municipal, ele entrou duro numa bola dividida e um dos rapazes mais jovens da empresa, um metidinho que esbanjava dribles, se deu mal. Sofreu uma fissura craniana, ruptura da clavícula e uma convulsão cerebral que os assustaram por um bom tempo. Lorenzo se desculpou cem vezes, e todos o desculparam como um infeliz lance de jogo, mas ele deixou de ir às partidas, e pouco depois abandonou o emprego. Não tinha forças para fazer amigos novos, começar relações. Então já maquinava o golpe que lhe devolveria algo do que era seu, com a particular maneira de obter justiça. Roubar de Paco o que Paco tinha roubado dele. Que não era apenas o dinheiro.

Seu pai lhe tinha emprestado algum dinheiro para sair das dificuldades, não quero que Sylvia tenha que mudar sua forma de vida. Preocupava-o que a filha suspeitasse dos problemas econômicos, se sentisse um peso e optasse por ir viver com a mãe. Isso seria perder tudo. Para Lorenzo, desde sempre, o poder era algo físico, que viaja com você, que se transmite, como uma espécie de cheiro corporal. Daí o empenho em mostrar que tudo continuava igual, quando nada continuava igual.

Por isso a moça que cuida do menino dos vizinhos tinha aparecido no instante oportuno, quando mais necessitava de gente nova, que não o julgasse pelo que tinha sido, mas pelo que podia ser. Que desconhecesse a ladeira abaixo de que vinha e apreciasse sua capacidade para tornar a subir.

Quando ofereceu a Daniela levá-la ao aeroporto, marcaram na saída de metrô. Lorenzo chegou de carro, e ela subiu com a amiga. Nancy, lhe apresentou Daniela. A garota tinha o sorriso embridado num aparelho ortodôntico. Era o seu primo a pessoa que tinham de pegar no aeroporto.

No terminal de desembarque, esperaram mais de três horas o voo procedente de Quito e Guayaquil, que tinha atrasos constantes. No chão rolava a mamadeira de uma menina que esperava seu pai, outras famílias aguardavam com gesto inquieto, consultavam o relógio, andavam para lá e para cá. Todos rostos estrangeiros, olhares de desconfiança, de tensão. Às vezes parecia mais o luto à porta de um necrotério do que a chegada de um avião. Daniela e sua amiga Nancy só aceitaram de Lorenzo uma garrafa de água para aguentar a espera. Ele se interessou por sua vinda para a Espanha, suas condições de trabalho. Nenhuma das duas tinha ainda papéis. Trabalhavam ambas sem contrato em serviços domésticos. Daniela dizia estar satisfeita com o casal do quinto; Nancy era mais crítica com a família de um ancião a quem atendia. Compartilhavam um apartamento com três amigas, num primeiro andar perto de Atocha. Nancy tinha uma filha no Equador, aos cuidados da avó, a quem mandava dinheiro todo mês. Eu não deixei ninguém para trás, disse Daniela, embora tenha explicado que sustentava a mãe e os irmãos pequenos em Loja.

Nancy temia que retivessem seu primo na alfândega. Daniela a tranquilizava. À medida que avançava a espera, agradeciam com mais cordialidade a Lorenzo o tê-las acompanhado. De nada, de nada, dizia ele, mas elas insistiam. Tinham medo dos taxistas espanhóis, acostumados a enganar os estrangeiros, e, se Wilson, assim se chamava o primo de Nancy, viesse muito carregado, ir de metrô seria uma chatice. Se você pede um favor a alguém conhecido, disse Daniela, quase pensa que tem direitos sobre você. Lorenzo não disse nada. Apesar das peripécias que elas contavam, Lorenzo não percebia nelas nenhum traço de frustração. Perguntava a Nancy se tinha saudade de sua filha, mas se a estou mimando, respondia ela, tem os melhores brinquedos do bairro. Daniela sorria com as faces e apertava os olhos indígenas belíssimos, rasgados.

Wilson apareceu carregado com um monte de pacotes mal embrulhados. Era fornido, o rosto com marcas de varíola, o cabelo de arame preto e um olho estrábico que vigiava os arredores. Não tinha trinta anos, mas abraçou a prima com autoridade paternal, com um só braço robusto, enquanto com o outro, desconfiado, segurava o carro dos pacotes. Lorenzo percebeu que com Daniela o cumprimento foi algo mais distante depois de ela dar um passo para ele para trocarem dois beijos. É um conhecido que nos traz em seu carro, apresentaram Lorenzo.

Lorenzo os acompanhou até o apartamento. Tinha uma pequena salinha que comunicava com a entrada e um longo corredor em que se alinhavam quartos. Era antigo, com a pintura das paredes meio descascada, portas enormes de madeira abaulada. Duas janelas na sala davam para a parte de trás da estação de Atocha, o restante se orientava para um escuro pátio interno. Quando aconteceu o atentado, quebraram-se os vidros. Foi assustador, explicou Nancy. Estivemos procurando uma amiga, por muitas horas achamos que estivesse morta, mas depois ela apareceu num hospital, com uma perna destroçada. Teve sorte, vão lhe dar papéis.

Daniela e Nancy insistiram em que Lorenzo ficasse para almoçar e prepararam um guisado de arroz com carne de chibato chamado *seco* que fizeram acompanhar de uma garrafa de dois litros de Coca-Cola. Apesar dos grandes aquecedores de ferro distribuídos pelas paredes, na sala havia um pequeno aquecedor a gás. Enquanto as garotas trabalhavam na cozinha, Lorenzo falou com Wilson no sofá, que essa noite se transformaria em sua cama. Chegava sem trabalho, com um visto de turista, mas convencido de que no dia seguinte encontraria algo. Ao notar o interesse de Lorenzo por sua situação, lhe perguntou, e você em que trabalha? Lorenzo se perturbou antes de responder. Agora em nada, estou desempregado. Mas Wilson o tomou como uma grande notícia, e por que não montamos algo juntos? Transporte a frete, qualquer coisa. No Equador, Wilson trabalhava de motorista. Tanto de caminhões como de carros diplomáticos, por um tempinho também trabalhei de vigilante para um sujeito que tinha uma fazenda enorme em San Borondón. Mas aqui não vale a carteira de motorista de lá, lhe disse Lorenzo. Em resumo, respondeu Wilson, e acrescentou com um sorriso franco, posso usar sua carteira, nós nos parecemos um pouco, não? Fora o olho louco. Lorenzo riu.

Wilson esmoreceu pouco depois de comer, vencido pela mudança de fuso horário. Então Lorenzo já estava cativado por sua disposição. Tinha escutado suas propostas. Se você tivesse um furgão, amanhã mesmo já estaríamos funcionando como uma empresinha, lembre-se de mim para o que você precisar, já sabe o que posso fazer se não estiver encerrado em casa com estas cinco mulheres, e Wilson sorriu com cumplicidade. Lorenzo se justificou dizendo que buscava outro tipo de trabalho, mas vou pensar. Depois desceu com Nancy e Daniela e duas das outras companheiras de apartamento para um bar perto, de ambiente equatoriano. Era o único estrangeiro no local anexo a uma central telefônica de dominicanos chamada Caribe-phone. O bar se apresentava com um letreiro de letras adesivas laranja coladas à vidraça de entrada como Bar Pichincha. Seu antigo nome espanhol, Los Amigos, permanecia no exterior, acima da porta, inalcançável ao que parece exceto por uma pedrada que o tinha desconjuntado. Era um espaço amplo com um balcão alto e vidraça ao redor, com piso de lajota e mesas metálicas em que grande parte da clientela ainda estava acabando de almoçar.

Ninguém olhou para Lorenzo quando ele se aproximou do balcão e as garotas o rodeavam, mas ele se sentia incômodo, estrangeiro naquele lugar que pertencia a outro clima. A música de fundo o mudava de país, e também os rostos. Daniela usava uma camiseta apertada, de cor preta, com umas letras bordadas em prata que diziam "Miami" que às vezes recebiam uma mecha de seu cabelo liso. Havia pessoas de pé que se aproximavam para falar com Nancy ou Daniela, e pouco depois Lorenzo se viu isolado com seu café com gelo. Daniela se deu conta e voltou para ficar com ele. A gente vem muito aqui. Claro, claro, disse ele. Entabularam uma conversa particular, à margem do restante. Ele lhe perguntava por seu trabalho, ela falava dos vizinhos do prédio. Do homem do segundo B que uma vez, com descaramento, se colou a ela no elevador. Foi superfeio, às vezes os espanhóis acham que todas somos putas ou algo assim. Lorenzo sorriu. O do segundo B? É um militar reformado.

Aposentado? Deve ser do exército. Ela o disse com sua maneira equatoriana de falar. Ambos riram, mas ela tapou a boca, como se recebesse uma descarga de vergonha após dizer a frase.

Daniela lhe explicou que quase todos os domingos de manhã ia à igreja, mas que naquele dia tinha aberto uma exceção para acompanhar a amiga. Você é religioso?, lhe perguntou de repente. Lorenzo deu de ombros. Sim, bem, acredito em Deus, mas não pratico... Muita gente na Espanha é assim, lhe disse ela. É como se já não precisassem de Deus. Mas se não se crê em Deus não se crê em nada. Lorenzo não soube muito bem o que dizer. Olhou ao redor. Não parecia lugar adequado para uma conversa mística. Ela prosseguiu, e pensar que foram os espanhóis que levaram a religião para a América. Sim, entre outras coisas, disse Lorenzo. Ressoava a música dançável.

Um sujeito corpulento se aproximou do balcão pelo lado de Lorenzo. Ao apoiar-se, o empurrou de maneira evidente. Lorenzo se virou para olhá-lo, mas não disse nada. O sujeito lhe cravou uns olhos nigérrimos, desafiadores. Era gordo, não muito alto, com a rotundidade física de um frigorífico. Vou ter que ir embora, disse Lorenzo. Não lhe dê importância, bebem demais e ficam violentos. Não, não, não é por isso, disse Lorenzo após aproximar-se dela e distanciar-se do sujeito do balcão. Tenho minha filha em casa e ela continua com a perna engessada.

Despediu-se de Nancy, que falava animada com as amigas, e Daniela sentiu necessidade de acompanhá-lo até a porta, como se o protegesse. Obrigado de novo. Lorenzo disse isto não é nada. Diga a Wilson que qualquer coisa de que necessite me ligue. Daniela pareceu surpreender-se, ah, bem, embora eu não tenha seu telefone. Lorenzo procurou no casaco sem encontrar nada para escrever. Não há problema, disse ela, eu sei onde você mora. Despediram-se com dois beijos no rosto. No segundo Lorenzo roçou o nariz no cabelo dela. Cheirava a camomila.

Lorenzo se encontrou com Sylvia, que tinha almoçado na casa dos avós. Ele tinha telefonado antes, não me espere, estou com uns amigos. Sentiu-se um pouco envergonhado de mentir para seu pai, mas lhe era difícil explicar que ficava para almoçar na casa da garota que cuidava do filho do casal do andar de cima. Sylvia estava com a avó, no quarto. Jogavam damas na cama com o tabuleiro que se inclinava fazendo deslizar as peças. Leandro caminhava pelo corredor, inquieto. Lorenzo falou com ele do estado de Aurora, está mais animada. Gosta de ver a neta, disse Leandro, com ela finge que está bem. Acho que vou comprar um furgão, disse ao pai, quero buscar algo por minha conta, estou farto de trabalhar para os outros. Lorenzo não arrancou de Leandro o entusiasmo que esperava. Seu pai lhe ofereceu dinheiro, embora agora não estejamos muito bem. Não, não, recusou-se Lorenzo, tenho, ganhei algo com umas coisinhas. Mas preferiu esconder que se referia à indenização pelo atropelamento de Sylvia.

O primeiro dia em que Sylvia entrou no furgão foi para ir ao jogo de futebol. Estava farto do carro, com isto ao menos posso procurar uns trabalhinhos. Era caótico aproximar-se do estádio, mas queria deixar Sylvia num bar perto para que não tivesse que andar demasiado. Os amigos de Lorenzo, Óscar e Lalo, se encontraram com eles. Era o lugar de encontro habitual. Quando faltava ainda uma hora para o começo da partida, enchia-se de gente. Sete cervejinhas, ouvia-se de repente, outra rodada aqui. Ao verificar as entradas de Sylvia, um deles deu um assobio. Que bom lugar, se esticar a mão pode pegar os jogadores.

E era quase assim. Embora poucas vezes Ariel tenha se aproximado dessa parte, no segundo tempo, para conseguir vê-lo do lugar de Sylvia, tinha que forçar os olhos. A partida não está brilhante. Lorenzo quis explicar a Sylvia algumas jogadas, mas ela não prestava atenção. Estão caindo de pontapés em cima do dez. O dez era Ariel Burano. É precisamente esse jogador, faltando pouco tempo para o final, que aproveita uma confusão na área para empurrar a bola para dentro da meta. Sylvia levantou os punhos para comemorar o gol. Lorenzo a prende em seus braços, e os dois liberam uma alegria desmedida. Foi o dez, diz ela. Lorenzo sente o corpo da filha colado ao seu e saboreia o momento. Quando era menina, ele a apertava entre os braços ou lhe fazia cosquinhas e lhe dava mordidinhas carinhosas, mas ao ficar para trás a infância ele também perdeu o roçar cotidiano.

Sempre teve inveja de Pilar porque ela compartilhava os momentos mais íntimos com Sylvia à medida que esta avançava em idade. Lembra a noite em que Pilar lhe contou que tinha encontrado a menina chorando na cama, quando foi ver se estava dormindo. Por que chorava? Pilar sorriu, mas seus olhos estavam úmidos. Diz que não quer crescer, que lhe dá medo. Diz que não quer deixar de ser como é. E o que você lhe disse?, perguntou Lorenzo. Pilar tinha dado de ombros. O que quer que lhe diga, se tem razão? E na manhã seguinte Lorenzo tinha ido despertá-la para levá-la ao colégio e tentou falar do assunto com a menina. Ela não se mostrava muito interessada em escutar, como se o suposto trauma se tivesse desvanecido durante a noite. Apesar de tudo, Lorenzo lhe falou, você vai ver que a vida tem sempre coisas bonitas, em qualquer idade, se eu tivesse continuado a ser um menino, nunca teria conhecido sua mãe e você nunca teria nascido. Sylvia refletiu por um segundo na porta do colégio. Sim, mas você quando era pequeno não sabia tudo o que ia lhe acontecer depois, e esse é o problema. Nesse momento Sylvia não devia ter mais de oito ou nove anos.

Ariel, depois de livrar-se do abraço dos companheiros, que o tinham sepultado debaixo de seus corpos junto à bandeirinha de corner, corre para o centro do campo e celebra os aplausos do público. O tento é obra do número dez, Ariel Burano Costa, anuncia uma voz eufórica por alto-falantes. Um gol feio, mas que vale como um bonito, diz Lorenzo. Vamos ver se agora esses putos se abrem um pouco e há mais oportunidades. Mas isso não vai acontecer. A partida esfria. Os últimos minutos se dão quase sem oportunidades, os dois times parecem conformados com o resultado. A cinco minutos do final, Ariel é substituído. Caminha para sair, sem pressa. É aplaudido, embora se escutem alguns apupos. Por que apupam?, pergunta Sylvia. Afinal, marcou o gol. Lorenzo dá de ombros. Ele não convence as pessoas. É estrela demais.

4

Ariel deixa correr a água quente sobre o corpo. Nem assim consegue arrancar o frio dos ossos. Quando as coisas saem bem, o vapor condensado no vestiário, na área dos chuveiros, se assemelha ao céu, ao paraíso prometido. Chega o assobio de um, a brincadeira de outro, alguém que simula uma voz de mulher, outro que pede o xampu. Nem sinal desse silêncio espesso, dos olhares baixos, da cara feia dos dias de derrota. O goleiro tcheco é chamado de Canelón pelo tamanho de seu pênis e esta noite ele não se livra das brincadeiras de Lastra que lhe grita, já lhe trago o escovão para que consiga esfregar a cabeça. No domingo anterior Ariel tinha marcado o gol da vitória em seu estádio, e neste sábado o segundo aconteceu numa jogada sua. Em Valladolid, com um vento que desviava a bola no ar, foi preciso marcar as linhas de uma meta de vermelho porque o gramado se congelou e Ariel tinha a sensação de jogar sobre lâminas de barbear. Na própria linha de fundo evitou a entrada de dois beques e ficou de frente para o goleiro quase sem ângulo. Deu um passe para trás e o atacante que chegava correndo só teve que tocar a bola para a rede. Chamam-no de passe da morte, porque marcar um gol tem algo de matar. Quando se desfez do abraço dos colegas, Matuoko se aproximou de Ariel à parte e lhe afagou a face, o gol é teu, cara.

A partir desse momento, cada vez que o ganense tocava na bola, os torcedores mais jovens repetiam uivos de macaco, uh, uh, oh, oh, para insultar o jogador. Mexiam as mãos como macacos, e por alto-falantes lhes pediam que parassem com os insultos racistas porque poderiam acarretar uma punição para o time local. Na semana anterior, Ariel também teve que escutar em seu próprio estádio os apupos de uma parte da torcida, na área reservada a um grupo de extrema direita chamado Honra Jovem. A diretoria os mima porque são fiéis e entusiastas, acompanham o time nas viagens por preços irrisórios e desfrutam de um escritório para sua organização no estádio. Na temporada anterior tinham tomado de assalto o ônibus do time durante a viagem de volta de uma partida que terminou com derrota. Ameaçaram os jogadores e os insultaram com gritos de mercenários e vagabundos. Ariel cruzou com Ronco à saída do vestiário na manhã em que tinha ficado de encontrar-se com eles em seu escritório do primeiro andar do estádio. Vai dar-lhes uma entrevista e tirar fotos com esses sujeitos?, escandalizou-se. Já sei que todos fazem isso, mas vem cá, olhe, e lhe mostrou em seu laptop em que consistia a página que tinham na rede. Símbolos nazistas, o costumeiro tom violento e ameaçador amparado nas cores do time. A maioria dos jogadores do plantel posava para fotos com os cachecóis e insígnias do grupo num exercício de submissão. Ariel buscou uma desculpa e se livrou do compromisso por meio de um dos responsáveis pela imprensa. De modo que quando escutava os gritos de índio, *sudaca*, não se sentia demasiado ferido. O ambiente que cerca o futebol é igual em todas as partes. Matuoko, por exemplo, brigava contra um fato inegável: nunca um jogador negro tinha triunfado neste time.

Ariel se veste depressa e resguarda o cabelo molhado num gorro de lã. O vestiário dos visitantes, triste, de azulejos brancos como umas privadas públicas, contrasta com o do time local, do qual se aproxima caminhando. Foi reformado com todo o luxo, e na porta se aglomeram alguns jornalistas com credencial e jogadores que saem de banho tomado. Quer cumprimentar aquele que chamam de Pitón Tancredi, um santafesino que herdou o apelido do mítico Ardiles, embora este fosse tão lento que em *La Nación* alguém escreveu dele que "seriam precisos mais de noventa minutos e duas prorrogações para que Tancredi alcançasse uma bola solta". Os jornalistas às vezes demonstram sua engenhosidade dessa maneira cruel. Contam que o Pitón mandou de presente à redação do jornal fezes suas dentro de um frasco de vidro. Tancredi está há seis anos na Espanha e cumprimenta Ariel com um abraço e dois beijos no rosto. Você vai se aclimatar? Coisa de louco, você vê como aqui é frio.

Falam dos planos para o Natal. O Pitón tem quatro filhos e lhe diz que nem louco põe todos no avião. Trago meus pais para cá, e meus sogros, que viajem eles. Em Buenos Aires você vai precisar de proteção, um tipo de segurança, é um nojo. Não pode confiar nem na polícia. Levanta as mãos com o gesto italiano de juntar a ponta dos cinco dedos, sabia que há cento e quarenta e três delitos denunciados por hora? O país está terrível. Na última vez em que estive lá, parei num posto de gasolina com meu velho e apareceram dois morenos imensos com um ferro enorme, não, não, aqui eu não fico. Ariel diz que vai, sua mãe está fraca demais para suportar um voo tão longo. Conheceu o Tigre Lavalle?, lhe pergunta o Pitón. Ariel diz que não com a cabeça. É tradição na Argentina chamar os goleiros de Loco, Mono, Gato ou Tigre. O Tigre Lavalle é um arqueiro veterano de Carcarañá que veio parar na Espanha depois de anos na Liga mexicana. Anárquico e genial, cobra os pênaltis e é amado e odiado em partes iguais. A imprensa o adora porque entre respostas previsíveis ele sempre oferece pérolas desinibidas, achados felizes. Ariel não o conhece pessoalmente. Ainda não jogamos contra o time dele, lhe diz ao Pitón. É quem mais faz para juntar todos os argentinos daqui, explica a Ariel, sempre nos reúne com alguma desculpa, é lindo.

O representante da equipe faz para Ariel um sinal com a cabeça do fundo do corredor quando o time sai para entrar no ônibus. Ariel se despede do Pitón. Cruza com os outros na rua. Das cercas a garotada pede autógrafos, tira fotos, mas faz frio demais e eles mal param. No ônibus escolhem um filme de artes marciais, com lutas de catana e saltos impossíveis em câmera lenta. Ariel conecta seu celular. Trouxe um livro, *No Logo,* que lhe enviou Marcelo Polti com uma dedicatória tão desmedida que enchia as três primeiras páginas do livro e que entre outras coisas dizia: "Para que esteja consciente de que esses tênis de marca de que você faz propaganda, contribuindo para metê-los na cabeça dos garotos, são o marco onde se assenta a desigualdade mundial." Mas Ariel fica enjoado de ler na estrada. Não é um aficionado da leitura, seu pai às vezes dizia, tive que fazer muito mal para meus filhos pensarem que os livros mordem.

Voltam de ônibus para Madri, com dois sanduíches e uma fruta, a garrafinha de água e a cerveja que alguém conseguiu infiltrar ali. Quanto a Jorge Blai, que costuma ficar vinte minutos diante do espelho antes de sair para enfrentar a imprensa, lhe esvaziaram o pote de gel dentro do sapato para que esta noite não os fizesse esperar. A Ariel lembra o turco Majluf, que gastava um pote completo de Lordchesseny para cada partida de San Lorenzo. É Poggio, o goleiro reserva, quem bola essas brincadeiras cruéis. Às vezes Amílcar o justifica, alguma coisa ele tem que fazer, lhe pagam um milhão de euros para comer sementes de girassol no banco, é o cara mais afortunado do mundo. E há algo de verdade nisso, porque no primeiro dia em que Ariel ficou com ele no banco de reservas admirou sua destreza para descascá-las e engoli-las e fazê-lo com as luvas de goleiro postas.

O assento junto a Ariel está vazio, do outro lado do corredor viaja Dani Vilar, a quem às vezes devolver o cumprimento parece custar mais esforço que arrancar um dente. Eles se olham, mas não dizem nada. Seu pai sofre de Alzheimer e ele está passando uma temporada difícil, assim o justificam os outros colegas. Falta aos treinos amiúde como mostra de hierarquia que ninguém ousa discutir. Lá fora está escuro. Um dos beques centrais, Carreras, se levanta e abre sua bolsa esportiva, mostra as peças de roupa aos colegas. São da loja de seus pais e lhes promete bons preços. Há camisetas, suéteres esportivos, pulôveres, muitos de marca. Alguém grita, com o que ganha ainda precisa vender roupa?, mas ele diz que é para ajudar os pais. No time todos sabem que é avaro e o escarnecem por isso. Para driblar Carreras, dizem, basta lançar-lhe um euro à direita e sair pela esquerda. Riem à sua custa por um tempo, ele grita por cima dos risos, estamos falando de que lhes dão um desconto de trinta por cento, hem?, de trinta por cento.

No domingo passado, ao ligar o celular depois da partida, Ariel recebeu um mensagem de Sylvia. "Parabéns pelo gol. Vibrei muito. Obrigada pelas entradas." Ele respondeu: "Você me deu sorte." Depois se lembrou de que não lhe tinha dedicado o gol. Ela lhe escreveu: "Não sei se me dedicou o gol porque todo o mundo ficou de pé e não vi nada." "Esqueci, fico devendo isso", escreveu ele. A continuação demorou a chegar: "Da próxima vez preferiria que me convidasse para tomar algo, gosto de futebol, mas não tanto." "Combinado, quando você quiser", respondeu Ariel. "Minha vida social é tão agitada quanto à de uma freira de clausura. Escolha você o dia que preferir". "Amanhã?", lhe escreveu ele. Combinaram de jantar no dia seguinte. "Levo você ao melhor restaurante argentino de Madri", propôs ele.

Quando Ariel escreveu a última mensagem, recordava-se do cabelo cacheado de Sylvia, de seu rosto branco de olhos vivos, mas de pouco mais. Sentiu uma pontinha de arrependimento, como se aquele fosse um encontro incômodo. No entanto, achava justo compensar o mal que lhe tinha causado. Nessa noite jantou com Osorio e Blai e dois dos brasileiros do time. Na última hora o queriam levar para uma discoteca das redondezas, fica do lado de sua casa, mas Ariel tinha vontade de ligar para Buenos Aires. É preciso comemorar o seu primeiro gol, insistiam eles. Mas também não quero comemorar o primeiro gol como se fosse o último, está certo?, despediu-se Ariel. Ah, nunca se sabe se haverá mais, lhe disse Blai, você sabe quantos gols marquei em seis anos de competição: três. É para não comemorar. E dois foram contra, conseguiu dizer Osorio antes de receber um tapa no estômago.

Ariel marcou com Sylvia na escadaria do prédio da Correos. A ambos pareceu natural ficar perto do lugar onde tinha sucedido o atropelamento. Podia entender-se como uma volta ao ponto de partida. Chegava tarde, o trânsito era exasperante e ao tentar ziguezaguear entre os carros ganhou uma buzinada raivosa de um taxista. Para aproximar-se do prédio, que de sua posição parecia um porta-guarda-chuvas enorme, teve que manobrar de forma ilegal. Viu Sylvia sentada no terceiro degrau, o gesso pousado sobre a pedra. Tornou a tocar a buzina. Havia policiais organizando o trânsito junto à Cibeles e era impossível ficar parado por muito tempo. Ao virar a rosto, o cabelo de Sylvia flutuou no ar. Levantou-se com agilidade. Estava com uma só muleta e a Ariel pareceu grosseiro vê-la caminhar para o carro sem descer para ajudá-la. Abriu-lhe a porta de dentro. Acho que não era um bom lugar para ficar, disse ela. Não cabe nem um só carro mais, está tudo engarrafado, disse ele. As pessoas começaram a fazer as compras de Natal, estão loucas. Sim, anuiu Ariel. Sylvia segurou a muleta como uma bengala. Ariel dirigia para a Puerta de Alcalá, enfiado de novo no engarrafamento.

Sylvia inclinou a cabeça para o lado, me parece estranho estar sentada neste carro. Embora prefira isto a estar estampada no vidro. Ariel lhe perguntou pela perna, pela dor, pela incomodidade do gesso. O pior é quando coça dentro e começo a coçar o gesso como se isso me acalmasse. Ariel tinha baixado o volume da música e só se ouviam os acordes atenuados. Tinha reservado uma mesa num restaurante magnífico, mas depois pensou que o melhor é irmos para a minha casa, disse ele. Você gosta das *empanadas* argentinas? Podemos comprá-las no caminho... Na verdade incomodava Ariel imaginar-se no restaurante observado por todos, que alguém pensasse que se tratava de um encontro amoroso. Ela, em contrapartida, reagiu com um longo silêncio. Para sua casa?, perguntou por fim. Não sei. Ariel compreendeu sua inépcia. Ele dizia isso porque os restaurantes são uma confusão, as pessoas, tudo isso, mas você tem razão, vamos... É claro, reconhecem você em todos os lugares. A conversa se acelerava e Ariel dava mais explicações que o necessário. Não, não, vamos para sua casa, tem razão, disse ela para terminar. Tem certeza? Se não se sentir... Não, não, vamos, não quero que passe a noite dando autógrafos.

Mas no local onde parou para pedir as *empanadas* Ariel viu que havia duas mesas no fundo, junto a uma estante de massas italianas. Foi buscar Sylvia no carro. Comamos aqui, não há ninguém, se você concorda. As donas do local eram duas argentinas simpáticas que ao acomodá-los lhes explicaram que não tinham licença de restaurante, apenas como ponto de venda, mas que serviam as pessoas durante a espera e assim driblavam a norma. Sylvia pediu uma cerveja; Ariel um copo de vinho de Mendoza. Instalaram-se ao fundo, rodeados de produtos em exposição. De quando em quando alguém entrava para comprar e o olhar de Ariel buscava a porta. Demorou para relaxar. Sylvia parecia sentir-se mais à vontade. Fazia-lhe perguntas. Sobre a partida. Sobre sua carreira de jogador de futebol. Como começou. Como chegou à Espanha. Ariel falou por longo tempo, os olhos dela cravados nos dele. Puxava o cabelo para trás e às vezes ela lhe imitava o gesto afastando um ramo de cachos atrás da orelha. Depois Sylvia apoiou os cotovelos na mesa e pôs as mãos nas faces. Estava linda nesse gesto de observação relaxado. E Ariel se deu conta de que em todo aquele tempo não tinha deixado de falar de si mesmo. Falo demais, disse ele. O grande pecado argentino. Não, é interessante, disse ela. Antes de conhecer você, eu pensava que os jogadores de futebol fossem fabricados em série, sei lá, em indústrias, assim, todos cortados segundo o mesmo padrão. E que sempre se esqueciam de pôr-lhes o cérebro, é claro, acrescentou ele.

Uma das donas do local baixou a persiana metálica. Não, não, fiquem tranquilos, continuem, nós fechamos, mas ainda temos que recolher tudo e fechar o caixa, vocês não incomodam, lhes disse. Essa espécie de isolamento os fez sentir-se mais à vontade. De modo que *choclo* é milho, disse Sylvia após morder uma *empanada*. Sim, a comida é uma confusão. Você sente saudade de sua família?, perguntou ela. Sim, óbvio, disse ele. Talvez os traga, se me estabilizar aqui. Uma das donas trouxe a garrafa de vinho aberta e se sentou com eles. Tinha chegado à Espanha três anos antes. O *corralito* me matou, e aqui não encontrei trabalho de atriz, de modo que fiquei dando aulas de interpretação. Mas a coisa foi muito mal e ela acabou por se associar com a amiga para importar produtos de lá. Ariel pensava se as duas mulheres eram um casal, mas não se atreveu a perguntar. Durante o restante da noite, ela monopolizou a conversa. Falava de seu país, recordava pessoas, zombava de um cantor, maldizia um político, se ria com a última operação plástica de uma apresentadora de televisão, vai ter que operar os filhos para parecer que não são adotados.

O local se chamava Buenos Aires-Madrid e ainda o estavam reformando. O aluguel era tão caro que elas não podiam permitir-se mais obras. Uma das mulheres, a mais calada, terminava de arrumar tudo. A outra falava em cascata. Maldisse a reeleição do presidente norte-americano e depois assegurava que era preciso mais que nunca um novo Che. Não sei, dizia, o subcomandante Marcos me deixa um pouco fria, tanta máscara e tudo isso. Em alguns momentos o olhar de Ariel buscava Sylvia e lhe lançava uma expressão sutil de ironia a respeito da anfitriã e seu torrencial palavrório ou do evidente bigode que exibia debaixo do nariz. Ariel punha o dedo no rosto para com dissimulação assinalar o bigode e fazer Sylvia rir. Mas ambos agradeciam a irrupção, lhes permitia estudar-se um ao outro sem se expor, olhar-se um ao outro sem falar, ser cúmplices.

Ao sair, Ariel lhe disse eu avisei que os argentinos morrem pela boca. Sylvia estava admirada, que maneira de falar! E você viu? Para essa mulher ficou pequeno o dicionário, que lhe inventem outro imediatamente. Caminharam até o carro. Dentro de quinze minutos seriam onze horas. É minha hora de voltar, não posso passar muito disto. Levo você até perto de sua casa, se ofereceu Ariel. Sylvia guiou Ariel pelas ruas de Madri. Num sinal se atreveu a perguntar. Você mora sozinho? Agora, sim, disse ele. Houve um silêncio. Continue, continue reto, indicou ela. Morava com meu irmão, mas ele teve que voltar. Vivo nas redondezas, em Las Rozas. Numa casa? Ariel disse que sim. Você gosta de cinema? Tenho uma tela gigante e ali vejo um monte de filmes, se você quiser, um dia... Não gosto muito de cinema, disse ela. Todo o mundo gosta de cinema, se surpreendeu ele. Não sei, cinco minutos depois de começado o filme já sei como vai a acabar a história, me entedia, tudo se repete sempre. Ariel sorriu. Nunca tinha escutado um raciocínio assim. Tudo se repete, não?, conseguiu dizer, depois se arrependeu de tê-lo dito, não tinha muito sentido. Não, você na vida não sabe nunca o que vai acontecer dentro de um minuto; em contrapartida, nos filmes você vê a coisa vir. Só pelo elenco você já sabe se vão ter um caso ou não, quem é o mau. Ah, bom, você se refere ao cinema americano, respirou Ariel. As pessoas gostam tanto dele porque sempre se repete, já sabem o que vão ver. É como os que vão à praia nas férias: o que querem é que haja sol e ondas. E se lhes dão outra coisa se aborrecem. Se um dia você for à minha casa, ponho um filme diferente, você vai ver. Bom, disse ela. Tenho um amigo, Marcelo, músico, faz muito sucesso lá, sempre diz que se se guiasse pelo público teria que compor a mesma música sempre.

Chegaram à rua de Sylvia, mas ela deixou que ele passasse de seu portão antes de fazê-lo parar. Na verdade, moro ali atrás, mas não queria que ninguém me visse descer de um carro assim. Você não gosta dele? Bem cafona. Cafona? Um pouco brega, típico de jogador de futebol. Suponho que impressione as garotas, mas a mim dá vergonha, disse ela. Meu irmão é que o escolheu, é chique, se escusou Ariel. Eu a ajudo a descer, espere. Ariel saiu do carro e abriu a porta de Sylvia, lhe segurou a muleta enquanto ela descia.

Trocaram dois beijos. Eu me senti muito bem, disse ela. Você não gosta do meu carro, não gosta de cinema, é uma garota difícil. Ariel sorriu. Sylvia reuniu forças para perguntar, você acha isso? É uma brincadeira, justificou ele. Bom, obrigada pelo convite, começou ela a despedida. Foi um prazer. Suponho que para você seja um saco ter que levar para passear uma paralítica. O gesso fica muito bem em você, disse Ariel, e depois sorriu. Vão tirá-lo na semana que vem, de modo que se quiser pode voltar a me atropelar, não?

Nenhum dos dois conseguia despedir-se totalmente. Telefone-me quando quiser, disse Ariel. Telefone-me você, não quero ser um pentelho. Sylvia se afastou, tentou mostrar-se ágil apesar da muleta. Ariel voltou a entrar no carro e ao olhar pelo retrovisor apagou seu sorriso, que lhe pareceu estúpido, inocente, cativado. Não arrancou enquanto não a viu desaparecer atrás do portão, um instante depois de ela lhe enviar um gesto de mão como despedida.

Não tinham tornado a se falar desde aquela noite de segunda-feira. Ariel tinha pensado nela ao longo da semana, mas se sentia incomodado de marcar outro encontro. Era evidente que tinham flertado como se ela não tivesse dezesseis anos, como se a razão de se verem fosse algo mais que compensá-la pelo atropelamento. Era uma garota atraente, esperta, mas Ariel reconhecia seu lado juvenil, essa perigosa inércia que podia levá-la a apaixonar-se por ele, a fantasiar uma relação que não ia acontecer, não. No ônibus, ao ligar seu celular, contou com que aparecesse uma mensagem dela. Mas não foi assim. Tampouco ela dava sinal de vida. E ele não devia dá-lo.

Não ia dá-lo.

Olha o relógio. É quase meia-noite. Ainda não se podiam ver as luzes da cidade pela janela do ônibus. Escreve uma mensagem: "Você gostaria de assistir a um filme amanhã lá em casa? Assim me conta o final." Procura na agenda o nome de Sylvia e a envia. É sábado de noite. Certamente saiu com os colegas de colégio. Ariel sente que a ele também caberia mais aquilo, pela idade, que compartilhar o ônibus com seus colegas, sob o barulho dos golpes de um herói de ação que, ao final do filme, como sempre, resolveria todos os seus problemas com uma exibição de poder físico.

5

Levantou o pulôver até tapar a boca. Sua respiração arde ao contato com a lã. É uma sensação agradável. O frio da pedra alcança as coxas através da calça. Teria sido melhor não se sentar. Mas ele a faz esperar. Sempre a faz esperar. Para ser pontual em Madri é preciso usar o metrô. Deve ser difícil ser pontual no meio dessa massa de carros. Por que não quis que a pegasse em casa? Não, pensou ela, melhor não. Temia que seu pai ou algum vizinho a visse entrar naquele carro. Por isso está outra vez sentada na escada do prédio da Correos. É um lugar horrível para ficar, já sei, mas é o nosso lugar, não?

Na última vez em que saíram juntos, ela entrou no carro e Ariel dirigiu até sua casa. Parece longe, mas a esta hora sem trânsito é um segundo, disse ele. Sylvia estava nervosa e seu pé se movia sobre o pequeno tapete do carro. Tinham levado quase uma semana para voltar a se comunicar após o primeiro jantar juntos. Ela esteve a ponto de perder a esperança. Ou melhor, a perdeu várias vezes. Na terça-feira soou um aviso de mensagem, era Mai. Acabava de chegar a Viena com seu garoto. Na quarta-feira alguém lhe telefonou tarde da noite. Era Dani, parecia bêbado. Nunca sei como temos de nos falar, disse. Sylvia tampouco sabia. Sei lá, normal, não? Na sexta-feira, a caminho de casa, viu um carro prateado idêntico ao de Ariel. Foi até a beira da calçada. Era dirigido por um quarentão um pouco gordo, cabelo com gel, óculos escuros, a seu lado havia uma mulher que parecia mais um complemento de série oferecido com o carro. No sábado de noite pensou que a mensagem que entrava em seu celular seria de Alba ou Nadia para perguntar-lhe se afinal se animava a sair com os colegas de classe, mas era ele. Convidava-a ao cinema em sua casa. Ela disse que sim. É claro.

Que pensar? Que queria ele? Que queria ela? A perspectiva doentia de adolescente podia não ser a correta. Podia enganá-la. A miragem típica. Intuir o que não é. O desejo obriga a ver o que o desejo desenha. E a realidade? Ligue-me. Fale comigo. Sylvia pensava, o normal é que eu não exista, que deixe de existir após o atropelamento, e no entanto... É amável. É apenas amável.

Ele está sendo amável, eu me apaixonei.

O pensamento vagava a seu bel-prazer. Não se concentrava. Nas aulas os sintomas eram evidentes. Na televisão apareciam imagens da cúpula de presidentes em Viena, a cidade tomada por tropas de choque. Escudos e capacetes protetores de ficção científica. Investidas policiais. Mai não respondeu à sua última mensagem. Mas ela não se preocupou muito. No domingo voltava.

Naquela primeira vez em que a levou à sua casa, eles entraram nela pela garagem. No porão havia uma peça transformada em academia de ginástica. Ele esquentou umas almôndegas para jantar. Estavam deliciosas, mas era ridículo comerem as almôndegas naquela sala, com Ariel de pé enquanto propunha filmes para verem até que ela escolheu um, este. Ele apagou as luzes, pegou uma garrafa de um litro de cerveja e dois copos, apareceram as imagens, mas a atenção de Sylvia não estava na tela, e sim em Ariel. Tinha apoiado o braço no encosto do sofá, como um projeto de abraço, de carícia que nunca chegava, que nunca ia chegar. E Sylvia que pensava se as meias tinham algum buraco antes de tirar as botas, pôr-se cômoda, recolher-se no sofá para ver se ele se decidia a abraçá-la. Tinham tirado o gesso nessa mesma manhã. Menos mal, assim me sinto um pouco menos culpado, lhe disse Ariel ao vê-la. Ainda necessitava da muleta para apoiar o pé com segurança, mas tinha recuperado os movimentos.

Viram o filme. Era divertido. Complicado. Dois golpistas. Lá pelo meio ele lhe perguntou, já sabe como vai terminar? Bem, um dos dois não é o que parece, isso está claro. Ariel sorriu. Você já viu este filme?, perguntou ela. Sim, mas não me importa. Eu gosto. Não me importa saber como terminam os filmes. No futebol é igual, se só importasse o resultado poderíamos cobrar cinco pênaltis cada time ao começar e voltar para casa. Não, o que importa é o jogo. Sylvia deu de ombros, nervosa. Por que lhe falava de futebol? Pôs uma mecha de cabelo na boca, a mordeu diversas vezes. Que pensava ele dela? Ele a convidava como a uma curiosidade. Uma espanhola esperta e engraçada. Como uma espécie de sobrinha espevitada. Falava de futebol, mas se notava que o fazia em tom professoral, fala como se falasse com uma menina. Às vezes Sylvia perdeu o fio da filme para concentrar-se apenas em sentir-se miserável.

Quando o filme terminou, Sylvia examinou as montanhas de CDs. Abundância de grupos argentinos. Nomes que não lhe eram familiares, Intoxicados, Los Redondos, La Renga, The Libertines, Bersuit, Callejeros, Spineta, Vicentico. Ponha algo que lhe agrade, pediu ela. Ele pôs o último disco de seu amigo Marcelo. Ele me mandou isto que ainda não está à venda. Escute, é muito bom. Sylvia se sentou, tomou outro gole de cerveja. As letras... disse Ariel, o sujeito tem um mundo louco, só seu. Acabava as frases com tom ascendente, como se as últimas sílabas ficassem badalando no ar. Quase não escuto música em espanhol, disse ela. Prefiro não entender as letras. Não sei, me parece que tudo soa mais cafona, mais simplório quando é a sua língua. Está louca?, disse ele. E repetiu os versos: "Enredado em cipós de tua selva, busco a senda que me devolva, a cordura de antes de perdê-la, de perder a visão entre tua névoa, a corda onde me penduro cada segunda-feira em que meu time perde, quão longe, Ariel, está Madri." Aí se refere a mim. Ariel a olhou, sem sentar-se. Bonito, não? Sylvia se defendia, sim, não sei. Um pouco brega. Tudo me soa brega se o entendo. Não estar de acordo era uma forma de chamar a atenção. Um pouco frouxo, disse depois de outra banda. Detesto esses grupos que têm aspecto de duros com os cabelões e as tatuagens e toda essa parafernália, mas depois o que cantam é puro açúcar, baladinhas bonitinhas. Ariel o interpretou como uma declaração de seus gostos, buscou um grupo mais agressivo. Saíram de uma favela, a mais miserável de Buenos Aires, lhe disse. Soavam fortes, guitarreiros. Sylvia gostou mais. Estou vendo, você gosta é de rock pesado, intuiu ele. O barulho ao menos esconde um pouco a letra simplória. Ariel riu. Não vai me dizer que Marcelo era simplório, há vinte anos faz análise. É um doente. Há gente que fez sua tese de doutorado sobre uma música sua, me contou ele. Insiste em que eu visite um psicanalista amigo seu que veio para Madri.

Para Sylvia era incômodo escutar a música com o sorriso de Ariel cravado, os olhos interrogadores. Assentia, dizia, bem, disto eu gosto. A situação tinha algo de exame. Ele lhe perguntou por sua música favorita e ela citou grupos que ele desconhecia. Todos ingleses ou americanos. Você já vai me deixar escutá-los, disse ele, quase como uma cortesia. Sylvia o entendeu como um convite a prolongar sua relação. Ele servia cerveja de vez em quando, mas sempre do outro lado da mesa *ratona*, como ele chamou a mesinha de café, cheia em sua prateleira inferior de jornais esportivos e revistas. Sylvia folheou algumas, mas as mulheres da capa eram belas demais, retocadas por computador em busca de uma perfeição fictícia, nem rastro de espinhas, rugas, pele real. Nesta dedicaram a mim a capa. Ariel lhe passou uma revista com sua foto na capa. Nem pense em lê-la, a entrevista é um horror.

    Falaram por mais um tempo, apesar de a música soar muito alto e ele mudar as canções antes de terminarem, como se quisesse fazer-lhe um *pot-pourri* antológico em vinte minutos. Ficou tarde, tarde demais. Sylvia disse, como vou sair daqui? Faltavam vinte para as onze. Mas Ariel insistiu em levá-la. Tirou o carro da garagem, e Sylvia saiu pela porta do jardim, para evitar os degraus. Que ridículo ter que ir tão cedo. Para ele a noite certamente começava agora. Entrou no carro como uma Gata Borralheira infantil. Voltavam pela estrada agora deserta para a cidade. Continuava a soar a mesma música de seu amigo Marcelo. Gosto tanto que a copiei para o carro, explicou ele. O caminho inverso parecia devorar o sucedido durante a noite. Quando chegarmos à minha casa, pensava Sylvia, será de novo como se não nos conhecêssemos. Era uma sensação estranha. Um caminho desandado que devolvia à origem. Não aconteceu nada, porque nada havia para acontecer. Sylvia olhava a estrada e voltou a morder uma mecha de cabelo. Na cidade, Ariel lhe perguntou por seus pais. Moro com meu pai, só nós dois. Minha mãe o deixou há meio ano. E, sem que Ariel dissesse nada, Sylvia se sentiu na obrigação de acrescentar, são gente boa. A vida de casados acabou para eles. Não sei, às vezes acho que continuaram juntos por minha causa, só por isso, e agora não encontravam nada que os unisse. Sylvia pôs o cabelo atrás das orelhas, os olhos tristes. Ele a olhou duas vezes, enquanto dirigia.

    Ao chegarem ao portão, Ariel o passou. Que ninguém a veja descer deste carro cafona, brincou. Riram os dois. Obrigada pelo filme. Repetimos quando você quiser. Quando você quiser. Ariel repassou sua agenda. Amanhã viajamos, jogamos na Itália na quarta-feira, mas na volta, sei lá, eu telefono, nos falamos. Está bem, se limitou a dizer Sylvia. Beijaram-se no rosto, ela o envolveu em seu cabelo, ele o afastou com delicadeza. Ariel a ajudou a sair, gostei muito, não pense que conheço tanta gente aqui com que ver um filme e tomar uma cerveja. Sylvia foi andando para o portão com um sorriso de vitória.

No elevador, sozinha, subindo para casa, apoiada na muleta, um pouco tonta por causa da cerveja, deu um longo beijo nos lábios no espelho. Depois pensou, sou uma estúpida.

Na quinta-feira, após voltar da partida na Itália, ele lhe escreveu uma mensagem. "Vamos ver outro filme?", propunha. "Programa completo", respondeu ela, e depois se arrependeu de tê-lo escrito. Completo? Soava a descaramento. Também se arrependia de ter pintado os lábios com um roxo apagado que nesse momento ela escondia debaixo da lã do pulôver levantado, no frio das seis da tarde, sentada na escada gélida, à espera de ver aparecer o reflexo prateado do carro de Ariel no que já era seu lugar habitual de encontro. Sentia que expunha, assim, de modo evidente suas intenções. Seu amor. No roxo, em sua fácil disponibilidade, no entusiasmo. Estava nervosa.

6

O hospital adoece Leandro. Na sala de espera há somente velhos. É como um micromundo em extinção. Surpreende-o que ainda ninguém tenha feito um filme de ficção científica em que só existam velhos à espera de transplantes ou que só sobrevivam ajudados por algum recurso médico. Talvez já o tenham feito, fazia muito tempo que não prestava atenção aos cartazes. Uma mulher falava em voz alta, expressiva, de sua doença. Outra lhe respondia, minha cunhada teve a mesma coisa. Outra, a esperança é a última que morre. A enfermeira suporta a repreensão de um homem que diz estar esperando há uma hora, depois pega as requisições dos recém-chegados, pede paciência, diz o nome dos três seguintes da lista.

O gesto de Leandro é oposto ao de Aurora. Ela, na cadeira de rodas, conserva uma firme dignidade. A cabeça bem erguida, os ombros levantados. Apenas as mãos inertes, brancas entre a chuva de manchas da idade, adormecidas, delatam que é ela a doente. Leandro afunda a cabeça, o olhar baixo, os ombros caídos. No sábado anterior seu aluno de piano, Luis, lhe disse que não achava tempo para as aulas por causa das provas da universidade e que deixaria de ir por um tempo. Claro, claro, lhe respondeu Leandro, mas sentiu que esse era o final de sua vida de trabalho. Nos melhores anos teve cinco ou seis alunos particulares que ele distribuía por aulas ao longo da semana. Desde que se aposentara, tinha reduzido o número, mas nunca eram menos de três. No ano passado se limitou a um, Luis, um rapaz educado e atento que aparecia todos os sábados às onze. Tinham-lhe recomendado Leandro como professor na academia, ele já tinha preguiça de anunciar-se, de procurar alunos. Ao perder seu último aluno, disse, pronto, é o final, outro capítulo encerrado. Mostrou-se calado durante aquela última aula, tanto que o jovem Luis se sentiu na obrigação de animá-lo, talvez depois das provas eu volte.

Nos últimos dias mal tinha saído de casa. Velava a fraqueza de Aurora, à espera de suas lufadas de ânimo, enquanto fazia as absurdas vontades dela: ligar para um conhecido por causa de seu aniversário, pagar a Benita a hora extra de quinta-feira passada. De repente saía de seu adormecimento ou interrompia a leitura para organizar a rotina. Veja como estamos de óleo, talvez seja preciso comprar, ou você vai ter que ajudar Benita com as prateleiras de cima da cozinha, ela não alcança. Leandro presenciava como aquela mulher se alçava num banco para conseguir a duras penas limpar a gordura acumulada fora da vista, enquanto gritava, por cinco centímetros, sim, senhor, por cinco centímetros fiquei sem receber a pensão por nanismo. Isso já é azar, para algo teria me servido ao menos ser tão baixinha, mas nem isso. Leandro conhecia suas desventuras pessoais. Um marido que morreu de enfisema, quando ainda estava na flor da idade; uma pensão ridícula, uma filha viciada em drogas que se suicidou aos vinte e dois anos jogando-se da janela, e um filho transportador preso em Portugal por um obscuro caso de contrabando. Puseram-lhe algo na carga, para não denunciar os chefes. Grande fortaleza mostrava aquela minúscula mulher, que alegrava a casa com sua gritaria cheia de vida; às vezes cantava uma música enquanto passava o aspirador, e Leandro, a quem espantava o acorde de ambos os sons, fugia para a rua em busca de paz. Quando terminava o trabalho, Benita aparecia junto à cama de Aurora e se despedia com estrondo. Beliscava-lhe as faces com força, assim ganha um pouco de cor, que a senhora está muito pálida, ou repetia o pior é ficar parada, de parada para morta não há mais que um sopro.

Leandro saía para dar um passeio pelo bairro para aproveitar as horas desse sol limpo de inverno. Comprava desordenadamente no Mercado Maravillas, entre as barracas que conhece desde sempre e nas que evita a familiaridade. Na rua assistia ao espetáculo das ciganas que vendiam roupa, batons, lenços. Às vezes se perdia pelas ruas interiores e seus passos o conduziam à fachada da Academia Diapasón e em horas de aula escutava algum aluno de solfejo ou de piano que tocava com dedos jovens a fazer tentativas. Durante trinta e três anos tinha dado aulas naquele lugar.

A preocupação com a situação de suas contas o manteve longe da casa. Esmerou-se nos cuidados a Aurora como se essa tarefa o afastasse da tentação. Uma tarde se fechou no quarto para escutar um disco e fantasiou a possibilidade de que sua infâmia tivesse terminado. Seu filho Lorenzo aparece diariamente em sua casa e lhe pergunta, está tudo bem?, o senhor consegue tocar tudo sozinho, papai?, peça ajuda se precisar, por favor.

Um domingo encontrou a neta sentada ao piano e se colocou a seu lado. Ajudou-a a tocar as notas da melodia que cantarolava com algumas frases em inglês, como se compusesse uma música.

Aurora lhe pede que espere lá fora, vão me fazer exames e coisas estranhas, é melhor não entrar, e o obriga a permanecer do outro lado de uma porta com uma advertência sobre o nível radioativo do lugar. Leandro se entretém no corredor, segura cada um dos dedos com a outra mão, caminha para lá e para cá para não voltar a se encerrar na sala de espera cheia de conversas acidentais.

Em que lugar, onde, Leandro não compreende como pôde erguer-se a barreira entre eles, essa área de proteção onde um não envolve o outro em seu sofrer, no que sentem. Aurora, tão aberta, vital, sincera, sempre disponível, alegre, entusiasta, mas reservada com respeito a qualquer coisa que o pudesse afetar, importunar. Ela tinha respeitado seu espaço, seu silêncio, sua falta de envolvimento, e tinha se empenhado em que nada o perturbasse. Agora Leandro se envergonha de uma relação assim. Sua mulher não vai compartilhar com ele seu medo, sua dor, e é possível que necessite fazê-lo, mas se calará, se mostrará forte, autossuficiente, porque é o que aprendeu a fazer ao lado dele.

Quando se conheceram, talvez já se tenha imposto essa forma de ser. Leandro tinha vinte e três anos e foi a umas das seções do antigo Ministério da Educação para tentar conseguir ajuda econômica para continuar seus estudos e viajar a Paris. Foi de guichê em guichê, com uma recomendação escrita que mostrava a quem quisesse lê-la. Aurora martelava uma máquina de escrever e foi ela quem reparou nele e se ofereceu para ajudá-lo, embora não fosse mais que uma secretária temporária. Pode ser que já então intuísse que Leandro era incapaz de safar-se das dificuldades, que necessitava de alguém que lhe resolvesse as catástrofes domésticas, os diminutos medos. Aurora se interessou por seu caso quando Leandro já esperava apenas receber a última negativa sentado num banco de madeira, enquanto esfregava as mãos geladas. Ele lhe disse que procurava uma bolsa para uma escola em Paris, e ela lhe perguntou por seu ramo de estudos. Ele disse, piano clássico. Os olhos de Aurora, naquele dia de tantos anos atrás, se arregalaram, como se Leandro tivesse a única chave capaz de abri-los assim.

Piano clássico.

Leandro sempre pensou que aquelas duas palavras lhe abriram o coração de Aurora. Ele as disse com intenção petulante. Madri, 1953, piano clássico. Era como falar de vida em outros planetas. Aurora leu a recomendação escrita por algum notável e lhe pediu que esperasse um momento. Desapareceu por um corredor traseiro e demorou a voltar. Tanto que quando voltou, Leandro respondeu a seu sorriso com um tem certeza de que não a estou fazendo perder tempo demais? Mas Aurora disse que não com a cabeça, odeio meu trabalho, qualquer interrupção é uma sorte.

Apesar das boas intenções de Aurora, Leandro só conseguiu um monte de palavras amáveis e promessas que nunca se materializaram. Na rua, naquele primeiro dia, despediu-se de Aurora com um correto aperto de mãos, e se afastou enquanto levantava a gola do sobretudo. Não virou os olhos para vê-la no escuro portão. Não quis esforçar-se por ser amável nem agradecer-lhe o esforço. Aí apresentava sua candidatura romântica, carregada de silêncios, uma aura de mistério e um muito oculto calor. Quando se afastou daqueles escritórios da rua Trafalgar, sabia que voltaria a vê-la, que iria procurá-la atrás daquele guichê para oferecer o nada que tinha para oferecer, o pouco que dizer. Acho que não lhe agradeci totalmente o que você fez por mim, foi lhe dizer dois dias depois. Então ela se ruborizou como uma colegial.

Passeavam de tarde pelas calçadas do centro. Leandro deixou extinguir-se a inconstante paixão por uma bailarina que tinha conhecido nas apresentações do balé onde trabalhava como pianista. Aurora cortou todas as esperanças de um jovem colega de trabalho de seu pai a quem este insistia em convidar para almoçar na casa deles para que mostrasse seus olhos de marido solícito por cima da sopa. Após seis meses de lerem *Primer Plano* para escolher algum filme para assistir, de se esquivarem das poças da rua ou do fedor dos mendigos na calçada, de escutarem rádio juntos, Aurora lhe entregou suas economias e lhe disse vá para Paris e tente. Então se sabiam apaixonados sem futuro. Nas cartas de Joaquín se lhe prometia um destino compartilhado.

Após a guerra, o pai de Joaquín reapareceu como se se tratasse de um morto-vivo, mas vitorioso e heroico. Nada a ver com os que regressavam do front ou dos campos de concentração como lânguidas sombras. As más-línguas diziam que tinha levado também uma vida sentimental dupla e que agora expiava suas faltas convertido num devoto pai de família que arrastava tudo o que encontrasse no caminho para sua missa diária. Ajudava, magnânimo, os mais desfavorecidos do bairro, e desde o primeiro dia insistiu em que Leandro compartilhasse com seu filho Joaquín as aulas de piano.

Três tardes por semana vinha um velho professor que tinha perdido o emprego no conservatório por causa de suas simpatias socialistas. Velho demais para ser fuzilado, cabeça-dura demais para mudar agora de ideias, ele mesmo tinha se descrito em alguma estranhíssima piscadela de intimidade com seus alunos. O senhor Alonso tentava disciplinar os dois rapazes diante do teclado. Aprenderam tanto com suas lições como com sua calada tristeza, com o amargo agradecimento com que recebia, como se fosse gorjeta, o pagamento do pai de Joaquín ao fim da aula, com a cuidadosa maneira de guardar as partituras envelhecidas em sua pasta de couro descosturada. Leandro sempre conservou uma recordação afetuosa do senhor Alonso e seus exercícios para a mão esquerda ou daquela tarde em que ele lhes falou das escolas de música na Rússia, da disciplina de seus conservatórios, da seleção natural de talentos por todo o território, e o fazia com voz tão calada e culpável que parecia contar-lhes uma orgia em prostíbulos proibidos. Também recordava os silêncios como poços profundos. Por mais que Leandro e Joaquín com onze ou doze anos tivessem dedicação quase exclusiva à alegria de viver, percebiam a censurada honestidade de seu professor.

Essa vida paralela com Joaquín, os dois sentados diante do piano, tinha criado talvez uma falsa expectativa em Leandro. Suas famílias eram muito diferentes, suas condições econômicas ainda mais. Quando Joaquín começava a dilapidar os primeiros recebimentos de dinheiro em diversões, Leandro tentava ajudar a mãe viúva. Mas os milhares de horas compartilhadas na rua e depois nos cafés, as conversas, as confidências, tudo isso ficou para trás com a ida de Joaquín para Paris.

De Paris Leandro escreveu duas longas cartas para Aurora. Eram poucas para o que ela esperava, mas eram bem expressivas em sua amargura. Leandro não conseguiu um lugar no conservatório nem conseguiu estabelecer-se na cidade. Joaquín tinha uma professora então célebre, uma austríaca emigrada que falava um francês de chumbo, para quem Leandro fez uma audição. Ousou tocar o concerto para piano "Jeunehomme" de Mozart, e ela lhe perguntou por que tocava aquilo. Leandro lhe respondeu o mesmo que ainda hoje pensa, talvez seja a mais bela peça para piano já composta. A frase da mulher ao terminar a audição foi demolidora, não escolhemos esta profissão para fazer soar o belo como convencional. Leandro voltou para Madri três meses depois. A saúde de sua mãe tinha piorado, e ele sentia saudade de Aurora. Joaquín lhe disse algo que já então soava a mentira piedosa, em Madri você pode conseguir o mesmo que eu aqui.

Aurora e Leandro iniciaram um noivado oficial, feliz e íntimo, isolado do mundo e suas limitações. Esperaram que Leandro terminasse os estudos para se casarem e viverem juntos. Ele podia juntar dois ou três trabalhos e conseguir um salário que lhes permitisse pagar o aluguel de maneira folgada. Ela manteve seu emprego de secretária até ficar grávida. Morta a mãe de Leandro, com a venda do apartamento compraram outro, na Praça Condesa de Gavia. Então Aurora já se tinha acostumado à reserva de Leandro. A Aurora bastava saber que ele sentia por ela muito mais do que conseguiria expressar. Depois se nutriu da energia de seu bebê, da vitalidade do recém-chegado.

Então Joaquín voava sozinho. Tinha conseguido um representante e tinha ido para Viena para receber alguma lição magistral e ir à Bruno Seidlhofer e completar suas primeiras atuações. Suas cartas eram cada vez mais curtas e mais infrequentes. Ali também estavam pianistas como Friedrich Gulda, Alfred Brendel, Ingrid Haebler, Walter Klien, Jörg Demus, Paul Badura-Skoda. Ontem vi Glenn Gould tocar, lhe escreveu Leandro, num concerto onde acabava, como é habitual nele, com Bach. Ou ia ao Staatsoper para ver Clemens Krauss ou Furwängler reger e pianistas como Fischer, Schnabel ou Alfred Cortot, o mesmo que tinham escutado uma infinidade de vezes numa gravação dos anos 1930 dos vinte e quatro prelúdios de Chopin que o senhor Alonso os ensinou a reverenciar. Pouco depois Joaquín assinaria um contrato com a empresa fonográfica Westminster, e Leandro se converteria no velho amigo de infância numa Madri que visitou o menos possível, em especial a partir de suas declarações públicas contra o regime se terem tornado habituais e muito celebradas em sua Paris de asilo.

Ao voltar para casa nessa manhã, Leandro se limita a conduzir os enfermeiros pela escada. Em cada degrau mil vezes percorrido vê a sombra do que foram e pensa que as pernas de Aurora nunca mais voltarão a subir erguidas por aquele lugar, com o menino nos braços, as cestas da compra. Leandro a ajuda a despir-se e a acomodar-se na cama. Pouco depois colocará a bandeja da comida no colo dela e se instalará na poltrona próxima. Escutarão o rádio que a essa hora repetirá as notícias destacadas do dia. Aurora não compartilhará com ele os detalhes dados pelo médico. Tampouco Leandro lhe confessará a urgência de sair, de voltar à casa onde trabalha Osembe. Após duas semanas de abstinência, essa tarde voltará a vê-la.

7

Ao meio-dia de sábado, Lorenzo põe a mesa para o almoço. Sylvia estranha. É muito cedo. Vai ao futebol? Não, mas combinei, responde de maneira enigmática. Ela cozinha um pouco de massa e dois bifes e comem diante de um programa de fofocas e do começo de um telejornal. Sylvia anuncia que passará a tarde na casa da avó.

Você falou com sua mãe por esses dias? Sylvia diz que sim. Tem provas perto? Dentro de duas semanas. Está estudando? O possível.

Duas horas depois Lorenzo espera Daniela diante de seu portão. Quando a vê, nota que se maquiou, um pouco de sombra violeta nos olhos e no contorno dos lábios. Está usando umas calças elásticas apertadas e uma camiseta fúcsia debaixo do casaco jeans. O cabelo úmido cai sobre as costas. Uma bolsa grande de lona pende de seu ombro. Está muito bonita.

Na segunda-feira Lorenzo esperou que chegasse essa hora incerta da manhã em que todo o mundo está imerso em suas tarefas e os desocupados se delatam com o lento caminhar pelas calçadas ou com o olhar demasiado persistente para uma vitrine. Subiu a escada até o andar superior e tocou a campainha. Daniela abriu a porta. Atrás se ouviam o som da televisão e a balbuciação do menino diante dos desenhos. Ela mostrou outra vez esse gesto desafiador algo incomodado, mas agradável. Deu um passo à frente para ultrapassar o umbral da porta como se assim conseguisse não cometer nenhuma transgressão no lar que lhe tinham confiado.

Perdoe que a incomode, mas acho que tenho algo para seu amigo. Wilson? Lorenzo anuiu. Diga-lhe que me ligue. É um trabalhinho que pode interessar-lhe. Eu lhe digo, obrigada.

O diálogo se esvaziou logo, mas ela ficou com meio sorriso desenhado. Por aí investiu Lorenzo. E outra coisa, gostaria de ir ao

Escorial neste sábado? Adoraria levá-la, lembra que lhe prometi?, insistiu Lorenzo. Não sei, este sábado... Daniela deixou correr seus pensamentos. Não tem que... Pode levar sua amiga, se quiser. Não sei se ela poderá. Pergunte-lhe, eu adoraria. Bem, já lhe digo.
    Lorenzo voltou a desculpar-se por ter subido e depois desapareceu escada abaixo. Meia hora depois tocou seu celular. Era Wilson. Não tinha passado ainda de trabalhos esporádicos na construção, nada fixo, toda manhã aguardava cedo numa praça de Usera a chegada de furgões para a contratação diária a dedo. Ali fico na fila, abro a camisa para mostrar a musculatura e baixo o rosto para esconder o olho estrábico, lhe contou entre risadas. Lorenzo lhe explicou que esta tarde começaria a esvaziar uma casa e que o dinheiro dependeria do tempo que levaria para acabar a tarefa.
    A oportunidade do trabalho se apresentou durante um jantar com amigos na casa de Óscar. Lalo falou de um apartamento que a imobiliária para a qual trabalhava acabara de comprar. Pertencia a um desses velhos que perturbam a vizinhança com sua mania de acumular lixo. Por que o fazem?, perguntou alguém. Lembro-me de uma velha do meu bairro que vivia cercada de gatos, era a mesma coisa. Síndrome de Diógenes, disse Ana. É um transtorno psicológico chamado síndrome de Diógenes. Cada vez há mais casos. Óscar disse que certamente era uma rejeição social, algo que se fazia por ódio ao ambiente. Loucura. O medo do vazio, disse Ana. São pessoas mais velhas que moram sozinhas. Temos que esvaziá-lo esta semana e você não sabe o medo que dá do que podemos encontrar ali, deve haver pelo menos seis toneladas de lixo, lhes contou Lalo. Eu me ocupo disso, disse então Lorenzo para surpresa de todos.
    Lorenzo lhes explicou que tinha planejado abrir uma pequena empresa de mudança e transporte e que se fosse bem pago esse podia ser um trabalho perfeito para começar. Ao notar o olhar de seus amigos, se sentiu ofendido. Não é um trabalho digno? Sim, claro, sim, é que é um pouco surpreendente. Surpreendente? De algo tenho que viver. Não sei se estão conscientes de que estou na pindaíba.
    Sim, claro. E se esquivaram dos olhares uns dos outros, como se fosse um concurso de aguentar sem dizer nada. Lorenzo não quis que a conversa morresse ali. Insistiu. Eu me encarrego de limpá-lo

e esvaziá-lo e dependendo das horas que levar acertamos um preço. Mas você é que vai fazer o serviço?, perguntou Lalo. O lugar deve estar infectado.

Foi então que Lorenzo se lembrou de Wilson e o transformou num conheço uns equatorianos que podem dar uma mão. Sentiu que seus amigos respiravam mais tranquilos, como se essa delegação do esforço o elevasse à hierarquia empresarial, lhes evitasse a degradante imagem do amigo encurvado para recolher a merda acumulada durante anos de desequilíbrio mental por um velho. Lorenzo improvisava em voz alta. Estou pensando em montar uma pequena frota de furgões, algo pequeno, mas há mercado de sobra.

Não me parece tão má ideia, disse Óscar. Ah, meu filho, eu já o via com uma lombalgia, destroçado dentro de uma semana, reconheceu Ana. Na segunda-feira falamos, disse Lalo com fingido entusiasmo.

Wilson esperou no furgão enquanto Lorenzo subia ao escritório de Lalo na imobiliária. Seu amigo lhe entregou as chaves do apartamento. Escreveu o endereço num papel. Não conseguia sentir-se cômodo. Precisarei de um recibo e coisas assim. Claro, claro. Certamente o dono já não está lá dentro... Não, não, tudo registrado em cartórios. O apartamento é nosso. Quanto ao dinheiro, você me dirá... Precisa de algum para os primeiros gastos?

Lorenzo e Wilson subiram a escada até o apartamento. O olho mágico estava arrancado e tapado com fita isolante preta. Antes de conseguirem abrir a porta, enquanto tentavam com cada uma das chaves que Lalo lhes tinha entregado, uma vizinha saiu do apartamento da frente. Somos da imobiliária, tranquilizou-a Lorenzo. Não consigo acreditar que vão levar toda essa merda. O cheiro é insuportável.

Não era nada comparado com o fedor que surgiu após a abertura da porta. Precisaremos de máscaras, disse Wilson. A quantidade de objetos amontoados no apartamento tornava quase impossível avançar. Ao sofá e à televisão, à mobília habitual de qualquer casa, se tinham acrescentado uma camada de refugo, lixo acumulado, objetos empilhados até transformar tudo numa residência submersa. Móveis de diferentes tamanhos, cadeiras, jornais velhos, sacolas de plástico cheias de não se sabia o quê.

Haverá ratos?, se perguntou Wilson. Ou coisas piores. E a casa não está nada mal. Você vai ver a grana que vão pedir quando estiver nova, lhe respondeu Lorenzo. Então já se tinha transformado num profissional. Temos que comprar máscaras, bolsas de lixo, luvas, pás, macacões, contratar mais uns dois empregados. E, após levantar umas madeiras e ver correr um exército de baratas em debandada, acrescentou, e uma bomba para inseticida.

Levaram dois dias para esvaziar o apartamento. O cheiro de cloaca era intenso e desagradável. Carregavam o furgão estacionado na calçada com bolsas de lixo enormes. Dirigiam até um depósito de lixo próximo e ali esvaziavam o furgão para recomeçar. O refugo parecia não acabar mais. Jornais e revistas que remontavam ao ano 1985 como se assim datassem o começo da demência. A vizinha, num tempo em que amenizou as pausas de Lorenzo e Wilson e dos dois compatriotas deste que se juntaram ao trabalho, lhes contava o pouco que sabia do homem. Primeiro começou a descuidar de seu aspecto físico e depois foi pouco a pouco degradando a residência. Mulheres? Não, não lembrava. Estava certa de que trabalhava na Correos, mas nos últimos anos não tinha horário. Tanto saía de madrugada como não saía durante dias. Nem barulhos nem escândalos. Isto sim, quando os vizinhos começaram a censurar-lhe a conduta, o cheiro e o perigoso acúmulo de lixo, arrancou o olho mágico e o tapou. Outro dia ameaçou o síndico com uma faca. E a polícia já se fartou de vir com assistentes sociais, até que afinal recorreu ao expediente de despejo. Então tinha chegado a imobiliária e, ninguém sabia muito bem como, tinha conseguido comprar o apartamento.

Debaixo de um dos armários havia uma imensa caixa de madeira cheia de fotos de mulheres recortadas pelo contorno, como um passatempo de menino. A tarefa devia tê-lo ocupado por anos porque a quantidade era enorme. Não eram mulheres nuas nem chamativas por serem belas, não pareciam escolhidas de um modo determinado. Eram apenas mulheres. O recorte do contorno era detalhista, sem atalhos, trabalho de alta precisão inútil. Pareciam antigos desenhos destacáveis de bonequinhas por vestir. Havia outra coleção acumulada, de bilhetes de metrô, presos em pequenos montes por elásticos que se rompiam com um simples roçar. Havia tampinhas em gavetas, garrafas vazias e impressos de publicidade. Na cozinha, apenas os talheres imprescindíveis para uma pessoa. Um copo, um prato e um conjunto de garfo, faca e colher. Radical declaração de solidão. Centenas de panos e bolsas de plástico amassadas em forma de bola. A mania de guardar parecia só crescer à base de coisas inúteis, sem sentido. Coleções inteiras de nada. Não havia muito lixo orgânico, e o cheiro mais insuportável vinha da privada enguiçada, cuja caixa gotejava incansavelmente. A banheira era uma piscina de óxido, a privada não tinha tampa, e no entanto se acumulavam os potes usados de gel e sabonete. Na cozinha, colado na porta da geladeira, chamava a atenção um papel com um número de telefone e o nome Gloria.

Lorenzo guardou o papel e no descanso do segundo dia discou o número. Gloria?, perguntou à voz que lhe respondeu. Sim, sou eu, disse uma mulher. Teria em torno de quarenta anos. Olhe, perdoe, desculpou-se Lorenzo. Estou telefonando para a senhora da Rua Altos de Pereda número 43, do primeiro A. Da casa do senhor Jaime Castilla Prieto. Lorenzo tinha memorizado o nome do antigo inquilino. O que é que o senhor quer?, perguntou a mulher.

Lorenzo fez rodeios tentando extrair informação. Disse que estavam esvaziando a casa e que ele tinha encontrado seu número anotado num papel. Havia coisas que talvez fossem de valor e quisessem conservar. Por que liga para mim?, nunca estive nessa casa. Não conheço ninguém com esse nome. Mas seu número estava num papel, na porta da geladeira... Não sei por quê...

Lorenzo insistiu em que era estranho ela não conhecer o lugar nem o homem que guardava a anotação de seu telefone como um único contato à vista. Era, aparentemente, o único dado que o ligava ao mundo real. Mas a mulher, a tal de Gloria, negava qualquer relação. A negação parecia sincera, surpresa, um pouco perturbada. Lorenzo se deu conta de que começava a importunar a mulher e se despediu com desculpas. Era estranho.

À sua maneira, o dono da casa era um sujeito organizado, o fez ver Wilson num instante de pausa. Chamavam a atenção os objetos cotidianos, fósseis de uma vida convencional, que apareciam ao se retirarem as camadas de refugo acumulado. Uma bicicleta estática empurrada para debaixo da cama, cabides, sapatos em bom estado. Por que viver assim? Por que terminar assim? Lorenzo sentia vertigem, medo, se fazia estas perguntas a caminho do depósito de lixo. Ao final se consolou com a resposta de Wilson. O sujeito se abandonou. E por que não?

E por que não?

A última carga do furgão correspondeu àquelas coisas às quais Wilson ou Lorenzo deram algum valor. Móveis graciosos de pequeno tamanho, um aparador, três relógios de pulso, alguns frascos de vidro. Nessa limpeza final, Lorenzo carregou uma mala de papelão com alguns discos de vinil pequenos e dois ou três livros e a enorme coleção de fotos recortadas.

Na última hora ligou para o amigo Lalo. Já acabei, você já está com o apartamento vazio. Amanhã lhe dou a nota, o.k.?

Lorenzo devolveu os colegas de Wilson às cercanias de Tetuán. Depois ambos se aproximaram da barraca de um antiquário no bairro do Rastro que se tinha comprometido a dar uma olhada nos móveis que restaram. Não é um bom negócio, pensou Lorenzo quando o outro lhe ofereceu uma quantia pelas peças. Wilson, mais hábil, insistiu com certo descaramento até aumentar em alguns euros a oferta final. Wilson insistiu em acompanhar Lorenzo para lavar o furgão num posto de gasolina, para tentarem livrá-lo do cheiro desagradável. O equatoriano esfregava a parte de trás como se o furgão fosse seu. Lorenzo sentiu um estranho agrado. Gostava do sujeito. De vez em quando ele dizia alguma pilhéria e se ria entre dentes. Quando Lorenzo o deixou em sua casa, lhe pediu um favor. Pode dizer a Daniela que desça por um momento? Tenho que perguntar-lhe algo, se justificou diante do sorriso malicioso de Wilson.

Lorenzo esperou na escuridão, estacionado na entrada de uma garagem próxima. Daniela saiu do portão e se aproximou do furgão esquivando o feixe de luz dos faróis. Como foi tudo?, perguntou. Esgotante, disse Lorenzo. Wilson lhe contará.

Fora do trabalho Daniela parecia mais relaxada. O cabelo solto, úmido, lhe caía até a beira dos olhos. Sim, bem, está bem, disse ela de repente.

Lorenzo demorou a compreender que isso era uma resposta ao convite para o sábado. Venho pegá-la então depois do almoço? Está bem.

Lorenzo deu a partida no motor, e ela se virou com o meio sorriso sustentado. Lorenzo a viu regressar ao portão, caminhava sem rebolar, antes a pequenos impulsos desafiadores. Ela sabe que a estou olhando, pensou Lorenzo.

Depois passou pela casa dos pais. Leandro e Aurora jantavam no quarto. Uma tortilha. Lorenzo apreciou sua apagada intimidade. Estava alegre, esgotado pelo trabalho. Fico só um segundo, porque tenho que ir para casa para tomar banho, explicou. Tem certeza de que não quer jantar? Não, não. Perguntou como estavam. Zangou-se por não lhe terem pedido que os acompanhasse ao hospital e depois lhes deu evasivas eufóricas quanto ao trabalho. Quando o tiver mais consolidado, eu lhes conto, se limitou a dizer, convencido de que soava bem. O que disse o médico?, perguntou a seu pai, depois, a caminho da porta.

Nada, uma revisão normal.

Em casa o aguardava um bilhete de Sylvia. "Estou estudando na casa de Mai, vou chegar tarde." Estudando. Lorenzo esboçou um sorriso irônico.

Depois de tomar banho se enfiou na cama. Virava para lá e para cá nela. Cansado, mas tomado de excitação. Demorava a dormir. Levantou-se para pegar a boneca Barbie enterrada no fundo do armário. Voltou para a cama com ela. Debaixo dos lençóis acariciou suas formas plásticas. Estava cansado demais para fazer amor com ela e adormeceu com a boneca apoiada no ventre.

De madrugada o acordou o barulho da porta ao se abrir. Os passos leves de Sylvia. Lorenzo viu a hora no despertador da mesinha de cabeceira. Perto das três. Estará saindo com algum garoto? Esperemos que saiba o que está fazendo. Teria que falar com Pilar. Perguntarei a ela. Com as mães elas se confessam. Perdeu o sono. Deu o tempo suficiente a Sylvia para deitar-se na cama, e depois se aventurou até o quarto dela. Que horas são estas de voltar, Sylvia? Ficou tarde. Não precisa me dizer. Eu me enrolei na casa de Mai. Não quero que volte tão tarde, fico preocupado. Está bem, deixe-me dormir. Lorenzo observou seu corpo de mulher sob os lençóis. Pergunta-se se algum garoto desfruta de suas formas e depois apaga o assunto do pensamento, perturba-se. Ou o relaciona com sua própria sexualidade. A preocupação com a filha não evitou que de volta a seu quarto se masturbasse com a boneca e depois a devolvesse, envergonhado, ao fundo do armário.

Quando no sábado, na primeira hora da tarde, Daniela sai de seu portão e entra de um salto no furgão de Lorenzo, este refreia o impulso de cumprimentá-la de forma demasiado festiva. Limita-se a sorrir em resposta ao sorriso dela. Fica muito longe o Escorial? Não, uma hora, no máximo. Ah, pensei que ficasse mais longe.

Não, não, fica bem perto.

8

Desceu à garagem a toda a pressa. Não quer chegar tarde ao treino. Tirou a roupa de cama da lavadora. Não sabe muito bem o que fazer com ela. Ainda está úmida. Estende-a no tendal interno. Lá fora faz frio.

No treino suas mãos se congelam. Sente pesadas as pernas. Está com o sono atrasado. Voltam-lhe lampejos da noite anterior.

O que estou fazendo? É uma menor. Tem dezesseis anos. No entanto, os lábios de Ariel não se separavam dos lábios de Sylvia. Ela rompeu sua imobilidade e trouxe a mão de Ariel para sua nuca. Submergiu-a sob a espessura de seu cabelo. Ariel conseguiu acariciar a nuca e o pescoço. Que vai acontecer? Foi Sylvia quem se afastou por um instante, buscou os olhos de Ariel e sorriu.

Estou louca, não?

Ariel lhe passou os dedos na face. Era suave, sem marcas. O gesto tinha algo de carícia infantil. Não vamos fazer nada, disse ele.

Sylvia baixou a cabeça, envergonhada. Ariel queria passar os dedos pelos lábios dela, mas não se atreveu a fazê-lo. Sylvia pegou uma mecha do cabelo e o mordeu na comissura dos lábios. Ariel lhe acariciou as mãos e lhe afastou o cabelo da boca. Por que faz isso? Só faço quando estou nervosa. E agora está nervosa? Não sei. Não tem que ficar nervosa. Está cômoda? Quer mais alguma coisa? Sei lá, outra cerveja...

A viagem de Ariel até a cozinha deu alguns segundos a ambos. Sylvia se reacomodou no sofá. Ariel sabe que quando os beijos são demasiado apaixonados delatam o medo do que espera atrás, o pavor. Uma vez beijou durante horas uma garota que tinha conhecido num concerto, eram beijos de uma fogosidade incrível, mas ela fugiu espavorida quando ele tentou despi-la. Aquela recordação, unida aos beijos espontâneos e entregues de Sylvia, o alarmou. Não, não ia fazê-lo. O frio da geladeira lhe devolveu a cordura. Ao sentar-se de novo no sofá, o fez alguns centímetros distante de Sylvia. Quase nada, mas para ela deviam representar quilômetros.

O melhor é eu a levar para casa, disse ele, e ela anuiu. É meianoite e meia.

Meu pai me mata. Você treina cedo?

Às dez. Quando lhe explicou que terminavam à uma da tarde e depois tinham o restante da tarde livre, Sylvia deixou escapar um assobio e algo parecido a que droga. É claro que sou fanático por sesta, já o era em Buenos Aires. Necessito dormir, ao menos uma horinha. Depois falaram da partida de sábado. Em Sevilha. Viajarão na sexta-feira. Vão transmitir o jogo pela televisão, se quiser vê-lo... Não sou tão aficionada, acho. Pensei que gostaria de me ver... A conversa prosseguiu como uma tela de chuva entre um e outro. Ariel tocou o nariz com o dedo, e Sylvia mordeu a unha do polegar.

Você me convidou porque gosta de mim? A pergunta de Sylvia devolveu o calor perdido, os olhos dela se tinham aberto como um céu verde. Eu convidei você porque você me agrada... porque gosto de você, sim. Mas não trouxe você até aqui para ir para a cama com você.

Ariel se manteve imóvel a distância. Ela sorriu, nervosa. Ao beber da garrafa, seus lábios se abriram para fora, e Ariel voltou a querer beijá-la. Por que essa loucura? Temos uma diferença de apenas quatro anos, mas a Ariel parecia uma diferença inalcançável. Recordou um companheiro que lhe dizia, os jogadores de futebol são como os cachorros, aos trinta anos já somos velhos.

Ariel estabeleceu uma distância física, ao modo de barreira de resistência. Ela conseguiu rompê-la e lhe acariciou com o dedo a sobrancelha interrompida por uma pequena marca. Ferimento de guerra, disse ele, e explicou que foi num treino dois anos atrás. É um exercício de foder, para perder o medo de entrar de cabeça. Quica-se uma bola no chão entre dois jogadores muito juntos, e ganha o que conseguir cabeceá-la antes. Você sabe, essas coisas de ver quem tem mais colhão.

Posso ver seu quarto?

Meu quarto?

Sylvia ficou de pé com agilidade. Colocou-se diante dele e estendeu-lhe a mão. Ariel hesitou um instante, segurou-a e se levantou com ela. Deixaram o filme na televisão com sua música que ressoava na sala e se enfiaram escada acima. Por aqui, disse ele, e ela passou à frente. Ariel intuiu os ossos das costas sob o pulôver de lã. A ponta de um papel aparecia no bolso de trás dos jeans de Sylvia. Ariel mordeu o lábio inferior. Apontou para a segunda porta. Estava encostada, Sylvia a empurrou para encontrar a cama feita e a desordem de compactos junto ao aparelho de som no chão. Sentou-se na cama e escolheu um CD. Colocou-o. Do poste da rua chegava um resplendor alaranjado que iluminava o quarto. As paredes estavam nuas, exceto por uma foto do skyline de Nova York numa moldura fina de madeira preta. Ariel se envergonhou daquele quadro que era herança do inquilino anterior.

Viu Sylvia tirar o pulôver e deixar o cabelo cair em desalinho no rosto. Mais que arrumá-lo, após jogar o pulôver no chão, coçou os cachos, num gesto irônico.

Seria bom se você me abraçasse, para dizer a verdade.

Ariel sorriu. Ela agia de maneira tão cerebrina que era impossível sentir-se incômodo. Aproximaram-se, e ele a abraçou pelos ombros. Ela buscou seus lábios e os encontrou.

No pulso, Sylvia tinha três pulseiras de tecido gastas.

Não sei o que vamos fazer, mas depois desta noite não tem que voltar a me ver nunca mais se não quiser, Sylvia tentou falar com aprumo. Parecia menos nervosa que ele. Deixaram-se cair no colchão, e o beijo se prolongou em desordenados abraços. Ela lhe tirou primeiro a camiseta e o beijou nos ombros. Ariel lhe levantou a camiseta e após tirá-la entre os cachos lhe abriu o sutiã. Os seios de Sylvia irromperam dominando a cena com a brancura viva e o rosado aceso de seus mamilos. Ela pareceu retrair-se. O processo foi lento, espaçado. A roupa é sempre uma chateação, não é pensada para que seja belo o momento de despojar-se dela, pensou Ariel.

Ele lhe desabotoou a braguilha da calça, e ela o deixou fazer. Baixou-lhe a roupa que se enredava nas coxas. Sylvia o forçou a subir. Não queria que o rosto de Ariel ficasse diante do púbis como um vizinho numa rua estreita. Abraçou-o fortemente, como se quisesse imobilizá-lo, enquanto conseguia, com os pés, desfazer-se da roupa enrolada nos tornozelos. Depois ele a viu retirar os lençóis e precipitar-se na cama. Ariel se sentou no colchão para desfazer-se de sua roupa.

Você tem camisinhas?

Ariel disse que sim e saiu do quarto por um instante. Sylvia viu, sem querer olhar, as pernas hipermusculosas de Ariel. Quando se reencontraram sob os lençóis, Sylvia se aventurou a examinar o corpo atlético dele com as mãos. Sua pele tostada contrastava com a esbranquiçada tonalidade de Sylvia. Ela alcançou com a mão, após carícias evasivas, o sexo de Ariel. Não chegou a tomá-lo nos dedos, retrocedeu e se deitou, como se quisesse recebê-lo sem estar demasiado consciente do que ia suceder.

Mas Ariel não se deitou sobre Sylvia. Não lhe quis perguntar, você é virgem?, embora tenha descendido com a mão até o sexo dela. Estava úmido e desarmado. Masturbou-a com delicadeza, utilizando o dedo médio para penetrar nela. Num instante, Sylvia fechou os olhos e começou a languescer de prazer. Aferrou-se ao braço dele e gemeu, até soltar um grito enlaçado a outro e outro mais contido que a obrigaram a desabar e abrir os olhos com um sorriso. Ariel deixou cair a cabeça junto a ela.

Sylvia recuperou a sensação de peso de seu próprio corpo. O tempo anterior parecia ter correspondido a uma estranha levitação, Ariel tentou acomodar-se junto a ela. Colocou seu braço de travesseiro e Sylvia deixou cair o pescoço. Com o braço cobriu os seios.

Quer que eu faça alguma coisa em você?, perguntou Sylvia com timidez. Não precisa. Sylvia adotou um tom cômico. Não, não, não é incômodo nenhum, já que eu estava passando mesmo por aqui... Enrubescida, cobre o rosto com o lençol. Você deve achar que sou uma estúpida.

Espero que tenha sido bonito.

Surpreendeu-a o adjetivo. Nenhum espanhol o usaria. Contou a Ariel que sua amiga Mai às vezes dizia que os argentinos ao falar soltavam guloseimas pela boca. É algo no tom de voz, aqui tudo soa mais agressivo.

Ariel trocou a música. Era uma voz feminina brasileira, que se espalhava pelo quarto como uma gaze. Música para transar, arrependeu-se de tê-la escolhido.

Sylvia acariciou com a mão o ventre dele, depois verificou que seu sexo estava excitado e se forçou a masturbá-lo, por mais que o movimento lhe parecesse ridículo, grotesco. Ariel colocou a mão ao redor da mão dela e a ajudou a terminar.

Passou-se um tempo longuíssimo do que não estiveram conscientes. Agora, sim, tenho que ir, anunciou Sylvia. Sentou-se no colchão e Ariel ficou excitado com a maneira sutil de esconder os peitos com o braço e o lençol. Como nos filmes antigos. Ele a viu começar a vestir-se com uma velocidade endiabrada.

Quer tomar banho?

Não quero voltar muito tarde para casa.

O pulôver tinha ficado do lado de Ariel e ao levantar-se ele o estendeu a Sylvia. Seu suéter. Suéter? Sorriu ela. Terminou a cerveja em dois goles enquanto Ariel se vestia de pé.

O carro voava pela estrada quase deserta. Sylvia baixou a janela e pôs a cabeça para fora. Caía uma levíssima chuva que lhe molhou o rosto, refrescando-a. Não disse a Ariel que tinha a sensação de estar fazia três horas ruborizada e de que lhe ardia a pele. Ela jogava o cabelo para trás, como se fosse desprender-se de sua cabeça. Era agradável. Soava a música entre eles, que mal se falaram.

Sylvia o guiou até seu bairro. Como se chama esta zona?, perguntou Ariel. Um nome lindo, Nuevos Ministerios. Você nunca tinha estado com uma garota de Nuevos Ministerios? E você? Já tinha estado com algum garoto de Floresta?

Ariel surpreendeu-se com que não se inclinasse para beijá-lo. Um curto contato no rosto foi toda a despedida. Sylvia disse obrigada, gostei muito. Eu também, respondeu Ariel. Ninguém se atreveu a dizer nos telefonamos. Ariel a viu afastar-se para o portão de tijolo. Parecia alguém frágil no meio da rua iluminada. Pensou que talvez não voltasse a vê-la nunca mais. Valorizou o esforço que Sylvia tinha feito para não deixar transbordar suas emoções, para manter contida sua vontade de abrir-se, de deixar-se levar. Então a apreciou ainda mais.

O rastro ao mudar os lençóis aproximou-o dela. Sentiu que tinha sido frio, distante, duro com ela. Como alguém que levasse adiante um trâmite. O jogador de futebol que come a adolescente deslumbrada quase sem esforço, que ignora qualquer coisa que não seja uma nova xoxota em seu currículo. Mas eu não a comi, argumentou para aliviar a consciência. Talvez tenha sido pior deixar que lhe tocasse aquela punheta longa, na qual ele teve que se esforçar para conseguir gozar sem que o mau momento se estendesse até o insulto. Jogou os lençóis na lavadora. Esperou que começasse a funcionar. Não queria que Emilia percebesse nada ou que pedisse explicações.

O sonho lhe trouxe os cabelos de Sylvia pousados em seus seios, cobertos estes quase completamente. Recordou a imobilidade de Sylvia após o orgasmo, sem se atrever a dar o passo seguinte e revelar precipitação, medo, arrependimento. Nesse instante desejou voltar a vê-la e mostrar-lhe o calor que lhe tinha faltado quase toda a noite.

No treino a bola corre de um para outro dos colegas, e Ariel parece incapaz de interceptá-la. Em determinado momento, o treinador se aproxima do grupo e em tom seco diz, mais empenho, Ariel.

Ele entendeu que não se referia a esse lance concreto, mas em geral a seu rendimento. E se sentiu ferido. Envergonhou-o não estar entregue totalmente ao jogo, concentrado.

Ao deixar o campo, deu os autógrafos que lhe pedia por entre o alambrado um grupo de estudantes. Uma das meninas lhe gritou, que lindo é você, e Ariel levantou o olhar para ela. Tinha o rosto algo desconjuntado da puberdade, nessa época de transição um tanto monstruosa, sem definição. Rodeava-o a manada de suas amigas, histéricas e gritonas. O grupo lhe desagradou. Tinham perdido essa graça infantil a que tudo se perdoa. Voltou a recordar o companheiro que relacionava a vida dos jogadores de futebol com a dos cachorros. Nós também morremos antes do dono.

Então tinha decidido não ver mais Sylvia. Afastar-se dela. Não, não podia acontecer de novo. Não voltaria a vê-la. Era a sua maturidade impensável em alguém de dezesseis anos, ainda que ela fosse fingida, o que o assustava mais, o que a tornava ainda mais perigosa.

9

À s seis da tarde daquele sábado o sol ainda não tinha brilhado. De modo que seria um desses raros dias em que ele não aparece nunca. Sylvia tinha chegado um tempo antes à casa da avó. O sorriso de Aurora sob seus olhos úmidos compensava a preguiça de passar a tarde sem nada melhor que fazer. Mai tinha voltado a León para passar o fim de semana, empenhada em salvar uma relação que, dizia, ia ladeira abaixo e sem freio. Seus três dias em Viena tinham sido tão intensos quanto penosos. Ela tinha levado uma cacetada perdida da tropa de choque que lhe tinha fissurado a clavícula. Além de um roxo imenso, grande como uma queimadura, que ela exibia orgulhosa, tinha passado quarenta e oito horas em observação num hospital nas cercanias da cidade. Maldizia Mateo porque mal se tinha preocupado com ela. Não viemos aqui como casalzinho, lhe tinha dito.

O hospital era uma espécie de prisão para feridos leves. Um italiano com o braço quebrado, um grego intoxicado pelo gás lacrimogêneo, uma americana com o tornozelo destroçado por uma bala de borracha. Era uma forma de detenção encoberta. A mais de quarenta quilômetros de Viena, ficavam impedidos de voltar ao protesto. E, sem o carregador do celular, queixava-se Mai. Não lhe escrevi por isso, para reservar bateria para o caso de Mateo me ligar. E esse gesto que ela reconhecia egoísta, e inútil porque ele nem ligou, indignava a própria Mai. Contou a Sylvia até o último detalhe de sua peripécia.

Eu me sentia estúpida, abandonada. Sorte que havia um anarquista de Logroño, muito engraçado e muito gordo, que me fez rir sem parar. Tinham dado quinze pontos na cabeça dele, e ele não se queixava. Nós nos demos muito bem. Ele me dizia a todo momento, não se queixe, que ser anarquista em Logroño é como vender pentes em Marte. Uma vez tinha saltado a cerca da praça de touros durante as festas de San Roque para denunciar a tortura animal e exigir a proibição das touradas, fui com outros três ou quatro ecologistas, e aí, sim, é que nos deram uma senhora surra. Ainda por cima estávamos nus, e com um pontapé me fizeram subir um testículo, você sabe como isso dói?

No hospital, após confessar suas dúvidas ao gordo anarquista de Logroño, tinha resolvido romper com Mateo, mas a viagem de volta os reconciliou. Vinte horas de ônibus unem qualquer um, dizia Mai. Apesar do cansaço, as mãos de Mateo, debaixo do cobertor, tinham tido a habilidade de salvar sua relação. Ou ao menos isso era o que ela insinuava com um sorriso de lado. Menina, tenho a impressão de que o nosso caso é só físico.

Sylvia teria gostado de contar sua aventura com Ariel, mas não encontrava ocasião. Tinha medo de Mai. Falava demais. E, se alguém no instituto ficasse sabendo de algo assim, podiam tornar-lhe a vida impossível. Naquele ambiente, não dar que falar era uma virtude. Qualquer um que sobressaísse corria perigo, de qualquer um se fazia uma lenda. Como daquela pobre garota do segundo ano de que diziam que ganhava dinheiro para deixar ser chupada nos banheiros dos garotos; a metade do instituto dizia que tinha desaparecido porque não suportava a mentira, e a outra metade porque seus pais tinham descoberto que era verdade. Não, era melhor calar-se. Cada vez que vencia suas reticências e se decidia a falar com Mai do caso, por sorte voltava a encontrá-la imersa em sua própria batalha. Você o que acha? Que ir este fim de semana para vê-lo é arriar as calças totalmente, ou que é bom da minha parte lutar para que a relação não vá para o cacete?

A resposta de Sylvia foi lacônica. Vá.

Faltou à primeira aula no dia seguinte ao de sua noite com Ariel. Suportou a zanga do pai, as recriminações por causa da hora de voltar para casa. A caminho da aula, examinou as mensagens de seu celular, mas não tinha notícias de Ariel. Então reviveu a frieza dele. Ela tinha forçado o desenlace. Ele tinha resistido, e ela o tinha levado para o quarto. Não fez nada por retê-la quando quis ir embora a toda a pressa. Nem sequer a beijou ao despedir-se na rua. Mal se falaram na viagem de volta no carro. Tudo era estranho. Gélido.

Ela tinha se sentido suja, estúpida, ao vestir-se a toda a pressa diante do olhar dele, com seu sêmen ainda úmido manchando os lençóis. Tinha vergonha de seus peitos enormes balançando absurdamente enquanto recolocava o sutiã. E seu cheiro de mulher. Ariel nem sequer quis fazer amor com ela, tirar-lhe uma virgindade que estava certa de lhe era evidente, que era gritada aos quatro ventos por um sistema de alto-falantes instalado em seu rosto, em sua forma de comportar-se. Aquela punheta desajeitada com que quis satisfazê-lo devia soar a dissimulação histérica de uma adolescente acovardada. Voltavam-lhe de vez em quando mínimos sinais positivos. Recordava as mãos e a pele dele, o gesto de indefeso ao gozar, a câimbra de sua coxa, os músculos em tensão. O prazer de acariciar-lhe os ossos das costas, sentir as costelas marcadas. Tudo nela, por contraste, lhe parecia flácido. Qualquer tentação de enviar-lhe uma mensagem, de recordar-lhe a noite, se esfumava quando valorava sua atitude descarada e hipócrita em partes iguais.

À medida que não chegava nenhum sinal de Ariel, ela se impôs a versão mais negra e fatalista. Sou apenas a jovenzinha petulante que se pendura no jogador de futebol famoso. Como se tivesse direito, pelo atropelamento, a algo mais que uma indenização do seguro.

Na sexta-feira Sylvia não tinha aguentado mais e num arroubo de valentia e desolação lhe tinha enviado uma mensagem. "Sorte no jogo." Rebuscada, mas neutra. Ele demorou um pouco para responder. "Falamos na volta. Obrigado." O obrigado rebaixava a promessa ao grau de procedimento quase empresarial. Obrigado. Soava mais a aperto de mãos que a beijo. Mais a despedida que a regresso. Só teria faltado isto na noite em que a trouxe para casa, apertarem-se a mão e dizerem-se, foi um prazer, até a próxima. E se quiser uma camiseta autografada posso mandá-la para sua casa. Se tinha a tentação de converter, como fazia às vezes, Ariel no homem de sua vida, poderia começar desde já a reconhecer o fracasso, dizia a si mesma. Perdi o homem que eu amo.

Nessa noite saiu com colegas de classe. É o que me corresponde, pensou. As ruas abarrotadas e não as casas de luxo nos arredores, os restaurantes magníficos, os quartos de adultos. Um banco sobrecarregado de rapazes, bebidas mescladas, a música atroadora cuspida dos bares como se transbordasse, maranhas de cabelo, olhos esquivos, calças caídas, risos exagerados, algumas garotas maquiadas em excesso como palhaças no cio, garotos com as mãos nos bolsos, grupos que se batem com tapas nas costas, garotas que cobrem as pernas e o quadril, um grupo ao lado de outro grupo, numa espécie de corrente que se estendia pela rua, e que se afastava de má vontade para deixar passar um carro.

Na praça onde queriam sentar-se, havia um par de policiais que pedia documentos e tentava espantar seis romenos embriagados que ocupavam um banco do parque infantil sujo e repleto de garrafas e copos de plástico. Nos bares, quase não havia espaço para chegar até as belas garçonetes, que percorriam o balcão para atender a clientes que elas mal premiavam com um olhar. Os colegas de classe brincavam entre si, falavam do curso, riam de algum professor, de algum aluno. Nico Verón imitava a rigidez do pescoço do professor de matemática. A mesma nostalgia de sempre pelo que tinha acontecido ontem. Escutavam a música e esperavam que alguém dissesse, vamos embora?, para mudar de bar.

Seu pai esteve nervoso toda a manhã de sábado. Dedicou-se a reordenar a sala. Tentar pôr reta a prateleira da estante que tinha cedido ao peso da enciclopédia. Pôs a mesa a uma hora inglesa, e Sylvia cozinhou para os dois. Tinha se levantado tarde. Não estava com fome nem de bom humor. Perguntou ao pai se ele ia ao futebol apesar de saber muito bem que o time dele jogava em Sevilha.

Antes de sair para casa dos avós, ela tinha se estudado diante do espelho. Depois de tomar banho, o cabelo ainda cheirava ao tabaco da noite anterior. Dizem que perder a virgindade muda a expressão do rosto. Bastou o dedo de Ariel? Já a teria perdido? Acontece assim? Toca o final da mandíbula ainda não formada. Tampouco os pômulos se afinavam. Continuavam, como ela, apagados na infantil forma arredondada que a fazia parecer uma gorda perpétua. Nos olhos talvez, sim, visse uma expressão vaga, fugaz, um pouco mais adulta e madura. Como se conhecesse melhor alguma verdade. Mai tinha razão quando assegurava que os garotos querem amar você, mas fogem de você. Ela dizia assim: podem ter as mãos nos seus peitos, mas os pés deles já estão a ponto de desatar a correr para afastar-se de você. Fogem. Sylvia não ia impedir a fuga de Ariel. Nem atrasá-la. Quanto antes se resolvesse o absurdo de sua relação acidental, melhor. Mas tinha sido bonito, não?, se perguntava às vezes, como se não quisesse perder de todo, ao menos, a recordação agradável. Quando a trouxe de volta para casa, ela reparou na mão dele tensa na mudança automática do carro. Era um gesto de tensão, ela quis acariciar-lhe os dedos, convidá-lo a relaxar, mas não o fez.

O sorriso da avó Aurora a ajuda a esquecer. O avô Leandro lhes deixa logo para dar o passeio de todas as tardes. Jogam uma partida de damas sobre a colcha, e no meio se deslocam todas as peças sem que lhes importe muito recomeçar. Você se lembra de quando brincávamos com as bonecas na sua cama e a desmanchávamos toda?

Estou pensando em cortar o cabelo, anuncia Sylvia. A avó tenta tirar-lhe a ideia. Mas é tão lindo. Sim, mas é um saco, diz Sylvia. Use-o como o use, nunca fica bom. Aurora lhe acaricia o cabelo e o puxa para trás. Recém-lavado, ganhou em espessura ao se secar na rua, com a brisa.

Meu cabelo era como o seu, mas sempre o usei preso. Uma vez eu o quis cortar, e seu avô, que era o único que o conhecia solto, quase o único, me perguntou por quê. Porque me dá muito trabalho, lhe expliquei. Também conservar os quadros do Museu do Prado dá muito trabalho, e ninguém pensa em jogá-los fora, ele me disse.

Sylvia sorriu e levantou os olhos para a avó.

Seu avô tinha essas maneiras nada delicadas de dizer as coisas bonitas. Continua o mesmo. Agora diz menos coisas, isto sim, e concede um gesto à melancolia. Já chegará o dia em que você vai cortar os cachos, mas que não seja por um arrebatamento de mau humor.

As forças da avó Aurora não tardavam a esgotar-se. Quer que lhe leia alguma coisa? Não, fale-me, lhe responde. Sylvia não sabe o que dizer. Conta que nesses últimos dias, quando tenta ler, avança pelas páginas, mas sem reter nada. Na terceira página tenho que voltar, lhe diz.

O que é que você tem na cabeça?

Sylvia não responde, embora quisesse. Falam das provas próximas. A avó pergunta por Lorenzo. Se ele sai, se se cuida, se frequenta os amigos. Então lhe conta que ela e seu avô sempre descuidaram dos amigos. A ele não importa, ele desfruta estando sozinho, mas às vezes sinto saudade das visitas, das pessoas ao redor. Seu avô adora o Manolo Almendros, mas nunca telefona para ele, o outro é que tem que telefonar para ele, que tem de vir aqui com a mulher para passar a tarde ou para almoçar de vez em quando, e liga para mim antes para saber se não incomoda e para que eu lhe compre uns chocolates de que gosta.

Aponta para um porta-joias que está ali perto e pede a Sylvia que o pegue. Examinam as peças. A avó lhe explica a história de um relógio ou de um pingente. Há um bracelete com que Leandro me presenteou num arroubo de romantismo, um desses pouquíssimos momentos em que parecíamos um casal normal. Se você gostar de algo, eu lhe dou de presente.

Sylvia se sente perturbada com essa espécie de herança em vida. Experimenta ainda uns brincos, mas os recoloca no porta-joias. Aonde poderia ir com eles?

Algum dia você vai ter que se virar... Claro, agora vocês usam anéis no nariz e brincos no umbigo, como mudaram as coisas! E em outras partes, vovó, em outras partes também... Conte... Sim? Sim, há mulheres que o põem na língua, e no clitóris. O quê? Um brinco? Sim, ou uma bolinha de prata, lhe informa Sylvia. E não dói ao...? Acho que não. Não, é claro, deve ser uma coisa primitiva, pensa em voz alta Aurora, como que saindo do pasmo.

Pouco tempo depois a avó dormiu. Sylvia examina os apontamentos de história que leva na mochila. O avô volta da rua despenteado pelo ar e com o rosto cortado pelo frio. Sylvia janta com eles e depois volta para casa dando um passeio.

Deprimem-lhe as noites de sábado. É como se fosse uma obrigação curti-las. À porta de um carro três garotos terminam de vestir-se de *tunos*. Um deles está careca e é barrigudo, tem corpo de bandurra. Mais adiante há um garoto que chora sentado no meio-fio, a garota a seu lado lhe segura os óculos e tenta consolá-lo. Ela cruza um olhar com Sylvia, que entende que ele acaba de pedir-lhe que o deixem.

Deitou-se no sofá para ver a partida que transmitem pela televisão. Ariel é agarrado por um beque que o persegue de perto. Quando o derruba, Ariel reclama com o árbitro, que lhe faz um gesto para que se levante sem parar o jogo. A Sylvia parece ridícula a figura do árbitro, como se não pertencesse à mesma realidade que os jogadores. Parece um senhor, empertigado e aristocrático, com esses sobrenomes impossíveis, sempre compostos e sempre extravagantes. Eles são escolhidos por terem sobrenome estranho, pensa. Este tem por sobrenome Poblano Berrueco.

A camisa de Ariel saiu após a falta. Espanta quão pequeno parece diante de seu marcador, como se fosse um menino. Ao correr, o cabelo se levanta, alisado pelo suor.

Os comentários dos locutores se limitam a assinalar o nome de quem carrega a bola e destacar bobagens óbvias. Um diz, um gol faria o jogo se abrir. Outro, o empate revela que não há superioridade de nenhum dos times. Faltando sete minutos, Ariel cai na área e o árbitro marca pênalti. Os locutores discutem, ao ver a jogada repetida. A Sylvia parece que é Ariel quem procura a perna do beque e se deixa cair. Acha engraçado o fingimento. Será assim em tudo?, se pergunta.

O gol é feito por outro jogador. Um brasileiro, beque robusto, poderia ser o pai do restante do time. Ariel é substituído. Ao atravessar a linha lateral, troca um tapinha carinhoso com o jogador reserva. A câmera mostra Ariel caminhando para o banco, ele baixa as meias e recebe uma palmadinha do treinador nas costas. Está encharcado de suor quando se senta, e se cobre com o casaco esportivo. O locutor diz, este rapaz precisa aclimatar-se para terminar de abrir o recipiente das essências que certamente contém. Sylvia pensa, talvez logo se torne uma grande estrela. Um companheiro lhe diz algo ao ouvido, e Ariel sorri.

Há um filme americano após a partida. Sylvia não tem vontade de se mexer. Um homem passa dez anos de sua vida na prisão por um crime que não cometeu. Quando sai, sua única obsessão é encontrar o verdadeiro culpado. Seu pai entra em casa durante a oitava briga. Senta-se por um tempo junto a Sylvia. Parece cansado, triste.

Seu time ganhou, lhe diz Sylvia.

Lorenzo anui com a cabeça. No filme o homem soca três indivíduos mal-encarados que o encurralam num beco sem saída. Quando Sylvia se levanta para ir para cama, ele diz, desligue, desligue, eu também vou dormir.

Sylvia pôs o headphone e canta junto com a música. Sente vontade de masturbar-se, mas não o faz. Adormece com o headphone. Vai tirá-los mais tarde com um tapa. Na mesinha de cabeceira repousa o telefone celular recarregando. Silencioso.

Ao amanhecer se sente sozinha. Com frio. Dá voltas na cama. Demora um tempo para romper em choro, abraçada ao travesseiro. Sufoca-se contra ele.

No domingo sua mãe telefona. Acompanhou Santiago a um congresso em Córdoba e de volta vai parar em Madri para almoçarem juntas. Falam das provas e do trabalho com Santiago. Pilar se mostra feliz. Brinca com Sylvia sobre os garotos. Eu dou medo aos garotos, diz ela. Deve ser por causa do cabelo.

Santiago chega ao final para pegar Pilar. Trouxe dois livros para Sylvia, tira-os de sua pasta. Você os tem? Sylvia os olha e diz que não. Quem dera os tivesse lido quando tinha dezesseis anos como você agora, mas então eu só queria jogar basquete, diz ele.

O abraço de Pilar quando se despedem é exagerado. Sylvia o agradece, mas o evita. Sua mãe lhe esfrega as costas, como se quisesse transmitir-lhe algo que não sabe dizer. Cuide-se bem, viu?, por favor. Terá notado que estou triste?, pensa Sylvia.

De tarde começa a ler o mais grosso dos livros. Não há nada que a aproxime de Ariel. O argumento lhe parece demasiado distante de sua vida. Na página dezessete o fecha. Abre o outro. "Sempre me sinto atraído por lugares onde vivi, pelas casas e pelos bairros."

Da sala chega o barulho do rádio, com o "Carrusel Deportivo", que seu pai escuta. Gols e melhores momentos em todos os campos, misturados com a publicidade masculina. A Sylvia não parece difícil encontrar a razão pela qual são tão tristes as tardes de domingo.

Mai a interromperá dentro de pouco com uma ligação do ônibus. Acabei com Mateo, não aguento mais. Ele decidiu viver em Barcelona. Você acha que vou perder meu tempo junto de um sujeito que faz planos sem contar comigo? E a você o que importa morar em Barcelona ou em León?, lhe perguntará Sylvia. Não é isso, menina, são os detalhes, cacilda. Se a gente é um casal, é porque quer compartilhar tudo, não?

Mai falará por um tempo do outro lado da linha. Sylvia não lhe prestará muita atenção. No final, quase por obrigação, sua amiga lhe perguntará, e você como está?

Já estive melhor, responderá Sylvia. Na verdade, já estive melhor.

10

Leandro não caminha, foge. Dobrou a esquina de uma rua solitária e agora sai para o cruzamento com Arturo Soria. Seguirá pela calçada ampla até chegar ao ponto de ônibus. Leandro se arrependeu imediatamente de sua inesperada decisão. A encarregada o recebeu com um sorriso ainda mais maquilado que de costume. Levou-o para a salinha para dizer-lhe, temos um probleminha com o cheque do outro dia. Foi devolvido.

Leandro se surpreendeu, não esperava esta notícia. Ela tirou importância ao contratempo. Leandro não tinha consigo dinheiro vivo e propôs-lhe passar um cheque de novo. Qualquer coisa antes que tornar a deixar o rastro de seu cartão de crédito. Já lhe disse que prefiro dinheiro vivo, o advertiu a mulher. Aqui a duas ruazinhas há um caixa automático. Nesse caso, é melhor eu voltar outro dia, ameaçou Leandro.

Bem, bem, não vamos a perder a confiança no senhor por causa de um acidente, não é mesmo?

A encarregada aceitou o cheque assinado que Leandro estendeu com mão trêmula. Mari Luz saiu do quarto enquanto ele preenchia. Teria hesitado ao ver sua falta de firmeza no pulso. Trouxe o cheque devolvido pelo banco e acrescentou um mecânico, quase insultante, agora mesmo aviso a Valentina. Ele disse hoje prefiro ficar com outra. Ele o disse assim, sem pensar muito. Ora, hoje ele quer mudar. Bem, faço as garotas entrar para que as veja. Sente-se. Quer tomar alguma coisa?

Leandro disse que não e se sentou no sofá depois de tirar o sobretudo. Fazia calor.

Não se preocupou muito em escolher. Pediu à primeira que entrou na salinha que subisse ao quarto. Era eslava, loura com meia melena, espigada, com pouco peito. Subiram para um quarto. Ela se desnudou com presteza e depois o despiu. O ritual da ducha desta vez foi diferente, e a garota lhe indicou que se sentasse no bidê. Ali lhe lavou com gel o pênis e o olho do cu, como se terminasse de lavar os pratos sujos do dia. Falava um bom castelhano, embora sua voz fosse dissonante, como se perdesse o fôlego no meio da frase. Tentou mostrar-se simpática. Substituiu-o para sentar-se de pernas abertas no bidê e esfregou o púbis raspado com a mão cheia de espuma branca.

Deitado na cama, começou a parecer antipática a Leandro a voz da garota. Tinha um timbre demasiado elevado, pouco íntimo. Rompia-se em cacarejos absurdos, quase ridículos, qualquer frase soava como grito de uma galinha choca. A moça estava magra demais e seus ossos apareciam. Passou o cabelo louro pelo peito dele, lhe mordiscou os mamilos e acariciou a pele flácida em torno de seu velho ventre.

Após os dias de abstinência em que se proibiu de escapar de casa, suas visitas se tinham convertido em quase diárias. Como se fosse uma recaída. No domingo ficou em casa por um insuperável pudor e recebeu duas visitas de Aurora que lhe permitiram trancar-se em sua peça. O reencontro com Osembe depois de três semanas foi agradável. Ela esteve carinhosa, perguntou a razão de sua ausência. Ele lhe explicou que sua mulher estava doente, e ela evitou que se sentisse ridículo ali, falando nu na cama de um bordel da doença de sua mulher. Osembe se dedicou com concentração a fazê-lo gozar. Naquela tarde voltou para casa com a culpa temperada pela sensação de ter desfrutado. Ademais, disse a si mesmo, não voltarei senão daqui a muito tempo. Mas voltou na tarde seguinte. E na outra. E Osembe recuperou sua rotineira maneira de satisfazê-lo. A última metade de cada encontro se convertia numa breve conversa em que ambos concediam ao outro alguns detalhes de sua intimidade.

Na segunda-feira voltaram a usar a jacuzzi, embora incomodasse a Leandro a higiene do lugar e que a cor da banheira não fosse branca. Desfrutou da proximidade de Osembe. A brincadeira de margens entre sua pele e a espuma da água oferecia detalhes estimulantes. Na rua, se sentiu cortado pelo frio da tarde. Pensou que fosse adoecer.

Imaginou-se na cama, febril. Depois pensou que não teria ninguém para atendê-lo. Não poderia agora repetir aqueles dias de gripe ou de gastroenterite que passava na cama, com Aurora preocupada em oferecer-lhe algo de comer, os remédios na hora certa, mais calor quando precisava. Agora seria um doente abandonado. E o castigo lhe parecia justo.

Mas não adoeceu. E na seguinte conversa após a refeição deixou adormecida Aurora com o rumor de um programa amável de tarde no rádio. Antes de entrar na casa, da calçada oposta, viu um homem fazer entrar umas caixas de supermercado e depois umas bolsas da lavanderia. Talvez fossem os lençóis, disse a si mesmo. Não entrou senão quinze minutos depois, quando viu o homem sair e afastar-se dali num 4X4 escuro. A casa exibia suas habituais persianas abaixadas como pestanas fechadas, o mesmo ar de discrição, silêncio, quase abandono. Mas nessa tarde se indignou com Osembe.

Ela o recebeu sonolenta, mas solícita. Estava quase nua, talvez tivesse acabado de atender a outro cliente. Lavou-o entre risos e estabanamentos, e Leandro pensou que tivesse tomado drogas ou estivesse bêbada. Deitaram-se na cama, e ela esteve excessiva. Às vezes deixava escapar gargalhadas estúpidas ou dizia frases carinhosas que entre risos soavam a escárnio. Com dois dedos agitou por um tempo o pênis de Leandro como se fosse um bonequinho falante. Na flacidez, parecia um teatrinho de fantoches perverso e insultante.

Leandro se sentiu exposto e ridículo. Tentou reprimir-se, transmitir-lhe seu desgosto. Mas ela se aplicou a uma felação trabalhosa.

Mordiscava o pênis de Leandro, e várias vezes ele sentiu a fronteira da dor e do prazer tocar-se. Enchia a boca de saliva e enxaguava e umedecia o membro semiereto. Os barulhos eram desagradáveis e punham a perder a esforçada concentração. O que é que está acontecendo hoje?, dizia ela. Não gosta mais de mim, meu amor?, perguntava. Então se limitou a balançar o pênis de Leandro com mão agressiva, como se fosse um trabalho cansado e absurdo, agitar uma bexiga morta.

Leandro a pegou com força pelo punho. Calma, lhe disse. Basta. Ela resistiu, mas ele a obrigou a deitar-se a seu lado. Esperaram um instante que suas respirações serenassem após o esforço.

Quero vê-la fora daqui, lhe disse Leandro. Isso é proibido. Dê-me um telefone. Vai ganhar mais dinheiro. Será tudo para você. Não fale, lhe disse Osembe, e moveu a cabeça como se quisesse indicar-lhe precaução. Não vê que ganhará o dobro ou o triplo? Quanto lhe tiram aqui?

Leandro percorreu o corpo de Osembe. Em seu delicado mordiscar, ela ria ou soltava gritos abafados. Leandro deslizou até o sexo dela e tentou domesticar sua falta de concentração. Sentiu fracassar suas tentativas de lhe dar prazer, não sentiu umedecer-se suas pregas rosadas. Parecia de pedra. Como sou estúpido, pensou.

Levantou-se, vestiu-se sem o banho habitual e saiu do quarto sem deixar gorjeta. Osembe não lhe disse nada, e Leandro suspeitou que estivesse adormecida na cama.

Lá embaixo pagou com dinheiro vivo. Respondeu com um seco sim a um foi tudo bem? da encarregada. Tinha tido vontade de bater em Osembe, de esbofeteá-la, de conseguir zangá-la ou exasperá-la, para conseguir ver, talvez, um lampejo real da pessoa. Mas se alegrou de não tê-lo feito. Qualquer conflito nesses lugares acaba sempre de modo desagradável.

Na rua lhe custava conter a fúria. As pessoas com que cruzava lhe pareciam vilmente feias, desagradáveis, desengonçadas. A rua ampla e com cerca de flores lhe parecia cafona e sem personalidade, a calçada mal desenhada. Preferia as ruas cinza da velha Madri. A forma dos carros lhe parecia ridícula; o clima, inóspito; os troncos descascados das árvores, deprimentes. A cidade lhe transmitia vida, mas uma vida obscena, grotesca. As lojas eram pouco atraentes, com rótulos raquíticos ou neons baratos, a publicidade dos pontos de ônibus invadida pela mesma beleza frígida, e as pessoas eram em sua grande maioria de uma vulgaridade desmoralizante com suas caras de frio.

Não voltarei, disse a si mesmo. Desde o primeiro dia o atraiu o desprezo altivo de Osembe, a crueldade de seu olhar vazio e indiferente. Mas a lisura da pele era viciante. Sabia que nunca a teria, que ela nunca pensaria nele nem se preocuparia nem minimamente com seu velho cliente pervertido, sabia que nunca a fidelidade de suas visitas abrandaria o coração ausente daquela casa. O prazer sexual que ela lhe dava era fruto de um automático profissionalismo, as mãos que percorriam seu corpo só acariciavam o dinheiro que isso lhe proporcionava. Dinheiro que ela gastaria em manicure, cabeleireiro, maquiagem, roupa, joias, porque tudo o que vislumbrava dentro de Osembe lhe devolvia uma garota alheia à gravidade de seu destino, sobrevivente comprazida de um naufrágio que não a angustiava.

Se algum dia deixasse aquele vício estúpido arruinar sua vida, lhe restaria o consolo de saber que o tinha feito conscientemente, de que não ia enganado àquela casa nem àqueles braços, de que era um declínio escolhido, queda voluntária e obsessiva que não merecia nenhuma piedade, que não se sustentava com justificativas românticas.

Ao chegar a casa essa noite, a ira se transformou em paz e entrega. Leu para Aurora junto à cama. Preparou-lhe um caldo e a beijou no rosto para lhe dar boa-noite. Pensou se teria feito tudo aquilo com a mesma disposição se não tivesse acabado de ver a face de sua miséria moral, de sua baixeza. Perguntou-se se os acontecimentos da vida necessitavam de um contraste imprescindível. Se o bom o era pela presença próxima do mau, o belo do feio, o correto do incorreto.

Vou ficar bem, não tenha medo, lhe disse Aurora quando notou o ânimo abatido de Leandro. Apagou a luz. No escuro ele se sentiu sujo e enojado. Ela cometia um erro enorme ao interpretar a razão de sua tristeza. Não sofro por você, mas por mim, pensou ele, ferido.

Leandro foi dormir com a saliva de Osembe ressecada na pele. Teria preferido amanhecer morto, liberto. Mas acordou são e salvo, animado até. E nessa mesma tarde estava sob o corpo de uma ucraniana ossuda e plana, que dizia chamar-se Tania e que Leandro tinha escolhido para vingar-se de Osembe, por mais que suspeitasse que esses gestos seus não a perturbariam nem minimamente. O que esperava? Ciúme? Arrepende-se rapidamente ao ver-se fingir para aparentar ser algo próximo de um cliente satisfeito. Com Osembe ao menos não se sentia condicionado.

Leandro tem que concentrar-se para gozar afinal. Posso vestir-me sozinho, lhe diz quando ela se oferece para ajudá-lo com sua horrível voz de gralha. Leandro observa seu corpo mole, a pálida velhice, as sardas em torno do peito. Por que faço isto? Por que me destruo assim? Não tinha trabalhado toda a vida, lido, estudado, convivido com uma mulher cheia de vida e bonita, não se tinha esforçado por levar uma vida reta e livre para acabar como um patife desprezível num prostíbulo de bairro chique. Você vai arruinar minha vida?, pergunta a si mesmo. Coloca a cabeça entre as mãos apoiadas nos joelhos, como um boxeador nocauteado minutos depois de perder tudo.

Sente a advertência interior que o impede de chorar. A voz que lhe lembra que aqueles lamentos culpáveis tampouco são sinceros. Conhece o aguilhão da culpa bastante bem. O remorso e ele eram velhos amigos que se traíam com o álibi dado pelo fato de saber que nada é definitivo.

Lá fora canta um pássaro, e do corredor chega o rumor do sexo pago em algum quarto próximo. Tania saiu do banheiro contíguo e o espera de pé para deixarem o quarto juntos. Ninguém devia andar sozinho, tudo se coreografava para evitar encontros indesejados. Saberia Osembe que ele estava ali? E isso o que provocaria nela? Indiferença, é claro. Talvez uma ponta de zanga por perder dinheiro fácil. Mas todos os clientes eram iguais, ela lhe tinha dito um dia. Embora ele trouxesse um componente desusado. A velhice, a decrepitude, o vício fora de hora, a persistência no erro, sua culpa infinitamente mais acusada que a de qualquer outro escravo da apetência

sexual incontrolada. Seria difícil para ela encontrar alguém pior que ele.
 Arruma o cabelo diante do espelho. De novo a sensação de quarto de colegial. Ninguém suspeitará por seu aspecto a imensa desolação que esconde. Vê um homem morto no fundo de seus olhos. Leandro dedica a si mesmo um olhar inteligente que lhe serve para controlar qualquer emoção. Frio.
 No corredor entre quartos Leandro ouve uma porta se abrir, algo inabitual. Osembe mostra a cabeça. Usa um vestido de uma peça de cor creme que termina no meio das coxas, se ajusta no quadril e se abre em duas longas alças nos ombros que deixam ver o decote. A roupa tem algo de desagradável por artificial, mas ressalta o esplendor de seu corpo. Seus olhos estão cheios de veiazinhas vermelhas.
 Hoje você me enganou com outra, né? Leandro não tem vontade de responder, começa a descer a escada. Ela lhe pousa as unhas longas pintadas de cor framboesa no ombro. Amanhã é meu aniversário. Se você vier aqui, faremos uma festa especial. Quer?
 Leandro entende a cena como um patético triunfo. Dá de ombros. É uma provocação? Ou por acaso uma pequena vitória?
 A encarregada substitui Tania no final da escada. Guia Leandro para a porta. Espero que não haja problemas com o cheque, não é verdade? Leandro lhe assegura que não haverá problemas, e o faz com firmeza. Mas ela mostra seu sorriso terminado num dente gasto e torto.
 Não me decepcione, velhinho, não me decepcione.
 A frase contém uma dose de desprezo e de ameaça. Leandro se sente agredido e deixa a casa com fortaleza, sem se deixar vencer. É o final. Nunca voltará a este lugar. Lança até um olhar para a porta metálica para fixá-la na memória. Também para a vidraça velada. Logo tudo será uma sombra. Sente o olhar de alguém atrás de uma persiana, percebe uma presença lá atrás. Nunca mais. Ninguém é tão estúpido de deixar-se vencer quando o inimigo lhe mostrou suas armas e sua evidente superioridade. Seria suicida. Afasta-se a passo vivo, renascido. Está fugindo.
 E sabe disso.

11

No domingo Lorenzo almoça na casa dos pais. Ele preparou um arroz passado que se endurece na colher de servir. Os dois se sentaram ao redor da cama de Aurora, e, quando ela elogia o sabor após levar apenas alguns grãos de arroz à boca, Lorenzo se autocastiga, bem, também pode servir de grude e lhe empapelamos o quarto. Sylvia ficou para comer com a mãe, que está de passagem pela cidade. E, como sempre, Lorenzo sentiu uma pontada de ciúme. Incomoda-o não poder levar a filha a restaurantes para lá do que fica embaixo de sua casa e seu prato feito de nove euros. Sabe que virá Santiago e tentará conquistar Sylvia com a mesma ostentação de poder e segurança com que conquistou Pilar. Seus ares de importância, suas conversas fiadas, seus livros de presente que ela agora lê apesar de nunca ter mostrado interesse pela leitura.

Quando Pilar lhe anunciou que o abandonava e que tinha outro homem em sua vida, Lorenzo não se surpreendeu de que esse homem fosse Santiago. Não é tão estranho, disse então com esmero para feri-la o mais possível, que uma secretária se envolva com o chefe. Foi uma frase que não conseguiu ofender Pilar. E talvez isso tenha enervado ainda mais Lorenzo. Nos dias posteriores fez algo de que ainda se envergonha. Nem sequer sabe se Pilar conhece a história. Pode ser que Santiago nunca a tenha contado a ela.

Lorenzo só conhecia Santiago das duas ocasiões em que tinha passado pelo escritório de Pilar perto da praça de la Independencia. Quando Santiago ainda não era seu chefe, Pilar brincava nos jantares com os amigos, acho que tenho o trabalho mais aborrecido do mundo. Mas Marta, a mulher de Óscar, que trabalhava no Ministério da Justiça, contestava, eu sou secretária de um subsecretário, e por isso sou o quê? Subsub-subsecretária? E todos riam, como se assim desterrassem a eterna frustração de Pilar com o trabalho.

Lorenzo aguardou aquele dia nas proximidades do escritório e quando viu Santiago surgir do portão se pôs diante dele. Quer falar sobre o assunto? Tomamos um café tranquilamente. O ar civilizado de Santiago, em vez de aplacá-lo, o ofendia ainda mais. Lorenzo lhe deu um empurrão que o outro recebeu sem responder, apoiando-se na parede. Disse algo mais. Algo conciliador. Lorenzo lhe gritou, por que você está me fazendo isto?, hem?, por que está me fazendo isto? Santiago, num gesto reflexo, se tinha protegido com as mãos. O que acha, que vou bater em você?, recriminou-o Lorenzo. E lhe deu palmadas com raiva nos braços como se só quisesse fazê-lo sentir-se inferior. Jogou-lhe os óculos de armação marrom no chão, quase acidentalmente. Não se quebraram. Alguém que passava pela rua parou para olhar. Santiago pegou os óculos, os colocou e começou a andar, a passo firme, sem correr. Lorenzo não o seguiu. Só repetiu não vou bater em você. Mas Santiago não se virou para olhá-lo, caminhava longe.

Lorenzo nunca compreendeu o que tinha querido fazer, o que buscava ao ir ao seu encontro. Só pretendia obrigar Santiago a reparar na ferida que causava. É feliz à custa de me esmagar, de roubar-me tudo. Com o tempo, envergonharam-no sua violência, sua estupidez. Humilhavam-no. Santiago tinha que saber o que sua felicidade causava, o preço que fazia o outro pagar. Lorenzo queria apresentar-se diante dele como algo mais que o parceiro anterior de Pilar, como um ser real, ferido.

Mas o mal-estar desse domingo em que come com os pais não remonta tão longe. Tem mais que ver com a tarde anterior.

Na esplanada do Mosteiro do Escorial, rodeados de grupos de turistas que empreendiam o caminho de volta para os ônibus estacionados perto, Lorenzo perguntou a Daniela, você gostou? Ela se confessou mais impressionada com a enormidade, com o antigo.

Nós, os espanhóis, estamos loucos, não é mesmo?, conseguiu dizer Lorenzo. Uma coisa assim, erguida no meio do nada, pela demência de um rei que queria expiar sua culpa.

Falou a Daniela das origens do Mosteiro, do martírio de São Lourenço, da forma de grelha de tortura do próprio edifício, da culpa de Felipe II por ganhar a batalha de San Quintín no dia do santo, dados esses que ele tinha lido de maneira apressada após conectar-se à internet no computador de Sylvia.

Daniela lhe contou que teve a mesma impressão de pequenez quando no colégio a levaram a visitar a igreja da Companhia de Jesus em Quito, em pleno centro histórico. Os efeitos do sol entrando pelas vidraças e das pinturas bastante explícitas sobre a vida que esperava o infiel terminaram por convencer os indígenas da grandeza do Deus dos católicos. Depois, voltou a visitá-la após o incêndio, com as paredes enegrecidas, e era ainda mais impressionante.

Lorenzo falava com generalidades, confundia datas e nomes, numa espécie de conferência bem-intencionada que mais parecia uma exposição de tema de opositor fracassado. Se tentava dizer algo sobre a chegada espanhola ao Equador e o espírito que guiava os que levantavam enormes igrejas e conventos, Daniela o corrigia com certa doçura, Hernán Cortés não tem nada a ver com isso, você se refere, eu acho, a Pizarro. Sim, é claro, Pizarro, bem, é a mesma coisa. Também fingia conhecer os nomes de Sucre, a data da independência declarada nas alturas do Pichincha, e até mentiu ao assegurar, sim, é claro que eu já tinha ouvido falar de Rumiñahui. Há muito tempo, no colégio.

Não conseguia responder a todas as perguntas dela durante o percurso, bem, acho que o rei se casou várias vezes, não sei se três ou quatro, disse diante dos sepulcros. Sim, é claro, era muito piedoso, olhe em que caminha mais fajuta ele dormia. De vez em quando conseguia ler as legendas que acompanhavam uma pintura antes dela e então se exibia, este é o pai dele, Carlos V. Mas era o caráter empreendedor dos espanhóis, sua loucura iluminada, o que Lorenzo ressaltava em sua demorada conversa, como se quisesse, aos olhos de Daniela, aparentar-se com aqueles cruéis mas magnéticos homens cheios de projetos fecundos. E muito fecundos, Francisco de Aguirre teve cinquenta filhos, lhe disse ela com uma ironia que Lorenzo não conseguiu captar. O Mosteiro ia fechar logo as portas e eles foram tirados da Biblioteca. Lorenzo assinalava com certo desvio o lugar que correspondia ao Equador num velho globo quando o funcionário lhes instou que saíssem. Isso é típico dos funcionários, olhe que horário. Você acha que se pode fechar às dezoito horas um monumento tão visitado, algo que é o orgulho do país?

Sentaram-se na mureta que servia de cerca para esperar o anoitecer que caía entre as montanhas atrás do Mosteiro. Era bonita a vista. Daniela lhe falou de seus tempos de escola em Loja. Explicou que conhecia bem a história da Espanha por uma freira de Pamplona, agressiva e autoritária, que foi sua grande professora. Batia na gente com um grosso missal, bem aqui, no cocuruto. Mas também lhes falava de que a iluminação de Deus tinha conduzido os espanhóis através de mares e selvas para expandir a fé no Novo Continente, eles davam nomes de santos às cidades que conquistavam. Os soldados se tinham distanciado fatalmente de seu Deus e se tinham entregado à ânsia de riqueza, ao vício, à loucura, à sexualidade, e ao final tinham perecido, enfermos e castigados.

Essa mulher, Leonor Azpiroz, disse Daniela com uma recordação de chamativa precisão, me bateu uma vez no meio da aula. Ao passear entre as fileiras de carteiras, descobriu meu livro destruidinho, tinha passado por muitas mãos antes das minhas, era um catecismo espanhol que se chamava *Convosco está*. Ela me fez levantar e me esbofeteou. Não é assim que se trata o material escolar, me disse. Eu me lembro de que fiquei morrendo de raiva, a culpa não era minha, eu já tinha recebido o livro assim, e quando cheguei em casa quebrei a pisões o crucifixo que tínhamos feito com pregadores de roupa. Mas no dia seguinte ela se deu conta de meu olhar de rancor e me procurou para abraçar-me, me tomou o rosto entre as mãos e me disse indiazinha, você tem cara de santa, não se remorda de raiva à primeira injustiça da vida. Era uma sábia, uma salesiana sábia que via você por dentro.

Lorenzo aproveitou a trilha aberta pela confissão de Daniela para perguntar-lhe por sua família. Daniela lhe falou de uma mãe doente e dedicada a cuidar de todos os irmãos e irmãs. Ela tinha vindo para a Espanha e tinha a responsabilidade de mandar dinheiro. Quando falavam por telefone, a mãe mal conseguia conter a emoção. Rezo por você, dizia a Daniela.

Tenho uma irmã, um pouco mais velha que eu, lhe explicou Daniela, que deu todos os desgostos à minha mãe. Saiu a meu pai, eu acho. Nunca a vemos. Veio para a Espanha antes de mim, mas não telefona nem nada. Andava em más companhias. Minha mãe nisso foi muito generosa comigo, me disse vá para a Espanha, mas não o faça por mim, faça-o por você, e os dólares que ganhe que sejam limpos, por poucos que sejam. Seja honrada, e Deus a premiará. O que é que você acha?, desafiou a Lorenzo, que eu não sei como ganham dinheiro algumas que vejo por lá, no nosso próprio bairro? É muito difícil competir com as que passam dos limites.

Lorenzo recordou então uma camiseta em que quase não reparou no dia em que a viu em Daniela. "Ele me faz feliz", dizia a legenda. E tinha se sentido referido. Mas agora sabia com precisão que se referia a suas firmes crenças religiosas e se viu na obrigação de dizer-lhe que não acreditava em Deus nem ia à missa. Pela expressão dela, de certa ausência, Lorenzo se aventurou numa confusa explicação em que afirmava que acreditava na existência de Deus, mas não de um Deus como o entendem as pessoas religiosas, mas de outra forma, mais etérea e pessoal, como se fosse um Deus que está dentro de cada um. Quando sentiu que suas palavras podiam não levá-lo a lugar nenhum, preferiu abandonar a conversa com um tampouco penso muito frequentemente nestas coisas.

Este edifício, lhe disse Daniela como única resposta, esta construção só pode ser fruto da fé verdadeira, do desejo de honrar a Deus acima de todas as coisas. E Lorenzo levantou os olhos para ver a imensa esplanada e o Mosteiro que recebia a última luz do dia. A seu modo pensou no intrínseco espanholismo de sua espartana construção, embora lhe faltasse perspectiva para vê-lo como o glacial leviatã de granito que rompia a serra de pinheirais que o rodeava.

Daniela sentiu frio, e Lorenzo a envolveu com o braço pelos ombros. Voltamos agora?, lhe perguntou. É melhor, respondeu ela.

Caminharam pela ladeira da estrada em busca do furgão que tinha estacionado na valeta afastada. Aos domingos vamos a uma igreja que fica perto de nossa casa, lhe contou Daniela, o pastor é inteligentíssimo. Lorenzo o entendeu como um convite velado, mas não disse nada.

Entraram no furgão. Lorenzo dirigiu pela rua que margeava o Mosteiro e em cada quebra-molas não podia impedir-se de olhar de rabo de olho para os peitos de Daniela mexendo-se para cima e para baixo. Enquanto isso, ela falava da igreja. Cada dia vão mais espanhóis. Às vezes os espanhóis creem que essas igrejas são somente de *sudacas*, mas agora entram, nos ouvem cantar e alguns se juntam a nós. Sabe o que me dizem? Que aqui a fé sempre foi triste. Vocês celebram a Deus com alegria, com risos, se atreveu a interromper Lorenzo. A última missa a que tinha assistido talvez remontasse ao funeral do pai de Lalo fazia quase quinze anos.

A estrada de volta a Madri avançava entre os campos cercados de pedras, e Lorenzo e Daniela fixaram os olhos na frente. O fato de não se olharem lhes permitia falar com maior sinceridade.

Vocês são mais alegres em tudo, ouviu dizer Lorenzo a si mesmo. E logo lhe pareceu que tinha ido demasiado depressa. Não se engane, lhe corrigiu Daniela. Sofremos muito. As pessoas só veem os que vivem em festa e tudo isso, mas a realidade é outra. Certamente você conhece alguma colombiana. Colombiana?, não, por quê?, perguntou Lorenzo. Você gostaria mais delas que de mim, isso é certo, lhe disse Daniela sem tirar os olhos da frente, como que desafiadoramente. São despudoradas, não lhes importa nada. Bem, não quero generalizar...

Lorenzo sentiu uma ponta de excitação. Tinha levado bastante dinheiro na carteira pensando que ela teria vontade de bailar, de jantar ou de divertir-se em algum lugar. Agora se dava conta do equívoco.

Alguns dias antes, tinha passado pelos escritórios do amigo Lalo para receber pelo trabalho de esvaziamento do apartamento. Na verdade, confessou ao amigo no escritório, deixei o valor em branco, não sei o que pôr. Lalo escreveu com habilidade uma nota fiscal em seu computador e pediu a Lorenzo que fosse vê-la. Parece-lhe justo?

É um pouco mais do que eu pensava, lhe confessou Lorenzo.

Lalo imprimiu a nota fiscal e tirou o dinheiro de uma gaveta de sua mesa. Não se preocupe, era o que eu tinha previsto, lhe assegurou. Saíram para tomar um café. A manhã era luminosa, mas a cafeteria era escura, se estendia para o fundo de um lugar cujas únicas janelas eram as da frente. Lorenzo perguntou a Lalo pelo dono da casa. Há alguns objetos pessoais que talvez tivesse que entregar-lhe, mas, é claro, agora vocês já devem tê-lo mandado viver debaixo de uma ponte.

A frase de Lorenzo soou como uma acusação direta a seu amigo. Lalo se justificou. Ao contrário, lhe conseguimos um lugar num asilo de velhos. Na verdade, eu não o conheço, tudo foi feito por um garoto, um agente de vendas. É dessas coisas que quando contam para você, com toda a confusão com os vizinhos, as denúncias, você pensa que vai ser algo complicadíssimo, que é melhor não se meter nisso, mas depois acabou que foi muito simples. Em apenas duas semanas o problema estava resolvido. Sabe o que pensei depois? Que na verdade ninguém tinha oferecido ao sujeito comprar-lhe o apartamento e que ele estava desejando vendê-lo. É simples, não? Onde ele vai ficar melhor é ali mesmo, no asilo. Não sei, me parece que ele é alguém que perdeu a cabeça. Alguém falava de um acidente, não sei...

E sabe em que lugar ele está? É claro, no escritório tenho todos os dados, interessa a você? Não, bem, são coisas que talvez, Lorenzo não quis demonstrar demasiado interesse. Quando você esvazia assim uma casa, você sente um pouco de pena, você pensa que está acabando com a vida de alguém, com tudo o que ele acumulou numa vida.

Em meu trabalho, lhe explicou Lalo, você vê coisas de partir o coração. Você pensa que a casa muitas vezes é a última coisa que resta às pessoas. Meu chefe sempre diz uma coisa genial: as contas do mês não são pagas com lástima. E é verdade, a vida é um ciclo, afinal, por mais pena que lhe dê. A casa de um que morre é para outro que vive; de um que está passando por um mau momento para outro que está indo melhor. É a vida.

Lorenzo acompanhou Lalo de volta ao escritório. Seu amigo lhe explicou que depois da reforma o apartamento poderia ser vendido, naquela área, por quatro vezes mais do que tinham pagado. É dessas coisas que nos saíram por uma pechincha, confessou a Lorenzo. Depois lhe passou os dados do lugar onde estava o antigo dono. Jaime Castilla Prieto, o nome é muito comum, comentou. E não se sinta obrigado a levar-lhe nada, o sujeito está mal da cachola, e Lalo lhe fez um gesto vago com a mão à altura da cabeça. Lorenzo deu de ombros.

Esse mesmo dinheiro que tinha recebido de Lalo era o que pulsava no sábado no bolso de Lorenzo. Os condutos da calefação expulsavam uma espessa corrente de ar com cheiro de carburante. Quando Daniela lhe contou que mal conhecia os arredores de Madri, Lorenzo lhe falou daquela área agora urbanizada, mas que alguns anos atrás era apenas pasto de ovelhas e vacas.

Daniela lhe confessou que qualquer deslocamento lhe provocava pânico. Não tinha documentos e não queria topar com a polícia na estação de trem ou em alguma viagem. Deixam você dois dias na delegacia e emitem uma ordem de expulsão. Ela tinha chegado a Madri dois anos atrás com um visto de turista com o único plano de mandar dinheiro para a mãe. Um dia quero construir minha casa própria, mas não uma casa enorme como essas que outros imigrantes fazem com dinheiro da Espanha, eu não quero me gabar como fazem eles, só uma coisa simples, bonita. Lorenzo lhe perguntou por seus primeiros passos quando chegou ao país.

Você já conhece a Nancy. Ela me ajudou muito. No princípio cuidei de uma senhora. Conhece aquele senhor grisalho que tem um programa de entrevistas de tarde?

Lorenzo anuiu com vagueza, mas demorou a identificar o homem de que Daniela falava. Pois eu cuidava da mãe dele. Não me davam nenhum dia livre na semana. Nem sequer a tarde de domingo. A família não ia quase nunca ver a senhora. E eu não tinha nada de comer. Sabe do que me alimentava? Conhece esses biscoitinhos Príncipe de chocolate? Dois ou três por dia, e nada mais. Tive uma anemia terrível e um dia desmaiei na casa. Hospitalizaram-me. E o apresentador veio rápido ao hospital e, antes de me perguntar como eu estava, sei lá, começou a me ameaçar com que, se eu contasse alguma coisa, ele ia tornar a minha vida impossível e que conseguiria que me expulsassem do país. Sabe o que chegou a me dizer? Que era amigo do rei. Ali mesmo no hospital me despediu.

Só se alimentava de biscoitinhos de chocolate? Você podia ter morrido, se escandalizou Lorenzo. Que nada, engordei como uma baleia. Assim estou. Não está gorda, de modo algum... Minha mãe vê as fotos que lhe mando e me escreve, mas, gorda, você comeu a minha filhinha, onde está a minha filhinha? Ambos riram.

Depois cuidou dos três filhos de uma família, mas o mais velho, de nove anos, era hiperativo. Ele me maltratava, me insultava, puxava meus cabelos, me chutava. Um dia não fui mais, não tive coragem nem para me despedir. Não queria contar aos pais as coisas que o menino fazia. Um dia ele me disse que eu era sua escrava e que eu só tinha vindo para a Espanha era a recolher o cocô dele. Fiz mal, mas fui embora. Ele tinha o diabo no corpo, aquele menino tinha o diabo no corpo.

Lorenzo disse algo para consolá-la, não é culpa das crianças, é culpa dos pais. Mas ela lhe falou de seu trabalho atual. Um casal jovem, pessoas boas. E o menino é encantador. Para mim é como meu filho. Mal os conheço, de nos cruzarmos na escada, lhe confessou Lorenzo. Acho que ele é administrador de uma empresa ou algo assim.

Daniela deu de ombros. Na Espanha se vive muito bem. As pessoas gostam de sair, de estar na rua. Um dia a senhora para quem trabalho me explicou: não queremos que o menino nos roube nossa vida social. Por isso eu fico algumas noites até que voltem do jantar ou do cinema. São lindos. Parecem felizes.

Sim, bem, o que você contou, disse Lorenzo, há de tudo. Mas aqui as pessoas são alegres, eu acho... Menos no metrô, sorriu Daniela. No metrô vão todos sérios, não se olham, não se cumprimentam. Todos leem ou olham para o chão como se tivessem vergonha. Como quando você se encontrava comigo no elevador, você baixava a cabeça, e eu ficava pensando, que sapatos calcei?, ah, espero que estejam limpos.

Após os risos, houve um silêncio. Daniela perguntou a Lorenzo sobre sua separação, sobre como organiza a vida e sobre como cuida da filha, se sente saudade de sua mulher. Lorenzo respondeu com sinceridade, sem poupar-se uma ponta de autocondescendência.

Cometi um erro, admitiu. Um dia julguei que minha vida seria sempre como era então. Com minha mulher, minha filha, meu trabalho. Não concebia que isso pudesse mudar. E talvez não tenha cuidado disso suficientemente. Eu me equivoquei.

O silêncio a seguir parecia dar por encerrada a conversa. Logo a estrada desembocou na rodovia. Os carros mais velozes ultrapassavam o furgão de Lorenzo a caminho de Madri. Ao passarem pelo desvio de Aravaca e Pozuelo, Daniela lhe disse que tinha muitas amigas que trabalhavam ali. Lorenzo lhe explicou que em Aravaca conheceu o último pastor de ovelhas de Madri. O senhor Jorge. Todo Natal lhe comprávamos um cordeiro para o almoço de Ano-Novo. Construíram um monte de casas geminadas atrás de seu aprisco, e a prefeitura o obrigou a tirar as ovelhas, contou a Daniela. Quando eu tinha quinze anos. Você ainda não tinha nascido.

Não exagere, sorriu Daniela. Tenho trinta e um anos. Já não sou uma mocinha. Pois parece, disse Lorenzo. Olhe, aqui mora o presidente, assinalou ao passar junto ao Palácio da Moncloa. Você gosta do presidente?, lhe perguntou Daniela. Bah, os políticos são todos iguais... Não, não, lhe corrigiu Daniela, no Equador são piores. Ali não há nenhum honrado... São quatro famílias, seria preciso jogar todos fora. São uns ratos. Ratos? Corruptos.

Ao entrarem em Madri, Lorenzo propôs que fossem jantar. Daniela disse, você já gastou muito dinheiro. E depois acrescentou que estava cansada. Não quer dançar? Com certeza agora você vai dançar com suas amigas, brincou Lorenzo. Não, não. De verdade que não, alegou ela. E lhe foi impossível mudar sua determinação.

Ao chegarem ao portão, Lorenzo desligou o motor e apagou os faróis. Muito obrigada pelo passeio, lhe disse Daniela.

Era bonita a conjunção das duas longas linhas de seus olhos com a linha da boca. O traçado se rompia com o cair do cabelo. A mão dela pousou sobre a maçaneta da porta e Lorenzo se inclinou dominado por uma força que não controlava. Segurou-a pelos ombros e tentou beijá-la na boca, mas ela só lhe ofereceu o rosto, em terra de ninguém. Mas o beijo se prolongou até ela se afastar.

Eu sabia que você ia fazer isso, Lorenzo. Era a primeira vez que Daniela pronunciava seu nome. Não vim para isso, não quero que pense...

Era Daniela quem se desculpava, como se se julgasse por ter provocado o impulso de Lorenzo. Ele se sentiu incômodo, tentou mostrar-se caloroso. Eu gosto de você, perdoe se... mas eu gosto de você, e eu... Os homens só querem uma coisa, lhe disse Daniela, e fazem muito mal depois...

Daniela falava com doçura, e seus traços se tornavam mais belos aos olhos de Lorenzo. No momento do beijo tinha roçado seu seio com o braço e sentiu um estremecimento. Lorenzo tinha vontade de abraçá-la, de tranquilizá-la, mas ela manejava a situação com uma autoridade que paralisava Lorenzo.

Não me molestou, só quero que saiba que eu...

E o silêncio de Daniela parecia suficiente para explicar tudo.

Obrigada pela tarde tão bonita, disse, e desceu do furgão de um salto. Caminhou para o portão. Lorenzo sentiu uma pontada no peito, como um beliscão cruel. Demorou a partir e circulou sonâmbulo a caminho de casa. Quando atravessavam uma das peças do Mosteiro, entre as tapeçarias tecidas de fio de ouro com cenas bíblicas, Daniela tinha se virado para Lorenzo e lhe tinha dito, muito baixo, como num sussurro, obrigada pelo que fez por Wilson. Então, ao sentir o hálito muito perto do rosto, Lorenzo tinha desejado ir para a cama com ela, despi-la, fazer amor com ela.

Compreendeu seu erro, sua precipitação. Intuía feridas em Daniela que desconhecia, mas a rejeição o fez sentir-se mal, desolado.

Era sábado de noite, mas Lorenzo voltou cedo para casa. Sentiu que dirigia na direção contrária à do restante da humanidade.

Chegou em casa quando a partida de futebol já tinha acabado. Viu por um tempo o filme americano sentado ao lado da filha, Sylvia. Para ela o sábado também terminou mal, pensou, mas não lhe perguntou nada.

Ele termina o domingo com a mesma sensação de vazio com que tinha acordado. Na segunda-feira demora a levantar-se. Encontra um bilhete de Sylvia sob duas laranjas colocadas junto ao espremedor. "Não volto para almoçar." Escuta o movimento de cadeiras no apartamento superior e pensa que é uma linguagem cifrada com que Daniela lhe comunica seu desprezo.

Wilson lhe telefona enquanto ele toma o café da manhã. Conseguiu uma mudança e lhe pergunta se quer juntar-se a ele com o furgão. Sim, é claro, ótimo. Amanhã às oito, então. Lorenzo escreve o endereço do encontro no mesmo bilhete de Sylvia. Vai ter que madrugar, sinto muito, porque estou vendo que você não gosta de madrugar, lhe diz a voz de Wilson do outro lado da linha. Estou acordado há bastante tempo, se justifica Lorenzo. Não está com voz disso, observa Wilson, soa como se ainda estivesse na cama. Sabe como minha mãe chamava isso? Estar com voz de travesseiro. Lorenzo toma banho, se barbeia enquanto ouve rádio. No noticiário não falam dele. Diante do espelho diz, sou um assassino. É estranho quão pouco lhe tinha custado esquecê-lo, deixá-lo para trás. Sepultá-lo no dia a dia. Sou um assassino. Ao olhar o rosto recém-barbeado, se pergunta, mudei muito? E o repete.

Mudei muito?

Estava com gases. Tinha passado mal durante a noite. Ficou de cócoras para tentar expulsar o ar. Deitou-se no chão e massageou o ventre. Pôs as pernas para o alto. Depois pensou, já não sou o que era, não é mesmo? Nesta posição absurda, com as costas no úmido tapetinho do banheiro, ouve a campainha da porta. Os barulhos no apartamento de cima tinham cessado, e ele acredita por um instante que seja Daniela que desce para vê-lo, talvez para desculpar-se. Fui seca com você na outra noite.

Mas quando olha pelo olho mágico seu coração dispara. O inspetor Baldasano está acompanhado de quatro agentes. Vêm para me prender, hoje se acaba tudo. Por um segundo se alegra. Termina a angústia. Depois vem o desconcerto. Perder tudo. Não quer demorar para abrir e o faz de maneira brusca. O inspetor fala com um ar tranquilizador. Bom-dia, perdoe o incômodo. Lorenzo os convida a entrar enquanto verifica se há algum vizinho bisbilhotando na escada a desagradável cena. Temos uma ordem judicial. Serão apenas alguns minutos. Está sozinho? Lorenzo fecha a porta atrás deles.

Sim, estou sozinho.

12

Foi ele. Ele começou. Mandou a primeira mensagem no cair da tarde de domingo. "Olá. Gostaria de ficar amanhã?" Tinham terminado quase todas as partidas do dia no rádio. Os resultados permitiam ao time subir três lugares na classificação. Desligou. "O.k., mas não muito tarde." De noite veria as partidas da liga argentina retransmitidas de madrugada. Mas lhe restavam umas horas mortas sem saber o que fazer. "Às cinco? No lugar de sempre?" Sabia que ao final enviaria a mensagem para Sylvia, mas o retardou quanto pôde. Quero vê-la. "O.k." A moça lhe transmitia uma estranha serenidade. Era a limpeza de seu olhar, as maneiras quase infantis, a ausência de cálculo, certa inocência. Na memória, as carícias trêmulas, algo furtivas, o corpo inédito, os beijos em que deixava cair a cabeça para trás, entre aterrada e excitada, o sorriso nervoso, tentador. Tudo se apresentava com tal proximidade, que a Ariel parecia impossível que ele tivesse deixado passar tantos dias sem vê-la.

Ela respondeu às mensagens imediatamente. Eram curtas, diretas. É claro. Eu impus a frieza, admitia Ariel. "Mas não muito tarde", lhe tinha escrito. Era uma maneira sutil de lhe dizer, hoje não acabemos na cama. E Ariel a entendia. A noite estabelece suas próprias condições. Será um amor de tarde, como de adolescente, pensou. Com ordem de voltar para casa antes das onze.

No sábado ele viveu o tédio de antes das partidas. Tédio expectante. Passeio pela rua com centenas de rapazes que pedem autógrafos, a refeição com o time, a conversa tática, os quinze minutos de vídeo sobre o adversário, a sesta, as conversas selvagens dos homens quando estão em grupo. Lastra tinha dado um novo apelido ao treinador. Lolailo. É como nas canções, explicava: quando não se sabe o que dizer, sempre há um coro que sai com isso de lolailo. De fato lhes parecia que, esgotados os três conceitos e os três detalhes que se deviam obervar no adversário, o treinador começava a escutar a si mesmo, a repetir o estribilho. E, num sussurro, algum dos jogadores cantarolava lolailo, para provocar o riso dos que não conseguiam conter-se. Um pouco colegial, mas eficaz. O corpo técnico apreciava o bom ambiente. Quando a brincadeira se popularizou, Lastra se virou para um dos jovens. Nem uma palavra disto, porque aqui todo o mundo sabe que você é caguete. O rapaz tentou negar a má fama, mas o grupo impunha sua lei.

A sesta foi maçante. Osorio, seu colega de quarto, ligou para a namorada e ficou duas horas no celular dizendo-lhe coisas carinhosas. Ao desligar, se virou para Ariel, já me arrancou um carro, a filha da puta. Depois mergulho no jogo do play. Amílcar foi buscar

Ariel para um café. Alguém contava que Matuoko estava trepando no quarto com uma famosa local, aparentada com os duques de não sei onde. Os espanhóis pareciam conhecê-la da televisão. Telefonou para o quarto dele assim, com o maior descaramento do mundo, contava o colega de quarto de Matuoko. A mulher deve ter quarenta e tantos, mas está ótima, dizia outro.

Levaram as bolsas para o ônibus porque do estádio viajariam direto para o aeroporto. Que ninguém deixe nada no hotel, advertia o delegado. Este esqueceu a boneca inflável, gritava um. E você a puta da sua mãe, lhe respondiam do fundo do ônibus. Quando subiu, entre os últimos, o agitado Matuoko, seus colegas o receberam com uma salva de palmas que ele agradeceu mostrando uns dentes enormes de gengiva rosada. O treinador baixou a cabeça, um pouco sombrio. O roupeiro-chefe contou então duas ou três piadas muito festejadas. Minha mulher grita muito quando transa, às vezes até a ouço do bar. Alguns colocaram headphones, outros conversavam.

Na entrada para o estádio, um grupo de torcedores locais os insultou, lhes mostrou o punho. Atiravam laranjas que rebentavam contra os vidros do ônibus. Um gordo bêbado arriou as calças e lhes mostrou uma bunda feia e cabeluda. Paco, não olhe para que não acabe gostando, gritou Lastra entre gargalhadas. Prefiro a puta da sua mãe, respondeu o referido do seu assento da frente.

A hora e meia anterior à partida se tornou eterna para ele. Aquecimento no gramado. O rumor das pessoas que começavam a encher as arquibancadas. Trocar de roupa no vestiário. O cheiro das loções. Ariel levantou com o pé uma bola feita de um par de meias. Um, dois, três, quatro, a manteve no ar passando-a de um pé para o outro. Alguns o olhavam sorrindo. Outro gritou, no campo, cara, no campo. A espera posterior no corredor dos vestiários. Era esse o instante em que Ariel mais ficava nervoso. Alguém gritava, venha, venha, venha. É preciso ganhar. Vamos, vamos, vamos. Força, força. Nada muito complexo. Vamos, vamos, rapazes, é preciso ganhar com colhão, lhes recordou o treinador de goleiros. Se a coisa ficar feia, chutão pra frente, aconselhava o segundo treinador.

A partida foi amarrada. O jogo era interrompido por faltas constantes. O armador do time, em lugar de passar a bola ou fazer lançamentos, levava a bola no pé. O Dragón ridicularizava esse tipo de jogadores, são carteiros, dizia, para passar a bola para você, chegam ao seu lado, lhe dão a mão, lhe perguntam pelos garotos e não há maneira de a soltarem. É preciso tocar muito a bola e mantê-la pouco. Ariel se desesperava com a falta de circulação. Seu marcador ficava para trás na primeira tentativa e quando se recuperava o derrubava. Recebeu cartão amarelo na metade do primeiro tempo e isso fez abrandar um pouco a marcação. Três ou quatro vezes o superou junto à linha lateral até conseguir centrar. Mas a cabeça de Matuoko parecia mal orientada, como se não conseguisse situar a meta. As conclusões subiam muito ou eram desviadas. Num rebote, Ariel ousou dar uma bicicleta, mas o goleiro conseguiu espalmar por cima do travessão o que teria sido um gol belíssimo, dos que se repetem na televisão durante dias.

Por fim sobrou para ele uma bola perto da área por uma rebatida malfeita, e ele avançou para a linha de fundo e buscou algum companheiro que chegasse por trás, de frente para o gol. Viu que o defensor caía no chão e só teve que buscar com o pé a perna do adversário. Ariel caiu na área, e o árbitro apitou pênalti. Marcou-o Amílcar com um tiro perfeito à meia altura.

Depois o treinador decidiu segurar a partida. Substituiu-o por um beque. Isso não o incomodou. Sentou-se no banco. O treinador lhe disse algo que Ariel não entendeu. O goleiro reserva, que comia o quinto saco de sementes de girassol, lhe sussurrou ao ouvido, lolailo lailo, e os dois riram.

No aeroporto, dois passageiros reclamavam irados da espera. É para indignar, nos retiveram aqui uma hora para esperar esses aí. Um dos beques centrais lhe lançou um olhar cheio de ironia, relaxe, senão vai ter um infarto. O homem o olhou com fúria e desprezo, e o representante do time foi reunindo os jogadores para que nenhum se extraviasse. Durante a viagem, um dos jornalistas que compartilhavam o avião se aproximou para felicitar Ariel. Ronco se deixou cair no braço de seu assento, contente, não? Ariel anuiu com vagueza. Tomamos algo ao chegar? Ariel olhou para o relógio. Aterrissariam em Madri por volta da uma. É noite de sábado, vocês ganharam, o árbitro engoliu sua fita, lhe disse Ronco, que quer mais?

Ariel sorriu. Não foi fita. O sujeito me tocou.
Pensou que seria bom sair. Os colegas faziam brincadeiras com as aeromoças que sorriam, um pouco violentas, mas coquetes. Uma delas, o cabelo tingido de um tom avermelhado, sorria para Ariel. Seria possível um chá? Ela lhe sorriu. Muito obrigado, disse ele. Ao regressar à cabine, um jogador anônimo gritou não corra, há pau para todas. Logo a aeromoça trouxe o chá de Ariel. Sinto muito, não temos *mate*, lhe disse. Ariel sorriu com os olhos verdes. Um pouco depois, de longe, seus olhares se encontram, e ela lhe dedicou uma expressão. O companheiro de assento de Ariel lhe bateu com o cotovelo. Está paquerando a aeromoça! Paquerando?
Sabe o que diz o ditado? Aeromoças e enfermeiras, para trepar são as primeiras. Ariel riu. O jogador era um reserva que mal jogava, já estava há três anos no clube. Sou de Múrcia. Conhece Múrcia? Ariel disse que não. Terra de *furcias*, de prostitutas. E o sujeito voltou a gargalhar. Ariel preferia escutar música. Fez menção de colocar os headphones.
Cara, você tem que ir lá um dia, tenho um casarão ali, perto da Manga, do cacete. O que é que vai fazer no Natal? Vai para Buenos Aires? Ariel não tinha certeza, tinha essa intenção, mas ainda não tinha resolvido. E compensa tanta viagem? Só quatro dias de férias, é o que nos dão os filhos da puta. Tenho meus pais lá. Aquilo está feio, dizem, muita delinquência. Li a notícia do jogador de futebol que teve o pai sequestrado. E jogava com um argentino, Lavalle, conhece?, que quando ia para Buenos Aires levava dois caras de segurança. Para nós pintava a coisa como estando foda.
O vice-presidente, um jovem advogado de gravata azul-pálida, se levantou e lhes disse, o presidente me ligou e me pede que lhes transmita seus parabéns. E o que vamos ganhar pela vitória?, gritou um, queremos o dobro! Todos riram. Você já sabem que no Natal ele dará um presente a cada um. O time aplaudiu de gozação. Certamente os esperava uma caneta-tinteiro ou um relógio. Ariel tinha vontade de colocar os headphones, mas não queria ofender o companheiro de assento, que não mostrava intenção de voltar a mergulhar na revista de carros. Minha mulher está grávida, lhe contava então, o quinto. Já sabe que dizem que não há quinto ruim. O do

meio é que me saiu mal. Não quer nem ouvir falar de futebol. Desde pequenininho brinca com as bonecas da irmã, e a filha da puta da minha mulher sai dizendo por aí que o menino é gay, você acha que se pode dizer isso?, o menino tem apenas nove anos, pois ela diz que sim, que se nasce gay e que ela acha isso muito bom. Várias vezes tentei convencê-la a falarmos com o psicólogo do colégio, mas ela nada, não ria, que é sério, cacete, uma puta de uma vergonha que passo às vezes. Um dia ele me diz, e vocês têm de usar sempre essa camisa, não podem ir mudando de cores? Veja você que salada mental tem o garoto.

Um tempo depois a conversa degenerou para a política. Eu não voto, lhe disse seu companheiro, mas se votasse teria que se candidatar um sujeito como Pinochet ou Franco, porque, para que me roubem, prefiro que me roube alguém com autoridade, que dê duro em toda essa gentalha que pulula por aí.

Antes da aterrissagem, a aeromoça recolheu as bandejas e obrigou a que fechassem as mesinhas. Sobre a de Ariel deixou um porta-copos em que tinha escrito seu telefone celular. Ariel o guardou antes que o visse seu companheiro, que então falava das razões do habitual fracasso da seleção espanhola de futebol. Talvez seja pela falta de caráter competitivo do espanhol, mas, cacete, se aqui tivemos Ballesteros e Fernando Alonso, que são daqui, espanhóis, que não são marcianos... O que se diz lá na Argentina da nossa seleção? Ariel deu de ombros, bem, lá todo o mundo sabe, é por esse cara, o do *bombo*, ele é *mufa*. *Mufa?*, perguntou seu companheiro com um interesse desmedido. Sim, *mufa*, que dá azar. *Gafe?* Sim, isso, o do *bombo* é *gafe*. Não sacaneie, não sacaneie. Mas isso todo o mundo sabe lá, insistiu Ariel diante do espanto de seu companheiro. Ou seja, M... Não, não, não o nomeie, Ariel bateu na cabeça como se fosse madeira. Nós tivemos um presidente do país *mufa*, e foi preciso pedir-lhe que não assistisse aos jogos da seleção.

Quando as rodas do avião pousaram no asfalto da pista, começou uma agitação imediata. Pessoas que abriam os cintos de segurança, que pegavam suas malas, ligavam os celulares. Ariel observou que seu companheiro ligava dois celulares. Dois?, perguntou. Cacete, um para minha mulher e o outro para as outras, não vai querer que haja linha cruzada, né? O goleiro que tínhamos há dois anos encaminhou sem querer para a mulher uma mensagem pornográfica. Tinha de ver que situação. O cara tinha muita graça, e olhe que era catalão, e quando lhe perguntávamos como se tinha arranjado nos dizia que a tinha feito acreditar que era intencionalmente para ela, para esquentar um pouco a relação, para reavivar a vida de casados, dizia o sacana. E tem que conhecer minha mulher, é demais, me inspeciona as mensagens, a agenda. Quando transo com alguma por aí, antes de voltar para casa paro num posto de gasolina e me esfrego com gasolina, que olfato tem ela para as colônias!

Ariel buscou com o olhar a aeromoça entre a confusão de cabeças, como se quisesse observá-la pela última vez. Agora estou transando com uma das vendedoras da loja do clube, uma das morenas, a mais cheinha, vou apresentá-la a você. Bem, eu a comi, e ela dá um trabalho do cacete. Sabe o que a deixa excitadona? Que a coma vestido de jogador de futebol. Sei lá, lhe dá coisa... Mas com caneleiras e tudo, que figura! As mulheres, quando você raspa um pouco, descobre que são bem vagabas.

Desceram do avião, e Ariel se sentiu liberto da conversa. A aeromoça se despediu dele com um gesto de cabeça e mordeu o lábio que tinha retocado com um cor-de-rosa intenso.

Pegaram as malas na esteira enquanto o roupeiro-chefe organizava seus ajudantes para não ter que carregar um só volume. Ronco o estava esperando junto ao controle da guarda civil. Vamos a um lugar aqui perto, eu guio você. Não tinha um carro mais cafona, não?, Ronco lhe falava depressa. Ariel lhe resumiu a conversa com o companheiro. Antes era um jogador correto, dos que se entregam e suam a camisa, não espere outra coisa, o Prêmio Nobel de Física deste ano não vai ser dado para ele, mas agora está mais velho, lhe disse Ronco. Olhe, ali está, é o Malevo. O lugar é horroroso, mas aqui é que fica a animação.

Estacionaram numa zebra por insistência de Ronco. Quem vai multar você agora? Na rua, Ariel tirou do bolso o porta-copos do avião e o mostrou a Ronco. O telefone da aeromoça? E só agora é que me diz? Que traga uma amiga, mas o que é que está esperando para telefonar? Ronco discou o número no telefone de Ariel, mas ninguém respondeu. Como é que você me faz isso? Deve ter ido foder com o piloto, como sempre.

Instalaram-se no fundo do balcão do bar. A música atroava. Ronco bebia cervejas como se fossem esgotar-se. Pentelhava Ariel com indignação por ter deixado escapar a aeromoça. Pouco depois se abriu a porta do lugar e para sua surpresa viram entrar Matuoko acompanhado de uma mulher de cabelo avermelhado. É ela, disse Ariel. É a aeromoça.

Cumprimentaram-se de longe, e vieram instalar-se no outro lado do balcão. Bem, me parece que a mulher distribui seu telefone por todo o plantel, disse Ronco. Ariel se justificava, eu não posso competir com esse cara, você não o viu nu, tem um corpo perfeito. Tomar banho a seu lado é deprimente, admitiu Ariel. Ronco fez cara de nojo, não continue, penso num grupo de homens nus e sinto vontade de vomitar.

Falaram por um tempo de futebol, sem tirar o olho dos avanços de Matuoko com a aeromoça. Ela, de vez em quando, olhava para Ariel e sorria, quase esboçando uma desculpa. Os jovens se aproximavam de quando em quando para contar-lhe suas histórias, dar-lhe a mão. Cada um tinha sua frase, agora minha garota está se tornando torcedora, eu cheguei a jogar no juvenil, falta para vocês alguém no meio do campo que seja o pulmão do time, eu contrataria outro goleiro. Um dizia, de um pouco mais longe, sair menos de noite e suar mais a camisa. Isso de suar a camisa é uma das coisas supervalorizadas do futebol, você não acha?, lhe perguntou Ronco. Ariel lembrou-se do Dragón quando lhes dizia, vocês jogaram muito mal, correram demais, se este jogo consistisse em correr, eu contrataria o vencedor dos cem metros rasos. Depois outro gritou do final do balcão, menos discotecas e mais gols, e Ronco o encarou, o que é que isso tem a ver? Os melhores jogadores do mundo foram uns canalhas. A você, Ariel, o que falta é vadiagem. Às vezes nem parece argentino. Na área o que transparece são as horas noturnas e os balcões de bares. Em cada drible, em cada disputa com um beque, aparece o canalha. Faz dois anos apareceu no treino um grupo de torcedores com um cartaz enorme que dizia menos putas e defender mais as cores do time, essa é a fantasia das pessoas, que vocês estão levando um vidão do cacete e que não podem falhar, é como se aparecesse um ator de Hollywood dizendo que sua vida é muito triste, cai fora antes que lhe deem um pontapé na bunda, as pessoas não querem ouvir isso, para elas basta a sua própria vida de merda.

    O álcool terminou de excitar Ariel. Uma garota se separou de seu grupo de amigas para ir cumprimentá-lo. Ronco a estimulava. Venha, dê dois beijos nele, não seja tímida. Ariel se concentrou na garota que falava com ele incansavelmente. Ela pôs na coxa de Ariel a mão bronzeada e lhe falou ao ouvido para dizer-lhe coisas como não gosto muito de futebol. Ronco continuava com suas brincadeiras, de verdade não tem uma amiga que goste de caras feios? Eu lhe asseguro que nu melhoro muito. Quando Ariel se inclinou sobre a garota e lhe disse, não estaríamos melhor você e eu sozinhos em outro lugar?, ela sorriu com orgulho. Eu fumo o cigarro e vamos, o.k.?

    A garota morava num prédio de tijolos brancos na zona norte, perto da estação de Chamartín. Dividia-o com três amigas. Estudava Administração de Empresas numa escola de negócios. Sua família era de Burgos. Eu não chupo, hem?, lhe digo desde agora, disse ela a Ariel no elevador, quando ele a segurou pelo cabelo com força. A Ariel custou despi-la, a garota tinha posto uma música e dançava de calcinha e sutiã como se se exibisse. Estou louca, isto eu não faço nunca. Estou louca, repetia. Ariel bebia em goles lentos uma cerveja em lata que ela lhe tinha trazido da geladeira. Fizeram amor com dois ritmos diferentes. Ela aumentou a música como se não quisesse ouvir a si mesma, mas somente os gorgorejos de Celine Dion. Ariel não entendia muito bem o que fazia com aquela mulher que ele não desejava, que não era especialmente bela e pela qual não tinha mais atração que a que o álcool lhe ditava. A garota dizia, diga-me coisas sujas ao ouvido, ai, como gosto do sotaque argentino, e depois lhe pedia que batesse na bunda, não tão forte, assim, assim. Ariel se sentiu ridículo. Detestou os beijos na boca que ela lhe deu e após terminar e arrancar o preservativo só pensou em fugir para seu carro estacionado na rua. Então a garota, que tinha gozado com o que mais parecia um ataque de soluço, não parava de lamentar-se meio chorosa na cama. Eu não faço isto nunca, cacete, eu tenho um namorado em Burgos, o que vou dizer agora a José Carlos?, hem?, o que vou dizer agora a José Carlos?

Ariel se perdeu tentando orientar-se nas estradas periféricas. Voltou para o centro da cidade como se lhe fosse imprescindível partir do quilômetro zero para encontrar o caminho. Na praça de Colón, uma blitz o fez parar para ver quem dirigia alcoolizado. O policial se aproximou da janela. Ariel baixou o vidro com seu melhor sorriso. Eu me perdi para sair para Las Rozas.

Com certeza você bebeu um pouquinho, não? Vou deixar você passar porque ganhamos, está certo? Chamou seu companheiro, você vai ver, este é torcedor para valer. Ariel lhes deu duas fotos autografadas das que levava no porta-luvas. Depois recebeu as confusas instruções para a saída mais próxima para a estrada. O policial se despediu com um ande, boa sorte, que nós vamos continuar a caçar bêbados.

Deitou-se na cama quando amanhecia. Demorou a dormir. Estava moído. Acordou às três e meia. Respondeu aos e-mails. Marcelo marcava com ele para se verem nas férias de Natal, depois lhe dizia que ia compor uma música sobre uma garota de dezoito anos que tinha matado um rapaz de vinte e um numa discoteca suburbana. Ela ao que parece não quis dançar com ele, discutiram, o outro a insultou, ela tirou um punhal do tênis e o matou. Quinze anos de cana. Mas Marcelo gostava era do que a garota tinha escrito naquela mesma noite em seu diário, "hoje fiz uma cagada. Apunhalei um cara e estou muito assustada". Alguém tem que escrever a grande música da Argentina, e tem que nascer de coisas como essa. Ariel lhe escreveu, está bem com esse churrasquinho para o Natal.

Depois de um tempo, já não encontrou desculpa para não escrever a Sylvia uma mensagem.

"Olá, você gostaria de ficar amanhã?"

Pega-a às cinco. Acha-a linda quando se aproxima da janela. É uma menina, diz a si mesmo. Está começando a chover, e dois chineses vendem guarda-chuvas junto ao sinal. Sylvia está com o rosto gelado. Faz frio, parece justificar-se ao mesmo tempo que se ruboriza. Os lábios, em contrapartida, se destacam rosados na palidez do rosto. Está usando um pulôver de lã grossa que, ao ser tirado, levanta um pouco a camiseta de baixo e deixa ver a pele de seu torso. Os jeans são pretos. Vão a um café no centro, um pouco mauricinho, diz ela. Há um piano que ninguém toca. Sentemo-nos aqui, assinala ela, mas ele prefere mais longe da vidraça. É claro, diz Sylvia.

Atende-os um garçom empolado. Ela pede uma Coca-Cola, ele uma cerveja. Vi a partida, meus parabéns, lhe diz Sylvia. Ele diz, obrigado. Está se tornando uma torcedora? Culpa sua, e ela sorri por cima do copo que lhe acabam de trazer.

Na outra noite me senti péssimo, depois de deixar você, começa Ariel. Sylvia dá de ombros. Ele prossegue. É um pouco confuso, para mim... Um rolo, diz ela. Mas queria que falássemos, continua Ariel. Você queria ficar? Qualquer coisa a estudar para as provas, responde ela. Tenho três esta semana. Talvez não seja bom ficar hoje, insiste ele, incômodo. Para mim, ia ser perfeito ficar hoje.

Ariel olha ao redor. Volta a sentir a estranha autoridade dela. Ela sempre consegue o domínio da conversa, ele vai atrás como um beque lento. Sylvia põe um pedaço de gelo na boca e depois o faz voltar ao copo. Bebeu rápido a Coca-Cola. Há um momento de silêncio que Sylvia se permite romper com um sorriso.

Acho que aqui não vamos poder nos beijar, diz a Ariel.

Relaxaram de repente. Seus joelhos estão se roçando sob a mesa. Sylvia estende a mão sobre o vidro para que ele ponha a sua em cima. Ariel hesita. Quando o garçom se aproxima, desfazem o contato. Ele traz a conta e pede a Ariel um autógrafo. Para meu filho, eu não gosto de futebol. Qual o nome dele?, pergunta Ariel. Pedro Luis, mas ponha Pololo, lá em casa o chamamos assim.

Ariel autografa tentando conter o riso com lágrimas nos olhos. Sylvia tapa o rosto quando vê que a mão dele treme com a caneta. Vão para a rua e se dobram ao meio para rebentar em gargalhadas. No carro ainda brincam com a terrível vida de um menino que cresce chamando-se Pololo. Com esse nome não estranharia que acabasse por se jogar do viaduto ou por irromper num McDonald's e matar trinta pessoas, de vingança, diz Sylvia.

No estacionamento subterrâneo da praça de Santa Ana eles se beijam. Ariel vigia com o olhar quando ouve algum barulho. Aqui vêm os chefes para transar com as secretárias nos carros, diz Sylvia. Ele temia em segredo que alguém os filmasse com o celular. Isso aconteceu com um colega dele semanas atrás. Beijam-se por tanto tempo, afundados no assento, que expira o tíquete de saída e Ariel tem que renová-lo no guichê do funcionário, que está de mau humor porque alguém cagou na privada perto e o cheiro é insuportável. Mas o que é que esse cara tem nas tripas?, cacete, está podre. Quando entrega o tíquete a Ariel, o reconhece e lhe diz vamos ver se desta vez lhe dá o tempo para sair, porque, se você for tão lento como em campo, estamos bem parados.

Chegam à casa dele quando anoitece. Fazem amor sem pressa, com longuíssimos prolegômenos onde conhecem mutuamente a pele, se estudam como se seus corpos fossem o conteúdo de uma prova próxima. Permanecem abraçados, se acariciam. Ariel não se lembra de ter se sentido melhor alguma vez, mas lhe diz estou morrendo de medo, você é menor, não sei o que estou fazendo.

Sylvia se coloca sobre ele. Gostaria de tranquilizá-lo. Os peitos ficam recobertos por seu cabelo, que ele retira. São belos, e ela retesa os ombros. Eu me apaixonei por você, diz a Ariel, não acho que isso seja nada de mau. Você só tem mais quatro anos que eu, não é meu avô.

Leve-me para casa logo, lhe pede ela pouco depois. Não quero que meu pai me faça outro sermão. Amanhã a vejo?, pergunta Ariel. É claro, mas se não lhe importar eu trago as anotações e dou uma olhada nelas. Eu não posso ajudar você, fui um péssimo estudante.

Suas bocas, no carro estacionado no começo da rua de Sylvia, não parecem querer separar-se. Eles se desejam ainda quando ela desce. Está com as mãos escondidas nas mangas do pulôver, à japonesa. Quando Ariel volta para casa, tem gravado no ouvido o gemido rompido de Sylvia.

O gemido rompido de alguém que perde a virgindade.

13

Duas semanas passam como um pulsar. Sylvia se despede de Ariel. É quase uma hora. Começaram as férias de Natal no instituto e isso lhe dá uma margem para chegar um pouco mais tarde. Estão no carro, no espaço livre da entrada de uma oficina mecânica. Quanto vou ficar sem ver você?, lhe tinha perguntado ela um segundo antes. Oito dias. No dia 2 temos treino. Sylvia queria acompanhá-lo ao aeroporto no dia seguinte. Sim, brincou ele, assim podemos sair nas capas das revistas de fofocas no número extraordinário de Natal.

Sylvia se sente incomodada com essas referências constantes à impossibilidade de sua relação. Para Ariel havia algo insuperável. Você tem dezesseis anos, repetia como se fosse uma condenação, um obstáculo definitivo. A idade se corrige com o tempo, lhe dizia ela.

Foram ao cinema dois dias. No escuro davam a mão e compartilhavam a pipoca, mas depois, na saída, ele se distanciava. Às vezes ela, incomodada, brincava e se aproximava dele e lhe perguntava em voz alta, você não é um jogador de futebol argentino? Só no trajeto até o estacionamento dava vários autógrafos ou ouvia alguém lhe dar uma recomendação tática para a partida seguinte. Sylvia lhe dizia, que paciência você tem!

A casa dele era um refúgio. Entravam pela garagem para descobrir a ordem imposta por Emilia em sua passagem diária. Está com a pulga atrás da orelha, confessou Ariel a Sylvia, esta manhã me disse que as noites são para descansar, que eu sou ainda muito jovem. Imagine se conhecesse a mim, brincou Sylvia.

Ela já não se sentia tão constrangida na casa. Na noite em que fizeram amor pela primeira vez, quis sair dali imediatamente. Tudo lhe parecia ameaçador. Temia ter manchado de sangue os lençóis, e, quando Ariel tirou com discrição o preservativo, ela o ouviu pousar na madeira com um barulho cômico e ridículo. O amor não era um sentimento então, mas tão somente fluidos pegajosos, cheiros, saliva.

Sylvia disse a Mai que seu pai poderia telefonar para ela qualquer dia para perguntar-lhe se estavam juntas. Só então Mai entendeu que estava fazia muito tempo sem perguntar a Sylvia sobre sua vida íntima. Conheci um garoto, lhe tinha dito, depois lhe conto. Mai, que usava umas rastas ressecadas e esfiapadas como algas, dava gritos no pátio durante o recreio, menina, menina, menina. Mas Sylvia já tinha revelado seu segredo a outra pessoa antes dela.

Foi quase acidental. Dani a encontrou nos corredores. Neste fim de semana tenho entradas para um concerto espetacular. Sylvia torceu o nariz, não acho que possa ir, tenho que sentar a bunda para estudar. Não é para tanto, venha... Dani insistiu. Estou saindo com um cara, Dani. Ao dizê-lo, Sylvia sentiu alívio, segurança. Sua miragem podia ser real. Ela o disse bem baixo para que ninguém mais o ouvisse. Daniel tinha assentido e sorrido. Fico contente por você, chegou a sussurrar. Bem, eu fico contente mais por ele, para falar a verdade. Desceram juntos até o pátio, mas ali se separaram.

Dizê-lo a Mai não teve a mágica eloquência da primeira vez. Tinha hesitado em se devia confessá-lo a seu pai num dia em que ele entrou eufórico em seu quarto e falaram durante um tempo de música. Tampouco o fez com a mãe em nenhum dos telefonemas em que falavam de provas e planos para o Natal. Nem com a avó na visita de domingo, pouco antes de ir ao jogo de futebol. Ao jogo de futebol porque Ariel a tinha convidado ao estádio.

A partida se tornou longa para ela. Estava com os pés frios e combatia o congelamento sapateando no chão de cimento. Era estranho olhar para Ariel no campo. Parecia outro. Uma figura distante, mais velha e diferente. Não o sentia seu quando todo o estádio o apupava ou aplaudia em função do caprichoso destino final de uma jogada. Perto de seu assento havia jogadores não convocados para a partida e algumas esposas ou namoradas de jogadores de futebol que preferiam o frio do campo a ver a partida em casa ou pela televisão do bar de jogadores. Todas eram de uma beleza idêntica, entre boa família e exercício diário na academia de ginástica. Como seus maridos, aparentavam mais idade do que tinham, elas por sua pretensiosa forma de vestir e pelo abuso de maquiagem.

O time de Ariel ganhou sem dificuldade. Sylvia era mais atraída pelo ambiente ao redor. Tinha saudade das repetições da televisão e dos primeiros planos para poder acompanhar o jogo. O próprio terceiro gol, marcado por Ariel, ela não chegou a saber muito bem como tinha acontecido. Sim, viu Ariel, depois do abraço dos colegas, correr para o círculo central com uma mecha de cabelo entre os dentes numa piscadela para Sylvia que só ela podia compreender. Ruborizou-se sentada na tribuna e olhou ao redor. Aliviou-a pensar que ninguém dos oitenta mil espectadores podia suspeitar que ela era a destinatária do gesto.

Os torcedores protestavam contra as decisões do árbitro e aplaudiam as jogadas de ataque. Comiam e bebiam sem parar, alguns traziam de casa sanduíches envoltos em papel-alumínio. Havia os que fumavam charuto e também a área onde se concentravam os torcedores mais jovens, que não paravam de cantar e estimular o time. Sua barulhenta presença lhes dava autoridade no estádio.

Depois da partida não estiveram juntos nem uma hora. Parados no carro numa rua escura. Ele tinha um jantar com os colegas e não podia faltar. É a ceia de Natal. São divertidas?, lhe perguntou Sylvia. Bem, o presidente nos faz um pequeno discurso e nos dá um relógio caro, depois a maioria se embriaga e acaba jogando croquetes no ventilador. Você já viu alguma vez o que acontece se atira um croquete no ventilador? É divertido? É, sim, engordura tudo.

Sylvia tiritava de frio, e ele lhe deu dinheiro para um táxi. Quando saiu do carro, ele lhe disse, você não me cumprimentou por meu gol, mas ela deu alguns passos sem responder e depois se virou com uma mecha de cabelo na boca. De noite a temperatura ficou abaixo de zero grau.

Viram-se na segunda-feira, e na quinta-feira de madrugada se despediam junto ao portão de Sylvia. Na manhã seguinte Ariel voava para Buenos Aires. Odeio o Natal, este ano mais que nunca, lhe diz Sylvia. O carro que há quase quatro meses tinha investido contra ela era agora o carro do qual não queria sair, que quando ela via no meio do trânsito da Cibeles comemorava com um acentuado aumento de suas pulsações.

Ariel se despede dela com um piscar dos faróis e espera até vê-la entrar no portão.

Sylvia se deita para dormir em silêncio. Tem um mau pressentimento. A viagem os separará. Tem pavor de que as dúvidas de Ariel cresçam com ele longe dela. Tudo conspirará para que ele a esqueça. São um casal que só eles dois sabem que existe. É uma relação privada bem fácil de fazer desaparecer. Suas vidas tão diferentes terminarão por separá-los. Isso Sylvia sabe. Quer pensar que não será assim, mas não consegue.

Não há futuro para nós, diz a si mesma. Não compartimos quase nada, a cama e longas conversas sobre uma música, um filme, um assunto menor. É o fim.

O Natal é a morte.

14

Não treme o pulso de Leandro. E isso o alarma. Deveria tremer. Em que me transformei, se não? Olha as veias das mãos para comprovar que ainda corre sangue por elas.

Assina.

Sua assinatura é um traço rápido, como o voo de uma libélula. São as duas iniciais de seu nome, Leandro, e seu sobrenome, Roque. Agradava-lhe em jovem quando o imaginava um nome destinado a ser conhecido. Quando ensaiava sua assinatura na casa de Joaquín, molhando a pena no tinteiro do escritório do pai.

Então o velho militar já estava aposentado e fantasiava desde a manhã a possibilidade de escrever suas memórias. Assim que o sol temperava a rua, saía para passear, exibir sua educação, seu ferimento de guerra, seu cumprimento cordial, sua pródiga generosidade para com todos. Pagava os estudos de piano de Leandro, ajudou Pedro, o do terceiro, a montar uma serraria com alguns milhares de pesetas, tirou o filho da vendedora de bilhetes da loteria cega do mercado das milícias, pagou estudos de corte e costura e a máquina Singer para a filha do vendedor de churros, tinha tutelado nos estudos Agustín, um jovem que o visitava todas as tardes e que ele protegia desde os tempos da guerra, até convertê-lo em professor de grego num instituto.

Algumas vezes Leandro pensou se aquele mecenato de bairro nascia de uma determinação inata ou era fruto de alguma pulsão culpada, de um mecanismo de compensação pelos danos causados. Porque da guerra, de suas ocultas peripécias, jamais falou. Naqueles anos poucos se referiam à guerra, a não ser para citá-la em abstrato como esse mal que tinha enegrecido tudo ou para contar pela enésima vez algum caso engraçado ou grotesco quase sempre relacionado com o frio e a fome, dos inimigos sem ideologia dessa guerra próxima e incômoda.

Agora estampava essa assinatura sessenta anos depois. Uma assinatura que nasceu para dedicar partituras ou autógrafos a admiradores e que tinha frequentado tão somente faturas, documentos sem relevância e olvidáveis processos administrativos.

Na assinatura o rodeavam o diretor da agência do banco, a funcionária que tinha apresentado o problema e um tabelião de olhar fugidio que chegou vinte minutos atrasado. Para chegar até ali, Leandro tinha atravessado diferentes estados de espírito. Subidas e descidas, depressões e euforias. Na manhã do aniversário de Osembe tinha ido ao banco para pôr em marcha o processo de crédito. Necessitamos de vários papéis, escrituras da casa, a assinatura de sua esposa, atestados médicos. A funcionária tinha anotado uma relação completa de todo o requerido com letra de universitária aplicada.

Amanhã posso trazer todos os papéis, tinha dito Leandro ao diretor, e este lhe tinha respondido com uma expressão que a Leandro tinha desagradado. Perfeito. Que queria dizer aquilo? O diretor acrescentou que depois tudo ficaria nas mãos do departamento de risco para que desse o visto à operação.

Departamento de risco era uma denominação sarcástica para Leandro. Esteve a ponto de cair na gargalhada. Não era um risco demasiado audacioso conceder dinheiro em troca da propriedade do apartamento onde moravam Leandro e Aurora. Eles o chamavam hipoteca inversa, com essa capacidade das palavras de ocultar o que nomeiam. O inverso apontava para a morte. No dia em que morressem, perderiam o apartamento, nada grave, nesse mesmo dia teriam perdido tudo.

Conhecia aquela agência da rua Bravo Murillo desde os tempos em que veio viver no bairro, recém-casado com Aurora. Ele a tinha visto ser reformada, crescer e mudar de nome como a evolução das fusões bancárias. Tinha visto o pessoal aposentar-se e transferir-se, tinha visto chegar jovens que envelheciam prematuramente num trabalho obscuro, cheio de sorrisos vazios e de uma forçada cordialidade. O diretor da agência, com aspecto de inseto, lhe dava explicações. Tudo era postiço nele. Poder-se-ia pensar com a mesma autoridade que era um pervertido, um pai de família exemplar ou um aficionado do tiro ao prato. O mundo parecia acabar em sua gravata listrada. Assim que o senhor me trouxer os papéis, ponho a maquinaria em marcha. O diretor anterior, Velarde, ao menos enchia sua mesa de fotos da família que lhe davam um ar real. Era bonachão e comum, bem falastrão. Lembra-se da primeira vez em que ele reparou em sua profissão de músico e comentou, isso deve de ser muito instável, não é verdade? E depois, com os anos, quando a conta permanecia com o contracheque sempre pontual da academia, nunca deixava de dizer a frase, o senhor sempre rodeado de música, que sorte, e eu só de números, nada mais que números. Leandro deve ter escutado cerca de setecentas vezes aquele comentário repetido.

Nessa mesma tarde Osembe convidou as garotas a seu quarto, abriram champanhe e brindaram em copos de plástico no que parecia uma pausa de trabalho. Quando saiu do quarto a encarregada, Mari Luz, duas delas deitaram Leandro na cama e lhe fizeram cosquinhas como se fosse uma brincadeira de adolescentes. Quatro ou cinco tiveram que sair para ocupar quartos, mas das doze ficaram quatro que prolongaram a festa durante a hora completa. Vamos ver, você tem que escolher a mais bonita, diziam a Leandro. Oh, você está muito sério, isso é uma festa. Quando terminaram a garrafa, Osembe perguntou a Leandro se as convidava para outra, e uma das espanholas desceu para buscar mais champanhe.

Obrigaram-no a beber no gargalo um longo gole. Tiraram-lhe a roupa. Nunca se viu numa assim, hem, vovô? Passavam os peitos em seu rosto e riam às gargalhadas. A encarregada subiu para chamar-lhes a atenção numa ocasião em que os risos superaram os limites permitidos na casa. Leandro tentou vomitar no vaso sanitário, quando a bebida o estava enjoando, mas não conseguiu. As garotas o deitaram na cama para que dormisse um pouco. Cobriram-no com toalhas.

Leandro acordou com a boca seca. Lá fora anoitecia. Sua roupa estava amontoada sem ordem em cima de uma cadeira. Velhas calças de tecido gasto, um pulôver azul, a camisa com o colarinho puído, a camiseta de inverno, as meias dentro do mesmo pé de sapato. Vestiu-se e saiu no corredor. A salinha estava fechada e pelo vidro esmerilado viu dois jovens sentados no sofá.

A encarregada veio a seu encontro. Venha por aqui, hoje se divertiu para valer, hem?, lhe disse com um sorriso de corvo, e o pôs em outra salinha diminuta. São mil e quinhentos euros, lhe disse a mulher, e Leandro esperou o final da brincadeira, que nunca chegou. Espantado, só conseguiu dizer, eu não organizei a festa. A festa consistia no primeiro brinde, tudo o mais correu por sua conta, as garotas gastaram seu tempo de trabalho com o senhor. E estou lhe fazendo um desconto, porque se lhe cobro tudo como deveria... Venha, ande, faça um cheque de mil euros e deixamos por isso, que paciência é preciso ter...

Leandro preencheu o cheque apoiado na mesinha. Tocaram a campainha da entrada, e a encarregada voltou a ausentar-se por alguns minutos. Saia, saia agora, lhe disse Mari Luz quando voltou para pegar o cheque. Esta hora é péssima, é quando terminam de trabalhar nos escritórios.

Nessa noite, após o jantar com Aurora, depois de lhe desligar a televisão quando já o lento e monocórdio respirar delatava que tinha dormido, Leandro reuniu os papéis do banco. Rebuscou nas pastas colocadas na extremidade da estante, com os elásticos frouxos. Releu a escritura de compra da casa do ano de 1955, quando o apartamento custava quase o valor que ele tinha dilapidado naquela tarde. A assinatura teve lugar num cartório da rua Santa Engracia. Lembra-se do nervoso passeio com Aurora até ali, até o proprietário do prédio, um homem que tinha feito dinheiro graças a um negócio de importação de automóveis apadrinhado por vários militares de influência. Foi um dia quente de outono, e sua angústia consistia em saber se poderiam pagar as letras de câmbio. A cidade não podia suspeitar então da desordenada evolução que a faria crescer e expandir-se. O desaparecimento dos guardas-noturnos, dos carvoeiros, das bicicletas dos amoladores, dos grandes pórticos com oficinas abertas, das leiterias, das casas de banho.

Levou dois dias para voltar àquela casa. Fê-lo na hora de sempre. Surpreendeu-o o cumprimento do motorista do ônibus, como se ele já fosse um passageiro habitual do trajeto, e o encontro com alguns rostos familiares. Para todos, ele não era mais que um velho perfeito, respeitado e bem conservado em sua magreza. Ninguém podia imaginar a vergonhosa rotina que tinha, pensava Leandro. Mas naquele dia a rotina foi interrompida quando a encarregada o deteve na porta da casa e não o deixou entrar. Devolveram o último cheque, isto é muito grave, lhe disse Mari Luz sem nenhuma ponta de simpatia. Outra vez o problema.

Leandro tentou dizer algo, escusar-se no vestíbulo. Do portão da garagem, um retângulo separado da casa, um homem se deixou ver. Tinha um aspecto impressionante, com seu cabelo grisalho e seus olhos claros. Parecia uma encenação feita para amedrontar Leandro. O homem não se moveu nem avançou na sua direção, mas tampouco se ocultou nem afastou o olhar.

Vamos fazer uma coisa, lhe explicou a encarregada, não volte enquanto não puder me entregar o dinheiro nas mãos. E assunto encerrado, assim não há mais mal-entendidos, porque com os bancos já sabemos como é a coisa. Leandro se virou, mas a mulher o reteve pelo braço, com autoridade. Mas volte, não vá agora nos deixar com essa dívida, hem? Não vai querer que vamos cobrar em sua casa...

O tabelião lhe lê os termos do empréstimo e ao fechar o escrito lhe diz com sua letárgica maneira de enunciar, senhor Leandro Roque, sabe o senhor que está assinando um crédito prestatário em forma de hipoteca inversa que tem como garantia a propriedade de seu apartamento na rua Condesa de Gavia? Sei. Pede-lhe então a procuração assinada por sua esposa, não presente por motivo de doença, o que se comprova por meio de documento rubricado por um corpo médico, o tabelião recita o que vê, como se avançasse por uma selva em que tivesse que abrir caminho a golpes de facão até o claro da assinatura.

Leandro tinha cumprido o penoso trâmite de colocar diante dos olhos de Aurora documentos para assinar que ele só explicou com evasivas. Aurora assinou sem perguntar, com sua mão fraca que mal segurava a caneta. Depois pediu a comadre, e Leandro a introduziu solícito sob seu corpo, purgando assim, acreditava, algo do mal que causava. A urina dela, ao golpear o plástico, dava razões a Leandro para justificar seu comportamento.

Na manhã seguinte Leandro foi ao hospital para obter os atestados que lhe faltavam. Surpreendeu-o que o médico o fizesse entrar para a consulta, e ele insistiu com a enfermeira em que só necessitava da assinatura e não queria incomodar, mas o doutor queria cumprimentá-lo.

Como está sua mulher? Fraca, mas animada, ouviu-se dizer Leandro, que tinha se sentado na beira da cadeira sem tirar o sobretudo. A enfermeira traria o papel assim que pusesse o carimbo do hospital. O médico o olhou nos olhos. Tenho um problema com sua mulher, sabia? Leandro disse que não com a cabeça, sinceramente intrigado. Sua mulher é muito corajosa. As mulheres em geral são mais valentes que nós, não é verdade? Pode ser... sim, disse Leandro. Sua mulher não quer que ninguém de sua família saiba com certeza o que está acontecendo. Não quer alarmar o senhor nem seu filho. É uma atitude que compreendo e respeito, mas que não me parece justa. O senhor o que acha?

Leandro anuiu. Por um instante teve a sensação de que o doutor sabia tudo dele. De que podia radiografá-lo com o olhar, despir sua alma e assinalar com a ponta da caneta os cantos negros. Sentiu-se incômodo, indefeso. Que estranho poder o dos médicos, até sobre os sadios.

Eu não sei o que o senhor sabe do estado de sua mulher, nem o que ela lhe terá contado. Bem, se justifica Leandro, é alguma coisa nos ossos, imagino que a idade e o que me contou da osteoporose... O doutor o interrompeu, sua mulher tem um câncer imenso que teria acabado com ela há meses se não fosse essa reserva de forças que eu não sei de onde ela tira. Qualquer outro estaria arriado, dolorido e acabado na situação dela, mas ela finge muito bem ou, para dizer a verdade, o senhor está casado com uma mulher impressionante. Não há possibilidade de voltar a andar, isso eu já disse a seu filho, até aí ela me permitiu chegar. O que não me deixa dizer é que lhe resta uma vida muito curta e muito pouco agradável. Vai se apagar, aos poucos, como uma vela. Sua lucidez, inclusive, vai declinar...

E sabe por que lhe digo tudo isto? Porque acho que os que estão ao seu redor, se souberem da gravidade do caso, empenharão todos os seus meios e todo o seu esforço para que ao menos este pouco tempo de que vai desfrutar conscientemente seja um tempo de felicidade, de plenitude. Estas são as coisas duras deste ofício, de verdade, às vezes você se obriga a infringir os acordos com os pacientes, mas suponho que o senhor estará de acordo comigo se lhe digo que afinal a gente tem que ser responsável pelas decisões que toma. O que se pode fazer?, só tenho uma resposta: tentar que ela seja feliz.

Sai do cartório, e o ar é limpo. O diretor do banco lhe propõe que dividam um táxi, e vão da parte exterior do estádio Bernabéu até a agência. No rádio a monótona ladainha das crianças no sorteio de loteria de Natal. Alguém faz uma brincadeira previsível sobre o prêmio. Ele tem vontade de descer. É como se o oprimisse toda essa bondade falsa que recobre a realidade.

Seria bom eu dispor de dinheiro vivo em casa para qualquer emergência, explica Leandro ao descer do táxi na porta da agência. Claro, claro, o atende você, Marga? Leandro preenche um papel que se transforma rapidamente em várias cédulas. A encarregada o acompanha até a porta. Prefiro vigiar, lhe explica, por aqui há ladrões, que agem sobretudo contra aposentados e pessoas mais velhas. Acho tão injusto que ataquem as pessoas mais indefesas... Eles se chocam com elas ou as empurram e enquanto isso lhes roubam o dinheiro, e ali fica a mulher defendendo-o com o olhar vigilante do possível ataque enquanto atravessa a calçada.

Leandro caminha para casa com o envelope avultado no bolso interno do sobretudo. Também o dinheiro parece palpitar ao compasso do coração, como se tivesse vida própria. Sobe a escada demasiado depressa e ao chegar em casa está esgotado. Benita termina de recolher os utensílios de limpeza, embora sempre se esqueça do limpa-vidros no braço do sofá ou o espanador em cima de um aquecedor. Deixei umas batatas com carne na panela, só tem que esquentar. Alguém ligou perguntando pelo senhor, mas não quis deixar recado, disse que o senhor já sabia quem estava ligando. E me perguntou se eu era sua mulher, e sabe o que lhe respondi? Quisera eu... perdoe, mas me saiu assim.

Leandro não prestava atenção às palavras de Benita, mas sorri para acompanhar as gargalhadas da mulher. Elevava em excesso a voz porque era surda de um ouvido por causa das pancadas que lhe dava seu marido. Mas o riso não distrai Leandro. Ele está alterado por causa da ligação.

Aurora come a contragosto o refogado que Benita cozinhou. Leandro não lhe conta nada da conversa com o doutor. Cumpre a rotina diária de aproximar-lhe o rádio para que ouça o programa de música clássica. A única notícia que a faz mudar seu comportamento habitual é quando a locutora anuncia uma peça de Brahms e ele explica a Aurora que o autor a tinha composto no período em que vivia um romance com Clara, a viúva de Schumann, maravilhosa pianista, e lhe conta dois causos sobre o compositor.

Ele sabe com que gosto ela ouve seus comentários. Leandro não quer maldizer-se por ter racionado a conta-gotas os prazeres simples que sua mulher lhe tinha solicitado durante todos aqueles anos de vida de casal. E ele foi tão mesquinho...

Leandro se lembra com detalhes da noite, muitos anos atrás, em que regressou da academia e ela lhe perguntou como tinha sido o dia e ele respondeu com um lacônico "bom". Então sua mulher tinha rompido o silêncio com um gemido leve, e Leandro descobriu que estava chorando. Embora ele lhe perguntasse pela razão, ela demorou a responder. Só disse que esperava algo mais que um "bom" quando se interessava por seu dia. Aurora tinha se retirado para seu quarto. Ela nunca repetiu a queixa de maneira tão explícita. Leandro sabe que a conta atrás estabelecida pela doença não serviria de compensação para toda uma vida. Confiava em que a soma de todos os bons instantes fosse para Aurora um rentável saldo de sua convivência, mas ninguém poderia perdoar-lhe jamais o subtraído, a estúpida economia de emoções. Ela não o merecia, ela tinha trabalhado para erguer um espaço mais vivo, mais rico.

Leandro separou o dinheiro que levará para saldar a dívida naquela casa. E com isso taparei o buraco de minha vida. Como quem tapa uma fenda, como quem fecha um poço, como a terra removida que com o tempo volta a confundir-se com a que a rodeia. Será seu presente de Natal, sua renúncia, sua última visita àquela casa.

15

Lorenzo não tinha voltado àquela parte alta do bairro de Tetuán desde os tempos em que jogava futebol com outros meninos nos descampados. Tinha visto crescer os arredores da praça Castilla, mas a paralela que agora percorria pouco tinha mudado. Casas humildes apinhadas, algumas moradas baixas, quase barracos de tijolo vermelho, que recordavam o que fora o bairro. De algumas ruas se podiam ver as torres inclinadas da praça e algum outro desafiador edifício de vidro de propriedade de bancos ou grandes empresas sob o olhar do velho depósito na torre do Canal. Quando Pilar e ele procuravam casa, chegaram a passear pela faixa rica do outro lado da praça. Mas já então os preços eram proibitivos, e dava uma nostalgia imediata olhá-los. Nostalgia por um tipo de vida e cidade de que nunca conseguiriam desfrutar.

Afinal encontraram o apartamento da rua Alenza. Pilar estava grávida e deixar Madri não entrava em nenhum plano. Lorenzo ignorava se se mudar para Saragoça lhe tinha sido fácil ou difícil, se foi algo que ela aceitou envolta nos delírios de grandeza de Santiago, de sua ascensão social, ou como mais uma vantagem de distanciar-se do passado junto a Lorenzo.

Olha para o relógio. São onze e três, e o frio da rua não convida a parar. Lorenzo está diante do lugar que se enche de gente. O lugar podia ter sido uma antiga oficina. Um espaço amplo elevado apenas trinta centímetros acima da calçada, repleto hoje de cadeiras dispostas com um corredor central. Cadeiras desmontáveis, velhas e não muito elegantes. O acesso é uma porta de vidro e alumínio, coberta quase completamente por cartolinas coladas, anúncios, fotocópias. Na porta um feio cartaz composto de letras laranja adesivas que diz: Igreja da Segunda Ressurreição. Há um monitor de televisão sem som que mostra imagens de atos religiosos. Na cartolina maior da porta se lê: "Deus o chama, não vai responder?", e o desenho algo ingênuo de um telefone celular.

Lorenzo observa as pessoas que entram. Em sua maioria hispano-americanos, mulheres vestidas com roupa de domingo, homens que domaram o cabelo rebelde com gomalina brilhante. Alguns com tatuagens que sobem pelo pescoço dentre camisas limpas de cores vivas. Na porta, aglomeram-se crianças que brincam na calçada, a pele escura e o sotaque madrilense golpeado por *jotas*.

Então Lorenzo começa a temer que Daniela não apareça. Um homem se aproxima da porta para fazer entrar as crianças e ao ver Lorenzo se dirige a ele com cordialidade. O ato vai começar, se quiser se juntar... Lorenzo se coloca na última fileira, de pé.

Dias atrás tinha presenciado a revista de sua casa junto ao inspetor Baldasano com um estado de espírito muito mais inquieto. Surpreendeu-o quão pouco científico era ver quatro homens espalhados pelos quartos, empenhados em especial em revirar a roupa de Lorenzo, o fundo de seu armário. O trabalho durou apenas vinte minutos que Baldasano dedicou a olhar pela janela da sala para a rua. Apagava suas cigarrilhas sob a torneira da pia da cozinha. Os policiais recolheram algumas peças de roupa de Lorenzo numas bolsas de plástico e saíram do apartamento de forma desordenada. Baldasano se empenhou em convidá-lo a um café num bar perto. Conhece o Rubio?, fica aqui ao lado.

Havia um aquário com marisco no vidro e uma lagosta que parecia mais um animal de companhia do que algo posto ali para ser servido à clientela. Pediu um café com leite. A cozinha cuspia fumaça de óleo reusado. O balcão escondia aperitivos de tortilhas, anchovas, salada russa, almôndegas e moles pastéis ensopados de óleo em recipientes de vidro. Baldasano cumprimentou de longe outro homem que estava sentado ao final do balcão e que folheava o jornal esportivo. Talvez outro policial. Lorenzo tentou situar-lhes as pistolas junto à axila. Ambos estavam com casacos grossos, mas não com sobretudos.

Baldasano fumava cigarrilhas. Tinha a pele gretada no queixo e uma oculta cicatriz no pescoço. A primeira coisa que fez foi tranquilizar Lorenzo. Queria apenas conversar com o senhor, não quero que pense que uma revista o incrimina de maneira definitiva. Lorenzo se sentia inquieto, mas adotou uma atitude passiva.

O inspetor lhe explicou que qualquer investigação avança delimitando o terreno. Mais que encontrar pistas, descartamos possibilidades. No caso particular de Lorenzo, ele o tinha intimado para encerrar de uma vez por todas a linha que conduzia até ele a partir do cadáver de Paco. É claro, você tem que entender que nossos indícios descartam os bandos de assaltantes ou o móvel de roubo. Estamos convencidos de que foi alguém de seu ambiente, alguém a quem conhecia, que sabia, por exemplo, que nas noites de quinta-feira ele se ausentava de casa, e isso complica mais a investigação. A hipótese de roubo organizado cai por seu próprio peso.

Lorenzo se deu conta de que a estratégia era bem simples. Consistia em pressioná-lo para ver se desabava.

Fechando o círculo, prosseguia o inspetor, a gente chega à conclusão de que se está diante de um assassinato por encomenda. Alguém tinha algo contra o senhor Garrido. Problemas econômicos, sentimentais, vai lá se saber. Pode ser que tudo se precipitasse com a inesperada volta para casa da vítima. E, se se trata de uma encomenda, agora se contrata um grandalhão romeno ou búlgaro por quatro duros. E quem o matou o era, calçava quarenta e seis, e não lhe digo mais nada.

Sim, viu-se obrigado a dizer Lorenzo.

Da época de íntima amizade estou certo de que o senhor pode se recordar das pessoas, pessoas poderosas com que o senhor Garrido não estivesse bem, às quais devesse dinheiro, algo que possa levar-nos a algum indício.

Faz muito tempo... Lorenzo deu dois ou três nomes de grandes empresas ao acaso, dívidas dos últimos meses do negócio que de repente lhe vieram à cabeça. O inspetor não tomava nota. Limitava-se a roçar a cinza da cigarrilha na base do cinzeiro. Pouco a pouco o interesse pelo que Lorenzo dizia murchou.

O senhor Garrido mantinha outra relação, com uma mulher casada. A mulher de um conhecido. Algo esporádico, mas feio. O senhor sabe, essas coisas... O senhor também acaba de se separar. Em seu caso também houve...? Lorenzo negou com a cabeça o gesto vulgar de chifres que Baldasano fez com a mão. Estávamos mal, para mim as coisas não iam bem, e minha mulher e eu nos distanciamos e depois ela encontrou outra pessoa. Sim, apressou-se a dizer o inspetor, a desgraça nunca vem sozinha...

Falaram do bairro, da psicose generalizada com os bandos de colombianos, dos mortos em acertos de contas que sempre ficavam sem solução. Até que o inspetor, como se declarasse o final do alto, fogo!, voltou à vida pessoal de Lorenzo. Surpreendeu-me que tivesse a manhã livre. Está trabalhando agora? Alguns bicos, mas não tenho emprego fixo. A mulher do senhor Garrido me disse que o senhor tinha uma menina. Menina?, agora tem quinze anos, dezesseis já... Nessa idade só são meninas de cabeça, o resto é de mulher.

Lorenzo se sentiu incomodado com o comentário. Vem me caçar, me provocar. Senão não tinha sentido perder tempo assim.

Vou ser-lhe sincero, já que o vejo preocupado. Só há uma coisa que me surpreende no senhor. Está passando um mau momento, economicamente, digo, não sei se no restante também. Minha experiência me diz que nessas situações é que alguém de repente, encurralado pelos problemas, tem reações inesperadas. De alguma maneira o senhor poderia culpar o senhor Garrido, Paco para o senhor, por seu estado atual. O senhor não tem uma família que possa ajudá-lo, não está numa situação fácil... O senhor tem...? Quarenta e cinco anos, respondeu Lorenzo. É bem jovem ainda.

Olhe, inspetor, eu sei que o senhor pensa que eu talvez tenha podido fazer uma coisa assim. Lorenzo começou a falar com confiança. O senhor não me conhece. A violência me aterroriza, me paralisa. Eu vejo uma briga na rua e fico doente dois dias. Vou lhe contar uma coisa. Há anos, já faz muito tempo, do carro vi uns jovens, um desses bandos de jovens, que corriam atrás de outro rapaz. E o jogaram no chão e o chutavam com uma fúria... não se pode imaginar, era uma coisa terrível. Pontapés na cabeça, nas costelas. Não pude fazer nada para impedi-lo, o deixaram ali no chão, como um trapo. Fiquei doente. É algo que não consegui esquecer ainda. Essa violência...

Lorenzo lhe contava um episódio real. Tinha sucedido anos atrás, Sylvia era então um bebê e talvez a pouca idade da menina lhe tivesse feito sentir aquela agressão como algo pessoal e aterrador. O inspetor o observou com atenção e se ergueu na cadeira metálica. No entanto, a mulher do senhor Garrido nos disse que o senhor, um dia, esteve a ponto de agredir o marido dela. Isso não é verdade. Foi uma discussão. Nem toquei nele. Mas esteve a ponto de fazê-lo. Ela viu. Vejo que sabe a que me refiro.

Lorenzo deu de ombros. Surpreendia-o a insistência da mulher de Paco em apontá-lo como suspeito. Era uma intuição tão acertada, que feria.

Olhe, lhe disse o inspetor, se eu o julgasse culpado ou suspeito, o teria metido em cana por alguns dias, o teria acossado com algumas pistas que poderiam incriminá-lo e não estaria tomando um café aqui com o senhor. A única coisa que lhe digo é que me intriga essa coincidência do crime com seu mau momento.

De novo as insinuações veladas do policial. O senhor me julga culpado, mas não tem nada contra mim. Escarva como um cachorro, mas não encontra o que busca. Espera que me delate, que algo me derrube, que eu baixe a guarda.

O inspetor voltou a falar. Eu já vi de tudo, maridos que denunciam o desaparecimento de suas mulheres e quinze minutos depois desabam jurando que as mataram acidentalmente, amizades inquebrantáveis que se rompem num décimo de segundo, um filho ianque que mata a machadadas os pais. Não sou desconfiado, mas a vida me ensinou a não considerar nenhum caminho perdido. Não quero fazê-lo perder mais tempo, mas vou lhe dizer a verdade. Eu gostaria de apagá-lo de minha lista de suspeitos, mas não consigo eliminar seu nome. Sempre há algo que me diz que poderia ser o senhor. Sabe o que talvez o prejudique mais? É que no fundo o senhor crê que o senhor Garrido merecia morrer. Nota-se muito isso. A amizade nisso é como o amor, uma faca de dois gumes, por um lado maravilhosa e por outro mortal. São sentimentos com um reverso temível.

Acendeu outra cigarrilha depois de oferecê-la a Lorenzo, que a recusou. O senhor comprou um furgão. Planeja começar de novo, não? Lorenzo deu de ombros. Espero que tenha sorte. Ainda não conseguimos localizar o sujeito que comprou seu carro, porque o senhor mudou de carro justamente por aquela data, não é verdade? Sim, acho que sim. Talvez tenha que incomodá-lo mais adiante de novo, há uns exames de DNA pendentes, o senhor sabe, essas coisas modernas. Não vê como nos enchem com essas séries de televisão?, as pessoas agora se apresentam nas delegacias e consideram você pouco menos que um inútil se você não sai do laboratório com o nome do culpado. Eu gostaria de fazê-los visitar o laboratório para que vissem a merda com que temos que trabalhar. Neste país tudo se modernizou muito, mas nós... Bem, não vou mais ocupar seu tempo. Não se preocupe, eu pago.

Lorenzo se deu conta de que aquela era sua forma de despedi-lo. Levantou-se sem pressa, se deram a mão, e Lorenzo deixou o bar.

Sentiu um medo constante nos dias seguintes. Mal dormiu. Acossavam-no as recordações do assassinato e a presença do inspetor a cada passo. Escutava um eco distante quando falava por telefone, estava convencido de que alguém o seguia permanentemente e de que compassava seus passos segundo os dele para não ser descoberto.

Ouvia toda noite Sylvia voltar para casa de madrugada e distinguia o motor do carro que se afastava quando o portão se fechava com uma batida metálica. Talvez alguém que vigiasse a porta.

Custava-lhe responder às mensagens dos amigos. Não se aproximou de Daniela porque pensava que o inspetor observava sem pudor seus avanços, se divertia com seu assédio. Ouvia-a deslocar-se no apartamento de cima, levar o menino para passear, mas não provocava o encontro. Chegou a pensar que dez ou doze anos na prisão não seriam piores que o que estava vivendo nesses dias.

Wilson lhe conseguiu duas ou três mudanças e trabalharam juntos com o furgão. Na parte de trás, continuava posta num canto a mala de papelão do homem cuja casa eles tinham esvaziado. Num início de tarde dirigiu pela estrada do aeroporto até o asilo de velhos. Na recepção, que era um escritório repleto de papéis, explicou que vinha para entregar parte dos pertences de um interno. Disse seu nome, senhor Jaime, e a mulher pareceu mostrar mais interesse. Era evidente que não recebia muitas visitas. Eu me encarreguei de esvaziar seu apartamento, e queria devolver-lhe algumas coisas. A mulher anotou o nome de Lorenzo e o número de seu documento numa folha do arquivo e lhe deu um número de quarto no terceiro andar.

O lugar era mais feio que sórdido. Bateu à porta. Embora ninguém lhe respondesse, abriu. Encontrou o homem sentado no colchão, vendo televisão. Não o tinha imaginado assim. Gordo, impoluto, com gesto perdido num rosto amável, nada perigoso. Barbeado desigualmente. À primeira vista, nenhum traço de loucura ou excentricidade. Lorenzo lhe explicou o motivo de sua visita e deixou a mala perto dele. O homem o olhava e parecia compreender, mas não fazia nenhum gesto de assentimento nem abria a boca para dizer nada.

Dentro da mala estavam os relógios, os recortes, alguns discos, mas Lorenzo não a abriu para mostrar-lhe o conteúdo.

Pode ficar com tudo, disse o homem de repente. Não preciso de nada, obrigado. Lorenzo quis explicar-se, prefiro que fique com o senhor. Também encontrei isto. Lorenzo ainda guardava na carteira o papel com o número de telefone anotado. Estava na porta de sua geladeira, talvez fosse importante para o senhor, disse ao homem.

É o telefone de Gloria. Só disse isso. Como se isso explicasse tudo. Lorenzo anuiu. Liguei para ela, mas ela me disse que não conhecia o senhor. É verdade, anuiu o homem. Lorenzo deixou o papel sobre a mesinha de cabeceira, dando-lhe uma importância que talvez não tivesse. O homem falou de novo. Alguém telefonou para minha casa um dia. Era uma jovem, com pressa. Mal pude falar com ela. Ela me disse, sou Gloria, anote meu telefone para o caso de precisar de algo. Eu o anotei nesse papel. Mas o senhor não a conhecia? De modo algum. Deve ter sido um erro. Ela se enganou de número e julgou que falava com alguém conhecido. E por que guardou o papel com o número?

O homem suspirou fundo, como se não tivesse uma resposta fácil à pergunta. É que me fazia companhia, o número escrito aí, disse por fim. Algumas vezes liguei, mas nunca ousei falar. Ouvi a mulher, Gloria, responder, esperar e depois cortar.

Lorenzo, sem saber muito bem por quê, valeu-se do longo silêncio para deixar-se cair com delicadeza e sentar-se na cama, ao lado do homem. Sem tocá-lo. Manteve-se ali por um bom tempo. O homem via televisão e quando acabou um programa de fofocas amorosas e sentimentais disse agora começam as notícias, e desligou a televisão com o controle que tinha no bolso da camisa do pijama.

Passaram mais alguns minutos em silêncio. Lorenzo lhe perguntou se necessitava de algo, se estava bem. O homem anuiu. Estou bem.

Lorenzo se levantou. Ouvia-se a estrada próxima como se ela atravessasse pelo meio do minúsculo jardim da casa. E a cada dois minutos um avião fazia retumbar as paredes. Estavam muito perto do aeroporto, junto à velha Ciudad Pegaso.

Talvez volte outro dia.

Na mesa da entrada não viu ninguém. Era hora de almoço. Uma anciã estava sentada numa cadeira de rodas na alameda do jardim. Por trás, seu cabelo branco mal penteado parecia um cachorro deitado.

Em casa Sylvia estava encerrada em seu quarto. A música inundava a casa. Lorenzo bateu à porta, e ela o convidou a entrar.

Já almoçou?, lhe perguntou Sylvia. Não, mas já vou preparar algo para mim. Lorenzo aguardou um instante antes de se virar. Prestou atenção à música. Guitarras saturadas. A voz de uma mulher, pujante, estridente. Imita a cantora dos Pretenders. Como se chama?

Sylvia lhe mostrou a capa do CD. Uma mulher morena, com camiseta branca sem ombreiras. Lorenzo saiu um instante do quarto e voltou com um CD da sala. Ponha a faixa seis, disse a Sylvia. Ela, com um pouco de preguiça, se levantou e fez o que dizia seu pai. Vê como se parecem? Você os conhecia?

Sylvia negou com a cabeça. Os dois permaneceram escutando juntos a música.

Toda a música que se faz agora não pode ser entendida sem a de antes, explicou Lorenzo. Agora é um pouco mais branda, um pouco mais convencional, e toda feita pelo mesmo padrão. Já não há grupos como os de antes.

Sylvia conhecia a música de que seu pai gostava. Grupos com nomes míticos, os Stones, Beatles, Pink Floyd, Led Zeppelin. Quando Pilar o deixou, como um adolescente, ele escutava a mesma música do Queen vezes seguidas, com a voz desmedida do cantor. Sylvia às vezes parava na escada, antes de abrir a porta de casa, para não interromper-lhe o exorcismo. Ouvia-o cantar aos gritos por cima da gravação. Too much love can kill you. Depois a coisa passou, como se ele tivesse superado a etapa. Assim como tem música de amor, pode ter de rompimento.

Lembro-me de quando seu avô me disse um dia que lhe pusesse essa música que eu escutava, lhe contava Lorenzo. Escolhi algo dos Stones. Acho que "Honky Tonk Women" ou algo assim. Ele se sentou, a escutou no toca-discos com toda a atenção. E depois me disse está bem. Em minha opinião a harmonia é muito previsível, mas já sabe que o gosto é uma forma de memória, de modo que só aprecia o que conhece. Teria que escutá-lo mais. E ficou triste, como fica às vezes seu avô. Os pais e os filhos nunca se entenderam quanto à música.

Eu gosto das suas coisas, o tranquilizou Sylvia. Citou Bob Dylan. Dias antes o tinha ouvido na casa de Ariel. Ao que parece, seu amigo Marcelo Polti era um obcecado por Dylan e o tinha apresentado a Ariel.

Lorenzo pegou seu CD. Esta mulher estava ótima, disse apontando para a cantora na capa. Era viril, musculosa, mas nos encantava. Se quiser, o deixo com você. O.k., lhe disse Sylvia, mas isso soava mais a consolo que a verdadeiro interesse. Agradou-lhe encontrar seu pai loquaz, expansivo, mais alegre que nos últimos dias. Tanto que Lorenzo se atreveu a perguntar. Bom, você não me conta nada de sua vida. Não arrumou um namorado, não é mesmo? Porque com essa hora que tem chegado... Estou de férias, papai. Ou seja, se estivesse com alguém, me contaria... Não sei, depende, se fosse algo sério... O que é que você chama de algo sério? Tudo é sério, disse ele. Não, nem tudo é sério, afirmou Sylvia com convencimento.

Há alguns meses, uma amiga de Lalo que jantara em sua casa nos contou que um dia encontrou na rua sua filha, que deve ter a mesma idade que você, beijando uma amiga apaixonadamente num banco da rua, perto de onde moram, fumando um baseado, sei lá que mais, e ela estava muito zangada com a filha porque não lhe tinha contado nada apesar de elas terem muito boa relação. Eu lhe disse os filhos nunca contam nada. Não? Eu não contava nada a meus pais.

A própria conversa já entediava Sylvia. Mas valorizava o esforço, talvez inventado, do pai para ter acesso a algo de sua intimidade.

Um dia, quando morava na casa dos pais, chego para jantar e meu pai me diz, telefonou aquela garota, sua namorada, já faz um bom tempo. E eu não lhes tinha contado nada, nem conheciam Pilar, mas meu pai disse sua namorada com uma naturalidade que me matou. E me perguntaram como se chamava, eu disse Pilar, e sua avó me disse veja se um dia a traz aqui em casa para a conhecermos. E um dia a levei até nossa casa e a apresentei a eles. Não sei, me parecem as coisas normais, sem grandes confissões, "papai, tenho algo importante para lhe dizer", recitou com voz de falsete.

Sylvia deu de ombros. Não sei se quer extrair-me algo, ou o quê?, perguntou ao pai. Não, não, é claro que não, só quis contá-lo a você, estávamos conversando, não?

Lorenzo saiu do quarto. A energia que o impelia o levou a tentar cozinhar algo mais complexo que o que seus conhecimentos lhe permitiam, nem sequer baseado em algum dos livros de culinária que adornavam a estante próxima. Sylvia saiu um tempo depois. Lorenzo só a ouviu regressar já de madrugada. Depois da uma.

A liturgia tinha começado com um canto em grupo. O pastor tomou a palavra. Saúda os presentes e lhes fala com um verbo doce que Lorenzo não situa com exatidão. Diz-lhes, hoje é domingo e neste dia concedemos ao Senhor nossa reflexão, nossos pensamentos e também nossa alegria neste lugar comum que é a igreja. Fala perto e buscando o olhar dos fiéis. Usa uma camisa branca abotoada até o limite do pescoço. Na primeira fila há um sujeito gordo, seu traseiro transborda de ambos os lados da cadeira desmontável, tem um violão nas grandes manoplas. Toca uma música que Lorenzo crê ter escutado antes em algum lugar. Alguém me disse que a vida é bem curta, e que o destino zomba de nós, e alguém me disse que a vida está cheia de trabalhos, e que às vezes nos encherá de dor, mas alguém também me disse que Deus nos ama ainda, nos ama ainda. Deus nos ama ainda.

A porta se abre e Lorenzo se vira para ver entrar Daniela. Ela se surpreende ao encontrá-lo, mas não se dirige para ele, a seu lado. Avança pela lateral e se junta às pessoas das primeiras fileiras. Lorenzo a entrevê quando cumprimenta discretamente e se une à cerimônia. Não tira os olhos dela. Daniela se vira apenas umas duas vezes para verificar que ele continua ali. Numa das ocasiões o faz enquanto canta com os outros uma música sobre a misericórdia de Deus para com os pobres.

O pastor fala da vida cotidiana, da presença de Deus nas menores coisas, de sua presença definitiva em cada acontecimento diário. No fundo da lixeira onde vocês jogam os restos do dia, está ele; na escada do metrô ou no elevador ele os observa para ver como reagem com os desconhecidos; esqueçam essas discussões eternas sobre a alma e a fé, imaginem-no em cada canto de suas vidas. Mas ele não os está julgando, ele já os conhece, ele os está acompanhando para que não o esqueçam nunca. Veem essas câmeras de vigilância que colocam em certos prédios?, pois Deus tem essas câmeras instaladas dentro de nós. A todo momento os fiéis lhe respondem em voz alta, como se entabulassem um diálogo. E depois se interrompem para cantar de novo e bater palmas.

Todo crente é um pastor de almas. Vocês são pastores, na rua, no seu trabalho, na sua família. Vocês podem ser a luz que ilumina o que não vê. É a nossa missão. Salvar a nós mesmos e salvar a maior quantidade das pessoas que nos cercam. Somos missionários de bairro.

Ao terminar, os presentes afastam as cadeiras e conversam por um tempo formando um círculo antes de ir para a rua. Alguns trazem sacos de arroz e de feijão, ovos etc., e os deixam em bolsas de plástico na mesa do pastor. Vamos distribuí-lo, é claro que sim, lhes diz ele. Daniela se aproxima de Lorenzo acompanhada do pastor e os apresenta. Bem-vindo, lhe diz o homem, espero vê-lo sempre por aqui. Obrigado, responde Lorenzo.

Vai para a rua com Daniela. Ele lhe propõe que deem um passeio. Mas ela lhe diz que tem que ficar para preparar bolsas com a comida para as pessoas necessitadas, ela ajuda o pastor a distribuí-la entre os pobres que se aproximam do local. Se tivesse sabido, teria trazido algo. Mas é voluntário, lhe explica Daniela. Ficam parados um instante na calçada.

Eu não queria que nos despedíssemos mal. Talvez eu tenha me precipitado na outra noite, começa a desculpar-se Lorenzo. Mas para mim é importante que não nos distanciemos por causa disso. Quero conhecê-la melhor. E que você também conheça a mim, Lorenzo se ouve dizer, soa ridículo, influenciado pela maneira de falar do pastor. Pode parecer estranho a você, mas não quero deixar você passar, como algo que cruzou em minha vida mas que não conheço, que não cheguei a conhecer totalmente. Por isso estou aqui, queria dizer-lhe isso. Wilson me explicou que esta era a sua igreja. Wilson conhece o caminho?, sorri Daniela. Pensei que só conhecesse o caminho dos bares, não é mesmo?

Lorenzo ignora o comentário e crava os olhos em Daniela, como se esperasse algo que não chega nunca.

Está muito sozinho, não é verdade?, lhe pergunta ela. Está muito sozinho.

16

Ariel reclinou o assento e tenta dormir. Na primeira classe o espaço é amplo, e a seu lado um homem de terno lê a imprensa econômica de cor salmão enquanto bebe aos golinhos um xerez. Como na ida, o voo está repleto de famílias instaladas na Espanha que voltaram à Argentina para o Natal. Na fila de entrada para o avião, misturavam-se publicitários, professores universitários, certa burguesia, com passageiros mais humildes com grandes bolsas e expressão de tensão na hora de mostrar o passaporte. É dia 2 de janeiro e todo começo de ano estabelece uma espécie de esperança generalizada, como uma página em branco.

Na última fileira da primeira classe, totalmente esticado, com máscara nos olhos, entre roncos estrondosos, dorme Humberto Hernán Panzeroni, goleiro de um time andaluz que veio cumprimentar efusivamente Ariel ao encontrá-lo no mesmo voo.

Humberto é grande, veterano da liga espanhola, onde está há quase seis anos. Chegou a ser terceiro goleiro da seleção nas Copas do Mundo anteriores. Sentou-se no braço do assento de Ariel para falar com ele, e toda vez que passava a seu lado uma aeromoça ele se virava, não se sabia muito bem se para facilitar-lhe a passagem ou para paquerá-la. Odeio viajar de primeira classe, para aqui mandam as aeromoças veteranas, as mais jovenzinhas vão de classe turística, o mundo está ao contrário. Tinha um incisivo de um branco diferente do restante dos dentes, e Ariel recordou que perdera um dente num choque com um de seus beques, ele vira na televisão.

Lá atrás estão minha mulher com as três crianças, a primeira classe custa os olhos da cara. Pelo bebê, que não tem nem assento, cobram mil euros. Falaram por um tempo da atualidade de sua profissão, da situação do país, e depois ele lhe anunciou que começava a sentir os efeitos dos comprimidos e se ajeitou para dormir.

Os dias em Buenos Aires foram intensos e devolveram a Ariel tudo aquilo de que ele sentia saudade. Pensou em Sylvia, até falaram por telefone. Eram quatro da manhã em Buenos Aires, e Sylvia recebeu a ligação com uma mescla de alegre euforia e nervosismo.

Em Ezeiza, ao chegar, seu irmão Charlie o esperava na saída, conversando com a aeromoça de terra. Dirigiu-se para Ariel e o apertou nos braços, impedindo a saída dos demais passageiros. Pegou a bolsa de mão de Ariel e a pôs no ombro. Você mudou, lhe disse, agora você parece o irmão mais velho. Ao passar junto a uma garota vestida de Papai Noel de calças curtas e apertadas que distribuía folhetos publicitários, lhe deu uma cotovelada. Levou-o num carro novo até a casa dos pais. Vou ver, se gostar fico. Não vê que agora sou o irmão de Arielito Burano, o Plumita que marca gols na Espanha?, sentiu-se obrigado a explicar-lhe Charlie. Aqui são muito valorizados os gols feitos em Madri, não é qualquer um que os faz.

A caminho da casa, Charlie lhe pôs a par das questões familiares. A mãe estava debilitada de novo, com certa depressão, toma comprimidos de ferro ou de cobre ou sei lá quê, e o velho está bem, encerrado nos momentos livres na pequena oficina como se fosse o negócio de sua vida. Comentou os novos nomes da política local, lhe contou algumas desgraças, morreu a mãe de, sequestraram o filho de, a loja de fechou, foram para a Espanha os... Aqui, se não aconteceu algo ruim com você que se possa contar, as pessoas se zangam.

Ariel dava atenção ao irmão, mas sem tirar os olhos da cidade que emergia ao lado da estrada. Tinha sentido saudade de tudo aquilo, da ordem diferente das casas, do perfil dentado dos prédios, da cor diferente, das publicidades familiares, dos semáforos no alto da rua, do trem elevado, das lojas na calçada. No bairro havia lixo acumulado de dias junto às árvores, por causa da greve, lhe explicou Charlie, e tinham trocado a porta de entrada por uma metálica com câmera. As coisas não estão tão mal como vão lhe dizer que estão, preveniu-o Charlie. E tire o pulôver que faz uns trinta graus, é de torrar.

Em casa o receberam entre lágrimas. Seus sobrinhos tinham crescido, e Ariel lhes disse não sei se lhes entrarão as camisas que eu lhes trouxe. Entregou ao pai uma bolsa com torrones, licor de abrunho, presunto de *jabugo* embalado a vácuo e a revista *Hola* para sua cunhada. Você ganhou a Abertura?, lhe perguntou seu pai, e todos começaram a rir. Ariel lhe explicou que o campeonato na Espanha só acabava em junho. E que importa?, disse o pai. Você sabe que o pintor Dalí dizia que o futebol não teria jeito enquanto a bola não fosse hexagonal. Para mim até que seria melhor, disse Ariel. Sua mãe tinha engordado em excesso, Ariel a achou velha e cansada.

Param você na rua, as pessoas o reconhecem?, lhe perguntou sua cunhada. Sim, explicou Charlie, na Espanha pedem autógrafos a você em qualquer lugar, no guardanapo, no bilhete do ônibus, na camiseta. Você se lembra daquele garotinho que lhe pediu que lhe desse um autógrafo nos apontamentos da escola?

Na rua Ariel desfrutou da vista das pessoas, do bom clima. Logo o calor vai apertar. Muitos amigos tinham ido em viagem de veraneio para as praias. Convidaram-no a ir a Villa Gesell, à casa de praia de uns íntimos, mas ele tinha vontade de ficar em Buenos Aires. Sentado numa varanda num canto perto de Recoleta, de quando em quando lhe gritavam da outra calçada, fenômeno, ou alguém lhe mostrava o polegar para cima da janela de um carro ou um senhor lhe perguntava os galegos o tratam bem?

Queria aproveitar a semana de férias para encontrar os amigos. Que faremos para o fim do ano? Algo em casa, não precisam se preocupar, lhe propôs Charlie. Com seu irmão falou da aclimatação na Espanha, do entrosamento do time, de suas necessidades. Disseram-me que você tem namorada, lhe disse de repente. Quem lhe disse? Tenho meus informantes. Ariel não sabia muito bem quanto seu irmão sabia e se limitou a dizer, sim, bem, há uma garota, mas nada... Depois imaginou que talvez falasse disso com Emilia.

Voltou ao seu apartamento de Belgrano, Walter o tinha decorado melhor do que quando ele morava ali. Até utilizava o terraço, de que Ariel quase não desfrutou. Tinha instalado ali um sofá de balanço. Subiram sete degraus metálicos de uma escada cambaleante e se instalaram lá no alto com uma garrafa térmica de *mate*. O edifício, perto do estádio Monumental, se equiparava aos mais altos da área. Todos com supervarandas de acrílico, espreguiçadeiras caras e vista privilegiada para o rio que se parece com o mar. Como é bom morar aqui, lhe disse Ariel, em Madri moro num lugar muito diferente.

Marcelo o convidou a um churrasco e reuniu amigos, todos *corvos,* advertiu. Mostrou-lhe os últimos avanços do estúdio, lhe disse que talvez viajasse a Madri em sua nova turnê, chamada Sequestro Express, formei uma banda estupenda, estou contente. Via-se que estava feliz, seguro de si. O disco acabara de sair, e já o pirateiam em cada canto da rede, e além disso você tem que fazer cara de bom moço e agradecer a esse diabo de gente que o roube, mas, bem, como se dizia antes, é melhor ser roubado que morto. Ariel quis ir-se logo, mas Marcelo insistiu, hoje há passeata de grevistas, fique, não há nada para fazer na rua. Convocava a passeata o Bloque Piquetero Nacional, a Corrientes Clasista y Combativa, a Frente Darío Santillán, o PTS, o MAS, e Ariel voltava a familiarizar-se com a política local.

Cearam em família na noite de Natal, Papai Noel trouxe presentes de madrugada e às quatro da manhã Ariel se virava na cama sem conseguir dormir, absorto, com o ouvido atento aos pássaros e a algum gerador próximo, à passagem do trem elevado perto de casa, ao rumor da estrada. Seu quarto lhe parecia agora o quarto de um colegial, um lugar parado no tempo, como se já não lhe pertencesse. Seus troféus infantis, as fotografias penduradas de seus times juvenis, as caixas com jogos, os poucos livros. Toda a vida sonhando em poder viver de futebol e agora que o fazia sentia que já não desfrutava como então. Gostava mais de treinar que de jogar, quando chegava de manhã ao campo encontrava a grama fresca, acolhedora, sem a pressão da partida. Então desfrutava da bola, dos colegas, dos exercícios, do jogo. A partida era uma obrigação que se tornava trabalhosa, difícil, em que só às vezes encontrava a plenitude de outros tempos, de quando jogar era um prazer e só um prazer. O estádio se transformava muitas vezes numa panela de pressão, onde se tornava difícil respirar, voar. Nas recordações prazerosas, aparecia sempre a mão na nuca de Sylvia, perdida entre seus cachos, seus olhos desenhados de maneira original, de um verde inteligente e intrigante, atraentes no meio dessa mata de cabelo, o gesto da comissura dos lábios imediatamente depois de dizer algo divertido ou desafiador. A milhares de quilômetros o excitava a recordação do corpo de maçã de Sylvia, percorrê-lo com o pensamento para desfrutar dele de novo.

Deu um longo passeio com seu pai até o parque Chacabuco, falaram da frágil saúde de sua mãe. Se não fosse isso, iríamos vê-lo lá, falo sério, mas ela não pode entrar num avião agora, tensa como é. Eu a achei mais gorda, lhe confidenciou Ariel, são os remédios e porque não se movimenta, não há quem a tire de casa.

Devorou a imprensa local. Via-se de repente um estranho, recém-chegado àquela cidade que ele tinha a impressão de não conhecer. Era semelhante à sua sensação em Madri, tinha conseguido não ser de nenhum lugar, estranho em todos. Dirigiu pela avenida Nazca até Bajo Flores, o fez parar a passagem do trem, e ele circundou o Novo Gasômetro para pegar a entrada pela avenida Varela. O bairro de Soldati, mais desolador que nunca, nos muros a mesma pichação de sempre, Basta de Baixos Salários. A família do lava-rápido El Golazo preparava o churrasco na calçada. Abriu-lhe o portão o vigilante, voltou de vez? Só pelo Natal. Estacionou a picape de Charlie junto aos dormitórios da concentração, recordou os churrascos de sábado sob a cobertura, com o time concentrado, disso, sim, ele tinha saudade. Passou sob o retrato do Huevo Zubeldía, que há exatos trinta anos ganhou o campeonato nacional para San Lorenzo. As paredes recordavam os protagonistas da façanha: Anhielo, Piris, Villar, Glaria, Telch, Olguín, Scotta, Chazarreta, Beltrán, Cocco, Ortiz. Surpreendeu Ariel encontrar uma foto sua emoldurada junto aos gloriosos *matadores*. Você já se viu na foto?, lhe perguntou o Cholo, o encarregado das instalações. Cumprimentaram-se com um abraço. Entrou no vestiário com ele, todo o mundo está de férias. Era modesto, com as imagens religiosas, as garrafas térmicas para o *mate*, os armariozinhos de madeira laqueada, as chuteiras amontoadas. Lá deve ser mais luxuoso, não? É outra coisa, Cholo. É outra coisa.

Telefonou para Agustina. Era uma obrigação. Tinha lhe telefonado às vezes da Espanha, em momentos de desespero, após a ida de seu irmão. Numa ocasião esteve a ponto de oferecer-lhe uma passagem e convidá-la, mas o deteve o dar-se conta da egoísta maneira de dispor das pessoas a seu bel-prazer. Pior foi a terceira vez, numa noite em que voltou bêbado, depois de sair com Ronco, e sentiu de repente necessidade de falar com ela, de refazer o caminho, e foi vulgar e desagradável e acabou por masturbar-se enquanto pedia a ela que lhe dissesse coisas excitantes ao telefone. Desde então não tinha tido coragem para voltar a ligar para ela, a não ser para pedir desculpa fria e rapidamente, mas sentia que estava na cidade e era descortês não vê-la.

Saíram de tarde, Ariel tinha ficado de jantar com amigos e não queria que a noite se transformasse numa tentação. Só lhe faria mal prolongar algo que já não existe. Encontram-se perto de praça Lavalle e ela lhe disse você parece um turista. Agora sou um turista, se desculpou ele. Queria passear por um tempo antes do outro encontro. Falaram de coisas superficiais. Agustina tinha escolhido seus brincos de marfim, sua forma de prender o rabo de cavalo e o batom com extremo cuidado, mas logo compreendeu que aquele encontro não ia terminar por uni-los de novo. Ariel manteve uma distância prudente durante as duas horas. Agustina conseguiu que lhe falasse de Sylvia. Não sei, não acho que seja uma relação que vá a algum lugar, mas me serve para me sentir relaxado, a gosto, poder falar intimamente com alguém. Ela assentia enquanto o escutava.

As palavras a feriam, mas ela disfarçava. Ariel dizia, sabe quando você ama tanto alguém que tenta protegê-lo do mal que você mesmo pode fazer-lhe, o medo que lhe dá porque você se conhece, mas a outra pessoa só vê o lado maravilhoso? E Agustina tinha vontade de dizer-lhe eu sei muito bem, conheço essa sensação, mas só disse que o melhor era desfrutar, que não se torturasse pensando em coisas que estão longe demais.

Imagino que deveria vaciná-la contra mim, disse ele, com um sorriso.

Talvez ela não queira a vacina.

E Ariel se deu conta de que ele falava de Sylvia, mas Agustina falava de si mesma. Despediram-se pouco depois, ela lhe pôs a mão no rosto e lhe disse cuide dela e conseguiu que Ariel se sentisse culpado por não ter feito o mesmo com ela.

Os amigos o levaram para jantar e Ariel estava extrovertido. Contou-lhes as histórias do volante mexicano que tinha queimado o carro ao dirigi-lo em primeira por quarenta quilômetros convencido de que era hidramático; a do lateral direito de Mendoza que jogava na segunda divisão nas Canárias e que tinha engordado tanto que a torcida lhe cantava faça dieta com a música de "Guantanamera"; a do goleiro reserva de seu time que comia sementes de girassol sem tirar as luvas a uma velocidade vertiginosa; a do companheiro cujos pés tinham tanto chulé que lhe escondiam os tênis no lixo; a do polonês Wlasavsky, que todos chamavam Blas, e sua coleção de Rolex de ouro; a da mulher do treinador de goleiros que se embebedava no bar do estádio; a do árbitro homossexual que ligava para certos jogadores antes de apitar uma partida para dizer-lhes que era grande admirador deles e convidá-los a jantar; a do beque central paraguaio de um time estremenho que quando lhe pediram que citasse uma personalidade admirável respondeu Bin Laden e o suspenderam por três partidas até que pedisse perdão; a do treinador de um time, um brasileiro, que se tinha empenhado em fazer jogar o capitão de seu time com radiotransmissor na orelha e a metade do que ouvia era a interferência da retransmissão de um locutor e o pobre coitado ficava louco.

A diversão parou porque na televisão do lugar começavam a dar a notícia do incêndio numa discoteca da capital em que tinha falecido certo número de rapazes cujo nome foi sendo dado com os dias, um lugar de concertos lotado e sem medidas de segurança onde os banheiros eram usados como creche para que os pais quase adolescentes pudessem divertir-se com a música. Tinha se incendiado por culpa dos fogos de artifício acesos no interior enquanto as portas de emergência estavam fechadas com cadeado para evitar que alguém penetrasse sem entrada.

Nessa noite telefonou para Sylvia. Ela lhe falava aos gritos de um bar. Ele tentava sussurrar em seu quarto, contíguo ao de seus pais. Estou com saudade de você, lhe disse Ariel, mas mal se ouviam.

No dia seguinte, foi passar a manhã com o Dragón. O país estava comovido pelo incêndio da noite anterior. A mulher do Dragón lhes preparou um mate e eles se sentaram no sofá, diante da televisão. Você não sabe como foi bom para você ir para bem longe daqui. Está tudo corrompido. Se começam a investigar o dono do botequim, não encontram ninguém, do primeiro ao último, que faça algo correto e limpo. Dá raiva.

Depois de um tempo desligaram o televisão. Até quando esses desgraçados vão continuar a espremer a dor das pessoas para fazer seu showzinho? Perguntou-lhe sobre a Espanha, mas Ariel confessou que acompanhava pouco a atualidade de lá. Depois das bombas nos trens, odeiam os mouros?, perguntou o treinador. Não, não acho, lhe respondeu Ariel. Não parece.

O Dragón lhe disse que acalentava a ideia de deixar o trabalho, já não aguento mais. Tinha um filho apenas dois anos mais velho que Ariel que tinha tido um mau ano. Depois deu a entender um problema com drogas. Pensava em sair da cidade, mudar de ambiente, na casa do campo se encontrava a gosto. No jardim descuidado, uma velha meta de futebol feita com traves de madeira quadrada se erguia no meio do mato. O Dragón a tinha resgatado de um colégio abandonado da área. Toda a vida tentando formar garotos e sucede que o que pior de pior fiz foi com o meu, lhe disse com amargura.

O Dragón lhe contou que via algumas partidas pela TV a cabo. Eu vejo você tenso, como se tivesse um olho na arquibancada. Você jogue, não assuma tanto a responsabilidade. Não se deve esquecer o prazer do jogo, nunca. Sua profissão é uma profissão absurda, se você não a exerce desfrutando não tem sentido. Você não pode ficar pensando, assim você se paralisa. Nisto, o inteligente é saber gerir a própria angústia. Olhe o que acontece no mundo, se você parar para pensar, acaba dando um tiro na cabeça, é de enlouquecer lembrar, por exemplo, desses garotos do Cromañón.

Convidou-o para almoçar, mas Ariel tinha marcado com Charlie. Despediram-se com humor. Marque gols, os galegos só querem gols. Na janela do carro o Dragón se inclinou para falar com ele. Os negócios mais importantes são dedicados às coisas que não podem ser tocadas, que são intangíveis. Veja, a empresa mais rentável do mundo é a Igreja e depois vem o time de futebol. Os dois vivem das pessoas de fé, nada mais. Não é uma coisa de loucos?

Charlie o levou para almoçar num lugar elegante de Puerto Madero e lhe apresentou uma mulher bonita que tinha se convertido em sua amante estável. Trabalhava no canal Onze, na produção, e queriam entrevistar Ariel antes que voltasse para Madri. Nessa mesma tarde gravaram com ele uma entrevista estúpida e insípida passeando pelo porto. No carro, de volta para casa, Charlie disse a seu irmão não me julgue, sinto que está me julgando, e quem é você para me julgar? Quando chegar ao ponto em que eu estou, talvez você seja pior, muito pior que eu, de modo que poupe as lições de moral. Ariel levantou o dedo médio, e ambos riram.

Foi um Natal triste. A qualquer hora que se ligasse a televisão, só apareciam os familiares dos mortos no incêndio no Once plantados durante três dias sem informação na porta do necrotério. O irmão de um jogador que Ariel conhecia estava entre os desaparecidos. E no dia seguinte uma onda gigante no Sudeste Asiático deixou mais de quatrocentas mil pessoas mortas em sua passagem. Histórias dramáticas que as televisões apresentavam com fragmentos dos vídeos gravados por turistas, imagens que se interrompiam quando o tsunami os alcançava com uma bofetada mortal.

Na última tarde em Buenos Aires, Ariel encurtou seu passeio porque as proximidades da Casa Rosada estavam tomadas pela tropa de choque. Esperavam uma manifestação. Walter o convidou ao décimo churrasco em seis dias. Lá encontrou um velho companheiro de San Lorenzo, um meio-campista que jogava no Corinthians. No pescoço, usava um colar de ouro que terminava numa bolinha de futebol. É bonito. Eu o mandei fazer num joalheiro de Rosario, um sujeito único.

No aeroporto, Charlie tinha se despedido dele com seu filho mais velho. A mãe tinha comprado para ele na última hora dois grandes pacotes de erva para *mate* e ele os levava na bagagem de mão. No avião não dorme. Fica pensando na possibilidade de romper com Sylvia, de apagar esse fogo estranho. Decidiu concentrar-se no trabalho, não distrair-se com outra coisa que não fosse o futebol.

Ao descer do avião, despede-se de Humberto. Acordou com a boca seca e os olhos nublados. Quando nos enfrentamos?, mas nenhum dos dois lembra com tanta precisão o calendário da competição. Bem, nos veremos certamente no aniversário do Tigre Lavalle, isso você não pode perder.

No controle de passaportes, um rapaz com uma pequena mochila no ombro lhe pede ajuda. A polícia o retém, lhe falta dinheiro vivo e ele não tem um endereço preciso para onde ir. Está muito nervoso, excitado. Não trouxe dinheiro suficiente, só por isso querem me sacanear. Ariel fala com o policial do guichê. Não há nada a fazer. Ariel quer ajudar, se dirige a outro policial, que o reconhece imediatamente. Sei lá, pode se fazer algo? O policial lhe sorri, não se meta em confusão, é o meu conselho. Ariel pensa duas vezes, dá o pouco dinheiro que leva na carteira ao rapaz e atravessa o controle.

Ao sair com as malas, ainda se sente estranho, afetado pela situação. É obrigado a parar para dar autógrafos a dois meninos. Levanta os olhos e atrás da linha das pessoas que esperam os recém-chegados vê Sylvia. Ela lhe sorri sem aproximar-se. Ela caminha ao seu encontro, mas Sylvia se esquiva. Vai atrás dele quando se dirige ao estacionamento e mantém a distância por todo o longo trajeto composto de esteiras rolantes. Ele se vira a todo instante, e eles sorriem um para o outro. Não se dizem nada, mas é como se se abraçassem a distância. Como se fizessem amor cada um de seu lugar, ela três metros atrás dele.

O estacionamento está gélido. Geou durante a noite.
Ariel localiza seu carro. Beijam-se no interior. Só se separam quando ela tenta pôr a calefação no máximo girando os comandos do painel. Vou congelar. Estica as mangas do pulôver.
Ele desliza os dedos sob os cachos de Sylvia e lhe acaricia a nuca. Feliz Ano-Novo, diz ela.

TERCEIRA PARTE
"Este sou eu?"

1

Sylvia leva duas vidas. Numa se senta ao fundo de uma sala de aula, num carteira verde com as bordas geminadas com as da de sua colega Alba. Durante a manhã diferentes professores tentam deixar nela e nos que a rodeiam uma pequena marca. Às vezes são anotações num caderno, outras um detalhe que permanecerá em sua memória até o dia seguinte ao da prova, só raras vezes um conhecimento que os acompanhará por toda a vida. O professor de matemática desenvolve no quadro um problema de vetores. Teve um inicio de curso magnífico, com a paixão intata após anos de aulas. Tudo é matemática, lhes disse. É matemática quando vocês compram, quando vendem, quando crescem, quando ficam velhos, quando saem de casa, quando encontram um trabalho, quando se apaixonam, quando escutam uma música desconhecida. Tudo é matemática. A vida é matemática, somas e subtrações, divisão, multiplicação, se vocês entenderem a matemática, entenderão um pouco melhor a vida. E, ao vê-los rir, acrescentou, digam-me algo que não seja matemática, vamos. Minha bunda, murmurou o Tanque Palazón, e todos riram mais alto. Deus, disse depois Nico Verón. Deus é matemática? O professor Octavio parou por um instante, mas não parecia surpreso. Deus é a solução para uma equação que não tem solução. Mas hoje a aula não estava à altura do professor Octavio.

Quando terminar a manhã, Sylvia caminhará até a casa. Talvez com Mai, talvez com outros colegas que se dispersarão em cada cruzamento de ruas. Preparará o almoço para seu pai, enquanto ela comerá algo que ele tenha cozinhado. Ela se encerrará em seu quarto para escutar música, estudar para uma prova, responder a alguma mensagem de celular ou navegar pela internet para pegar a letra de alguma música, conversar por chat ou "viajar" sem destino fixo. Contará os segundos até a hora de transladar-se para sua outra vida.

Sua outra vida transcorre na casa de Ariel, onde eles veem algum filme na tela de plasma, conversam diante de uma cerveja com música ao fundo, competem em algum videogame ou jantam o cozido que Emilia deixou preparado ou compram umas pizzas finas num restaurante italiano onde mimam Ariel ou recebem algo japonês ou argentino de um restaurante que tem serviço de entrega até a área onde ele mora. Desfazem a cama para fazer amor. Nada a ver com a cama estreita e fria a que retorna Sylvia mais tarde, onde o amor só se apresenta como evocação e onde ainda cochila sobre o edredom um ursinho gasto de pelúcia suavíssima sobrevivente da infância. As vidas se desenrolam em planetas diversos ou teatros diversos, com Sylvia interpretando duas personagens quase contrapostas. Às vezes os planetas se roçam e salta uma lasca. Por exemplo, no dia em que os dois compram música e filmes na Fnac de Callao. A distância, eles mostram um ao outro as capas, ela a de algum grupo transcendente britânico, ele a de uma banda em castelhano. Na fila para pagar, ficam um atrás do outro, e então Mai aparece surpresa de ver Sylvia, você não me disse que ia para a casa de sua avó?, e Sylvia mente, escapei um tempinho, mas já se acostumou a mentir e o faz com naturalidade. E quando Mai insiste em tomarem algo juntas Sylvia se esquiva, e quando Mai lhe aponta Ariel que paga diante delas comenta, este não é aquele argentino jogador de futebol? Não tenho nem ideia. Pois é lindíssimo. Psiu. E Sylvia se livra de Mai apesar da suspeita incômoda da amiga, já sei que você não me diz toda a verdade, você vai é ver seu garotão, vamos ver quando me apresenta, ou será que o esconde de mim por alguma razão, é aleijado, é mauricinho, sei lá? E riem por um momento. Até que Sylvia consegue encontrar-se com Ariel no estacionamento.

Isso também acontece com Ariel quando ele se encontra por acaso com um companheiro de time num sinal vermelho. Falam-se de um carro para o outro, através das janelas, brincam até que o outro aponta com o olhar para Sylvia. É a filha de um amigo meu, Ariel não sabe dizer outra coisa, e Sylvia passa a tarde entre brincadeiras à custa disso. E seu amigo sabe o que você faz com a filha dele? É em acidentes assim que as duas vidas são percebidas, mais que nunca, como inconciliáveis.

Em outras ocasiões, a fuga de uma vida para a outra é para Sylvia um contraste divertido. Hoje ela saiu a toda a pressa da aula de inglês, lhe parecia interminável a explicação do professor que estica os pelos das costeletas num tique nervoso. Tomou o metrô. Tem um encontro com uma imobiliária para ver um apartamento perto da pracinha de Bilbao. Esperamos mais alguém?, pergunta a vendedora, ao encontrar uma cliente com pasta escolar. Não, meu pai afinal não vai poder vir, explica Sylvia enquanto o elevador sobe até o terraço. Ela se diverte por um tempo interpretando o papel de filha de milionário. Meu pai não tem tempo para estas coisas, ele me deixa escolher. A vendedora esquece suas reticências e abre a porta do apartamento depois de rebuscar no molho de chaves de sua bolsa.

Sylvia percorre o apartamento, de longe a vendedora lhe conta as qualidades da recente reforma. Teto alto, janelas de madeira, uma varanda notável com vista para os telhados. Eu adoro, mas meu pai diz que não paga mais de um milhão de euros, esse é seu limite. Acho complicado, raciocina a vendedora, mas, é claro, se uma parte grande for à vista, pode-se negociar. Naturalmente, diz Sylvia, a maioria será à vista.

Faz semanas que Ariel decidiu mudar-se para a cidade. Está farto de viver isolado num lugar onde o encontro mais excitante não passa de algum vizinho que decidiu correr nas manhãs depois de um ataque de angina do peito. Assim poderemos nos ver com facilidade, sem tanta viagem de carro, é absurdo, lhe disse Sylvia um dia em que Ariel bocejava esgotado enquanto a levava de volta para casa pela estrada que tantas vezes percorriam. Ariel encarregou seu contador de que lhe indicasse uma quantidade de apartamentos. Descartaram vários pelas fotos na internet, e o que agora Sylvia visita, o que lhe permite um curto tempo feliz de filha de milionário, é o que mais lhes agradou.

Um tempo depois Ariel a pega na porta dos cines Roxy. Sylvia entra no carro. Adorei. Eu tiraria a parede para aumentar a sala, para que quer três quartos? Ela me disse que se lhes der uma parte à vista o vendem por um milhão de euros. Ariel não tem problema, recebe uma parte substancial do devido por seu contrato numa conta de Gibraltar. Sylvia fica surpresa com que nunca pague com cartões nem saque dinheiro do caixa eletrônico, leva sempre grandes quantias em dinheiro vivo. Liga para o seu assessor fiscal, meu contador, diz ele, do telefone do carro. Fecha a compra. Essa área é um bom investimento, lhe informa o contador. Sylvia sorri e apoia o pé no painel.

Nessa noite brincam na academia de ginástica que Ariel instalou no porão da casa. Ele levanta peso com as pernas enquanto ela caminha um tempo na esteira rolante. Cansa-se rápido. Ele lhe diz você vai ficar bunduda se não fizer um pouco de exercício e ela o recrimina, não quero ser uma patricinha típica namorada de jogador de futebol que passa as manhãs na academia e à tarde em compras e cabeleireiro. Não são todas assim, a mulher de Amílcar é ótima. Uma exceção, lhe diz Sylvia, mas todas as outras... O que é que acontece? Eles vão ser mandados embora do time se se envolvem com alguém diferente? Será que nenhum jogador de futebol se pode permitir o deslize de ter uma namorada feia mas inteligente? Ariel sorri sem deixar de fazer exercício, bem, eu vou ser o primeiro. Sylvia ameaça deixar cair um peso de cinco quilos nas partes pudendas dele.

As academias de ginástica me deprimem. Elas me parecem salas de tortura, diz ela. Em meu bairro há uma que de tarde se enche de enfermiços aspirantes a boxeador que acabam em gangues de skins, dando pontapés em imigrantes. Um dia fui acompanhar uma amiga e havia um cara num canto, com a mão no bolso do moletom e tocando uma punheta, juro, enquanto olhava as mulheres na bicicleta.

Toca o celular de Ariel, e Sylvia o passa para ele. Não pode evitar olhar o nome que aparece na tela. Ronco. Ariel lhe interrompe o ataque de curiosidade e responde. O que é que está acontecendo, como está? Ah, sim? Não, não o li. Diz isso? É claro, será que ele é perfeito, nunca se equivoca? Que filho da puta. E onde está a entrevista? Não, não, não me importa, não quero lê-la.

Sylvia o ouve falar por mais um tempo. Sorri ao pensar que o futebol se transformou numa prioridade em sua vida. Planeja suas saídas com amigos e seus estudos em função do calendário da liga. Algo que nenhuma das pessoas próximas poderia suspeitar. E está a par dos comentários e críticas que se abundam nesse mundinho. Meu pai ficaria feliz, pensa.

Aliás, comprei um apartamento no centro, diz agora Ariel. Como que um jogador de futebol não pode morar no centro? E onde temos que morar? No vestiário? Vá se ferrar. Sim, é claro, eu estou louco, e quem o diz é você, o cara mais sensato do planeta.

Quem é Ronco?, pergunta Sylvia quando Ariel desliga. Ele diz que saiu uma entrevista com meu treinador onde ele explica que algumas das novas contratações não estão rendendo como se esperava, está se referindo a mim, é claro. Deve ser corno. Esse não se engana nunca. Se jogo bem, acertou ele ao trazer-me; se jogo mal, é que não lhe sirvo. Já me dizia o Dragón, nunca confie numa pessoa com cara de bobo.

Quem é o Dragón? Um técnico de lá, que tive quando menino em Buenos Aires. E o tal do Ronco o que lhe dizia do apartamento? Nada, que no centro não vão me deixar morar por causa das pessoas, o saco dos autógrafos... Ele se chama Raúl, explica depois, mas todos o chamam de Ronco. É jornalista. E você pode ser amigo de um jornalista?, lhe pergunta Sylvia. Por que não? E se um dia ele tiver que falar de você? Então que fale de mim. Sim, insiste Sylvia, mas se tem que falar mal de você... Que o faça, eu entendo... Ah, ou seja, você aceita bem as críticas, como o comentário do seu treinador, e Sylvia sorri. Isso é diferente, isso é o típico filho da puta que tenta passar a responsabilidade de seus erros para os outros. Desses há muitos, a maioria. Não lhe dizem nada na cara, mas depois deixam escapar uma insinuação na imprensa, como quem não quer nada. Por acaso fui eu que contratei um meio-campista francês bichado que não pode nem treinar conosco já faz mais um ano? Ou dois brasileiros de merda que ficam coçando o saco?

Ariel para o exercício. Vou tomar banho. Sylvia o vê sair do porão. Talvez tenha ficado zangado, pensa. Ela conhece a tensão com que vive seu trabalho. O bom de ganhar nos domingos é que você sabe que esta semana a imprensa vai deixar você em paz, lhe disse um dia, vão falar mal do time que perdeu. Se eu fosse ciumenta, pensa Sylvia, teria ciúme de seu trabalho. Da merda do futebol. Algumas vezes usa essa expressão. É sua maneira de estabelecer a rivalidade. Estão aí ela e a merda do futebol para disputar entre si a vida de Ariel. Mas não ignora que para ele é fundamental. Não seria ninguém sem o futebol, lhe confessou um dia. Hem? Que seria eu sem o futebol? Um empregado qualquer sem estudos, um medíocre? Não posso dar-me o luxo de desprezar o que me faz especial. E às vezes ela o vê submergir na partida que passam pela televisão, isolar-se do mundo, como se ele estivesse jogando com o olhar. Pedimos algo para jantar?, pergunta ela, e ele responde, se juntassem as linhas, seria mais difícil atacá-los.

Em outras ocasiões recebe ligações no celular e fala por longo tempo. Sempre da mesma coisa. Só de futebol. Da jogada, da partida de um adversário, do que lhe contaram do campeonato argentino, das declarações de alguém, de um artigo crítico com relação a eles, de um comentário da mulher do presidente que alguém ouviu. Não seja criança, lhe responde ele às vezes quando desliga e ela lhe diz se soubesse que você ia passar a tarde toda falando pelo celular teria ficado em casa.

Sylvia sabe quando Ariel tem necessidade de desertar da realidade para dedicar-se inteiramente a seu trabalho. Sente então vertigem. Como se caísse de muito alto sem possibilidade de se agarrar a nada. Sozinha como está em sua relação com Ariel, sustentada no ar, ao redor de sua imagem. Ela se sente uma convidada de luxo num planeta sem gravidade e alheio do que se esfumará quando Ariel deixar de sustentá-la com os dedos entrelaçados como faz às vezes quando dirige.

Amiúde ela se descobre invadida pela tristeza em seu quarto, com os olhos úmidos. Sabe que a dependência é o maior inimigo do amor. Mas tem pouco que fazer, não pode instalar-se na vida de Ariel, em sua outra vida, e deixar de ser o que verdadeiramente é. Ela gosta quando saem do carro e põem os pés numa rua com gente. Quando se sentam num cinema e um casal que chega tarde se acomoda perto deles ou quando se refugiam num café e alguém se aproxima para cumprimentar Ariel. Ela se sente então como os outros, normal.

O mês de fevereiro chegou com quinze dias primaveris. Há gente sentada nas varandas da Santa Ana. Algumas tardes se deitaram no gramado do jardim da casa, cortado com esmero toda semana por Luciano, com a visão dos galhos que se recortam contra o céu. Sentiram-se jovens como os outros.

Sylvia sai direto do porão para o jardim pela portinhola da garagem. Senta-se à beira da piscina onde boiam folhas na água esverdeada. Apoia as mãos no gramado para deixar-se cair para trás. Sente que o cabelo pende em suas costas e é agitado pela brisa. Permanece nessa posição até que ele a encontra ali. Ariel caminha pelo gramado, está com o cabelo molhado, calçou as sandálias que ela detesta e se aproxima com as palmadinhas produzidas pelos passos. Senta-se atrás dela e a segura pelos ombros.

Em que está pensando?

Sylvia demora a lhe dizer que gostaria de sair, de conhecer pessoas, de que fizessem algo juntos. Ariel movimenta de um lado para outro o rosto para que roce no cabelo dela. Cozinho uma massa e vemos um filme?, propõe ele. Sylvia anui. Tem algo de frio, e ele a envolve em seus braços.

Durante o filme, Sylvia adormece, vencida pelo sono. Apoia a cabeça num braço do sofá. Ariel a leva para seu quarto. Despe-a com delicadeza e ela, embora sorria, finge dormir. Quando lhe tira a calça e a deixa cair no chão, Ariel aproxima o rosto do sexo dela. Sylvia recolhe um joelho e deixa a perna como uma montanha acima dele.

A ambos parece tranquilizador saber que seu tempo é limitado. Que em menos de uma hora terão de cumprir o estrito horário de volta para casa.

Mas com as carícias de Ariel, nessa noite, Sylvia ficará dormindo. Acordará perdida e surpresa, com a luz do amanhecer ensolarado dessa primavera antecipada. Ariel estará dormindo a seu lado, de barriga para baixo, com um braço enredado no travesseiro. Do andar de baixo chegarão barulhos ligeiros, uns passos, uma cadeira que arranha o chão na cozinha, uma torneira que se abre. Sylvia, alarmada, dará duas cotoveladas enérgicas nas costelas de Ariel. Tentará acordá-lo.

Ari, Ari, já é dia. Já é dia. Merda. Já é dia.

2

Que estranho você topar de repente com o próprio reflexo e que ele lhe seja alheio. Reconhecer-se nele, saber que é você, mas ao mesmo tempo senti-lo outro. Leandro apenas umedeceu o cabelo grisalho para ajeitá-lo de novo, colado à cabeça. Quem é esse que olha para ele do outro lado do espelho? Asseia-se antes de sair para a casa onde voltará a encontrar-se com Osembe. Impecável, como um velho decente que fosse à missa ou a uma conferência, com seu pulôver sob o casaco leve, porque hoje prescindirá do sobretudo, está fazendo tempo bom. Amiúde, quando se penteia diante do espelho daquela casa, tão similar ao de sua casa, Osembe passa por ele e lhe desmancha o cabelo com uma travessura infantil que tem algo de absurda cotidianidade. Como se um momento depois fossem sair de braços dados para passear na rua, parar diante de uma vitrine e talvez entrar no supermercado para comprar um peixe para o jantar. Olha para o relógio, é hora de ir embora.

Nas últimas semanas Aurora mal pôde levantar-se. Não confia em suas forças e, embora várias vezes se tenha sentado na beira do colchão, não ousou descer da cama. Para ela já não existe terra firme. A Leandro custa até acomodá-la na cadeira de rodas. De manhã, Leandro lhe enche uma bacia de água e a põe sobre suas coxas. Aurora se entretém longo tempo em lavar o rosto e umedece o cabelo e o pescoço. Sua pele se rompe com facilidade, e ela pede o creme para hidratar os braços e o rosto, Leandro o passa às vezes em suas pernas enquanto Aurora levanta a camisola para mostrar suas extremidades frágeis, pálidas. Leandro, inclinado sobre ela, observa a fazenda segura a meia altura das coxas. Em outras ocasiões lhe lava os pés com água quente. Ainda úmidos, Leandro lhe corta as unhas, apoiando a sola em suas próprias coxas. Não tem de fazê-lo, não é preciso, costumava dizer ela. Benita pode fazê-lo. Não, não, não me custa nada. E Leandro prosseguia o que queria ver como uma penitência, ajoelhado diante de sua mulher.

No Ano-Novo Aurora sentiu dores quase permanentes, e o médico de emergência lhes mandou uma ambulância. Passou dois dias no hospital, e a mandaram para casa com uma dose diária de remédios contra a dor que a faziam cochilar boa parte da jornada. Aurora, sempre que se sentia melhor, evitava tomá-los. Leandro insistia, não tem que aguentar a dor, não adianta nada. Hoje estou melhor, não preciso tomar, dizia ela. Seu filho, Lorenzo, se assustou uma tarde de visita diante do estado sedado da mãe. Seu pai o levou até a cozinha. Falei com o médico, só tem alguns meses de vida. Lorenzo deixou cair a cabeça entre as mãos. A Sylvia, é melhor não dizer nada, prosseguiu Leandro.

Benita trocava os lençóis todos os dias, falava com Aurora com voz alta e animosa. Estou inválida, não surda, lhe recordava Aurora quando Benita lhe repetia três vezes a mesma coisa ou subia o tom de voz. Fala com ela como se fala com os doentes e os estrangeiros, pensava Leandro. Duas vezes por semana vai um massagista colombiano que ajuda Aurora a relaxar os músculos. Dá-lhe uma palmada na coxa para terminar e sempre repete a mesma frase, bem, o senhor já fez seu passeio de três ou quatro quilômetros, pois calcula nisso uma equivalência em metros de sua ginástica passiva.

Leandro dedica as manhãs a passear, a comprar os pedidos de Benita e a ler o jornal para Aurora. Às vezes salta os parágrafos delicados. Toda semana um precário barco carregado de imigrantes se precipita contra as rochas da costa e o mar cospe uma vintena de cadáveres nas praias do Sul. Quase todo dia um motorista ou um grupo de amigos ou uma família completa perde a vida em seus carros. Um preso une com cola industrial sua mão à de sua parceira durante a visita íntima para exigir o direito de ter mais vezes tais visitas. Há mortos no Oriente Próximo, reuniões de dirigentes internacionais, discussões políticas constantes, prêmios culturais, informação detalhada sobre o campeonato de futebol, a programação dos canais de televisão e incompreensíveis notícias econômicas. A leitura do jornal é uma rotina que Leandro não ousa interromper. Sentiria que o mundo está acabando. Às vezes ele lê uma entrevista e ela lhe diz isso, sim, é bom, e esse simples comentário anima Leandro a continuar.

Viram juntos as notícias natalinas sobre a onda gigante que engoliu as praias virgens da Tailândia e da Indonésia. Prestaram atenção sem se dizerem nada às imagens frias, quase de ficção, e também se sentiram superados pela natureza.

Um dia por semana vêm visitá-la duas moradoras do bairro. Nessa tarde Leandro desaparece. Às vezes vai para a casa de Osembe. Desde o Ano-Novo não foi mais de uma vez por semana, ele estabeleceu esse máximo, e, quando sente necessidade e está à beira de descumprir seu compromisso, se encerra no quarto e põe música num volume atroador no toca-discos até que vê passada a hora. Às vezes se masturba com as velhas fotos de um livro de nus.

Na noite de fim de ano comeram uvas no quarto de Aurora, apareceram Lorenzo e Sylvia, embora ambos tenham ido embora pouco depois. Leandro ficou com Aurora para ver o concerto de Ano-Novo na televisão. Dois dias depois perguntou a Osembe se não ia tirar férias. Nesses dias se trabalha muito, lhe respondeu ela. Foram trabalhar na casa mais algumas garotas, de origem russa e búlgara, que riam com risadas estridentes nos quartos contíguos. Putas russas, a ouviu murmurar Leandro um dia. O que é que você disse? Nada, nada, mas Leandro pôde entender que a importunava o vozerio das recém-chegadas.

Numa tarde de meados de janeiro, Aurora recebeu em casa suas amigas. Estava tão fraca, que lhe tinha custado muito esforço cumprimentar ao vê-las entrar. Leandro as deixou a sós. Um tempo depois estava deitado na cama do prostíbulo com Osembe. Minha mulher está morrendo, lhe disse de repente. Osembe se deixou cair a seu lado e lhe acariciou o rosto com a ponta dos dedos. Está morrendo, e me faz sentir muito mal passar as tardes aqui. Por quê?, perguntou ela. Tem que esquecer.

Mas não esqueço, foi a única coisa que conseguiu responder Leandro. Eu não o faço esquecer? Por algum tempo?, perguntou ela como se se fingisse ferida num amor-próprio com certeza inexistente.

Leandro não lhe respondeu. Ela quis saber mais. Os ossos, respondeu ele. Tem que passar cabeças de alho por todo o corpo dela, pelas pernas e pelos braços. Cabeças de alho cruas e despedaçadas, esfrega com elas bem forte. Leandro sorriu ao ouvi-la. Não ria, é muito bom fazê-lo.

Essas conversas terminavam por excitar Leandro. E mais ainda se sentia Osembe relaxar, deixar de ser uma puta durante esses breves fragmentos de conversa sem substância. Isso o excitava mais que todo o melífluo preâmbulo erótico. Punha-se então sobre ela, como se o sexo se apoderasse de repente dele. E ela demorava a compreender seu arrebatamento.

Naquela tarde voltou para casa a tempo para despedir-se das amigas de Aurora e agradecer-lhes a visita. Ela cochilava imóvel no quarto, e Leandro se aproximou para beijá-la. Aurora abriu os olhos. Já voltou? Ele não respondeu e se sentou no colchão.

Está usando outro gel?, lhe perguntou ela de repente. Está com um cheiro diferente.

Leandro se perturbou, mas foi capaz de elaborar uma mentira. Usei uma amostra que mandam de graça com o jornal. Lembrava-se dos dias em que ela descolava os envelopes de publicidade de cosméticos que vinham com o suplemento dominical. É um pouco forte, concluiu Aurora, mas Leandro sentiu que não tinha sido capaz de diminuir as suspeitas da esposa e mentiu ainda mais. Tomei banho ao voltar da rua, estava suado do passeio.

Nesse dia tinha tomado banho depois de fazer amor com Osembe, e se sentido invadido por seu cheiro corporal. Não voltaria a fazê-lo. Na maioria dos dias se limitava a ensaboar as partes pudendas, repelia-o a ideia de compartilhar o banheiro com todo o grupo de clientes. Para combater o cheiro de mulher e colônia estranha de que estava impregnada sua pele, caminhava depressa pela rua, provocava o suor numa corrida extravagante.

O inesperado bom tempo dos dias de fevereiro convidou Leandro a prolongar seus passeios. Nas horas da manhã de incômodo máximo por causa do trabalho de Benita, ele descia para percorrer o bairro. Nunca se detinha a frenética atividade. Camionetes de entrega, pessoas fazendo compras, as empregadas domésticas levando crianças para passear em carrinhos carregados de bolsas de plástico. Até um portão da rua Teruel, Leandro tinha seguido certa manhã uma jovem diminuta de aspecto latino, o cabelo solto nas costas e uma minissaia jeans. Empurrava o carrinho de um bebê que não podia ser dela, ela não teria mais de vinte anos, de formas prodigiosamente bem proporcionadas. Parava sem pressa nas vitrines das sapatarias e lojas de roupa, com o menino adormecido. Leandro mantinha uma prudente distância, mas a acompanhava no passeio. Quando ela ficava de lado, ele observava seus traços belíssimos. Era raro topar com tal delicadeza num bairro povoado de cortes de rosto toscos, peles curtidas, dominante vulgaridade. Aquela moça pareceu a Leandro uma estranha pérola, caída ali graças ao generoso capricho da distribuição de beleza. A perseguição àquela garota levou quase uma hora e, quando ela chegou ao que parecia seu portão, parou e esperou um tempo, e Leandro, receoso de perturbá-la, passou junto a ela sem que a moça reparasse nele. Tinha uns olhos negros muito vivos para os quais Leandro era invisível. Ela abriu a porta envidraçada e se perdeu atrás do portão.

Os aposentados descansavam nos bancos da rua, falavam de futebol e de política com ideias tópicas e quase sempre equivocadas aos olhos de Leandro. Suas opiniões eram escravas do escutado da boca de comentaristas. Alguns voltavam para casa com as bolsas de compra no alto como se estivessem fazendo exercício, enquanto outros passeavam de mãos dadas com um neto que ainda não ia à escola ou se apoiavam numa bengala para não renunciar à caminhada diária, com o olhar perdido, às vezes falando sozinhos sob a viseira, outros um pouco dementes. Leandro se esforçava por distanciar-se desse grupo de moribundas aves citadinas.

Leandro preferia caminhar a passo firme. Estorvavam-no os vendedores ou os velhos que caminhavam de braços dados com um cuidador latino. Às vezes chegava até as amplas calçadas de Santa Engracia onde o bairro subia de nível e ficava mais tedioso. Ali os porteiros controlavam seus domínios, seguiam com o olhar as moças do colégio de freiras que ficava ali perto ou punham em fuga com um olhar hostil algum marroquino que passava por ali. Jovens centro-americanos distribuíam publicidade na entrada do metrô e regavam os arredores com o desinteresse dos pedestres por suas ofertas de cursos ou de restaurantes do bairro. O barulho do trânsito era permanente, mas Leandro distinguia com angústia a britadeira, a oficina de solda ou as serras que soavam nas proximidades. O parque mais perto, na rua Tenerife, ficava longe e estava sempre sujo de cocô de cachorro e de lixo, e Leandro se sentia mais acolhido no bulício dos que caminhavam com algum rumo do que entre os que se sentavam para ver a manhã passar.

Leandro caminha para a casa onde trabalha Osembe, e diminui o passo porque não quer chegar cedo. A porta se abre para ele depois de tocar a campainha. Mari Luz sai para recebê-lo, ah, é o senhor, entre, entre. Ela o leva até a salinha que ele conheceu na primeira vez. Desculpe um segundo. Desaparece, e Leandro fica sozinho por alguns minutos, sentado no sofá como quem espera no dentista. Quando Mari Luz retorna, lhe diz bem, faço entrar as garotas para o senhor escolher, está bem?

Não, não, Valentina não está livre? Leandro reserva para si o nome real de Osembe. Se não, espero, diz ele com evidente domínio da situação. Mas não está preparado para a resposta da encarregada, que inclina sua máscara de maquiagem antes de responder. Ah, eu não lhe disse? Sinto muito, mas Valentina já não trabalha aqui. Como?

Isso mesmo que o senhor ouviu, a negra já não trabalha aqui.

3

Se alguém me observa a distância, a esta altura deve estar completamente confuso. Quando para nós nada do que fazemos tem sentido, é lógico pensar que ainda será mais inescrutável para quem nos olhe de longe.

Isso é o que pensa Lorenzo enquanto assiste à procissão da Santa Marianita de Jesús pelas ruas próximas à praça de la Remonta. Quase nada sabe do mito que a sustenta. Suas lágrimas de sangue derramadas cem anos atrás, sua vida de flagelo e martírio para conseguir por meio da dor a santidade de Deus. Desde semanas atrás, depois de ver-se com o inspetor Baldasano naquela espécie de desafio entre os dois e quando superou o pânico de ser preso a qualquer momento, está convencido de que alguém segue seus passos, ouve suas ligações, vigia seus movimentos. Esta percepção, que a princípio lhe produz pânico, passados os dias só o intriga. Obriga-o às vezes a fazer um exercício de identificação com seu perseguidor e tentar compartilhar sua perspectiva. Às vezes também um Lorenzo se afasta do outro Lorenzo, como se tivesse que redigir um informe completo de suas atividades e o resultado fosse apenas um confuso amontoado de ações sem conexão determinada. O que é que está fazendo? Aonde quer chegar? O que está buscando? O jogo se torna divertido quando, como agora, nem ele mesmo sabe que sentido tem sua presença naquele lugar. Daniela lhe disse, vamos ver a procissão, minha mãe gostará que eu lhe mande fotos.

Não estão por ali os membros da igreja de Daniela. Tampouco o pastor de voz doce e nariz tão ganchudo que parecia o cadeado de seu rosto. Daniela comprou uma câmera fotográfica de usar e jogar fora, envolta num papelão amarelo. Lorenzo tira a foto e gira a rodinha que faz avançar o negativo com um barulho de matraca. Assim, Daniela aparece em primeiro plano e atrás a imagem elevada pelos moradores do lugar. Sorria um pouco, lhe diz, e ela sorri fabricando essa lâmina de dois gumes com a boca. Lorenzo olha um instante ao redor. Sim, definitivamente é difícil explicar o que ele está fazendo ali. Há poucos espanhóis. Dois homens discretos, um de cabelo grisalho e o outro gordo, que acompanham suas companheiras equatorianas. Antes, quando via um desses casais, olhava com certa desconfiança para os espanhóis, até com certo desagrado. Serei eu agora assim?, pergunta-se.

Lorenzo passa longos momentos na casa dos pais, junto à mãe. Sabe que lhe restam poucos meses de vida, e o que no início foi angústia e dor, agora é quase rotina. A cada semana, as horas de consciência de Aurora se reduzem. Está marcada de morte na altura dos pômulos e da boca consumida. Como se o esqueleto ganhasse palmo a palmo sua autoridade final. Compreende que ela quisesse esconder de todos a gravidade de seu estado, ela nunca quis ser protagonista. Sempre aceitou um papel secundário ao lado do marido. O que importava era a carreira dele, a tranquilidade dele, seu espaço. Meninos, não façam barulho, papai está escutando música ou preparando sua aula, dizia a Lorenzo e seus amigos quando passavam a tarde brincando em casa. Vamos dar um passeio para que seu pai fique um tempo a sós, lhe dizia outras vezes. Deixe papai ler tranquilo, seu pai não anda bem esses dias, eram frases que Lorenzo recordava. Depois ela também assumiu um papel secundário com relação a ele, como filho. Seus estudos, sua vida, suas diversões eram coisas que lhe importavam, mas com respeito a elas nunca foi possessiva nem intrigante. Agora se esforçava para que a doença fosse um problema pessoal que não afetasse os outros. Parecia querer dizer fiquem tranquilos, não se preocupem, que morrerei pouco a pouco, sem fazer barulho, toquem sua vida sem se alterar por nada.

Lorenzo gostava de ficar em pé junto à cama da mãe, arrumar-lhe a mesinha de cabeceira onde os óculos e algum livro se acotovelavam com as caixas de remédio e o copo d'água. Que diria essa voz exterior? Ali vemos um filho assistir à morte de sua mãe sem grandes demonstrações de dor, um filho que presencia com pesadume o rito de despedida de quem lhe deu a vida sem poder fazer nada para compensá-la.

Seria interessante saber o que pensavam esses olhos quando o viam fazer uma compra ridícula num supermercado do bairro. Algumas latas de sardinha, ovos, cervejas, conservas, iogurtes de que Sylvia gosta. Que pensariam de um homem que dorme sozinho há meses, abandonado por sua mulher, e que na cama não desfaz o lado dela, que se limita a dobrar o cobertor pela ponta e se mete na cama sem tocar o travesseiro que era dela, como se tivesse uma barreira de vidro que o impedisse de apoderar-se por completo do que ainda era um leito conjugal apesar da ausência definitiva de uma das partes. Essa casa inóspita como uma caverna quando Sylvia não está. E cada vez está menos. Havia dias em que ela saía de casa resplandecente, como se se tivesse convertido para sempre numa mulher madura, bela, autônoma. Em outros dias era a mesma menina preguiçosa, enroscada como um gato em seu travesseiro no calor infantil do quarto e com algumas espinhas avermelhadas e inflamadas na testa ou no queixo.

Relacionava-se com ela da mesma maneira oscilante. Dias de monossílabos e respostas evasivas, com tardes de brincadeiras, de compartilharem a mesa da cozinha ou de verem juntos uma partida de futebol na televisão e discutirem por que ela defendia, por exemplo, o rápido ponta argentino que ele criticava por sua falta de entendimento com o time ou seus estéreis dribles longe da área. Aí está também o pai de uma filha adolescente que ignora quase tudo dela, que vai ser o último a saber o que certamente sabem seus amigos, seus próximos, e até talvez sua mãe. Ele tampouco lhe tinha contado sua relação com Daniela.

Porque aquele era sem dúvida o capítulo mais confuso de seus dias atuais. Se eram namorados, era um namoro estranho. Caminhavam separados na rua, se despediam com dois beijos no rosto junto ao portão. Nas tardes em que saíam, davam longos passeios, Daniela caminhava devagar, quase arrastando os pés. Entravam em algum café ou em alguma loja onde ela experimentava uns sapatos ou uma saia e saíam depois de desistir da compra, fosse pelo preço ou pela teimosa insistência dela em que tudo lhe ficava mal, tenho pernas gordas, pés pequenos demais. Embora às vezes uma conversa provocasse o esplêndido sorriso dela, era difícil que se rompesse a distância, que caísse o muro invisível que os separava. Qualquer um teria pensado que eram apenas amigos se não fosse pelo gesto lânguido que Lorenzo adotava ao vê-la ir-se e a melancolia que o acompanhava até voltar para casa.

Nos fins de semana passavam horas juntos, às vezes com amigas dela. Então eram mais longos os momentos de olhar vitrines ou de experimentar uma calça ou uma camiseta. Só de vez em quando ela aceitava o convite dele. Percorriam os mercadinhos, comiam em restaurantes baratos. Aos domingos de manhã, iam juntos ao culto religioso e conversavam por um tempo com o restante dos fiéis enquanto as crianças corriam entre as cadeiras. Depois organizavam as bolsas de comida, como saquinhos de racionamento que se distribuíam entre os que iam pegá-los com o digno gesto de quem aceita a caridade.

Às vezes passeavam a sós pelas ruelas do Retiro, e ela parava para cumprimentar algum conhecido equatoriano que olhava para Lorenzo como se o julgasse um usurpador. Se ele comentava algo sobre os olhares de facão que lhe lançavam os conterrâneos dela, ela só dizia não dê importância, são homens.

Eu demorei muito tempo para conseguir suportar esses olhares dos homens que parecem possuir você toda, lhe explicou um dia Daniela. Acha que não sinto esses olhos que te manuseiam pela frente e por trás? São olhares que fazem você se sentir uma puta imunda sobre a qual eles têm direito de usufruto. Os homens são sempre muito agressivos.

Lorenzo se via na obrigação de justificá-los, dizia que nem sempre essa maneira de olhar ocultava violência, às vezes podia ser uma forma de admiração.

Se um homem quer elogiar você, lhe explicava ela, tem apenas que olhar você nos olhos e baixar os olhos, não tem por que se regalar em seus peitos e no quadril e assediar. Esses que o desafiam com o olhar quando o veem comigo são os mesmos que me estuprariam com os olhos se eu estivesse sozinha.

A atitude de Daniela, sensível a qualquer modo de aproximação sexual, apesar da carnalidade que ela exalava quase sem esforço, obrigava Lorenzo a pedir desculpa se seus braços se roçavam ou seus joelhos se chocavam debaixo da mesa ou se ele tocava a coxa dela ao passar a marcha no furgão. No mercadinho ele a fazia experimentar um colar ou uns brincos, ficam bem em você, lhe dizia, mas ao despedir-se só se atrevia a dizer um bom descanso. À sua maneira, o gesto mais carinhoso de Daniela para com Lorenzo tinha sido numa tarde em que, ao sair de seu portão e caminhar para ele, lhe tinha mostrado seu celular e lhe tinha dito, sabe que coloquei você entre os quatro números gratuitos que a companhia me dá?

O trabalho não era menos complicado de definir. Wilson se fazia acompanhar de três ou quatro compatriotas que ele dirigia com autoridade numa mudança ou numa coleta. Lorenzo tinha mandado fazer um cartão com seu nome e telefone celular sob a simples definição de Transportes. Em muitas ocasiões, no entanto, seu trabalho se limitava a acompanhar Wilson ao aeroporto e recolher no furgão um grupo de equatorianos recém-chegados. Era uma espécie de rentável táxi coletivo. Lorenzo dava voltas aos terminais para se esquivar da vigilância policial, e Wilson lhe fazia uma ligação perdida quando os passageiros já estavam prontos. Distribuíam-nos pela cidade e ganhavam limpos sessenta ou setenta euros. Wilson sorria com os olhos desemparelhados e explicava a Lorenzo, quando você chega a uma terra estranha, sempre se confia a um compatriota.

Lorenzo teria gostado de saber se o inspetor Baldasano tinha conhecimento de suas atividades e se estas aumentavam suas certezas ou o convenciam pelo contrário de que Lorenzo devia ser eliminado da lista de suspeitos do assassinato de Paco. Vê-lo lutar por alguns poucos euros, trabalhar o dia inteiro para ganhar um montante ínfimo devia surpreendê-lo. No caso de ter colocado alguém para seguir os passos de Lorenzo, seu dia tinha que ser muito complicado, sem horas estabelecidas nem rotinas previsíveis, com a jornada cheia de bicos. Surpreendente em alguém que não faz muito tempo tinha tido trabalhos estáveis. Se está me olhando, pensava Lorenzo, bem-vindo ao último degrau laboral. Também ele se surpreendia ao ver-se rodeado de equatorianos, com a camiseta suada em pleno trabalho em qualquer calçada da cidade.

Daniela o levava às vezes à Casa de Campo aos sábados de tarde. Ali se encontravam com Wilson e amigas dela, compravam algo de beber nas barracas improvisadas e beliscavam as *humitas*, as broas de milho ou os pasteizinhos cozinhados em óleo fumegante. Ao cair da tarde se sentavam para escutar a música dançante que saía de algum carro próximo de portas abertas. Wilson, pouco tempo depois de chegar ao país, já era alguém reconhecido por toda a comunidade. Lorenzo era uma espécie de sócio local de sua capacidade empreendedora, de sua agressiva necessidade de conseguir dinheiro. Para isso estou aqui, amigo, para fazer caixa, se limitava a explicar.

Naquele lugar não era raro encontrar alguém que tivesse bebido demais ou que saísse com a cabeça quente de uma partida de futebol no campo de areia perto do lago. Às vezes explodiam rivalidades em meio a corridas que levantavam nuvens de poeira. Se alguém ficava violento, era dominado pelos outros. Mas o álcool causava estragos. Numa dessas tardes foi Wilson o protagonista. Daniela e suas amigas, entre as quais sua prima Nancy, o tiraram de uma briga e, bêbado como um gambá, o levaram para casa no furgão. No portão, Lorenzo quis ajudá-las, mas Wilson disse que podia subir com suas próprias pernas. No dia seguinte, Daniela contou a Lorenzo que em casa ainda bebeu mais e que teve uma explosão violenta contra elas, que lhe pediam que parasse de beber. As moças se refugiaram todas no quarto de Daniela, mas o ouviram destroçar a pontapés e socos a mobília ao seu redor até que caiu, vencido. Por mais que pedisse perdão ao acordar, elas foram inflexíveis, e desde esse dia ele deixou de dormir sob o mesmo teto delas.

Foi então que Wilson convenceu Lorenzo a alugar uma casa. Lorenzo daria seu nome, as pessoas não querem alugar para nós, com você não haverá problema. Encontraram um velho apartamento sem elevador na rua de los Artistas. Lorenzo assinou o contrato com uma mulher mais velha e que, por causa das pernas muito inchadas, não o acompanhou na visita ao apartamento. Deixou as chaves com ele e o esperou no portão. Poucos dias depois, Wilson já tinha se instalado no melhor quarto e alugou o restante do apartamento para cinco compatriotas. Dois deles casados, mas sem filhos. O negócio era perfeito para ele. Tinha alojamento gratuito e ainda ganhava dinheiro para dividir ganhos com Lorenzo. Um trato é um trato, e um sócio é um sócio, lhe disse ao entregar-lhe o primeiro pagamento.

Na segunda semana, Wilson já tinha colocado um colchão num sótão e o alugava por noites. Às vezes fechava negócio com algum dos recém-chegados que eles pegavam no aeroporto. São só quinze eurinhos, irmão, anunciava a oferta, até você encontrar algo melhor. Lorenzo teve que atender uma ligação da dona, a quem uma vizinha tinha informado que o apartamento era um ninho de *sudacas*, como ela mesma disse. Não, não, tranquilizou-a Lorenzo, estão me fazendo uns pequenos consertos, mas assim que terminarem vão embora e entro eu com minha família. E, três dias antes que acabasse o mês, Lorenzo acabou por tranquilizá-la com o pagamento pontual do aluguel acompanhado de uma bandejinha de doces, detalhe aconselhado por Wilson. Tenho dois filhos, lhe explicou a mulher, um é militar em San Fernando e o outro trabalha em Valência na construção, mas levam meses para vir me ver, foram eles que me convenceram de alugar. E faz bem, minha senhora, desfrute do dinheiro do aluguel, lhe disse Lorenzo, e não deixe que as vizinhas a envenenem.

Wilson era empreendedor. Tinha convencido Lorenzo de converter-se em prestamista de três famílias. Somos seus anjos da guarda, não uns aproveitadores, lhe explicava. Adiantavam-lhes o dinheiro imprescindível para alugar um apartamento e pagar a fiança, sempre desmedida, pela desconfiança dos donos da casa, e Wilson se encarregava de recolher as cotas com seus respectivos juros. Acha que os bancos são melhores que nós?, eles não deixam essa pobre gente nem sequer limpar os pés no tapete felpudo da entrada. A quantidade emprestada era de três mil euros. Pagarão?, perguntou Lorenzo.

Conhece algum pobre que não pague suas dívidas? Eles sabem que estamos fazendo uma boa obra, que ajudamos os outros, convencia-o Wilson.

Jamais Lorenzo teria imaginado quando o pegou no aeroporto, calado, nostálgico, deslocado, que Wilson se converteria numa presença diária em sua vida. Mas a capacidade de Wilson para refazer-se, para encontrar outra fórmula de multiplicar um euro, o admirava. Você é meu amuleto, dizia a Lorenzo, para prosperar aqui preciso de um sócio daqui.

Daniela era a única que não parecia seduzida por ele. Bebe demais, e, embora depois da confusão prometesse deixar a bebida, ela o evitava. Lorenzo não lhe falava de sua estável sociedade com Wilson, sabia que ela desconfiava dele. A bebida muda um homem, dizia Daniela. Eu já sofri isso com meu pai. Um homem que bebe é um homem fraco.

Wilson se justificava diante de Lorenzo. Essa índia é muito careta. A quem prejudica tomar uns tragos depois do trabalho? Lorenzo tentava extrair dele mais informação sobre Daniela, mas Wilson se esquivava. Lá tampouco a conhecia muito. Ou se tornava enigmático, eu acho que essa índia é santa. Talvez você tenha razão, concedeu Lorenzo. Olhar-se nos olhos de Daniela é uma baita experiência. É como se banhassem em você, como se devolvessem você mais limpo. Wilson desandou a rir.

Lorenzo se vê como alguém que dá voltas em torno de um tesouro bem protegido, sem atrever-se a tocá-lo por medo de que se esfume. Ronda com precaução a fortaleza de Daniela, em busca de empreender o assalto definitivo. Desconhece se alguém alheio observa seus tímidos avanços ou se a própria Daniela zomba de suas considerações e respeitos. Podem parecer somente manobras inocentes de alguém apaixonado, ao menos assim o vê ele quando sente seu próprio olhar tornar-se alheio e observa a si mesmo à distância.

4

A partida sonhada é sempre melhor que a partida jogada. As arquibancadas do velho estádio de Anfield recolhem o cântico continuado dos torcedores. É uma espécie de reza pagã que se sustenta como um murmúrio só rompido nas jogadas de perigo. Então ascende até o rugido. Quando chegaram ao estádio, surpreendeu-o a proximidade das casas, como se ele fosse parte intrínseca da vizinhança. O Dragón sempre lhes dizia olhem, se querem calar o público adversário segurem a bola. Nos primeiros dez minutos nem se preocupem de fazer gol, mas retenham a bola, joguem com um ou dois toques, direita e esquerda, em quinze minutos o público murcha e já está apupando os seus. Façam o que digo, retenham a bola, o público é sempre uma esposa exigente e mesquinha que vai embora com o que jogar melhor.

Perdem por culpa de dois gols de cobrança de faltas pouco depois de começada a partida. Embora o time de Ariel aumente a pressão, não abre espaços. Os adversários mandam chutões para um atacante que recebe de costas, põe a bola no chão e a segura enquanto espera a falta ou a chegada de algum jogador da segunda linha.

O Dragón dizia que aquele era um jogo de memória onde todas as situações tinham sido antes vividas, mas que possuíam infinitas possibilidades de resolução. Em crianças, ele lhes dizia se você viaja entediado no coletivo, imagine o que faria diante de uma jogada concreta, talvez um dia lhe salve uma tarde.

Ariel se tinha firmado um pouco mais no time. Ousava assobiar para pedir a bola, notava que nas situações confusas seus colegas o procuravam. Sua perna esquerda era a única garantia de sucesso, um abridor de latas em face dos beques. O futebol era isso, dez contra dez até que alguém rompe a igualdade com um lance genial. Falta concentração, lhes disse o treinador no intervalo. Falta sistema, pensava ele. Não tinha um modelo mecânico com que martelar o adversário até que ele cedesse. O ataque se organizava como uma roleta descontrolada.

Requero, o treinador, mergulhava nos cadernos. Tinha contratado o sistema Amisco, que estudava com oito câmeras em gravação constante a partida de um jogador concreto, depois esmiuçava os movimentos realizados, os altos e baixos de seu rendimento, e com esses dados ele parecia dar-se por satisfeito, como se o descobridor da teoria da relatividade fosse, comparado a ele, um desinformado.

A rotina: viagem, concentração, partida, coletiva de imprensa, a opinião obsessiva e baseada no último resultado, a invocação de conceitos abstratos como acaso, sorte, crise. Na Espanha se falava tanto de futebol que era impossível sair incólume da chuva de palavras. Setenta mil pares de olhos caíam sobre ele quando recebia a bola. E a mesma frustração em todos quando a jogada sonhada não casava com a real.

Regressou de Buenos Aires decidido a romper com Sylvia. Mas a presença dela no aeroporto mudou tudo. A longa caminhada para o estacionamento mantendo a distância lhe devolveu o desejo de abraçá-la. A proximidade de Sylvia transformava tudo. Não havia então solidão nem pressão, tampouco angústia nem ansiedade, e sim a sombra de uma vida completa. Vivia uma vida falsa, numa cidade sem alicerces para ele, e Sylvia tinha chegado para dar-lhe sentido. Tinham valor a espera, a distância, a viagem de volta, o horário de treino, o banho apressado das manhãs, até a própria sesta. Porque havia alguém com quem falar, alguém com quem rir, a quem sentir perto.

Sylvia se apoderava da casa, dessa casa vazia e sem alma que Ariel queria deixar o quanto antes. Tenho um contrato de cinco anos, talvez os anos mais belos de minha vida, e não vou passá-los nesta casa impessoal, empurrando estas portas feias com maçanetas feias, com esta escada estreita que vai dar num quarto feio onde nunca me senti em casa.

Os cantos sem personalidade agora escondiam um sorriso de Sylvia, um gesto de suas mãos, e os travesseiros amontoados numa extremidade do sofá guardavam sua presença muito tempo depois de ela ter ido embora.

Ariel decidiu comprar um apartamento no mundo real, o mundo a que ele não tinha direito. Ao menos o olharia de sua varanda. Como tinha invejado aquela cobertura em Belgrano que agora Walter desfrutava. Assim como amava os momentos com Sylvia em que de um bar ou do carro eles olhavam para as pessoas. Uma pausa nesse obsessivo olhar dos outros sobre ele.

Se você pudesse ver as pessoas no estádio, lhe disse Sylvia um dia, quando você recebe a bola, levantam um pouco a bunda do assento, como se levitassem. Dá a impressão de que se deslocam com você pelo gramado, seja um velho com tosse ou um sujeito que fuma charuto ou um adolescente que come sementes de girassol. E todos se deixam cair no assento quando você perde a bola, como se fosse um gesto ensaiado, você lhes frustrou a fantasia. Têm razão quando ficam putos com seus erros, é claro...

Sylvia o olhava inteiro pela primeira vez. Perguntava, queria saber, reparava em detalhes extravagantes que passavam por cotidianos. Comentava com ele uma resposta numa entrevista de televisão. Seu gesto contínuo de passar a mão na meia como se esta estivesse caindo, a forma como apertava o lábio superior quando o jogo lhe desagradava, seu olhar para o céu para evitar o público. Às vezes Ariel não participava de sua curiosidade e respondia com monossílabos, e então ela logo se sentia desprezada. A exigência sobre Ariel era permanente. Ela vai me consumir e, quando já não restar nada de mim que a surpreenda, vai me deixar para sempre, pensava alguns dias Ariel.

Reconhecia logo seus estados de espírito. Às vezes Ariel se sentia oprimido. Apreciava a intensidade juvenil de Sylvia, mas necessitava de pausas. Ela então definia como a merda do futebol a ausência dele. Às vezes lhe dizia, se lhe tirassem o futebol, você ficaria vazio.

Sylvia conservava o pudor dos primeiros dias. Isso atraía Ariel. Nada era fácil, e o sucedido no dia anterior não era algo conquistado para o encontro seguinte. Uma tarde, porque aquele era um amor de tardes, podia permitir a Ariel acariciar com a língua todo o seu corpo, em toda a sua extensão, mas no dia seguinte lhe pedia que apagasse a luz para tirar o sutiã e as *bombachas*, como gostava de chamar a calcinha, à maneira argentina. Um dia suas mãos eram uma barreira, e no outro exigentes, curiosas. Depois, de repente, dizia essas coisas que provocavam em Ariel uma gargalhada imprevista: o pênis é uma coisa bastante absurda; os órgãos genitais dos homens são como a carúncula de um peru, você não acha?; você já se deu conta de que nossos pés fazem amor entre si a seu bel-prazer, sem se coordenarem com o resto do corpo?

Sylvia era capaz de parar no meio das carícias dele, lhe dizia, de repente, sei que você agora queria que eu chupasse, mas não me apetece, o.k.? Ou se ele se lançava sobre ela, o freava, você já me atropelou uma vez, não é mesmo? Também às vezes interrompia o longo beijo anterior à subida para o quarto, às vezes penso que não sabemos nos amar de outra maneira, hoje não me apetece transar.

Eram talvez jogos adolescentes, mas Ariel preferia participar deles. Não queria mandar. Tinha medo, às vezes, de converter Sylvia numa mulher demasiado sensual, de levar longe demais seu desejo. Recordava-se de um companheiro de time em Buenos Aires que tinha rompido com a namorada de sempre e lhe confessava, entre irritado e irônico, não sei de que me queixo se fui eu quem a transformou numa puta, quando a conheci era uma garotinha, e eu a transformei em alguém necessitado de uma pica perto sempre pronta, e agora foi buscá-la por lá nos momentos que eu não estava. A mulher do Libélula Arias punha chifres nele, diziam os outros, mas Ariel não esqueceu a queixa do sujeito naquele ônibus azul que os levava a Ezeiza para jogar contra o Once Caldas nas eliminatórias da Libertadores.

Atravessavam toda tarde a guarita de controle do condomínio, e Sylvia lhe pedia esses óculos escuros cafonas que você sempre usa, para proteger-se do olhar do vigilante. São horríveis, mas me pagam trinta mil euros por ano para usá-los de vez em quando, lhe respondia Ariel ao guardá-los de novo no porta-luvas. Sylvia ria. E quando vão tatuar alguma marca publicitária na testa de vocês?, já pensou?...

Emilia, naturalmente, deixava sair alguma insinuação para informá-lo de que o sabia acompanhado muitas noites. Hoje deixei carne para dois na geladeira. Dias atrás Sylvia tinha dormido na casa dele. Acordaram com o sol. Ela estava aterrorizada por causa da reação do pai. Vestiram-se depressa, Ariel tentava acalmá-la. Evitou seu encontro com Emilia, que já tinha começado a trabalhar na cozinha. Ariel entreteve a mulher enquanto Sylvia chegava à garagem sem ser vista. No caminho Sylvia se maldizia. Não sei o que dizer a meu pai. O engarrafamento da estrada piorou tudo. Transformou-os em algo que não queriam ser. A ela numa adolescente angustiada que falava por telefone com o pai para dizer-lhe que tinha dormido na casa de uma amiga. A ele num fugidio amante incomodado.

Um tempo depois ele a deixou na esquina perto do instituto, e Ariel se sentiu de novo ridículo. Leu o jornal numa cafeteria, rodeado de operários da construção. Comprovou como eram gordurosas as *porras* que tantas vezes tinha visto as pessoas desjejuar em Madri. Um artigo do jornal falava dele: "Ariel Burano está gripado e em nada lembra o jovem do San Lorenzo que ninguém conseguia parar. Não há rastro daquele jogador de drible frenético que sabia impor a cadência da partida. O argentino é hoje um jogador desordenado que se enrola quando está com a bola nos pés." O pior era esse estranho convencimento de que o mundo inteiro tinha lido o artigo e compartilhava o critério.

Nesta quarta-feira você vai ganhar, não?, lhe disse o homem de dentes amarelos e olhos afundados que atendia atrás do balcão. Vamos ver se nos dá alguma alegria, rapaz. Ariel sorriu e afirmou com a cabeça, para tranquilizá-lo. Em Madri os homens mais velhos tinham esse ar castigado, nunca faziam um elogio sem uma ameaça por trás. Este ano vai ser duro; se não fosse, eu mandava todo o mundo pastar. Não havia bar que não tivesse uma foto do time e jornal esportivo no balcão ficando rançoso ao mesmo tempo que os tira-gostos do dia. O futebol se estendia como uma esperança ou uma maldição. Na verdade, as pessoas lhe davam uma importância tão desmedida, que Ariel suspeitava que isso servisse para não lhe dar nenhuma importância.

Perdem a partida. O árbitro apita o final do jogo com o cruel silvo triplo. Ariel pensa no homem do café. Não estão eliminados, mas a vida deles se complicou muito. Algum time italiano ou um adversário espanhol que conhece você e conhece seu ponto fraco. Não tiveram tempo senão para olhar Londres da janela do ônibus, as estradas de circunvalação, o imenso aeroporto. Todas as cidades se parecem para ele. Em Heathrow, Ariel observa uma família que dorme num banco do aeroporto, com o voo atrasado. Parecem paquistaneses. Uma mulher obesa come pequenos tabletes de chocolate. O piloto, ao cumprimentá-los no embarque, pergunta, vocês perderam, não?, com essas caras, é que não acompanho muito o futebol, para dizer a verdade. As aeromoças parecem cansadas. Chegam a Madri de madrugada, obrigados a treinar no dia seguinte como colegiais bagunceiros. O vice-presidente, entre confidências, convida vários jogadores a tomar a última taça num bar com mulheres de topless perto de Colón. Ariel não tem vontade de nada, mas os risos com algum companheiro e as dançarinas nuas o excitam o suficiente para trancar-se num quarto com uma brasileira com uma tatuagem de águia nas costas. Depois de uma curta dança, lhe faz uma rápida felação. Ariel a deixa fazê-lo, tudo o que possa separá-lo de Sylvia é bem-vindo. Necessita concentrar-se no seu trabalho, tirar o restante da cabeça. Não quer vê-la mais, não deve vê-la mais.

5

Sylvia abre a porta de casa. O chaveiro é um A envolto num círculo de metal. Presente de Mai, explica a Dani. Empurra a porta e entram os dois. Não sei se meu pai está. São três da tarde e da cozinha ressoa a vinheta musical do telejornal. Sylvia vai até a cozinha e encontra seu pai sentado. Olá, papai, este é Dani. Entre, entre, Lorenzo se levanta e lhe estende a mão. Dani a aperta, um pouco incômodo. Depois se senta. Há comida de sobra, diz Lorenzo. Sylvia pega os pratos e os copos do lava-louça. É um acordo tácito com seu pai, usar o lava-louça como armário; quando ele se esvazia totalmente, voltam a introduzir a louça suja acumulada na pia e o põem para funcionar.

Água?, pergunta Sylvia enquanto enche a jarra na torneira. Sim, diz ele. Na televisão os cadáveres carbonizados dos passageiros de um avião russo derrubado por terroristas tchetchenos. Caraca, que forte. Lorenzo observa Dani, que começou a comer. Vão juntos para a aula? Não, sou de um ano acima. Vai com Mai, esclarece Sylvia.

Dani aceita os olhares curiosos de Lorenzo. Mas não os pode interpretar totalmente. Dois dias antes, Lorenzo saía do banho e Sylvia lhe telefonou. Não tinha dormido em casa. Desmaiei de sono na casa de Mai, lhe mentiu. E depois não quis ligar para você muito tarde. Quando regressou do instituto ao meio-dia, Lorenzo saiu para recebê-la. Encontrou-a com o cabelo revolto, o sorriso forçado, a expressão sonolenta. Lorenzo não exerceu sua autoridade, evitou enervar-se, venha, vamos almoçar.

Você estava com um garoto e dormiu com ele, claro, conseguiu dizer Lorenzo antes que ela se decidisse a falar. Na casa dele? Ele mora sozinho? Os pais dele não estavam, mente Sylvia. Posso conhecê-lo, não? Tenho direito... Papai... Não vou interrogá-lo nem nada no gênero, ver o rosto dele, só quero ver a cara dele.

Pensou que nos dias seguintes se esqueceria do assunto. Ariel jogava uma partida em Londres e Sylvia aproveitou para passar a tarde em casa, ir logo dormir, estudar. Mas seu pai insistiu. Quando vai trazê-lo? Sylvia quis evitar o encontro, mas Lorenzo ficou sério. Olhe, Sylvia, não vou deixar que você fique por aí com alguém que não conheço. Imagino que vocês tomam suas precauções e que não cometem nenhuma estupidez, mas fico mais tranquilo se o conhecer. Sylvia imaginou, divertindo-se, a surpresa de seu pai se lhe apresentasse Ariel. Pediria um autógrafo? Diria a ele que tem que ajudar mais na defesa tal como grita às vezes para a televisão? Ou se indignaria com ele?

Não vou ficar falando com ele como um pai sacal, pombas, Sylvia, só quero conhecê-lo. É tão estranho isso? Prefere que lhe imponha uma hora de chegar e acabe assim com o assunto? Vamos, é só para dar uma olhada nele, com certeza é um garoto maravilhoso, conhecendo eu o seu bom gosto...

Sylvia sorriu. Preocupado com minha filha? Não, não, o que me preocupa é que não cheguem à final da Champions. Continuava imaginando a cena com seu pai. Meu pai quer conhecer você, diria a Ariel. Você tem sorte, é do seu time.

Por isso, quando no recreio dessa manhã caminhava com Mai para seu canto habitual no fundo do pátio, junto ao muro de cimento, e se juntou a elas Dani para conversar por um tempo, Sylvia forçou a situação. Querem ir almoçar lá em casa?

Mai virou a cabeça, eu não posso, menina. Em troca de ir a Viena, prometi à minha mãe ir ao dentista, e a consulta é esta tarde. Depois de seis anos, já era hora, não? Se ameaçar me pôr um desses aparelhos, eu juro que o estrangulo. Em sua sala havia três garotos com aparelhos ortodônticos, e Mai, de brincadeira, os chamava de metalúrgicos. Dani lhes conta que seu dentista é uma mulher e que, quando se inclina sobre ele para tratar uma cárie, ele fica olhando o decote, um dia me deu em cheio no olho com um crucifixo de prata que usa pendurado no pescoço, quase me deixa caolho. Castigo divino, lhe disse Mai.

E você? Aceita? Sylvia olhou nos olhos de Dani. Ele deixou passar uns segundos. Está bem, disse. Mai abriu os olhos de maneira cômica e desorbitada. O gesto era só para Sylvia, que prendeu o riso.

A caminho de casa na saída da aula, Sylvia se sentia cruel com Dani. Ele, enquanto andava com expressão alegre, falava sem parar de música e de uma página na internet. Levava pendurada no ombro uma mochila meio vazia e estava com as duas mãos nos bolsos. Se meu pai começar a lhe fazer perguntas absurdas, Sylvia lhe sorriu, você deixa para lá, já sabe como eles são. No fundo a divertia o jogo.

Sylvia interrompe as tentativas de seu pai de travar uma conversa. Se ele comenta algo sobre o terrorismo internacional, ela diz que tema divertido para a hora de almoçar. Se pergunta pelo instituto, não vai querer que depois de passarmos a manhã naquele inferno fiquemos conversando sobre ele. Se interroga Dani sobre seus futuros estudos, papai, deixe-o comer tranquilo. Lorenzo está com pressa e termina por despedir-se. Foi um prazer conhecê-lo, e aperta a mão de Dani com surpreendente virilidade. Dá dois beijos no rosto de Sylvia.

Acho que ele achou que eu era seu namorado, diz Dani quando ficam a sós. Viu a maneira de ele de me dar a mão? Só lhe faltou dizer eu entrego a você minha filha, que é o que mais quero neste mundo.

O homem do tempo fala sobre as baixas temperaturas. As informações sobre o tempo me deprimem, diz Sylvia entre risos. A você não? Tal como está o mundo, a dúvida não é se amanhã fará sol ou vento, mas se estaremos vivos, não? Sylvia vai passando pelos outros canais. O bebê recém-adotado na África por um casal de famosos atores de Hollywood vai ter sua réplica de cera num museu de Londres. Você já esteve alguma vez em algum lugar mais deprimente que um museu de cera?, lhe pergunta Dani. Parece um depósito de cadáveres de gente viva. Ela desliga a televisão.

No quarto de Sylvia, custa a Dani acomodar-se. Examina capas de CDs enquanto Sylvia põe um. Tenho que lhe passar uns discos, um amigo foi este verão a Valência, ao *campus party*, e passou a semana baixando filmes e música. Este ano talvez eu vá, embora me dê preguiça toda essa fauna de ligados em computador. Você e Mai podiam ir, agora que seu pai já me conhece. Ambos riram.

Na verdade, a culpa é minha, lhe confessa Sylvia, prometi a meu pai que um dia lhe apresentaria o cara com que estou saindo e ele pensou que era você. Sylvia lhe aproxima a cadeira de sua mesa para que se sente.

Espero que ele tenha gostado de mim. Eu acho que sim. Imagine se agora ele arma um escândalo, eu a proíbo de voltar a ver esse sujeitinho... Não acho que vá fazer isso, diz Sylvia. Talvez ele não tenha gostado tanto do outro... É tão ruim assim?... Não é isso. É um pouco mais velho. Mais velho que ele? Que meu pai? Não, não sacaneie. Então? Não, mas tem vinte anos... Filho da puta, aproveitador de merda... é brincadeira, sorri Dani.

Pouco depois mudam de assunto. E como vai no instituto?, lhe pergunta Dani. Não sei, estou desligada. Espero não fazer muita merda. Tem de passar de qualquer maneira, Dani faz girar a cadeira, a maior babaquice do mundo é repetir o ano... ficar mais um ano na mesma série...

O celular de Sylvia toca. É Ariel. Ligo daqui a pouquinho, o.k.?, lhe diz depois dos cumprimentos. Você me pegou enrolada. Desliga e por um tempo não se dizem nada.

Suponho que esse é o ideal de qualquer garota, diz Dani, sair com alguém de que seu pai não gosta.

Sylvia ri. Por um instante está a ponto de contar tudo a Dani, dizer a verdade sobre Ariel. Mas depois lhe parece uma tortura desnecessária. Sylvia o olha e sente a estranheza da expressão de Dani, sabe que ele se apaixonou por ela. E isso faz com que Sylvia se sinta bem e mal ao mesmo tempo. Poderosa e frágil.

Eu devo de ter azar, confessa Dani, os pais vão com a minha cara. Exceto o meu, é claro. No ano passado, por causa do meu aniversário, o sujeito me presenteou todo animado com umas entradas para a fórmula 1, segundo ele uma diversão do cacete, um fim de semana em Barcelona. Bah, fiquei fulo, e lhe disse que por mim podia enfiá-las no cu, que eu não ia perder um fim de semana nessa babaquice. Não se fez de entendido... Um dia você tem que vir aqui em casa, tenho música boa... Não sei se o seu pai vai gostar de mim, responde Sylvia. Com certeza, vai começar a se insinuar... Não pode ver uns peitos...

E não acaba a frase. Sylvia se encolheu sob a camiseta. Sustenta o sorriso. De repente, Dani dá um passo para ela e põe a mão no seu ombro. A mão dele treme. A pele dela resplandece na altura da clavícula.

Sylvia oferece uma cerveja a Dani. Vai buscá-la na cozinha. Liga para Ariel. Explica-lhe que está com seu pai e que não pode falar agora. Dani escuta do quarto o distante rumor de Sylvia falando por telefone. Marca com Ariel para uma hora depois, na esquina de sua rua.

Quando volta da cozinha, Sylvia está a anos-luz da conversa de Dani. Ela lhe rouba um gole da cerveja e ele bebe depressa. Como se quisesse esfumar-se depois de sua aproximação falhada. Sylvia pensa, poderia apaixonar-me por ele, talvez em outra vida.

Ariel trouxe um presente para Sylvia. É uma camiseta com as letras de London dentro do círculo de um alvo. Acho que você me idealizou, brinca ela. Não entra em mim nem em sonho, estou gorda. Não está gorda, não diga bobagem. Experimente.

Ele dirige. Ela tira o suéter esportivo e a camiseta, fica um instante com o sutiã à mostra e depois coloca a camiseta que Ariel comprou na loja do aeroporto. Cinge-se ao corpo de Sylvia como uma luva. Fica perfeita em você, diz ele. Se alguém consegue falar cinco minutos comigo com esta camiseta vestida sem olhar para os meus peitos, ganha uma viagem para duas pessoas a uma ilha do Caribe.

Que tonta é você...

Atrás da Gran Vía há um café pequeno onde preparam para ele um *mate*. Ela prova de novo e queima pela enésima vez a língua. Está *requente*, às vezes ela brinca com ele com expressões pseudo-argentinas. A verdade é que a camisetinha é um pouco escandalosa. Eu disse, diz ela. Marca demais suas tetas. Sylvia gosta dessa palavra para nomear os seios.

Então Sylvia não sabe como colocar os braços. Cruza-os, segura o pescoço, abraça com as mãos os ombros, sem conseguir encontrar a posição em que se sinta cômoda. Ele sorri. Sylvia lhe conta que seu pai quer porque quer que ela lhe apresente seu namorado. Hoje tomou um amigo que almoçou lá em casa por meu namorado, não sabe que ridículo. E que amigo é esse? Está com ciúme?, pergunta ela, divertindo-se. Não sei, tenho que estar?

Sylvia ri. Ele parece de verdade ciumento. Que é que posso fazer?, diz ela, meu pai está querendo conhecer o garoto por culpa do qual chego tarde todas as noites. Pensei em fazê-lo sentar diante da televisão na próxima partida e dizer a ele é esse, o número dez.

E o que você acha que seu pai diria?, pergunta Ariel.

Começaria a dar pulos de alegria, poria o cachecol do time e faria a festa. Não sei, imagino que levaria você à delegacia mais próxima. Ariel deixa por um instante que se faça silêncio. Depois aproxima o rosto de Sylvia do seu e a beija junto à orelha, após afastar o cabelo com delicadeza. Não tenha medo, lhe sussurra. Não posso evitá-lo, diz ela, e se distancia um pouco. Cada vez que nos separamos por dois dias penso que nunca mais voltarei a vê-lo, que você não voltará a telefonar para mim. Sim, diz Ariel, mas isso não acrescenta nada.

Comigo você não tem nenhum compromisso, já sabe, quando se cansar, é só me dizer e tchau, entrelaça Sylvia suas frases. Volto ao mundo real e ponto. E paro de queimar a língua toda vez que você me faz tomar esta merda, diz após separar-se da bombilha do mate com um gesto cômico.

Quer dizer então que isto não é o mundo real, para você?, pergunta ele.

Estar com você, é... na verdade, não sei. O mundo normal certamente que não é. Mas eu gosto, é claro. É mais um sonho.

Eu lhe disse que amanhã assino a compra do apartamento? Vão me dar as chaves.

Sério? Rápido assim? Já conseguiu reunir toda a grana?

Você vai rir. Na semana passada o presidente me pagou uns bichos atrasados. Abriu uma gaveta e me disse tome, me entregou um envelope cheio de notas de quinhentos. Eu pago bichos fora de contrato. Tudo em cash. E depois ficou um tempo falando comigo. Perguntou, como está a coisa na Argentina? Tenho um sócio que quer que compremos terras na Patagônia, naquela terra de pinguins, porque está tudo baratíssimo.

Sylvia balança a cabeça. Vão encher tudo de casas geminadas, como aqui.

Nessa noite ela quer voltar logo para casa. Às dez estão estacionados junto ao portão. Beijaram-se. Toca o celular de Sylvia. É sua mãe. Sylvia responde. Ariel faz silêncio. Depois olha pela janela. Quando desliga, Sylvia lhe diz era minha mãe, meu pai telefonou para ela para contar que conheceu meu namorado e que é um garoto muito legal.

Esse guri está começando a me encher o saco, brinca Ariel. Daqui a pouco vou ter que esperá-lo na porta do instituto e enchê-lo de porrada.

Sylvia pensa em seu pai, que diante de Pilar se jacta de por uma vez ter uma informação privilegiada. Meu Deus, diz a Ariel, meus pais estão loucos, agora estão felizes por eu ter namorado.

Um garoto estupendo, aliás, diz ele com ironia. Bem-apessoado, educado, olhos bonitos. Usa óculos, corrige Sylvia. Ah, além do mais é um intelectual. O almofadinha...

Trocam um rápido beijo. De repente parece que Ariel está com pressa, o incomoda ficar parado tanto tempo no carro. Um minuto atrás um grupo de rapazes olhou o modelo e comentou aos gritos. Ela se dá conta imediatamente do desconforto dele e diz eu já vou, eu já vou. A gente se vê amanhã? Comemoramos a sua casa nova? Ariel anui com vagueza.

Sylvia sobe no elevador até a casa. Abre a porta. Embora espere encontrar o pai, este ainda não voltou. O apartamento está escuro e Sylvia não acende a luz para guiar-se até o quarto. Tira o suéter e se olha com a camiseta de London no espelho. Escandalosa, lembra. Suspira e deixa cair todo o cabelo diante do rosto. Parece-lhe absurdo meter-se na cama e pôr o despertador para despertar para ir à aula. Parece-lhe ridícula a cama de adolescente e a mesinha com computador de estudante. A lata de cerveja de Dani permanece pousada na mesa. De repente a invade certo pavor à casa solitária, como se se afundasse nela.

Abre o livro e lê por um tempo deitada na cama. Responde uma mensagem de Mai que recebeu faz horas. Dizia assim: "ke tal foi kon Dani?, ele adora você, komeria suas melekas sem problema", Sylvia a recebeu quando tinha Ariel sentado em frente a ela. Não lhe disse nada, é só uma amiga que está louca.

Para Sylvia, Dani e Ariel são duas pessoas impossíveis de relacionar, não há concorrência entre os dois, embora nos dois ela tenha percebido uma ponta de ciúme pela difusa presença do outro. Pode ser que quando Ariel me deixar eu fique com Dani, pensa de repente Sylvia, sem saber como se geram essas reflexões frias, calculistas. Surpreende-se com sua ideia. Seria por despeito, é claro.

Você é muito fria, menina, tem que se soltar, lhe diz às vezes Mai.

Mas ela, em sua relação com Ariel, prefere não se deixar levar totalmente. Prefere nadar com a borda da piscina ao alcance da mão, como o menino que acaba de aprender a dar braçadas.

Vem-lhe à cabeça uma frase que Dani disse essa tarde, quando parodiava seu pai. É um sujeito totalmente previsível, a única frase inteligente que ouvi dele em minha vida é cada ano os invernos são mais curtos. Que babaquice! E, no entanto, essa frase retorna agora à cabeça de Sylvia. Cada ano os invernos são mais curtos.

Seu pai entra em casa, barulhento. Ao ver a linha de luz sob a porta de Sylvia, bate com os nós dos dedos. Encontra-a deitada na cama, com o livro nas mãos. Sylvia se recosta. Foi para a cama com a camiseta de London. Muito legal o rapaz, diz ele depois de cumprimentá-la. Venha, papai, que estou com sono. Falam por mais um tempo. Lorenzo repara na camiseta, quando os lençóis deslizam para o regaço de Sylvia. Não está muito apertada? Eu a vesti para ficar em casa, responde ela.

Seu pai sai. Sylvia põe a mão no ventre, se acaricia ao redor do umbigo. Quando Ariel a despe, ela gosta de sentir a força de seu abraço, é um dos poucos momentos em que se sente bonita.

6

O táxi chega pontualmente. Toca o interfone e Leandro corre para responder. Termina de dar o nó na gravata grená. Já está aqui, grita. Do quarto de Aurora surge a cadeira de rodas, ela pôs um vestido e um sapato sem salto. Um xale lhe cobre os joelhos. Lorenzo empurra a cadeira da mãe, que penteou diante do espelho o cabelo grisalho. O sorriso de Aurora enquanto avança pelo corredor comove Leandro. Só a árdua peripécia de fazer descer a cadeira no ar pelos dois andares de escada macula a delicadeza do momento. Eu seguro as rodas da frente, você segura firme por trás, organiza Lorenzo. Caramba, que difícil, espere um pouco.

O táxi, preparado para cadeiras de inválidos, abre sua plataforma na altura da calçada. Leandro coloca a cadeira de sua mulher e o mecanismo a eleva e se encaixa na parte traseira da cadeira de rodas. Eu me sinto uma caixa de frutas, comenta Aurora enquanto é levantada. Lorenzo se despede dos pais pela janela, enquanto o taxista fecha a porta deslizante e corre para o volante. Que tudo corra bem. Tem certeza de que não é ruim para você nos esperar?, lhe pergunta seu pai. De jeito algum, de jeito algum, fico vendo televisão. Lorenzo aponta para cima. Esperará a volta deles para ajudá-los com a cadeira. Nessa manhã tinha lhe telefonado seu pai, que chateação, não sei como organizar tudo, sua mãe quer sair. Lorenzo o tranquilizou, não há problema, ao contrário, lhe fará bem se arejar um pouco.

Você está linda, mamãe, lhe disse Lorenzo ao chegar à casa dos pais para ajudá-los. Sua mãe tinha sorrido como única resposta. Leandro está tenso. A cadeira dificulta tudo e, como sempre, ele se sente torturado por sua inutilidade, por sua falta de habilidade diante dos problemas. A expressão de Aurora se alegra quando ela olha a atividade da rua. Vão ao Auditório? Vão a um concerto?, pergunta o taxista, amável, que por trás só apresenta uma careca franciscana. Nos vidros escorre uma fina chuva. Ainda por cima está chovendo, pensa Leandro.

Quando é o concerto de Joaquín?, lhe tinha perguntado essa manhã Aurora no meio da leitura de uma notícia sobre a greve dos vigilantes. Hem? Tínhamos entradas, não? Sim, sim, mas não é isso. Já aconteceu?, por um momento se nubla a expressão de seu rosto quase transparente. Aurora se esforçava para não perder o curso das datas apesar de para ela todos os dias já serem o mesmo dia.

É hoje, esta tarde, disse ele.

Ela estava decidida. É claro que sim, iremos. E a partir daí a angústia de Leandro por organizar tudo. Telefonar para o filho, encontrar um táxi adaptado, prever os movimentos e o horário. Sabia que Aurora não ia permitir que ele não assistisse, mas o surpreendeu sua decisão de ir. Estou querendo ir à rua.

Escolheu o vestido, a roupa dele, até a gravata. Depois da sesta parecia que na casa, habitualmente adormecida, se desdobrava uma atividade raivosa. Lorenzo chegaria às seis e meia para ajudá-los com tudo. Você chamou o táxi? Sim, sim, estará aqui às sete.

Diante do Auditório já se aglomera gente meia hora antes do concerto. Leandro retira as entradas. Quando abrem as portas, Leandro empurra a cadeira até encontrar uma funcionária. Sinto muito, mas quando comprei as entradas minha mulher ainda não estava entrevada. Não se preocupe, vamos tentar ajeitar tudo. A funcionária pega as entradas que Leandro lhe entrega, consulta uma colega e volta para acomodá-los numa lateral. Aqui estarão bem? Leandro levanta os olhos para o palco. Do outro lado não seria possível? É claro que sim. Por causa das mãos do pianista, você sabe. A funcionária anui e eles passam pela frente da primeira fila até o extremo oposto. Quando Leandro se senta, vira a cabeça para Aurora e pergunta, tudo bem? Ela lhe diz que sim com um gesto.

Nos últimos anos, desde que Leandro se aposentou, iam a mais concertos. Tinham visto povoar-se a plateia de presenças mais ecléticas do que anos atrás. Há tanta gente jovem que agora estuda música... alegrava-se ela. Leandro tinha sua opinião. A música tinha se convertido num passatempo estudantil quase generalizado. Mas daí a estudar música de maneira disciplinada e com algo de valor futuro havia um abismo. Às vezes ele brincava em conversas com amigos, somos como a ginástica ou o judô, nada mais, mas quando um menino mostra aptidão de verdade é dissuadido, não vá deixar de lado seu futuro de engenheiro ou empresário.

Cumprimenta com a cabeça algum rosto conhecido, depois se prepara com concentração para a apresentação. Aurora de quando em quando se vira para trás, feliz de estar num lugar público depois de tantas semanas de imobilidade. Leandro estava preocupado. Será que se sentiria bem? Na última semana, ela mesma lhe tinha pedido um analgésico, mas não tinha sabido explicar em que consistiam as dores. Tinha sentido medo pela primeira vez de deixá-la sozinha. De noite seu sono era mais leve, para o caso de ela chamá-lo do quarto. O médico a tinha visitado e tinha se limitado a fazer um gesto de paciência e recomendar que continuassem com as massagens, sempre é agradável, não é mesmo?

Leandro ainda não tinha conseguido superar a surpresa ao escutar a encarregada da casa dizer-lhe, com aquela ironia quase ofensiva, Valentina já não trabalha aqui. Demorou a reagir. A mulher lhe ofereceu algo de beber, mas ele não quis tomar nada. Bem, já conhece as outras garotas, nenhuma vai decepcioná-lo, ou é que só gosta de chocolate? Leandro não estava preparado para brincadeiras. Coçou a cabeça por um instante e se atreveu a perguntar, aconteceu algo com Valentina? O que sucedeu?

Não era garota para este lugar, as negras não sabem permanecer em lugares assim. Não digo por racismo, mas é a mais pura verdade.

Depois de várias perguntas que só obtiveram meias respostas, Leandro conseguiu saber do sucedido. Ao que parece, no dia anterior, um dos últimos clientes da noite, lá pelas cinco da manhã, deixou Osembe. Quando o sujeito saiu, não conseguiu encontrar seu carro. Um Mercedes, ainda por cima, dizia Mari Luz. Não estava estacionado onde o tinha deixado, e ao pôr a mão no bolso tampouco encontrou as chaves, com o que não lhe foi difícil juntar as pontas. Voltou a casa e caiu em cima da gente, a negra tinha que ter lhe tirado as chaves, sei lá. Tivemos que ficar sérios com ele. A Leandro pareceu que aquela era a maneira de dizer que tinham tido que avisar o sujeito que vigiava o lugar, o mesmo que ele tinha entrevisto uma tarde no portão da garagem.

Naturalmente Valentina já tinha desaparecido. Certamente aproveitou um descuido do sujeito e jogou para alguém as chaves pela janela, para a rua, nada mais fácil. A encarregada continuava explicando a rotina sem nenhum dramatismo. O homem estava fulo e eu tive que lhe dizer basta, se quiser vá à polícia e pare de história, porque a única coisa boa neste negócio é que a ninguém interessa meter a polícia no meio.

Todos temos muito para esconder, não? Como era aquela história da pedra? Quem não tiver pecado que atire a primeira, não é assim? De modo que o homem foi embora, me deu pena, na verdade, porque eu sei que a negra o roubou, com algum cúmplice, vá se saber. O fato é que ela para aqui não voltará, e é melhor, porque você elimina um problema. Uma ladra aqui é justamente a pior coisa que pode haver.

Leandro tentou que aquela mulher lhe desse um telefone de contato, um endereço, algo para localizar Osembe. Se tivesse algum telefone, tampouco o daria a ele, lhe disse a encarregada, siga meu conselho, não se meta em confusão, já não tem bastante? Se quiser divertir-se, aqui tem muitas para escolher, há garotas novas que nem conhece. Sente-se, tome algo, por que ficar obcecado por uma se o mundo está cheio de garotas lindas?

Quando Leandro se mostrou cabeçudo, algo você deve ter, um telefone, um sobrenome, não creio que seja tão difícil, ela deu por terminada a visita. Olhe, esqueça, aquela garota é uma boa bisca, o melhor que podia ter nos acontecido era nos livrarmos dela. E enquanto falava com ele o empurrava para a porta, como se Leandro fosse uma visita incômoda de domingo. Na rua, uma mulher passou a seu lado sem tirar os olhos de cima dele. A Leandro pareceu que balançava a cabeça, como se o julgasse.

Por que queria voltar a ver Osembe? Que via nela? Algo com relação ao qual ainda não estivesse saciado? Sabia muito pouco, recordava que ela tinha comentado numa ocasião que morava em Móstoles, perto do Parque Coimbra, mas aquilo soava a Leandro a estrangeiro, à cidade nova.

Num longo passeio com o amigo Almendros, ele se atreveu a perguntar-lhe, você não tinha um filho em Móstoles? Não, em Leganés, lhe disse ele. Mas no caso dá no mesmo. Por quê? Nada, coisas do meu filho, mentiu Leandro, está pensando em vender seu apartamento e mudar-se para um lugar mais barato. Que pense, que pense bem. Sim, é o que lhe digo.

Os alto-falantes anunciam o começo imediato do concerto e Leandro pousa os olhos no programa. Duas partes, divididas numa primeira com peças de Granados, suas valsas, e uma segunda com a *Kreisleriana* de Schumann e os *Momentos musicais* de Schubert. Joaquín tinha ficado mais de um ano sem tocar por causa de uma tendinite crônica no pulso esquerdo. Fazia quase dez anos que não se viam pessoalmente. A última vez foi após uma apresentação da orquestra sinfônica em que Joaquín tinha tocado como solista o *Concerto nº 25* de Mozart. Leandro tinha invejado a naturalidade de sua movimentação, a perfeição de sua execução, embora tivesse pensado, prefiro Brendel. Tinha se sentido então um pouco envergonhado de seu julgamento. Tinham-no convidado ao coquetel posterior e Joaquín esteve afável com ele, como sempre. Voltou a pedir-lhe seu número de telefone, como tinha feito nas quatro últimas vezes em que se tinham visto, mas nunca telefonou. Em duas outras ocasiões tocou em Madri, mas Leandro não foi aos concertos.

Joaquín entra no palco e os aplausos acompanham uma saudação sorridente e seu caminhar vigoroso até o instrumento. Afasta a falda do fraque e se senta diante do teclado. Aguarda o silêncio mais profundo, deixa manter-se rompido apenas pelo ranger da madeira ou pela última tosse feminina. Aurora olha para Leandro e sorri ao vê-lo concentrado. Ele toca o braço da cadeira e com a ponta dos dedos roça a mão de Aurora sobre o xale. Joaquín pousa os dedos sobre as teclas e a música nasce ascendente de sua mão esquerda, delicada. Está de costas para eles, mas Leandro consegue ver seu perfil. Está com o cabelo branco e basto como sempre. As costas retas, uma presença poderosa, que se prolonga em perfeita continuidade do piano. Os pés recolhidos, apoiados na ponta de um par de sapatos reluzentes com saltos cinza.

Quando a música envolve o auditório de madeira amarelo-clara, Aurora fecha os olhos. Leandro lembra o adolescente amigo com que compartilhava a vida diária na rua, em suas casas abertas. Não sabe muito bem por que lhe retorna a tarde em que se encerraram diante do rádio de seu pai para ouvir Horowitz tocar os *Funérailles* de Liszt e depois tentar imitar as oitavas com grandes impulsos do braço. E nesse mesmo programa soou a *Patética* de Tchaikovsky. Subiram o volume como faziam sempre quando ficavam sozinhos na casa. A música ressoava com força e se ouvia da rua. Então ambos tinham decidido ser profissionais da música e com apenas quinze anos se entregavam a ela com entusiasmo e esnobismo. Os olhos de Joaquín naquela tarde estavam inundados de lágrimas. Queira Deus, disse com grandiloquência.

Pode ser que ali residisse a grande distância entre os dois. Leandro era incapaz de um exibicionismo emocional assim. Seu amigo falava sem medo numa espécie de cascata, se deixava levar pelo que ouvia, pelo que interpretava. Não deixava de gritar não, não, quando algum bambambã da interpretação da época tocava de maneira diferente de como ele entendia que se devia atacar uma peça. Anos antes, seu mestre, o senhor Alonso, lhes repetia uma tarde após outra a mesma correção, não, não, a emoção não basta, a intensidade não basta. Tem que vir acompanhada de precisão, de precisão. Esqueçam-se da poesia, isto é suor e ciência. Em contrapartida, quando via uma maneira de tocar fria ou técnica em excesso, lhes repetia em alemão a frase já tópica de Beethoven, nota prévia à sua *Missa Solemnis*, *Von Herzen, möge es wieder zu Herzen gehen,* deixe que isto que procede do coração chegue à sua alma.

Os erros de Joaquín eram erros enormes, mas promissores. Assim os definia o mestre quando alguém lhe perguntava. Leandro começou a sentir que entre eles se abria um abismo, o mesmo que há entre quem toca como os anjos e quem interpreta uma partitura com correção. Os professores a quem acorriam no conservatório quase não corrigiam Leandro, mas, em contrapartida, dedicavam minutos de torrencial explicação a Joaquín com suas críticas. Sabiam que era um desafio dirigir essas condições espetaculares, fora do comum. Muitas vezes Leandro se surpreendeu ao pensar, que injusto, eu é que tive de lutar para tocar, eu é que venho de baixo, eu é que em muitas tardes da infância insisti para não deixá-lo, e o triunto será dele, como se isso rompesse uma lógica de justiça poética. Para Joaquín a vida era fácil, cheia de satisfações, rica. Logo Leandro começou a trabalhar de copista e entregava o mísero salário à sua mãe, enquanto Joaquín não tinha essa necessidade.

Ele o convidava a escutar discos de Bach, lhe pagava a entrada para os concertos, a bebida nos bares, o incluía em planos e saídas que Leandro não podia bancar. Joaquín era o único que se permitia o descaramento de levantar-se no meio de um concerto e passar pelo público sentado enquanto murmurava eu posso suportá-lo, mas Beethoven não pode. Depois veio Paris e a distância. O aparecimento de Aurora para preencher a orfandade de suas horas livres. O lento gotejar do amigo que se transformava em alguém alheio. Já sou mais francês que os franceses, lhe dizia Joaquín quando voltava a Madri e zombava do provincianismo de sua cidade de origem. Eu escolhi Paris, os que nascem ali não têm que se esforçar, mas eu, sim, eu quero deixar de ser o que era antes de chegar ali.

Quando seus pais morreram, as visitas de Joaquín se espaçaram. Sem que Leandro o soubesse, perguntava a Aurora se necessitavam de algo quando já era evidente seu sucesso internacional. Na Áustria lhe deram a medalha Hans von Bülow em meados dos anos 1960. Leandro nunca sentiu inveja, lhe satisfazia ter compartilhado a ascensão de alguém dotado, viveu com agrado seu triunfo e jamais pensou que lhe usurpasse algo. Leandro defendia Joaquín se na conversa entre músicos alguém cometia a habitual injustiça de desacreditá-lo, quase sempre por ser alguém próximo, por ser daqui. Mas ele deixou de escrever-lhe, de mantê-lo a par de sua vida, e, embora até muitos anos depois não se tivessem extinguido de todos os laços que os uniam, nos anos 1960 a fenda entre um e outro era tal que até Leandro começou a ocultar nas conversas que o conhecia. Muitas vezes, como agora, sua presença em algum concerto de Joaquín se devia à insistência de Aurora. Não teve tempo de telefonar para você, você é que tem que se aproximar dele, não julgue sua falta de notícias como uma falta de carinho. Mas chegou o dia em que Leandro se reconhecia como mais um espectador daquele homem no palco.

Uma vez suas mãos tinham pousado juntas sobre o velho piano Pleyel. O mesmo piano que Leandro comprou do pai de Joaquín para levar para casa quando já ninguém tocava nele, gosto da ideia de que o herde você, lhe tinha dito. As mãos de Joaquín ainda eram capazes de percorrer uma partitura para oferecer o desfrute de um auditório, possuíam compleição e força, reforçadas, sem dúvida, a ponta de seus dedos com cola ou band-aids. As de Leandro tinham se adestrado para ser o correto instrumento de trabalho de um professor de academia. Durante anos Leandro pensou que seu amigo o julgava ferido pelo golpe do fracasso, pela injustiça da arte, e se esforçava para mostrar-lhe que não era assim. Até que um dia descobriu que seu amigo não pensava nele, não reparava nele, não sofria por causa dele. Mais ainda, talvez até tivesse esquecido que Leandro também se dedicava ao piano. Não atinava, naturalmente, para o fato de que compartilhavam um ofício.

No intervalo Aurora quer beber água e Leandro sai com ela para o bar. A funcionária lhe pergunta se está tudo bem e no vestíbulo um rapaz vai ao seu encontro. É Luis, seu antigo aluno. Seu último aluno. Olá. O garoto cumprimenta os dois, sem insistir muito com o olhar na cadeira de Aurora. Sempre irritou Leandro a imagem de garoto perfeito que tinha Luis. Discreto no vestir, as maneiras sempre corretas, a forma de falar pausada. Algumas vezes o advertiu de que a música tinha que ser assumida como algo superior, não como uma acompanhante, mas como uma deusa por venerar. Mas o garoto sempre se escudava em sua confessada falta de ambição. Eu já sei que não vou muito longe, mas quero tocar o melhor que possa. Era um aluno aplicado que avançava a seu ritmo. Leandro sabia que queria fazer uma carreira universitária e não fazer da música sua profissão, de modo que não o surpreendeu que faltasse às aulas. Estão gostando?, consegue perguntar o garoto. Sim, sim, claro, responde Leandro. Muito, diz Aurora. Bem, depois os vejo, diz Luis antes de afastar-se.

Leandro estende o copo d'água a Aurora e ele bebe depressa uma taça de vinho. O sabor áspero lhe cai bem, o anima. O tom das conversas se foi elevando pouco a pouco e agora ressoa nos corredores. Leandro se pergunta se Joaquín ainda tem a mania de lavar as mãos nos intervalos com água morna e deitar-se descalço no chão duro com as pernas elevadas sobre o assento de uma cadeira em perfeito ângulo reto. Sua mulher lhe preparará um chá de que ele beberá apenas dois goles antes de voltar para o palco. Aurora lhe estende o copo quase vazio. Quer mais? Não, não. Leandro acaba com o vinho.

Quando a cabeça de ambos se coloca à mesma altura, de novo em suas poltronas, Aurora lhe pergunta, você também gosta de Schumann? Quem não gosta? O que ele vai tocar é magistral, mas era um homem que sofreu desde muito jovem, um torturado, como se diz agora. Ela anui como se quisesse que a aula não terminasse nunca. Lembra-se de que vimos aquele filme alemão sobre sua vida, quando éramos namorados, *Träumerei*?

A segunda parte do concerto é veloz, passa depressa. Joaquín interpreta a *Kreisleriana* quase sem usar o pedal, combina os movimentos pares mais acelerados e violentos com os ímpares, que ele toca quase angustiantemente lentos. Se alguém tosse durante algum deles, não deixa de fazer um gesto de reprovação. Logo as gotas de suor começam a escorrer por sua testa. Ele usa pela primeira vez uma toalha. Ao terminar, o público, de pé, exige outra peça e ele se senta e toca com profundidade, se deixa enredar nas harmonias mais desassossegantes da *Fantasia e fuga para órgão em Sol menor* de Bach. A atmosfera sombria é bem do agrado do público, que se deixa transportar. O sério é sempre mais valorizado, pensa Leandro, que acha previsível a aproximação. No entanto, todos sorriem como se fosse uma mensagem superficial quando Joaquín escolhe para encerrar sua apresentação uma música de Jerome Kern cujo swing beira a improvisação jazzística. O novo clima contribui para uma despedida buliçosa em que Joaquín oferece várias versões da inclinação agradecida de cabeça. O aplauso tem uma ressonância metálica. Leandro olha para Aurora, que também sorri enquanto aplaude quase sem força.

Quando o público começa a sair, Leandro levanta o freio da cadeira de Aurora. Vai cumprimentá-lo?, lhe pergunta ela. Não, não, Lorenzo está nos esperando lá em casa. Para ele pouco importa, vamos, você não pode ir sem cumprimentá-lo. Leandro muda a expressão e, um pouco inquieto, olha ao redor. Ao cruzar com a funcionária lhe pergunta, como faço para entrar para cumprimentar? Não sei se será possível, aproximem-se daquela porta. Aponta-lhe uma porta ladeada por dois ou três funcionários. Leandro não tem vontade de passar pelo crivo, de dar explicações. Luis se aproxima deles quando a plateia já está quase vazia. Queria perguntar-lhe uma coisa, parece que o curso não vai me dar muito problema e eu estou pensando em voltar a ter aulas e não sei se o senhor ...

Leandro observa o rapaz, que interrompe sua explicação. Não sei se eu... agora. Luis levanta as mãos num gesto parecido com o de rogo, pode ser quando o senhor puder, tampouco quero ter aulas com tanta intensidade, posso terminar a faculdade... Leandro olha para o rapaz. Há uma moça loura que espera que a conversa termine. É bonita, pertence a uma nova geração de garotas, como sua neta, que não guardam relação com as mulheres pétreas de sua adolescência. Este país silencioso e cabisbaixo. A garota, durante a espera, percorre com o dedo o tecido do espaldar de uma poltrona. Está bem, telefone-me e veremos. O rapaz se mostra resplandecente e antes de se ir se abaixa sobre a cadeira de Aurora para lhe dizer calorosamente, foi um prazer voltar a vê-la. Leandro o vê regressar à garota e passar o braço pelo quadril dela. Aurora sempre soube conquistar os poucos alunos de Leandro. Ela lhes abria a porta, os guiava até o cômodo, lhes oferecia algo de beber e a muitos, antes de despedi-los de novo à porta, terminada a aula, lhes dizia com familiaridade, não é tão bicho-papão quanto parece. O dinheiro nos virá bem, foi a única coisa que Leandro comentou com Aurora quando o viram afastar-se.

A mulher que guarda o acesso aos camarins lhe pergunta seu nome quando Leandro lhe pede permissão para entrar para cumprimentar Joaquín. Demora um tempo a regressar e quando o faz lhe dirige um gesto para que entre. Leandro vai empurrar a cadeira, mas a funcionária lhe diz, a cadeira também? Há uma escada... Entre você, adianta-se Aurora. Leandro quer protestar, mas Aurora insiste, posso esperar aqui, não é verdade?, pergunta à funcionária. Se ele não demorar muito...

Leandro desce a escada até um corredor iluminado. Até ele chegam vozes e risadas. Leandro não tem pressa de alcançar o umbral do camarim. Ao vê-lo, Joaquín se distancia dos que o rodeiam e se dirige para ele. Mas, bem, que surpresa, não tive tempo de telefonar para vocês, cheguei ontem mesmo e nunca encontro o número de vocês. Dá um largo abraço em Leandro, que se perde em seus braços. Ele molhou o cabelo branquíssimo e espesso e se livrou do casaco. Vira-se para sua mulher, vinte anos mais nova, magra, de pele muito branca, olhos azuis, se lembra de Leandro, Jacqueline? Ela o cumprimenta com sua frágil mão estendida, é claro, é claro.

Joaquín se mostra cordial, pergunta por Aurora, e Leandro lhe explica que está com a saúde um pouco delicada. Não lhe quer dizer que ela o espera lá em cima, entrevada numa cadeira de rodas. Acha Jacqueline envelhecida, com um retesamento que antes não possuía, como se tentasse reter a duras penas a bela mulher que estava deixando de ser. Pertencia a um tipo de beleza que não está preparada para deixar de ser uma radiante estátua de olhos claros, e os erros cirúrgicos em seu rosto eram calamitosos. Leandro não quer prolongar a visita de cortesia. Joaquín o retém segurando-o pelo cotovelo e participa da conversa com o restante dos convidados ao mesmo tempo que se vira para ele num interrogatório retórico e em cascata, o filho está bem?, e a neta?, como está sendo para você ser velho?, para mim muito ruim, Madri está irreconhecível, quando acabarem as mil obras parecerá outra cidade, terão que voltar a construí-la, Jacqueline agora quer que compremos uma casa em Maiorca, se apaixonou pela ilha, quanto tempo fazia que não nos víamos?, que sorte você estar aposentado, eu não posso...

Quando Leandro insiste em despedir-se, Joaquín aproxima o rosto do ouvido do amigo. Vou ficar três dias em Madri dando uma Master Class na Fundação de não sei que banco, por que não me telefona e tomamos um café? Jacqueline, dê o número do nosso celular a Leandro, tenho interesse em falar com você sobre uma coisa, telefone-me. Jacqueline lhe estende um cartão de visita com um número escrito no verso. Tenho as manhãs livres, é a última coisa que lhe diz Joaquín. Antes de Leandro sair do camarim, Joaquín já se virou para fundir-se efusivo com o cotovelo de outro conhecido. Ele gostava de tocar os cotovelos, eludir as mãos que tocavam suas mãos, as protegia de qualquer contato, as utilizava apenas para expressar-se com elas, levantando-as à altura dos olhos, como se lhes concedesse a mesma relevância que ao seu vivo e inteligente olhar claro.

    No táxi de volta para casa, Leandro fica intrigado com respeito à razão concreta pela qual ele tinha dito que queria vê-lo. Talvez fosse apenas mais uma cortesia. Aurora parece cansada, mas feliz. Está como sempre, tinha se limitado a falar com ele sobre Joaquín. E era verdade. Joaquín conservava até as camisas com as iniciais cosidas no bolso. Leandro sempre tinha considerado esse detalhe algo impróprio para uma pessoa elegante, por mais que se fizesse necessário entre aqueles que viajam por hotéis e desconfiam das lavanderias. Ele sabia que Joaquín, já desde jovem, gostava de se jactar da coincidência das iniciais de seu nome completo, Joaquín Satrústegui Bausán, J.S.B., com as de Johann Sebastian Bach. É o único com quem não me importaria trocar as camisas, tinha dito anos atrás a Leandro, na primeira vez em que este lhe tinha comentado algo das camisas marcadas. Era o tempo em que ainda viajava à Espanha com sua primeira mulher, uma jornalista alemã que ele deixou ao conhecer Jacqueline. Sem entender muito bem por quê, Leandro pensou de repente numas iniciais diferentes com as quais Bach encerrava todas as suas composições. S.D.G. O significado não era uma rubrica pessoal; era antes um arrebatamento de modéstia cristã. Joaquín não compartilhava, em contrapartida, essa virtude. Era uma expressão latina, *Soli Deo Gloria*, algo assim como Glória Só para Deus. Em contraposição a tantos que voltam a glória toda só para si mesmos. Leandro apaga esse pensamento cruel antes de sair do táxi e avisar ao filho pelo interfone, já estamos de volta.

7

Lorenzo observa seus amigos, que se sentem observados. Ele o faz de maneira descarada, buscando-lhes os olhos. De modo desafiador. Nenhum dos quatro se atreve a apoiar-se no olhar de outro com cumplicidade. Lorenzo pensou nisso assim que chegou. Se eu estudá-los, eles não se atreverão a estudar Daniela. São seis na sala de jantar da casa de Óscar. A mesa extensível coberta com uma toalha branca de franjas coloridas. Na parede três gravuras com molduras de madeira. Antes moravam num apartamento minúsculo perto do Retiro. Aproveitando o aumento de preços, conseguiram vendê-lo bem e ir para um recém-construído em Ventas. Tem áreas comunitárias com piscina e jardim. Faz quinze anos compramos o apartamento por doze milhões e o vendemos por sessenta. Como é possível?, pergunta Daniela. Ana se detém para esclarecer-lhe que falam de pesetas e depois informar sobre os fatores que causam o aumento de preços quase constante. Aqui ninguém aluga, os bancos querem as pessoas endividadas, esclarece Lalo, mais cínico. É a forma de manter a gente sob controle.

No meio da semana, Óscar ligou para Lorenzo para convidá-lo a jantar em sua casa. Assim você vê o apartamento novo já terminado. Lorenzo não pensou muito antes de dizer, posso ir acompanhado? Brincaram um tempo sobre mulheres, mas Lorenzo não lhe deu nenhum detalhe sobre Daniela. Só lhe disse estou apaixonado como um adolescente. Em contrapartida, Daniela resistiu a acompanhá-lo. São seus amigos, você vai ver, lhes parecerá estranho que esteja com alguém como eu. Ora, vamos, não invente histórias estúpidas, são pessoas estupendas, você vai ver. A caminho da casa de Óscar, Lorenzo lhe contou que se conheceram muitos anos atrás, na universidade, e que ele não tinha filhos apesar de estar há anos com Ana. De Lalo lhe disse, é o meu amigo mais antigo, íamos juntos ao colégio, conhece meus pais. Você vai ver que não nos parecemos em nada. Marta, sua mulher, é psicóloga infantil e têm um menino de nove anos.

Quando Ana abriu a porta e viu Lorenzo com Daniela, mostrou um sorriso radiante. Ele as apresentou. Seja bem-vinda, disse Ana e depois pareceu envergonhar-se quando Lorenzo explicou que Daniela já estava havia quase três anos na Espanha. Lorenzo quis assim deixar claro que não ia tolerar um tratamento especial para Daniela. Quando Marta perguntou a Daniela de forma vaga durante o jantar, como vão as coisas para você?, ele se viu forçado a interromper, não esperem uma história trágica dessas de telejornal, Daniela divide um apartamento com umas amigas e tem um trabalho excelente.

Não me queixo, acrescentou ela. Em que trabalha?, lhe perguntou Lalo. Cuido de um menino de oito meses, e, antes que Marta ou Lalo pudessem acrescentar algo, Lorenzo já explicava que Daniela trabalhava no apartamento em cima do seu.

Os amigos de Lorenzo esmeraram-se no tato. Não acossaram Daniela com perguntas e menos ainda ao verificarem que Lorenzo preferia mostrar-se agressivo antecipadamente. Brincaram com a comida e com algumas notícias perfeitas para uma conversa vazia. Em espaçadas perguntas, alguém interrogava Daniela sobre sua família, sua cidade de origem ou se sentia saudade de seu país. Para satisfação de Lorenzo, eram seus amigos que se mostravam mais tensos diante de Daniela. E foi ao perguntar Lalo se ela pensava em viajar logo a seu país que Lorenzo se viu obrigado a esclarecer, ela não pode, ainda não tem documentos.

É uma sensação estranha, explicou Daniela, é como se você estivesse numa jaula com as portas abertas, mas da qual você não se atreve a sair. Eu adoraria viajar para ver minha mãe, mas sei que não poderia voltar a entrar.

Bem, parece que agora vai haver uma legalização, disse Óscar. Você acha?, corrigiu-o Ana, eu acho que interessa às pessoas que continuem a trabalhar sem documentos, saem mais baratos.

Mas Lorenzo mantém os olhos fitos em seus amigos. Daniela não se mostra inibida. Depois de um início algo tímido, se atreve a perguntar a Marta sobre o trabalho de psicóloga infantil. Tinha se vestido com uns jeans elásticos que se ajustavam às suas coxas poderosas. Lorenzo pousa a mão com delicadeza na coxa direita. Ela baixa a mão e acaricia a dele, mas não se demora muito, volta a colocá-la sobre a mesa e ele a retira. Usa uma camiseta laranja colada ao corpo que se destaca eletricamente no meio da decoração antes discreta. Daniela não prova o vinho por mais que Lalo insista, é um Priorato maravilhoso. Não, não, não tomo álcool. Lorenzo em contrapartida enche a sua taça.

Óscar e Ana se mostram encantados com a mudança de casa. Têm mais espaço. Lorenzo lhes conta que Sylvia tem um namorado, outro dia o levou lá em casa para almoçar. Parece um rapaz muito legal. Mas, é claro, imagine o problema. É incrível, lhes explica

Marta com tom professoral, agora se aceleraram todos os comportamentos sexuais, os rapazes suportam uma pressão tremenda, temos casos de garotos e garotas que com doze anos têm, por exemplo, uma dependência da pornografia, e depois há os meios de comunicação, que os forçam a sentir-se ativos sexualmente. A vida deles se acelerou. É uma coisa social. Que pena, comenta em voz muito baixa Daniela. Ninguém a contradiz.

Liguei para Pilar para contar-lhe, informa Lorenzo. Aborreceu-a saber por mim de algo tão relativo a Sylvia. Que então não os tivesse abandonado, interrompe Daniela. Disparou a frase com uma tranquila agressividade que surpreende a todos. Segue-se um espesso silêncio. Lorenzo lhes fala de Pilar. Está bem, bem, vocês sabem, encantada com Saragoça... Tem alguém da família aqui?, pergunta Óscar para tentar reorientar a conversa para Daniela. Sim, uma irmã, veio antes de mim, mas quase não nos vemos, vive perto de Castellón. Ela tem uma vida de que eu não gosto muito.

Ninguém indaga mais nada, todos se retraem ao perceber a dureza dos julgamentos de Daniela. Um tempo depois a conversa gira alheia a ela e Lorenzo anuncia que irão cedo. Faz um instante foi ao banheiro. Está um pouquinho bêbado e o incomodam as hemorroidas já faz dias. Não aguenta sentado tanto tempo. Percebeu o desconforto da situação, como se Daniela tivesse que passar por um exame. Zangado, mija fora da privada, sujando tudo ao redor. Depois se envergonha e tenta limpar com bolas de papel higiênico que ele esfrega no chão antes de deixá-lo pegajoso e sujo.

Um tempo depois se põem de pé e começam as despedidas, os muito prazer em conhecê-la, vamos ver quando nos vemos de novo, nos ligamos. No elevador, que ainda tem cheiro de novo, Lorenzo e Daniela se calam até que ela diz, eles não gostaram de mim.

E você não gosta que gostem de você, lhe responde com um sorriso Lorenzo. Ela fica pensativa.

Lorenzo resiste a levá-la para casa quando entram no furgão. Ainda é cedo, com certeza você conhece algum lugar para a gente tomar algo. Daniela cede, lhe diz que há salsa todas as noites de sábado num local que suas amigas frequentam. Lorenzo dá a partida e se dirige para a área. É um lugar na rua Fundadores. O tráfego é

intenso a essa hora, o engarrafamento dos sábados à noite. Tem de dar várias voltas pela área até encontrar uma vaga na calçada.
    O local se chama Seseribó. Em Quito há uma salsoteca que se chama assim também, lhe explica Daniela. Seseribó era um Deus formoso que ninguém podia tocar, quem o tocasse morria, ao que parece um índio se apaixonou por ele e se atreveu a tocá-lo. Morreu no mesmo instante. Com a pele do índio fizeram um tambor e dele dizem que nasceu a música. Lorenzo anui enquanto caminha, que lenda mais bonita...
    Na porta há dois mulatos musculosos que observam a rua como se fosse território inimigo. Há alguns homens perto que rondam a entrada não se sabe se porque acabam de sair do local ou porque não lhes permitem entrar. Lorenzo e Daniela vão até a entrada e lhes dão passagem. Ele tem que pagar, ela entra de graça. Quase no umbral um dos caras revista Lorenzo com rapidez, desde as axilas até os tornozelos. Não sei se você vai gostar, mas é onde me trazem algumas vezes, lhe diz Daniela enquanto descem para o magma de música, fumaça e corpos em movimento.
    Mal há espaço, mas Lorenzo e Daniela conseguem avançar para o bar lateral. A música é atroadora. Um grito em meio a ritmos, um pranto sobre amor traído. O estribilho é repetitivo. Os pares dançam, às vezes sem se roçarem com as mãos, mas com as coxas em contato, e também com os joelhos, as dobras do corpo. Os homens põem a mão no final das costas delas para aproximá-las mais de seus corpos. É assim no Equador?, e ela anui por cima do barulho.
    Daniela toma um suco de *bote* com gelo em copo longo. Lorenzo pede uma cerveja. Nacional?, lhe pergunta o garçom. Lorenzo dá de ombros. Club Verde, Club Café ou Brahma. Club Verde, diz por fim. Não é o único espanhol no local como pensou ao entrar. Consola-se ao ver algum outro dançar e duas mulheres perto do balcão central. Lorenzo tenta falar com Daniela e para conseguir fazer-se entender aproxima tanto a boca do ouvido dela que roça os brincos. Não diz nada relevante, talvez algo como isto é uma sauna. Depois começa a acompanhar o ritmo das canções encadeadas. Para ele tudo é salsa, pura e simplesmente. Embora ouça Daniela explicar-lhe em cada música se é uma *bachata*, uma *cumbia*, um *vallebato* ou apenas

merengue. Não tem sentido permanecer naquele lugar sem dançar e Lorenzo conduz Daniela para a pista.

Surpreende-se com o fato de ela não mostrar oposição. Ao contrário, rapidamente deixa que o movimento de seus ombros se compasse com o de seu quadril e joelhos e permita que a música se apodere dela. Levanta os braços e gira movendo-se ao redor. Lorenzo se sente entorpecido diante do movimento dela e tenta bracejar e menear-se. Não supera o ridículo até que se aferra à cintura de Daniela. Ela se despenteia com as mãos e marca o ritmo.

A letra das canções insiste muitas vezes em lamentos como ai, ai, ai ou dá-lhe ritmo. Há um animador com microfone situado numa lateral da pista. Estimula os clientes, deixem-se levar pela sensação, e multiplica os esses da palavra até enroscá-la como uma serpente numa árvore. As roupas coladas das mulheres e as camisas desabotoadas dos homens são majoritárias.

Lorenzo sente agora os seios de Daniela junto a seu corpo. As coxas dela dominam os movimentos de ambos. Lorenzo quereria beijar Daniela aproveitando o lugar, mas seus rostos não estão próximos. Antes tem ele que se virar para disfarçar sua incômoda ereção, ele encolhe a virilha quando ela o roça com o quadril. Parar no meio do vaivém seria como soltar um grito num templo. Basta-lhe notar que Daniela não despreza seus roçamentos nem suas aproximações, apesar de as mãos de Lorenzo estarem fixas no quadril há bastante tempo.

Lembra-se de que a última vez em que dançou foi no casamento de uns amigos, com Pilar. E era mais um escárnio da própria dança.

Ela não gostava de dançar, e ele tampouco. Escutavam música muitas vezes, mas dançar nunca. Seu amigo Paco dizia que dançar era a orgia dos pobres, mas o fazia com o mesmo desprezo classista com que afirmava que fazer amor era coisa de proletários e que ele preferia que o chupassem. Foder dá trabalho; chuparem você é um luxo. Conviver com uma mulher é uma condenação; seduzi-la, um passatempo. Ter celular é magnífico se você é o chefe e um saco se é o empregado. Nosso ponto de gravidade não está no cérebro, mas na pica. Essas eram as frases de Paco, sua maneira de falar. Rotunda e sarcástica. Costumava dizer, você dá um chute num cachorro abandonado e ele voltará querendo outro. E Lorenzo sempre sentiu em segredo que aquela frase fora dedicada a ele, à sua amizade.

Mas por que pensava agora nele? E em Pilar? Sim, sentia que ambos desprezariam sua ridícula estampa, que zombariam de seu suor e de sua companhia. Os cachorros vadios pensam que um chute é uma carícia, isso lhe diria Paco de sua relação com Daniela. Como uma voz da consciência cínica e provocadora, se limitaria a dizer-lhe, atreva-se a contar-lhe a verdade, você só quer trepar com ela. Talvez nenhum dos dois, Paco com seu cálido desprezo e Pilar com sua exigência fria, compreendam que agora eu possa me sentir feliz.

É melhor irmos embora, diz Daniela. Lorenzo se separa dela e se deixa guiar para a saída. A escada também estava repleta de gente. Dá vontade de farrear, diz ela. O transe geral fica para trás quando recebem o frio da rua sobre o suor. Não se dizem nada e caminham para o furgão.

Eu me diverti muito, fazia tempo que não dançava, lhe diz Daniela quando chegam a seu portão. Lorenzo a detém antes que ela saia, segurando-a sem violência pelo pulso. Deixe-me subir e dormir com você. Daniela levanta o rosto para ele, sem sorrir. A expressão dos olhos não é grave, mas indulgente. Hoje não. Desce do furgão e antes de fechar a porta pergunta, vejo você manhã? Se você quiser, responde ele. Daniela anui, sim, quero, e corre para o portão, já depois de entrar se despede de Lorenzo com um gesto da mão. Hoje não, pensa ele, a expressão soava a ineludível vitória adiada.

Dirige devagar até a casa. Não lhe é difícil encontrar vaga. As ruas estão dormindo na área. Apenas algum bar aberto até tarde ou lugares turvos com neons baratos. Na manhã seguinte iria à missa e se sentaria junto a Daniela para ouvi-los cantar, mas recordaria muito os movimentos dela durante a dança, a luxúria desenfreada de seu quadril.

Em casa vai até o quarto de Sylvia e a vê dormir de bruços, abraçada ao travesseiro, a roupa em desalinho. Por esses dias a vê adulta, demasiado crescida para a idade. Isso o entristece. Gostaria de poder protegê-la sempre, mas ela já está longe, onde ele já não poderá segui-la. Na cama tenta masturbar-se com esforço, mas não consegue e após quinze minutos abandona o pau meio ereto avermelhado pela fricção furiosa e dorme com a boca seca e um denso cheiro de fumaça de cigarro no cabelo, no rosto e nas mãos.

8

Ariel ouve Sylvia pagar ao entregador que trouxe as pizzas e as cervejas. O rapaz dá uma olhada nas costas dela e ao ver o apartamento vazio pergunta com inocência, você é invasora ou tem alergia a móveis? Sylvia ri. É colombiano. Um pouco as duas coisas, ela responde. Sylvia reaparece na sala e Ariel lhe pergunta, o que ele lhe disse? Ela conta. Traz as latas de cerveja numa bolsa de plástico. Seu jantar, senhor proprietário. E lhe dá o troco. Puseram guardanapos, que detalhe! Sentaram-se no chão, a madeira range acompanhando cada um de seus movimentos. A casa fala, disse ela ao entrar.

Ariel já está com as chaves há uma semana, mas até hoje não foi ver o apartamento com Sylvia. Da varanda contemplaram um entardecer violeta atrás dos prédios. Um céu espetacular, disse ele. Essa manhã choveu, lhe explicou ela, e quando chove os entardeceres em Madri são limpos. Ariel a segurou pela cintura e a beijou na boca. Pensei que não ia me trazer nunca, lhe disse Sylvia apontando o apartamento. Esta semana quase nem nos vimos. Sylvia foi para um canto da varanda. Debruçou-se sobre a rua. Foi então que ele propôs que pedisse uma pizza e jantassem ali mesmo.

Ariel sabe que ele demorou de propósito a levá-la ao apartamento. Espera que o decorem, me recomendaram uma garota que decorou o apartamento de vários do time, foi a única explicação que lhe deu dias atrás. Típico, você compra um apartamento e ele é decorado por uma patricinha especializada em casas de jogador de futebol. Mas Ariel não queria que Sylvia entendesse a compra do apartamento como um compromisso entre ambos. Sabia que era injusto, mas evitava mal-entendidos.

No fim de semana passado ele se alegrou de jogar fora, de viajar a Valência. Marcou o gol de empate contra o time local e isso os levou a buscar a vitória nos minutos finais. Ariel não comemorou o gol mordendo uma mecha de cabelo nem encontrou uma mensagem de Sylvia no celular ao terminar o jogo. Deram-lhes a noite livre na cidade e ele aproveitou para sair com os colegas do time. Jantaram *paella* na parte reservada de um restaurante junto à praia e depois os levaram a uma discoteca conhecida. Ali os submergiram numa cabine da qual se via a pista de baile repleta, mas alheia à sufocação. O dono do lugar lhes ofereceu garotas, mas Amílcar advertiu aos mais íntimos, cuidado, aqui gravam tudo. Se querem putas, levem-nas ao hotel.

Apesar das advertências, dez minutos depois o reservado estava cheio de risos dissonantes. As garotas se dividiam em grupos, são muito legais disse o dono, deixando claro que não se tratava de profissionais. Ariel falou com uma que disse chamar-se Mamen e que depois de uma curtíssima conversa sobre o nada deixou cair um sabe?, estou me divertindo muito. Não parecia ter outra ocupação que pôr seu cacho louro atrás da orelha e exibir o bronzeado uniforme e excessivo. Eu acreditava que os argentinos fossem mais faladores, lhe disse em outro momento. Ele sorriu, só com o nosso analista. Vocês que vêm de países pequenos devem alucinar com a superpaixão com que vivemos aqui o futebol, não? Ariel se sentiu estremecer. Amílcar o resgatou para acompanhá-lo ao banheiro. Lá estava terminando de urinar o lateral direito. Que tal a sua? Boba demais, respondeu Ariel. As bobas me excitam, a você não?, lhe disse antes de empurrar a porta e regressar com entusiasmo ao reservado.

Olhe, para eu transar com uma dessas vagabundas teria que estar com um puta atraso, lhe disse Amílcar. Bom, sua mulher é uma beleza, lhe respondeu Ariel. É o que você tem que fazer. Procure uma garota honrada que o ponha na linha. Agora, com a grana que ganhamos sempre vai haver alguma nos rodeando, mas não interessa, é perder tempo. Eu estou há quinze anos jogando profissionalmente, se não tivesse levado a vida que levei agora estaria penando por aí ou afastado.

Ariel se alegrou, ao voltar ao reservado, de que sua garota estivesse falando com outro companheiro. Alguns tinham descido para a pista para dançar *reggaetón*. Sentou-se junto de Amílcar e conversaram com sarcasmo sobre seus colegas. Um deles tinha sido pego pela mulher na cama com a moça que cuidava das crianças. Ela o tinha expulsado de casa.

No dia seguinte regressaram de trem, a maioria adormecida, de ressaca. Na saída das plataformas, as pessoas se aglomeraram para pedir-lhes autógrafo, levaram quase meia hora para chegar ao ônibus. A caminho do estádio, Ariel olhou a fila formada àquela hora da manhã de domingo diante do museu do Prado. Estou há seis meses em Madri e ainda não visitei o museu, pensou. Propôs-se a fazê-lo naquela mesma semana.

Passou a tarde encerrado em casa, e apareceu por lá Ronco. Viram na televisão a última partida do dia. Ronco ligou o rádio para acompanhá-lo. No início trabalhava numa rádio, retransmitia partidas. Mas com esta voz, cacete, as pessoas ligavam para reclamar todo o tempo, tirem esse afônico daí. Eu continuo pensando que podia ter triunfado, um pouco como o Tom Waits da informação esportiva, mas a turba gosta que o locutor faça floreiros e cante o gol com gorgorejos. Digo turba porque meu chefe na emissora sempre chamava os ouvintes de turba, nos dizia o sujeito, agora passem-me outra ligação da turba ou a turba vai gostar desta notícia, devemos tudo à turba, não podemos falhar com a turba, a turba quer espetáculo.

Depois da partida da liga argentina, Ariel levou Ronco à cidade. Você teve um ataque de nostalgia, lhe disse Ronco ao vê-lo calado, não devia ver as partidas da sua terra. Na verdade, às vezes me pergunto que merda que faço aqui. Dinheiro, cara, ganhar muito dinheiro, lhe parece pouco? Mais dinheiro do que você podia sonhar quando era apenas um moleque do rio da Prata. Ariel se divertia com o disparatado sotaque argentino que Ronco impostava.

Entre, entre nesta rua, você vai ver que coisa. Ariel obedeceu e avançou por uma rua cuja calçada está repleta de norte-africanas que se ofereciam em roupa íntima. Vá mais devagar, que não as vejo bem, lhe pediu Ronco. Legal, não é mesmo? Algumas se aproximavam do carro ou faziam gestos, as mais ousadas iam ao encontro e se interpunham diante da luz dos faróis. Pare, pare, gritou Ronco, essa é lindíssima. Bah, não me sacaneie. Cara, por vinte euros dão uma mamadinha, insiste Ronco. Ariel começou a pensar que ele não falava tão de brincadeira.

A maioria das garotas exibia um salto impossível que ressoava no asfalto. Esse seu desprezo pelas putas só pode significar uma coisa, lhe disse Ronco quando já deixavam a área, que está apaixonado. O que é que você está dizendo, eludiu Ariel. Você está nesse estranhíssimo momento na vida de um homem em que o coração manda na pica, comigo eu acho que nunca aconteceu, e como é?, é bonito? Ariel sorriu diante das brincadeiras de Ronco. Você é um babaca de merda, cale-se ao menos uma vez, porra.

De volta a casa, Ariel recordou que também um domingo, quando dirigia sozinho pela cidade, tinha atropelado Sylvia. Convenceu-se de que seria capaz de não ligar para Sylvia durante dias, de deixar que se esfriasse sua relação até que ela mesma se desse conta do impossível. Ela é forte, pensou, entenderá.

Na segunda-feira lhe telefonou Arturo Caspe para levá-lo a um jantar, estão entregando os prêmios de uma revista, necessitam de gente famosa. Sentaram-no à mesa com um escritor de sucesso e um apresentador de televisão que tentou seduzir uma jovem modelo. A garota sorria divertidamente e lançava olhares de socorro para Ariel. Este desempenhou o papel de tímido e calado. Coube-lhe entregar um prêmio a uma nadadora alta e divertida com que depois conversou um tempo. Terminado o jantar, acompanhou Caspe e seu grupo, composto majoritariamente de atores ou gente de televisão. Entraram num bar atrás de Callao e ali topou de novo com a jovem modelo. Ficaram juntos no balcão do bar. Ela era simpática e fumava sem parar. Chamava-se Reyes. Ariel pisou no acelerador. A garota conhecia Buenos Aires e tinha amigos lá. Após um tempo de conversa, Ariel lhe perguntou se queria que fossem para outro lugar, mais tranquilo, você e eu sozinhos. Ela sorriu soltando a fumaça do cigarro e lhe disse, ainda que você não acredite, tenho um namorado de quem gosto muito e não me apetece sair enganando-o por aí, nem sequer com garotos com um sinal tão bonito como o seu. Ariel sentiu o golpe, brincaram por um instante e depois ela o deixou sozinho ruminando seu fracasso junto com alguma bebida antes de voltar para casa e despedir-se do grupo de Caspe. Estava de mau humor, se envergonhava de ter recebido aquela frase da garota. Foi uma oportuna resposta à sua inabilidade e à sua falta de elegância.

Ariel pensava em sua incapacidade de ter entrada com outros tipos de garotas que não fossem águias noturnas. Talvez Sylvia seja a única garota normal que tenha cruzado com ele desde que chegou a Madri.

Na quarta-feira jogaram uma partida de competição europeia. E, embora o jogo fosse em Madri, o treinador preferiu concentrá-los desde a véspera num hotel. Começava a fase classificatória e o jogo com o time alemão era um clássico da competição. Na segunda-feira não ligou para Sylvia, nem na terça-feira. Na quarta ela lhe mandou uma mensagem, "sorte esta tarde". Era mais expressivo o que calava que o que dizia, costumava acontecer. "Obrigado, tive uns dias muito confusos, eu telefono para você", lhe respondeu ele.

Ariel jogou mal. Foi-lhe quase impossível passar pelos laterais alemães. Jogavam muito atrás, com pouquíssimo espaço entre as linhas, convencidos de que um empate sem gols era um resultado muito bom. Fazia um frio seco no gramado, não estranharia se nevasse, disse um veterano quando chegavam ao estádio de ônibus. Tiraram Ariel quando ainda faltavam vinte minutos e o estádio apupou até que saísse. Sorte, sussurrou para o companheiro. Mas não houve sorte. Estando o time todo perto da meta alemã, os adversários souberam fazer um contra-ataque com uma bola rapidíssima, passar pelo único beque que estava atrás e marcar um gol sem tempo para reação.

Voltou para casa com uma forte pancada no joelho. No dia seguinte mal treinou. Deitou-se na maca e o massagista mais antigo do time lhe passou unguentos mágicos na área atingida. Esfregava-o com mãos marmóreas. Até então tinham tratado dele seus ajudantes, por mais que Amílcar lhe dissesse, não deixe que nenhum dos jovens ponha a mão em você, o velho é um mágico.

Falava muito, mas era relaxante escutá-lo. Conhecia histórias de todas as épocas. Estava havia quase trinta anos no clube, uma instituição. Quando jovem tinha aprendido com um massagista galego que elaborava receitas próprias com ervas, óleos e raízes. Algumas ele continuava aplicando. Como está sua vida?, perguntou a Ariel, de repente. Isso é o mais importante, o jogo não funciona se a vida não funciona. Está contente aqui? Você se integrou bem? Dói quando aperto aqui? Não parecia esperar resposta a suas perguntas. Você tem bons tornozelos, isso é importante, o tornozelo é muito sobrecarregado nos atacantes. Já calculou a quantidade de pontapés nos tornozelos que você pode levar numa carreira de dez anos, por exemplo? Uns vinte mil. Imagine agora que os dessem seguidamente, vinte mil pontapés nos tornozelos. Muita cama elástica, isso é o que tem que fazer, mas o *mister* tem medo de que se contundam pulando e a imprensa o devore no dia seguinte. Você tem namorada? Está com alguma espanhola?

Bah, não sei, tentou disfarçar Ariel. Há alguém, mas estamos indo bem devagar.

As mulheres são um problema. Mas a gente necessita de alguém que ame a gente, que fale com a gente, que ajude a gente a suportar a solidão. É curioso, mas, quando você tem setenta mil pessoas olhando para você toda tarde, depois é muito fácil sentir-se sozinho, ignorado. Cacete, isso é um veneno. É preciso ser forte. Aqui nesta maca quantas histórias escutei, cacilda! E depois vêm me ver, olhe, há rapazes que eu vi tornar-se homens aqui e acabar-se também, aqui se acabam muitos e alguns que eram de um metal bem nobre. Essa pancada que lhe deram ontem, isso dói e causa dano, lhe digo eu. Não tenha medo de reconhecê-lo, isso fode com qualquer um, mas é a lei. É preciso levantar a cabeça, desafiadoramente, não vá desabar agora.

Sim, fodeu comigo, sim.

Veja, jogar futebol é como viajar de trem. Você vai sentadinho na janela e vê passar a paisagem e não se aborrece nunca. Até que chega à estação, fazem você descer e sobe outro em seu lugar. Tudo muito depressa. Já foi a uma tourada? Tem que ir. Ali se aprende muito de futebol. É igual. Aqui argentinos tivemos alguns. Já esqueci os nomes, eu não sou de guardar nomes. Perguntam-me, como era não sei quem?, e não me lembro. Porque eu aqui faço meu trabalho, mas não me relaciono com o jogador de futebol, me relaciono com a pessoa.

Ariel saiu com o tornozelo desinchado pela massagem. Sentia-se consolado, envolto pela torrente de palavras. Fazia tempo que alguém não falava com ele durante tanto tempo, com esse tom seco espanhol. Do carro ligou para Sylvia, mas ela não respondeu. Era hora de aula. Com certeza está zangada. Se eu fosse embora da Espanha agora mesmo, pensou, ela seria a única recordação que me ficaria. Sylvia sentada a seu lado no carro, voltando para a cidade alguma noite. Esse sorriso cansado e limpo.

Almoçou na casa de Amílcar. A conversa nesse espanhol brando falado pelos portugueses lhe era doce, sem erres marcados nem jotas. Disse a si mesmo que Amílcar tinha tido sorte com Fernanda e os obrigou a contar como se tinham conhecido. Ele tinha ligado para ela com insistência após conseguir seu telefone com uma amiga, mas ela resistia. Convidei-a a jantar, a almoçar, ao cinema, a concertos, mas ela nunca quis acompanhar-me. Estive a ponto de jogar a toalha, explicava Amílcar. Até que um dia liguei e lhe disse, escute, tome meu telefone e façamos uma coisa, eu não voltarei a telefonar nunca mais, mas você quando quiser me ligue. Pouco me importa se amanhã, ou no mês que vem, no ano que vem ou dentro de trinta anos, eu juro que estarei esperando você. Soava bonito, disse Fernanda interrompendo-o. Teria que ter esperado trinta anos para ver se era verdade. Infelizmente telefonei para ele uma semana depois. Uma semana. Pode acreditar nisso? Eu tinha perdido a esperança, admitiu ele. Ela sorriu, coquete. Ele me enganou, se justificou Fernanda, como fazem todos, pôs sua melhor cara, me mostrou seu melhor lado, aquele que depois tanto custa voltar a encontrar, às vezes até parece que você está com uma pessoa diferente da que a cortejava, como se tivesse num conto da carochinha.

Nessa noite, sozinho em casa, entre músicas e filmes que não parava de ver porque não conseguia concentrar-se, Ariel soube que ligaria para Sylvia. E o fez, embora já fosse tarde, e ela atendeu com voz sonolenta. Amanhã vou ao Prado. Tenho aula, lhe disse ela. Droga. O que é que está acontecendo, você virou um intelectual nesses dias? Não, estou há muito sem ver você e necessito olhar alguma obra de arte. Sempre lhe saem frases muito bonitas, disse ela sem sorrir do outro lado do telefone.

Aonde? Na saída do treino confessou a Osorio que ia ao Museu do Prado. Os argentinos são todos uns bichas de merda. Ariel ria enquanto entrava no carro.

Ariel passeou sem orientação pelas salas do museu. Examinou por longo tempo *O jardim das delícias*, de El Bosco, que estava no fundo do corredor central. Depois aproximou o ouvido de um homem que guiava um grupo de estudantes. A "vera figura", era essa a maneira de definir o retrato na época. A maioria dos grandes pintores trabalhava a soldo de seus senhores e tinham obrigação de retratar a nobreza, as damas da corte, com sua melhor técnica. Mas Velázquez saiu dali para dar asas a seu talento transbordante. Vejam, por exemplo, este retrato de Pedro de Valladolid. Guiou os rapazes até a pintura próxima, Ariel os acompanhou alguns passos atrás. A arte espanhola, em todas as suas vertentes, ouviu Ariel, se destacou por ser capaz de falar do enfermo, do louco, do excêntrico. A representação do país a partir de sua face mais negra e doente é um achado profundamente espanhol.

Na sala de Goya, Ariel vê por fim as pinturas originais que tantas vezes viu em reproduções que não lhes fazem justiça. *Saturno devorando a sus hijos*, *La lucha a garrotazos* ou *El perro enterrado en la arena*. Depois descobre um quadro chamado *El aquelarre* e permanece longo tempo contemplando-o, como se fosse um *Guernica* pintado mais de cem anos antes. Não sabe por quê, mas corresponde à visão que às vezes ele tem das arquibancadas, lembra a ele a massa conformada às vezes pelo público. O grupo de estudantes o detém de novo, acompanhado pela explicação do professor, e destilado de Velázquez e El Greco nos vem o mais certeiro olhar sobre nosso país, que é o pintado pelo aragonês Francisco de Goya.

Os alunos começaram a perder interesse pela explicação. Um grupo deles reparou em Ariel e o rodearam com os cadernos abertos. Havia alunos com espinhas, outros obesos, alguns com o sorriso e o rosto deformados pelo crescimento. E o que você faz aqui? Hoje não tem treino? O professor se aproximou e sem autoridade mas com eficácia os dispersou. Basta, não veem que este é um lugar privado? Vamos ver se aprendem a respeitar as pessoas. Sinto muito. Ariel lhe agradeceu com uma inclinação de cabeça. Compreenda, há algo de disparatado em encontrar um jogador de futebol num museu.

Esteve a ponto de pedir-lhe permissão para acompanhá-los no restante da visita, mas aumentavam as risadas galináceas dos rapazes e ele preferiu afastar-se. Diante dos cachos da dama de Santa Cruz, diante de sua nua pele branca, acariciada pela luz e transportada à tela pelo desejo, diante das coxas delineadas em maravilhosa harmonia sob a gaze, Ariel pensou em Sylvia.

De repente uma confusão, os rapazes pareciam descontrolados. Ariel apareceu da sala contígua. Uma das alunas tinha desmaiado, vários juntos a puseram num dos bancos próximos. O professor repetia, afastem-se, afastem-se. Aproximou-se uma mulher que se identificou como médica. Ao ver que Ariel se interessava, dois garotos se aproximaram dele. Não, não está acontecendo nada, é que está anoréxica.

Ao sair ligou de novo para Sylvia. Combinou de pegá-la três horas depois perto de sua casa. No passeio, o vento ligeiro lhe empurrava o cabelo para trás ao caminhar e parecia acariciá-lo dando-lhe prazer. Tinha que evitar o olhar dos que o reconheciam porque ao primeiro autógrafo se seguiriam outros. O primeiro era o fundamental para evitar o restante.

Comprou o *Clarín* na banca da Cibeles. Foi até um restaurante perto do Retiro e comeu sozinho em sua mesa. Um jogador argentino de um time inglês foi roubado em sua casa de um bairro luxuoso de Londres à mão armada e tinham ameaçado sua família. Um desenhista brincava numa história em quadrinhos: "Você que vem de tão longe, veja como o assaltam bem em meu país." Ariel sorriu. Depois leu o monte de deprimentes opiniões sobre o estado do país. Quando foi pagar, se negaram a receber, a casa o convida, é uma honra, volte quando quiser. Caminhou para o estacionamento. Reclinou o assento e na escuridão do lugar tentou dormir uma curta sesta com a música a baixo volume.

Pegou Sylvia no lugar combinado. A frieza inicial os impediu de se beijarem. Meu pai pode sair a qualquer momento. Ela sorriu e ele partiu com o carro para afastar-se do lugar. Falaram por um tempo de sua visita ao museu. Contou-lhe o desmaio da garota. Sylvia deu de ombros, no instituto Mai e eu sempre vamos ao banheiro dos garotos porque o das garotas está sempre todo vomitado, há uma legião de anoréxicas e bulímicas, é uma praga. Ariel dirigia sem destino. Acho que por esta rua já passamos, disse ela. Aonde você quer ir?, perguntou Ariel. Foi então que ele propôs ir ao apartamento recém-comprado. Ela escondeu qualquer traço de entusiasmo. O trânsito estava lento e intenso àquela hora.

Embora faça frio e a madeira do chão multiplique a gélida atmosfera da casa vazia, a pele nua de Sylvia abrasa de calor. Despiram-se desordenadamente. Os cachos de Sylvia roçam o peito de Ariel. Fizeram amor entre os sobretudos e o restante da roupa amontoada. Foi como batizar a casa nova. As pernas nuas deles se entrelaçavam. Sylvia põe o pulôver dele. Agora se abraçam e não parece que importe muito a ausência de lar ao redor. Eles criaram seu próprio ninho. Dentro de um tempo voltarão a sentir frio.

9

A neve cai sem se solidificar ao longo do passeio junto ao rio. O relógio do enorme prédio na margem oposta está marcando quase cinco horas. Sylvia contempla o telhado inclinado de uma pequena construção, quase como uma casa do Tirol. Ariel acaba de enlaçar seus dedos nos dela. Ontem você estava usando luva, lhe diz Sylvia. Estava muito engraçado, com as luvas de lãzinha, como uma avó. Fazia um frio incrível. No meio da partida Ariel as tirou e as lançou para o banco, recordou uma frase que repetia o Dragón quando eram garotos, gato de luvas não caça ratos.

Sylvia tinha chegado a Munique no dia anterior, à tarde. Tomou um táxi até o Hotel Intercontinental e na recepção lhe entregaram a chave do quarto duplo. Um empregado insistiu em levar até lá sua minúscula bolsa de viagem e ela se viu obrigada a compartilhar o elevador com aquele homem que a recompensava com um sorriso amável por bater o recorde de bagagem menos pesada da história do hotel. Ela tentou ocultar o nervosismo sob uma expressão de indiferença. Não deu gorjeta a ele, que demorou a ir-se, ensinando-lhe os óbvios mecanismos de funcionamento do quarto. Só falta me ensinar a apertar os interruptores da luz, pensou Sylvia. O quarto era luminoso, forrado de madeira, com uma cama de casal com dois edredons de pena para cada metade. Os alemães resolveram o problema dos casais que roubam um ao outro o cobertor durante a noite. Tomou uma chuveirada quente por longo tempo, com os fones de ouvido, envolta em vapor, de olhos fechados. Ariel ligou para saber se tudo tinha corrido bem. Ela lhe deu o número do quarto. 512. Espero você aqui, não saio. Onde você está? No ônibus, a caminho do estádio.

Sylvia viu a partida pela televisão. Ariel parecia contagiado pelo frio ambiente durante grande parte do jogo. Sylvia o olhava deitada ao longo da cama. Pediu um sanduíche. O garçom que subiu até o quarto lhe entregou uns folhetos que propunham um passeio de balsa pelo rio Isar. Explicou-lhe algo em inglês. Ela disse, não está fazendo muito frio?, e ele lhe explicou, haverá cerveja e salsichas.

Ligou para o pai. Já lhe tinha dito que não passaria a noite em casa. Está vendo o futebol? Sim, disse ele. E quanto está?

Zero a zero, mas se pressionarmos ganhamos. A Sylvia, pelo que estava vendo, lhe pareceu um comentário otimista. Tudo de bom, disse Sylvia antes de despedir-se.

Ariel se tinha encarregado de tudo. O bilhete eletrônico em seu nome no aeroporto, a reserva do hotel. Se quiser, lhe mando um motorista na chegada com um cartaz com seu nome. Prefiro um táxi. A versão oficial que deu a seu pai é que ficaria na casa de Mai para estudar para uma prova importante. Nada de namorados? Não, não, me dá preguiça voltar, só isso. Mai, em contrapartida, tinha exigido mais explicações que seu pai.

Foram os alemães que pressionaram no segundo tempo. Chutaram uma bola com tal força no travessão, que a meta pareceu quebrar-se durante um segundo. Em cinco minutos lançaram sete corners para a área do time visitante. Na rebatida de um deles, a bola chegou até a posição de Ariel, o único homem na ponta. Saiu correndo, e a longa corrida não terminou quando um primeiro defensor se atirou no chão, porque Ariel soube esquivar-se. Sylvia se abraçou ao travesseiro com força. Vamos, gritou, contendo a voz para não alarmar os quartos vizinhos. Vamos, vamos. A bola era um pouco longa para Ariel, o que levou o goleiro a sair da área. Mas Ariel foi muito mais veloz e tocou a bola de maneira precisa para colocá-la fora de alcance. O goleiro não hesitou, tinha ido até o lado de fora de sua área para esperá-lo e derrubou Ariel de maneira brutal, se lançou com todo o corpo contra a sua perna de apoio. Ariel se precipitou quase numa cambalhota até se chocar no gramado. Sylvia mordeu uma mecha de cabelo.

O goleiro foi expulso antes que Ariel se recobrasse da pancada. Parecia dolorido. Agora o levarão ao hospital com uma perna quebrada e eu ficarei sozinha neste quarto de hotel em Munique. É ridículo, pensou Sylvia. Mas Ariel se levantou e ainda levantava as meias quando um companheiro bateu a falta e a bola se chocou nos órgãos genitais de um jogador alemão que fazia parte da barreira. A partida voltou a interromper-se. O locutor espanhol insistia em que o jogador tinha recebido uma pancada fortíssima no joelho, quando o sujeito se contorcia com as mãos colocadas na entreperna. Sylvia depois diria a Ariel, se você tivesse recebido aquela bolada, agora estaria com gelo nas bolas, é claro.

Ninguém conseguiu marcar, mas a corrida de Ariel foi repetida várias vezes na televisão e ficou como a jogada da partida. Embora não conseguisse alterar o marcador, tinha freado a pressão alemã. Um golpe psicológico, diziam os comentaristas.

Sylvia encontrou um canal de vídeos musicais onde apareciam danças pseudoeróticas de mulheres que mostravam partes de sua perfeita anatomia e praticavam uma sexualidade cosmética. Adormeceu. O quarto estava quente. Como deveria recebê-lo? Quanto tempo ainda vai demorar? Tinha posto o roupão branco do hotel. Estava nua por baixo. O cabelo ainda úmido do banheiro. Pensou em vestir-se, mas não o fez.

Ariel apareceu quase duas horas depois. Tinha deixado o time no ônibus, a caminho do aeroporto. Tinha permissão do diretor esportivo e do treinador. Tenho família em Munique, gostaria de passar o dia de descanso com eles. Agrada-lhe a ideia de passar um dia em Munique?, perguntou a Sylvia dias antes. Depois lhe explicou o plano. Estive lá uma vez, é quase um sonho. Joguei lá com a sub-17.

Eles se abraçaram, se despiram, fizeram amor. Ariel pediu alguma coisa para jantar e o melhor champanhe disponível. Na terceira taça da Viúva Clicquot estavam sorridentes e relaxados. Temos de acabar com ela, disse ele. Estavam sentados na cama. Sylvia com a cabeça apoiada no ventre dele. Ele lhe acariciava o cabelo. Ela segurava com o braço o joelho dobrado dele. Era fingimento? O quê? Era fingimento quando você se contorcia de dor no campo depois da falta cometida pelo goleiro? Bem, eu tinha que conseguir que o árbitro o expulsasse. Você finge bem, por um tempo fiquei preocupada.

Antes de dormir, fizeram amor com lentidão. Alongavam os instantes como se não quisessem terminá-los. Depois dormiram abraçados numa extremidade da cama, relaxados pela primeira vez com toda a noite pela frente, com permissão para prolongar o encontro para além do desejo imediato e de um horário de regresso. Despertaram com o trabalho da faxineira no corredor e com o rumor do elevador. Olharam-se para encontrar o que nunca tinham visto do outro. O rosto de manhã, o despertar com olhos infantis. Tomar o café da manhã de duas copiosas bandejas que os fizeram sentir-se afortunados. Sylvia lhe leu uma frase do *Süddeutsche Zeitung* onde se referiam a Ariel. *"Die Spurts des argentinischen Linksfußes warem elektrisierend, er war zweifellos der inspirierteste Stürmer der Gastmann-schaft."*[1] Leu-o num alemão impossível e ambos brincaram com as palavras. Que quererá dizer? *Elektrisierend*, soa bem. Depois Sylvia disse, tenho uma ideia, lhe agrada a ideia de passear numa balsa?

Começaram o percurso no embarcadouro a que os levou a minivan do hotel. Na recepção contrataram o serviço. Sylvia se fez entender com o folheto nas mãos. Na balsa havia um aquecedor a gás que irradiava um clima aceitável graças a um guarda-chuva de calor. O rio Ysar corria placidamente e logo eles se viram com duas jarras de cerveja loura nas mãos. Compartilhavam os assentos com um grupo de americanos e um jovem casal finlandês que não parava de beber. Havia um sujeito fantasiado de índio que cantava canções em alemão. Alguém fritava salsichas e oferecia comida aos convidados. De quando em quando, nas margens do Ysar algum passante levantava a mão para cumprimentá-los. Eu me esqueci de trazer uma câmera fotográfica, disse Sylvia. Não temos nenhuma foto juntos.

---

[1] As disparadas do canhoto argentino eram elétricas, sem dúvida o melhor atacante da partida.

O grupo de americanos se fotografava junto ao remador e ao cantor. Ele explica que é um cherokee do rio Ysar, traduziu Sylvia quando o ouviu falar em inglês. O passeio durou quase uma hora, foi agradável. Era um dia de frio com sol. O último trecho se tornou maçante para eles. Sylvia brincou com Ariel. Não queria beijá-lo. Está fedendo a mostarda.

    O carro do hotel os devolveu à cidade. Ariel e Sylvia passearam. A rua não lhes era hostil e sua habitual atitude furtiva se afrouxou. Era uma cidade estranha e eles desfrutavam do fato de ser ignorados. Ao cruzarem com algum grupo que falava espanhol, afundavam a cabeça e se mandavam por alguma rua paralela.

    Ariel usava um gorro de lã enfiado até as sobrancelhas que cobria o cabelo e as orelhas. Ninguém parecia reconhecê-lo entre os poucos passantes que cruzavam com eles, aposentados que desafiavam o clima e a escuridão súbita. Passavam pessoas de bicicleta e um cachorro fuçava a grama enquanto seu dono escutava música. Sylvia não disse nada, mas pela primeira vez em sua relação com Ariel encontrou paz e calma. Encontrou a normalidade. O leve sotaque dele se tinha endurecido um pouco desde que morava em Madri. Gostava de ouvi-lo falar. Deixaram para trás o prédio com cúpula enorme dos velhos banhos turcos e olharam o bonde que rompia a rua. Sylvia ocultava seus traços infantis num silêncio inteligente. Ariel subiu de um salto no banco da rua e disse está fazendo um dia lindo.

    O avião sai cinco para as nove. Pontualmente. Ainda que separados, seus assentos ficam um ao lado do outro. De primeira classe. Ariel brinca, depois da decolagem, com ela.

    Você é espanhola? Sim, e você? Não responda, uruguaio... Buenos Aires. Não é a mesma coisa. É jogador de futebol, não?, pergunta ela. E você estuda? Quando posso. Pois eu também sou jogador de futebol quando posso. Eu me chamo Sylvia, se apresenta ela, e lhe estende a mão que ele aperta. Ariel. Como o detergente. Sim, sempre me dizem isso. Ele demorou a soltar sua mão suave.

    Perto, um executivo os olha por cima do jornal. A aeromoça lhes sorri e lhes oferece algo de beber.

    E vive em Madri? Não sente saudade de seu país? Às vezes. Eu não conheço Buenos Aires. Pois deveria. Vamos ver se um dia consigo um namorado argentino e ele me convida a ir... Um namorado argentino? O que é que tem? Não me apresentaria um?, Sylvia se finge alarmada. Há de tudo, suponho.

Prosseguem a farsa de sua conversa como dois desconhecidos. Sem saber, experimentam certo prazer na simulação. É como se tudo pudesse recomeçar. A aeromoça lhe pede três autógrafos para uns passageiros. Prefiro que não venham incomodá-lo. Sylvia se surpreende com a cordialidade dela. Tranquiliza-a que não seja bonita nem jovem. Ontem você foi o melhor, lhe diz o executivo ao descer do avião. Obrigado, não adiantou muito. Ariel e Sylvia se despedem na fila do táxi. Tem certeza de que tem dinheiro?, lhe perguntou ele num sussurro. Cada um entra num táxi diferente. Sylvia e Ariel se sorriem através das janelas. Depois os carros se separam, se afastam. Na saída para a estrada tomam direções opostas. São quase onze horas. No rádio do táxi alguém fala com tom rancoroso sobre o cenário político. Os prédios que rodeiam a cidade são feios e caóticos. Há um longo engarrafamento antes de se chegar à avenida de América. Ao que parece, um caminhão bateu num carro parado no acostamento. Em que estaria pensando?, pergunta em voz alta o taxista.

Hem?, e Sylvia levanta a cabeça. Não sabe do que ele fala. Nesse instante estava se lembrando da mão de Ariel segurando a sua quando se cumprimentaram como desconhecidos no avião. *Elektrisierend*, sim, definitivamente era uma boa descrição.

10

Leandro volta de um bairro luxuoso onde seria impossível escutar esse rádio distante que sai de uma janela, onde jamais uma mulher como aquela que agora aparece numa sacada sacudiria o tapete para tirar a poeira e a sujeira como ela faz, onde em nenhuma escada se perceberia o cheiro de um refogado ou o apito de uma panela de pressão. O céu era então uma massa cinza contra a qual se recortavam os cumes dos prédios e as copas das árvores. A luz do dia era uma sombra peneirada, sem sol. Leandro caminha de volta para casa após encontrar-se com Joaquín.

Os jornais do dia estavam sobre a mesinha. Havia um aberto na página em que se encontrava uma entrevista com Joaquín. A foto o mostrava pensativo, apoiado o queixo na mão. O cabelo revolto, os olhos vivíssimos. A foto o melhora, pensou Leandro. Era a imagem viva de uma digna e atraente maturidade. Tinha chegado pontualmente ao encontro. Suba e assim conhece o apartamento, lhe tinha dito Joaquín quando se falaram no dia anterior. Eram dez da manhã e Joaquín falava pelo celular enquanto Jacqueline arrumava os restos do café da manhã e se preparava para ir às compras. Ao lado dos jornais estava pousada uma xícara de chá fumegante. Leandro tinha recusado a oferta. Leu a entrevista por cima. Joaquín falava do desinteresse público pela educação e pela cultura, de seu prazer em dar cursos para jovens. Depois apresentava um panorama pessimista da humanidade. Nada de novo. A visão fatalista daqueles que desfrutam de um presente mais que aceitável. O mundo está pior, é o que dizem todos os que sabem que para eles não poderia estar melhor, pensa Leandro.

Sorriu ao reparar na última resposta. Falava dos pianistas que mais tinham influído em sua carreira. Poderia citar pianistas clássicos sem os quais meu ofício não teria sentido, e não certamente Horowitz ou Rubinstein, que me parecem mais mito do que qualquer outra coisa, mas mentiria se negasse que o pianista que mais admirei, incansavelmente, durante toda a minha vida é Art Tatum. Muito apropriado, pensou Leandro, alguém com quem ele não pode se comparar nem medir. Joaquín fechou o telefone celular e se sentou junto a ele. Não leia essas bobagens. Art Tatum, se lembra? Como se chamava aquela música que tocávamos a duas mãos?, impressionante. Leandro não teve que se esforçar, "Have You Met Miss Jones?" Exato. Joaquín adotava certa faceirice com suas recordações, elas se acumulavam numa vida repleta de sensações, demasiadas para ter lembrança de todas. Depois cantarolou a melodia.

Leandro voltou a felicitá-lo pelo concerto do dia anterior. Sim, as pessoas saíram contentes, parece. Perguntou-lhe pela tendinite que o tinha tido afastado por um tempo, tudo psicossomático, uma coisa terrível, agora vou a um psicoterapeuta especializado de Londres. E depois já sabe que há um repertório a que a gente tem que ir renunciando, desgaste demais. Já não toca *Petrushka*, lhe disse Leandro com um sorriso. Não, não, nem a *Hammerklavier* nem a *Fantasia Wanderer*, já não estamos para essas velocidades. Isso é para os jovens, agora são verdadeiros atletas. É como o tênis, cada ano aparece um que bate mais forte. Leandro lhe recordou então a obsessão do senhor Alonso com que comessem e desenvolvessem massa muscular. Derrubava-os no chão para fazerem flexões. Joaquín anuía, como era a frase? Esqueçam-se da inspiração e entreguem-se à compleição. Era engraçado o velho. *Mens sana in corpore sano* e todas aquelas latinadas.

Por isso queria falar com você. Os pequenos detalhes, você sempre teve melhor memória que eu. Na verdade, eu queria que você falasse com um jovem que insistiu em escrever minha biografia. É de Granada, mas vive aqui em Madri, um garoto muito insistente, conhece música, escreve bem. Seu biógrafo?, lhe perguntou Leandro. Não o chame assim, soa ridículo. Minha vida não tem nenhum interesse para além da estranheza de um concertista espanhol, é algo assim como um levantador de pesos etíope, sei lá... Estive com ele essa manhã, por um tempo, no bar do Wellington. Espero que não tenhamos que aguentar esse pianista, sempre toca para mim alguma coisa de Falla, que é, sei lá, bem, o fato é que detesto Falla e ele o faz para agradar-me e me faz passar a manhã com essa coisa do amor bruxo. Mas eu queria ver você antes, não encaminhá-lo a você sem antes pedir-lhe permissão. Já não nos vemos quase nunca. Quase não vejo ninguém, na verdade. Sabe essa sensação de que você já não conhecerá ninguém interessante em sua vida e que você tampouco tem tempo para os que já conhece? É certamente angustiante. Jacqueline diz que tudo é um problema de ansiedade. Você me conhece, a ansiedade foi a minha vida, não vou me livrar dela agora, não é mesmo?

A mulher de Joaquín se despediu a distância, junto à porta. Agasalhada para sair. Um lenço estampado no pescoço. Não sei se o verei quando voltar. Leandro ficou em pé e a meio caminho trocaram dois beijos. Quando se foi, Joaquín pareceu relaxar. Com ela se foi o perfume caro. Por isso eu gosto de ter este apartamentinho, apontou Joaquín para o lindo lugar, as janelas davam para os galhos de duas amoreiras, diante dos prédios nobres. Num hotel é diferente, aqui tenho meu espaço, posso ensaiar, relaxar.

É lindo o apartamento, disse Leandro.

Esta área vale uma fortuna. Você não acreditaria. Às vezes dou uma escapada por uns dois dias a Paris para preparar os concertos. Joaquín mostrou um sorriso pícaro e Leandro julgou entender o que seu amigo sugeria com as escapadas a Madri. Você me conhece como ninguém, quando me assalta esse maldito espinho da autocrítica, essa consciência de que não cheguei a nada do que tentei, que golpeio o piano sem nenhuma arte, sem nenhuma classe, então sou um homem frágil, capaz de me deixar cair em qualquer mão feminina que me faça sonhar que sou o que queria ser. O sexo não é mais que um recompor o ego estraçalhado. Não há nada pior que um velho sedutor, mas é melhor que ser somente um velho, o que é que podemos fazer.

Leandro se surpreendeu com esse ataque de aflição. Muitas vezes Joaquín lhe tinha tentado explicar que o que o atraía nas mulheres, nas rocambolescas aventuras sentimentais, tinha mais a ver com sua insegurança do que com um apetite carnal. Logo mudou de registro e lhe perguntou por Aurora. Quase à maneira de contraste. Leandro foi sucinto, lhe falou de sua doença sem rodeios preparatórios. Está muito mal, não há esperança. Que velhos somos, porra. Agora a cada ano vou a mais enterros que a concertos. O comentário não chegou a incomodar Leandro. Conhecia a superficialidade com que Joaquín costumava enfrentar-se com qualquer assunto grave, era assim desde jovem. Evitava ser golpeado. Somos estranhos um para o outro, pensou Leandro, o que fomos já não somos.

O apartamento era um pouco sobrecarregado, com molduras no teto. Móveis perfeitos não vividos, um piano preto de cauda Steinway majestoso junto à grande janela. A enorme sala era lugar de recepção. Uma cozinha perto e um pequeno corredor que conduzia ao quarto único. Tinham tirado paredes para dar à sala esse espaço enorme.

Falaram do concerto dos dias anteriores, da situação do país, de generalidades e de assuntos impessoais, de sua vida em Paris. Tanta mediocridade, quão longe estavam os anos excitantes em que tudo estava por fazer, não é mesmo? Joaquín acendeu um Cohiba que inundou de fumaça azulada o quarto. Pôs o corpo para trás e as pernas da calça deixaram ver o final de suas meias. Acariciava o charuto dando-lhe pequenos giros com a ponta dos dedos, abria um vão entre os lábios para alojar a fumaça um instante antes de expulsá-la sem violência.

Suponho que você esteja retirado dessas competições. Diante do rosto de estranheza de Leandro, ele se viu obrigado a completar a frase, mulheres... Leandro levantou os ombros e sorriu. Jacqueline fica doentiamente em cima de mim. Escute, se um dia precisar da casa, é só pedir, o porteiro tem as chaves e é de toda a confiança, assim como se quiser vir para tocar piano, embora eu imagine que você tem coisas mais interessantes para fazer, e soltou uma gargalhada como uma chicotada cúmplice. Ou seja, se quiser impressionar alguém, ligue, não deixe de me dizer, o.k.? Falamos com Casiano, o porteiro, seu pai já era porteiro daqui, imagine só, é como um cargo hereditário, não lhe parece triste? É um sujeito muito discreto.

Joaquín não tinha filhos. A forma de relacionar-se com suas esposas sempre o tinha convertido no objeto dos cuidados. Era filho e marido de umas mulheres que aceitavam o papel de mães, amantes e secretárias em igual proporção. Na longa hora em que estiveram juntos a sós, ela lhe telefonou duas vezes para lembrá-lo de seu encontro seguinte e de qualquer outra insignificância.

Desceram para a rua no elevador conservado com esmero. Era um portão da velha Madri, construído naquele tempo em que a cidade aspirava a ser Paris. O porteiro aguardava sentado em sua cabine, o rádio cuspia anúncios publicitários. Casiano, lhe apresento meu amigo Leandro, amigo da infância. É também pianista. O homem cumprimentou com olhos humildes. Na rua, Joaquín parecia divertir-se com o personagem. Explicou a Leandro que o porteiro tinha um filho na prisão por pertencer a um partido nazista e ter participado do assassinato de um torcedor de um time basco de futebol. E de repente, com uma baforada do charuto, mudou de conversa. Ainda dá aula de piano? Ainda tenho alguns alunos.

No bar do Wellington o pianista avistou Joaquín e levou um segundo para dedicar-lhe com um sorriso os acordes de um Falla executado com inabilidade e mau gosto. Você se lembra de quando o senhor Alonso nos dizia, continue o senhor assim e acabará como pianista de um hotel? Aí está. Numa mesa esperava sentado um jovem inquieto, com uma bolsa quase escolar apoiada no chão acarpetado. O rapaz de que lhe falei, meu biógrafo, como diz você. Sentaram-se perto e Joaquín anunciou que ia cometer a excentricidade de pedir um uísque antes do meio-dia. Como quem tem de falar são vocês...

Houve uma tentativa de conversa, durante a qual o jovem tirou de sua bolsa um caderno de notas que abriu e no qual procurou uma página em branco. Leandro se deu conta de que se esperava dele algo concreto. O rapaz lhe fez uma pergunta para delimitar o terreno. Eu gostaria que me falasse da infância de vocês juntos, são ambos crianças da guerra. Oh, quem pode entender isso hoje, não é verdade, Leandro?, sorriu Joaquín. Leandro começou a falar de sua origem e do prédio onde moravam quando crianças. O jovem ajeitou os óculos e anotou resolutamente um cabeço: amigo da infância. Depois o sublinhou. Leandro se sentiu mal.

Tentou não ser muito preciso. Insistiu na enorme diferença social em que os deixou o final da guerra e recordou a generosidade da família de Joaquín para com sua família. Era uma obrigação moral, interveio Joaquín. A Espanha se dividia entre vencedores e vencidos e os vencedores se dividiam entre os que tinham algo de coração e os que eram tão somente uns energúmenos que pretendiam apenas encher-se de dinheiro.

Algum momento da adolescência especial, memorável? Leandro e Joaquín trocaram um olhar. A expressão de Leandro era bastante eloquente. Parecia incrível alguém lhe pedir que resumisse uma vida em três ou quatro fatos. O melhor seria que ficassem um dia tranquilos, sem que eu estivesse presente, a ideia hoje é que tivessem um primeiro contato. Leandro pode contar coisas de mim que nem eu recordo. Vejamos, há coisas que não deveriam ficar de fora, aquelas primeiras lições de piano compartilhadas, depois os primeiros trabalhos e minha ida para a França, você chegou a ir a Paris e morou comigo um ano. Apenas três meses, precisou Leandro. Tivemos um professor de piano que era um velho atrabiliário, divertido, sério, seriíssimo. De tudo isso você pode falar. Das coisas do bairro, é que eu nem quero começar a recordar. Meu pai, por exemplo, era alguém de outro tempo, um modelo de militar, conservador, autoritário, mas mais do século XIX do que daquela nova Espanha fascistoide.

Acho que você chegou a odiar seu pai quase como uma pose imprescindível para suas ambições, as palavras de Leandro calaram por um instante Joaquín. Você tinha muito claro o que queria ser. É curioso. Mas é um detalhe muito importante, acho. Você era um jovem que sabia o que queria ser. Isso é raro. E você modelou tudo ao seu redor. E talvez seu pai fosse uma vítima disso. E outros, talvez eu mesmo, nos beneficiamos disso, porque você construía algo que só você tinha claro como tinha de ser. Por exemplo, eu era seu amigo, mas com um tipo de amizade que você tinha fabricado em sua cabeça.

Houve um silêncio. Joaquín ruminava as palavras de Leandro. Não encontrava ofensa nelas, mas tampouco entendia aonde levavam. Depois acrescentou, *unaquaeque res, quantum in se est, in suo esse perseverare conatur.* O jovem o olhou com olhos como pratos. Spinoza, cada coisa, enquanto é em si, se esforça por perseverar em seu ser. É da *Ética,* meu livro de cabeceira. Não faça mais volteios, eu era algo e só podia perseverar nesse algo. O jovem anotava em ritmo frenético.

No fundo, naquele mundo de crianças e mulheres em que vivemos durante a guerra, sem adultos, somente os velhos ou os inúteis que permaneciam no bairro, a volta de seu pai foi algo inesperado e incômodo para você, acrescentou Leandro.

Joaquín sorriu. Estava de acordo. Quando um menino supera a perda do pai e se acostuma à ausência, você tem razão em que o que menos espera é uma ressurreição, uma volta ao início, eu me rebelava contra essa regressão aos princípios da autoridade. Você há de estar de acordo comigo em que a guerra foi para nós um estranhíssimo momento de liberdade total, estranho e cruel, mas livre, algo que se perdeu com o que veio após a vitória. Leandro anuiu e Joaquín continuou. É verdade, nessa imagem que eu queria de mim mesmo, ser órfão era imprescindível. Por isso talvez nunca, e talvez fosse injusto, o tenha aceitado de novo.

O jovem fazia algumas anotações. Leandro recordou de repente uma brincadeira cruel que eles faziam algumas vezes durante os dias da guerra. Corriam da rua até um portão, chamavam a um apartamento e abria uma mãe e eles lhe anunciavam com dramaticidade, seu filho, seu filho apareceu morto, uma bomba explodiu. E depois desandavam a correr, sem terem consciência da dor que causavam e de se sua brincadeira desencadeava uma tragédia que durava até se descobrir a verdade. Por que fazíamos uma coisa assim?, se perguntou Joaquín em voz alta. Não sei, era a crueldade da guerra, transformada pelas crianças numa brincadeira divertida. O jovem ajeitou os óculos num tique de timidez.

As crianças são sempre assim, disse Leandro. Depois ele contou outra coisa. Uma recordação não muito nítida sobre a volta do pai de Joaquín e sobre a tarde em que os levou a ver o cinejornal que era projetado antes do filme porque nele ele era reconhecido entre outras pessoas ao fundo de uma cena da corte burgalesa franquista. O filme não era permitido para menores, mas forçaram o pai a que os deixasse ficar para vê-lo. Leandro não recordava o título. Mas sim que trabalhava Carole Lombard com uns vestidos justos e elegantes que marcavam seus seios e que anos depois você me confessou que, como em mim, aquela presença tinha despertado em você o desejo.

Ou seja, meu pai nos levou para exibir-se ele e doutrinar-nos em política e nós nos inclinamos para a coisa carnal, os meninos são sábios. Sim, sim, agora me lembro, em Joaquín provocava um evidente prazer ouvir falar de seu passado. Atraía-o essa reconstituição de momentos próprios rememorados por um terceiro, como se pudesse tornar-se espectador de sua vida.

Eu acho que na infância, disse Leandro, nós determinamos os desafios inconfessáveis de nossa vida e que a resposta à felicidade consiste na culminação mais ou menos próxima ou mais ou menos distante desse desafio infantil, talvez não de todo articulado nem claro, mas evidente para nós mesmos. Embora agora você me escute como se o que eu digo não fosse mais que uma obscura recordação, sei que tem muito claro como era e como pensava o menino que você era. Diante do sorriso de Joaquín, como se aquilo lhe parecesse um jogo psicanalítico demasiado complicado para o lugar e a hora, Leandro prosseguiu sem paixão. Não se iluda, eu sou igual, às vezes surpreendo a mim mesmo sentindo-me olhado pelo jovem que fui.

E? Você se reconhece fiel ao que desejava? Acha que alguém o consegue?, perguntou Joaquín enquanto cravava os olhos nos olhos afundados de Leandro.

Bem, este senhor não veio aqui para ouvir falar de mim, mas de você. Eu não importo nada.

Joaquín riu satisfeito com a evasiva de Leandro, para ele era suficiente. Podiam voltar a concentrar-se no que lhe interessava: ele mesmo.

Leandro volta para casa sem pressa. Tinha tomado o metrô e desceu em Cuatro Caminos. No bolso leva um papel com o telefone do jovem estudioso da vida de Joaquín. Ficaram de ver-se outro dia e trabalhar de maneira mais metódica, sem Joaquín presente. Mas evocar aqueles anos despertou em Leandro uma sensação de final de viagem, como se já não restasse nada pela frente. O encontro com Aurora tinha sido a salvação de uma amargura incontida, a força para levar adiante uma existência que não tinha sido a sonhada. Sente por ela uma labareda de ternura e agradecimento. E nesse mesmo instante a imagina morta na cama, sem respiração, e se vê entrar em casa para encontrá-la mais pálida que nunca, com os olhos velados e o peito sem vida. Não sabe se acelera o passo ou para. Sente medo, mas avança. Sem pressa.

11

Encontra a mãe adormecida, sedada pelos analgésicos. Já não fica nunca sozinha. Se seu pai tem que sair, liga para a faxineira ou espera que chegue Sylvia para passar um tempo com a avó. Nessa tarde Lorenzo lhe telefonou, vou eu. Faz já um tempo que o pai saiu após uma brevíssima conversa dos dois no corredor. Como está? Como você vê, enjaulado aqui. Lorenzo tinha estranhado a frase. Nem na plena saúde da mãe tinha tido a sensação de que seu pai necessitasse da rua. Mais propriamente, ele encontrava mais prazeres na solidão de seu quarto do que na vida exterior. Na sua memória, seu pai foi sempre um animal doméstico que nada podia incomodar mais que uma ida de fim de semana à serra, a visita de parentes ou um compromisso que implicasse sair de casa. Mas era evidente que a doença de Aurora escravizava seu marido e Lorenzo entendeu assim sua vontade de sair, de arejar.

Parecia abalado desde que alguns dias antes, ao voltar de seu passeio, tinha encontrado Aurora estirada no chão. Não sabe o que foi, lhe tinha contado ao filho, pensei que estivesse morta. Aurora não tinha controlado o esfíncter, tinha sujado a cama e tinha cometido a loucura de tentar pôr-se de pé. Não fraturou nada na queda, mas a impressão de Leandro ao pegá-la no chão, a vergonha dela, como lhe contava seu pai, tinha sido um momento dantesco, você não pode fazer nem ideia, que terrível. Deus, é tremendo aquilo por que está passando sua mãe, terminou de dizer-lhe com os olhos inundados de lágrimas.

Quando toca a campainha, sabe que é Daniela. Ela sobe até a casa e Lorenzo lhe abre a porta. Está só minha mãe, mas dormindo. Daniela tira o sobretudo, terminou seu dia seu trabalho, Lorenzo o pendura no cabide de entrada. Nesta casa passei toda a minha infância. Daniela olha com olhos curiosos ao redor, mas não é capaz de imaginar Lorenzo em menino brincando de joelhos no corredor diante da porta da cozinha.

No domingo anterior tinham ido juntos à igreja e compartilharam ao sair a conversa com outros casais. Naquele dia havia muitas crianças e o pastor lhes falou da possibilidade de alugar um local em outro bairro com um pouquinho de jardim, para que os pequenos se divertissem, disse. Teríamos que conseguir o dinheiro entre nós, é claro. Depois foram almoçar no Retiro. Sentaram-se na grama. Incomodavam muito a Lorenzo as hemorroidas e ele demorou em encontrar uma posição em que estivesse cômodo. Ele o fez quase recostado na coxa dela. Eu gostaria de apresentá-la a meus pais, lhe disse então.

No sábado à noite tinham jantado juntos num restaurante equatoriano. El Manso, assim se chamava, e assim chamavam Guayaquil, esclareceu ela. Os donos retiraram as mesas para transformar o local num lugar de beber e de dançar. Eram um casal amável que olhou para Lorenzo sem nenhuma prevenção. Conheciam bem Daniela. Venho aqui e pego pacotes de comida que sobra e que depois deixamos na igreja para que os mais necessitados possam levá-los, sem a vergonha desses restaurantes de assistência social, onde fazem filas em plena rua, lhe explicou Daniela. Foi ali, nesse local, enquanto alguns dançavam e enquanto Lorenzo e Daniela tinham preferido acomodar-se sentados num canto, que irrompeu a polícia, quarenta policiais para não mais de uma centena de clientes. Aos que estavam de pé os obrigaram a fazer uma fila junto ao balcão. Sem a música e com as luzes acesas, parecia ter amanhecido de repente. Deviam ser duas da madrugada. Os poucos que permaneciam sentados foram obrigados a não sair de suas cadeiras. Os gritos iniciais foram se transformando num rumor denso. Os policiais exigiam documentos, licenças de residência. Ao estender sua carteira de identidade, Lorenzo disse ao policial, isto é uma violência. O homem levantou os olhos para ele. O senhor vai me ensinar como tenho que fazer meu trabalho?, lhe disse com um tom desafiador. Com um gesto nervoso, Daniela lhe rogou que não respondesse, mas Lorenzo o fez. Não entendo este assédio, as pessoas estão se divertindo, não estão fazendo nada de mau.

Daniela rebuscou em sua bolsa, como se demorasse a encontrar a carteira. Lorenzo e o policial uniram seus olhares de novo. Deixe para lá, disse o policial a Daniela. E prosseguiu na mesa ao lado sua inspeção. O resultado da batida, de quase quarenta e cinco minutos de paralisação, seria alguns mandados de expulsão que na prática era duvidoso que se cumprissem. Ao ir à polícia, o local ficou mergulhado numa atmosfera carregada e triste. A cena não servia mais que para recordar a todos os presentes que sua estada no país era provisória e frágil, para estender uma baforada de incerteza. Só temos licença para funcionar como restaurante, explicaram os donos, de modo que o melhor será fechar por hoje.

Não nos querem, mas não vamos embora, lhe disse Daniela na rua. Mas agora se abriu um período de legalização, você tem que conseguir os papéis, insistiu Lorenzo. Sim, mas está difícil, ainda preciso convencer o casal.

Lorenzo entrou com ela no portão, até a escada. Ali a abraçou. Buscou sua boca e Daniela lhe concedeu um beijo. Lorenzo pôs a mão nas costas dela e a manteve muito perto de si. Daniela escondeu a cabeça no ombro dele. Lorenzo sentia o sutiã dela sob a roupa.

As paredes eram de um cimento salpicado e imundo e as caixas de correio estavam retorcidas, e várias quebradas. A escada estava suja e desprumada e a luz emitia um zumbido incômodo que terminou ao apagar-se. Na penumbra, Lorenzo beijou de novo Daniela, mas desta vez foram beijos longos. Submergiu os dedos no cabelo dela. Despenteava-a e acariciava-lhe a nuca.

Estão todas lá em cima, é melhor você não subir, disse ela. Lorenzo anuiu, quis beijá-la, mas ela preferia retirar-se. Lorenzo a acompanhou até o patamar, e em silêncio se beijaram uma última vez. Ele ficou do outro lado da porta quando ela entrou no apartamento. Daniela lhe tinha sorrido.

Lorenzo queria apresentar Daniela a seus pais. Ele os notava tensos quando lhe perguntavam sobre seu trabalho, sobre como estava, não queria que eles o imaginassem solitário e arruinado, como essas imagens recorrentes dos desempregados, cabisbaixos, as mãos nos bolsos, desempregados como vítimas cinza. Estou namorando uma garota, lhes disse de repente, vou apresentá-la a vocês. A surpresa de seu pai e também de sua mãe, imóvel na cama, o fez pensar que abrigavam o medo de vê-lo para sempre só.

Não lhes disse que Daniela era equatoriana nem que trabalhava no apartamento de cima de sua casa. Tampouco que a acompanhava às missas de domingo onde o pastor lhes falava com proximidade do sacrifício de viver, da renúncia, da felicidade, de conceitos bem abstratos e próximos de metáforas cotidianas. No princípio Lorenzo pensou que aquela cerimônia fosse algo de que ela e outros como ela necessitassem por alguma espécie de carência. Depois, quando os observava cantar, responder ou rir se o pastor aliviava a tensão do sermão com algo engraçado, se deu conta de que era mais que isso. Daniela falava de Deus, do que pensava Deus, do que faria Deus. Deus era um companheiro, mas também um vigilante.

Os pais de Lorenzo nunca tinham sido crentes, nem sequer quando sê-lo era o comum, quando isso se dava por pressuposto numa sociedade submissa. Depois de ter feito a comunhão com o restante de seus colegas, Lorenzo não se recordava de ter voltado à igreja com eles, e algumas vezes em que tinha perguntado a seu pai sobre Deus ou sobre a fé ele sempre lhe tinha dado a mesma resposta, é algo que só você poderá encontrar em seu devido tempo. Nessa questão seus pais tinham praticado uma liberdade absoluta, como em tantas outras coisas, à espera de que Lorenzo resolvesse por si mesmo. Por isso sentia que o que Daniela entregava a Deus era a vara de medir, a doutrina do comportamento. E se perguntou com estranheza se não teria chegado a ele, por fim, esse momento na vida a que se referia seu pai, a hora de descobrir a verdade, não como uma imposição social, mas como uma voz interior.

Na igreja, naquele último domingo, Lorenzo se tinha perguntado também se a ausência de sexo em sua relação tinha que ver com aquilo. Era Daniela dessas mulheres que colocam o sexo num departamento obscuro, sujo? Talvez tenhamos que nos casar, sentiu Lorenzo ao pensar no assunto. Não parecia que os demais casais mostrassem uma renúncia ou uma castidade imposta. Ao contrário, as garotas vestiam roupa apertada e mostravam sorrisos francos. Lorenzo pensou que suas possibilidades sexuais talvez se resolvessem entre aqueles bancos desordenados, entre aqueles cantos eufóricos, entre aquelas crianças travessas e aqueles pais de expressão séria e profunda vestidos com roupa de domingo.

Aurora abre os olhos e assiste ao movimento de Lorenzo ao seu redor. Olá, mamãe, olhe, eu lhe apresento Daniela. A mãe levanta os olhos e Daniela se inclina para beijá-la no rosto. A primeira coisa que Aurora vê de Daniela são os olhos rasgados. Com a mão, a garota segura o cabelo liso para que não caia sobre Aurora ao inclinar-se.

Estão há muito tempo aqui? Não, há só um tempinho. Durmo quase o dia todo, explica para Daniela, tenho sonhos muito estranhos, muito vivos, muito reais. Aurora se cansa ao falar. Lorenzo se senta no colchão e segura a mão de sua mãe entre as suas. Não se canse. De onde você é, Daniela? Ela responde. Os olhos de Aurora viajam dela até seu filho. Surge um leve estremecimento, como uma pontada de dor. Com um balançar de cabeça Aurora quis transmitir-lhes que não era nada.

O massagista tinha passado naquela manhã para exercitar seus músculos e Aurora estava mais cansada que de costume. É um luxo que não nos podemos permitir, dizia ela, mas Leandro retificava, é claro que nos podemos permitir, para isso passei a vida trabalhando. O médico tinha descartado qualquer tratamento agressivo, de modo que tudo se limitava a esperar.

Lorenzo tentava manter-se em contato diário com o pai. Suspeitava que lhe faltasse fortaleza para arrostar sozinho a investida da doença. Se há alguém que é incapaz de viver sozinho, é meu pai, pensava Lorenzo. Pertencia a essa espécie de homens em aparência independentes, mas sem habilidade para resolver as tarefas mais insignificantes. A Lorenzo agradava ver que Sylvia era capaz de reservar alguns momentos para visitar a avó, ler para ela, conversar com ela.

Na semana anterior, Lorenzo tinha retornado ao asilo de velhos e tinha se sentado junto ao homem cuja casa tinha esvaziado. Senhor Jaime, se lembra de mim? Eu lhe trouxe suas coisas na mala, se lembra? Não trocaram muitas frases. Nada o unia àquele homem, além do acaso pelo qual o tinha conhecido. Mas esse mesmo acaso o impedia de ignorá-lo. Wilson desandou a rir quando Lorenzo lhe contou que o tinha visitado em duas ocasiões. Àquele louco? Para quê? Oxalá eu tivesse como você tempo para perder, lhe tinha dito.

Lorenzo sabia que era importante conservar o vínculo com o exterior. Como aquela anotação pendurada na geladeira com o número de telefone de uma desconhecida.

Faz frio. Bastante. Aqui se está bem. Não se está mal. Essa podia ser uma troca de palavras normal entre eles. Quase a isso se limitava sua conversa em quarenta e cinco minutos. Não tem nenhum conhecido, nenhum familiar? Mas o homem não costumava responder a perguntas concretas. Permaneciam sentados, às vezes um dos dois baixava a persiana se o sol incomodasse. Uma religiosa entrava e segurava o braço do homem para levá-lo até o lugar das refeições.

Wilson organizava as jornadas de trabalho. Tirava do bolso sua pequena caderneta com o programa preciso das tarefas do dia. Viagens ao aeroporto, algum transporte. Wilson lhe liquidava o dinheiro depois de mostrar-lhe na caderneta o estado das contas, dos empréstimos, dos aluguéis.

Com a chegada do frio, Wilson aproveitou para ocupar um espaço vazio. Era um antigo local comercial e ele empilhou nele alguns colchões para convertê-lo num abrigo de aluguel. Esperava seus clientes por volta das dez e meia da noite e às oito em ponto já estava na porta para desalojá-los. Uns conhecidos seus trabalhavam de pedreiros na reforma e ele compartilhava com eles os ganhos dessa espécie de hotel de emergência. Se às vezes algum dos inquilinos se excedia com o álcool ou com o barulho, ele tinha que aparecer por ali e acalmar o ambiente. Um rapaz que ajudava nas mudanças cumpria o papel de guarda-costas ameaçador. Era nesses momentos que ele ganhava seu salário, quando nem tudo parecia tão simples como propor a Lorenzo mil e uma maneiras de ganhar alguns euros.

Na verdade, eu devo tudo a este olho vesgo, lhe explicava Wilson, as pessoas me tomam por louco. E todo o mundo tem mais medo dos loucos que dos fortes. Ninguém quer ficar ao lado de um louco. Como uma navalha suíça, Wilson parecia mostrar-se dono dos recursos necessários para cada ocasião. Os gramas exatos de encanto e conversa fiada, a dose indicada de violência contida e ameaça latente, a habilidade precisa em qualquer ocasião. Manejava um maço de notas enrolado e seguro por um elástico que na hora dos pagamentos era sua pulseira. Virava-se para Lorenzo para explicar, o dinheiro é ímã de mais dinheiro.

Lorenzo foi chamado à delegacia para devolver-lhe seus pertences, alguma roupa, uns sapatos, mas, embora tenha perguntado pelo inspetor, nesse dia não se viram. Agora só raras vezes se virava para verificar se o seguiam ou parava de repente o furgão numa entrada de veículos para ver passar os carros que circulavam atrás dele. Chegar ao final de mês o obcecava mais. E isso era algo que sua sociedade com Wilson garantia sem problemas excessivos.

Lorenzo e Daniela estão no quarto de Aurora quando Leandro retorna. Eles se cumprimentam. A Leandro agrada Daniela. Aurora acaricia a mão da garota, tem uma pele linda. No corredor, antes de ir-se, Lorenzo pergunta ao pai se precisa de algo. Leandro nega com a cabeça.

Na rua, Daniela diz a Lorenzo, sua mãe deve ser alguém muito especial. Lorenzo anui com a cabeça. Lembra o que lhe disse sua mãe ao ouvido num instante em que Daniela se ausentou do quarto para falar pelo celular. O importante é que você seja feliz.

12

Não há nenhum rangido nem uma espécie de corrente elétrica, a percorrer sua perna, só a sensação de que o pé se separa do corpo. O jogador adversário cai sobre ele, com o roçar de seu hálito e de sua transpiração e um golpe brusco com a mão para atenuar a queda no gramado. A partida só começou havia quatorze minutos, o tempo que se empregava em estudar o adversário. O choque foi numa jogada muito simples. Ele recebeu de costas a bola e a devolveu para tentar se desmarcar. O beque pisou e impediu o giro do pé de Ariel, que caiu deitado na grama esperando que alguém pusesse a bola para fora. O público assobia, como faz sempre. Escarnece do ferido. O tornozelo, o tornozelo, indica Ariel ao doutor quando este se ajoelha a seu lado.

Do rés do gramado o estádio de Barcelona é bonito. A arquibancada não se eleva desmedidamente como em outros estádios. Sylvia está no lado oposto do campo, com uma perspectiva distante do jogo. De fato, um minuto antes tinha pensado que até a segunda parte não teria Ariel por perto. Então começou a comer sementes de girassol. Agora o vê sair num ridículo carrinho motorizado com maca incorporada conduzida por uma garota loura com casaco que reflete a luz. O treinador de Ariel mandou para o aquecimento um jogador do banco. Apoiado no médico, Ariel se perde no túnel dos vestiários.

Sylvia fica sozinha no meio das pessoas. Olha ao redor como se esperasse que Ariel aparecesse um momento depois junto a ela ou que mandasse alguém para buscá-la. Mas não acontece nada. A partida atrai a atenção de todos, mas não a dela.

Depois da viagem a Munique sua proximidade é absoluta. No dia seguinte Ariel foi buscá-la numa ruela perto do instituto. Se algum colega de turma me vê subir em seu Porsche, já posso começar a procurar outro instituto. Por que não troca de carro? Foram comer numa churrascaria na estrada de La Coruña. Ela pediu uma Coca-Cola, ele um vinho branco. O médico do time nos proibiu de tomar Coca-Cola, diz que é o que há de pior, explicou Ariel. Qualquer dos poucos comensais poderia pensar por sua atitude que eram irmãos. Ariel lhe tinha dito um dia, não se assuste, mas a maioria das pessoas que nos veem pensa que levei minha irmãzinha para passear por Madri. Pediram costeletas, mas Sylvia comeu antes camarões, para espanto dele, que nunca conseguiu comer esses bichos. Ao separar a cabeça de um dos camarões, o líquido turvo saiu disparado para o rosto de Ariel e ambos riram.

Depois foram para a casa de Ariel. Dormiram uma sesta quente e revolta, com os corpos ardendo como aquecedores. Mantiveram o abraço incômodo, que nenhum dos dois queria romper. Ao anoitecer, Ariel levou Sylvia para casa.

No dia seguinte, Ariel foi para Barcelona com o time. Sylvia tomou um voo de manhã. Ariel lhe tinha reservado um quarto no mesmo hotel da concentração. Depois do almoço, Ariel deixou os que jogavam cartas entre gritos, os que tomavam café, e escapou para o oitavo andar, onde o aguardava Sylvia deitada na cama, rodeada de apontamentos. Ela os jogou no chão quando o ouviu chegar.

É absurdo. Não consigo estudar, penso em você o tempo todo. Não me culpe de suas reprovações, por favor. Posso ajudar?, perguntou ele. Quanto tempo temos? Temos de estar lá embaixo para ir para o campo daqui a duas horas. Sylvia fez uma expressão de desgosto. Tenho uma má notícia. Estou menstruada. Não há problema, assim aproveitamos para estudar, Ariel tentou ler alguma folha de apontamentos. Minha menstruação estava programada com suas partidas da liga, era um calendário perfeito, mas hoje tudo deu errado, é claro. Deixe para lá, não a trouxe aqui para transar. O que é que está estudando?

Duas horas depois os colegas do time percorriam o hall até o ônibus estacionado diante do hotel. O lugar estava cheio de curiosos e torcedores. A polícia vigiava com discrição as proximidades. Havia rapazes que pediam autógrafos. Até a violência se convertia numa rotina e eles sempre esperavam os insultos de algum grupo, alguma pedrada nas imediações do estádio. Madri se ferra, se ferra Madri, cantavam outros, quase meninos. Se alguns não quisessem nos matar, não haveria outros que morressem por nós, costumava dizer-lhe um jogador em Buenos Aires, quando às vezes na saída de algum estádio a coisa ficava preta. Lá se retinham os torcedores locais por trinta minutos para dar tempo aos visitantes de voltar a seus bairros. Mas era agradável o percurso escoltados pela polícia, o ônibus que ignora os sinais, como privilegiados num mundo que parava para dar-lhes prioridade.

 O olhar de Sylvia se encontrou com o de Ariel quando saía entre seus colegas. Ele lhe deu uma piscadela, ela sorriu. Ainda estava no ônibus quando Sylvia lhe telefonou. Estou nas Ramblas, isto está cheio de turistas, lhe contou. É bonito?, perguntou Ariel. Há estátuas humanas com fantasias, me recordam os mímicos, não sei por que me deixam triste. Os mímicos o deixam triste? Eles me dão vontade de assassiná-los, lhe disse Ariel. A cada dois passos há uma barraca de venda de camisas de times de futebol, mas não vejo a sua. Bem, eu sou adversário. É. Sylvia continuou a lhe descrever o que via. Um sujeito que vendia latas de bebida que levava numa mochila, bares abertos na rua, animais engaiolados, pombos que vinham comer o alpiste da barraca de periquitos, uma manada de japoneses com malas com rodinhas, retratistas que usavam carvões para reproduzir os rostos impossíveis dos clientes ocasionais ou exibiam caricaturas lamentáveis de pessoas famosas. Uma vez, quando eu era pequena, meu pai insistiu em que me fizessem um retrato na rua, tive que pedir à minha mãe que o escondesse, era horrível. Sylvia, tenho que deixar você, estamos chegando ao campo. Sorte.

 Ariel entrou no campo pela escada que começava no fim do túnel do vestiário. As travas dos jogadores ressoavam como ferraduras. Alguns faziam o sinal da cruz, outros arrancavam um pouco de grama ao entrar no gramado, outros cumpriam ritos supersticiosos elaboradíssimos, na Argentina ele chegou a jogar com um meio-campista de Bahía Blanca que só entrava em campo com o pé direito, tinha de pôr a mão esquerda no gramado e depois beijar cinco vezes o crucifixo que pendia junto a seu peito e dizer três vezes mãe, mãe, mãe. Nenhuma estratégia era desprezível nessa profissão para sentir-se protegido, para sobreviver no mutável vazio.

Menos de uma hora depois um carro o leva com o médico para uma clínica na parte alta da cidade. Ali se submete a uma radiografia que os tranquiliza. Trata-se apenas de uma entorse. Duas semanas de recuperação, lhe diz o médico, e Ariel sente pela primeira vez vontade de relaxar o gesto crispado de seus lábios. Uma lesão mais importante teria significado deixar de jogar o final do campeonato. Ele sabe, como todos, que as últimas dez partidas são tão importantes quanto os últimos dez minutos de cada partida. Ninguém se lembra da primeira parte insossa após um final eletrizante, nem os apupos de meia temporada quando soam as ovações de final de campeonato. Um velho meio-campista argentino que tinha voltado a San Lorenzo após quase uma década de futebol europeu lhes dizia sempre, uma temporada de merda você supera com um gol decisivo no último minuto da última partida. Era absurdo assim esse negócio amnésico.

O médico lhe fala tranquilamente do processo de recuperação. Vão de táxi direto da clínica para o aeroporto. Deram-lhe uma muleta para que não apoie o tornozelo e lhe enfaixaram bem firmemente a parte dolorida. O médico pergunta ao motorista pelo resultado da partida e Ariel se sente culpado de não ter-se preocupado todo esse tempo com o marcador. Perderam. No embarque se juntam a ele os colegas, cabisbaixos, cansados, sem vontade de falar. Todos se interessam por seu estado, o treinador se aproxima de seu assento. Ariel o acha frio, o entristece o resultado da partida, que diminui as possibilidades de lutar pelo título. Amílcar se senta junto dele na sala de espera. Tivemos saudade de você no campo, não havia para onde mandar a bola.

Sylvia não conseguiu chegar a tempo para o voo. Manda-lhe uma mensagem tardia. Não encontrava uma merda de um táxi na área. Depois lhe volta a escrever para dizer que tomará um avião quase à meia-noite. Em Madri, Ariel não acompanha o time ao ônibus. Tomo um táxi, diz ao representante. Não pode dirigir, de modo que deixará seu carro no estacionamento. Passado um tempo prudente, diz ao taxista que esqueceu algo no aeroporto e que tem que voltar. O homem, amável, insiste em esperá-lo, mas Ariel lhe diz que vai demorar, lhe dá uma generosa gorjeta.

Vai sentar-se longe do portão de saída onde está anunciada a chegada de Sylvia. Ronco lhe telefona para o celular. Suponho que já esteja em casa, como está o tornozelo? Ariel conversa por um tempo com ele. Está bebendo na cidade. Conta-lhe a partida. Não tinha viajado porque o jornal está cortando gastos. Logo voltarei a escrever a crônica enquanto ouço a partida pelo rádio, como quando estava começando. Depois lhe diz, oxalá você tivesse voltado para jogar, você manco teria feito mais que alguns com as duas pernas. Acho que chutaram só três vezes a gol em noventa minutos. Numa delas, o goleiro, isso sim, quase conseguiu fazer um gol contra si mesmo, devia estar entediado.

Ariel aguarda ainda meia hora até que recebe a ligação de Sylvia. Onde está? Ele lhe explica. Ela o encontra triste, apoiado na muleta. É grave? Teremos que pegar um táxi. Sylvia pega a bolsa dele no chão e a põe no ombro, caminham devagar para o ponto de táxi. Estive a ponto de sair e revender minha entrada. Que chatice. Meu substituto não jogou bem? Não, e olhe que é bem bonito. Aquele sujeito? É chamado de espelhinho porque passa quase duas horas penteando a franjinha, é um dondoquinha.

O taxista o olha pelo retrovisor quando já estão saindo da área do aeroporto. Vai ficar contundido por muito tempo? Quebrou alguma coisa? Não, não, não quebrei nada, por sorte, só duas semanas. Mas a partir daí Ariel se vê forçado a manter uma longa conversa com ele, centrada sobretudo nos mais endêmicos, assim os define o homem, do time. Sylvia lhe faz gestos de escárnio, lhe mostra os dedos como tesoura para que corte a conversa, mas ele dá de ombros. Na minha época, diz o homem, os jogadores eram de um time por toda a vida, isso era como um casamento, mas, agora, é um pouco como putas bem pagas, com perdão da palavra, servem você por uma noite e você que se dane, pois quem sofre são os torcedores, porque os jogadores fazem é corpo mole.

Não diga essas coisas diante da minha irmã, eu lhe peço, lhe diz Ariel.

Um tempo depois, o táxi dá voltas para chegar ao endereço de Sylvia. Ela está com a mão na coxa de Ariel, que parece vai rebentar os jeans gastos. Venha para a minha casa, lhe diz ele, fique esta noite comigo. Não posso. O taxista continua falando. O futebol moderno é puro comércio, dinheiro, dinheiro e dinheiro, isso é a única coisa que interessa. Ariel decide descer com ela.

Caminham até um portão com degrau alto. A rua está escura. Sentam-se. Ariel estica a perna. Prefiro passar um tempo de frio a continuar suportando a lenga-lenga daquele cara. Eu o convidaria a subir, mas meu pai deve estar lá. Não são horas de apresentá-lo a mim. Já imaginou? Poderíamos entrar em seu quarto e despertá-lo. Sylvia ri. Olhe, papai, veja que lhe trago. Está doendo? Ariel dá de ombros. Não me lembro de um só dia nos últimos três anos em que não tenham doído minhas pernas.

Agora falando sério, nada me agradaria mais que conhecer seu quarto.

13

Sylvia se surpreende ao ouvir vozes sussurrantes no quarto de seu pai. De início pensa que ele está falando ao telefone, o que a essa hora da noite não deixa de ser inabitual. Mas de seu quarto, enquanto se despe, ouve uma voz feminina contida e intermitente. Embora a conversa chegasse como um rumor incompreensível, o movimento, o roçar dos lençóis, algum rangido do somiê e um refreado arquejo a convencem de que fazem amor. Na cama, experimenta duas sensações. Por um lado se alegra de que seu pai esteja com alguém. Por outro a aterroriza quem seja e como seja esse alguém. Onde o terá encontrado e, embora tente reprimir esta ideia, se pergunta se é alguém com quem ela, como filha, também tenha que desenvolver uma relação nova e por definir. Sua convivência independente está ameaçada. Hoje a casa é um lugar de passagem, um abrigo, um descanso, Sylvia não crê que possa aceitar que de novo se converta no lar de um casal e ela se veja obrigada a participar disso.

O cansaço, as horas de sono perdido fazem com que Sylvia durma apesar das vozes atenuadas que chegam do quarto vizinho. Deixou Ariel em casa com o tornozelo apoiado na mesa de centro da sala. Sylvia o tinha encontrado naquela tarde mais preocupado do que das outras vezes. Um pouco encerrado em si mesmo. São confusões do time, se justificou ele. As duas semanas de recuperação tinham sido, de início, uma boa notícia para Sylvia. Romperiam a rotina de separações e viagens. Mas logo ela se deu conta de que não jogar era trágico para Ariel. Vêm por aí partidas decisivas, se queixou.

Naquela tarde não fizeram amor. Sylvia parou para comprar massa na delicatéssen Buenos Aires-Madrid. Na parede de tijolos do lugar tinham colocado um quadro alongado com uma frase impressa: "A Madri só falta uma coisa para ser Buenos Aires: ser Buenos Aires!" Como está Ariel?, perguntou uma das donas. Bem, recuperando-se da entorse. Ah, está com uma entorse? Sim, lhe explicou Sylvia, não pode jogar. A garota insistiu em dar-lhe uma caixa de doces de leite. Ele adora, dê a ele por mim.

Ariel viu todas as partidas com que topou na televisão, enquanto Sylvia folheava uns apontamentos acomodada em seu regaço. Você me chama um táxi?, lhe disse quando olhou o relógio e verificou surpresa que faltava pouco para as onze. Deu-lhe dinheiro, ele sempre tinha um envelope em algum canto cheio de notas. A corrida até sua casa custava um dinheirão. Mas ele lhe deu dinheiro a mais. Não preciso de tanto, protestou ela. Você comprou a massa e pagou o táxi na vinda. Fique com ele, e assim tem para estes dias. Mas aqui há três mil euros, é muita grana, e Sylvia levantou os dedos num gesto expressivo. E? Por acaso não está comigo por causa do meu dinheiro?, lhe disse Ariel. Por causa da inteligência certamente é que não é.

Sylvia sai de casa quando ainda não há movimento no quarto de seu pai e a porta permanece fechada. A manhã de aulas traz em rajadas para Sylvia o encanto da normalidade. Vê seus colegas e celebra suas brincadeiras com mais indulgência porque sabe que durante a tarde estará longe. Desfruta mais do recreio com Mai, da conversa com Dani quando se junta a elas. Uma vida normal delimitada pelos muros cinza do instituto.

Mai se apagou um pouco desde o rompimento com o namorado, Mateo. Ele se instalou em Barcelona, numa casa ocupada. Ela foi vê-lo numa viagem de reconciliação. Tinha tatuado a parte interna do braço, em letras góticas, Ma+Ma. Mai mais Mateo, explicou, mas a coisa acabou mal. Ali me faz lavar a louça de todo o mundo. A casa fedia, havia um grupo de franceses que não tinham ouvido falar da invenção do chuveiro, uma coisa... E ainda por cima com cachorros cheios de pulgas. É preciso ser tão porco? Cacete! Uma coisa é ser contra o sistema e outra muito diferente é ser contra o sabonete. Incomodavam-na mais os pequenos inconvenientes da cafeteria, o pátio. Já não mostra seu pendor para a ironia, mas sim para o aborrecimento. A relação fracassada a fez perder muita segurança em si mesma, embora fale sem parar. Ao voltar, mostrei a tatuagem à minha mãe. Eu a fiz por causa de você, lhe disse, e ela se emocionou. Sylvia agradece as interrupções de outros colegas ou a chegada de Dani, apesar de às vezes detectar seu olhar melancólico.

Na noite da lesão de Ariel em Barcelona, quando regressaram a Madri em aviões diferentes, terminaram por subir às escondidas para seu quarto. Ele o pediu com um sorriso infantil e ela o concedeu com um gesto desafiador. Sylvia abriu a porta sem fazer barulho, mas mal conseguia conter o riso quando Ariel atravessava na penumbra, a saltos de muleta, a sala. Do quarto de seu pai chegavam uns roncos monocórdios que se interromperam quando Ariel bateu com a muleta na beira da mesinha de café. É você? Sim, papai. Que horas são? Sylvia se aproximou da porta. Uma e meia, até amanhã.

Sylvia colocou uma camiseta sobre a luminária de sua mesa e obteve um resplendor alaranjado no quarto. Ariel passa os olhos pelo lugar. O computador sobre a mesa, a desordem dos CDs, a roupa que transbordava do armário aberto pousada na porta e no puxador, na cadeira e aos pés da cama. Há um urso de pelúcia na cama e um pôster envelhecido do cantor vegetariano de um grupo inglês. Quem é esse?, lhe perguntou Ariel. Você ainda não me deu uma foto sua. Riem por um tempo sentados na cama e falam num sussurro. De quando em quando ela levanta a mão e eles fazem silêncio para comprovar que seu pai não anda pela casa. Beijam-se por longo tempo. Sylvia sente a ereção dele sob a calça. Quer que lhe toque uma punhetinha? Ariel pôs a cabeça para trás. Como é que você faz essas perguntas? Meu Deus, que louca... Depois Sylvia o guia de novo para a saída. Despedem-se em silêncio no patamar. Ele espera para chamar o elevador quando ela já tiver voltado para seu quarto.

De tarde passa para ver a avó antes de tomar um táxi para a casa de Ariel. Encontra-a fraca, incapaz de manter uma conversa longa. Seu pai veio nos apresentar a garota com que ele está saindo, a frase da avó surpreende tanto Sylvia, que esta reage de maneira estranha. Ah, sim? Ele a apresentou a vocês? Finge conhecê-la e aceita com um assentimento de cabeça quando a avó acrescenta, parece uma boa garota. Sylvia pensa que todo o interesse de Lorenzo por conhecer seu namorado e saber de suas relações não era talvez senão abrir uma porta para que ele mesmo pudesse introduzir sua nova companheira.

Impressiona-a descobrir que sua avó está com uma fralda presa na cintura. O avô entra para trocá-la e a faz sair do quarto. Sylvia olha pela porta entreaberta do quarto do avô. A tampa do piano está aberta e há partituras espalhadas. Vovô vai voltar a dar aulas ao aluno dele, lhe tinha dito, encantada, Aurora.

O portão dos avôs transmite uma atmosfera de doença e falta de vida. As escadas são tristes como lágrimas gastas. Ela tinha prometido à sua mãe que passaria este fim de semana com ela. Foi antes da lesão de Ariel. E agora não quer deixá-lo sozinho. Quando liga para sua mãe da rua e lhe propõe deixar a viagem para o fim de semana seguinte, ela responde com um silêncio prolongado.

Eu já sabia que aconteceria isso, que ficaríamos semanas sem nos vermos. E soa mais a autocastigo que a recriminação contra Sylvia. Ora, mamãe, nós nos falamos todos os dias por telefone. É que tenho que fazer um trabalho para a escola, com alguns colegas. Eu juro que no próximo fim de semana vou sem falta. Não é tão grave, não?

Sim, mas eu não a vejo crescer. Isso lhe parece pouco?

Sylvia desanda a rir ao telefone. Fique tranquila, mamãe, eu juro que não cresci. Eu já não cresço. No máximo, a única coisa que me cresce é a bunda.

14

É a terceira vez em dez dias que o ônibus o deixa nessa praça, junto às jardineiras marcadas pelo transbordar da rega. Dali tem de caminhar três quadras, até as áreas de blocos de residências com pequenas sacadas de toldos verdes. Móstoles é um lugar distante e desconhecido para Leandro, homem criado na velha Madri, ignorante dessas margens, cidades em torno da cidade. Osembe lhe deu o nome da rua, o número do portão e do apartamento. Ele o anotou e depois procurou o itinerário mais fácil no guia, compôs a rota como se fosse uma aventura. Partia da pracinha em obras em frente à velha estação do Norte e o ônibus seguia para a estrada para Extremadura.

Tratava-se de um apartamento compartilhado, dividido em pequenos cômodos, projetado originalmente para abrigar uma família convencional e que trinta anos depois acolhia seis ou sete pessoas. Osembe lhe tinha dito que dividia o apartamento com seis amigas. Havia uma bagunça considerável. A cozinha era um canto atulhado de móveis e louça. Àquela hora estavam sozinhos. Atravessam a sala quadrada, as persianas abaixadas, mal entra luz da rua. Ela o leva ao quarto sem se demorar. Diz, por aqui, e depois, que bom voltar a vê-lo. Está vestida com uma calça jeans com um desenho dourado na bainha. Parece mais jovem e risonha que no prostíbulo. Mas ao fechar a porta e convidar Leandro a sentar-se na cama recupera a expressão séria e a mecânica de então. Diz, o dinheiro primeiro, é claro. Ela enfia os pés em um par de chinelos rosa de sola grossa.

Amor e relógio, pensava Leandro. Porque Osembe podia passar de lamber o ventre a levantar o despertador para ver a hora sem mudar de expressão. Quando terminava o tempo, ela recuperava as formas felinas e lhe dizia fique outra hora, e, se Leandro entregava o dinheiro, outros cento e cinquenta euros, então ela voltava a matar o tempo com indolência e conversava um pouco ou se levantava para falar ou mandar mensagens pelo celular. Leandro tinha consciência de que ela fazia passar o tempo para obter mais ganhos.

Não queria passar um segundo com ele se não fosse em troca de seu dinheiro. Nisso não se enganava. Mas não fazia nada para evitá-lo. Ela, por exemplo, lhe lambia e umedecia o ouvido, algo que o incomodava e o fazia padecer por sua otite de outra época, mas não encontrava força para dizer-lhe, pare, isso me incomoda. Deixava-a fazê-lo, como um títere com seu dono. Tinha passado semanas sem vê-la e agora se concentra de novo em sua pele, em suas mãos, nas panturrilhas quando se inclina sobre ele.

Ouve-se um barulho no apartamento. Uma companheira que volta. Trabalham na mesma coisa que você?, pergunta Leandro. Não, não. E elas nem imaginam que eu faço isto, mas Leandro sabe que mente. Só com clientes especiais como você, lhe disse um tempo antes, e depois lhe sorriu. Guardou o dinheiro na gaveta da mesinha de cabeceira. O mesmo lugar onde esconde os preservativos. Sobre a mesa há algumas revistas de moda e roupa espalhada. Também perfumes e cremes. E um pote de tamanho grande de óleo corporal com o qual unta o corpo e que Leandro suspeita que ela utiliza para interpor entre seus corpos uma película de distância. No espelho da parede, há, presas na moldura, fotos dela com amigas e talvez de seu namorado, um jovem que sorri sentado com ela na varanda de um bar. Apesar da persiana abaixada, chega o barulho insuportável da rua. Há uma obra perto que provoca uma percussão incômoda. Quando a atividade sexual se reduz, Leandro sente frio, mas ela não o convida a meter-se entre os lençóis. Há um cobertor grosso e gasto posto em cima da roupa de cama. O lugar está sujo e desagrada a Leandro.

Dias atrás seu amigo Manolo Almendros apareceu em sua casa com a mulher. Era quase meio-dia. Convenceram Leandro a que saísse com ele para almoçar. Foram passeando até um restaurante na Raimundo Fernández Villaverde. Dali se via o esqueleto preto da torre Windsor, que tinha se incendiado na noite de 19 de fevereiro com línguas de chamas imensas. As especulações prosseguiam. Alguém tinha gravado sombras no interior durante o incêndio, se falou de fantasmas, depois de bombeiros que roubavam as caixas de segurança das muitas empresas instaladas no arranha-céu. Os operários desmontavam os restos numa área toda cercada.

Durante o almoço, Leandro esteve a ponto de confessar ao amigo Manolo os encontros com Osembe. Eles se conheciam havia muito tempo. Ao contrário dele, Almendros mantinha uma vitalidade invejável, era capaz de entusiasmar-se com um livro ou com uma nova descoberta. É curioso, lhe dizia nesse dia por cima dos pratos, nós, que vivemos a época dos cafés, quando éramos jovens e o único lugar para sabermos de verdade das coisas era pôr o ouvido nos balcões dos bares. Você se lembra? Agora tudo isso desapareceu e há um café virtual gigantesco que é a internet. Agora os jovens vão para ali, já não se trata de ver o que diz Ortega ou Ramón, não, agora tudo é disparatado e anárquico, mas é o que há. Você sabe que neste país ninguém quer pertencer a uma associação ou a um grupo, mas todos querem ter razão. Isso é o café antigo. E depois você pode encontrar muita informação, mas também é caótico. Já lhe contei que estou escrevendo o elogio e a refutação de Unamuno, não? Pois estou procurando novos dados e quando você escreve Unamuno a primeira página que se abre é uma de Unamuno, mas de piadas com seu nome, piadas grosseiras, algumas engraçadas, tudo em torno do nome. Imagine. Leandro conhecia a paixão de Manolo por Unamuno. Ele costumava citar parágrafos inteiros daquele sentimento trágico da vida, compartilhar sua paixão pela papiroflexia, mas também brincar à custa dele e especular com a operação de fimose que fez quando já era quase velho, alguém se perguntou se há um antes e um depois em sua visão dolorosa da vida? Doía-lhe a Espanha e talvez o que lhe doía fosse outra coisa.

Depois a conversa sobre a rede derivou para a pornografia. Tinham impressionado Almendros as coisas que podiam ver-se com apenas um clique do mouse. É como um grande bazar erótico dedicado à masturbação universal. Há garotas espiadas, casais que se exibem, perversões, humilhações, desvios. Às vezes penso que é melhor nos livrarmos de viver o que nos jogam em cima. As pessoas habitarão em cubículos sem pisar na rua, seremos um planeta de onanistas e *voyeurs*.

Talvez, lhe respondeu Leandro, mas a prostituição na rua não desapareceu, antes aumentou. As pessoas continuam precisando tocar-se mutuamente. Bem, acho que não. Eu acho que cada vez mais nós, os humanos, estamos nos tocando menos, até não tocamos em absoluto. Essas mulheres que põem peitos de plástico ou lábios de plástico... Diga-me você, essas pretendem que as beijem ou as toquem, ou só querem que as olhem?

E você, nunca?

Almendros deu de ombros. A mim esse mundo deprime. Quem pode ser tão estúpido para pagar por algo fingido e dar dinheiro às máfias do tráfico de mulheres? Não, isso me enoja. Qualquer um que contribua para esse mercado me parece um desgraçado. Então, durante esse segundo, enquanto uma garçonete polaca levava o primeiro prato, Leandro esteve a ponto de confessar-se a seu amigo. Não o fez por pudor ou vergonha, por medo de não saber explicar-se ou de não ter sequer uma justificativa razoável. Tinha-a? Não tinha sequer amor, isso que serve para justificar tudo. Eu me apaixonei como um tolo por uma moça, mas não era verdade. Não era isso.

Não lhe explicou que tinha dedicado três manhãs a caminhar sem rumo em torno do Parque Coimbra em Móstoles. Olhava com curiosidade para as pessoas que cruzavam com ele, para as que apareciam nas sacadas nos edifícios, para qualquer um que passasse de carro. Parava para observar detalhadamente as mulheres africanas que caminhavam com bolsas de compra. Algumas vezes, quando uma delas estava sozinha e apesar da expressão de medo que lhe provocava ao aproximar-se, se atrevia a perguntar por Osembe. Conhece uma moça nigeriana chamada Osembe?, e elas davam de ombros e negavam, desconfiadas.

Não contou ao amigo Almendros que na terceira manhã, sentado perto do parque, enquanto lia o jornal, viu descer de um ônibus uma moça negra. Estava com o cabelo mudado, mais curto, mas era ela, sem dúvida. Caminhava com outras duas mulheres, usava um casaco de couro vermelho muito chamativo e sapatos de salto ao final da calça jeans. Ele as seguiu por um tempo, para ver se se separavam em algum momento, não conseguia ouvir sua conversa a não ser quando prorrompiam numa gargalhada ou numa frase mais exagerada, e afinal, armado de voragem, se atreveu a levantar a voz para chamá-la, Osembe, Osembe, e só na segunda vez ela se virou e o viu. Mostrou um sorriso irônico, mas resplandecente.

Osembe se separou do grupo e caminhou para ele, e, então, meu velhinho? Leandro lhe explicou que a tinha procurado pelo bairro por vários dias. Ah, mas eu já não trabalho nisso, não, não. Acabou-se. Leandro a olhou com interesse. Posso convidá-la a um café? Conversar com você um momento? Não, estou com minhas amigas, agora é impossível, de verdade. Deve ter percebido a desolação de Leandro porque lhe disse telefone-me, telefone-me, para o celular é melhor. E lhe ditou um número de telefone que Leandro não precisou anotar. Memorizou-o. Era cheio de números pares e isso o tornava ainda mais simples para ele. Os números pares sempre lhe tinham sido amáveis, era algo que lhe sucedia desde menino; os números ímpares, em contrapartida, lhe eram antipáticos, incômodos. Aquele número flutuava em sua cabeça quando Osembe se afastou dele para voltar para suas amigas, que a receberam entre risos. Que lhes diria? Este é o velho vicioso de que já lhes falei?

Deixou passar alguns dias antes de telefonar para ela. A ausência de Osembe o tinha reconfortado. Perdê-la de vista era terminar com o pesadelo. Uma tarde discou de sua casa o número. Aurora estava acompanhada da irmã e Leandro falou em voz baixa. Ela ria, como se o reencontro a deixasse de bom humor, lhe demonstrasse seu poder. E então lhe disse, mas, meu querido, por que não vem me ver?

Osembe exibe seus músculos para ele, a diverte tensionar e distensionar certas partes de seu corpo. Ri como uma adolescente. Gosta de si mesma. Nessa tarde não chega a tirar o sutiã. A única coisa de que não gosta de seu corpo, lhe disse muitas vezes, são as marcas de seus peitos. Estrias, lhe diz Leandro. Parecem de velha, diz ela. Leandro luta com ela para tirar-lhe o sutiã, mas ela não o permite, ri, discutem. Ela tem mamilos pequenos e linhas brancas que percorrem o início dos seios. Ele tenta beijá-los, mas ela diz que lhe faz cosquinhas e o afasta de si vezes seguidas, como se quisesse ser a única dominadora do jogo.

Leandro gosta dessa espécie de indolência. Tampouco o incomoda o olhar que foge constantemente para o despertador. Nos momentos em que falam, se contam coisas simples. Ele lhe pergunta, em que você gasta todo o dinheiro? Ela lhe diz, isso são coisas minhas, eu gosto de ficar bonita para você e outras mentiras tão evidentes, que termina por ser grotesca a troca de palavras.

Não quero voltar a vê-la aqui, lhe diz Leandro. Não gosto de vir aqui. É muito longe, e está todo sujo. Não quero topar com suas companheiras de apartamento. Ninguém vai lhe dizer nada, aqui estamos confortáveis, ninguém nos dá ordens, lhe diz ela. Da próxima vez eu procurarei outro lugar, corta Leandro a conversa. Não toma banho ali. Repelem-no a tampa de plástico da privada, a banheirinha enferrujada, o tapetezinho gasto e os azulejos cor de pistache.

A rua está abarrotada de gente. Há crianças que brincam de dar chutões numa bola. Quase todos filhos de emigrantes. Para Leandro o percurso até chegar em casa leva cerca de uma hora. Junto à cama de Aurora continua sua irmã Esther. Brincam e tentam com empenho absurdo recordar o nome da chocolataria aonde seu pai as levava para comer churros depois da missa quando eram meninas. Dizem nomes ao acaso e Esther ri com seu sorriso cavalar e vital.

No corredor, antes de ir-se, já escuro lá fora, a irmã de Aurora desata a chorar diante de Leandro. Ela está morrendo, Leandro, está morrendo. Leandro tenta acalmá-la. Vamos, vamos, agora precisamos estar inteiros para ela. Esther fala num sussurro dolente, mas é tão boa, minha irmã foi sempre tão boa... Já não há pessoas assim.

Leandro espera que Aurora durma e disca o número de Joaquín. Atende Jacqueline. Falaram apenas um segundo. Ele não pode falar neste instante, mas telefona em vinte minutos. Quando por fim se falam, Leandro o informa de que já marcou com o biógrafo para a semana que vem. Ah, perfeito, é um rapaz encantador, não lhe pareceu? E Leandro deixa sair a razão de sua ligação. Eu queria falar sobre o seu apartamento. Não sei se poderia usá-lo uma destas noites. O silêncio de Joaquín se faz espesso e tenso. Só se não houver problema, é claro. Mas é claro, para quando precisa dele? Não sei, é indiferente, na sexta-feira talvez. Claro, claro, amanhã mesmo falo com Casiano e você pode passar para pegar as chaves, antes das oito, hem?, a portaria fecha às oito. Perfeito. Quer impressionar alguém?, lhe pergunta Joaquín com um riso. Bom... A esta altura, que podemos fazer? Ah, sim, deixe os lençóis dentro da lavadora. Há uma faxineira que vai lá nas segundas-feiras. Sim, é claro. Será só esta vez, o.k? É melhor assim, porque se Jacqueline fica sabendo...

Encontrei as cartas, as cartas que você me mandou de Paris e Viena, talvez possam interessar para o trabalho. Leandro sabia que Aurora as guardava, certamente as encontraria. A voz de Joaquín recupera o entusiasmo, fantástico, seria fantástico, embora devam ser tão infantis... bem, mas isso terá seu encanto. É claro que sim.

Leandro volta a sentir uma pontada de covardia. Por que faço tudo isto? Por que sujo tudo ao meu redor? Ele se faz perguntas que não pode responder. Conhece as fraquezas dos outros quase tão bem como as próprias. E, no entanto, isso não lhe serve de consolo nem de freio.

15

Levantara-se tão cedo, que às nove da manhã já estava esgotado. Rugia-lhe o estômago, e ele propôs que fizessem uma pausa. Estavam no meio de uma mudança e tinham enchido o furgão de caixas e móveis. Wilson tinha trazido dois amigos habituais para dar uma mão. Chincho, que era um jovem com um diâmetro de pescoço que podia sustentar quatro cabeças, e Junior, um homem musculoso de olhos rasgados. Lorenzo se chega ao balcão. Pede os cafés e um pedaço de tortilha recém-feita. Os outros se entregam a um jornal esportivo. Parecem conhecer o futebol nacional e eram torcedores de times adversários, razão pela qual brincavam entre si e discutiam. Junior era de Guayaquil e tinha trocado o Barcelona de lá pelo Barcelona daqui. Gosto das cores, o azul representa o ideal e o vermelho a luta. Você tem que demonstrar seu carinho por Madri, é a cidade onde vive, lhe diz Wilson. Ele tinha escolhido o mesmo time que Lorenzo. Embora seja um ano ruim, lhe diz este. Falam dos jogadores. Quando chegam a Ariel, Wilson diz, muita presepada, mas para por aí. Muita autopreservação, esclarece, embora seja o melhor. No Equador era do Deportivo Cuenca, este ano ganhamos o título nacional, são treinados pelo turco Asad, um argentino, e é a primeira vez que ganhamos. O time lá é chamado de El Expreso Austral. Você tem que conhecer Cuenca, é bonita, a catedral é incrível, e a universidade. Os dois amigos zombam dele, a catedral e a universidade Wilson conhece muito bem, mas por fora, né?, só por fora. Entre si também comentam sobre um conhecido que ganhou na semana passada o concurso de melhor cortador de *jabugo* da Espanha, é incrível, e nunca tinha visto um pernil de presunto até quinze meses atrás.

Lorenzo abriu um jornal local e passa as páginas sem muita concentração. Vê a foto de Paco num quadro pequeno junto à imagem de uma casa. Há uma informação bastante imprecisa sobre um bando de assaltantes detido pela polícia. Ao que parece agiam com extrema violência, a coisa é descrita assim, e a polícia os julgava autores da morte do empresário madrilense Francisco Garrido, acontecida alguns meses atrás.

Lorenzo salta as linhas procurando informação. Albaneses, espancamentos, armados, fria crueldade. Até o nariz de Lorenzo chega o acre cheiro do café com leite recém-posto no balcão diante dele. Não sabe o que pensar. Agora lê a notícia completa, detendo-se em cada frase. Tudo soa a indícios, vaguezas. Poderia ser um esforço da polícia para dar aparência de solução a casos não resolvidos ou simplesmente a capacidade fabuladora do jornalista.

Alívio e pânico. Podem mesclar-se ambas as sensações? O rosto de Paco numa foto nada favorecedora. Talvez a de seu documento. Ele, que sempre dizia que ninguém devia permitir-se jamais uma foto ruim e rasgava aquelas que alguém lhe tirava onde não saía a seu gosto. Certamente não teria aceitado esta. Que ironia. Não refletia de modo algum sua magnética personalidade, antes a vulgarizava como a uma vítima sem importância. Lorenzo pensa que as detenções abrirão um processo judicial e então alguém se verá obrigado a buscar provas concludentes. Nada está encerrado.

Voltam ao trabalho. Lorenzo e Chincho fazem a primeira viagem de furgão ao novo destino dos móveis. Os outros terminam de encaixotar. A rua está engarrafada. No Equador vocês não devem ter este tráfego, comenta Lorenzo. Chincho dá de ombros ocultando um centímetro de seu imenso pescoço, eu trabalhava de taxista em Quito e o centro está terrível, é muito difícil dirigir ali, é pior que isto. A esgotante tarefa só termina por volta das duas horas. É Wilson quem recebe o dinheiro e o distribui entre os quatro após fazer as contas em sua pequena caderneta. Lorenzo tem a estranha impressão de ser tão somente seu empregado. Despedem-se. À medida que se aproxima de casa, Lorenzo é invadido por certa euforia. Se o crime foi cometido por outros, então ele não tem nada a ver.

Sobe de elevador para casa, mas antes de entrar muda de destino e sobe até o outro apartamento pela escada. Bate à porta dos vizinhos do quinto. Daniela abre. Lorenzo não lhe dá tempo de dizer nada, entra no apartamento. Ela fecha a porta e lhe faz um gesto para que faça silêncio. O menino dorme. Lorenzo a beija, a abraça. Necessitava vê-la. Aqui você não pode ficar. Mas se eles só chegam de tarde... Mas não é correto. Posso ajudá-la, o que estava fazendo? Não seja bobo.

Ele a leva eufórico para o interior do apartamento. É igual ao seu, mas organizado de maneira muito diferente, ele não tem tempo para perceber que a maior diferença é o calor familiar. Lorenzo a empurra até o quarto principal. Não, não, vai sussurrando Daniela entre divertindo-se e atordoada. Lorenzo a vence sobre o colchão, se deita sobre ela para beijá-la e acariciá-la.

Três dias antes Lorenzo despiu aquele corpo pela primeira vez na cama de seu quarto. A cena teve pouco a ver com esta. Foi um labor lento, entre apaixonado e prudente. Daniela se mostrava passiva. Tinham saído de noite, mas fazia um frio intenso. Foi Daniela quem propôs, podemos ir para sua casa? É claro, disse ele, não pensou em Sylvia, certamente só chegaria mais tarde.

Sentaram-se no sofá. Ele pôs uma música suave, trouxe algo para beber. Beijou-a e se falaram muito de perto. Ele lhe retirava o cabelo do rosto com a ponta dos dedos. Contou-lhe episódios de sua vida e lhe deu a entender que se tinham encontrado num momento em que seu espírito estava para baixo. Daniela parecia gostar do tom confidente de Lorenzo. Mordeu um lábio quando ele lhe falou de sua história de amor com Pilar, acho que fomos o casal mais feliz do mundo durante um tempo. De quando em quando interrompia suas palavras para beijá-la com leveza na boca ou apalpar seu rosto. Daniela olhava a casa. A estante da sala, a televisão.

Leve-me para seu quarto, lhe disse quando Lorenzo a beijava com intensidade, como se desse por terminada a conversa do sofá.

Na cama, despojou Daniela da roupa. Sua pele tinha um matiz cinza e era suave. A carne parecia oprimida pela roupa. O sutiã, a calça apertada. Tinha uns mamilos enormes de um rosa elétrico e uns peitos generosos que ao se liberarem produziram uma onda expansiva de erotismo. Nas costas, Lorenzo descobriu umas cicatrizes rosa que cruzavam à altura dos ombros e que ela cobriu ao deitar-se no colchão. Cruzou os braços por cima dos seios como se se protegesse ou como se se entregasse, Lorenzo não quis desvelá-lo ainda. Tirou seus sapatos e depois desceu a calça junto com a calcinha que se enroscava sobre si mesma. Custou-lhe despojá-la da roupa, como se lhe retirasse uma primeira camada de pele. O ventre e as coxas oscilavam carnais. Lorenzo desceu para beijar-lhe o umbigo afundado. Ela estava tensa, mas imóvel. A marca do elástico da roupa íntima permaneceu muito tempo desenhada na pele trêmula dela.

Lorenzo quis descer até seu sexo, mas ela apertou as coxas e disse não, isso não, isso é sujo. Lorenzo subiu para buscar de novo seu rosto e seu pescoço. Ela não o despia, de modo que ele mesmo se desfez de sua roupa sem se esquecer do corpo dela, que ele beijava e acariciava sem parar. A luz estava apagada, mas pela janela penetrava o resplendor que lhe permitia apreciar a carne de Daniela sobre a colcha. Lorenzo se deitou sobre ela e pouco a pouco as coxas de Daniela lhe deram passagem. As mãos dela encontraram um lugar onde pousar nas costas de Lorenzo. Ele entendeu que era chegado o momento da penetração e ela gemeu com intensidade.

Tinha sucedido na tarde mais inesperada. Talvez o frio da rua, talvez simplesmente tivesse chegado o momento. Daniela tinha uma marca de nascimento escura na pele, acima do quadril. Lorenzo gozou bem perto dela, após sair de seu corpo com uma rápida torção.

Houve um instante de silêncio e depois ela disse, era o que você queria, não é verdade? Por que diz isso? Você não queria isto? Não sei...

As palavras de Daniela soavam tristes e forçaram Lorenzo a mostrar-se mais carinhoso. Ele lhe falou ao ouvido da primeira vez que a tinha visto, no elevador. Da impressão que lhe tinham causado seus olhos rasgados, do mistério que emanavam. Nenhuma outra mulher exceto Pilar tinha repousado entre estes lençóis, lhe disse.

Não falou de quão diferentes eram seus corpos, das diferentes sensações. Ele também era agora um homem diferente.

Não pensa nunca nela? Na sua mulher. Às vezes. As mãos de Daniela tinham o cuidado de não se aproximar do sexo dele. Ela as tinha entrelaçadas sobre o ventre e Lorenzo as acariciava pausadamente.

Tudo é tão estranho, eu estar aqui, com você, disse ela. Por quê? Não sei, suponho que você conseguiu o que queria, possuir-me, e agora você já pode sentir-se satisfeito, triunfante. Por que fala assim? Não confia em mim? Tudo pode ser muito feio ou muito lindo. Mas pronto, você já foi para a cama comigo, que bom.

Lorenzo fez silêncio, não conseguia compreender de todo a atitude de Daniela. Sua carne, em contrapartida, o excitava.

Para os homens, ter o nosso sexo é o fim da conquista. Para nós, as mulheres, é o princípio. Eu vi seu rosto quando gozou fora de mim. Você, em contrapartida, não olhou para o meu rosto.

Daniela...

Nem sequer me perguntou. Talvez eu tivesse querido que você gozasse dentro. Que fosse ao menos algo que ficasse de você para mim quando desaparecesse da minha vida.

Lorenzo a beijou como se os beijos fossem a melhor refutação de suas dúvidas. Seus lábios estavam secos, mas tinham um gosto bom. Venha, cubra-se, vai pegar frio. Lorenzo levantou para ela os lençóis.

Ouviram Sylvia entrar em casa e fechar-se em seu quarto. Num tom sussurrante falam da filha, não façamos muito barulho. Lorenzo lhe contou que ela trouxe o namorado numa noite, eu fingi que estava dormindo. Mas já tem namorado, tão novinha, e fazem sexo? Não, bem, isso eu não sei, disse Lorenzo. Como pode não saber?, é sua filha.

Depois voltaram a fazer amor, ou antes, Lorenzo fez amor sobre Daniela. Ele deixou que o cabelo dela se enredasse em seu rosto. Tentou colocá-la em cima dele. Custou-lhe vencer sua resistência. Sentiu-se possuído pela cadência de seus peitos ao mover-se diante dele. Daniela apoiou as mãos no rosto de Lorenzo. Não sou uma deusa do sexo, sabia? Lorenzo riu e acariciou seus peitos. Disse-lhe que eram muito bonitos. Ela disse obrigada. Daniela mal se mexia sobre ele, gemeu, mas não desfrutava do momento. Lorenzo se obrigou a não afastar o olhar dos olhos dela.

Daniela insistiu em ir para casa. Não queria passar a noite ali. Saiu dentre os lençóis e começou a vestir-se. Ele a observava, a oscilação de sua carne o excitava. Ela pediu a Lorenzo que ficasse na cama, mas ele se vestiu de um salto e a levou no furgão até seu portão, por mais que soubesse que na volta seria um inferno para encontrar um lugar onde estacionar. Despediram-se com um beijo breve nos lábios. O sorriso dela parecia franco e alegre pela primeira vez. Lorenzo sentiu que ainda se abria um abismo entre os dois, mas disse a si mesmo eu a amo, é bonita e frágil, talvez eu não esteja à sua altura, mas poderia estar.

Ele a quer possuir ali, na cama arrumada de seus vizinhos, com os bichos de pelúcia pousados entre duas almofadas, sobre a colcha de desenhos de flores laranja e brancas, entre as mesinhas de cabeceira onde se acumulavam os livros de leitura de cada um, mas ela o impede rotundamente. Não, não, isso não. No dia anterior tinham saído juntos, mas Daniela não quis ir à casa dele nem o convidou a subir à sua. Venha, diz Daniela, e o obriga a pôr-se de pé. Lorenzo fica deitado um segundo na cama e assinala com as mãos o vulto entre suas pernas. Veja isto, eu não tenho culpa, o que quer que eu faça com isto? Seu descarado, sorri ela.

Pega a mão de Lorenzo e o leva até o banheiro que há no corredor. Junto ao lavabo, lhe abaixa as calças até o meio das coxas e o masturba com movimentos rotundos do braço. Olha para o rosto dele e sorri desafiadora enquanto o faz. Lorenzo lhe acaricia os seios sobre a roupa e a abraça no momento de gozar salpicando as torneiras. Recompõe-se depressa. Ela só diz, agora vá, não pode ficar aqui.

Ele sai da casa, olha primeiro pelo olho mágico para não cruzar com nenhum vizinho. Desce as escadas até o andar de seu apartamento. Eu a amo muito, tinha dito a Daniela um segundo antes de sair. Muito. Mas só conseguiu arrancar-lhe um anda, vá. Nada ia ser fácil.

Entendia que Daniela não quisesse formalizar a relação diante de suas amigas, passear pelo bairro com seu espanhol. Talvez alguém mexericasse quando os visse juntos. Daniela gostava de sentir-se respeitada. Como lhe tinha dito um dia antes, não sou dessas garotas que creem que um homem chega para solucionar sua vida, eu sou das que pensam que na maioria das vezes ele só vem para torná-la mais complicada.

Voltariam a ver-se de tarde, quando ela acabasse a jornada de trabalho. Podiam jantar juntos, embora ela nunca tivesse fome. Talvez pudesse levá-la para casa. Tinha chegado a hora de apresentá-la a Sylvia. Não queria que passasse mais tempo sem que se conhecessem. Não tinha vontade de ser um furtivo em sua própria casa, em sua própria vida. Não diria a Sylvia essas imbecilidades como a de que eu também tenho direito de refazer minha vida. Ele se limitaria a dizer-lhe esta é Daniela.

16

Eles gostam dessa cafeteria porque podem olhar para a rua através da vidraça retangular. Foi Sylvia que o fez notar uma tarde. Olhe, parece um cinema. Através do vidro a vida real era como um espetáculo projetado para eles. Amiúde é Ariel quem chega mais tarde dos dois e ela o cumprimenta de dentro com um sorriso. Mas hoje é ele quem espera, preparado para vê-la caminhar pela calçada em sua direção. Ariel apoia as costas no espaldar da cadeira, preparado para o prazer de vê-la caminhar.

Sorte e persistência, lhe disse o massagista essa manhã. Se tivesse que definir aquilo de que se necessita para triunfar aqui, o resumiria nisso, sorte e persistência. Se a pessoa não está resolvida a subir quando chega, o melhor é ir embora, porque senão a coisa fica preta. Ele o disse como se não falasse com Ariel, como se se dirigisse ao tornozelo machucado e este pudesse ouvi-lo e seguir seus conselhos. Metade das lesões ocorre aqui, e apontou para a testa com um dedo úmido. Ariel agradeceu as mãos poderosas sobre seu corpo. Aqui, há muitos anos jogou um zagueiro italiano que sempre tinha uma frase para estas coisas. *Non piangere, coglioni, ridi e vai...* É isso, não vale queixar-se, lhe disse para terminar a sessão de massagem.

O bronzeado de Pujalte era intrigante por sua perfeição. Distribuía-se sobre todo o seu rosto de maneira milimétrica. Unia-se ao cabelo com gel e fazia um jogo de contrastes com os dentes imaculados. Demasiado perfeito para ser um ex-jogador de futebol, pensou Ariel ao vê-lo. Usava sapatos caros na grama úmida. Tinham se molhado as bainhas de sua calça de terno junto ao campo de treino. Ariel saía da sala de pesos. Caminhou para ele, ainda usava uma muleta. Pujalte não deu um passo, o esperava.

No escritório estaremos mais tranquilos, lhe disse Pujalte, e o segurou pelo cotovelo como se com isso o ajudasse a dirigir-se para ali. Estamos no mês de março, abriu o frigobar e pegou duas garrafinhas de água gelada. Ariel não bebeu da sua. Por isso queria falar com você com tempo suficiente, minha intenção é que você saiba que no dia de hoje não contamos com você para a próxima temporada. Entre todas as coisas que Ariel tinha previsto escutar nessa semana da boca de seus superiores, essa foi a mais inesperada. E se sentiu mal por sua incapacidade de antevê-lo. Não gostava de surpreender-se com nada, lhe parecia um traço de estupidez, de falta de previsão. Era importante antecipar-se às decisões dos outros para que elas não assaltassem você de improviso. Na verdade, tinha muito a ver com a atitude em campo, antecipar-se às opções do adversário.

Mas Ariel não demonstrou a surpresa. Os olhos do diretor esportivo viajavam pela peça ou pousavam em seu peito. Jamais buscavam seus olhos, às vezes iam até a porta ou a parede, nunca aos olhos de Ariel. Nem a comissão técnica nem os torcedores creem ver neste time a aposta de futuro que esperávamos. Palavras. As palavras eram sempre cortinas de fumaça. Ariel não as ouviu. Preferia procurar os olhos que não encontrava. Contudo, só quero dizer-lhe que vamos ouvir ofertas, que você pode se mover por sua conta, mas com discrição, o pior que poderíamos fazer é deixar que a imprensa comece a enlamear tudo.

Mas eu tenho um contrato. Ariel teria desejado não ter que ouvir-se dizer essa frase.

A expectativa das pessoas é o nosso único contrato. A frase do diretor esportivo deve ter sido extraída de algum manual, de alguma antologia de frases brilhantes e vazias. Não podia ser sua. Expectativa era uma palavra demasiado complexa. Quando as expectativas não se cumprem, por que cumprir os contratos?

O treinador... tentou dizer Ariel. O treinador está a par de que vamos ter esta conversa. Ele a aprova, e a aprova o presidente, que nessas coisas nunca intervém.

Estão me dispensando, pensou Ariel. Assim como se dispensa uma roupa velha. Incomodou-o que o fizessem na semana em que não podia defender-se em campo. Que nem sequer poderia utilizar a raiva para motivar-se no campo. Contundido, parecia ter menos argumentos em sua defesa. E não queria defender-se. Ouviu-o falar do futuro, de um time mais ambicioso. Ariel pensou, a culpa é minha, não dei o suficiente, as coisas não saíram bem.

Não esquente a cabeça, eu sei o que sente um jogador quando ouve as coisas que estou lhe dizendo. Eu era como você há quatro dias. Seria um erro você se aferrar a seu contrato e perder os melhores anos de sua carreira, é possível que em outro lugar as coisas saiam melhor e você possa se tornar mais maduro, mais feito como jogador.

Estamos falando de um empréstimo a outro time?

Não estamos falando de nada, você tem vinte anos, é preciso ver como vão as coisas, este é um tropeço sem importância.

Não sei, há algo que não compreendo, disse Ariel. Eu olho para o time e não acho que minha contribuição seja a mais problemática, ao contrário, vejo que até houve coisas boas, que as pessoas me estimam. Você não agradou muito às pessoas, lhe disse Pujalte. Isso também conta. Estou falando de que queremos revolucionar o time. As coisas na Espanha são muito diferentes da Argentina. Aqui o público não crê nas cores nem em sentimentalismos, é preciso vender-lhe a ideia de que ao começar a temporada vamos jantar todo o mundo, se não jantam a nós. Não podemos dizer-lhe que este ano é um bom investimento para o ano que vem ou para o seguinte, querem para já. Vou lhe ser sincero. Temos outro jogador para a sua posição, um nome que trará expectativa para as pessoas, novidade. Não digo que você não tenha dignidade, mas não acho que seja um jogador para ficar na reserva. Por isso lhe falo tão claramente, de homem para homem, não quero que você fique sabendo por aí de nossas negociações.

Ariel anuiu. Por um momento parecia até que tinha que agradecer a deferência. E talvez fosse assim.

Times é o que não vai faltar para você, dê-me algumas semanas, deixe-me me mover pelo mercado e voltamos a nos reunir, o.k.? Ariel se sentiu estúpido ao levantar-se ajudado pela muleta. Impedido. Definitivamente o momento escolhido era inoportuno. Temo que esta conversa não deva ser comigo, seria melhor que falasse com meu empresário. A mim pagam para demonstrar o que sou em campo, não para aguentar reuniões em escritórios, disse Ariel antes de sair.

Talvez seja precisamente isso, você precisa de mais descanso, mais concentração, menos distrações, mais sentir-se um jogador de futebol...

O diretor esportivo falou a suas costas. Ariel estava a ponto de começar a chorar e não quis se virar para olhá-lo, nem interrogá-lo para saber se se referia a algo concreto. Ligou para o irmão de casa, lhe contou tudo. Charlie o tranquilizou. São coisas que se dizem. Deixe que nós nos ocupemos disso. Mas as coisas vão tão mal? Por que não me disse? Isso é o que mais me dá raiva, Charlie, eu não pensava que as coisas estivessem indo mal.

Nessa tarde o relaxou deitar-se no sofá para ver o tempo passar, sem envolver-se numa conversa com Sylvia, tão somente acariciar os cachos de seu cabelo enquanto ela olhava seus apontamentos de aula. Invejou suas ocupações. Não quis contar-lhe nada. Ela lhe perguntou, vão ter descanso na Semana Santa? Ainda não sei, disse ele.

Deixava-lhe um travo agridoce ser consolado por ela quando nos últimos dias tinha planejado distanciar-se. Depois de conhecer seu quarto de estudante, às escondidas para não acordar o pai que roncava, Ariel tinha se dado conta do disparate que cometia. Ela tem dezesseis anos. Pôsteres na parede, um urso de pelúcia na cama. Ali estava ele, no hotel antes de uma partida, ajudando-a a estudar seus apontamentos entre brincadeiras, enquanto ela lhe confessava que tinha ficado menstruada. Dias depois chegou Marcelo a Madri para dar um concerto de apresentação de seu novo disco. Telefonou para ele, você não pode faltar.

Ariel foi a um local de concertos, a sala Galileo. Marcelo lhe tinha reservado uma mesa. Ariel não quis convidar Sylvia. Estava decidido a afastar-se, a deter essa loucura. Ariel esperou no balcão do bar até que chegou Reyes. Tinha conseguido seu telefone por meio de Arturo Caspe. Perdoe-me, não quero incomodar, mas na outra noite banquei o ridículo e queria desculpar-me, agora sabia que ela era uma modelo bastante conhecida. Não é preciso, que bobagem. Ariel lhe explicou que um amigo de Buenos Aires estava se apresentando em Madri, e eu adoraria convidar você. Ela sorriu do outro lado da linha, Ariel pensou, é uma garota interessante, essa maneira de fumar quase suicida. Ainda tem esse sinal no rosto?, perguntou ela. Sim, acho que sim. Então não posso dizer que não, respondeu Reyes. Estava flertando com ele? Ariel se sentiu animado, era disso que necessitava. Pode vir com seu companheiro, é claro.

Mas ela foi sozinha.

O local estava repleto de gente, com grande maioria de argentinos, o que depois Marcelo expressou com frustração, não venho até aqui para cantar para os que já me conhecem, onde caralho estão os espanhóis? Para triunfar na Espanha você tem que vir viver aqui, disse a Ariel. Mas a isso me nego, porque depois os espanhóis desprezam você porque o consideram um dos seus. Mas tudo isso aconteceu no final do concerto, o início foi um Marcelo exultante que cantou acompanhado por um grupo de quatro bons músicos, vestido de terno preto, camisa branca e uma gravata com as cores de San Lorenzo.

É engraçado apresentar-se num lugar chamado Galileo, disse após as duas primeiras canções. Espero que não me queimem na fogueira. Veja você que é difícil não acabar na unidade de queimados da história da música, certo? E o digo eu, que faço em setembro quarenta e cinco anos. Agora vou cantar para vocês uma respeitosa versão da música que escuto ao acordar há já quase vinte anos. Assim apresentou sua tradução de um velho clássico de Dylan, "Tañen las campanas de la libertad", que Marcelo cantou em castelhano durante oito longos minutos.

Ariel se inclinou sobre Reyes. Gosta?, lhe perguntou. Ela anuiu com a cabeça. Era linda, os peitos assomavam aos botões soltos de sua camisa branca recolhidos num fino sutiã preto, tão modelados que Ariel se perguntou se não seriam de plástico. No final do concerto, Marcelo dedicou a Ariel uma música após um longo blá-blá-blá em que falou de sua amizade. Tratem-no bem aqui, pediu.

Tomaram uma taça com Marcelo, mas depois Reyes disse amanhã tenho de madrugar. Ariel combinou com Marcelo de almoçar no dia seguinte. Reyes pediu um táxi por telefone e Ariel se ofereceu para acompanhá-la até em casa. Ao saírem, um fotógrafo os surpreendeu. Os flashes da câmera eram como disparos na escuridão. Ariel levantou a muleta para afastá-lo, mas o sujeito recuou. Entraram no táxi e se afastaram dali. O fotógrafo ainda tirou fotos deles através do vidro da janela. O taxista disse algo que Ariel não entendeu. Vejo que é muito famosa. Receio que fosse por você, disse ela. Não sei, disse ele. Ela morava perto do centro. Ariel voltou a desculpar-se pela noite anterior. Vamos, tampouco me assustei, brincou ela. No fundo é até lisonjeiro, talvez seja você quem não está acostumado a que o rejeitem. Ariel sorriu. Seu namorado trabalha nisto? Sim, é fotógrafo, mas não do tipo que acabamos de ver. Sim. Ariel estava inquieto, e o que fazem depois com essas fotos? Elas costumam aparecer numa revista com uma entrevista inventada onde dizemos que somos apenas bons amigos e que você quer se recuperar logo da lesão para dar mais satisfações aos torcedores. A merda habitual. Meu namorado já estava advertido, mas, como sabe que os jogadores de futebol não são meu tipo, me deu permissão, talvez você tenha mais problemas. Namora alguém?

Ariel demorou a responder. Não, bem, estou deixando uma garota. Sei lá, é uma história estranha. Reyes o olhou interessada. Ariel fez silêncio, um pouco incomodado. Quer tomar uma última rodada? Ao lado de casa há um bar tranquilo. Ela o indicou ao taxista, que voltou a falar entre dentes, mas desta vez Ariel, sim, o entendeu, assim você vai se recuperar da lesão, grandes sem-vergonha, como vivem... Ariel arqueou as sobrancelhas na direção de Reyes, ela sorriu. As garotas lhes interessam mais que a bola. É óbvio, ao senhor não?, lhe respondeu Ariel. A mim as mulheres parecem todas umas filhas da puta, e a minha a mais de todas. Reyes tossiu engasgada. Isso é o que eu chamo falar claro.

Foram a uma cervejaria irlandesa na esquina. Sentados a uma mesa de madeira, Ariel lhe contou parte de sua história com Sylvia.

Não lhe ocultou que ela tinha dezesseis anos. Aos dezesseis anos, eu ainda me apaixonava por professores de ginástica, lhe disse ela, e estava certa de que George Michael me iria buscar na saída do instituto. Suponho que ela tornou realidade uma de suas fantasias e isso pode ser perigoso. Isso me aterroriza, disse ele. Embora Sylvia não seja uma adolescente vivendo um conto de fadas. Cuidado, nós, as garotas, sabemos disfarçar bem, o advertiu Reyes. Um tempo depois o deixou ali com a cerveja sem terminar, lhe deu dois beijos no rosto com a promessa de se encontrarem outro dia. Ariel esperou um táxi na rua, teria gostado de ir para a cama com ela, de submergir em outros braços e outro corpo que o mantivessem longe de Sylvia.

No dia seguinte almoçou com Marcelo Polti num restaurante da Cava Baja. Convidou Ronco e houve uma química instantânea entre eles, embora Ronco tenha começado pesadamente. Antes do primeiro prato já lhe tinha dito, me enche o saco o típico cantor-compositor argentino tipo pretensioso e ainda mais se se considera herdeiro desse mala católico do Bob Dylan. Eu gosto de Neil Young. Gente sem pose. Dylan é umególatra que come hambúrgueres e faz canções longas demais que ele compõe enquanto anda de moto. Marcelo desandou a rir estrepitosamente, esse sujeito é um doente? Dylan é Deus. Marcelo tentava compor uma ópera rock, sei que soa terrível, sim, reafirmaram eles, sobre uma turista suíça de vinte e oito anos que viajava sozinha pela Argentina e tinha desaparecido após ter saído para passear em Pagancillo, em La Rioja, sem deixar rastro. Não se sabia nada dela fazia seis meses. Marcelo queria centrar as canções no pai dela, um professor de alemão aposentado que tinha chegado ao país para tentar encontrá-la. A visão dele pode ser perfeita para resumir a Argentina. Disso necessitamos, de um olhar suíço. Pode-se falar das belezas naturais, das merdas sociais, da corrupção, de tudo.

Marcelo maldizia, pouco depois, o pedaço de carne que lhe tinham servido. É neste lixo que vai se converter a carne argentina se continuarem criando plantações de soja e fechando potreiros ou transformando-os em lugares onde se vacinam as vacas. A vaquinha precisa viver solta e não ser engordada como aqui na Europa à base de injeções. E, se Ronco o contrariava de novo, ele lhe dizia, mas, garoto, você tem uma voz linda, tem de fazer duo comigo no próximo disco, que voz, que loucura, parece que o passaram por um *protools* quebrado.

Depois de comerem, Marcelo se referiu a Reyes, parabéns pela moça de ontem à noite, a que você levou ao concerto, que pedaço de mulher, mas Ariel esclareceu que não namoravam. Ronco se interessou por ela. Ariel lhes contou a história do fotógrafo na saída do local. Não duvide, se Arturo Caspe sabia aonde você iam, os chamou ele, sentenciou Ronco. Esse filho da puta vive de vender favores. Já lhe disse, são vampiros, necessitam de sangue virgem toda noite.

Marcelo tinha achado Ariel mais sério. Ele culpou a lesão. Não quis falar-lhes das más notícias do clube nem de sua relação com Sylvia, a quem estava decidido a abandonar. Mas Marcelo podia ser um homem insistente, do mesmo restaurante ligou para um amigo seu que trabalhava como analista em Madri e lhe enviou Ariel essa mesma tarde. Ronco ria às gargalhadas, nós, os espanhóis, não vamos ao analista, nos embebedamos num bar, todos os garçons têm o diploma de psiquiatria pela Gin Tonic University.

Ariel se sentou diante de um analista chamado Klimovsky que não quis dedicar aquela primeira sessão senão a falar de modo relaxado, o que se traduziu numa avalanche de dados sobre sua própria vida. Era analista, mas também escrevia roteiros de cinema e pintava. Os quadros que adornavam o consultório eram a terrível consequência desse gosto em aparência inofensivo. Mal permitiu a Ariel dizer outra coisa além de monossílabos e, embora tenham marcado de ver-se na semana seguinte, Ariel não estava certo de que ia voltar. Em um dos quadros do consultório, um peixe saía da vagina de uma mulher com a cara pintada de arlequim e esta visão provocou pesadelos em Ariel durante grande parte da tarde.

No dia seguinte ele foi sem muleta ao final do treino. Sentia-se bem depois da massagem e queria saber a opinião do treinador. Ontem me disseram que você não conta comigo para o próximo ano, lhe disse num momento em que se aproximou para cumprimentá-lo à parte. Quem lhe disse isso? A surpresa soava falsa. O clube exige, eu de minha parte teria outras prioridades, tentou convencê-lo Requero. Mas me dizem que há alguém contratado para minha posição. Primeira notícia, eu não sei de nada. Uma das coisas que mais desagradavam a Ariel nessas situações era a covardia. Teria preferido uma autoridade maior ou ao menos uma ponta de sinceridade, ainda que fosse prejudicial para ele. Mas o treinador se esquivava.

Só queria saber se o senhor conta comigo, porque vou lutar para continuar no time. O treinador o olhou com um sorriso insignificante e anuiu com a cabeça. Como se apreciasse a atitude. Não deixou de dizer uma estupidez, gosto de gente com esse temperamento. Enquanto você fizer parte do plantel do time, não duvide nunca de que será meu jogador.

De modo automático Ariel o introduziu na lista de pessoas desprezíveis que tinha conhecido na vida. Não era uma lista muito longa, mas incluía aqueles que tinham eludido sua responsabilidade quando deviam enfrentar a situação, que tinham sido falsos, interesseiros, traidores, nos momentos em que ele estava mais indefeso.

Amílcar o convidou a almoçar. No carro falaram. Intuía que algo assim estava acontecendo. Não deixe que o enrolem, lhe disse Amílcar, escute o que têm para dizer-lhe e deixe de atitudes nobres e coisas do gênero. Se lhe oferecerem um bom time, vá, receba a sua parte e jogue com gosto, porque nossa vida é muito curta. Talvez retorne convertido num ídolo, não seria a primeira vez que isso acontece. Ariel levantou o rosto para ele. Você sabe tão bem quanto eu que há times de que você nunca volta, que só lhe oferecem a oportunidade de ir decaindo. Talvez por isso eu prefira voltar para Buenos Aires. Nem sequer me deram tempo para demonstrar nada.

Tempo? Amílcar soltou uma risada zombeteira. Tempo? Estamos falando de futebol. Aqui saem jornais esportivos toda manhã. Quer tempo? Daqui para a partida seguinte é mais ou menos a eternidade. Ariel ficou calado. Sabia que Amílcar tinha razão. Dirigia um carro enorme.

Por que está tão sério?, perguntou Fernanda, a mulher de Amílcar, durante o almoço. Problemas com o clube, não contam com ele para o ano que vem. Ela possuía uma beleza serena com que tentou agasalhar Ariel. Bem, estão pensando, disse ele. E não tinha um contrato de três anos? De cinco. E? Amílcar interveio. Ora, meu bem, se um jogador quer ir embora, vai; se um clube quer mandar você embora, manda; o contrato é só um papel. Um papel que significa muito dinheiro, disse ela. O dinheiro é o de menos. Vão lhe pagar, vão vendê-lo, o emprestarão. O contrato é rasgado tal como é assinado. Para Amílcar era fácil falar assim, pensou Ariel. Você está há quantos anos aqui, Amílcar? Eu não vim como um astro.

A dureza do tom de Amílcar fere por um instante Ariel. Ele se concentra em seu prato. A mulher de Amílcar balança a cabeça, incrédula com o tom que seu marido utilizou, que lhe censura com uma expressão. É a mais pura verdade. A mim não pagaram milhões nem dedicaram manchetes nem me punham em campo para que resolvesse a partida. Você se trocaria por mim? Amílcar, por favor, você está falando com um garoto de vinte anos, não adote essa atitude cínica, insistiu Fernanda. Não, não, eu o entendo perfeitamente, sussurrou Ariel. Suponho que veio até você para buscar ajuda, não para que lhe conte toda a merda que esconde este negócio debaixo do tapete... Amílcar fez expressão de desgosto. É verdade, meu bem, deixe para lá. Estamos falando a sério, isto não é uma conversa de café, certo? Quando alguém recebe o que ele recebe, pode suportar que o tratem como a uma mercadoria. Ah, sim? Pois eu não acho. Que lhe paguem uma fortuna não lhes dá o direito de tratá-lo como a um merda, disse ela.

Bom, bom, não vão agora começar a discutir por minha causa.

Não, não se assuste. Adoramos discutir, disse Fernanda. Ela mais que eu. A mulher de Amílcar sorriu e depois roçou a mão do marido. *Meu anjo de pernas tortas*, sussurrou para ele, que balançou a cabeça vencido pela doçura dela.

Comeram sem pressa. Voltaram só de passagem ao assunto e não mergulharam de novo na discussão. Na hora de ir buscar as crianças no colégio, Amílcar se levantou. Você fique tranquilo, volto em meia hora, disse a Ariel. Desapareceu agitando as chaves do carro, com as pernas arqueadas como dois parênteses.

Ariel ficou a sós com a mulher de seu companheiro. Ela lhe serviu o café. Você dorme a sesta? Na Espanha me acostumei às sestas, lhe explicou ela. Durmo apenas três minutos, mas eles me relaxam para toda a tarde. Uma mecha loura caiu sobre o olho e Fernanda a afastou com um sopro, gesto infantil que fez Ariel sorrir. Era muito bela. Quando terminar o café, suba se quiser. Sorriu calorosamente. Levantou-se. Meu quarto é a primeira porta à direita, no final da escada.

Deu meia-volta e subiu os degraus. Ao chegar ao último, o olhou com os olhos azuis limpos. Ariel tossiu. Esteve a ponto de derrubar as xícaras. A empregada, uma marroquina baixinha e gorda, apareceu para retirar a bandeja. Ariel ficou ali sentado a sós. Teve vontade de fugir. Mas também de abraçar a mulher de Amílcar e desfrutar de sua beleza, que continha a promessa de um iceberg. Gelo na superfície, fogo submerso.

A subida da escada foi uma tortura para Ariel. Aquilo lhe parecia perverso. Mal a conhecia, mas já desde o primeiro dia tinha sentido uma atração mútua pairar no ambiente. Ia ser capaz de possuir aquela mulher e saciar um desejo de uma pós-refeição? Sem levar em conta nada mais? Talvez tudo fosse um jogo perverso de que também participava Amílcar. Esteve prestes a sair correndo escada abaixo. O veterano jogador que leva sua mulher às novas aquisições do time. Rebuscado demais.

Bateu à porta com os nós dos dedos. Não farei nada. Tudo o que acontecer será culpa dela. Não moverei um dedo, dizia a si mesmo Ariel enquanto abria a porta depois de ela o convidar a entrar. Ele notou sua ereção sob a calça.

A eletricidade do instante parecia nascer da melena lisa dela, perfeita, escalonada em torno de seu rosto. Fernanda estava deitada na cama ainda vestida, só se tinha descalçado. Pousou a mão no colchão convidando-o a aproximar-se. Depois se reclinou. Desde o primeiro instante em que o vi, senti uma corrente positiva, sei que você tem coisas aí dentro que você ainda não soube extrair. Ariel pensou que era o momento de beijá-la e não conseguiu afastar os olhos de seus lábios. Mas ela se inclinou para alcançar a gaveta da mesinha de cabeceira e segurar o puxador. Vai pegar as camisinhas, pensou Ariel. Da gaveta tirou um grosso livro. Buscou entre suas páginas, muito concentrada. Quando encontrou o que buscava, estendeu o livro a Ariel. Leia, leia em voz alta, lhe pediu.

Ariel leu: "No sofrimento, só Deus é consolo. Nada aplaca a sede, o cansaço, a dúvida, a dor, para sempre. Só a voz de Deus. Ele é a resposta a todas as perguntas, o remédio para todas as doenças..." Ariel parou a leitura.

Ela lhe tirou o livro dentre as mãos com delicadeza. Lia devagar. Com meloso acento brasileiro. A energia que punha em entoar as frases revelava a importância que dava a cada palavra. Ariel sentiu arder as faces, mas não se moveu. Escutava palavras soltas que careciam de sentido. Convivência, verdade, entrega. Entendeu seu ridículo. Alegrava-se afinal de contas de não ter-se lançado a abraçá-la ou de não ter tirado o pau para fora assim que entrou pela porta. Riu de sua própria ideia. Imaginou Fernanda defendendo-se a golpes dessa espécie de Bíblia de capa dura do assédio de seu membro ereto. Ela parou de ler por um instante. O caráter grotesco da situação que se desenvolvia na cabeça de Ariel não parecia afetar a intensidade emotiva dela.

Leve o livro. Depois você devolve. Tome. Mas quero que saiba que adoraríamos poder ajudá-lo.

Era uma seita? Um delírio? Amílcar participava disso? Era óbvio que sim. Deixou-o a sós com ela para a cerimônia de atração. Levantou-se com o livro debaixo do braço. Poderia chorar ou rir nesse momento. Ela falou de novo, seu rosto era lindo, nada crispado. Não se envergonhe de si mesmo, todos viemos de lugares que o assustariam, você não é pior que eu. Aquele que subiu as escadas há um momento era apenas um homem normal, talvez o que as desce agora seja um homem melhor.

Ariel anuiu com a cabeça e recuou até deixar o quarto. Antes de fechar, ela cruzou as pernas, e Ariel conseguiu apreciar a face interna de uma coxa tostada e atraente por entre a abertura do vestido.

Quando chegou Amílcar, ele estava sentado no sofá folheando o livro. Tinha pedido mais dois cafés à empregada e estava a ponto de dar cabeçadas na parede por causa dos nervos. Não falaram do assunto. Seria Amílcar uma estranha espécie de atleta de Deus ou como aquele beque central chileno no San Lorenzo que recomendava aos colegas um psicomago que lia o seu destino no ânus? Aquele mesmo que a outro jogador, que estava perdendo cabelo, ao que parece, por ser incapaz de suportar o estresse da competição, recomendou untar a cabeça com as próprias fezes sem nenhum resultado? Amílcar e ele se sorriram. Cada um por uma razão diferente. Brincaram por um instante com as crianças e depois Ariel chamou um táxi.

Tinha marcado com Sylvia na cafeteria. Aproveita o tempo de espera para olhar os filmes em DVD que alugam no térreo. Sabe que não romperá com ela apesar dos esforços por distanciar-se. Lá fora tudo é estranho. Está tão só sem ela... Por que é sempre igual?

17

Sylvia lhe notou a vontade de falar e o deixa espraiar-se. Ariel rompe assim seu hermetismo habitual. Sob o cabelo e atrás dos olhos claros, seus pensamentos parecem guardados numa caixa-forte. Você iria para Buenos Aires comigo? Você iria comigo?

E o que faço eu ali? Ariel lhe emprestou umas grossas meias de pelo de lhama. Ela está com os pés apoiados no sofá.

Na sexta-feira ela trouxe uma mochila com um pouco de roupa. Três calcinhas. O restante são peças esportivas que ela pega emprestadas com Ariel. Recebe toda semana enormes bolsas da marca com que assinou um contrato de patrocínio. Passariam o fim de semana entrincheirados em casa. Outra falsa viagem com Mai, mas seu pai não fazia objeções. Via-se que estava feliz. Para Sylvia era um prazer terminar a tarde juntos, acordar um ao lado do outro. Quando Ariel saiu para comprar os jornais, Sylvia temeu algo ruim. Um pouco antes ele tinha recebido uma ligação de seu amigo Ronco.

Num dos jornais esportivos lhe dedicavam um artigo duro, sem concessões. Enunciavam seu fracasso, sua falta de adaptação, sua falta de compromisso e a inoportuna lesão que o deixava, ainda por cima, fora das três partidas decisivas da temporada. A dureza era incomum. Jovem demais para liderar um time que necessita de triunfos. O final era esclarecedor: "O presidente faria bem em encontrar-lhe um time onde terminasse de amadurecer, buscar um substituto para ele que não seja um projeto, mas uma realidade. Sempre será melhor que a promessa continue a ser uma promessa mais dois anos do que passe a engrossar a numerosa lista de jogadores fracassados." Parecia ditado. Ariel jogou o jornal longe.

Apenas um minuto depois Sylvia escutava o rumor de Ronco do outro lado do telefone tentando acalmá-lo. Vamos, esse sujeito recebe do clube, é só mais um empregado. Isso se chama jornalismo, mas é uma sucursal. Ariel informava Ronco da conversa com o diretor de esportes. Sylvia ouvia pela primeira vez a história, ainda que fosse contada a uma terceira pessoa. Ao ver o interesse dela na conversa, Ariel pôs o telefone em viva-voz e ela ouviu Ronco dizer, lhe mostraram seu modo sofisticado de trabalhar, mas também podem mostrar a outra face e jogar você no rio com os pés cimentados.

Veja, no ano passado o presidente forçou um jornal esportivo a trocar os dois caras que faziam a cobertura do time. A troca lhes permitiria publicar as contratações, as notícias importantes antes que qualquer outro meio de comunicação, o que você acha, que os jornalistas não jogam? Ronco soltou um riso sardônico. Aqui todos têm que vender o seu. Precisam uns dos outros, cacete, parece mentira que tenha eu que explicar a você em que consiste este negócio.

Ariel se revolvia na poltrona. Sylvia tentou acalmá-lo após ele desligar o celular. Ele lhe confessava todas as suas frustrações com respeito ao time. De tarde Sylvia o ouviu falar com seu irmão em Buenos Aires e notou que este tinha a capacidade de tranquilizá-lo. Nessa conversa lhe voltava toda a pureza de seu sotaque original, as velhas expressões que pouco a pouco ele tinha deixado de lado por serem incomuns entre os espanhóis. Leu para ele parágrafos do artigo e Ariel parecia comprazer-se nas frases contra ele, como se fosse um exercício masoquista.

No dia anterior tinha voltado a cruzar na beira do campo com o diretor de esportes e tinham falado do interesse de um time da França. Mônaco é um lugar ideal, não lhe parece?, lhe disse Pujalte. Ariel tinha mostrado então seu lado desafiador. Eu quero ficar e vou lutar para ficar. Era evidente que o artigo era uma resposta contundente a Ariel. A luta vai ser desigual, prepare-se. Uma mensagem direta à jugular.

Sylvia não conseguia entender as razões esportivas nem as dificuldades contratuais. Só pensava numa coisa. Se Ariel deixasse a cidade, era sem dúvida o fim de sua relação. No entanto, ele negava essa possibilidade. Quando o ouvia falar, refletir em voz alta sobre o problema, Sylvia tinha vontade de perguntar-lhe, e eu?, o que vai acontecer comigo?

Sylvia lhe ouviu dizer ao irmão em Buenos Aires coisas como o dinheiro é o de menos, é uma questão de dignidade. Quando diminuiu a raiva após falar com amigos e com seu empresário, Ariel se deitou no sofá, junto a ela. Parecia outro. Falar o tranquilizava, mas não o fazia no tom que tinha usado nas ligações ou durante todo o dia, como uma fera enjaulada, o fazia mais alquebrado, mais frágil, também mais terno, e isso fazia Sylvia sentir-se mais útil, mais próxima.

Agora o escuta com um travesseiro abraçado no ventre. Ele diz, eu não valho tudo isso, não estive à altura, posso zangar-me quanto quiser, mas isso não vai encobrir a verdade. Ninguém irá me defender porque não fiz nada de destaque, é sempre preciso buscar culpados, todos esperavam algo de mim que eu não pude dar-lhes. Isto é um jogo, se você faz tudo bem, manda; se não, eles têm a faca e o queijo na mão. Acontece o tempo todo, jogador de futebol que prometem, mas as coisas lhes saem mal, e cinco anos depois são uma sombra dolorosa em times de terceira categoria e você se pergunta, mas esse cara não ia ser o novo Maradona?, e lhe dá pena, ou não, pouco lhe importa. Pois agora eu posso me converter em alguém assim. Sylvia tem medo de interrompê-lo e dizer alguma estupidez bem-intencionada, de modo que se limita a olhá-lo com olhos enormes e tentar compreendê-lo.

Por isso a surpreende tanto quando ele muda de tom e pergunta você iria para Buenos Aires comigo? Ela tarda a responder-lhe. Duvida que ele tenha parado para pensar ao menos um instante em como lhe afeta tudo isso. Sylvia se vê como a acompanhante de um jogador de futebol, a companheira com as malas sempre prontas. Olha para sua mochila com as peças pousada aos pés da mesa *ratona*, como diz ele. Voltam os dois mundos afastados, alheios, incompatíveis, mas ela não diz nada, sabe que não é o momento. É hora de consolo para ele, é egoísta pensar em si. Estão falando de sua carreira, de sua profissão, não de seus sentimentos. Por isso se limita a dizer, e que faço eu ali?

Maldita gente. Eu não vou embora daqui, eu não vou me separar de você. Sylvia sabe que não pensa no que diz. Dentro de um tempo começará a partida de seu time na televisão. Eles se sentarão para vê-la. Sylvia desejará que percam por uma goleada escandalosa. Que passem por ridículos, que esse público caprichoso e cruel tenha saudade do ausente. Não diga isso, temos que ganhar, lhe dirá ele, esta partida é importantíssima. Sylvia pensa agora que a relação talvez termine com a temporada, que se esfume e ela volte a ser a mesma estudante cinza de antes de conhecê-lo. Sente um medo que não consegue aplacar.

Quando voltar a jogar, vou pôr todo o mundo de joelhos diante de mim.

18

Espere, deite-se aqui, sinta a música. Leandro segura a mão de Osembe. Ajuda-a a subir até o piano. A sola rosada de seu pé produz um acorde dissonante ao pisar nas teclas. O corpo dela se deita sobre a madeira preta brilhante do piano. Está nua, apenas de sutiã, que de novo ela insistiu em não tirar. Recolhe as pernas num gesto de proteção, consegue acomodar-se enquanto sorri, Leandro se senta diante do piano e toca para começar uma improvisação lenta. A ressonância é magnífica. Osembe apoia a cabeça e olha para o teto. A luz chega de uma luminária distante e pelo janelão penetra o resplendor dos postes de luz. Mas Leandro não necessita de luz para tocar. Sem tê-lo escolhido conscientemente, interpreta um prelúdio de Debussy deixando pelo caminho muitas notas. Ela fecha os olhos e ele torna mais lento o ritmo da música.

O momento perde pouco a pouco a magnificência do início. Eles se esquecem da roupa amontoada de qualquer forma no sofá próximo, dos tênis virados no tapete com as diminutas meias brancas que aparecem neles. A música cobre tudo. A coxa de Osembe está a apenas alguns centímetros dos olhos de Leandro. Ignora se a vibração da música se transmite pela coluna de Osembe e consegue emocionar a mulher, mas ele, de repente, se surpreende com os olhos inundados de lágrimas. A peça sempre o comoveu.

Sabe de repente que executa com Osembe aquilo que a vida não lhe permitiu fazer com Aurora, quando ambos eram esplêndidos corpos juvenis, cheios de desejo e vontade de gozar a vida. Que absurdo. A quem culpar? Tem responsável tudo aquilo? Presenteia com esta fantasia privada em sua velhice a quem não a pode nem quer apreciar. Uma cena reservada para a mulher de sua vida, mas interpretada por uma substituta que recebe para desempenhar um papel que não compreende.

Toque alguma coisa, eu o escuto daqui, ainda lhe pede Aurora em algumas noites antes de dormir. E ele escolhe com precisão aquelas peças que sabe que ela reconhece e aprecia. Lembra-se da ocasião já tão distante em que ela lhe disse, quando ouço você tocar piano e eu estou fazendo qualquer coisa, em outra parte da casa, acho que é o que mais se parece com a felicidade que conheço. Durante anos lhe custou muito voltar das aulas e sentar-se ao piano, o relacionava com o trabalho, e só durante as sessões com os alunos soava em casa. O massagista que os visita algumas manhãs se despediu do umbral do quarto, toque para ela, o senhor tem essa sorte, certamente a ajuda. As dores de Aurora parecem estender-se e nos últimos dias Leandro a vê torcer a expressão quando muda de posição ou fechar os olhos como se recebesse chicotadas terríveis. Ao limpar-lhe as costas sujas de cocô ou xixi com a esponja e a bacia de água morna, o faz com delicadeza, porque a mais leve brusquidão a faz chorar de dor.

Na última ida ao hospital, a única coisa que ousou aconselhar-lhes o médico foi repouso. Se as dores fossem incontroláveis, o melhor seria interná-la, mas, enquanto pudesse permanecer em casa, ela se sentiria mais a gosto. Vocês sabem como são os hospitais. Prefiro morrer em casa, tinha dito Aurora, ao sair, a Leandro, com uma calma aterradora.

Nesta semana nevou em Madri e isso oculta a proximidade da primavera. Muitas árvores floridas nos dias de sol anteriores receberam a nevasca com gesto de surpresa. Leandro disse ao filho, gostaria de morar numa casa com elevador, ao menos assim poderia levá-la para passear diariamente. Mas sentar-se causa muita dor a Aurora, ela prefere ficar deitada na cama. Às vezes vê a televisão instalada em seu quarto e Leandro se senta a seu lado, para fazer-lhe companhia, e ela diz menos televisão e mais sair ou olhar as árvores é do que eu necessitaria.

Na sexta-feira saio para jantar, poderia substituir-me? Mas Sylvia se adiantou à resposta de Lorenzo e se ofereceu para dormir com a avó. Leandro lhes explicou sua colaboração na biografia de Joaquín. Não sabem quanto me custa rememorar uma época tão miserável. Nesse instante já tinha marcado a hora do encontro com Osembe no apartamento de Joaquín...

Quantas horas? A noite inteira. Vai custar muito dinheiro, o advertiu ela por telefone. Não há problema. Dois mil euros. Está louca, eu lhe darei o de sempre por cada hora, nada mais. Está bem, querido, mas sem coisas estranhas, você e eu sozinhos.

Sozinhos estavam. Leandro para de tocar e se põe de pé. Aproxima os lábios do corpo dela e percorre a áspera pele das coxas. Ela põe a mão na cabeça dele e o despenteia. É um artista. Leandro se dá conta de que jamais a fez ter prazer, apenas esses orgasmos superinterpretados que ela finge para excitá-lo. Ela nunca se entregou. Leandro coloca a boca entre as coxas dela, mas logo Osembe o detém. Não, não, eu chupo, eu chupo. Dispa-se. Leandro insiste. Leva a mão aos púbis raspado como uma lixa. Ela finge por alguns poucos segundos um prazer incontrolável, faz um teatro um tanto grotesco até que se senta na tampa do piano. Pisa de novo as teclas e se diverte fazendo-as soar inarmonicamente. Desabotoa a camisa de Leandro com um sorriso branco.

Desceu do piano e conduz Leandro pela mão através do apartamento. É lindo, é aqui que você mora? Não, não, aqui só ensaio. Muito dinheiro, hem? Detém-se para assinalar um quadro abstrato. Que feio, não?, diz ela. Guia-o até o banheiro, mas empurra a porta do quarto e descobre a ampla cama de casal. Osembe caminha para o armário e o abre. Roça com os dedos a roupa elegante de mulher, os dois ou três ternos pendurados em suas capas de marca. Há um banheiro do outro lado da entrada do quarto. Quase não há sinal de vida, tudo organizado com precisão.

Osembe percorre nua toda a casa. Ele deixa ali, no chão, sua calça. Quer dizer então que você é um pianista milionário... Bem, dou concertos pelo mundo. Certamente conhece mulheres muito mais bonitas que eu. Leandro sorri e nega com a cabeça. Abraça Osembe e tenta beijá-la na boca. Faz tempo que ela já não evita seus beijos. Mas o faz, como quase tudo, sem entrega. Leandro tem às vezes a sensação de beijar um objeto úmido, sempre com esse sabor de chiclete recém-mascado.

Ela desarruma a cama que ele teria preferido manter fora de seus jogos. Mas não diz nada. Abriram uma garrafa de champanhe que estava na geladeira. Vou pegar minha bolsa, diz ela, e sai do quarto. Como sempre, a espera se prolonga. Leandro se deita relaxado na cama. Sabe que não ficarão toda a noite, porque dentro de umas duas horas ele terá vontade de ficar sozinho, voltará a sentir-se culpado e sujo.

Leandro crê ouvir Osembe falar pelo telefone. Pouco depois ela entra de novo no quarto. Traz um preservativo na mão e também sua bolsinha de plástico pendurada no braço. A figura, unida à sua nudez e seu sutiã, oferece algo belo aos olhos de Leandro. Ele gosta quando nem tudo se limita a um serviço erótico calculado e profissional. No fundo, pensa, ele teria gostado mesmo é de sentar-se para ler o jornal e que Osembe visse televisão ou se limitassem a jantar um diante do outro.

Vai ter o dinheiro, não é verdade? É claro, responde ele. Leandro passa os dedos no cabelo dela, endurecido como uma crosta, para podê-lo pentear. Gosta? Gosto mais quando o usa sem tanta coisa, está duro, parece uma pedra. Ela ri. Como é caprichoso.

Os movimentos de Osembe têm a pouca credibilidade de sempre. A rotina entre ginástica e erótica. Leandro a deixa fazer. Hoje não lhe custa tanto excitar-se. O espaço o ajuda. Com a mão tenta liberar os peitos dela e afinal Osembe cede. Ele consegue tirar-lhe o sutiã pela cabeça, nunca conseguiu abrir o fecho, culpa as suas mãos artríticas. Ela tenta masturbá-lo, mas Leandro lhe ordena que pare, não há pressa. É claro, você é que paga, meu bem.

Leandro lhe pede algo impossível. Para ela deve ser penoso, patética esta cenografia romântica e perversa que montei. Por que faço tudo isto? Leandro desfruta do mero jogo das peles uma contra a outra, tão diferentes, de alcançar com a mão as formas dela, de apalpar a dureza de seus músculos, de sentir como o encharca o suor abundante dela, o que consegue às vezes eliminar o cheiro vulgar da colônia. Sabe que esta será sua despedida de Osembe. Não haverá mais noites depois da fantasia de possuir este apartamento, de possuir esses janelões, este corpo de mulher, esta miragem de vida eterna. Bebe de sua taça e derrama um pouco do líquido no ombro de Osembe, que ele lambe imediatamente. Ela sorri.

Não quis pensar, nem fazer contas, na quantidade de dinheiro que dilapidou nesta cascata inexplicável. Na última vez que consultou um extrato do banco, o valor de seu empréstimo era considerável, tanto que rasgou o papel em pedacinhos como se assim pudesse negar-se a sabê-lo. Toda vez que paga o massagista ou a faxineira ou compra na farmácia os medicamentos, o alivia pensar que também o dinheiro escorre por buracos mais dignos.

A ereção desapareceu e Osembe parece cansar-se de seus movimentos mecânicos. Recebe uma mensagem no celular. Levanta-se por um instante para ligar. Leandro gosta de vê-la andar. Pegou o sutiã no chão e volta a caminhar para a sala. Ele a imagina em suas horas livres colada ao celular, que ela envolveu numa capa multicolorida. É quase como uma mascote para ela.

Leandro a segue até a sala um instante depois. Está nu e se senta ao piano. Incomoda-o ver seus braços flácidos ao levantar as mãos para chegar ao teclado. Quando ela desliga o telefone, o toca no ombro. Quer transar ou não? Leandro sorri. Ela se senta em cima das teclas e interrompe sua música. Leandro lhe acaricia as coxas. Vai ficar para sempre na Espanha? Ela nega com a cabeça, não, voltarei e montarei meu negócio. Terei casa própria. E encontrarei um homem que me ame e trabalhe. Prefere o seu país a este? Osembe anui sem hesitar. Mas ali a democracia é ruim, todos os políticos são ladrões. Seria melhor militares, mão dura, para as pessoas ficarem tranquilas.

Leandro sorri diante da análise inesperada da política nigeriana. Ela quase inteiramente nua, com o musculoso traseiro apoiado no teclado, falando em defesa da ditadura militar. Em que outro momento da história poderíamos ter conhecido alguém como você e alguém como eu? Não lhe parece milagroso? A língua de Leandro parecia solta. Pouco lhe importava mostrar sua nudez diante daquela mulher. Onde você teria conhecido um velho como eu? Um velho tarado, um velho *verde*, diz ela. Alguém devia ter-lhe ensinado a expressão.

Exato. Um velho tarado que gasta o dinheiro com uma negra antipática. Eu sou antipática? Sim, muito, e por isso gosto de você. Odeio as pessoas simpáticas. Osembe lhe pede que explique o significado de antipática. Ele lhe dá alguns sinônimos. Ela o olha com olhos desafiadores. Poderíamos casar, formamos um bom casal. Hoje você está romântico, está alegre, lhe diz ela. Quer transar?

Leandro se diverte com os esforços dela por excitá-lo no sofá. Estende a mão de vez em quando para beber um gole de sua taça. Não beba mais, lhe diz ela. Se bebe, não pode furunfar. De repente os papéis pareciam invertidos. Sinto frio, diz ela. Traga um cobertor. Leandro se põe de pé e vai até o quarto. Arrasta o edredom da cama para levá-lo até a sala. É agradável, não muito pesado, com enchimento de penas. Leandro o joga com descuido sobre o sofá. Nota que a bebida lhe faz efeito. Vai ser um prazer poder descansar com os dois corpos colados. Osembe se cobriu com o edredom. Fique para dormir comigo. Coloca-se por cima. Começa a mover-se como se fosse fazer amor com ela.

Mas apenas alguns segundos depois a porta da rua se abre com um empurrão violento. O homem que entra a fecha atrás de si sem fazer barulho. Olha ao redor e caminha para o sofá. Antes que Leandro possa dizer qualquer coisa, o sujeito o segura pelo braço, o levanta no ar e o lança longe dali. Leandro bate dolorido na parede. O sujeito tem a cabeça raspada, é negro, não muito alto, fornido. Está usando um casaco de couro. Osembe se levantou do sofá. O homem caminha para Leandro e lhe dá dois pontapés no ventre. Leandro se dobra, atemorizado. O homem pega sua calça da cadeira próxima e esvazia de dinheiro a carteira, depois a joga longe.

Osembe começou a vestir-se. O homem lhe diz algo que Leandro não entende. Seu corpo frágil, esbranquiçado e assustado não quer participar da cena, nem sequer ouvir o que se diz. Ela lhe aponta o quarto e o homem vai até lá. Ouvem-no abrir gavetas e armários, revolver tudo. Volta com os sobretudos e algo mais de roupa que ele joga para Osembe para que os segure.

Levanta a cabeça de Leandro. Mais dinheiro. Onde? Joias? Sua boca é rosada por dentro, a língua parece um chiclete de morango. Não fala muito alto, tem uma voz engraçada, com um timbre estranho, mas Leandro não ri. Não há nada, não é minha casa, de verdade, não é minha casa. O homem deixa cair a cabeça de Leandro e agora lhe dá dois chutes em pleno rosto. Não são brutais. Moderados. Mas lhe rompem uma sobrancelha, que sangra. A mornidão do sangue está a ponto de fazer Leandro desmaiar. Ele procura com os olhos Osembe para tentar ganhar sua proteção. Mas ela termina de calçar os tênis.

O homem agora está na cozinha. Revira tudo, ouve-se o quebrar de copos e pratos. O homem volta à sala com uma enorme faca. Leandro teme que o mate. Que absurdo. Osembe diz vamos embora. Mas o sujeito começa a esfaquear as almofadas do sofá, a rasgar as cortinas de um vermelho intenso. Osembe parece sorrir. O homem passa diante de Leandro, mas o ignora. Vai para o piano e começa a esfaqueá-lo como se fosse um animal. A madeira repele sua violência. Com a ponta da faca começa a levantar o verniz ao longo de todo o piano, deixa um rastro marcado no brilho preto. Depois joga a faca para longe e arranca o aparelho de DVD de sob a televisão e o aparelho de som de uma das estantes. Envolve tudo num dos sobretudos.

Leandro levanta a cabeça, confiante ao vê-lo sair. Então recebe um pontapé na coxa. Vem de Osembe. Levanta o olhar para ela, mas ela não o olha. Repete o pontapé raivoso de seu tênis três ou quatro vezes. Ele se mantém imóvel, encolhido. O homem abriu a porta e lhe faz um gesto, ela se junta a ele e saem. Fecham a porta com inesperada delicadeza. Leandro, no chão, cospe seu próprio sangue, que escorreu da sobrancelha até a boca. Apalpa o corpo para tentar aplacar a dor do lado. Sentou-se na madeira. Abraça o corpo e descobre que de sua glande pende o inútil preservativo, amorfo, como uma pele morta. Vira-se para olhar ao redor e sente pânico.

19

Lorenzo espera seu pai junto à porta. Eu fico com ela, não há pressa, para o caso de só quererem voltar de tarde, lhes disse Benita. Aurora dorme. Cumprimentou o filho sem palavras, com uma carícia da mão. Está quente, embora suas faces careçam de cor. Lorenzo lhe recoloca o travesseiro e lhe acaricia o cabelo. Perdeu muito peso. Propõe ao pai, podemos sair para dar um passeio? Não quer dizer-lhe mais nada, apesar do tom de grave preocupação.

O primeiro sinal foi o ferimento no rosto de seu pai. Eu caí da forma mais estúpida, disse a Lorenzo. Tinha um corte junto à sobrancelha. Não quis dizer-lhe nada para não o preocupar, devo ter escorregado no gelo da calçada. Algum médico o viu? Sim, sim, não há nada quebrado. Quando foi, depois de Sylvia ter ido embora? Não, nessa noite, ao voltar do jantar. Não lhe disse nada para que ela fosse tranquila para a estação. Sylvia tinha ido passar o fim de semana com Pilar. Sua mãe se assustou ao ver-me, mas não é nada, insistiu Leandro.

Na segunda-feira Lorenzo trabalhou com Wilson desde cedo. Uma viagem ao aeroporto e o transporte de uma geladeira velha e de um sofá entre casas de equatorianos. Nessa noite recebeu uma ligação de Jacqueline. Ela se apresentou, sou a mulher de Joaquín, não sei se se lembra. É claro, disse Lorenzo, mas não conseguiu dissimular a surpresa. Combinaram de se encontrar na manhã seguinte, é importante, é referente a seu pai, lhe disse ela com forte sotaque francês.

Leandro veste o sobretudo que pende do cabideiro e sai da casa atrás de Lorenzo. Descem as escadas e não se dizem nada até a rua. Vamos por aqui, para o parque, indica Lorenzo. Não, está muito sujo, há uns bancos na praça. Os rapazes costumam juntar-se no parque nos fins de semana e até terça-feira ou quarta ele não recupera seu aspecto habitual, mas aparece repleto de garrafas e copos de plástico, guimbas de cigarro. Lorenzo não sabe muito bem por onde começar. Nessa mesma manhã foi ao encontro com Jacqueline num apartamento perto de Recoletos. Ela o fez entrar e quase sem dizer palavra lhe mostrou a sala do apartamento. O piano esfaqueado, tudo revolto, os sofás estripados, as cortinas caídas no chão. Cheguei ontem tarde de Paris, me ligou o porteiro, naturalmente hoje dormi num hotel. Lorenzo só conseguiu fazer uma enorme cara de estranheza. Não se atreveu a perguntar por que me mostra tudo isto? Intuiu que nada de bom podia esperar do gesto de rancor marcado nos lábios da mulher. Joaquín preferiu não vir, é melhor, assim se poupa esta visão, embora seja o culpado de tudo.

Lorenzo se lembra de Joaquín. Em menino o via amiúde quando ele voltava de Paris e era sempre um acontecimento mítico. Uma visita intermitente, mas festejada. Quando fez a primeira comunhão, ele lhe mandou de presente uma bicicleta belga com freio de contrapedal que era única no bairro. Foi Joaquín que me pediu que falasse com o senhor, não com seu pai. Com meu pai? Jacqueline levantou o olhar e cravou os olhos claros nos olhos de Lorenzo. A que se deve tudo isto? Foi um acesso de loucura, Leandro se deixou levar pela inveja? Por que fazer algo assim?

Ela lhe contou o que sabia por Joaquín. Tinha lhe pedido emprestado o apartamento para levar uma mulher na sexta-feira de noite. Depois, na segunda-feira de manhã, o porteiro, Casiano, um homem de toda a confiança, tinha recuperado as chaves na caixa de correio, tal como tinham ficado, e tinha subido para dar uma olhada no apartamento, por simples precaução. Tal como o vê o senhor, assim ele o encontrou. Alguém terá que encarregar-se deste desastre, é claro.

Veja, tudo isto me pega um pouco de surpresa. Deixe-me falar com meu pai e não se preocupe, tudo isto há de ter uma explicação.

Não quero explicações, não me interessam, só quero que alguém pague os gastos para recuperar o apartamento dos danos, e que tudo volte a ficar como estava. Além do que pode ver, falta roupa, coisas foram quebradas.

O sotaque francês, com esses impossíveis erres, convidava a rir, mas Lorenzo não o fez. Talvez conter-se lhe provocasse um maior ressentimento com relação àquela senhora à medida que ela falava. Limitou-se a anuir, anotar seu telefone e ir-se sem se mostrar sequer impressionado. Não conseguia tirar da mente a ideia de seu pai no apartamento emprestado no meio de um encontro amoroso. Tinha ficado louco?

Quando Lorenzo escuta seu pai, tem a sensação de que tudo o que conta é uma grande mentira. Não consegue acreditar. Caminham pela rua e detêm o passo em alguma frase, mas sem se olharem nos olhos prosseguem num caminho incerto. Leandro adotou um tom neutro, fala de forma liberadora, sem dramatismo. Fala de Osembe sem citá-la, se refere a ela como a uma prostituta qualquer, chamada por um anúncio de jornal. Tinha pensado em utilizar o apartamento de Joaquín para o encontro, entenda, sei lá, foi uma ideia estúpida, e então aconteceu tudo muito depressa, de modo inesperado. Suponho que se tenham aproveitado de mim e eu estava absolutamente inconsciente do risco que corria.

Vejamos, papai, lhe bateram, o assaltaram, podiam tê-lo matado, é preciso dar queixa na polícia.

Leandro nega com a cabeça. Ele o faz com insistência, sem dizer nada, como se quisesse rechaçar a ideia à base de cabeceios. Não podemos fazer nada. Diga-me quanto são os gastos e eu pagarei.

Lorenzo entende o silêncio de seu pai. Reconhece que é uma vítima. Imagina-o espancado, vexado, ridicularizado naquele apartamento. Essa imagem é mais poderosa que a de seu pai como mero cliente dos serviços de uma prostituta, enquanto sua mulher morre pouco a pouco na cama. Bem, falarei com a francesa e arranjarei tudo.

Voltamos para casa?, pergunta Leandro. Lorenzo sente piedade por esse homem a quem em menino ele temia por seu rigor, suas convicções firmes, a quem depois ignorou e depois ainda aprendeu a respeitar. Seu pai apequenado avança pelo corredor e Lorenzo o vê entrar em seu quarto. Quem sou eu para julgá-lo? Se pudéssemos trazer à luz as misérias das pessoas, os erros, as inépcias, os crimes, depararíamos com a penúria mais absoluta, a verdadeira indignidade. Por sorte, pensa Lorenzo, cada um de nós leva nossa secreta derrota no mais íntimo de si, o mais longe possível do olhar dos outros. Por isso não quis mexer muito na ferida de seu pai, conhecer os detalhes, humilhá-lo mais do que já o devia humilhar ser sincero com seu filho.

Da cozinha chega o cheiro intenso de fritura de batatas e cebolas que serão talvez uma tortilha. Fica para almoçar?, pergunta o pai.

Compreende quão duro pode ser para um pai mostrar ao filho a face mais lamentável, mais vergonhosa. Não se concebe que os filhos julguem os pais, eles lhes devem muito. Lorenzo quereria consolá-lo, mostrar-lhe que ele é pior ainda, papai, o senhor teria que me ver, saber o que fiz.

Lorenzo diz, não, tenho trabalho, e depois roça o cotovelo de seu pai. Não se preocupe com nada, lhe sussurra, eu me ocupo de tudo, você ocupe-se de que mamãe se sinta a gosto, o.k.?

Agora só tem que se ocupar disso.

20

Ariel segura as fotos diante dos olhos com a impressão de não ser ele. Não é ele o das fotos, nem é ele o que se senta no escritório do clube em outra conversa que nunca imaginou, que nunca acreditou que chegaria. No entanto, nas fotos reconhece Sylvia e a vê bela, juvenil e exultante. Aquele mesmo cabelo cacheado, aquele mesmo riso expansivo, sua maneira alegre de pendurar-se em seu pescoço. Ele a vê em Munique, sob a neve, de mão dada com ele, e também em Madri enquanto se beijam na rua. São fotos alheias, sujas, sem nenhuma beleza. São fotos roubadas de instantes que não contêm o valor do momento, são apenas provas de não se sabe que delito.

Talvez incomode as pessoas saber que a garota é menor, ele sabe que todo o mundo se torna moralista quando se trata de julgar os outros. Ariel levanta os olhos para o diretor esportivo. Também está ali o gerente, um sujeito que ele mal conhece, de cabelo grisalho, gravata azul-celeste e uma expressão de ausente, como se só os números o emocionassem, não as paixões humanas. Está a ponto de responder a Pujalte, de usar a palavra chantagem, mas não o faz. Prefere calar-se. A seu lado está o jovem representante que escolheram para negociar com o clube. Pensava que o liberaria de comparecer às incômodas reuniões, mas nessa mesma manhã ele lhe telefonou alarmado, acho melhor você ir comigo.

Ontem os jornalistas procuraram Ariel com seus microfones e suas câmeras na saída do treino. Baixou a janela do carro e respondeu a suas perguntas por um instante, havia rumores sobre seu possível empréstimo a outro time. Estou comprometido com este clube e sua torcida, de modo que vou dar tudo de mim. Futebol se decide no campo, não nos escritórios. Em pouco tempo demonstrarei que ninguém se equivocou ao me trazer para cá.

Palavras que todos os dias enchem o informativo esportivo, tão saturado de declarações sensacionais, emotivas, passionais, a que já ninguém dá importância. As frases contundentes são cinza no dia seguinte. Ingênuo, lhe disse Ronco, por mais que você se empenhe em desempenhar o papel de bom garoto, você não passa de um ingênuo. Ariel lhe disse que em poucos dias estaria pronto para voltar à competição e que pensava em defender-se no campo. Nessa manhã, após suas declarações, num debate esportivo do rádio alguém defendeu o jogador, se é o melhor do time, não deve ir embora, que vão todos os outros.

Mas num jornal esportivo de Barcelona um articulista dava voz ao rumor de que a nacionalidade italiana de Ariel estava sob suspeita, junto com algumas outras coisas, e que a autoridade competente daquele país estava estudando o assunto. Se fosse verdade a fraude, ele deixaria de ser um jogador europeu e sua saída do time seria inevitável. Ninguém está contente com o rendimento de um jogador de que se esperava muito mais. Um após outro, o clube sabia dar-lhe os golpes diretos para que obedecesse a ele. Aceitar o que eles determinassem. Na página da internet de um jornal argentino, já se falava do escândalo dos passaportes *truchos*, como chamavam as certidões de nascimento falsas para fazer passar por originários da Europa jogadores argentinos. O nome de Ariel aparecia numa lista com quatro ou cinco nomes destacados.

Agora o tinham obrigado a sentar-se nessa mesa para contemplar a última, talvez não última, demonstração de verdadeiro poder.

Como você há de compreender, a ninguém interessa que isto continue assim, dizia Pujalte. Por seu lado, há muitas coisas para esconder, mais que pelo nosso. Não é preciso recordar-lhe a saída de seu irmão. Acho que em tudo, e digo em tudo, você teve a equipe ao seu lado. Estas são umas fotos inocentes, nos foram trazidas por uma agência que quer que as tenhamos nós, você tem sorte de que desejem manter uma boa relação com o clube, que nos ponham acima de seus interesses informativos. Isto acontece todos os dias. No ano passado tivemos aqui umas fotos pornográficas de um de seus colegas, uma garota as queria vender. O que fez a revista? Comprou-as para nós. Bem, sabem que necessitamos uns dos outros. Sem nosso guarda-chuva protetor, vocês, os jogadores, seriam animais de caça, como perdizes no campo, e a quem importa uma perdiz morta? Nós somos os únicos que os protegemos.

O diretor esportivo falava cruzando e descruzando os dedos. Ariel abriu com lentidão a garrafa d'água. Bebeu um gole. Pujalte prosseguiu sem permitir em nenhum momento que os olhos de Ariel se encontrassem com os seus.

A questão é a seguinte, você está tentando pôr os torcedores do seu lado. Nós, os diretores, somos os maus, os jogadores são os bons.

Eu só disse que quero ficar aqui, a mesma coisa que disse aos senhores.

Olhe, se seu passaporte italiano finalmente é cancelado, tudo se complica mais. E vou lhe dizer uma coisa, se eu mexo um dedo, você perderia a condição de jogador europeu, e então pode desistir de encontrar time com facilidade. Isso também se volta contra nós, mas, se acha que nos importa, está muito enganado. Se é o que quer, já lhe disse que a imprensa só serve para enlamear tudo.

Ariel tem vontade de levantar-se e deixar essa peça onde as paredes são adornadas com façanhas esportivas de jogadores míticos no clube. O gerente quase não disse nada, pegou as fotos na mesa e as guardou em sua pasta. O jovem agente de Ariel tenta abaixar o tom da reunião. Nós somos partidários de uma venda, não um empréstimo. Perfeito, corta-o Pujalte, ponha diante de nós algum babaca que pague a cláusula de rescisão, não vamos dar de presente um jogador. Podemos negociar. É o que queríamos desde o primeiro dia, ajudar para uma saída elegante.

Ariel lembra-se de Pujalte no dia em que lhe passou a camisa do clube para posar na coletiva de imprensa com o anúncio de sua contratação. Em poucos meses a relação mudou. Mas Ariel faz mal em julgá-lo e sabe disso. Cada um desempenha seu papel, com certeza Pujalte só está tentando livrar sua cara e salvar seu salário após um mau ano. Assim como hoje é odioso, poderia ser encantador se as coisas tivessem saído bem.

Deixe que falemos nós com seu agente, despreocupe-se do assunto. Você ainda tem algumas partidas pela frente, temos muita responsabilidade, e é nisso que você deveria concentrar-se. Vou lhe dizer uma coisa, é nisso que você teria de ter se concentrado desde o primeiro dia.

Ariel não responde. O diretor esportivo lhe fala da possibilidade de ir para a liga italiana, para a francesa, para a inglesa. Ariel lhe pergunta, por que não para outro time espanhol?, e ele lhe responde, ninguém gosta de reforçar os adversários com jogadores dele, não sei por que sempre se motivam de maneira especial no dia em que enfrentam você. As pessoas não entendem um empréstimo assim.

Ariel tem vontade de perguntar-lhe se a possibilidade de ele voltar para Buenos Aires está em seus planos, mas prefere deixar tudo nas mãos de seu agente e de Charlie. Sabe que na Argentina ninguém poderá pagar o que ele vale. Vê-se na Rússia, no time de algum milionário desonesto, como tantos outros.

Está há alguns dias sem ver Sylvia. No fim de semana ela foi ver a mãe. No dia anterior ele viajou a La Coruña para o aniversário de um amigo argentino. Lá se encontraram jogadores de todo o país. Nesses dias tinha tido tempo para pensar em sua relação, de novo em distanciar-se.

No hall do hotel nos arredores da cidade se encontraram alguns deles, muitos argentinos espalhados por diversos times do país, três até viajaram da Itália. Recolheu-os um ônibus ali mesmo para levá-los a uma casa no campo. Alguns não se conheciam, mas todos tinham amigos comuns. Muitos ele tinha conhecido no campo, tinha falado com eles a caminho dos vestiários no intervalo ou no final da partida, com outros tinha trocado algumas palavras breves na porta dos vestiários depois do banho. Rapidamente se criou uma camaradagem um pouco escolar.

Era um casarão com um grandíssimo jardim que dava para o mar. Ali tinham preparado um churrasco para muita gente e não faltavam latas de cerveja e refrigerantes. Só se sentaram para comer já bem tarde. Ainda chegavam alguns jogadores que tinham tido treino de manhã. A ideia era que todos fossem no dia seguinte bem cedo de avião para seus diferentes destinos e deixar assim que a festa se estendesse por toda a noite. Era uma comemoração já quase tradicional. Sim, como o dia de Ação de Graças, brincava o anfitrião, o Tigre Lavalle, um veterano jogador de barba curta.

A ausência de mulheres era absoluta. Alguns jogadores brincaram com isso. A família do anfitrião residia em outra casa, na cidade, esta eles só usavam alguns fins de semana. Ele tinha filhos estudando, já maiores, dei ao mundo dois espanhóis, se queixava o Tigre. Um zagueiro que jogava num time andaluz pediu a Ariel sua camisa, tenho um filho que coleciona todas as dos argentinos na Espanha, é louco por isso, lhe falta a sua e a daquele filho da puta, mas a esse não penso pedir nada, disse-o num tom suficiente alto para que o mencionado o ouvisse e se risse do comentário.

Havia música constante que saía dos alto-falantes voltados para o jardim. A temperatura era agradável. O Pitón Tancredi saiu da casa com uma guitarra e começou a cantar canções de Vicentico, alguns faziam coro, outros desafinavam de modo lastimável. A música falava de um navio e era sentimental e triste. Havia também três espanhóis, bons amigos do anfitrião, e também dois uruguaios que eram vítimas das brincadeiras dos outros. Ariel perguntou ao Pitón se sabia alguma música de Marcelo Polti. Você gosta desse cara? Não sacaneie. Mas depois tocou um pedaço de "Cara de nada", o maior sucesso de Marcelo.

Sobrou comida e a mesa inteira estava regada de garrafas de rum, uísque e genebra. Um dos espanhóis, que era diretor do time do Tigre, insistiu em trazer garotas. Ele era engraçado, era baixinho e, com um sorriso contagioso, fumava um charuto curto e robusto. Telefonou para um amigo ex-jogador que após se afastar dos campos tinha montado dois enormes prostíbulos não longe dali. Todos o ouviam falar pelo celular sem conseguir saber se aquilo era uma brincadeira ou era de verdade. Sim, sim, trinta garotas está mais que bom, mas que sejam bonitas, não me mande qualquer coisa. Depois saiu para indicar ao motorista do micro-ônibus o caminho até um clube de estrada que se chama Vênus ou Afrodite ou algo similar.

Uma hora depois, quando já quase todos se tinham esquecido do assunto, se ouviu o barulho do micro-ônibus aproximando-se da porta. Ele me prometeu que reuniria as melhores putas da área, dizia o diretor, é um cara estupendo, era um jogador da casa, saiu de um povoadozinho de Orense. Disseram o nome, mas a Ariel não era familiar.

Entraram umas trinta jovens que se juntaram à festa. Distribuíram-se em grupos. Havia latinas, mas abundavam as eslavas. Trinta e três, contou alguém. Os homens se ocupavam de dar-lhes de beber, de distribuir as cadeiras. Havia gente sentada nos degraus da varanda, os mais friorentos estavam na sala, espalhados pelos sofás, alguns ainda deitados na grama, embora estivesse esfriando após o sol se pôr.

Pegaram o bolo de aniversário com as velas, surpresa que guardavam para o Tigre, e alguns foram buscar seus presentes deixados na entrada de casa. Quase todos eram objetos de zombaria. Havia uma boneca inflável, vários babadores, dois bonés, uma caixa de charutos, três coqueteleiras, pensam que sou um alcoólatra, gritou entre aplausos enquanto os abria, uma camisa da seleção argentina e uma bandeira do país de tamanho reduzido. Ariel lhe tinha comprado um livro que provocou um desconcerto generalizado, quem foi o babaca que trouxe um livro para esse que é famoso por não ler nada? Ariel levantou a mão e todos o aplaudiram.

A noite avançou sem que a música e as vozes deixassem de soar. Alguns homens se enturmaram com as escolhidas entre o grupo de mulheres. Outros se mantinham à parte, eu estou bem casado, deixe de sacanagem. Alguns dançavam ou mudavam a música a toda hora. Ariel se viu trocando olhares com uma garota de rosto finíssimo e olhos claros. Ao encontrá-la na escada a caminho do banheiro, se sentou para conversar com ela.

Chamava-se Irina e falava um bom castelhano. Tinha vinte e três anos. Num canto da sala, uma das garotas chupava o diretor reclinado no chão entre travesseiros. Se lhe tinha apagado o charuto nos lábios, a cabeça apoiada na parede. Ariel se afastou com Irina.

Encontraram um quarto livre. A garota tirou os preservativos da bolsa. Era extremamente magra e usava uma correntinha finíssima de prata com um coração diminuto ao redor da cintura. Fazia quase quatro meses que trabalhava na Espanha, primeiro na Costa del Sol, mas todo mês a mudavam de lugar. Tinha ido parar na Galiza na semana anterior, explicou a Ariel enquanto untava a vagina com creme dilatador.

Ariel escapou da festa quando ouviu alguém anunciar que chegava um táxi. Ainda havia gente espalhada pelo jardim ou caída entre as almofadas da sala. Despediu-se com um abraço do Tigre e compartilhou o táxi com dois colegas. Na volta falavam da festa. A do ano passado foi melhor, esse negócio de garotas tira o encanto. É um horror, aquele puto fodeu tudo trazendo-as. Bem, você se arranjou com uma, não? Como foi? Bah, bem. Mas você é jovem, tem que aproveitar, a vida não é mais que uma porra de um segundo.

Ariel ofereceu dinheiro a Irina, mas ela lhe tinha dito que já estava tudo pago. Ainda assim lhe deixou a nota dentro da bolsa quando se despediram. No hotel, Ariel examinou seu celular. Tinha uma mensagem de Sylvia. Ela aparecia sempre para golpear-lhe o rosto com sua simplicidade, com sua pureza. Eu amo você, dizia a mensagem, quero ficar com você.

Pujalte lhe pergunta quando o vê levantar-se, como vai esse tornozelo? Bem, se limita a responder. Essas fotos poderiam prejudicar uma pessoa inocente, se atreveu a dizer Ariel antes de ir-se, não acho que seja... Esqueça-se das fotos, o interrompeu o gerente, como se não existissem. Ariel anuiu com a cabeça, esteve a ponto de agradecer, por sorte se conteve.

Ariel sai do escritório cabisbaixo. Pousa o tornozelo sem problemas. Amanhã treinará normalmente. Começará de novo a bater bola. Tinha saudade da bola. Em menino, seu pai para castigá-lo trancava a chave a bola num armário do quarto. Quando suspendia o castigo, Ariel recuperava a bola e passava a tarde chutando-a contra a fachada de tijolo onde durante anos esteve uma pichação que ninguém apagou: Perón vive. Se a bola corre, tudo é fácil.

21

Sylvia entrega a folha da prova com expressão ausente. Não cruza o olhar com o professor, que, sentado, agrupa as folhas sobre a mesa. Volta para sua carteira e pega as coisas. Não sente o olhar do senhor Octavio cravado em suas costas, surpreso ao receber a folha em branco. No final do corredor, alguns colegas se reuniram para comentar as perguntas. Sylvia se junta a eles, mas não participa da conversa. Na saída se reúnem nos bancos de um parque próximo. Alguém comprou umas cervejas com um chinês. É agradável relaxar sob o sol.

Alguns falam do feriado longo da Semana Santa. Um grupo quer ir acampar, ao menos por dois dias. Outro conta que seu pai o obriga a ir ao povoado para a procissão, eu o faço por ele, por ele e por meu avô, mas você não sabe que saco é a coisa. Queria ver você com o *capirote*, brinca outro. E para seguir a tradição você também obrigará a isso o seu filho? Suponho que lhe tenha carinho, é um rito, diz sem muita paixão.

Sylvia esteve o fim de semana na casa de sua mãe. Desfrutou. Serviu-lhe para afastar-se dos problemas de Ariel, para não sentir-se tão dependente. Sentia-se a gosto com Santiago, Pilar ria com suas brincadeiras, relaxava quando estava com ele. No almoço na parte de baixo de Casa Hermógenes, quando Sylvia disse que este ano não estava indo muito bem nos estudos, ele acrescentou isso deve ser porque você se dedicou a coisas mais interessantes. Acho que sim, disse Sylvia. Sua mãe tentou extrair-lhe algo sobre o garoto que ela estava namorando. Sylvia respondeu com evasivas. Mudou o jogo de lado, como lhe tinha mostrado Ariel que se fazia no futebol, quando pressionam você num lado do campo, o melhor é lançar a bola para o lado oposto, assim você obriga a defesa a não avançar. Quem está com namorada é papai, disse Sylvia. Já a apresentou aos avós. Sylvia tentou analisar se aquilo causava alguma impressão em Pilar, mas não notou nada, antes um suspiro de alívio.

Na noite anterior tinha dormido com a avó. Aurora tinha insistido em que se deitasse junto a ela. Faz muito tempo que não sinto calorzinho ao meu lado. Esse calor. Sylvia, sem se mexer para não machucar ou não incomodar a avó, recordou-se de quando necessitava do calor de sua mãe, em menina. Corria para o quarto dela se tinha pesadelos, às vezes Pilar se encolhia a seu lado na cama, ao deitá-la, juntavam os rostos, se passavam um calor que talvez fosse o mesmo calor a que se referia a avó.

No sábado de tarde foram passear pelas pontes, perto do rio. Visitaram o Pilar e a Aljafería, depois tinham jantado num restaurante próximo, Casa Emilio, onde mal tinham podido conversar porque na sala contígua estava acontecendo uma reunião literária e se ouviam gritos e golpes contínuos nas mesas. O grupo de bêbados habituais ameaçava aos gritos o garçom de ligar para um Telepizza. Um deles entoou uma canção, me disseram mil vezes, mas nunca quis prestar atenção. A voz desoladoramente desafinada se espalhou pelos salões do restaurante. No princípio Sylvia e Pilar escutaram com um sorriso brincalhão. Mas era tal o desamparo de quem a cantava, que terminaram por emocionar-se.

Caminharam de volta para casa, Pilar também detestava essa concentração de gente empenhada em divertir-se como se fosse um ofício, e você não sabe como fica o centro aqui também. Refugiaram-se no sofá e assistiram a um programa onde todos gritavam como se falassem de algo vital para a humanidade embora nesse momento só se referissem à fístula anal de um dos participantes num concurso de sobrevivência numa ilha do Caribe. Pilar foi dormir logo, Sylvia ainda ficou mais um tempo. Na televisão apareceu uma mulher loura, insignificante ao lado de seus lábios e peitos operados. Depois da publicidade vai nos falar da longa lista de jogadores de futebol que passaram por sua cama, anunciou o apresentador com entusiasmo. De modo que não deixem de assistir, estaremos de volta em três minutos.

Sylvia teve um palpite que se confirmou após os dez minutos de publicidade, quando a mulher da televisão disse que entre outros jogadores de futebol famosos tinha transado com um argentino que joga num time madrilense e que tem nome de detergente. Sylvia mandou uma mensagem para o celular de Ariel. Ligue a televisão. Apenas uns segundos depois Ariel ligou para ela. Você transou mesmo com essa coisa? Ariel estremeceu, ela disse isso? Deu pistas. Não sacaneie, eu a processo, isso é incrível. Poderia escolher melhor, na verdade, lhe disse ela. Mas é mentira, foi com meu irmão, Charlie, ele a levou para o quarto do hotel, éramos recém-chegados. Você ainda não me conhecia, não é mesmo? É claro, lhe respondeu Ariel. Sylvia lhe perguntou, e desde que me conhece já transou com muitas mulheres? Não diga bobagem. Não, não, não me importa, cara, preferiria que não tivessem a pinta de putona dessa desgraçada. Mas é que qualquer um pode aparecer na televisão para dizer o que se lhe der na telha!, protestava Ariel. As pessoas são assim, lhe disse Sylvia com desânimo.

Durante o passeio junto ao Ebro, Pilar contou a Sylvia que tinham começado os trâmites para adotar uma criança. Santiago queria muito ter um filho, diz que sente inveja de mim, quando vê você. Sylvia não esperava que sua mãe quisesse de novo enredar-se na vida familiar. E quer se meter outra vez nessa confusão? Pilar riu com vontade, essa confusão é você agora e eu adoro, por que não vivê-la outra vez? Você não gostaria? Sylvia se limitou a responder, não sou eu quem tem que gostar, mas você.

 E se não der certo com Santiago? Por que não daria? Porque às vezes não dá. Mas, quando você está com alguém, não pode pensar que talvez não vá dar certo, tem que apostar em que vai dar certo, confiar, senão... Pilar não terminou a frase.

Sylvia teve inveja da atitude de sua mãe. Em sua relação com Ariel sempre teve um plano alternativo para o caso de catástrofe. Um plano de fuga, uma linha de evacuação como a indicada pelas aeromoças com gestos automáticos. Embora na maioria das vezes, quando a tragédia sucede, ninguém alcance a porta de saída ou ela está fechada e não abre de jeito algum. Em sua relação com Ariel havia algo que lhe dizia, tudo isto que você está vivendo se acabará amanhã e você não poderá chorar por isso nem contá-lo a ninguém. Jamais tinha se enganado. Por isso sua mãe, com uma dolorosa derrota às costas, era exemplar em sua maneira de encarar a nova vida. Ter um irmãozinho pode ser bom, se viu obrigada a dizer. E conseguiu um sorriso de Pilar.

Mai tinha proposto a Sylvia viajarem juntas nos feriados. Vá comigo a Barcelona, assim conhece a cidade. À casa ocupada? Não, não, procuramos um hotelzinho e, se Mateo quiser sair com a gente algum dia, muito bem, mas não estou escravizada a ele. Então, por que vai à cidade onde está ele? Melhor seria irmos para outro lado. Sim. Mai ficou sem palavras. Depois disse, é que você não conhece Barcelona, é muito legal, nada a ver com Madri.

Sylvia e Ariel tinham feito planos para ir a algum lado nos três dias da Semana Santa. Mas tudo dependia da situação no clube. Os dias de lesão tinham sido esgotantes. Quando não jogamos, somos como uns inúteis, tinha explicado a Sylvia. Agora compreendo esses jogadores profissionais que quando se afastavam dos campos vinham nos ver treinar, queriam conversar com a gente, necessitavam manter contato, formavam times de ex-jogadores e ainda competiam entre si, como se nada tivesse mudado. Transformavam-se em *habitués* dos cafés para rememorar causos. Ainda davam alguns autógrafos ou alguém lhes perguntava sobre a partida seguinte como se eles soubessem melhor que ninguém o segredo, e, naturalmente, aceitavam participar dos debates nas rádios e nos canais de televisão. Jogadores de futebol sem futebol, assim os chamava o Dragón, uma raça perigosa, como os cantores sem canções ou como os homens de negócios sem negócio. Relógios parados.

Essa confessa inutilidade para a vida civil comovia Sylvia. Também a aterrorizava. Não queria ser uma vítima disso, não queria converter-se na sombra de alguém assim. Na sombra de uma sombra. Por isso talvez, quando Ariel desce à academia, ela prefere ficar com seus apontamentos ou com o romance que Santiago lhe deu.

Quando o professor de matemática deu as perguntas da prova, Sylvia compreendeu o resultado de um mau ano de estudos, do relaxamento, da falta de concentração. Sentiu pavor de ficar sem nada, sem Ariel, mas também sem ela mesma. Por isso prolonga esse tempo no banco da rua com seus amigos de classe. Oferece-se para acompanhar os que vão à esquina trocar garrafas de cerveja por novas bolsas de garrafas cheias. Desfruta de repente ao pagar ao chinês que soma a uma velocidade endiabrada e depois distribui a mercadoria entre os outros. Por isso, embora seu celular toque na mochila para anunciar a chegada de uma nova mensagem, não corre para lê-la.

Só um tempo depois, a caminho de casa, a olha, "fazemos algo juntos?". Tudo, quereria responder ela, mas não o faz porque sabe que não é possível. Às vezes o diz de brincadeira, tenho ciúme da bola, de que meu namorado em lugar de ter a mim na cabeça tenha uma bola de couro com desenhinhos futuristas.

Em casa não há ninguém. Come umas fatias de presunto de york que pega no fundo da geladeira. Sente preguiça de cozinhar. Deita-se em seu quarto e escuta música. Depois responde à mensagem. Dentro de uma hora Ariel passará para pegá-la e ela se sentirá de novo outra pessoa, distante dessa preguiça adolescente que agora a mantém com os olhos cravados no teto e na voz que repete o estribilho de uma música que ela sabe de cor.

22

Duas vezes ligou para o número de Osembe nesses dias. Agora obtém a mesma mecânica resposta, este telefone está bloqueado para certas chamadas. O aspecto de sua sobrancelha melhorou, diminuiu a inchação e o medo que sentiu por não ter ido a uma emergência se dissipou porque o ferimento cicatrizou normalmente. Permanece o rastro do golpe, mais amarelo que roxo em torno do olho. A dor do lado pode dever-se a uma fissura na costela, mas só o incomoda quando dorme sobre o lado direito.

Naquela noite Leandro tinha saído do apartamento dolorido e amedrontado. Tinha se limitado a recolher a roupa de cama e pô-la na lavadora, tinha afastado os vidros do chão da cozinha com o pé, juntando-os num canto para evitar que alguém se cortasse. Examinou com o dedo as marcas do piano. Fechou tudo com as chaves e as deixou na caixa de correio do porteiro.

Não sabia muito bem o que aconteceria. Tampouco podia fazer nada para solucioná-lo. Esperaria a reação de Joaquín. Explicaria a ele o sucedido.

Voltou para casa a pé, depois de lavar o ferimento. Não tinha dinheiro para pagar um táxi, de modo que caminhou no frio, que parecia cair-lhe bem num primeiro momento, mas que depois passou a lhe ferir o rosto. A dor no abdome o fazia pensar em Osembe. Ela me odiava tanto assim? Numa de suas idas à sala devia ter deixado a porta aberta, preparada para a entrada do outro. Seria seu companheiro? Talvez seu cafetão.

Havia muita gente na rua, nas portas, perambulavam de um lugar para outro em busca de diversão. Era sexta-feira de noite. Em casa entrou silenciosamente, não queria acordar Sylvia, que tinha se deitado para dormir ao lado de Aurora. Dentre os remédios dela, escolheu um analgésico e se deitou para dormir. Demorou a consegui-lo.

No dia seguinte desceu para tomar o café da manhã na rua, no bar teve que explicar que o tinham assaltado para roubar-lhe a carteira. Era mouro?, perguntou o vizinho no balcão. Não, era negro, disse Leandro, africano. Que gente, cacete! Na delegacia denunciou a perda do documento de identidade e dos cartões. Quer dar parte das lesões?, lhe perguntou o mais jovem dos policiais. Não, não, não importa. Faça-o, caralho, faça-o, lhe disse outro de longe, que apareça nas estatísticas, porque aqui ninguém quer dar-se conta da catástrofe em que vivemos.

Na segunda-feira aguardou a ligação de Joaquín. Aventou a possibilidade de antecipar-se e contar-lhe tudo. Mas de novo se impôs a covardia. Havia a possibilidade de que Joaquín não lhe censurasse nada. Poderia resolvê-lo de maneira discreta e em troca não teriam que voltar a ver-se nunca mais nem falar disso. Sempre a solução mais covarde. No domingo passou um bom tempo calculando as possibilidades que teria de ser atropelado ao jogar-se do meio-fio para a rua no exato momento em que viesse um ônibus. Mas descartou a possibilidade após imaginar-se muito ferido no hospital quando mais necessitava dele Aurora. Entendeu que o suicídio era uma saída bastante honrosa para sua situação. No entanto, tinha um terrível medo físico.

O suicídio não desapareceu de seus pensamentos até que ao meio-dia deu de comer a Aurora com lentas colheradas. Recolhia algum macarrão que lhe ficava no queixo e a limpava depois com um guardanapo. A ela disse que tinha se chocado, ao levantar algo do chão, na mesa da cozinha. Um tempo depois, quando Aurora dormiu, se refugiou no banheiro e chorou diante do espelho, com amargura, ao contrário de como choram os bebês, com esse desespero dos que sabem que vão ser acalmados. Não, chorou com a surda contenção dos que já não esperam consolo de ninguém.

Aurora lhe falou de Sylvia. Está numa idade terrível e, no entanto, é estupenda. Tinha ido cedo para a estação. Leandro a tinha evitado, apesar de tê-la ouvido sair. Diz que este ano não vai muito bem nos estudos, como poderíamos lhe dar uma mão? Talvez possa dar dinheiro a Lorenzo para que contrate um professor particular. Leandro anuiu, ia fazê-lo.

O tempo em que conversou com sua mulher ajudou Leandro a recompor-se. Nisto consistiu minha vida, voltar para casa aterrorizado e encontrar aqui a calma, o remédio contra o medo, contagiar-me do gosto pela vida de Aurora. Ela foi a locomotiva para esse vagão sem força que sou eu. Leandro soube que não se mataria, não faria isso com Aurora, talvez quando ela morresse, ele a acompanharia com gosto, mas não antes. Certamente se culparia por ela estar doente, julgaria a partir dessa conclusão sua vida inteira, seu fracasso íntimo. O suicídio é uma punhalada incurável para os que amam você e sobrevivem a você. Leandro se deu conta de que sua relação com Osembe tinha tido algo de suicídio, de suicídio privado. Ao menos ele se sabia morto.

Todas essas sensações dispararam quando veio vê-lo seu filho, Lorenzo. Liguei para uma prostituta, lhe explicou, já sei que é uma estupidez. Não quis dar-lhe mais detalhes. Lorenzo se ofereceu para resolver tudo com Jacqueline, esses ricos não sabem quanto custa o dinheiro, podemos falar com a polícia. Leandro fingiu um último impulso de orgulho, não, não, deixe para lá, mas sabia que seu filho nunca mais o veria com os mesmos olhos. Os filhos são capazes de perdoar aos pais quando descobrem que eles tampouco cumpriram suas expectativas?

Não lhe custou absolutamente nada preencher um cheque para Jacqueline com o valor que Lorenzo tinha acertado com ela. Incomodou-o que Joaquín se tivesse retraído nessa questão. Ele também se oculta. Jacqueline se conformava com dezoito mil euros, mas não tinha deixado de dizer uma última frase, o que não tem preço é arruinar uma amizade de toda a vida.

Polirão o piano, pintarão as paredes, reporão as cortinas, trocarão o sofá e o tapete, e, entre outras pequenas coisas eliminadas da mobília, desaparecerá o velho Leandro de suas vidas e com ele os últimos vestígios de uma origem prescindível.

Lorenzo se preocupou com as contas de seu pai. Tem mesmo este dinheiro? É muito. Sim, sim, claro, lhe respondeu Leandro antes de entregar-lhe o cheque assinado.

Leandro desliga o telefone. Tampouco saberia o que dizer a Osembe. Talvez ela tema a chegada da polícia e até tenha desaparecido de seu apartamento. Valia a pena tudo isso pelos euros que levou? Euros que lhe teria dado de um modo muito menos violento, ou é que o ato teve em si algo de acerto de contas. Isso também mortificava Leandro. Ela sabe que não farei nada, que não passarei a vergonha de ir a uma delegacia. Leandro só gostaria de perguntar a Osembe, em nome de quem lhe deu aqueles pontapés covardes. Em seu próprio nome? Ele o merecia? Odiava-o tanto assim? Ou foram só um fingimento diante de seu companheiro, para evitar mal-entendidos? Que importava? Apenas o ajudaria a completar o mapa humano, algo que fascina Leandro e que ele nunca conseguirá de todo. As pessoas fazem coisas sem reparar nelas. Não existe motivação para todos os atos, é um erro acreditar nisso. Poderia alguém talvez imaginar-me? Explicar-me? É claro que não.

Entra no quarto de Aurora com a bacia de água e a esponjinha. Ajuda-a a levantar os braços e arruma a roupa de cama. Ao fazê-lo, sente dor no costado atingido por um dos primeiros pontapés, ou foi a queda? Como se saltasse de um trem para outro, esquece Osembe para concentrar-se em Aurora. Ela lhe sorri, quer falar com ele, mas não tem força suficiente. Leandro se inclina e pensa que ela quer beijá-lo. Aproxima a face, mas Aurora lhe fala com um sussurro.

Seria bom ligar para uma ambulância, não estou bem.

23

Para Lorenzo é importante que Sylvia conheça Daniela. Esta já existe como sombra, como ideia, até como presença real, embora não tenham chegado a ver-se. Vou ser a última a conhecer a garota que você está namorando? Não, não, se engasgou Lorenzo com a torrada do café da manhã, estou esperando o momento. Dou tanto medo assim a você? Lorenzo sorriu como única resposta.

Resolver os problemas de seu pai, a penosa assinatura do cheque que entregou num sóbrio gesto ao antipático porteiro, para a senhora Jacqueline, o tinham mantido afastado de Daniela e de casa. Tinha querido permanecer perto de seu pai, poderia cometer qualquer bobagem. Via-o de moral baixo, com o olhar afundado. No dia seguinte pensava em ir até o banco e pôr-se a par das contas. Em todos esses anos não tinha dado uma mão a seus pais com as questões administrativas e talvez fosse um bom momento para examinar tudo.

Não tinha voltado a desfrutar de intimidade com Daniela fazia vários dias, mas Lorenzo queria encontrar o momento para apresentá-la a Sylvia. Não era fácil. Ela cada vez passava menos tempo em casa. Desaparecia nos fins de semana, se justificava com desculpas vagas. Tinha namorado, mas já chegariam as férias para permitir-lhe um horário menos rigoroso. Nesta tarde ficaria em casa estudando para as provas, lhe disse, e Lorenzo subiu para dizê-lo a Daniela.

Ela lhe abriu a porta. Entre, mas sem tolices. O menino assistia à televisão hipnotizado. Agora vamos sair, disse a Lorenzo, queria ir com o menino ao Corte Inglés, ali se encontrava com outras garotas, o chão é limpo e as crianças brincavam enquanto elas podiam conversar ou comprar algo. Fazia frio demais para o parque. Esta tarde quero que você vá lá em casa, Sylvia vai estar e eu gostaria que vocês se conhecessem. A Daniela desagradava que ele subisse para vê-la e o obrigou a que se fosse rápido, não queria que se repetisse a cena do outro dia, e por isso, embora ele a tenha abraçado com teimosia e ela tenha notado a ereção colada à coxa, resistiu e o tirou do apartamento entre risos contidos.

Lorenzo tinha ficado para almoçar com Wilson. Examinaram os dados de sua pequena caderneta, ele terminou de anotar algum detalhe com sua letra escolar. Lorenzo lhe perguntou, você se incomodaria se eu namorasse Daniela? Por que iria me incomodar? Você se incomodaria se sua filha namorasse um equatoriano? Lorenzo arqueou as sobrancelhas. Nunca tinha pensado nisso. Suponho que não. Pois, então, por que vou me meter no que fazem duas pessoas adultas?

Lorenzo ficou calado. Wilson sorria como sempre. Quer dizer então que você conseguiu, a gente via que estava amarrado nela. Eu acho que ela gosta de mim, sorriu Lorenzo. Então, qual é o problema? E no olhar sorridente de Wilson, com seu olho louco como ele dizia, Lorenzo encontrou afinal alguém a quem contar aspectos inconfessos de sua relação.

Lorenzo bate à porta de Sylvia. Encontra-a deitada na cama, com os fones de ouvido. É assim que você estuda? Ela agita os apontamentos no ar. Grande concentração, diz ele. Já chegou?, Lorenzo lhe tinha dito que se conheceriam esta tarde. Sylvia brinca, tenho que pensar nela como numa madrasta ou posso vê-la só como um caso do meu pai? Lorenzo dá um passo atrás e dá de ombros, um caso, é claro, um caso. É que não é a mesma coisa. Coitadinha, como alguém vai ser sua madrasta, olhe só que aspecto você tem, você dá medo, vai se pentear um pouco ao menos, não?

Lorenzo não advertiu Sylvia de que se trata da garota que cuida do menino dos vizinhos. Daniela lhe contou todas as ocasiões em que cruzou com Sylvia na rua ou na escada, mostrou a língua para o menino, ela está mais bonita, hoje escrevia uma mensagem no celular, viu com que velocidade escreve com o polegar?, é engraçado vê-la. Talvez sua filha também tenha os mesmos preconceitos que os outros. Quer que prepare algo de jantar? Não, não, vamos sair. Lorenzo se mostrava inquieto, Daniela se atrasava. Algo está acontecendo, ele está nervoso, você talvez não tenha me dito a verdade, que tem minha idade ou algo assim. É mais velha que você. Lorenzo volta a olhar o relógio. Daniela costuma ser pontual, sempre correm para uma central telefônica porque quer ligar para sua casa em Loja na hora de sempre. Ele a espera do lado de fora e quase sempre as ligações duram o mesmo número de minutos.

Toca a campainha, Sylvia sorri, num gesto de brincadeira morde as unhas, segura o cabelo. Lorenzo a deixa no meio da sala e vai até a porta. Abre. É Daniela. Mas é Daniela com uma bolsa esportiva no ombro, o sobretudo azul-pálido por cima e os olhos cheios de lágrimas. Não diz nada. Lorenzo a convida a entrar. Entre, o que é que está acontecendo? Daniela morde o lábio e balança a cabeça. Cumprimenta com um gesto Sylvia, que a reconheceu imediatamente e não saiu do lugar. É melhor irmos para rua, tenho que falar com você, perdão. A última coisa ela disse para Sylvia, desculpe-me por não entrar. Lorenzo olha para a filha, pega o casaco e sai para o patamar. No portão mesmo, Daniela desaba, chora mais. Suas primeiras palavras compreensíveis são me mandaram embora, me mandaram embora, Lorenzo.

Eles me mandaram embora.

24

Ronco lhe diz não volte a me pedir essas coisas, estive a ponto de vomitar ali dentro. Entrou no carro de Ariel e saem da zona alta de Madri por ruas engarrafadas, furgões de entrega de que sai um operário que pede um minuto com um gesto para fazer descer na porta de um restaurante barato uns garrafões de óleo de girassol e sacos de farinha. Quando cresce a fila de carros que esperam e diminuem as buzinadas, o furgão se vai. Ronco acaba de sair da agência que tem as fotos de Ariel com Reyes. É duro enfrentar a realidade de que me dedico a uma profissão de víboras, diz Ronco. Estou mal acostumado, meu chefe é desses muito poucos jornalistas que fazem bem seu trabalho, que é honrado, decente e, além do mais, escreve bem.

Ariel se interessou pelas fotos através de Arturo Caspe. Não vá pensar que eu tive algo a ver com isso, o representante falava empolado. Essas garotas são modelos e sempre há imprensa por trás delas. Ser famoso tem dessas coisas. E a você não prejudica, os torcedores gostam que seus jogadores sejam uns conquistadores, viris. Ariel não tinha vontade de discutir nem prolongar muito o telefonema.

Quero que me diga para que agência trabalha o fotógrafo, só isso, se limitou a dizer-lhe. Meia hora depois, Caspe ligou para dar-lhe um nome. No carro, antes que Ronco subisse ao escritório da agência, Ariel lhe assinou um cheque em branco. Está louco? Com isto eu poderia fugir para viver no Brasil.

Por que o fazia? As fotos não lhe comprometiam em nada. Não iam prejudicar a ele nem a Reyes. Mas não queria que então, com a negociação de seu futuro em aberto, o clube utilizasse suas saídas noturnas contra ele. Faziam-no contra os jogadores de futebol sempre que as coisas iam mal. A própria festa de La Coruña, após duas partidas do time local perdidas, foi usada pelo presidente do clube para dar a entender que os jogadores não levavam a sério o final da competição, e o próprio diretor que organizou a ida das garotas passou tudo a um locutor de rádio a que devia um favor. E depois, mais profundamente, isto ele não confessava a Ronco, estava Sylvia. Ariel não queria que aquele acontecimento envenenasse sua relação. Primeiro a estúpida que saiu na televisão para se jactar de suas transas com jogadores de futebol. Até no time fizeram brincadeiras com ele. Ronco lhe disse, vocês, os bonitões, não podem se permitir confusões com esse estrupício, têm que elevar o nível, é uma obrigação moral e estética para com o mundo. Também Sylvia tinha ficado sabendo da apresentação de Marcelo em Madri e lhe perguntou, você foi? Fui, mas com amigos argentinos, lhe disse Ariel, e ela se chateou por não a ter convidado. Pensei que você não gostava. Você me sacaneou outra vez, como sempre. Uma vez mais ele sujava o que nela era limpo, sem hipocrisia.

Ronco estava demorando a descer da agência. Ele lhe tinha explicado como funcionavam. Além de fotos profissionais, faziam fotos de namorados e namoradas brigados, aproveitadores. Era rara a semana em que não aparecia um sujeito para negociar a respeito de umas fotos de uma modelo, de uma atriz, de uma apresentadora nua numa praia ou na varanda de casa, ou enfiando a escova de dentes na boceta, este exemplo lhe tinha dado Ronco, fotos tiradas na intimidade de uma relação que semanas, meses ou anos depois só servem para ganhar algum dinheiro e sujar a reputação de quem o abandonou ou que deixou de ser seu parceiro. Ronco lhe contou que, quando se casou o Príncipe, as agências faziam de tudo para ficar com as fotos que lhes chegavam de antigos colegas de colégio, de ex-namorados da garota, vendiam seus históricos médicos, a ficha do ginecologista, os trabalhos escolares, e até apareceu um pintor que vendia quadros para os quais ela tinha posado nua. Depois se negocia com isso, se trocam favores. Este país engole centenas de fofocas diariamente. Como todos, lhe corrigiu Ariel, pensa que o meu é melhor?

Quando ele aparece depois de uma longa negociação e sai pelo portão e entra no carro de Ariel, Ronco tem vontade de brincar. Eu esperava algo erótico, quente, um escândalo daqueles. Sexo selvagem, orgias, animais no meio. Até o cara da agência estava surpreso. Quer tirar de circulação umas fotos de merda com dois jovens bonitos dentro de um táxi? O que é que está acontecendo? Ela caçou um milionário e não quer que as fotos fodam com ele? Ou ele deu uma trepada com a filha do presidente e isto pode lhe custar a carreira?, foi isso o que me perguntou o cara da agência, e, a verdade, eu não sabia o que responder. Ariel não diz nada, se limita a escutá-lo com um leve sorriso. Vai me contar, vai me dizer que porra que está acontecendo e por que tivemos que dar dois mil euros a esses filhos de uma cadela?

O melhor é eu apresentar Sylvia a você, lhe diz Ariel. E dá a partida no carro.

Não diga nada a ela de tudo isto, o adverte Ariel mais tarde. Estão a caminho de sua casa para pegá-la. Mas nesse instante Ariel recebe uma mensagem de Sylvia. "Minha avó está no hospital, me encontro com você em duas horas." Mudança de planos, anuncia Ariel, temos duas horas livres. Bem, depois de tratar com aquelas raposas da agência, o corpo está me pedindo algo. Em que lugar está pensando? Ronco guia Ariel para um lugar onde ele afirma que servem os melhores gins-tônicas da cidade. Tudo com muita arte. Genebra às cinco da tarde? Pensa numa hora melhor?, lhe diz Ronco.

Leva-o até um lugar perto da Castellana. É um local decadente, as paredes vestidas de papel grená e um balcão semivazio. Algumas mulheres nas mesas ao fundo. É um lugar para encontros, um clássico. Ronco cumprimenta o garçom com familiaridade e eles vão se sentar a uma mesa. Isto é o que se conhece como um piano bar. Aqui me encontrou um meio-campista asturiano que jogava no seu time com que fiz uma das minhas primeiras entrevistas enquanto ia para a cama com uma senhora que não era a sua senhora. Eram outros tempos, eu estava começando, ele terminando. Ficou uma entrevista estupenda que nunca publicaram.

Ariel e Ronco falam diante dos copos. A rodela de limão flutua entre as pedras de gelo e as diminutas borbulhas da tônica. Ariel voltou aos treinos essa manhã. Com Requero, o treinador, mal troca monossílabos. Não pensei que isto fosse tão complicado, confessa a seu amigo. Aqui conquistar a arquibancada é questão de detalhe, às vezes de um acaso, lhe explica Ronco. Há medíocres por quem seriam capazes de morrer e gênios a quem não entenderam nunca. Depois gostam muito do populista, do que corre com vontade para uma bola inalcançável, do que pede ao público que estimule, do que dá bronca nos colegas quando estão perdendo. Deviam punir os que mais suam nas partidas. Mas suor é supervalorizado. Além disso, vou lhe dizer uma coisa: em Madri nunca triunfaram os jogadores estrangeiros de olhos claros. Não, este é um esporte de desconfiados, e as pessoas sempre suspeitam de quem tem olhos claros. Aqui quebrar pernas é mais bem visto que driblar. E no jornalismo acontece o mesmo, querem um "quebrador de pernas". As pessoas acham que o jornalista que insulta é mais livre, mais independente, mas não veem que sempre insultam aquele que não tem poder. Cospem para baixo. Eu juro que você levaria vinte temporadas para começar a compreender quão demente é tudo aqui.

Lá é igual, acredite em mim. Em todos os lugares é igual.

Sim, talvez você tenha razão. Sabe qual é o seu problema, Ariel? Você pensa. Pensa demais. E um jogador de futebol não pode pensar. Um jogador de futebol não pode ter vida interior, caralho. Isso o descontrola. Isso angustia você, paralisa você. Você vai ter tempo de pensar quando se afastar dos campos, porra. Não queime a mufa, jogue. Limite-se a jogar e a ver onde caralho o levam as coisas. Pedimos outro gim-tônica?

Ariel lhe fala de Sylvia. Tentei não me apaixonar por essa garota desde que a conheci. Talvez o álcool ou o olhar apaixonado de

Ariel quando fala dela estimulam Ronco a confessar. Você sabe que eu só cursei um ano na universidade? Depois comecei a praticar e mandei tudo tomar no cu para desgosto da minha mãe. Ali conheci uma garota. A garota era bem especial, escrevia poesia. Pode fazer uma ideia, não? Mas era bonita, não sabe como. Tínhamos nascido para nunca cruzar um com o outro. Naquela época eu gostava do The Who, tinha visto *Quadrophenia* cento e três vezes e usava umas costeletas compridas como os pés desta mesa, mas me apaixonei por ela como um cretino.

Ronco faz uma pausa, uma pausa tão longa que Ariel chega a pensar que talvez tenha terminado de contar, e por isso pergunta, e? Namoramos, um mês mais ou menos. Depois rompemos. Talvez fôssemos jovens demais, sei lá, ou tudo foi culpa dessa sensação absurda de que se você encontra a mulher da sua vida aos vinte anos o melhor é fugir. Alguém assim a gente só encontra aos quarenta, e ainda assim me parece cedo demais. Aos sessenta. Faz dois anos eu a reencontrei na rua. Tem um menino, é casada, é assessora de imprensa em não sei que ministério dessas coisas babacas a que se dedicam os políticos, não sei se da Justiça ou das Relações Exteriores. Foi curioso porque lhe perguntei, ainda escreve poesia? E ela ficou vermelha como um tomate. Para mim foi um corte, porque ela não queria falar disso, pode acreditar? Bem, eram umas poesias horrorosas, é claro, como todas as poesias.

Deixe de cretinice, como pode dizer isso?

Mas é a verdade, quando você ralou na Terceira Regional e nas merdas de campos de futebol de toda a Espanha, depois de conhecer as pessoas de verdade que há por aí afora, eu juro que, se puserem na minha frente Lorca ou Bécquer ou Machado, eu sei bem o que lhes diria. Imagine que fossem recitar suas obras-primas no meio de um campo de futebol, quanto tempo as pessoas levariam para saltar para pisar nas vísceras deles? Não, cara, não, a poesia é uma mentira que inventamos para acreditar que às vezes podemos ser ternos e civilizados. Pois bem, no momento em que a mulher se ruborizou, eu me dei conta de que eu conhecia o segredo dela, mais que isso, de que esteve verdadeiramente tão apaixonada por mim quanto eu por ela, coisa de que sempre duvidei, embora uma vez ela tenha escrito para mim uma poesia.

Para você? Dedicou uma poesia a você?

Isso é tão estranho assim? Há gente que dedicou poesias a uma vaca cega ou a Stalin. Sim, senhor, a mim. E a sei de cor ainda. Quer escutá-la? Ariel afirmou com a cabeça, entusiasmado. Ronco começou a recitar com pausas sentidas: "Não és belo, não és perfeito, e esse cabelo ruivo, o que fazer com ele, assusta-te pensar, assusta-te acariciar, preferes que te chamem de imbecil a que te digam eu te amo, e por isso agora te escrevo: és imbecil, és imbecil, meu amor, és imbecil." Não lhe parece a declaração de amor mais bonita que já ouviu na vida?

Ariel desatou a gargalhar, sobretudo por causa da atitude transcendente com que Ronco lhe tinha recitado os versos. Ela o conhecia bem, você é um imbecil. Você não entendeu, "preferes que te chamem de imbecil a que te digam eu te amo", e ela me diz eu te amo chamando-me de imbecil, que incultura.

Ariel não conseguia parar de rir. Há um momento não teria pensado que alguém fosse capaz de fazê-lo esquecer o momento que vivia. Agora enxugava as lágrimas com um guardanapo de papel enquanto Ronco insistia, seu animal, imbecil quer dizer meu amor no poema, não é literal, é uma metáfora ou qualquer coisa assim... Você sabe o que é uma metáfora? É claro, como uma merda de um jogador de futebol vai saber o que é uma metáfora?

Pegam Sylvia na porta lateral do hospital. Ela e Ronco se cumprimentam, e Ronco a obriga a instalar-se no banco de atrás. Perdão, mas eu nesse buraco não entro, não cabem as pernas, se desculpa Ronco. Além disso, os carros esportivos sempre me deram nojo. A mim também, diz ela. Ou vou mudar, eu juro, ou vou trocá-lo, diz Ariel.

Ronco escolheu um restaurante. Para chegar a ele, é preciso sair de Madri. Atravessar um páramo repleto de escritórios, centros comerciais e cruzamentos de estrada. Fica longe, mas é do cacete, e ali não encontraremos ninguém.

É um restaurante galego, a mulher do dono sai da cozinha para beijar Ronco e dizer-lhe meu menino, meu menino, como está magro. Que este restaurante continue aberto, lhes explica quando se sentam, é a prova de que este país não se tornou uma merda completa. Agora vocês vão ver que sabor têm as coisas, do cacete.

Ronco vai ao banheiro. No caminho lhes mostra um pedaço de fogaça colocado em sua cesta de vime numa mesa vazia, vejam, vejam que pão, por favor, ainda nos resta algo autêntico neste mundo. Ariel tocou a mão de Sylvia. Como está sua avó? Muito mal. Sylvia fica em silêncio. Se quiser, deixamos a viagem de lado, propõe ele. Pensou em algo?, pergunta ela. Ariel anui com um sorriso, nós, os homens apaixonados, somos assim. Sylvia o olha nos olhos. Vocês dois estão bêbados.

Ronco sai do banheiro e volta para a mesa. Sylvia, quando este fracassado de merda jogar na Terceira Divisão da Sibéria, por favor, não deixe de me ligar para sairmos, está bem?, não deixe de me ligar.

Talvez eu faça isso.

QUARTA PARTE
"Isto é o final?"

1

Veneza está tingida da cor castanho-escura de suas casas. Há pouco que fazer além de olhá-la, diz Sylvia. Fascinar-se porque alguém possa viver ali. Sentaram numa praça empedrada. Entraram numa loja de pulseiras e colares feitos à mão. Há dois gatos deitados sob uma magnólia. Durante o passeio de gôndola, de noite, ele a abraçou. Sylvia escondeu a cabeça no ombro dele. Soava a música de uma casa próxima. Dos canais veem os tetos dos apartamentos habitados, cruzam com turistas de cartão-postal, escutam o assobio dos gondoleiros antes de fazer as curvas. Sylvia sente a mão de Ariel durante todo o passeio pousada em seu ombro. Sim, lhe custará esquecê-lo. Ao passarem sob uma ponte, um grupo de espanhóis reconheceu Ariel e começou a tirar fotos deles e a gritar. Somos os melhores, olê, olá. O gondoleiro os livrou do assédio após virar no canal.

Visitaram um museu de pintura e olharam as vitrines com roupa de marcas de luxo. Tomaram um sorvete na praça San Marcos, olharam as crianças que abrem os braços e deixam os pombos cobri-los ao pousar. Na noite passada tomaram a última rodada no Harry's Bar e Ariel não lhe permitiu ver a conta. Você se deprimiria. Sobre a mesa, Ariel lhe entregou um presente, ela o desembrulhou. Dentro de um pequeno estojo há dois colares. De ouro? Ele anuiu. Está louco. São duas pequenas correntinhas segurando, cada uma, uma metade de uma bola de futebol. Juntas, se forma a bola completa. É apenas um menino, pensou Sylvia. É lindo, disse. Fez para mim um ourives de Rosario, demorou pra caramba. Sylvia sorriu, ele a divertia quando usava expressões espanholas, soavam estranhas em sua boca. Sylvia pendurou seu colar em Ariel e ele a ajudou com o fecho do seu. Dormem num hotel da ilha do Lido, mas dão um passeio até encontrar um "taxista" velho que lhes oferece de beber numa garrafa de vodca enquanto guia a lancha. Ao despertarem, após abrirem as cortinas, veem o mar, com as casinhas de aluguel na praia.

    Ariel pegou Sylvia na esquina de casa, foram até o aeroporto. No quadro de embarque, ela leu Veneza e esse foi o final do segredo. Não consigo acreditar. Convenceram-me na agência de viagens, me parecia um pouco brega. Brega? Você não tem nem ideia. Embarcaram juntos. Neste voo sou sua irmã ou acabamos de nos conhecer?

    Na saída do aeroporto os esperava um condutor com um cartaz com o nome de Sylvia. Ele os levou até o atracadouro, dali de lancha até a ilha. Como tudo isso pode se sustentar? É mágico. Que cheiro, não? Ao percorrerem a cidade no *vaporetto*, veem as fachadas recobertas de andaimes, os trabalhos de restauração. Descem para percorrer o mercado e ficam no meio da ponte para olhar o canal. Perto acontecem conversas barulhentas de espanhóis, Ariel usa óculos escuros e um boné de golfe. Está disfarçado de famoso incógnito, todo o mundo vai olhar para você, lhe diz Sylvia. Enquanto não tira os óculos e o boné, não para de dar autógrafos. Uma família argentina com um menino com a camisa do San Lorenzo os retém quase vinte minutos sob a ponte do último suspiro, o pai é economista e explica incansavelmente a Ariel sua teoria sobre a globalização e o déficit estatal. Numa barraca de camisas de jogadores de futebol, Sylvia pede a de Ariel, o vendedor consulta dois ou três empregados mais jovens, sim, Ariel Burano, mas o vendedor nega com a cabeça, Sylvia se vira para Ariel para deleitar-se com a humilhação.

    Ariel contratou uma lancha para levá-los até a ilha de Burano. Supõe-se que eu venho daqui. Ao menos isso inventou o clube. As casas são pintadas em cores de tom pastel em torno dos canais, parece décor de um musical. O condutor lhes explica que essa é a forma de você reconhecer sua casa nos dias de névoa e depois lhes faz um gesto de bêbado, para esses também é uma ajuda. Só tinham pensado em passar um tempo, mas lhe dedicam quase o dia inteiro. Acabam por comer num restaurante com varanda que serve peixe do dia. Passeiam sob um portal com uma virgem rodeada de flores. Isso me lembra Boca, diz ele. Há um colégio onde os meninos jogam bola e dois velhos cumprimentam ao vê-los passar. Devem ser seus parentes.

Talvez possa vir para um time italiano no ano que vem, diz Ariel durante o almoço. Você gostaria de viver aqui? Sylvia dá de ombros. Bonito demais, não? O garçom mostra a Sylvia como comer o azeite, serve-o no prato e depois deixa cair sobre a gota verde-oliva um punhadinho de flor de sal.

Em dois meses terá terminado a temporada. Os dois receiam o final. Sylvia tem vontade de perguntar-lhe, que serei eu para você?, mas não o faz. Pensa que custará deixar para trás tudo o que vive agora. No entanto, lhe diz que Ronco é muito simpático, por que não o apresentou a mim antes? Pensei que a assustaria, é um louco. E essa voz, a princípio acreditava que estava fingindo tê-la. São nódulos, lhe explica Ariel, me disse que em menino lhe tiraram um monte de nódulos da garganta e ele passava semanas sem poder falar, escrevendo numa caderneta. Sylvia olha para o canal, há barcos de pescadores amarrados ao longo do curso. Passou-lhe a fome. Talvez devêssemos separar-nos pouco a pouco, para que não seja de repente.

O que é que você quer dizer?, pergunta Ariel.

Não quero me despedir de você no último dia no aeroporto, me virar e ver que você desapareceu para sempre. Ariel a olha e tem vontade de abraçá-la. Seria melhor que fôssemos nos deixando a prazo. Como uma conta feita um tempo atrás.

Por que diz isso?

Sylvia está com um nó na garganta. Seus olhos de repente se enchem de lágrimas e ela baixa a cabeça, perturbada. Passa a mão no rosto. Ariel lhe toca o joelho. Envergonha-se de sua incapacidade de abraçá-la num lugar público. Por que pensa isso agora? Vamos desfrutar, não? Veja isto. Não pense em mais nada.

Sylvia anui com a cabeça. Tem dezesseis anos, parece pensar Ariel, tem somente dezesseis anos. Ele lhe diz, você é a melhor coisa que já me aconteceu. Ufa, responde ela, enquanto morde o lábio para não chorar, com esse sotaque argentino tem que ter cuidado com as coisas que diz. E afasta uma lágrima. Perdão, estou esmerdalhando a viagem, sou uma babaca.

Talvez Veneza não fosse uma boa ideia. Veneza é um lugar em que os apaixonados de todo o mundo brincam de jurar mútuo amor eterno. Há outros lugares, muitos, para trair depois. Mas Veneza não. Sylvia olha ao redor, recusou a *grappa* que Ariel bebe devagar.

Em dois dias saltará deste lugar para a sala de aula mal ventilada onde seus colegas batem uns nas costas dos outros e falam aos gritos. Não se esqueça de que tudo isto é só um atropelamento, trata-se de sair com vida, nada mais.

Toda noite, do hotel, ligou para casa. Seu pai a informa das novidades do hospital. A avó continua lá. Sem perspectivas de sair. Lorenzo sempre fica de noite, assim o avô descansa um pouco. Sylvia lhe perguntou por ele, o encontrou muito para baixo nos últimos dias. Pergunta a seu pai por Daniela, tudo bem?

Sim, sim, tudo bem.

Quando Lorenzo voltou para casa no dia da frustrada apresentação de ambas, Sylvia assistia a um filme em que uma mulher especialista em artes marciais espancava o ex-marido.

Ele explicou a Sylvia, antes que ela lhe perguntasse, a causa das lágrimas de Daniela. Tinha sido mandada embora do trabalho porque souberam que estava namorando Lorenzo, algum vizinho o tinha visto subir à casa de cima. Você entrou na casa? Duas vezes para falar com ela, Lorenzo não lhe contou da masturbação que teve lugar no toalete das visitas. Vou subir, é tudo um mal-entendido. Sylvia o reteve. Papai, espere, não se meta em confusão. Por mais que Daniela tivesse empregado toda a tarde em repetir que merecia que a mandassem embora, que ela tinha traído a confiança do casal, que teria que tê-lo contado a eles antes que o descobrissem por algum vizinho abelhudo, ele insistia em que valia a pena esclarecer tudo. Papai, lhe dizia Sylvia, não se meta nisso. Ela cuida do menino deles, você é um vizinho, a coisa os incomoda e ponto. Não pense mais nisso. Lorenzo ficou pensativo, se sentou no braço do sofá. Um monstro viscoso atacava agora a garota do filme. É injusto.

Papai, são mais de onze horas, não suba agora. Mas Daniela faz bem seu trabalho, vive disso. Qual é o problema, quem cuida de uma porra de um bebê não pode ter relações com ninguém? Necessitam de uma criada virgem para limpar a merda do menino? Sylvia recuou no sofá. Quando seu pai falava assim, parecia uma panela de pressão prestes a explodir. Não costumava usar palavrões diante dela, quando o fazia era porque tinha perdido o controle. É muito bonita, lhe disse Sylvia para desativar sua ira. Você acha? É equatoriana, não é mesmo? Sim. Vou lhe dizer uma coisa, papai, para você também é melhor que não trabalhe aí em cima, encontrará outra coisa, com certeza. Lorenzo parecia acalmar-se. Sylvia lhe sorria. Teria que ter subido para conhecê-los antes, é claro. Bato à porta e lhes digo, venho pedir-lhes a mão de sua empregada. Mas em que país vivemos: Este país está fazendo água por todos os lados. Você a acha bonita de verdade?

Desespero.

Por que Sylvia olhou para seu pai nesse instante e o que viu foi um homem desesperado? Podia ser o nervosismo, a agitação, a culpa. Também sua incapacidade de acalmar Daniela, ela tinha querido voltar para casa, amanhã nos falamos, quero me tranquilizar a sós. Frustração. Talvez. Mas Sylvia não tinha a sensação de que fosse um desespero momentâneo. Não. A Sylvia seu pai parecia um homem desesperado. Tinha encontrado uma mulher em sua escada. Tão reduzido assim tinha ficado seu campo de ação... Parecia-lhe um náufrago aferrado à sua madeira, esgotado, superado, frágil.

Ariel e Sylvia sobem logo para o quarto. O hotel está cheio de americanos de pele branquíssima que riem muito alto. Não estão com vontade de jantar. Na cama imensa, sob a luminária modernista, veem a televisão. Há concursos e uma biografia de Cristo com barba e olhar lânguido. Ariel lhe diz coisas ao ouvido e ela sorri. Depois lhe faz cosquinhas e ela tenta fugir entre gargalhadas em cima da cama, até que cai no chão de maneira espalhafatosa, sem conseguir agarrar-se à colcha. Ariel vê o corpo branco caído sobre o tapete vermelho de fios dourados e salta para pegá-la, a toma nos braços e a põe sobre os lençóis. Onde está doendo? Em todas as partes, diz ela. Ariel começa a beijá-la em cada parte do corpo. Sylvia fica com a nuca e as costas apoiadas no colchão e na desordem da roupa. Você é uma garota muito perigosa, sabia?, muito mais que muito perigosa.

2

Os dias no hospital são esgotantes. Aurora está separada de outra doente por um biombo verde de três peças. Há duas cadeiras com o assento afundado pelo uso junto à cama. Em uma costuma sentar-se Leandro, que cruza e descruza as pernas finas. Vela a inconsciência de sua mulher e também os momentos em que desperta e se aviva um pouco para olhar as visitas, para fingir que escuta o diminuto rádio pousado na mesinha de cabeceira ou para agradecer às enfermeiras suas barulhentas incursões vindas do país dos sadios e vitais. Entram como um vendaval, executam suas tarefas, mudam o soro, injetam o analgésico, tiram a temperatura e medem a pressão, trocam a roupa de cama, como se seu ofício fosse uma atividade ginástica.

Leandro conhece cada centímetro da varanda do corredor, o barulho das portas do elevador ao abrir-se ao fundo, os lamentos de algum paciente que morre nos quartos próximos. Morrer é um rito que naquele andar do hospital é interpretado com a cadência de uma partitura. O médico lhe põe a par dos avanços da doença no corpo de Aurora. Há uma palavra que soa horrível e que Leandro identifica com a forma da morte. Metástase. Ela não está sofrendo, controlamos o umbral da dor para que não sofra e possa manter a consciência o maior tempo possível. Mas Leandro fica com vontade de perguntar-lhe sobre essa dor não localizada, que não aparece em gráficos nem em queixas concretas, mas que pode atravessar você como uma faca.

Às vezes estuda o rosto de Aurora para saber se esse mal profundo se apoderou dela. Sempre foi uma mulher valente, que olhou para frente. Quando esteve prestes a morrer após o parto de seu filho, quando foi preciso transferi-la com urgência porque ameaçava esvair-se em sangue, ainda teve tempo de dizer a Leandro, lembre-se de baixar as persianas antes que entre muito sol, a casa se mantém mais fresca, porque era verão na cidade. A irmã de Aurora veio ajudá-la a cuidar do menino naqueles dias de incerteza. Naquela tarde Leandro foi vê-la no hospital e ela o tranquilizou, como pensar que eu ia morrer exatamente agora que temos um menino tão bonito?

Agora, sim?, se pergunta Leandro. Agora, sim, lhe cabe morrer? Já não há nada que a retenha? Toda noite seu filho, Lorenzo, que agora é um homem de meia-idade, vencido e calvo, vem substituí-lo e se deita para dormir no sofá, que se abre como uma cama desconfortável. Leandro janta algo na cafeteria ao lado de casa, a prefere à do hospital, cheia de comentários mortuários e olhares de pesadume. Em casa começou a guardar seus pertences em caixas. Prepara a mudança para o apartamento de Lorenzo, ainda não sabe como se organizarão. Leva somente o imprescindível, lhe disse. Arrumou os discos que voltará a escutar e os livros que ainda necessita para suas aulas. Não são muitos. Reuniu suas anotações, as partituras de estudo, os boletins, as fichas de alunos em caixas que irão para o fogo. Dará de presente ou destruirá a essência do que foi sua vida. Ainda não entrou no quarto de Aurora, não ousa examinar os álbuns de retratos, a velha correspondência, os objetos de valor íntimo, sua roupa. Viajará, quando tudo terminar, com o menor número de coisas possível. O imprescindível? Há algo que o seja? Ele será uma pesada carga para seu filho e sua neta, um estorvo. A vida sem Aurora se desenha cinza e vazia.

Seu filho chegou na primeira noite ao hospital e no corredor lhe disse, não sabia que você havia hipotecado a casa. Estive no banco. Leandro ficou calado. Ouviu Lorenzo pedir-lhe explicações pelas somas de dinheiro dilapidadas como uma sangria constante. Não havia raiva nas palavras do filho, nem indignação, nem escândalo. Suponho que tenha perdido o respeito a mim até para isso.

Não vou perguntar-lhe em que gastou esses milhares de euros, papai. Não vou perguntar.

Leandro se sentiu desfalecer. Caminhou até a saleta, onde havia alguns assentos a essa hora vazios. Uma enfermeira ao fundo lhes fez o gesto de fazer silêncio. Leandro se deixou cair, vencido. A cabeça entre as mãos, o olhar posto nos pés. Lorenzo se aproximou, mas não se sentou, preferia olhá-lo a distância.

Não diga nada à sua mãe, por favor, não conte nada. Nem a Sylvia.

Mas como vou contar-lhes isso, papai? O que quer que lhes conte? Hem? Diga-me você, o que lhes conto? Leandro respirou profundamente. Nada, admitiu Leandro. Cacete...

O silêncio se estendeu tanto tempo que foi mais doloroso que qualquer recriminação. Leandro quis dizer não sei o que me aconteceu, perdi a cabeça, mas não disse nada. Lorenzo mordia a língua, dava pequenas voltas pela saleta que lhe serviam para descarregar a raiva. Ao final, o assunto econômico veio em seu socorro. Lorenzo lhe falou. E deixa que o banco assine uma hipoteca que é uma fraude? Não entende? Eles pagam até a sua morte, mas o enganam. Se puser à venda seu apartamento, pagarão o dobro do que eles lhe pagam, e ainda por cima parece que o ajudam.

Não me disseram isso.

E o que quer que lhe digam? Que são uns filhos da puta? Você já viu alguma vez alguma publicidade de um banco que diga venha ver-nos, que sugaremos seu sangue?

Lorenzo pareceu dar-se por satisfeito. Acalmou-se. Vamos dar um jeito em tudo, mas você vai ter que ir para a minha casa. É preciso fazê-lo, já verei como. Leandro anuiu com a cabeça. Não quis dizer uma estupidez clássica como não gostaria de ser um incômodo. Mais sincero seria: aceito ser um incômodo. Levantou-se. Quando começou a andar pelo corredor, Lorenzo lhe disse algo que o feriu profundamente, algo dito para ferir profundamente, não deveria ir a um médico?

De modo que era isso, pensou Leandro, estou doente. Nada que uns comprimidos e um diagnóstico que soe terrivelmente não possam curar. Talvez um psiquiatra fosse o melhor, uma cura de desintoxicação. Desintoxicar-se da vida, eliminar seu vício. Restava outra coisa, aprender a ser velho, passivo, sombra. Leandro o quis tranquilizar, lhe quis dizer que tudo não tinha passado de um acesso de loucura, de uma imbecilidade transitória, e que aprenderia a respeitar-se de novo. Mas só disse não voltará a acontecer.

Nas conversas do corredor do hospital, tinha conhecido outro velho que também acompanhava sua mulher. Eu estava certo de que morreria antes dela, lhe disse o homem, como costuma acontecer. Leandro não tinha pensado nunca na ordem das partidas. Nos últimos meses tinha tido tempo para preparar-se, para acostumar-se à ideia de ficar sozinho, de perdê-la. Algumas vezes tinha ouvido Aurora dizer à neta, quando conversavam, você vai cuidar de seu avô?, vai cuidar dele?, e a garota prometia que o faria, é claro que sim.

Voltarei a ler Unamuno ou Ortega para repetir as conversas de sempre com Manolo Almendros? Talvez os poemas de Machado ou Rubén possam ser um consolo... E a carne que tenta com seus frescos cachos, e a sepultura que aguarda com seus fúnebres galhos. Todo Bach, o que de Mozart? Ou renunciar a ambos? E Schubert? Qual deveria ser o critério? Desfazer a madeixa da vida, o que foi enredando-se ao longo dos anos agora descompô-lo, caminhar para trás. Levar somente o que eu trouxe para esta casa quando viemos viver nela. Esta última proposta o divertiu. Mas logo ele se deu conta de que anulava o que deu prazer a Aurora, o que eles compartilharam, compraram juntos, ouviram juntos, leram ambos. Desandar a vida. A placa da aposentadoria com a legenda "por seus anos de entrega e magistério, ao nosso professor", jogá-la no lixo, pois a única coisa que fez durante todos esses anos e todos esses alunos foi tentar reviver o senhor Alonso, preservar sua retidão, seu modo educado, o rigoroso desafio aos alunos mais promissores, inclusive dizer-lhes alguma frase latina que hoje já nem se atrevia a pronunciar para não parecer pedante como Joaquín.

Demorava-se em alguma partitura, contava o lugar e a época em que foi composta, não se pode tocar sem saber sua história, repetia as histórias aprendidas com o velho professor, é uma incumbência, senhores, não se esqueçam de que o autor escreveu cada nota com a frieza do ourives, deve ser interpretada com disciplina férrea, mas sem esquecer que sua finalidade foi provocar o prazer de um bispo, de um conde, de um imperador. Haydn compunha para os Esterhazys e Beethoven compôs a *Sonata em lá bemol maior* enquanto se recuperava de uma icterícia, é importante saber isso para tocá-la. Schubert compôs a grande *Sonata em dó menor* com pinceladas da *Patética* porque Beethoven acabara de morrer e ele se sentia um digno herdeiro. Podia até repetir palavra por palavra frases do antigo mestre. Mas é um capricho, o compositor tinha vinte anos, não o toque o senhor como se tivesse sido composto por uma múmia, por uma estátua, tire de cima dele essa laje de duzentos anos e recorde-se, além disso, de que foi escrito no mês de maio e da janela do autor se via um jardim de bétulas certamente repleto nessa época de borboletas inimagináveis hoje, de modo que interprete-o como a uma festa, não como se se tratasse de um castigo disciplinar.

Notas mais estado de espírito. Rigor mais intuição. Liberdade expressiva. Somos nós que transmitimos. Não o traiamos. Assim dizia. Levando consigo o velho professor até chegar a ser ele mesmo outro velho professor, parecido e diferente, uma versão atualizada. Mas não sabe se alguém viaja por aí com a lembrança de suas aulas. Leandro pensa que a vida perdura acima de seus intérpretes, como a música, tudo responde a um caótico mecanismo de relojoaria, a um afinadíssimo engenho carente da menor precisão.

O armário cheio de velhos metrônomos, revistas musicais guardadas por causa de um artigo esquecido, alguns recortes de jornais, programas que percorrem a lista de concertos a que assistiu. Nunca escreveu um diário, mas tem a impressão de relê-lo. A camisa que ainda ponho alguns domingos, o colete tão usado na primavera, o guarda-chuva que está inteiro, um dos bonés, a carteira de pele, os lápis mais bem conservados, dois cintos, o casaco menos gasto, o cachecol presente de aniversário, os lenços dos últimos dias de Reis.

Nesta manhã encontra Sylvia no hospital. Ela já quase não consegue falar, adverte a neta. Olha pela janela. O sol pousa sobre as árvores e faz rebentar os verdes. É cedo. Tem uma ideia. Levamos Aurora para dar um passeio? Podemos agasalhá-la e sentá-la na cadeira. Talvez seja perigoso, lhe diz Sylvia. Sob o sol se sente tão bem... É preciso fazê-lo agora porque seu pai se oporia totalmente. Pergunto às enfermeiras? Não, é melhor perguntar ao médico. Sylvia sai do quarto enquanto Leandro prepara as coisas de Aurora, seu sobretudo, que estava no armário embutido, abre a cadeira de rodas. Sylvia retorna, o médico saiu, não está no andar. Perguntam a uma enfermeira, que se opõe, por favor, nem pensem nisso. Estão loucos?

Quando a enfermeira sai, Leandro deixa escapar sua amargura, os hospitais devoram você, acabam com você. Você entra neles como na boca de um animal que o engole. Antes as pessoas morriam em casa. Sylvia deixa cair a cabeça. Ela sabe, pensa Leandro, que Aurora está mais perto da morte que da vida. A morte é algo novo para alguém tão jovem como sua neta. Leandro crava os olhos no exterior da janela. Agrada-lhe a leveza juvenil com que Sylvia se movimenta, sua maneira de falar imprecisa sem terminar as frases e o modo como agita o cabelo e todo o corpo toda vez que se desloca. Diante do andar prudente dos velhos, o trêmulo caminhar dos que vão ao corredor, Sylvia é uma brisa quase insultante quando se dirige em longas passadas para o elevador ou o acompanha até a cafeteria.

Quer tomar café da manhã comigo? É que já perdi a primeira aula. Corra, corra, ande. E se despedem na porta do elevador. Outro dia, está bem, vovô? Sem dizê-lo a ninguém. Mas Leandro suspeita que tal não sucederá. Entre a clientela que se aglomera no balcão, há uma família africana. Leandro observa com detença. Há duas mulheres com três crianças pequenas. Custa-lhes explicar o que querem. O garçom vai fazendo suas ofertas, por meio de perguntas. Um café, sim, com leite, e o que mais? Leandro aprecia o gesto com que o homem pega o dinheiro exato que a mulher lhe mostra na palma da mão estendida. Ao terminar de receber, olha ao redor para ver se alguém o observa e Leandro afasta os olhos. O bar do hospital é um mosaico, uma pequena cidade, a aristocracia dos médicos de jaleco, dos empregados, dos familiares de pacientes. Leandro se considera um exemplar de outro tempo, prestes a desaparecer. Como quando se olhava nos olhos de Osembe e descobria um mundo que já não pode compreender o seu.

O mundo dos vivos.

3

Como nas primeiras vezes, como no começo de sua relação, Lorenzo vai à igreja para encontrar-se com Daniela. Agora não chega com tempo de sobra, mas sabe que o ato já começou e entra pela porta dos fundos do local. Busca seu espaço nas últimas fileiras com o olhar curioso dos que se viraram ao escutar o barulho da rua.

A sensação de que todo o construído caiu como um castelo de cartas. O processo de decomposição foi rápido. Nas últimas semanas cada encontro com Daniela foi um passo atrás. Primeiro a demissão. Daniela adotou desde o início a posição de vítima culpada. Não diga que não aconteceu nada, Lorenzo, é claro que aconteceu. Fizemos algo ruim. Você entrou na casa sem nenhum direito. Eu o deixei entrar sem permissão para fazê-lo. Não minta.

As recriminações cresceram. Foi a sua luxúria, ela me fez perder o trabalho. Eu o provoquei e não soube manter você fora daquela casa. A luxúria? De que século saía essa palavra? Por que não diz o amor? Porque o amor é respeito. E por acaso eu não a respeito? É claro que sim, mas não soubemos respeitar a casa dos outros.

    Foi talvez uma coincidência fatal que aquelas discussões tivessem lugar durante a Semana Santa. Daniela pareceu imbuir-se de um espírito de mártir. Era impossível procurar um novo trabalho durante os feriados e isso lhe dava tempo de sobra para mortificar-se. A mãe de Lorenzo estava no hospital e isso lhe ocupava as noites. Por acaso não era esse um sacrifício? Durante o dia, buscava Daniela, tentava recompor o partido. Foram para casa dele, Sylvia tinha ido acampar com colegas do instituto. Tinham três dias só para eles. Mas a Daniela custava entrar pelo portão, voltar a ficar tão perto do casal para o qual tinha trabalhado, e se os encontrar? Não tem nada de que se envergonhar. Você acha isso? Então, por que se os visse, abaixaria os olhos?

    Durante o almoço em casa, estudaram uma estratégia para procurar outro trabalho. Há uma freirinha que tem uma agência de empregos, me ajudou da primeira vez. Certamente Wilson poderia encontrar algo para você, tem centenas de relações, propôs Lorenzo. Não gosto das relações de Wilson, deu por encerrado ela esse capítulo. Ele se aproveita das pessoas, isso é feio. Bem, também as ajuda, interveio Lorenzo. Não, ajudar é outra coisa.

    Daniela continuava com a expressão séria e via como desoladora sua perspectiva. Eles tinham começado a ajudar-me com os papéis. Eu me encarregarei disso, não se preocupe. Tenho que mandar dinheiro para casa. Eu posso emprestar. Nem pensar. Lorenzo experimentou verdadeiros desejos de abraçá-la e fazer amor com ela, mas se continha, não queria ser rechaçado. Sua filha deve ter pensado que eu estava louca, ao ver-me chorar assim, disse a Lorenzo. Não, ao contrário, me disse que você era belíssima.

    Quando terminaram de almoçar, ela insistiu em lavar a louça. Lorenzo a abraçou por trás. Brincou com as mãos dentro da água e da espuma e depois lhe molhou os antebraços nus. Ele se manteve colado a ela. Está excitado, percebeu Daniela. Muito, respondeu ele. Vá, ande, espere-me na cama, eu já vou.

    Lorenzo obedeceu. Foi para seu quarto e se despiu. Meteu-se entre os lençóis da cama desfeita, que arrumou em dois tempos.

Depois pensou melhor e voltou a pôr a cueca. Ela demorou a entrar. Por um instante, Lorenzo deixou de ouvir o barulho dos pratos na pia e pensou que ela tivesse ido embora. Mas então soou a descarga do vaso sanitário. Quando ela abriu a porta do quarto, Lorenzo lhe sorriu da cama. Daniela foi até a janela. Abaixou a persiana. O quarto ficou em quase completa escuridão. Lorenzo sentiu afundar-se o colchão quando ela se sentou. Tirou os tênis, depois a calça. Depois a camiseta, que dobrou e arrumou e ordenou junto à calça no chão, sobre o tapetezinho. Lorenzo se sentou na cama e a abraçou. Beijou-a nos ombros e percorreu as marcas das costas com o dedo e depois com os lábios. São ferimentos? Meu pai era muito autoritário, até que nos deixou, não disse mais nada.

Lorenzo acariciou seu corpo, é muito bonita, mas Daniela não dizia nada. Não impediu que ele deixasse cair as alças do sutiã nem que o tirasse quando conseguiu abri-lo depois de uma luta que fez ambos rir. Lorenzo acariciou o sexo de Daniela sobre a calcinha e depois introduziu a mão. Ela parecia excitada, entregue. Quando Lorenzo se deitou sobre ela, a ouviu sussurrar sim, vamos, dê-me tudo, vamos. Depois do movimento cadenciado de Lorenzo, as mãos dela o convidaram a acelerar o ritmo. Assim, assim, gosta?, sou sua puta, não me importo de ser sua puta, dê-me tudo.

Lorenzo jamais a tinha ouvido falar assim. Por duas vezes tentou deitar-se e que ela se colocasse sobre ele, mas as mãos de Daniela o agarravam com força. Ela virava o rosto e arquejava de olhos fechados. Era tão diferente de sua atitude habitual que Lorenzo chegou a perguntar-se se fingia. Ele enfiou o polegar na boca de Daniela, e ela o mordeu sem machucar. Não parava de repetir obscenidades ao ouvido dele. Lorenzo retrocedeu para gozar sobre o ventre dela, permaneceram ali, úmidos, colados um ao outro.

Você tem medo, não é verdade? Gozou fora, acrescentou ela um instante depois. Não sei se você toma algo. O que importa? Tem medo de me engravidar? Foi a primeira vez que Lorenzo pensou, com o desapego que lhe provocava o orgasmo recém-atingido, que estava louca. Mas seu tom era doce e carinhoso. Não era psicótico nem ameaçador. Pareceu-me o normal, disse ele. É fácil fazer sexo sem chegar até o final, como se só fosse um jogo, mas o mais bonito é o sexo até o final, com todas as suas consequências. Eu teria gostado muito que gozasse dentro de mim.

Não sei, essas coisas, é melhor falar delas antes, discuti-las com calma. Você nunca me perguntou. Ah, Daniela, por favor, falemos claro, isso tem algo a ver com a religião?

Por que diz isso?

Pela primeira vez, Daniela se mostrou ofendida. Você não entende nada. Eu o obriguei a algo? Eu lhe pedi que fosse à igreja, que acreditasse em algo? Eu me deitei com você sem arrancar de você nenhuma promessa... Perdão, é que não tenho as coisas claras.

Daniela, sob os lençóis, tomou a mão de Lorenzo e a pousou sobre seu ventre ainda úmido. Esfregou-a até a base dos peitos e o início dos pelos pubianos. Tudo isto é seu, eu lhe estou dando.

Daniela deu as costas para Lorenzo. Ele a segurou pelos ombros após um instante, essa posição o aliviava, porque as hemorroidas o estavam matando, mas não dizia nada. Começou de novo a roçar-se nela. Dizia-lhe, quer ter um filho comigo? É isso o que quer? Pois, então, vamos fazê-lo, venha, eu também quero. Mas Lorenzo parou um pouco depois, caiu para um lado do colchão. Isso é ridículo, disse, eu não posso ter um filho agora, sinto muito.

Você é um covarde, Lorenzo. Ainda tem que mudar muito.

Esperaram longo tempo ali, imóveis, sem se dizerem nada. Daniela se levantou pouco depois e se vestiu. Já vai? Não quer tomar banho? Não, quero levar você comigo. Lorenzo quis retê-la, voltar a deitá-la a seu lado. Quando se pôs em pé, ele lhe perguntou, o que quer de mim?, o que posso fazer?

Pronunciando as palavras com uma musicalidade firme mas doce, Daniela lhe disse, eu só lhe peço que não me converta em sua puta. Só lhe peço isso. Respeito e amor.

Passaram-se dias. Voltaram a ver-se com naturalidade. Saíram para passear uma tarde, se afastaram do bairro no metrô e Lorenzo a segurou pela cintura. Gostava de fazê-lo diante do olhar de todos. Acreditava que isso a fazia sentir-se bem. No metrô entrou um grupo de adolescentes, não eram mais que cinco garotas, mas faziam uma algazarra e atraíam o olhar dos passageiros. Muito maquiadas, penteadas com um gosto duvidoso, várias delas de minissaia no alto das coxas. Daniela as olhou com certo desgosto. Uma delas, a mais espigada, bebia uma garrafa de cerveja que levava dentro de uma sacola branca de plástico. Ninguém lhe disse nada, mas ela levantava a voz. Falava de garotos de maneira vulgar. Lorenzo, sempre que via um grupo similar, pensava em sua filha. Talvez ela também fora de casa se comportasse assim, embora ele não acreditasse nisso. Com ela tinha tido sorte. Lorenzo olhou o grupo de garotas com tristeza. O tempo as esmagará, todo esse desafio que cospem agora com desprezo em nosso rosto se esgotará um dia e elas se converterão no que hoje mais odeiam.

Lorenzo e Daniela foram para o Retiro, olhavam para as crianças nos balanços, nas cordas, nos escorregas. Nenhum dos dois recuperou a conversa interrompida. Que posso oferecer-lhe? Onde estou errando? A última frase dela em seu quarto o rondava sem solução. Era tal o abismo moral entre um e outro, que o casal se afigurava impossível.

Lorenzo a acompanhou a um encontro de trabalho numa casa dos arredores. Esperou-a no furgão. Não ficava longe do bairro de Paco, do lugar onde ele tinha morrido. Lorenzo pensou nele. Às vezes esteve tentado a contar a Daniela a verdade, a abrir-se para ela. Que lhe teria dito? Ela saiu cabisbaixa da entrevista, querem alguém que saiba inglês e possa ensiná-lo às crianças. Lorenzo quis levá-la ao asilo de velhos onde visitava o senhor Jaime. Pareceu-lhe boa ideia. É um homem curioso, Wilson e eu esvaziamos sua casa, agora vive num asilo. Está sozinho, não tem ninguém, fico algum tempo com ele e me sento para falar com ele.

A visita não foi diferente das outras vezes. As mesmas frases corretas, a mesma ausência. O senhor Jaime sorriu por um instante quando entraram ou ao menos assim pareceu a Lorenzo. Daniela lhe acariciou a mão quando se puseram em pé para ir embora. Por que vem vê-lo, Lorenzo?, lhe perguntou ela no caminho para casa. Não sei, sinceramente, não sei. Mas lhe faz bem. Não é isso?

Sim, suponho que sim.

Nessa noite, como nas anteriores, ele a convidou a subir a seu apartamento, mas ela não quis. Depois ele se propôs a acompanhá-la até em casa para dormirem juntos, e ela disse que não.

Não, esta noite não.

4

No dia em que a lista dos dezoito jogadores convocados para a partida não contém seu nome, Ariel não tem nenhuma surpresa. Na partida anterior, em Vitoria, ficou no banco quase o tempo todo e o treinador só lhe concedeu os dez últimos minutos para virar o placar de um a zero. Sua reserva era justificada. Saía de uma contusão. Tampouco era o gramado ideal para um tornozelo sensível. O campo estava enlameado como uma quadra de tênis. Cada passada obrigava a dois movimentos, o de avanço e o de extração do pé de uma poça de lama. Mas Ariel recordava a frase do Dragón, nas piores condições, no pior dos campos, o melhor continua sendo o melhor. Ronco lhe conta as declarações do treinador na coletiva de imprensa que acaba de terminar. A esta altura do campeonato, também tenho que pensar na temporada que vem e nos jogadores que vão continuar conosco.

Dias atrás Ronco lhe tinha dedicado um artigo. Enlaçava os elogios com a sensação de que nada no time tinha funcionado como se esperava. "Ariel Burano Costa foi uma joia arrebatada do San Lorenzo. Um time que não funciona desvaloriza todas as suas peças, ao contrário de um que triunfa. Há aqui um bom jogador de futebol convertido em saldo por um sistema que nunca funcionou."

Ariel lhe agradeceu o comentário. Ao mesmo tempo o incomodava o fato de ter que ser um amigo quem o elogiasse. Preferia o silêncio. Esperava que a diretoria valorizasse seu rendimento e freasse a guerra começada. Incomodaram-no os dados pessoais que Ronco desvelava. "Custou integrar-se num time repleto de veteranos a um jovem portenho que escuta música com letra inteligente, vê filmes legendados, que visita o Prado com assiduidade e que até lê! Não estão distantes os tempos em que nesse mesmo time os rapazes que liam nas concentrações eram castigados com uma dupla sessão de ginástica. Chegou sozinho, sem família, sem conhecer o país, sem tempo para compreender um futebol muito diferente, que se parece com o argentino assim como uma noz se parece com uma laranja. Ele correu pela lateral, mas não conquistou a arquibancada. Talvez regresse em tempos melhores, há quem diga que uma belíssima jovem madrilense será uma boa razão para nunca ir-se totalmente desta cidade."

Esse último parágrafo você podia não ter escrito, criticou Ariel a Ronco. Perdão, é que tive uma hemorragia poética. E no Prado só estive por meia hora num ano, você me retrata como uma merda de intelectual. Bem, em comparação com seus colegas, poderiam lhe dar o Prêmio Nobel de Literatura e ninguém na Primeira Divisão poderia discuti-lo. Diga-me a verdade, o artigo o emocionou um pouco, não? Não sou de lágrima fácil. Sabe o que me disse o chefe? Que era a lambida de saco mais espetacular desde que morreu a Madre Teresa de Calcutá. Seu chefe tem razão. Só se esqueceu de dizer que joguei muito bem todo o campeonato.

Ariel recortou o artigo e o mandou por correio a seus pais. Antes o mostrou a Sylvia. Seu amigo é um sentimental. O último parágrafo se refere a mim? Acho que você o impressionou. Está bem. E que eu saiba ao Prado você só foi uma vez. Eu já lhe disse isso, mas o cara é assim.

A partida em que foram eliminados da competição europeia ele a viu com Sylvia em casa. Não viajou com o time porque o treinador o considerava fora de forma após a lesão. Mas estamos disputando a permanência na temporada, por favor. O treinador negou com a cabeça. Ariel saiu do vestiário com um golpe tremendo. Ariel ficou desesperado de ver a temporada ir pelo bueiro sem ele estar no gramado. Sylvia, a seu lado, se divertia ao vê-lo esmurrar as almofadas do sofá, ele torcia, vamos, para frente, têm que atacar, vamos, ainda há tempo, ainda há tempo. Se Sylvia dizia, eles que se fodam, esses veados o afastaram, ele se virava e lhe dizia, é o meu time, não consegue entender?

A derrota o deprimiu. Pegou uma garrafa de vodca no congelador. Trazia-a Wlasavsky para todo time de suas viagens à Polônia. Líquido branco aromatizado com um raminho no interior e com um mamute desenhado no rótulo. Os dois beberam. Esquentaram uns pastéis.

Saíram com Ronco em duas tardes. De repente, quando a relação parecia condenada a um beco sem saída, se tornava mais estável que nunca. Podiam compartilhar um amigo, caminhar pela cidade sem se importar com o olhar curioso dos outros. Ronco cumpria o papel de terceiro homem e isso lhes garantia a tranquilidade. Se Ariel era rodeado por um grupo de adolescentes que queria fotografá-lo com o celular, ele os dissolvia com autoridade ou entretinha Sylvia enquanto comentava o aspecto das pessoas, sua maneira de falar, de dirigir-se a alguém famoso. Brincava com Ariel a toda hora, lhe dizia que logo estaria jogando em algum time de milionário russo, driblando estalagmites. Também com Sylvia, dizia você não é o protótipo da Lolita e depois lhe recomendava o romance, embora lhe advirta que termina mal, Lolita cresce.

    Quando a conversa girava inevitavelmente para o futebol, Ronco fazia um parêntese e se confessava com Sylvia, o futebol é um esporte muito estranho no qual e em torno do qual há uns eternos adolescentes desmiolados e milionários, mas que movimentam uma maquinaria que faz felizes centenas de milhares de desmiolados muito menos favorecidos economicamente. Contava-lhe o caso de um sujeito que, ao morrer seu pai, continuava levando as cinzas ao campo dentro de uma embalagem. Outros muitos que pediam que espalhassem suas cinzas pelo gramado do estádio de seu time favorito, pais que tiravam a carteira de sócios de seus filhos no dia mesmo do nascimento, ou tentavam entrar com seus cachorros nas arquibancadas, colecionadores de figurinhas, camisas, bolas, gente que levava pedaços das traves no dia da final, pedaços do gramado.

    Ronco os fazia rir. Relaxava a tensão que às vezes se acumulava em torno deles. Acompanhava Ariel quando deixava Sylvia em seu portão, de noite. Amiúde Sylvia se queixava com amargura, por que não conheci você antes. Sim, até antes de conhecer Ariel, se fosse possível. Ronco bebia cerveja, suava e enxugava a testa com guardanapos de papel que jogava, convertidos em bolas, no chão. Com o que eu suo, se poderia regar diariamente o continente africano.

    Quando joga a sua última partida?, lhe perguntou Sylvia duas tardes antes. Ariel consultou o pequeno calendário que levava na carteira, junto à foto de seus pais que várias vezes tinha mostrado a Sylvia e a carteira de jogador infantil que lhes permitia comemorar com risadas seu aspecto aos doze anos. No sábado seis de junho, em casa, respondeu ele. Por quê? Por nada.

Ariel temia a reação de Sylvia no final de temporada. Ele dizia teremos o verão para ficar juntos. E ela assentia, como se soubesse melhor que ninguém o que ia suceder.

O massagista entra no vestiário quando os jogadores terminaram de recolher suas coisas. Aproxima-se de Ariel. Já vi que não viaja com o time. Quer vir comigo à tourada no sábado? Bom, disse Ariel. Promessa é dívida, tenho entradas para a temporada em Las Ventas. Nesse instante um gesto de carinho ou de cumplicidade tinha um valor enorme. Viu afastar-se o sujeito, que caminhava com um manquejar engraçado.

No corredor Amílcar o esperava e comentou sua saída da convocação, caminharam juntos para o estacionamento. Leu o que lhe deu minha mulher? Estou lendo. Não deixe de fazê-lo, não seja tolo, qualquer ajuda lhe cairá bem. Não se deixe vencer. Não, não, claro.

Na cerca, como sempre, havia um grupo de torcedores que pedia autógrafos ou tirava fotos impossíveis, segundo Ronco centenas de milhares de quartos no mundo eram adornados com fotos desfocadas do cangote de um ídolo. Muitos acompanhavam com o olhar os carros caros dos jogadores até se perderem na estrada.

Ao dirigir de volta para casa nesse meio-dia, Ariel pensou que esse caminho tantas vezes percorrido logo seria uma recordação desfocada, substituída por outras instalações, outra casa de passagem, e muito provavelmente outra solidão. Entendia cada vez melhor por que muitos jogadores já tinham uma família com filhos aos vinte anos. Necessitavam assentar os alicerces na areia movediça em que viviam, agarrar-se a uma nuvem passageira. Se pudesse levar Sylvia, tudo seria diferente, mas como ia obrigá-la a pagar um preço tão alto? Basta um escravo deste ofício, afinal de contas um escravo de luxo, mas mudar a vida dela seria demasiado egoísta. Sem saber por quê, sente que essa viagem para casa é o começo de uma viagem que o leva longe, muito longe, que logo deixará para trás tudo isto.

Mas o que era tudo isto?

5

Às vezes um pequeno detalhe muda tudo. A aula de língua espanhola terminou e a classe se esvaziou à velocidade de uma vertigem para sacudirem a sonolência. Os colegas de Sylvia desceram para desfrutar do recreio do meio da manhã. Faz calor. Sylvia tirou o fino pulôver e o põe dentro da mochila. Sentou-se de lado atrás de uma carteira e consulta o celular. Liga-o e aguarda para ver se já entrou alguma mensagem. Faz apenas uma semana que o destino de Ariel se decidiu. Será emprestado a um time inglês. O clube atual terá que pagar um terço do salário e manterá a propriedade do jogador pelo tempo que resta de seu contrato. Mais quatro anos. Sylvia não entende nem quer entender os detalhes comerciais da operação, mas parece claro que o futuro de Ariel abaixa seu valor. Não disse nada, mas o nome da cidade para que vai, Newcastle, soa a prisão para Sylvia desde a primeira vez que o ouviu. Newcárcere.

Navegaram na rede em busca de dados. O lugar fica a apenas cinco horas de ônibus de Londres, possui uma universidade. Ainda me faltam dois anos para acabar o instituto. Poderia aprender inglês. Dizem que nos próximos anos vai entrar muito dinheiro no futebol britânico, lhe disse Ariel.

Nas carteiras da frente, perto do quadro, ficou um grupinho de quatro alunos com os quais Sylvia não tem muita relação. Falam de um programa de televisão do dia anterior que ela não viu. Ao que parece, convidaram por erro a um debate sobre novas tecnologias um homem de meia-idade que na verdade ia a uma entrevista de trabalho nos escritórios do canal. O sujeito respondeu com critério às perguntas durante boa parte da transmissão, até que se revelou a confusão e tiraram o convidado do estúdio.

A última a sair é sua amiga Nadia. Você não vem?, lhe pergunta. Depois vou, responde Sylvia. Do celular não chega nada, depois do suspense que a faz esperar que caia como uma gota de chuva uma mensagem nova. Sylvia volta a deixá-lo na mochila. O professor de matemática, o senhor Octavio, caminha pelo corredor com seu pescoço esticado e seu andar de lado, passa diante da porta aberta. Sylvia o vê passar e cumprimentar levantando as sobrancelhas. Mas um instante depois volta atrás e aparece no umbral para o interior da sala. Você é Sylvia, não é verdade?, cravou os olhos nela. Sylvia anui. Você tem um tempo ao fim da manhã para passar pelo departamento? Sylvia diz que sim e o homem se despede com um então ali nos vemos depois, e desaparece de novo.

Sylvia se pergunta pelas razões do professor para querer vê-la. Não chega a nenhuma conclusão, antes parece um acaso, está claro que não vinha em sua busca. Passa diante da porta aberta da sala de aula de Mai, mas ela não está lá dentro. Ao se virar, topa com Dani, está procurando Mai? Ela está na cafeteria. Descem juntos a escada, mas ao chegar ao andar Sylvia muda de ideia, bem, prefiro ir para o pátio. Eu a acompanho?, Sylvia dá de ombros como única resposta.

Procuram um lugar onde sentar-se ao sol. Viu o programa de ontem à noite? Sylvia nega com a cabeça. Minha mãe o estava vendo e me avisou. A apresentadora já estava no meio do programa e alguém deve tê-la avisado de que tinham se enganado, se vira para a câmera e diz ao que parece tivemos um mal-entendido e um dos nossos convidados está sentado por erro no debate. Todos se olhavam entre si, eu acho que estavam embasbacados. O sujeito em questão era um guineano bem gordinho, parecia encantador. Desculpou-se, sinto muito, já disse à senhorita que não estava certo de que tinha que participar do programa. Explicou que alguém na entrada do canal o levou até o estúdio e o convidou a sentar-se no lugar dos especialistas. O melhor é que parecia o menos falso de todos. Se tivesse sido um concurso desses que você liga para eliminar aquele que mente, teriam mandado passear todos antes desse sujeito que parecia ter mais bom-senso que os especialistas reais. Foi incrível.

Três colegas de turma de Sylvia se juntaram à conversa. Um deles comia um sanduíche que ofereceu aos outros. Dani se mostrou incômodo por um segundo, até que o olhar de Sylvia o tranquilizou. Era um olhar fora da conversa, só para ele. Fique.

Sylvia se surpreende toda vez que estabelece uma estranha corrente com Dani. Gosta da sua desastrada e terrível maneira de se vestir e de se mover, de sua timidez para falar quando há pessoas que não conhece, em contraste com sua segurança quando tem intimidade. Há algo que o mantém à margem do grupo, como se não necessitasse agregar-se para existir. Essa independência agrada a Sylvia. No entanto, ele não a atrai fisicamente; inspira-lhe, antes, uma cumplicidade de amigo, de alma gêmea.

Ao terminarem as aulas, Sylvia busca com certa preguiça o departamento de matemática. A porta está fechada e ela aguarda um instante enquanto o rio de alunos desfila para a saída. O professor aparece com um punhado de fotocópias. Olá, entre, entre, abre o escritório e deixa os papéis sobre a mesa. Sente-se, lhe mostra uma cadeira enquanto fecha a porta. Arruma de maneira superficial o caos mais próximo e ocupa seu assento. Sylvia põe a mochila no regaço. Bem, Sylvia, queria falar com você se não a incomodar, o que é que está acontecendo com você? Sylvia fica em silêncio, não consegue compreender o alcance da pergunta. O senhor Octavio passa os dedos pelo bigode num gesto mecânico e prossegue. Estamos no final do ano e nós, os professores, comentamos seu desempenho, baixou muito. As coisas podem se complicar para você. Bem, eu não quero me meter onde não sou chamado, mas sempre pode haver algo... Não termina a frase, tem os olhos pousados nos de Sylvia. Ela percorre com o olhar as estantes. Não, não está me acontecendo nada. É falta de motivação, de concentração? Não sei, certamente há algo em que eu possa lhe dar uma mão. Seu nível é bom, não tem por que terminar reprovada. Isso você entende, não?

Sylvia morde uma mecha de cabelo. O bigode do professor lhe tapa o lábio superior e isso lhe dá certo ar de seriedade, que os olhos, vistos de perto, desmentem. Seus olhos brilham e Sylvia se sente intrigada com esse olhar. Não consegue responder nada coerente. Hesita quanto a se deve dizer meus pais se separaram, mas lhe soa penoso. Prefere manter silêncio. Vamos fazer uma coisa para compensar, o.k.? Para ver se podemos lhe dar uma mão. O professor se põe em pé e procura em sua gaveta até encontrar algumas fotocópias. Aqui há uns quatro ou cinco problemas, são mais jogos de lógica que qualquer outra coisa. Quero que me prepare duas ou três folhas onde desenvolva as soluções. Prepare-o em casa, algo pensado, como se fosse você quem tivesse que explicá-lo em sala de aula. Pode tirá-

lo do livro, é claro, mas que se note que você o entende. É muito simples e lhe darei pontos extraordinariamente. Está bem?
Sylvia levanta os olhos, não consegue acreditar no que lhe sucede. Terá feito o mesmo com outros alunos? Sylvia não pergunta. Volta a olhar os olhos do senhor Octavio. Tem três dias. Depois traga-os aqui, ao escritório, esta é uma coisa entre você e mim, fora da aula. O professor dá por encerrada a conversa. Sylvia se põe de pé e retoma a mochila. Obrigada. Não se deixe ser reprovada, não se deixe, hem?, Sylvia, todos passamos por épocas boas e más, mas agora se trata de você pisar no acelerador nestas duas últimas semanas, não vale a pena ser reprovada.

Na rua, um instante depois, Sylvia tem vontade de chorar. Tão exposta está sua intimidade para que um professor, a distância, seja capaz de intuí-la? Com uma espécie de raios X. O que comovia Sylvia era o interesse quase acidental dele. Tinha passado pelo corredor e de repente ao vê-la sozinha na sala de aula tinha se dado conta de sua queda de nível, certamente se recordava da última e penosa prova, e em lugar de afastar-se dali tinha parado um instante para interessar-se por ela. Algo devia ter passado por sua cabeça durante um milésimo de segundo para decidir a aparecer na porta da sala de aula e falar com ela. Sylvia, como a maioria de seus colegas, estava convencida de que era alguém inescrutável para os professores. Um rosto que se somava a uma turma que ocupava um ano de sua vida e depois se perdia para sempre. Mundos que nunca se cruzavam senão na hora de aula forçosa.

O que a deixava à beira das lágrimas era a percepção de que tudo tinha sido abandonado, os estudos, sua família, os amigos de classe, para envolver-se numa história que ao terminar deixava um páramo seco, frustrante, estéril. Esteve em outra parte e de repente o professor, com uma maneira profissional, nada intimidador, quase ocasional, a devolvia à sua realidade. Estamos aqui, onde está você?, parecia ter-lhe perguntado. Contava muito a mão estendida. Ela também, como o guineano tomado por um especialista na televisão, tinha sido convidada a um mundo a que não pertencia. Ela também tinha fingido com correção, tinha passado na prova da impostura geral, mas era urgente deixar de alimentar a farsa.

A caminho de casa sente que a paixão por Ariel se extingue ou deve extinguir-se para ela se salvar. Assume a ruptura como se tivesse sucedido naquele departamento alguns minutos atrás. Nessa tarde, antes que os estudantes se sentem às longas mesas da biblioteca pública, irá sentar-se com as folhas de matemática e tentará fazer o dever simbólico do professor. Lerá os problemas de lógica que tem que comentar, não entenderá muito bem o que o senhor Octavio quer dela. Até que o terceiro problema venha esclarecê-lo.

"Suponhamos que entre duas pessoas, A e B, haja dois metros de distância. E que A quer aproximar-se de B, mas em cada passo deva percorrer exatamente metade da distância total que lhe resta para alcançar B." Sylvia engolirá saliva, mas continuará lendo. "O primeiro passo é de um metro, o segundo de meio metro, o terceiro de um quarto de metro. Cada passo de A para B será menor, e a distância se irá reduzindo numa progressão eterna, mas o surpreendente do caso é que, mantida a premissa de que cada passo seja equivalente à metade da distância total que os separa, por mais que avance, A nunca chegará a B."

Os olhos de Sylvia estarão avermelhados. Talvez esse simples exercício a ajude a explicar a teoria dos limites que mudou a história da ciência no começo do século XVIII. Talvez fosse verdade, como explicava o texto das fotocópias entre citações de Leibniz e Newton. Mas Sylvia começará a escrever sua exposição pessoal do problema e logo se transformará numa carta de despedida. A mesma carta que não saberá nem poderá escrever a Ariel para dizer-lhe, do modo mais lógico e simples, nossa história se acabou. A nunca alcançará B.

6

Algumas noites, quando Leandro retorna do hospital para dormir em casa, toca a campainha do interfone e ele se vê forçado a abrir para a funcionária da imobiliária que acompanha alguns possíveis compradores. É uma mulher nervosa, com uma pasta transbordante e um celular que parece um animal vivo. Desculpa-se sempre com Leandro por chegar a essas horas. Leandro não os acompanha pela casa, mas espia a expressão dos clientes quando se vão. De longe ouve coisas como é preciso refazer o apartamento inteiro, mas quando o deixarem a seu gosto ficará estupendo; de dia tem uma luz magnífica, o bairro é uma joia, perto de tudo.

Foi ele quem proporcionou a Lorenzo as escrituras e os recibos necessários para pôr em marcha a venda. A imobiliária é de um amigo de seu filho a quem conhecem desde menino. Lalo, um garoto esperto e risonho que, quando alguém lhe perguntava o que ele queria ser quando crescesse, respondia explorador na China. Cinquenta milhões das antigas pesetas é o que pedem. Não se fala em euros em quantidades grandes. É um bom momento para vender, disse alguém na imobiliária para ficar bem. A hipoteca do banco subrogada ao apartamento foi, como as contas de Lorenzo, um erro maiúsculo. Outro. Além disso, seus gastos tinham significado uma perda importante, desmedida. No entanto, no dia da assinatura, Lorenzo só disse, tivemos que arcar com muitos gastos nesses meses.

Acho que o melhor será eu me ocupar de tudo, lhe tinha dito seu filho. Tinham passado o dinheiro para seu nome. Se seu pai se tivesse negado, poderia ter conseguido que o inabilitassem, mas nunca chegaram a discutir. Como está a casa?, perguntava Aurora no hospital, Benita continua indo para fazer a faxina e para cozinhar para você? Leandro anuía, mas a verdade é que tinha pedido à senhora que deixasse de ir agora que passava mais tempo no hospital. Benita se tinha posto a chorar e Leandro recordava uma frase que tinha dito ao ir-se, após lhe dar um carinhoso abraço na ponta dos pés, nos trouxeram aqui para nos adestrar e nos adestraram bem, muito bem.

Na casa de Lorenzo havia um pequeno quarto onde Leandro poderia instalar-se. Nele guardavam os papéis, um velho computador e uma mesa de escritório que Pilar utilizava quando tinha trabalho para fazer em casa. Ali poderiam colocar o canapé de Leandro e suas poucas caixas de pertences. Para o piano tinham aberto um espaço junto à televisão. Sylvia se negava a que se desfizessem dele.

Um vizinho tinha dito a Leandro na cafeteria, na nossa idade já não estamos para mudanças. Passava os dias sentado junto à cama de Aurora, tentava ser amável com as visitas que insistiam em ir ao modo de despedida, todos aqueles que ficavam sabendo uns pelos outros, e iam tentar entabular uma conversa que Aurora já não podia sustentar. Manolo Almendros desandou a chorar depois de beijar Aurora na face em sua última visita. No corredor disse a Leandro eu sempre amei sua mulher, você me causava tanta inveja...

Muito poucas vezes tinha voltado a pensar em Osembe. Uma tarde esteve tentado a tomar o ônibus para Móstoles e plantar-se diante do portão. Se cruzasse na rua com alguma garota que lembrasse Osembe, deleitava-se em olhar, estudava seus gestos, sua forma de comportar-se, como se quisesse compreender algo que lhe tinha escapado. No jornal leu a notícia do fechamento da casa onde a tinha conhecido. Mostrava uma foto da fachada, tirada no mesmo ângulo distante de onde tantas vezes ele tinha observado a casa antes de decidir-se a entrar. A trepadeira tinha crescido com a primavera e ocultava a parede e parte das portas metálicas. Segundo o jornal, a máfia búlgara associada a um espanhol se dedicava à exploração das mulheres e possuía um sistema de gravação de imagens nos quartos. Por esse sistema tinham começado a extorquir advogados, empresários e outros clientes endinheirados, aos quais chantageavam. Uma das vítimas era quem tinha avisado à polícia, e tinham sido detidos dois dos chefes junto com uma mulher que era a encarregada, e foram liberadas sete mulheres, ao que parece forçadas a prostituir-se sob ameaças.

Leandro imaginou as fitas em poder da polícia. Talvez se tivessem reunido os policiais ou os funcionários judiciais para olhar este velho tão frequentador do local. Teriam rido à beça. Ei, venham ver este velho, volte o vídeo.

Aurora está deitada na cama, a boca semiaberta, o rosto relaxado exceto por alguma leve agitação momentânea. Entram as enfermeiras. Leandro as observa trabalhar. Lembra a nudez intuída numa delas como o começo de sua espiral. Agora reconhece que a vida exige um grau alto de submissão. Tudo o mais é suicida.

Quando ficam sozinhos, Aurora lhe fala. Saiu para passear? Ele anui com a cabeça. Ela menciona de repente o canário que lhe deram muitos anos atrás, se lembra?, quando a vizinha, Petra, se foi para o povoado definitivamente. Leandro pensa que é uma recordação caprichosa, fruto da desordem mental que às vezes a leva a delirar ou a ver imagens em sobreimpressão na parede. Lorenzo acabara de começar a ir ao colégio e a vizinha presenteou Aurora com o canário, porque toda manhã pela janela ela celebrava quão bem ele cantava, é a alegria do prédio, dizia Aurora à vizinha. Leandro enlouquecia com seu trinar, bastava que ouvisse o rádio ou uma conversa para que desencadeasse uma loucura insuportável. Pobre animal. Essas mesmas palavras tinha dito Aurora quando ele amanheceu morto na gaiola sob o pano de cozinha algum tempo depois. Por que essa recordação? Aurora repete a frase, para si mesma, em voz baixa, pobre animal.

Leandro se sentou na cama. A mulher da cama ao lado está dormindo e sua filha aproveitou para descer para comer algo. Por que recorda isso agora? Aurora sorri. Cantava tão bonito... Leandro segurou-lhe a mão. Vivíamos muito bem, lhe diz ele. Fomos muito felizes. Aurora não diz nada, embora sorria. Ao revirar os papéis, encontrei as cartas que eu lhe mandava de Paris. É incrível quão pedante e metido podia ser então. Não sei como você me esperou. Eu teria desandado a correr depois de ler as tolices que eu lhe escrevia, com aquele ar de grandeza. Leandro não sabe se ela é capaz de escutá-lo. Eu falhei tantas vezes com você. Fiquei muito abaixo do que você esperava, não é verdade? Aurora sorri e Leandro lhe acaricia o rosto. Eu fui um desastre, mas a amei muito. Aurora pode vê-lo chorar, mas não pode levantar a mão para tocá-lo.

Nessa mesma tarde Leandro recebe seu aluno. Luis termina de subir a escada com meia corrida ágil. Suba como um velho quando é jovem e chegará a subir como um jovem quando for velho, isso é o que diziam a mim, lhe explica Leandro enquanto o guia até o quarto.

As caixas acolhem agora a maioria dos papéis e livros que antes ocupavam as paredes. Estamos de mudança. Sua mulher... diz o jovem, mas não se atreve a terminar a frase. Leandro esclarece, vou para a casa de meu filho, ela continua igual. Não sei se ali poderemos continuar com as aulas, logo lhe direi algo. Luis ouve barulhos na cozinha. Leandro balança a cabeça, estão me ajudando a encaixotar as coisas. Seu filho, Lorenzo, lhe mandou dois rapazes equatorianos. Um deles é divertido, se chama Wilson: com um olho olha para a sala e com o outro para a cozinha, e ao vê-lo Leandro pensou num jovem amigo maestro também estrábico que se dizia o único profissional que podia reger com o olhar ao mesmo tempo a seção de cordas e os instrumentos de sopro. Quando pararam um momento para descansar do trabalho de encaixotar, Wilson disse a Leandro, sabe que o senhor se parece muito com seu filho, Lorenzo? E, ao ver o rosto de surpresa de Leandro, acrescentou, nunca lhe disseram? Não, para dizer a verdade, talvez quando Lorenzo era menor. Mas sim, se parecem muito, os dois se calam, não são de muitas palavras, hem?, não é verdade?

Leandro aponta para seu aluno, veja, nessas caixas pode haver coisas que lhe interessem, se as quiser, são suas. O jovem se aproxima para se debruçar sobre um monte de partituras, alguns livros de história da música. Este é magistral, lhe diz Leandro quando o vê pegar um. Os vinis nem olhe, o melhor será jogá-los fora, são uma relíquia. Meu pai diz que os CDs não têm a mesma qualidade de som, explica o jovem. Seu pai gosta de música? O jovem anui com a cabeça, sem muita segurança. Foi aluno seu, na academia. Ali nos deram o telefone quando ele procurava professor particular para mim. Sério?, como se chama? O garoto lhe disse o nome e o sobrenome. Leandro fingiu recordar-se. Sempre diz que o senhor era um grande professor, que os punha para tocar diante de um espelho, assim eles mesmos podiam corrigir-se. Leandro anuiu com um meio sorriso. E que falava com os alunos em latim e, sei lá, lhes contava coisas dos compositores.

Leandro o interrompe. Pegue, pegue o que quiser, não posso encher a casa do meu filho com todas essas bobagens.

7

A notícia da morte de Wilson atinge Lorenzo de modo cruel. Tinha que passar para pegá-lo para fazerem juntos uma mudança. Lorenzo tentou localizá-lo no celular quando já estava atrasado mais de uma hora. Mas ninguém respondia. Imaginou que lhe tivesse surgido um imprevisto e ligou para desculpar-se com os clientes. Inventou que tinham tido um problema com o furgão e que em uma hora lhes diria algo. Não tinha como localizar seus colaboradores habituais. Esteve tentado a ir até sua casa. Mas não o fez. Ao longo da manhã tentou no celular em repetidas ocasiões. Uma hora depois alguém lhe respondeu. Está procurando Wilson? Ele morreu ontem de noite, o mataram. A brutal informação é recebida por Lorenzo no meio da rua. Foi ao mercado com a lista de compras que foi engordando colada à geladeira de casa. Não pede detalhes, mas se encaminha para a casa de Wilson.

Ali estão reunidos alguns amigos e a prima Nancy, que Lorenzo conhece porque vive com Daniela. Informam-no das circunstâncias da morte. Encontraram-no no chão do local que alugava de noite, a cabeça arrebentada a golpes de tijolo. Há vestígios por todas as partes, mas a polícia ainda não prendeu ninguém. No rádio, em contrapartida, dizem que o autor do crime já foi localizado, explica alguém.

Lorenzo espera com os mais íntimos a permissão do Instituto Médico-Legal para recolherem o corpo. Só depois da autópsia lhes será permitido enterrá-lo. Não os deixam cremá-lo porque talvez se tenham que fazer mais exames no corpo. A prima de Wilson chora, falou com a mãe, quer que mandem o cadáver para sua terra. Isso custará muito dinheiro. Certamente estava com todo o dinheiro, como sempre, é que era uma tentação vê-lo tirar esse maço de notas, diz alguém. Pode ter sido qualquer louco. Lá ia dormir gentalha, a ralé da ralé. Muito me estranha, Wilson sabia defender-se. As conversas se dão em voz baixa. De vez em quando alguma das mulheres rompe a alma de todos com um lamento ou um choro. Eu me ocuparei de mandar o cadáver para sua família, custe o que custar, diz Lorenzo. Daniela ainda não sabe de nada. Informa-a Nancy, agora trabalha fora de Madri e só vem aos sábados para dormir.

Lorenzo pergunta a Chincho pelo furgão. Ao meio-dia do dia anterior, Wilson o tinha pegado em sua casa. Lorenzo leva consigo o outro molho de chaves, mas ninguém sabe onde está estacionado. Dá de ombros. Andará perto do local.

Lorenzo entra no quarto de Wilson e examina o espaço com o olhar. Apenas um colchão, um pequeno armário e uma mesinha de cabeceira. Apoiado na pequena luminária torta, há um cartão-postal do Chimborazo coberto de neve. Lorenzo abre a gavetinha e não encontra o que procura. No armário está sua pouca roupa. Lorenzo examina entre as peças. Chincho o observa da porta. Se procura isto... Passa-lhe duas cadernetas cheias de anotações. Peguei-as, para o caso de qualquer necessidade. Lorenzo as folheia e as guarda. Seu nome aparece em várias ocasiões. Quando volta à sala, Chincho se aproxima dele. Conte comigo para os trabalhos. Claro, claro. O homem inclina o pescoço inverossímil, a vida continua, sussurra.

Lorenzo toma o metrô em direção ao centro. De pé, no fundo do carro, examina as anotações de Wilson. Os trabalhos já realizados ele marcava com uma cruz a lápis que deixava visíveis os dados. As páginas transbordam de somas e divisões, endereços e detalhes, tudo numa desordem organizada. Há também nomes com telefones anotados nas últimas páginas. Na segunda caderneta há mais da mesma coisa. A Lorenzo aquilo dá uma ideia da atividade frenética desenvolvida por Wilson nesses dias. Anotava detalhes para ajudar a memória, marcava coisas pendentes que tinha que fazer. Podia-se reconstruir sua vida a partir da ordem em que apareciam suas anotações. De vez em quando outro número de telefone e ao lado, escrito, Carmita, vizinha. De repente Lorenzo vê seu nome, amiúde aparece junto a números, às divisões do dinheiro, à quantidade de dívida, sempre como um esclarecimento de contas. Mas nesta página está enquadrada a anotação e não relacionada com algum negócio. Com a letra escolar, está escrito: "10 de junho, aniversário de Lorenzo. Relógio."

Rodeado de estranhos no metrô, de uma senhora que viaja sentada agarrada com as duas mãos à sua bolsa, de dois rapazes brasileiros que falam aos gritos, de duas mulheres do Leste, de uma mãe com o bebê no carrinho e que podia ser peruana, de um homem que examina o mapa das linhas, de pé, apesar de haver lugares vagos, Lorenzo sente um estremecimento. O tato da agenda, sua rugosa capa preta, o elástico que serve para mantê-la fechada lhe devolvem agora fragmentos de Wilson, perdido mas próximo. Lembra-se de que numa ocasião lhe chamou a atenção que Lorenzo sempre olhasse a hora na tela do celular. Não tem relógio? Nunca uso, lhe respondeu Lorenzo. Minha mãe sempre dizia que um senhor tinha que levar um lenço limpo no bolso e um relógio no pulso. Aquela conversa mínima se transforma agora, lida a anotação, num detalhe que o comove.

Conheceu Wilson por meio de Daniela e agora já não resta rastro de nenhum. Wilson tinha ocupado um lugar significativo em sua vida, com aquele sorriso franco, a conversa inteligente, e aquele olho louco. Com Daniela tinha se encontrado pela última vez no sábado. Ela tinha saído com amigas e marcaram no centro. Ele se surpreendeu ao encontrá-la acompanhada. Retrocedemos nesta relação, pensou Lorenzo ao vê-la rodeada. Podemos tomar algo a sós? Entraram para tomar algo numa cafeteria da rua Arenal com mosaicos de motivos andaluzes. Ela parecia contente. O pastor se tinha oferecido para procurar-lhe trabalho, ajudava assim as pessoas do bairro em troca da primeira mensalidade.

O que é que está acontecendo com a gente, Daniela? Já não somos um casal ou o quê? Não sei o que pensar.

No princípio, quando o conheci, pela forma como me abordou, sem descaramento nem superioridade, eu me disse, é um homem direito. Daniela tomava seu suco com um canudinho. Isso é por causa da história de ter filhos? Quer que tenhamos filhos? Olhe, Lorenzo, eu não posso ter filhos. Um dia, se quiser, eu lhe conto a história completa, é um pouco complicada. Só lhe direi que há um ano me tiraram um mioma do tamanho de uma bola de futebol e me esvaziaram toda. Isso o deixa mais tranquilo?

Lorenzo baixou a cabeça e tentou alcançar com a mão a mão de Daniela, mas ficou no meio da mesa. Foi ela que pousou a mão sobre ele. Usava uma pulseirinha de ouro no pulso, Lorenzo não se recordava de tê-la visto antes. De repente, teve uma ponta de ciúme.

Quando o conheci, você era um homem estranho. Tive a sensação de que estava perdido, sozinho. Você me deu muita pena, mas uma pena alegre, alegre porque pensei que fosse alguém que podia se salvar, que eu podia salvar você, e isso me deixou feliz. Eu o vi alçar voo, como um pássaro que recupera as forças para voar. Mas é isso. Agora já pode voar, não precisa mais de mim, não se agarre a mim. Vá se quiser. Eu não posso dar-lhe o que você procura.

Não diga bobagens, não quero ir para nenhum lugar. Lorenzo pensou de repente, com cruel clarividência, que a mentalidade dessas mulheres jovens criadas ao calor das novelas água com açúcar e lacrimogêneas da televisão estava deformada de um modo diabólico. Levantou os olhos para a bonita composição dos olhos de Daniela. Nesse momento lhe pareceu bela como nunca. Mas falava de salvação, de animais feridos. Parecia querer terminar com a relação.

Eu também necessito de ajuda, Lorenzo, não pense que sou tão forte. Sou muito fraca. Que são todas essas bobagens que está dizendo? Daniela, falemos claro, por favor... Bobagens? Pode ser. Daniela sorriu. Nada do que você diz faz sentido.

Mas o pior de tudo é que Lorenzo pensava que, sim, fazia sentido. Por isso não acrescentou nada. Porque o sorriso de Daniela era um desafio. Suas amigas olhavam, através da vitrine, da calçada oposta. Riam e comentavam entre si. Talvez eu seja apenas o palhaço convidado a umas brincadeiras que me escapam. Daniela lhe deu dois beijos depois de pôr-se em pé. E essa tinha sido a última vez que tinham se falado.

Lorenzo passou uma noite de sábado péssima. Não foi boa ideia sair na última hora da tarde com Lalo e Óscar e suas companheiras. Bebeu demais e mergulhou num silêncio incômodo para eles. Não tinha nada para dizer-lhes. Sentiu que, quando foi embora, foi uma libertação para eles. No hospital, de noite, no sofá-cama desconfortável junto à sua mãe, as hemorroidas o torturavam de novo. No banheiro, num banco, aplicou uma pomada recomendada pela farmacêutica. Numa posição impossível para conseguir ver a bunda no espelho, esfregou com a pomada a área dolorida. Era terrível fazê-lo a sós, meio bêbado de cerveja, mas conseguiu fazer diminuir a ardência.

Mal dormiu e na manhã do domingo, assim que apareceu seu pai para substituí-lo, se dirigiu para a igreja. Lorenzo viu o cabelo de Daniela nas primeiras fileiras e divisava entre os fiéis sua figura embutida na roupa apertada de sempre. O pastor falava torrencialmente com sua doçura profissional. Lorenzo demorou um tempo para prestar-lhe atenção, para assimilar suas palavras.

Quando a gente olha para o mundo em que vivemos, para a sociedade, para a vida que se leva lá fora, se eu pudesse falar com Deus, lhe diria: Senhor, salvai-nos, convertei esta Sodoma e esta Gomorra em pó, destruí-nos, mandai um dilúvio que inunde tudo, e das cinzas voltai a erguer uma civilização mais justa e fiel à vossa imagem. Pronunciou *sivilisasión*. Se dependesse de mim, eu lhes diria que a destruição e o desaparecimento são a única esperança da nossa raça. Mas tenho o consolo de Deus. Ele me diz, espere e verá. Temos de saber que nesta vida só há uma coisa que todos merecemos: a morte. Tudo o que nos é dado, as pequenas alegrias, o cotidiano, o bem e o mal diminutos de cada dia, e o grande Mal e o grande Bem a que muitos de nós nem sequer podemos ter acesso daqui de nossa pequenez, tudo isso são presentes à espera do Grande Presente, a morte. Nossa única libertação. Mas antes, de nossa cinza, talvez sejamos capazes de moldar um homem novo, uma mulher nova, uma garota nova, não como um exercício cosmético, como essa gente doente da televisão. Não, como um exercício moral.

Lorenzo deixou cair a cabeça. O homem gordo do violão tocou uma velha música de Dylan com a letra mudada. Oh, sou eu, Senhor, sou eu aquele a quem andais buscando. Ainda permaneceu quase meia hora lá dentro, no local da Igreja da Segunda Ressurreição. Uma não bastou, pensou Lorenzo. Talvez sim, talvez o pastor também fale dele. Seria então capaz de fabricar um homem novo com os despojos do velho.

Mas foram as palavras do pastor que o incitaram a ir-se sem falar com Daniela. Por quê? Agora, morto Wilson, ele o sabe. Agora compreende melhor por que aproveitou uma das canções, antes que acabasse o rito, para sair à rua, para escapar daquele lugar. Por que era imprescindível a morte? Por que conceder-lhe tanto poder? Lorenzo se rebelava contra o que acabara de escutar. Agora o entende, ao saber que Wilson está morto, com a cabeça esmagada a tijoladas.

Eu matei um homem, diz-se. E o pior de tudo não é que eu sofra ou o modo como terei de pagar por isso, nem se conseguirei o perdão ou a reconciliação, ou se serei capaz de salvar-me, nada disso tem importância, em face do fato inapelável de que dispus de sua vida, como se eu fosse um Deus. Por isso não podia crer em Deus, porque ele tinha atuado em lugar dele sem nenhuma dificuldade.

Agora Lorenzo pensa ao descer do metrô que também Wilson teve morte pelas mãos de um assassino, talvez numa briga estúpida por uma ridícula quantia ou pela loucura violenta de um bêbado. Também Wilson deveria comemorar seu absurdo final, então? Não, pensa Lorenzo, enquanto sobe as escadas que levam até a saída do metrô, a vida é esse sol, essa luz para a qual caminho, tudo o que sou. É preciso caminhar, seguir em frente.

Os pensamentos e as emoções se atropelam na cabeça de Lorenzo. Sabe que é um assassino e caminha pela rua. Talvez a morte de Wilson o liberte também, porque a soma ao *nonsense* diário. Matei um homem. Eu fui Deus para ele. Esse Deus para o qual alguns rezam ou pedem um final, uma saída, uma esperança, ao qual se entregam na alegria e na dor, esse dominador, dono do poder. Isso fui eu.

Chegou ao local, está isolado por umas faixas policiais de plástico. Nesse chão morreu Wilson algumas horas atrás. Ninguém pode devolver a vida a Paco ou a Wilson, por mais que alguns o pretendam. Nada melhor que eles crescerá de suas cinzas. Já não serão nada. Nunca. Tão só o que foram.

Ninguém poderia crer, ao cruzar com Lorenzo na rua, que na cabeça desse homem se atropelam ateias e confusas conclusões, válidas para ele. É um homem desassossegado, que se confia à vida, ao seu acidente, à sua energia, que chora uma ausência, a continuidade rompida do homem. Chora também o poder do assassino. Não se confessa nem se entrega. Procura um furgão branco estacionado nos arredores, um furgão com as janelas traseiras tapadas com adesivo. Vê-o no alto de uma rua em ladeira. Caminha depressa para lá. E o encontra com o papel verde de uma multa que tira de baixo do limpador de para-brisa. Rasga-a em pedacinhos e a joga no chão. Essa é a ordem dos homens, a absurda multa por não cumprir o horário de estacionamento é o único vestígio da passagem pela vida.

Tem seu molho de chaves no bolso. Entra no furgão e parte. Mas não sabe aonde ir, nem tem lugar aonde ir. Desanda a chorar sobre o volante. Chora amargurado, inclinado. Ao apoiar a testa, faz soar a buzina e ele mesmo se assusta e alguém se vira na rua e tudo é ridículo durante esse instante.

Um tempo depois dirige pela estrada em direção ao aeroporto. Tem um serviço para as duas e meia. Encontrou a boia que Sylvia usava em menina, a encontrou no fundo do sótão e a utiliza para sentar-se nela porque as hemorroidas o estão matando. Na estrada passa junto ao asilo de velhos que já conhece. Compreende que suas visitas ao senhor Jaime são sua particular maneira de entender o sacrifício, a penitência, o quê? E, no entanto, lhe sobra tempo e ele se desvia para entrar para vê-lo. Nesse bairro não há problema para estacionar.

Encontra o homem sentado diante da janela, envolto no rumor de algum avião decolando. Não incomodo, não é verdade? O senhor Jaime nega com a cabeça e Lorenzo se senta na cama, perto dele. Não se olham.

Depois de amanhã é meu aniversário, diz Lorenzo de repente. Não creio que vá comemorar. Minha mãe está no hospital, morrendo. E meu pai eu acho que perdeu a cabeça. Gastou quase sessenta mil euros com prostitutas. Lorenzo vê que o bilhete com o número de telefone continua no mesmo lugar da última vez. Juntaram a ele um calendário em forma de triângulo com a publicidade de um medicamento. Vou fazer quarenta e seis anos. Deixei de namorar a garota com que eu estava saindo. Lembra-se dela? Mas o homem não parece estar em condições de responder. Ficam um momento em silêncio e depois Lorenzo acrescenta, o senhor acredita em Deus?

O homem ladeia a cabeça, parece que vai falar, mas não diz nada. Um pouco depois, se limita a perguntar falta muito para a hora do almoço?

Lorenzo pega o celular no bolso e vê a hora. Não, não acho. Ao guardar o celular, sente saudade de usar um relógio no pulso. O homem abre a gaveta que há na mesa e pega umas revistas e uma tesoura. As folhas da revista estão recortadas. O senhor Jaime recorta com a tesoura o contorno das fotografias. Volta a fazê-lo, pensa Lorenzo. Em pouco tempo recortou todas as fotos de mulheres que aparecem nas páginas como se fosse uma incumbência que não pode deixar de cumprir.

Lorenzo preparou no verso de uma velha fatura enrugada um cartaz com o nome da pessoa que deve pegar no aeroporto. Segura-o no alto quando começam a sair os passageiros procedentes de

Guayaquil e Quito. O aeroporto de Quito, lhe explicou Wilson, tem uma pista tão curta e está tão enfiado dentro da cidade, que os aviões não podem carregar-se demasiadamente, e por isso fazem escala obrigatória em Guayaquil, onde põem combustível suficiente para atravessar o Atlântico. Um homem de mais de trinta anos com os olhos avultados caminha até ele. Somos quatro, o quinto ficou retido na alfândega. Atrás dele há dois homens e uma mulher. Estão muito agasalhados para o calor que os aguarda lá fora. Lorenzo os guia para o piso superior. Encontrou uma vaga para deixar o furgão no terminal de desembarque. Um dos homens tem a grande mala amarrada com cordas. A mulher carrega duas caixas de papelão. Lorenzo se oferece para ajudar, ela lhe agradece em silêncio. Não estão com calor com tanta roupa?

Lorenzo se senta ao volante e põe a chave na ignição. Nesse momento alguém toca o vidro. Lorenzo crê que seja um policial e se vira lentamente. Mas é um homem robusto de cabelo branco. Atrás dele há outros, um deles, de quase sessenta anos, está fumando. Com um gesto algo arrogante, lhe indica que baixe a janela enquanto olha os passageiros da parte traseira. Lorenzo baixa apenas dois dedos o vidro.

Você acha que somos babacas? Se quiser trabalho, vá procurá-lo em outro lado, o.k.? Já estamos fartos de ver você por aqui. Antes que Lorenzo responda, dois deles já rodearam o furgão. O equatoriano sentado a seu lado abraça a bolsa e segura a maçaneta da porta. Soam uns golpes surdos e, em segundos, Lorenzo sente as quatro rodas do furgão se esvaziarem, rasgadas a navalhadas.

Lorenzo não se mexe. Mantém o olhar no exterior. Os homens, que provavelmente são taxistas, cruzam diante do para-brisa e se afastam para o interior do aeroporto. Fazem-no com um caminhar covarde e dominador, sem muita pressa. Um, ao correr, segura o bolso da camisa para não perder a carteira. Nenhum se vira para olhar. Lorenzo demora um instante a falar aos passageiros que compartilham com ele o interior do furgão. Quando o faz, lhes diz bem, vamos ver como solucionamos isto. E lhes mostra um sorriso tranquilizador.

Vamos ver como solucionamos isto.

8

A bola tem um desenho prateado e uma mancha verde de grama. Ariel a alcança antes que pare de rolar. Engana o zagueiro com um drible especial, pisando na bola com os dois pés para ir para o centro. A bola obedece a seu comando e é simples na velocidade driblar outro zagueiro, o beque central, muito mais lento. Ariel passa a perna por cima da bola, numa direção, depois na contrária, o resultado é desconcertante para os dois adversários que vieram para impedir-lhe a passagem junto à linha da área. Ao avançar para a direita, um fica inutilizado pelo bloqueio do outro. Ariel ginga então com o quadril, se vira e bate na bola com o peito do pé. Ele o faz com força, um tirambaço dirigido com exatidão para o rosto do goleiro, esse lugar indefensável. É algo de que ele se recordou nesse instante e que remonta a um treino com o Dragón de quase oito anos atrás. Se você está sem ângulo, chuta a bola direto no rosto do arqueiro. Ele o afasta certamente, é um ato reflexo. E, se não, você acaba com a cara dele e depois lhe pede desculpa. A bola passa com força por todos e termina dentro da rede no canto contrário da meta.

Ariel não corre. Dá meia-volta. Caminha para o centro do campo de cabeça baixa. De longe escuta um locutor que se esgoela para narrar o gol. Alguns companheiros chegam para abraçá-lo, mas se limitam a dar-lhe um tapinha nas costas ou no braço, outro lhe toca a nuca. Ariel morde uma mecha de cabelo. A arquibancada aplaude e algumas partes dela se põem de pé. Os colegas lhe concedem espaço para a comemoração solitária desse gol que tem sabor de despedida. É minha noite, pensa Ariel. Quinze minutos antes marcou um gol ao chegar pela ponta a uma bola morta na pequena área. Mas esse gol ele tampouco comemorou, esse porque foi feio. Os gols feios não devem ser comemorados. Um dos sintomas de decadência do futebol, dizia o Dragón, é ver os jogadores comemorar gols feios, ou pior ainda, vê-los comemorar gols marcados de pênalti, isso é indigno, antes nunca se fazia isso.

Hoje tudo sai bem. Toca e corre. Recebe com espaço, é fácil passar pelos zagueiros na corrida. No primeiro tempo o derrubaram na área, mas o pênalti foi cobrado por Matuoko contra uma placa de publicidade. Com este resultado ficarão em quarto na classificação final. Esse time medíocre e sem profundidade jogou duas partidas brilhantes. Quando o árbitro apita o final do jogo, os jogadores se cumprimentam, vários colegas o abraçam calorosamente. Ariel caminha para os vestiários. Um dos roupeiros lhe dirige palavras de carinho e o goleiro reserva lhe dá uma bofetada amistosa. Os torcedores o aplaudem. Ariel agradece os gestos, mas não levanta a cabeça. O treinador Requero se postou na boca do túnel dos vestiários e estende a mão aos jogadores que deixam o campo, Ariel se nega a apertá-la.

Tivemos um ano ruim, lhe disse o massagista na tarde em que o levou à tourada. Há anos bons e anos ruins, e a você coube um ruim. A tourada foi terrível. Ariel se surpreende com a brutal forma como o público insulta os toureiros num recinto que amplifica cada grito, em comparação os jogadores de futebol lhe parecem mimados pela arquibancada. Três dos seis touros caíam, quase inválidos. O quarto, o único bom segundo seu acompanhante, o toureiro não o soube matar e o massacrou a espetadas, até que uma na cerviz o fez ajoelhar-se. Só faltou que alguém lhe emprestasse uma frigideira e ele tivesse matado o pobre animal a frigideiradas, que horror. O massagista se virou para Ariel ao acabar a tourada enquanto voava uma chuva de almofadinhas sobre a arena. Isto é como o futebol, lhe disse, se um dia tudo sai bem, vale a pena toda a merda anterior.

O massagista o levou para tomar uns vinhos num bar taurino onde reverberavam as conversas e os velhos garçons atendiam a uma velocidade de vertigem. Falaram da profissão e do time. Fazia alguns anos, todos os jogadores de futebol passavam por minhas mãos e pelas de uma sevilhana que se chamava Mari Carmen que trabalhava num local chamado Casablanca. Terminaram chamando-a de "a Fifa", por causa da quantidade de jogadores de futebol que tinham acabado na cama com ela. Dizem que depois foi masturbadora na Castellana, quando já não tinha os antigos encantos. Eu me comparei com ela muitas vezes, nisto a gente nunca há de se julgar eterno. Você sabe que faz alguns anos me vieram ver uns japoneses, eu acreditava que para me levar para algum time de lá, tenho amigos que acabaram jogando ou treinando por lá? Que merda! O massagista desandou a rir antes de poder terminar, queriam que fizesse massagens nos novilhos, você sabe, os novilhos de Kobe, uns que eles cuidam com esmero, lhes dão de beber cerveja e depois só servem a carne em restaurantes de luxo. Puseram-me um monte de dinheiro na frente. O dinheiro é o pior conselheiro nesta vida, quem faz algo por dinheiro termina fazendo tudo por dinheiro.

Foi uma noite agradável. A conversa do veterano massagista de alguma maneira o reconciliou com seu ofício. Isto é aguentar, trair você o menos possível. Aproximavam-se velhos amigos que mantinham com ele uma conversa breve, mas divertida, cheia de frases que Ariel teria querido anotar, com palavras que jamais tinha escutado. Um dizia, bah, foi à tourada?, que espanto, a festa está morta, *finiquitada*, a carregaram todos juntos, uma hecatombe. O massagista ria e depois comentava com Ariel, dizem o mesmo há anos, tudo se acaba, como são chatos, quem se acabam são eles. Isto é como o futebol, agora é diferente, nem melhor nem pior. Antes um jogador de futebol durava até os quarenta, dava para vê-lo triunfar em três mundiais, do cacete, mas agora isso é impossível. Ordenham os jogadores como às vacas, três partidas por semana, é preciso fazer dinheiro, a televisão, tudo isso, mas para que pagam bem? E o jogo mudou, antes um jogador corria por partida uns seis quilômetros, agora mais de dez quilômetros por partida, tudo é mais rápido, por isso um bom jogador, agora, aguenta dois ou três anos, com bom nível, né?, depois se poupa e só se esforça quando lhe convém. Por isso a maioria são uns rostos sem o mínimo compromisso nem impulso de superação. Sim, é tudo igual. Veja, eu sou galego, mas galego de verdade, não como dizem vocês, que chamam de galegos todos os espanhóis, não, eu sou de um povoado de Orense, e sabe o quê?, agora as vacas dão o dobro de leite do que quando eu era pequeno. Você acha que meu avô era babaca? Não, o que acontece é que os de agora são mais espertos. O dobro de leite. E com as mãos imitava o gesto de pôr uma ordenhadeira mecânica na vaca.

Assim que pisou as escadas do túnel, o árbitro faz Ariel parar e lhe dá a mão. Sorte na Inglaterra. Quer a bola de recordação? Ariel dá de ombros. O árbitro a entrega a ele. É uma pena perdermos um jogador tão bonito como você. Dá gosto ver você correr no campo. Ele o disse com um sorriso insinuante. Vamos ver se apito por aí e nos encontramos em alguma partida de Uefa. Um repórter de rádio corre para ele com um pequeno microfone, aqui temos o protagonista da partida, um homem que se despede com tristeza do time, mas feliz porque fez sua melhor partida do ano. Fala com ênfase impostada. Que paradoxo, não é verdade? Ariel o corrige, não acho, houve dias menos brilhantes, mas em que joguei melhor. O jornalista anui com automatismo. Vejo que leva a bola, talvez como recordação de sua última partida na Espanha. Não, não, se a quiser, é para você. Ariel lhe estende a bola e o repórter a pega sem saber o que dizer.

Pela última vez toma banho naquele lugar. Veste-se e guarda a roupa na grande bolsa com o emblema do clube. Esvazia seu escaninho de meias, tornozeleiras, algumas ataduras, a colônia, a escova, dois prendedores de cabelo, um monte de fotos suas por autografar e a gravata oficial do time, que é azul, feia e brega. Os colegas saem depressa. Marcaram para o dia seguinte um almoço privado onde se despedirão dos que não continuam e onde com toda a certeza terminarão bêbados, gritando, bebendo, cantando e, como não, atirando croquetes no ventilador. Como no último dia de colégio. Ariel recusa a oferta de Osorio e Blai para ir a um jantar com eles nessa noite.

Sai com o carro pelo estacionamento do estádio. Ainda restam torcedores na boca do subsolo que batem no capô para fazer-se notar e tiram fotos através dos vidros. Liga para o irmão em Buenos Aires. Pronto, joguei a última partida aqui. Charlie insiste há dias em que um clube tranquilo na Inglaterra servirá melhor a seus interesses. Será mais fácil se destacar. Ao terminar a conversa, lhe fala do Dragón.

Será bom você ir vê-lo quando estiver aqui. Aconteceu algo?, lhe pergunta Ariel. Sempre teve a impressão de que o coração do velho treinador podia dar-lhe um desgosto a qualquer momento. Não, ele está bem, é o filho. Dizem que se suicidou, sei lá, uma coisa terrível de drogas. Quando se despede de Charlie, Ariel afasta o carro para uma lateral da rua. Liga para a casa do velho treinador, mas ninguém responde. No número da casa, fala uma secretária

eletrônica precária. Olá, sou Ariel, falo de Madri. Não sei se funciona este aparelho nem se se está gravando a mensagem, mas só queria dizer-lhe que... Ariel faz uma longa pausa. Procura as palavras exatas.
 Sylvia o está esperando na parte privada de um restaurante. Lê um livro e bebe uma Coca-Cola. Tem diante de si um prato de presunto cortado em finas fatias. Ariel a beija nos lábios, se senta e come duas, três, quatro fatias de presunto ao mesmo tempo. Preciso de uma cerveja, pede ao garçom. Quer dizer então que você sabia jogar futebol, lhe diz Sylvia. Ele sorri e levanta o livro para bisbilhotar o título. E as provas? Ela dá de ombros, espero fazer como você, brilhar no último minuto.
 No meio do jantar, os dois a sós, Sylvia lhe pergunta, acha que depois da partida de hoje repensarão isso de deixá-lo ir? Ariel sorri e nega com a cabeça. Pujalte lhe tinha mandado uma mensagem ao celular, parabéns pela partida, está saindo em grande estilo. Ariel pediu um enorme bife bem passado.
 O celular de Ariel não para de tocar. É a imprensa, mas não responde. Entra uma ligação de Ronco, pergunta a ela, tomamos algo? Não posso, responde Sylvia. Ariel fica de ligar para Ronco depois, lhe surpreendeu a resposta de Sylvia. Não pode? O que tem para fazer? Sylvia coça o ombro por baixo da roupa. Amanhã meu avô se muda lá para casa, vai viver com a gente, temos que ajudá-lo a arrumar as coisas. Ariel não diz nada. Ao terminar de jantar, ele volta a propor-lhe que vão a algum lugar para tomar algo. É verdade, tenho que ir embora.
 Ariel também empregou esses últimos dias em arrumar suas coisas. Quer aproveitar as férias ao máximo. Esvaziará a casa e em dois dias voará para Buenos Aires. Quer esquecer-se ali da competição, recuperar o gosto do jogo. Em meados de julho tem que incorporar-se ao novo time na Inglaterra. Sylvia recusou seu convite para acompanhá-lo a Buenos Aires, quero estar perto da vovó, lhe disse. Nos últimos dias ela se mostrou esquiva, calada.
 Diante da insistência, ela aceita tomar uma taça num local elegante e caro onde destoam por sua juventude. O telefone de Ariel volta a tocar. É Ronco, fale você com ele. Ariel passa o celular a Sylvia. Ela cumprimenta. Sorri por algo do que ele lhe diz do outro

lado da linha. Não, prefiro despedir-me agora, não quero ser como essas pessoas que caem no choro no aeroporto. Hoje faz um dia bonito e pronto. Prefiro assim, você não se importa, não é verdade? Ronco parece ter ficado tão calado do outro lado da linha como Ariel sentado diante dela. Sylvia desliga depois de despedir-se, ele põe o braço em seu ombro. Sylvia mal consegue conter o choro. Não queria lágrimas, diz, e se separa para tomar um gole de suas bebidas. Nada se acaba, não seja teimosa, insiste ele. Bom.

Na rua vão para o carro. Um garoto lhes grita de longe, hoje você brilhou, cara. Ariel se surpreende com a imobilidade dela. Prefiro ir de táxi. Está louca? Ariel lhe abre a porta e a convida a entrar no carro. Não acabemos isto mal, o.k.? Um minuto depois estão parados diante de um sinal. A luz vermelha ilumina o rosto de Sylvia dentro do carro. Não quero uma despedida terrível, cheia de choros, a história de sempre. Não quero que nos liguemos toda noite e terminemos com a promessa de ver-nos cada três semanas num hotel. Foi maravilhoso, para mim foi um sonho conhecer você, estar com você, mas se acabou e ponto. Não está acontecendo nada, não?

O sinal se abriu, mas Ariel não tem vontade de dirigir. Ficou calado. A seu bel-prazer, a memória lhe traz diferentes momentos vividos com Sylvia, numa espécie de relembrança caótica. Um pedaço de sua pele junto a um riso, um olhar junto a um cheiro. Sylvia lhe assinala com a cabeça o sinal, Ari, está verde.

Ariel chegou à rua de Sylvia. Hoje aproxima o carro mais que nunca do portão. Um sujeito lhe pisca para entrar na rua. Ele se afasta para um lado, se acomoda à porta de uma garagem, mas o carro parece querer entrar nessa garagem precisamente e lhe buzina. Ariel sai do lugar, aborrecido. Filho da puta, tinha que querer entrar justo aí. Para de novo na passagem de pedestres. Isto é um horror, diz. Sylvia quer acelerar a despedida, não quer que a cena se eternize. Cuide-se muito, o.k.? E pousa a mão no puxador. Ariel leva os dedos até a nuca de Sylvia e ela se vira, se dão um beijo curto. Ariel enxuga as lágrimas de Sylvia com o dorso da mão. Você também cuide-se muito, diz ele. Sylvia anui e sem palavras sai do carro. Tome, antes de fechar a porta Ariel lhe estende os CDs que leva no porta-luvas. Eu posso voltar a comprá-los. Obrigada, diz ela, os pega e se vira depressa.

Afasta-se do carro. Ariel a vê dirigir-se para o portão. Sylvia passa entre dois carros estacionados, chega à calçada e procura no bolso as chaves do portão. Se não se virar para me olhar, eu mato você, sussurra Ariel. Sylvia parece ouvi-lo e muito devagar se vira e agita a mão com as chaves. Perde-se no interior do portão. Ariel se coloca de novo diante do volante. Para onde eu vou?

9

É sábado. Sylvia abre a porta para um rapaz jovem. O avô põe o rosto para fora de seu quarto. É meu aluno, Luis. Minha neta, Sylvia. Os dois se cumprimentam e evitam o olhar um do outro. Sylvia se refugia em seu quarto e dali escuta, distante, a aula de piano que tem lugar na sala. Logo as novas rotinas se assentarão. Hoje ainda surpreendem.

Faz dois dias que o avô se mudou para viver com eles. Sylvia o via no hospital, quando visitava Aurora. Um dia o encontrou sentado perto da cama. Com a cabeça colada ao rádio da mesinha de cabeceira. Está ficando sem pilha, lhe disse, quando deparou com Sylvia, que estava havia um tempo olhando-os da entrada do quarto. Aurora estava ausente. Sylvia abriu a porta do armário e procurou um sobretudo. Ela o pôs aos pés da cama, depois abriu a cadeira de rodas. Está fazendo um dia lindo, vovô. Leandro a olhou e depois se pôs de pé. Vamos, disse ela. Leandro despendurou o soro e o pôs no regaço de Aurora. Depois fez o mesmo com o analgésico intravenoso. Os dois juntos a reclinaram e a levaram com cuidado para a cadeira. Quase não pesava nada. Tinham-lhe posto o sobretudo ao sentá-la no colchão, Sylvia olhou então a esbranquiçada nudez sob a camisola. Aurora abriu os olhos, mas não tinha força para manter o pudor. Ao ver seus pés nus, Sylvia pegou em sua mochila um par de meias grossas, de pelo de lhama, são da Patagônia, disse, enquanto as punha nela. Leandro tirou o cinto e o colocou ao redor da cintura de Aurora fixando-a à cadeira. Não vá cair. Aurora não parecia estar consciente do que sucedia em torno dela. O importante é aparentar a maior normalidade, disse Leandro ao empurrar a cadeira. Sylvia lhe abriu a porta.

Esperaram o elevador durante um tempo tenso. Leandro olhou para a neta, mas não se disseram nada. O edifício tinha andares demais e o elevador estava sempre cheio. Sylvia lhe recolocava o soro e o analgésico, assegurando-se de que nada se movesse sob o sobretudo que a cobria. Cada vez custa mais às enfermeiras encontrar-lhe a veia, disse Leandro.

As portas se abriram e eles puderam descer para o exterior. A praça de acesso era um enorme quadrado de cimento. Caminharam devagar até chegar à rua próxima, ampla a calçada e o passeio arborizado. Invadiu-a um intenso cheiro de solda. Também o percussor som de uma obra próxima, atrás dos tapumes metálicos. Afastaram-se do barulho para a rua de muito trânsito, uma enorme avenida quase do tamanho de uma estrada. Os canos de descarga intoxicavam o ar, passou perto um ônibus que freou com estrépito metálico ao parar. Fazia calor, mas uma leve brisa roçava o cabelo de Aurora. Buscaram o refúgio de uma rua lateral, mais tranquila. Há anos tudo isto era um enorme descampado e no verão se organizavam festas com música aqui, disse o avô.

Aurora viajava de olhos abertos, embora desde dias atrás suas frases tivessem deixado de ter sentido. Afirmava hesitante com a cabeça quando lhe perguntavam se sabia quem eram os que apareciam diante dela. Sylvia se oferecia para empurrar a cada obstáculo da rua, quando as calçadas se estreitavam era impossível passar entre uma lata de lixo e uma placa de trânsito, um poste ou uma árvore. Sem se dizerem nada, viraram no quarteirão e retomaram o caminho para o hospital, o nível do soro e do analgésico estava descendo.

Pelo menos vê a rua, disse Leandro. O hospital é terrível. Sylvia lamentava a frustração do passeio. A rua não era acolhedora, o barulho era incômodo, nada era belo para mostrar ao olhar vazio de Aurora. É uma sensação muito contraditória, disse Leandro. Quando vivíamos juntos, eu sempre queria ficar sozinho, que ela fosse passear com as amigas. Eu adorava o silêncio em que mergulhava a casa. Mas, se demorava a voltar, eu ficava nervoso e começava a inquie-

tar-me, a dar voltas pelo corredor, a ir até a janela. Pararam diante de um sinal, o barulho da rua obrigava Leandro a elevar a voz. Agora sei que esse silêncio me agradava tanto porque sabia que depois a casa voltaria a encher-se com sua voz, suas perguntas, seu programa de rádio. Agora já...
Leandro não terminou a frase. Aproximavam-se do hospital.
No primeiro dia em ele que passou em sua casa, Sylvia se dedicou a observá-lo. Era um homem silencioso. Desceu cedo para comprar pão e jornal e se serviu um pedaço de pão com um filete de azeite sentado na cozinha enquanto lia as notícias. Lavou o que tinha sujado e o deixou no escorredor. Viu Sylvia tocar algumas notas no piano. Está desafinado, lhe disse, com a mudança. Esta tarde ligarei para Suso, o afinador.
O homem apareceu por volta das nove. Leandro acabara de chegar do hospital. Lorenzo o substituía de noite. Era um espetáculo ver o afinador trabalhar. Tinha Parkinson, mas parava o tremor quando tocava as teclas. Às vezes cantava sobre as notas, com um timbre horríssono. Lá, si, dó, fá. Leandro piscou para Sylvia, que continha a duras penas as gargalhadas. Os vibratos do homem provocavam uma espécie de desolação cômica. Ele afinava todos os pianos do conservatório, lhe explicou o avô, conhece a maquinaria melhor que ninguém. Sua avó o convidava a comer sempre que vinha afinar do piano de nossa casa. Ele a fazia rir. O homem ouviu mencionar Aurora e se limitou a dizer, que arroz ela preparava, estupendo. Nem num restaurante se comia assim.
Nessa mesma manhã Sylvia tinha terminado as aulas. Só lhe restavam algumas provas de recuperação para evitar mais repetições. Tinha deixado uma matéria para setembro, mas acreditava poder evitar as outras. O que era quase um milagre depois do desligamento dos últimos meses. Para preparar seu pai, dias atrás lhe tinha dito que acreditava que lhe ficariam três matérias para setembro. Lorenzo se tinha escandalizado. Está louca? Quer repetir? Ela lhe assegurou que passaria. Você vai ver, sua mãe me mata, disse Lorenzo. Eu tinha de ter proibido todo essa confusão de namorado e essas horas de voltar para casa, mas estamos todos com a cabeça em outro lugar. Vamos, papai, deixe disso. Eu fiz a merda e eu vou consertar tudo,

lhe prometeu Sylvia. Foi então que Lorenzo, sério, com o olhar cravado na bandeja de croquetes, disse, oxalá eu pudesse voltar ao instituto. Depois se levantou e abriu uma lata de cerveja. Você me dá um golinho?, lhe perguntou Sylvia. Ele hesitou por um segundo e lhe passou a lata. Enquanto ela tomava um gole curto, Lorenzo se sentou diante dela. Desde quando você bebe cerveja? Balançou a cabeça sem esperar resposta. Depois falou para si mesmo, sem atrever-se a olhar para a filha. Sei lá, eu só queria que você não se tornasse uma merda, sabe?, é tão fácil se tornar uma merda. Você agora é... Lorenzo parou. Sei lá, é tão fácil fazer uma cagada. Fazer tudo errado.

Sylvia quis então abraçá-lo, mas fazia tempo que entre os dois se tinha estabelecido uma barreira física. Só a rompiam com brincadeiras. Ele a despenteia, ela salpica a colônia que ele odeia, ele lhe prepara uma armadilha sentado no sofá, ela lhe tira o controle remoto. Um abraço seria um acontecimento maiúsculo. Ela lhe perguntou se já não namorava a garota equatoriana e ele se limitou a dizer Daniela? Não, era tudo uma grande confusão.

Coma, papai, os croquetes ficaram do caramba, lhe disse Sylvia. E ela engoliu um de uma vez, como se pretendesse fazê-lo rir.

Sylvia tinha entrado no escritório do professor de matemática antes da hora da saída. Venho entregar-lhe o trabalho que me pediu. Ah, deixe-o aí. Havia dois outros professores do departamento, em copos de plástico bebiam um vinho que algum deles tinha trazido. Sylvia pousou suas folhas em cima da mesa. E então? Você fez tudo bem? Não sei, lhe respondeu Sylvia. O senhor Octavio lhe sorriu e folheou os papéis que ela tinha escrito. Bem, já o olharei com calma para ver se podemos subir sua nota, está bem?

Antes de ir-se, Sylvia dirigiu um último olhar para os professores do fundo. Pareciam alegres. Sim, talvez estivessem bêbados. Do vinho mal restavam três dedos de uma cor vermelho-cereja. Eles também comemoravam o final do ano. O senhor Octavio se tinha sentado e lia o escrito de Sylvia com um sorriso vago.

A enfermeira encarou o avô quando os viu regressar pelo corredor. O senhor é um irresponsável, tirá-la daqui sem perguntar, o senhor vai ver uma coisa quando o doutor vier. Mas o doutor se limitou a sorrir-lhe e aumentar a dose de analgésico. Depois levou o avô para fora do quarto para falar com ele a sós. Sylvia ficou sentada diante da cama de Aurora.

Sua respiração começou a agitar-se. Ela abria e fechava a boca como se se asfixiasse. Sylvia ficou nervosa e chamou-os da porta. Leandro e o doutor entraram no quarto. Está nos estertores, lhes disse. Leandro e Sylvia ficaram dos dois lados da cama, a sós com ela. Leandro lhe segurava a mão e Sylvia lhe acariciava o rosto.

Não demorou muito para morrer. E o fez de maneira discreta. As respirações se espaçaram, de repente parecia que cada uma fosse a última, mas vinha outra ainda mais fraca. E assim foi por alguns minutos. Até que a boca lhe ficou entreaberta e Leandro tentou fechá-la. No instante da morte, Sylvia sentiu que algo abandonava Aurora. Não era sua alma nem nada disso que alguém pudesse imaginar. Era como se lhe abandonasse a pessoa, o que ela tinha sido, a essência do que Sylvia amava nela, sua presença, e ficasse limitada a um corpo, como uma recordação, mais um objeto que qualquer outra coisa. Não teve nada de místico. Sylvia olhou para Aurora e já não via sua avó nela, nem uma mulher, só um pedaço de carne inerte. Levantou os olhos cheios de lágrimas e encontrou seu avô, que também a olhava, mas lhe sorria. Agora já era algo somente entre eles dois, um assunto entre os vivos.

Sylvia vai de seu quarto até a cozinha. O avô e seu aluno param o exercício. Continuem, continuem, querem beber algo? Depois lhes deixa sobre a mesa uma jarra de água com cubos de gelo e dois copos.

A Sylvia pareceu que o garoto tinha um rosto interessante, com uma boca inesperada que dava sentido ao restante de seus traços. Vestia-se de forma discreta, como se não quisesse desvelar demasiado com sua indumentária. Ao voltar para o quarto, sente o olhar dele cravado nela.

Quando os ouve levantar-se, acabada a aula, mostra a cabeça para dizer até logo. O avô fica junto ao teclado e arruma as partituras. Sylvia acompanha Luis até a porta. Vai vir todo o verão?, lhe pergunta ela. Sim, até agosto não tenho férias. Ah, bom, então já voltaremos a nos ver. Luis aperta o botão do elevador e se vira para Sylvia, que aguarda para fechar a porta. Não me espere, feche, feche, diz ele. Não, não, não importa. Sylvia espera que ele entre no elevador e se despedem com um gesto.

Quer tocar um pouco? Sylvia se surpreende com a pergunta de seu avô, dá de ombros e se aproxima até sentar-se diante do piano.

O avô numera as notas de uma partitura de um a cinco com uma velha lapiseira. Depois pousa as mãos de Sylvia no teclado e lhe diz o número que corresponde a cada dedo. Sylvia repete o que está marcado. Não, repare bem, toque o que está escrito. Ela começa de novo. As costas mais retas. Os pulsos retos, não os force. Muito bem. Como se tivesse uma bola dentro da mão. Agora vamos tocá-lo uma oitava acima. Volta a colocar as mãos de Sylvia. Seus dedos artísticos roçam os dedos jovens de sua neta. Este é um dó, fá, sol, fá, lá, si, dó, dó. O avô começa a cantar as notas a cada pulsação dela.

Sylvia ficou de tarde com Mai e Dani. Conversam por um tempo. Mai os faz entrar numa loja de roupa. Depois ela sai para falar quase meia hora pelo celular enquanto atravessa de calçada para calçada na rua. Eles dois terminam por sentar-se no meio-fio para esperar que termine a conversa.

Eu percebi uma coisa em Mai, lhe diz Dani. Por seu aspecto ninguém diria, mas eu juro que por dentro é uma careta, pode tentar ser tão moderna quanto quiser, mas em dez anos estará casada, pagando a hipoteca de uma casa geminada e trabalhando de caixa no Carrefour, ou algo assim, você vai ver.

Sei lá, talvez todos acabemos assim também, responde Sylvia. Não sacaneie, guria.

Sylvia se junta depois a colegas de sua classe num bar de Malasaña. A rua está repleta de estudantes bêbados que comemoram o final do ano. Aglomeração nas calçadas, na porta dos bares. Há polícia que vigia os bancos de uma praça e os garotos se amontoam nos bares transbordantes. Sylvia está rodeada de colegas, perto do balcão. De vez em quando alguém levanta a voz acima do barulho, com um riso ou um insulto. Toca seu celular. É Ariel. Que peitos!, Sylvia ouve um garoto dizer ao passar diante de um grupo para sair do bar. Estou no aeroporto, vou embarcar agora. Sylvia tapa o outro ouvido com a mão. Estou ouvindo mal, espere que vou lá para fora.

Tinha vontade de despedir-me, não a incomoda, não? Sylvia o escuta. Está na rua e apoia o pé no meio-fio. Ao contrário, adoro, telefone-me quando quiser, sei lá. Eu posso ligar também, não? É claro. Em quantas ficou reprovada?, pergunta Ariel. Acho que só em uma. Na semana que vem vou saber ao certo. Ou seja, você brilhou no último minuto. Igual a você, responde ela. E em matemática? Passei. No último instante.

Sylvia levanta a mão para cumprimentar dois amigos do instituto que chegam pela rua. Do outro lado do telefone, de longe, escuta a voz dos alto-falantes do aeroporto. Ariel fala com ela. Está usando o colar?, pergunta Ariel. Sim. Está tocando nele? Sylvia o tira de baixo da camiseta e acaricia a pequena bola dourada dividida ao meio que pende de seu pescoço. Sim, estou tocando nele. Eu também... diz Ariel. Vou ficar de olho em você, hem?, Sylvia. Vou ficar de olho em você. E eu em você, diz ela.

O barulho ao cortar-se a comunicação soa mais abrupto que nunca. Sylvia fica um instante na rua. Está um pouco bêbada. Faz um tempo teve que comer um sanduíche e diminuir o ritmo das cervejas. Sua roupa e seu cabelo fedem a fumaça. Em um de seus ouvidos ressoa um buzina percussora e inquietante. O asfalto ainda desprende o calor do dia e Sylvia sente a camiseta suada.

Um tempo depois se despede de seus amigos. Decide caminhar até a casa. Ela o faz sem pressa, pelo meio da rua, ao lado dos carros, evita as pessoas na calçada. Passa diante do apartamento de Ariel.

Eu o alugarei, não quero vendê-lo, lhe disse ele. Se precisar dele, é só pedir. Tem vontade de ficar sozinha, de caminhar sozinha. Sente uma espécie de dor no peito, intensa mas agradável. É como se tivesse um ferimento, mas um ferimento leve, uma marca na pele que quer acariciar, reconhecer, desfrutar dela por tudo o que significa para você. Agora que ainda está, porque é possível que logo desapareça.

AGRADECIMENTOS

No processo de escrita deste romance, foi imprescindível a ajuda de algumas pessoas. A maioria delas é de amigos, de modo que não é preciso citá-los. Evito assim envolvê-los. Quero agradecer-lhes as muitas coisas deles que há neste livro. Alguns foram leitores fundamentais, outros uniram a sua inspiração à minha transpiração. A eles devo expressões argentinas ou equatorianas, reflexões sobre o futebol, detalhes jurídicos, conhecimentos médicos, notas musicais, correções sintáticas, olhares estrábicos, experiências eróticas, e sobretudo a generosidade para compartilhá-lo comigo. Devo o quadro que ilustra a capa ao talento do pintor Josep Santilari, a quem conheci graças à Galeria Artur Ramon de Barcelona. Também tomei emprestada uma pesquisa lógica de Adrián Paenza e seu livro *Matemática... ¿estás ahí?* e fragmentos musicais e poéticos de alguns mestres que são citados ou sugeridos ou camuflados, como, por exemplo, após esta lição de vida que me esforço por seguir: *non piangere, coglione, ridi e vai...* Mas talvez o mais importante seja reconhecer a paciência e o ânimo dos que estiveram perto de mim durante o processo de escrita. Espero ter oportunidades para compartilhar com eles qualquer satisfação que este livro nos traga.

Este livro foi impresso na Editora JPA Ltda.,
Av. Brasil, 10.600 – Rio de Janeiro – RJ,
para a Editora Rocco Ltda.